经学与文明研究丛书

丛书主编　杨国荣

◑ 经学与文明研究丛书

《经典与经学》　　　　　　　　　　　《孔子、六经与中华文明的奠基》

杨国荣　著　　　　　　　　　　　　　陈赟　著

《文本视野下的诗经学》　　　　　　《出土文献与周礼》

虞万里　著　　　　　　　　　　　　贾海生　著

《六艺互摄：马一浮经学思想》　　　　《心灵、政教与文明：早期儒学的四科谱系》

于文博　著　　　　　　　　　　　　　赖区平　著

《两汉古今文经学新探》

赵朝阳　著

作者简介 ────────────────────────────

虞万里

浙江大学马一浮书院讲席教授、学术委员会主任，《经学文献研究集刊》主编。兼任全国古籍整理出版规划领导小组成员，国家出版基金专家委员，中国训诂学研究会副会长，清华大学中国经学研究院兼职教授。著有《榆枋斋学术论集》《榆枋斋学林》《上博馆藏楚竹书〈缁衣〉综合研究》《中国古代姓氏与避讳起源》等，编著《二十世纪七朝石经专论》，主持整理古籍和近人学术著作一千多万字，发表学术文章二百余篇。

浙江大学马一浮书院资助出版

文本视野下的诗经学

虞万里 著

中国出版集团 东方出版中心

图书在版编目(CIP)数据

文本视野下的诗经学 / 虞万里著. -- 上海 ： 东方
出版中心, 2024. 12. --（经学与文明研究丛书）.
ISBN 978-7-5473-2625-1

Ⅰ. I207.222

中国国家版本馆 CIP 数据核字第 2024F3M372 号

文本视野下的诗经学

著　　者　虞万里
丛书策划　刘佩英
责任编辑　肖春茂
装帧设计　钟　颖
封面题签　俞光阳

出 版 人　陈义望
出版发行　东方出版中心
地　　址　上海市仙霞路 345 号
邮政编码　200336
电　　话　021-62417400
印 刷 者　上海万卷印刷股份有限公司

开　　本　890mm×1240mm　1/32
印　　张　15.375
插　　页　1
字　　数　370 千字
版　　次　2025 年 3 月第 1 版
印　　次　2025 年 3 月第 1 次印刷
定　　价　99.80 元

总　序

　　浙江大学马一浮书院以传统学术为研究方向之一,具有开放的形态。本丛书也体现了这一特点:一方面,它主要聚焦于古典的人文(包括传统经学)领域;另一方面,其作者又不限于浙江大学,而是兼及更广范围的学人。

　　如所周知,经学研究现在呈现复兴之势,已成为现代的显学之一,这是值得关注的现象,也有其学术意义。然而,如何理解经学,这是一个现在依然需要思考的问题。历史地看,经学形成于两汉,其原初形态以《诗》《书》《易》《礼》《春秋》等文献为经典。在汉以前,以上文献已经存在,但它们并未取得"经"的形态,只有在经学出现以后,《诗》《书》《易》《礼》《春秋》等文献才被赋予"经"的品格。从产生的背景看,经学是在政治上的大一统格局诞生之后才形成的;作为思想形态,其出现与建构统一的王权观念或政治意识的历史需要相联系:随着政治上大一统的奠立,观念层面也要求形成统一的王权意识。荀子在先秦末年就已提出:"天下无二道,圣人无两心。"①这一看法似乎已预示了大一统政治格局形成之后,需要建构与王权相关的统一政治意识。经学的产生,在一定意义上适应了这一历史

---

① 《荀子·解蔽》。

需要。

以王权观念或政治意识为实质的内容，经学在不同的时代，具有不同的历史形态。明代的何良俊曾指出："汉儒尚训诂，至唐人作正义而训诂芜秽矣，宋人喜说经，至南宋人作传注而说经遂支离。"[①]这里既涉及明代以前经学的演进过程，也关乎经学在这一发展过程中的不同特点。广而言之，汉初的文帝已开始立鲁诗和韩诗的博士，汉景帝则进一步设置《公羊春秋》博士和齐诗博士，虽然此时经学尚未取得独尊的地位，但经学作为与统一的政治格局一致的王权意识内容已经初步形成。汉武帝时确立"五经博士"，经学逐渐趋于昌盛。西汉经学注重今文经学，所立博士大都是今文学家。《诗》有申（培）、辕（固）、韩（婴）、毛（亨），《书》有欧阳（生）、夏侯（建）、夏侯（胜），《易》有施（雠）、孟（喜）、梁丘（贺）、京（房），《礼》有戴（德）、戴（胜），《春秋》有公羊、穀梁、左传，等等，其中，只有《毛诗》《左传》等属于所谓"古文经学"。

在其衍化过程中，汉代经学形成了两个令人关注的现象。其一是烦琐化。经学的展开以疏解经典为主要形式，然而在汉代后期，这种诠释越来越趋于繁复，以至于一个字的释义，常动辄运用数万字的篇幅。其二，随着经学成为正统的王权观念或政治意识，其内容也趋向基于名教系统的教化。作为经学衍化形态的名教在形式化、强制化之后，也开始趋于虚伪化，各种为了迎合外在品评以获取名利的人与事频频出现。烦琐与虚伪交互作用，使两汉的经学渐渐失去活力。魏晋时期，王弼、何晏等以玄学变革汉代经学，用简明的义理取代了汉儒的繁复释义，一扫笼罩在经学之上的迷雾，学风为之一变。同时，魏晋时期，名教与自然之辨成为重要论题，从总的趋向看，魏晋儒学（经学）注重名教与自然的关联：在名教出于自然的观念中，自然为名教提供了根据；以越名教而任自然为主张，名教合

---

① 何良俊：《四友斋丛说》，中华书局，1959年，第26页。

乎自然超越了名教对自然的抑制。与之相关,两汉经学中名教的虚伪化趋向也得到了某种限定。

　　经过南北朝的长期分离与对峙,隋唐在政治上重归统一,与之相联系的是重建王权观念或政治意识的一统格局。唐太宗命孔颖达等编撰《五经正义》,初步体现了以经学统一政治意识的历史要求。后来唐高宗要求儒士进一步考订《五经正义》,并确立了其在官方的正统地位。《五经正义》的注疏基本上采用了"疏不破注"的原则,但也并非完全拘泥于某一注文。就《尚书正义》而言,其内容便整合了《今文尚书》、伪《古文尚书》,以及孔安国的《尚书传》等。《五经正义》既承继了汉儒的经学观念,又兼容南北经学,其形成和修订之后,逐渐成为科举考试的标准参考书。在《五经正义》之外,陆德明的《经典释文》也构成了唐代经学的重要著作,该书兼及《易》《书》《诗》等十余种书,按皮锡瑞的说法,"为唐人义疏之先声"。《五经正义》和《经典释文》所代表的唐代经学,体现了经学统一化的趋势,这种统一的背后,是传统王权观念或政治意识的重归一统,它从一个方面体现了经学的政治品格。《五经正义》之后,科举取士有了圭臬,与政治上的大一统格局相呼应,王权观念或政治意识也趋于一致。

　　宋代的经学与理学有着内在关联,何良俊说"宋人喜说经",这里的"说"具体表现为义理的阐发。宋儒有怀疑趋向,流风所至,也及于经,《易》《诗》《书》等,都曾成为怀疑对象。除了疑经之外,宋儒侧重于以学理解释经典,关于《易》《诗》《书》等经典,宋儒不限于字词的训诂,而是注重从心性、理气、性命、知行等方面加以阐释,其中既包含形而下的观念,也渗入了形而上的内涵。在《经学理窟》中,张载便指出:"万事只一个天理。"①具体到礼学,张载认为:"礼别异不忘本,而后能推本为之节文,乐统同,乐吾分而已。礼天生自

---

① 《张载集》,中华书局,1978年,第256页。

有分别。"①这里既有对传统礼学关于礼别异、乐合同的承继,也蕴含基于理的推论,所谓"万事只一个天理"即构成了这种推论的前提。在二程、朱熹、陆九渊那里,经学与理学进一步融合为一。

清代经学以乾嘉学派为主干,训诂考据则构成了其主要进路。尽管乾嘉学派有皖派、吴派等区分,但在以考证为治经的主导方式上,又有相通之处。这一意义上的经学,具有实证的特点。从文献的角度看,其中涉及勘定、校勘、辨伪等等;在名物考释方面,则关乎广搜博考:"至若经之难明,尚有若干事:诵尧典数行至'乃命羲和',不知恒星七政所以运行,则掩卷不能卒业。诵周南召南,自关雎而往,不知古音,徒强以协韵,则龃龉失读。诵古礼经,先士冠礼,不知古者宫室、衣服等制,则迷于其方,莫辨其用。不知古今地名沿革,则禹贡职方失其处所。不知少广、旁要,则考工之器不能因文而推其制。不知鸟、兽、虫、鱼、草、木之状类名号,则比兴之意乖"②;从训诂的层面着眼,则与字词的理解相关,而字词的释义,又基于音韵考察:清儒对音韵的研究,构成了实证化经学的重要方面。当然,清代也有注重义理的研究取向,如戴震的经学便不限于考据,而是包括哲学的探索,但主流的经学则展开于名物训诂。

步入近代以后,经学依然得到了延续,今文经学的复兴则是其中引人瞩目的现象。龚自珍以公羊春秋论政事、谈变革,魏源也注重"公羊三世说",并以此议时代变迁。康有为进一步将今文经学与托古改制结合起来,并以"三世说"沟通《礼记·礼运篇》的"大同""小康",提出了"据乱世"进化到"升平世"(小康),再由"升平世"进化到"太平世"(大同世界)的历史衍化过程,并把这一过程视为人类社会进化的普遍规律。由此,"公羊三世说"成为其改良主义的政治主张的理论依据。以上看法把西方进化论运用于"三世

① 《张载集》,中华书局,1978 年,第 261 页。
② 戴震:《与是仲明论学书》,《戴震集》,第 183 页。

说"中,改变了"天不变,道亦不变"观念,并转换了"理想在过去"的历史观,赋予公羊学的历史理论以某种近代的形态。当然,上述看法尽管为经学注入了近代内涵,但其学说仍具有传统的印记。历史地看,"经学博士"的设立与科举制度曾在不同意义上为经学提供了制度的担保。如果说"博士"制的衰微虽然使这一官方化体制开始退出历史舞台,但经学本身依然得到延续,那么1905年科举制的终止,则在较为宽泛的层面标志着作为传统王权观念或政治意识的经学,已逐渐完成了其历史使命。

可以注意到,经学既具有学术的意义,也包含意识形态的内容,经学的政治意识品格,主要与后者相关。作为具有政治意识特点的思想系统,经学经过不同的衍变阶段,取得了相应的历史形态:与王权观念或政治意识的奠基相关,两汉经学同时形成了名教的历史形态;魏晋的经学在解构两汉经学的同时又重建了具有玄学形态的经学;唐代的经学适应了回复大一统政治格局的需要,表现为基于《五经正义》的统一的经学;宋代以理说经,与之相应的是理学化的经学;清代以考据为进路,所形成的是实证化的经学;近代以来,经学被赋予近代的内涵,并表现为近代经学。在学术的层面,经学有今文与古文、考证与义理等区分;在思想和观念的层面,则以政治意识为内涵。

具有政治意识品格的经学的消亡,并不意味着经学本身的消亡。事实上,晚清以来,经学仍在继续延续,20世纪90年代以后,随着国学热的兴起,经学在某种意义上呈现复兴之势。然而,这里需要区分经学的不同形态:经学在历史上曾呈现多样性,其现代的延续或复兴,同样应取得不同于以往的形态,后者可以视为现代经学或经学的现代形态。如前所述,在思想观念的层面,传统意义的经学首先具有王权观念或政治意识的品格,其形成、衍化以及社会功能,都体现了这一点。伴随着科举制的终止,作为传统政治意识的经学也开始渐趋消亡,现代经学或经学的现代形态显然无法延续这一形态的经学。回溯历史，不难注意到，经学以《诗》《书》《易》《礼》《春秋》等文献为原始的经典，而在两汉经学出现以前，这些经典文献已经存在，与这一历史事实相应，现代经学在消解经学的王权观念或政治意识内涵的同时，也以回到更原初的经典文献为指向。

如上所述，经学既以思想观念为内涵，又有学术的面向，后者首先与文献的研究相关，并展开为文献整理、考订、训释等方面。经学的学术内容在后来逐渐形成某种实证化的趋向，并形成了与近代科学相近的研究方法，包括注重证据、善于存疑、无征不信，以及运用归纳、演绎的逻辑方法。经学同时表现为具有某种政治意识功能的思想和观念形态，从前面的论述中，不难看到这一面。经学的政治意识内涵具体体现于普遍的价值观念和价值原则，并从思想观念、行为方式等方面引导着传统文化，无论是两汉名教化的经学，还是后来玄学化、理学化的经学，都包含对传统政治体制合理性的论证以及行为和人格的引导。

现代经学既需要在学术层面承继和延续经学的文献研究和训诂名物，也应当在思想和观念层面扬弃传统经学的王权观念和政治意识内涵。在学术层面，对以往文献的研究，可以吸取并借鉴经学的成果，并将其运用于实证性的考察过程。作为价值观念系统的经学所包含的观念，则既有普遍性的规定，也有特殊的内容。从普遍之维看，经学渗入了对人类演进、社会发展的价值目标以及规范系统的理解，其中凝结着至今依然具有重要启示意义的思想。以价值原则而言，经学对传统的仁道原则作了肯定和阐发，这一原则确认了人之为人的内在价值，并与礼、义等观念相结合，表现为调节人与人之间关系的普遍规范。经学的以上观念，在今天仍有其现实意义。当然，作为传统王权观念或政治意识的载体和名教系统，经学之中又包含有不少具有历史印记和历史限定的内容。在经学的视域中，社会人伦与政治相互关联，尊卑等级成为普遍的规定，对人与人关系的这一理解不同于近代以来民主、平等的观念,其内容无疑需要转换。

现代经学或经学的现代形态当然仍应关注传统文献和经典,但在具体的研究过程中,无法忽视时代的视域。这里,首先需要扬弃将经学还原为经学史,并在传统的形态中考察经学这一进路。把经学还原为经学史,意味着仅仅从历史的角度考察经学,并以回溯、梳理经学的衍化为经学的主要工作。这一研究趋向单纯地停留、关注经学的以往形态,无法体现经学的现代进展。如前所述,经学在历史上曾随着历史的变迁而形成不同的形态,并获得了相应的内容,今天的研究,同样应当取得新的历史内涵。现代经学或经学的现代形态,意味着赋予经学以不同于以往时代的品格,后者需要基于理论层面的创造性研究,这种研究不同于简单的历史还原。然而,遗憾的是,今天在经学研究的领域,我们往往主要看到"公羊学""穀梁学",或"仪礼""周礼"的考证,这些研究与经学的以往形式并没有实质的差异,其研究的内容和方式,甚至给人以沉渣泛起之感。现代经学显然难以停留于这一层面。具体地看,在指向传统文献或经典的过程中,应从现代理论的层面加以探索,考察其多重义理以及在回应不同的时代问题时所可能具有的意义。

以《春秋》而言,仅仅停留于"公羊学"所蕴含的"微言大义",显然无法跳出今文经学的传统视域。《春秋》本是历史著作,其中既包含历史事实的记载,也渗入了历史的观念。《春秋》的研究,应体现这一特点,注重揭示其中的历史意识,把握其中的历史观念。历史地看,王阳明已提出"五经皆史"的看法,章学诚也有类似的观念,在《春秋》中,历史的意识得到了更为集中的体现,而这种意识又常常与价值观念联系在一起:"亲仁善邻,国之宝也""国君不可以轻,轻则失亲,失亲,患必至"①等看法,便体现了这一点。《春秋

---

① 《春秋左传·隐公六年》《春秋左传·僖公五年》。

左传》所载郑庄公与其母姜氏"隧而相见",更是蕴含了"信"与"孝"的交错和紧张。同样,《礼》主要表现为一种规范系统,其中关乎社会人伦的多重要求,包括应当做什么、应当如何做,后者体现于人与人之间的交往过程。以日常相处来说,乡里饮酒,"主人拜迎宾于庠门之外,入,三揖而后至阶,三让而后升,所以致尊让也"①。这里既有对"如何做"的规定,也体现了"尊让"的交往形态。对《礼》的研究,应当指向其中内含的规范观念,包括它所涉及的礼与法的关系:相对于"法"的规范所呈现的强制形态,"礼"更多地表现为非强制的系统,"法"与"礼"的以上不同内涵相应于其相异的作用方式。同时,礼与义的关系,也是需要关注的重要方面,这一关系涉及的是外在的规范系统与内在的规范意识之间的互动。广而言之,规范关乎形成与存在的根据以及多样的作用方式,对礼的研究,需要联系《礼》的相关观念。如果仅仅梳理礼的特定形态,则无法超越历史的描述。进一步考察,五经之一的《易》也内含多样的规定,其中既包含形而上的哲学观念,也渗入了认识论、方法论的思想。道与器、形上与形下的沟通,构成了其哲学层面的取向;观物取象、弥纶天地之道,则从不同层面体现了它的认识论立场。《易》肯定"通变之谓事"②,将"事"与"物"区分开来,强调作为人之所为的"事"具有把握、应对万物变迁的作用,由此展现了独特的哲学视域。对《易》的考察,应扫除玄之又玄的神秘形态,回归其内在的理性精神。与之相关,《诗》中固然有"思无邪"所表征的政治意识观念,但其中也内含丰富的艺术、美学思想,对《诗》的现代探索,应着重把握它的审美见解和关于艺术创造、美的规律的看法,以及对赋、比、兴等艺术方式的具体运用,探究《诗》所展现的情感之维及其在人的存在过程中的意义,而不宜拘泥于风、雅、颂的特定形态。讨论更久远问题

---

① 《礼记·乡饮酒义》。

② 《易·系辞上》。

的《书》，主要是殷周等时代的政论、历史文献以及早期治国理政之文档的汇编，其中包含历史哲学、政治哲学的内容，与之相应，从现代的角度考察《书》，应该以历史哲学、政治哲学为关注之点，注重其"无偏无党，王道荡荡""予畏上帝，不敢不正""王应保殷民，亦唯助王宅天命，作新民"①等政治理念。

　　总体上，现代经学应当展示现代的理论视域，并在相关义理的引导下，敞开经学的深沉内涵。在这一过程中，传统的经典也将在新的理论（义理）的层面得到阐发。宽泛而言，每一时代都需要体现该时代的学术特点，现代经学也并不例外，而经学之取得现代形态，则关联着与以往的经史子集有所不同的文史哲等学科，这些学科的引入，同时意味着超越传统的视域，在现代意义上以理观之。

　　本丛书也试图从不同方面展示经学的现代形态。从研究的对象看，丛书涉及哲学、历史、文学、政治等不同的领域。尽管面对的古典文献具有相通性，但相异的学术背景，使不同的研究者分别地侧重于哲学、历史、文学、政治等不同的学科对相关对象加以考察，由此，研究的成果也各有特色，在某种意义上形成了百花齐放的格局。从收入丛书的论著中，不难看到以上的多样趋向。

　　在具体考察进路上，丛书展现了不同的风格。一些著作着重于历史梳理，一些著作则以理论分析为主要取向。这种相异的方式，一方面体现了研究领域的自身内涵：传统或古典的人文学术既以历史中的经典为载体，因而需要对其作实证层面的梳理，又包含具有普遍意义的思想内涵，因而离不开理论的分析。另一方面，也与研究者的不同个性相关：人文研究的价值，正在于按研究者的性之所近、学之所长而展开相关探索。以上形态既与对象的差异相关，也涉及研究主体的不同，而从主体与客体二重维度肯定以上区分，则既是形成具有积累意义成果的前提，又表现为对学术研究规律的

---

① 《尚书·洪范》《尚书·汤誓》《尚书·康诰》。

尊重。

当然,以上分异具有相对的意义。就对象而言,传统意义上的人文,本身既具有历史的形态,又渗入了内在的理论意蕴。以经学来说,其中的历史内容已一再得到了肯定,所谓"五经皆史"便表明了这一点;同时,经学中又包含哲学、文学、政治等内涵,从今文经学到玄学、理学,都从不同方面对此作了探析。对象的以上品格也影响着研究的方式,具体而言,它决定了历史的考察与理论的分疏无法截然相分。收入丛书的论著,从不同侧面体现了以上特点。

自　序

　　文本，或文本学一词，最近十多年已成为一个热词。这主要是因为出土的经典简牍越来越多，其内容与六艺类典籍相近相似，而文字、文句甚至段落内容却不无差异，于是研究者想方设法、千方百计地要将两者绾合起来，寻找其演蜕的痕迹。其次是汉学家用异域的文本学思想和方法来研究儒家简牍，促使简牍乃至传世文献中"文本"一词的热度升高。多视角审视出土简牍，多途径探索文本形态，是学术繁荣兴盛的表征，但也易因忽略春秋、战国时六艺诸子传授形态、书写方式、传播途径，而以今律古、强作解人，甚或套用公式、射覆猜谜，看似自成一说，实质却不免与历史真相暌违。

　　两汉的今古文经本异同，在魏晋古文经学兴起后逐渐消弭，颜之推《家训》所提及的江南、河北文本，未必都是汉代今古文经本，陆德明《释文》载录的二百多家上万条异文，虽然蕴含部分汉代今古文经本的字形，但也有相当一部分是魏晋六朝真书兴起后传抄所产生的别字、俗字，与汉代今古文经本无关。孔颖达《五经正义》、贾公彦《周礼义疏》《仪礼义疏》和杨士勋、徐彦等著作，保存了汉魏、六朝部分经典异说，其中有的摘录经文，可以管窥经本一斑；有的只有说而无经文，让人无法猜度其经文原貌。朱熹承程子之意，分《大学》为经一章、传十章，移易《中庸》文句而分为三十三章，尽管阳明对朱熹的《大学》分章并不认可，且至今尚未有出土文献来证实朱熹改本的是非，但这是宋代学者第一次对先秦经典文本的辨识复原，厥功至伟。我说朱熹改本"厥功至伟"，是基于我对诸子传授、记录形态和对先秦文本的长期思考、仔细观察而言。朱熹改本是否完全符合曾子所言及门人所记是一回事，而经典，尤其是传记如《论语》《礼记》等，因难以分别经与传、问与答而传抄错乱，又是一回事，两者并行而不悖。经传问答之所以难以分别，是因为先秦书写没有朱墨和大小字之别，加之简牍纬丝散乱，抄手又未必都是学者，所以内容完整、意义连贯的文本，往往在传抄中被拼接错位。

　　清代自顾炎武撰《九经误字》、沈炳震撰《九经辨字渎蒙》，所辨多在文字。逮惠栋撰《易汉学》《九经古义》，虽欲发皇汉学，推究汉代经学，也只能在文字上入手寻究；其中虽间涉汉代经师某作某，但因为没有参照的文本，所论只是无数个分散而不连贯的点，无法形成一个几何图形。浦堂撰《十三经注疏正字》，卢文弨撰《群书拾补》，益朝着文字形音义方向发展，导致后来阮元出来主持纂辑《十三经注疏校勘记》。另一条进路，戴震作《毛郑诗考正》，虽也在文字训诂上较论，但有较明确的文本指向，所以段玉裁承其绪，在《诗经小学》之后，要作《毛诗故训传》定本，来复原毛公《诗传》文本。王鸣盛用三十多年时间撰著《尚书后案》，旨在发挥郑康成一家之学，由其辑录之郑注，可以略窥郑氏所持文本之一斑。段玉裁读王氏《后案》，起而作《古文尚书撰异》，希冀勾勒《古文尚书》文本面貌；陈乔枞继而作《尚书欧阳夏侯遗说考》和《今文尚书经说考》，正欲与段氏各竖旗鼓，复原汉代《尚书》今古文经文本样貌。陈寿祺陈乔枞父子又作《三家诗遗说考》，同样用师法家法传承之系联，钩稽两汉今文《诗》说，其于复原汉代经师文本之事业可谓大矣。晚清皮锡瑞《今文尚书考证》和王先谦《诗三家义集疏》，俨然自以为是为今文经本作注，但不得不归于陈氏父子导夫先路之功。以上只是清儒陵宋轹唐、探寻汉代经学文本的主线，围绕这条主线而作的著作屈指难数,各有贡献,不烦缕述。

　　自 20 世纪下半叶始,儒家经典简帛不断被发掘而重见天日,其中 70 年代出土的马王堆《周易》帛书,书写年代在五经博士建立前的文帝时代;50 年代出土的武威《仪礼》汉简,年代落在五经博士建立后、章句逐渐兴盛的成帝时代。前者文字与《易》经相去稍远,后者则与《仪礼》较为接近。最近出土的海昏侯《诗》简,年代适在宣帝之时,故章句的形态也初具规模。这一系列现象表明,五经博士的建立、分章析句的传授和向歆父子的校勘,将经典的古本和今本划分出一道界限。尽管经学博士建立和章句传授过程中的文本变动,以及向歆校勘过程中除章学诚、刘咸炘、孙德谦和余嘉锡已揭示外的细节,我们现在并不很清楚,但它似乎已经告诫我们,在比勘、分析出土与传世经典文本时必须分别对待。

　　马王堆帛书和武威汉简之外,绝大多数经典简牍都是战国时期之物,当时“文字异形,言语异声”已众所周知,而诸子学派之传承方式和传写形态,今天仍然知之甚少。取经过博士传授、向歆校勘的文本,来比勘、研究“文字异形,语言异声”时代的简本,当时混乱多变的古籀字形、南北杂陈的方言方音、狭窄单一的书写形态和茫无头绪的传播途径等,都是横贯在我们面前的沟壑。虽然我们现在很难把控这种局面、逾越这些天堑,但在比勘、研究中始终存有这样的意识,在有可能的前提下多考虑这些因素,试着去把控、去逾越,以弥补我们论证过程过分简单的缺陷、完善我们推理时的逻辑,至少要比没感觉、无意识、不思考而置之不理、自说自话要好。

　　有鉴于此,我在研究竹简《缁衣》过程中,就尽量去考虑这些因素对文本的影响。比如,为弄清《缁衣》每章后必引《诗》《书》文句以证,且简本和传世本所引《诗》《书》前后互相颠倒的原因,我追溯了西周国学中的《诗》《书》教学,知道有一门专讲兴、道、讽、诵、言、语等六语的课程,由此悟彻春秋各国外交赋诗时为达到使者的政治目的,不惜断章取义,应是学习六语后的结果;降及战国,普遍将

《诗》《书》作为经典格言来引述，则是因为连横合纵时势下，温和敦厚的讽喻风气衰退，故必须直接用圣贤故训来佐证观点、加强语气。揭示这样一种历史脉络，同时结合简牍形制，意在说明《缁衣》引《诗》《书》的时代意义，以及颠倒是因错简而非刻意篡改，无关宏旨。又如，为深究《缁衣》篇名取义及《郑风·缁衣》诗旨，我从缁衣的制作、形制、用途入手，追踪桓、武开国历史乃至郑国地望及其迁徙途径，揭示《缁衣》诗章的本义，最终确定《礼记》此篇取"缁衣"为篇名的深意。在具体的文字疏证过程中，分析字形之外，往往多征引清人的说法、观点来评判、取舍，意在将学术史与经学训诂联系起来。用这种方法来作"烦琐"考证，篇幅当然冗长，这在二十多年前简牍考释崇尚简约的学术风气中，绝对是个异类，融入不到圈内。但为坚持自己的研究理念，我曾在不同场合多次表述：立足于出土简牍，检寻近似的传世文献文句以证，和立足于博士传授、向歆校勘而定的传世文本，来审视出土简牍，其重心不同，视点不同，思路不同，故所用方法和考证路径也不同，当然，最后得出的观点结论就不一定相同。

简本《缁衣》引了《小雅·都人士》一章，但郭店简文字完整，上博简文字有残缺，且与传本《缁衣》和《诗经》文字都有差异。学者对郭店简引文中"𠂤"作出过各种各样的隶定，对其读法也作出过各种各样的考释，竭力将之与传世本联系起来，以致不管它们的韵字不协。放眼春秋、战国之际，诗三百尚未固化，口传意授，取此失彼，故逸诗时见于其他文献。《小雅·都人士》五章，其前一章和后四章存在明显的矛盾和不协调，郑玄、服虔、孔颖达也说三家诗无首章。我综合考虑《毛诗》的流传、诗章的押韵和诗句音节的回环复沓等因素，将"𠂤"释为"人"，读为"仁"，以与"信"协韵；更将其与《都人士》首章合为二章一首，将《都人士》后四章划为另一首。这种结论的是非错对姑置不论，但至少考虑到了战国《诗经》传授的历史，解决了传世本《都人士》和简牍《缁衣》引诗异同的各种矛盾。

　　上博简《孔子诗论》公布后,学者多循马承源先生所排简序,提出自己不同的排简方案——记得当年就有二十种左右,据说现在已近三十种。我因为一直关注先秦诸子"传"的传承形态和内容,看出《诗论》是师弟子相传文字的合抄,是将不同层次的问答抄录在一个文本中,绝无先秦"论"的意味,所以作文申述应该称《诗论》为"孔门诗传"。因人微言轻,不被重视而闲置一边是情理中事。《诗传》中有"其歌绅而〓"一句,其"〓"字,古文字学者都严格按照其构形作解,于是人各一见,互不认可。汉字确实有其严格的构形系统,一点一画都有区别,但用汉字书写的文本是语用系统,不能完全用构形系统来硬套,因为抄写的人不是精于汉字构形系统的专家,在抄撰、转写过程中,依稀仿佛、似是而非的形讹时有发生,随处可见。"荡"与"𦵮"一画之差,认错抄错太容易。"𦵮"即"荡"字,义为广大、广远等,"〓"释为"荡"不仅句子通顺,且于古文献多有证据。《诗论》中还有"常常者华"一句,系《小雅》篇名。论者多从通假途径作解,固然通顺。先秦两汉,因为大部分的传承都采用口授笔录的形式,很多文本因"仓促无其字"而用同音字替代,所以汉代经师用"汉读"的方法注经作解。舒天民、戴侗率先注意到这种现象,王念孙更用"因声求义"来征其微、发其覆,取得了瞩目的成就。但先秦诸子传授,并非只有口授笔录一条途径,同时存在辗转传抄一途。传抄就无可避免会产生形近抄讹事例。常、棠、裳、棠四字虽然都从"尚"声,用通假解释似乎天经地义不容置疑,但竹简四字下面的构件都很形近形似,是同音记录还是形近抄讹,很难确证。所以古文字隶定的时候,是否需要考虑这种形近的因素,是值得我们深思的问题。好在十多年过去,出土简牍文本中的形讹问题已越来越为学界所重视。

　　例举书中一些考证思路和细节,不是要表明我的结论正确,而是要重申这种研究思路和考证实践,是一本于我对出土简牍与传世文献研究的认识与理念的。

　　五经博士建立、传授和向歆校勘前后之文本有很大的差异,推寻先秦简牍文本，又有沟壑横陈在前，所以困难相当大。相反，汉魏石经是汉魏今古文的标准文本，虽经毁弃、沉埋而所出残石有限，但因其本身就是传世今古文经本，所以相较那些出土的六艺简牍，更易发现两汉今古文经学文本的异同，这就是我关注石经二十年的缘由。自《从熹平石经和竹简〈缁衣〉看清人四家〈诗〉研究》一文始，我陆续撰写了有关石经文字五十多万，这里只收录几篇与《诗经》相关的文章，大致有几个方面可以表述：熹平石经所刻为《鲁诗》，它可以校验清人对四家诗的归派正确与否，其意义不在清人归派对错的比率，而是可以让我们思考，依师法家法划分和归派异文之所以与鲁、毛文本仍有出入，或有几种原因：其一，两《汉书》记载的师法家法有缺环；其二，经师有师承的一面，也有转益多师的特例；其三，师法家法虽以文字为基点，但更重要的是解说和篇章的长短多少，篇次的先后次序。关于篇次，罗振玉做得最多，贡献最大，我所撰《〈诗经〉今古文分什与"板荡"一词溯源》《熹平石经〈鲁诗·郑风〉复原评议》及《由海昏简与熹平残石对勘论鲁、毛篇第异同》三篇，是在罗振玉《集录》的基础上更进一步，尽可能联系文献和史实以完整复原文本，揭示今古文和师法家法文本背后的历史。把握了师法家法文本在段落、篇第上存在着的差异，就可以理解汉代今古文和不同师法的文本为什么可以共享一个异文，而同一家法的文本何以也有不同的异文：今古文和师法文本虽以文字异同为基点，但绝不仅仅限于文字异同，在文字之上，还有文本篇幅长短、文本前后错简以及由此引起的解说差异等等。总之，汉代接受战国多途径传下来的文本，在今古文对立、传授和共生过程中的细节之复杂远超我们想象。知道了汉代文本的复杂性，再去看清人就异文论古今，我们确实前进了一大步。但这不是我们比清儒聪慧，而是拜出土文献之赐。假如惠、戴、段、王看到简牍和石经残石，以他们的功力，应该会比我们揭示出更多的东西。

　　由西周经春秋而战国下至秦汉，汉字一直处于变动之中，经典、诸子文本的异文,可以说因人、因地、因时,时时刻刻都在产生。追溯杂乱纷繁异文的来历,必须定位到时间和空间交汇的一个点,只是历史场景的缺失和年代的久远,将有时空定点的立体异文压缩成了一个扁平的面。《六朝〈毛诗〉异文所见经师传承与历史层次》对《释文》一千组异文进行考证,揭示了一批毛公、郑玄、王肃之注和其他籀篆隶楷兴替时所产生的异文,这也算是追溯到了一组异文产生的时空交汇点——这个点是否前有所承又是另一回事。由此反思,仅仅从一组组异文去分别今古文、家法师法,从而漫议文本,虽能收到一定效果,但并没有追到源头。清人在经典异文的海洋中蠡测今古文和师法派别,是历史的局限,不能过分苛责。但今天我们如果仍然局限于以异文论今古文和师法家法之文本,则不免作茧自缚,画地为牢。

探究先秦或两汉的经典文本,不是一个简单的文字、词汇比较工作,由六朝《毛诗》传抄中产生的异文,可推知同一师法的不同经师传抄传授也会产生异文,故重要的是要探寻先秦诸子传授方法、书写形态和派系脉络,所以,文本研究的功夫更在文本之外,即在师承传授、不同字体传抄和多头流传的历史背景。

本书所收虽是我所写有关《诗经》的散篇文章,但其研究指向大多是《诗经》在战国到六朝传授、流传中的文本,是我的"文本"理念的具体实践。在这一点上说,它虽无专著章节之名而有专著之实,所以用"文本视野下的诗经学"来统括。由于文章的撰作时间比较长,注释格式和用书都不统一,这次由张林宇、卢海燕学棣通读全书,改正讹误,并按出版社要求作了统一处理。马涛教授读《由海昏简与熹平残石对勘论鲁、毛篇第异同》校样,补充了我漏引的两块熹平残石文字。老友光阳兄为书名题签,使小书增色。责编肖春茂先生微信、电话往返商榷,匡助良多。在此一并致谢。

2024 年 12 月 16 日于榆枋斋

目　录

《郑风·缁衣》诗旨与
郑国史实、封地索隐

一、《缁衣》诗旨各说

《礼记·缁衣》云：子曰："好贤如《缁衣》，恶恶如《巷伯》。"以《郑风·缁衣》起兴并作为篇名，在一定程度上代表了春秋时代的普遍看法，为《缁衣》一诗的诗旨作了定位，而深入探讨《缁衣》诗篇的时代背景，诠解诗中的名物、典制，不仅有助于形成对诗旨的正确理解，对《礼记·缁衣》相关章节的精义也会有进一步认识。

《郑风·缁衣》诗云：

> 缁衣之宜兮，敝予又改为兮。适子之馆兮，还予授子之粲兮。
>
> 缁衣之好兮，敝予又改造兮。适子之馆兮，还予授子之粲兮。
>
> 缁衣之席兮，敝予又改作兮。适子之馆兮，还予授子之粲兮。

《小序》以为"美武公也。父子并为周司徒，善于其职，国人宜之，故美其德，以明有国善善之功焉"。郑笺："父谓武公父桓公也。司徒之职，掌十二教。善善者，治之有功也。郑国之人皆谓桓公、武公居司徒之官正得其宜。"

桓公、武公在周王朝任司徒之职,毛传所说"国人"未有明指,而郑笺指为郑国之人。诗旨究竟是周王贤桓公、武公,还是桓公、武公礼贤贤士;是郑国民众颂扬两公,抑或周地百姓赞扬司徒? 围绕此一问题,历代《诗经》学者先后提出了截然不同的看法。总结、整理各种相左意见,有助于深入理解《缁衣》之谛义。

《缁衣》一诗所要表达的是好贤、礼贤,前后三章反复叠咏,反映出一种极强的矢志不渝精神。诚如明代朱善所说:"《缁衣》所以为好贤之至者,以其始终之如一也。始之厚者,不能保其终之不薄;始之勤者,不能保其终之不怠。惟《缁衣》之好贤不然,其改造、改作既始终之无间,而适馆、授粲复前后之如一。衣欲其常新,粲欲其常继,仪刑欲其常接乎目,议论欲其常接乎耳,殷勤缱绻,久而不厌,所以为好贤之至尔。"①朱氏概括诗旨,揭示出一种好贤精神,但却未落实到具体之历史人物。而绝大多数学者,皆围绕着好贤者与被好者这一问题聚讼不已。现分述如下。

(一) 郑人歌咏桓、武礼贤贤士

主此说者最多。崔述从好贤为立国之本着眼,以为:"大抵国家初造,莫不以好贤为务。虽以郑之不振,而其立国之初犹且如是……惟郑建国于平王之世,是以此诗尚存;学者所当以三隅反也。"②方玉润明确指出好贤之主与礼贤之道:"《缁衣》,美郑武公好贤也。""罗贤以礼不以貌,亲贤以道尤以心。贤所以乐为用,而共成辅国宏猷,国人好之,形诸歌咏,写其好贤无倦之心,殆将与握发吐哺后先相映,为万世美谈,此《缁衣》之诗所由作也。"③于鬯又更

---

① 朱善:《诗解颐》卷1,《通志堂经解》,江苏广陵古籍刻印社,1996年影印本,第8册,第255页中栏。

② 崔述:《读风偶识》卷3,《崔东壁遗书》,上海古籍出版社,1983年,第554页上栏。

③ 方玉润:《诗经原始》卷5,中华书局,1986年,第203—204页下栏。

为具体地分析诗中"予"与"子"之指属,曰:"此诗三章中'予',皆诗人设为武公之辞也。子,指善者也。武公之于善者,衣敝而改为之,适馆而授之粲,故《序》云'美武公也'。又云'父子并为周司徒,善于其职',则美武而兼美桓矣。又云'以明有国善善之功焉',则所以美者,美其能善善而有国也。'善善'者即《小戴·缁衣记》与《孔丛子·记义》篇所谓'好贤'是也。"①吴闿生亦云:"味诗旨,自是武公好贤之诚,缁衣以礼贤士,适馆授粲,殷勤无已,故国人作此诗美之。《序》所谓'明有国善善之功'者,有国,为武公;善善,即好贤也。夫惟贤士贫贱,故旌以殊服,敝又为之改为,斯足尚也。"②其他如庄有可、谢无量等皆从此说③。高亨观点与此相近,但他未从《小序》指为武公,而是虚指"郑国某一统治贵族"④。反对此说者却说:"'好贤如缁衣',所谓贤,即谓武公父子也。后之讲师习其读而不知其义,误以为称武公之好贤,遂曰'明有国善善之功',失其旨矣。"⑤

(二)郑人以桓、武为贤而作颂

《小序》以为:"美武公也。父子并为周司徒,善于其职,国人宜之,故美其德,以明有国善善之功焉。""国人宜之"云云,极为含混,既不指出为何国之人,也不点明是国人歌咏武公父子礼贤下士,还是武公父子"善于其职",故而国人以之为贤而适馆、授粲以待。郑玄笺曰:"郑国之人皆谓桓公、武公居司徒之官正得其宜",点明了"国人"的国别,但没有诠解后面一个问题。孔颖达作正义,缘《序》《笺》之意而云:"作《缁衣》诗者美武公也。武公之与桓公父子皆为

① 于鬯:《香草校书》卷12《诗二》,中华书局,1984年,第239页。
② 吴闿生:《诗义会通》卷1,中华书局,1964年,第60页。
③ 庄有可:《毛诗说》,商务印书馆,1934年影印稿本,第2册,第1页背。谢无量于《诗经研究》第3章《诗经的历史上考证》中说:"此国人美武公之德,言其礼爱贤才。"国学小丛书本,商务印书馆,第88页。
④ 高亨:《诗经今注》,上海古籍出版社,1980年,第107页。
⑤ 吕祖谦:《吕氏家塾读诗记》卷8,《四部丛刊续编》本,第6册,第1页a。

周司徒之卿而美于其卿之职,郑国之人咸宜之,谓武公为卿正得其
宜。诸侯有德乃能入仕王朝,武公既为郑国之君,又复入作司徒,已
是其善,又能善其职,此乃有国者善中之善,故作此诗美其武公之
德,以明有邦国者善善之功焉。经三章皆是国人宜之,美其德之辞
也。"孔意已经将诗旨引向武公父子善于司徒之职而被郑人以为贤
而歌颂之的旨趣。但后人仍有诘驳,严粲说:"说者多以此诗为郑人
所作,谓周人之诗当在《王风》,非也。《破斧》《伐柯》《九罭》、
《狼跋》,皆周大夫所作而附于《豳》。此武公入为周司徒,善于其
职,周人善之而作此诗耳。"①严氏之说,代表了宋代相当一部分学
者之观点。

(三)周人以桓、武为贤而作颂

由于桓公、武公是在周王朝任司徒之官,于是有周人贤桓、武之
说。宋儒多主之。北宋苏辙认为"诸侯入为卿士,皆受馆于王室,民
之爱武公不知厌也"②,在王室受民之爱戴,自然是王朝周民。南宋
初范处义说:"周之国人以为善于其职,宜在此位,故作《缁衣》之诗
以美之。"③此指武公宜任司徒之职。吕祖谦从郑人不可能长途跋
涉至京城为武公改衣、授粲立论,直截了当地说:"此诗武公入仕于
周而周人美之也。"并设问"若郑人所作,何为三章皆言'适子之馆
兮'"④。朱熹亦曰:"旧说郑桓公、武公相继为周司徒,善于其职,周
人爱之,故作是诗。言子之服缁衣也甚宜,敝则我将为子更为之,且

---

① 严粲:《诗缉》卷8,复性书院校刊本,第2册,第2页。
② 苏辙:《诗集传》卷4,《文渊阁四库全书》,台湾商务印书馆,1983年影印本,第70
册,第355页上栏。
③ 范处义:《逸斋诗补传》第8册卷7,《通志堂经解》,江苏广陵古籍刻印社,1996年,
第34页中栏。
④ 吕祖谦:《吕氏家塾读诗记》卷8,《四部丛刊续编》本,第6册,第2页a。按,兮,误作
"乎",今正。

将适子之馆,既还而又授子以粲,言好之无已也。"①朱子将周人作归之为"旧说"。清代朱鹤龄则着眼于东周建都历史,指出"平王东迁,武公有迎立之功,周人德之深,故其情见乎辞如此"②。但周人之诗,何以列入《郑风》?清人有见于此,遂起而质难。陈启源曰:"《吕记》《朱传》皆以《缁衣》篇为周人作,非也。周人作之,当入《王风》矣。"为弥缝此一矛盾,他调停其说,谓:"好贤自属周人,郑人述而为此诗耳。"③崔述就上下施授之仪礼上诘驳:"适馆、授粲皆上施于下之词,而人君爵尊禄厚,亦非民之所当为之'改衣''授粲'者也。"④吴闿生还说:"若天子卿士,其衣服何待他人为之。周人爱其卿士而过情如此,是佞贵,非尊贤矣。"⑤日本人安井氏则从王朝、私朝服饰之不同驳之:"若周人作此诗,其应入王风固也,又必当述在王朝之冠服。王朝君臣同服皮弁、素衣、素裳,今不言皮弁、素裳而言缁衣,缁衣,诸侯私朝之服,明郑人作之矣。"⑥

(四)虢、郐之人以桓、武为贤而作颂

桓公东寄帑、贿于虢、郐(桧)之地,于是滋生此说。马振理云:"案此诗正言桓公东寄帑与贿,虢、桧轻分公地,一时舆论欢迎之情,跃然纸上,所谓'适子之馆,授子之粲'者是也。而虢、桧之君,仍俨在梦中,真诗人化工之笔也。顾国家者公器,全以民情向背为转移。民情所向,即为彼善于此,亦即为贤。至于双方之孰成孰败,吾人盖有所不暇论矣。故孔子读《缁衣》,亦第许虢、桧之民好贤之心至

①　朱熹:《诗集传》卷4,上海古籍出版社,1958年,第47页。
②　朱鹤龄:《诗经通义》卷3,《丛书集成续编》,台湾新文丰出版公司印行,第107册,第33页下栏。
③　陈启源:《毛诗稽古编》卷5,《清经解》,上海书店出版社,1988年影印本,第1册,第365页。
④　崔述:《读风偶识》卷3,《崔东壁遗书》,第554页下栏。
⑤　吴闿生:《诗义会通》卷1,第60页。
⑥　竹添光鸿:《毛诗会笺》卷7,华国出版社,1975年,第3册,第2页b。

也。"①马氏据《国语·周语》《史记·郑世家》所记而发此论,自觉理由充足。

(五)王朝同僚以桓、武为贤而作颂

周人贤武公,为之改衣、授粲既不可能,于是有同僚之说。李光地云:"朱子用序说,谓桓公、武公相继为周司徒,善于其职,国人爱之而作也。然如此则改衣、适馆、授粲,非国人所以施于卿士,或同列之辞也。"②李所谓"同列"即同僚。

(六)周王礼贤桓、武

为一个开国诸侯、王朝司徒"改衣""适馆""授粲",绝非一般民众可为之事。能者唯有最高统治者。明代何楷曰:"《竹书》纪幽王十一年,申侯、鲁侯、许男、郑子立宜臼于申。平王元年,王东徙雒邑,晋侯会卫侯、郑伯、秦伯以师从王入于成周。是则武公之于平王始而迎立,继而东徙,皆与有力。王之德郑也深,故其情见乎词,特为恳挚如此。"③俞樾不仅认为"篇中言'予'者,皆设为周天子之辞",进而征引古礼以实其说:"《仪礼·觐礼》:'天子赐侯氏以车服。'此即所谓'敝,予又改为'也。其云'适子之馆'者,《觐礼》'天子赐舍'是也。其云'还授子之粲'者,《觐礼》'飧礼乃归'是也。武公以诸侯入为卿士,故用诸侯之礼,诗人纪其实耳。"④王先谦有相同之说:"予者,探君上之意而咏歌之。合观下文,解衣推食,皆出于君恩,他人亲爱,不能如此立言。"⑤但吴闿生却认为天子不可能这

---

① 马振理:《诗经本事》卷13,世界书局,1936年,中册,第1226页。
② 李光地:《诗所》卷2,《文渊阁四库全书》,第86册,第32页上栏。
③ 何楷:《诗经世本古义》卷19,《文渊阁四库全书》,第81册,第624页上栏。又,明代朱朝瑛明指为"诗人借平王口语一再咏叹,以写其爱慕无已之意如此"。见朱朝瑛:《读诗略记》卷2。
④ 俞樾:《群经平议》卷8,《清经解续编》,上海书店出版社,1988年影印本,第5册,第1071页上栏。
⑤ 王先谦:《诗三家义集疏》卷5,中华书局,1987年,第336页。

样做,"若托为天子之言,尤无此理。且卿士服敝,天子必为之改为,亦不胜其劳矣"①。

(七)刺待贤士无恩

牟庭《诗切》:"《缁衣》,刺待士无恩也。……《礼记·缁衣》曰:'子曰:好贤如《缁衣》,则爵不渎而民作愿。'盖此诗本为君不恤士,而言好贤之意当如此。则诗人实为好贤之至者也。"②以诗人好贤而刺郑国诸侯待士无恩,与桓、武事迹相左,故亦无人响应。

以上七说,各有理据,然从君、臣、同僚与人民之关系思考:桓公及武公为周司徒,"善于其职",逻辑上可以是周民或郑民拥戴而歌颂之,也可以是宣王、幽王或平王以二公为贤,推挹而称赞之。郑民为二公改衣、适馆、授粲,吕祖谦已以郑人地远不可能长途跋涉至京城为之;而周民之作为,吴闿生亦以为天子卿士之衣服不待民众如此过情之举措,说皆有理。平王"德郑之深",故"情见乎辞",看似入情入理,但铜器铭文有大量天子赐臣下玄衣等实物记录,却无为臣下改衣、授粲之实例。司徒之同僚,或三公,或六卿,各司其职,各尽其能,似无转相赞许、推挹之例;因为与其转相改衣、适馆、授粲,不如夕惕若厉,黾勉王事。刺待贤士无恩,乃别出心裁的荒诞不经之说。虢、郐之人踊跃欢迎桓公,与桓公未曾灭虢、桧之史实不符,所谓"国家公器""民情向背"与孔子君臣观亦有矛盾,孔子既然称引《缁衣》,绝不可能是虢、桧之民情向武公之故。因此,不对郑国的史实予以全面揭示与深入之分析,很难得出一种合理有据、令人信服之结论。

---

① 吴闿生:《诗义会通》卷1,第60页。于鬯则说:"今如传笺之意,则予者予周王,子者子武公,然则武公贤而周王好之,诗美周王之贤,不得谓美武公之善善,其必不然明矣。"(《香草校书》卷12《诗二》,第239页)从侧面否定此说。
② 牟庭:《诗切》,齐鲁书社,1983年,第2册,第764页。

二、缁衣形制及其用途

《缁衣》一诗中名物以缁衣最为关键。由缁衣之质地、形制决定其用途,而其用途之不同又滋生出种种异说。故欲评判异说,先须料简缁衣之质地与形制。

(一) 缁衣之质地、形制

《周礼·春官·司服》:"凡甸,冠弁服。"郑玄注云:"冠弁,委貌。其服缁布衣,亦积素以为裳,诸侯以为视朝之服。《诗·国风》曰:'缁衣之宜兮。'谓王服此以田,王卒食而居则玄端。"孙诒让正义谓郑玄此注明冠弁服即诸侯之朝服,朝服即缁衣[①]。《玉藻》云:"诸侯朝服,以日视朝于内朝。"郑玄注:"朝服,冠玄端素裳也。"朝服之称缁衣,又称玄端,当从布料漂染过程中得以解释。

《说文·糸部》:"缁,帛黑色也。"《释名·释采帛》:"缁,滓也,泥之黑者曰滓,此色然也。"缁为黑色。关于染缁之法,《周礼·天官·染人》记有"染人掌染丝帛。凡染,春暴练,夏纁玄,秋染夏,冬献功",只是粗略记述一年中漂染的时间。《考工记·锺氏》载其具体方法,云:"以朱湛丹秫三月,而炽之,淳而渍之。"即将赤石和丹秫浸泡于水中,三个月后,复用火炊蒸,反复用蒸赤石、丹秫之热水沃浇赤石、丹秫,使其水增浓,然后用于漂染。漂染并非一次成色。所谓"三入为纁,五入为緅,七入为缁",即必须经过七次漂染,才成缁色。郑注云:"染纁者,三入而成。又再染以黑,则为緅。……又复再染以黑,乃成缁矣。……《诗》云'缁衣之宜兮',玄谓此同色耳。染布帛者,染人掌之。凡玄色者,在緅缁之间,其六入者与?"孙诒让正义:"玄与缁同色,而浅深微别。其染法亦以赤为质,故毛、许、郑三君并以为赤而兼黑。玄于五行属水。《史记·封禅书》,张

---

① 孙诒让:《周礼正义》卷40,中华书局,1987年,第6册,第1643页。

苍以为汉水德,年始冬十月,色外黑内赤,与德相应。是正玄以赤为质,而加染以黑之塙证。"①依郑说,六入为玄,七入为缁,故其色"浅深微别"。因为其色难以分别,所以经籍中经常混称不别。如《王制》云:"周人玄衣而养老。"郑注:"玄衣素裳,其冠则委貌也。"孙诒让曰:"彼云玄衣者,缁玄色略同,得通称。"②

古代布帛之丝缕有精粗,同一尺寸内丝缕之多少因用处不同而异。《杂记》云:"朝服十五升。"孔颖达正义:"朝服精细,全用十五升布为之。"《仪礼·丧服》云:"冠六升。"郑玄注:"布八十缕为升,升字当为登,登,成也。今之礼皆以登为升,俗误已行久矣。"贾公彦疏:"云布八十缕为升者,此无正文,师师相传言之。是以今亦云八十缕谓之宗,宗即古之升也。"王应麟《困学纪闻》卷五云:"布八十缕为一升……吴仁杰曰:今织具曰筬,以成之多少为布之精粗。大率四十齿为一成,而两缕共一齿,正合康成之说。"一升八十缕,十五升当为一千二百缕。郑玄《仪礼·乡射礼》注云:"今官布幅广二尺二寸,旁削一寸。"此虽汉时定制,然亦前有所承。《汉书·食货志下》云:"太公为周立九府圜法……布帛广二尺二寸为幅,长四丈为匹。"③是周制已如此。幅广二尺二寸,则每寸 54.55 缕。

缁衣又称为玄端。《说文》云:"褍,衣正幅也。从衣,耑声。"段玉裁注:"凡衣及裳不衺杀之幅曰褍。"王筠、桂馥、朱骏声等说文学家均认为端为褍之借字,而段玉裁仍谓"褍乃正幅之名,非衣名"④。然从玄端之裁剪制作看,似当取之于"正幅"之名。郑玄《周礼·春

① 孙诒让:《周礼正义》卷 79,第 13 册,第 3316 页。贾公彦亦云:"若更以此缁入黑汁,即为玄。则六入为玄,但无正文,故此注与士冠礼注皆云六玄,则六入与? 更以此玄入黑汁,则名七入,为缁矣。但缁与玄相类,故礼家每以缁布衣为玄端也。"(见《钟氏》疏)

② 孙诒让:《周礼正义》卷 40,第 6 册,第 1643 页。

③ 班固:《汉书》卷 24 下,中华书局,1962 年,第 4 册,第 1149 页。

④ 丁福保:《说文解字诂林》所收诸家之说,中华书局,1988 年影印本,见第 9 册,第 3714—3715 页。

官·司服》"其齐服有玄端、素端"注云：

> 玄谓端者，取其正也。士之衣袂皆二尺二寸而属幅，是广
> 袤等也。其祛尺二寸。大夫以上侈之，侈之者盖半而益一焉。
> 半而益一，则其袂三尺三寸，祛尺八寸。

此不仅说明玄端由整幅的缁布制成，而且士与大夫地位不同，其衣
袖之尺寸大小亦因之而不同。由此不同之尺寸，可知其所益也是整
幅缁布，所以缁衣之"端（褍）"的性质极为明显。

据此，缁衣系由门幅为二尺二寸，密度为一千二百缕，且用赤
石、丹秫之汁七经漂染之布料整幅剪裁制作而成。古人之朝服，亦
即缁衣何以要用缁色？经文阙载，曹魏董巴曾有讲说，其所著《大汉
舆服志》云：

> 上古衣毛而冒皮，后世圣人易之以丝麻。观翚翟之文，荣
> 华之色，乃染帛以效之，始作五采，成以为服。黄帝、尧、舜之垂
> 裳，盖取诸乾坤。乾坤有文，故上衣玄而下裳黄。秦以战国即
> 天子位，灭去礼学，郊祀之服，皆以袀玄。①

董意以为玄衣黄裳乃像天地乾坤之色，虽无法取证，但与《书·益
稷》"予欲观古人之象日月星辰、山龙华虫、作会宗彝、藻火粉米、黼
黻絺绣，以五采彰施于五色，作服汝明"云云比观，其说不无道理，它
透露出古代君王在牧民治国过程中，使自己的衣彩法像天地自然，
以显示人与自然之关系；又区别衣绣与质地，像《周礼·春官·司
服》中所述，以表明人君而下依次之尊严等级。

（二）缁衣之用途

朝服与玄端因上衣颜色相近，虽经典中多有通用不别者，但毕

---

① 李昉等：《太平御览》卷690引董巴《汉舆服志》，中华书局，1960年，第3册，第3079
  页下栏。按，中华本《御览》作"盖取诸乾坤有文"，《四库全书》本重"乾坤"二字，细
  阅中华本此页，非南宋蜀刊残本，似系日本活字本。考高承《事物纪原》卷十亦重"乾
  坤"二字，与《四库》本同，今据补。

竟其色有六入、七入之别,且与之相配的下裳、韠、舄等均不相同,用途亦异。《缁衣》诗明言是"缁衣",故先略去玄端不论①。朝服虽主要是缁衣,而与之相配的冠、裳、带、韠亦因地位不同而异,典礼记载零星,兹撮取文献,归纳如表1－1所示,以清眉目。

表1－1　缁衣配饰表

	天子	诸侯	大夫	上士	中士	下士
冠	玄冠	玄冠	玄冠	玄冠	玄冠	玄冠
里衣		羔裘	羔裘豹褎			
上衣	缁衣	缁衣	缁衣	缁衣	缁衣	缁衣
下裳			素裳	素裳		
带			缁带	缁带		
韠			素韠	素韠	缁韠(助祭)	
舄饰	白舄青绚繶纯	白舄青绚繶纯	白屦黑绚繶纯	白屦黑绚繶纯		

从表1－1可知,自天子至士,在礼仪规定的相同或不同场合都可以穿缁衣,仅其配饰略不相同。缁衣用途极为广泛,朝服之外,诸

---

① 玄端:天子诸侯玄端朱裳,大夫素裳,士玄裳、黄裳、杂裳;天子诸侯朱韠,大夫素韠,士爵韠,或以缁韠。天子诸侯黑舄赤绚繶纯,大夫黑屦青绚繶纯。示如下:

	天子	诸侯	大夫	上士	中士	下士
上衣	玄端	玄端	玄端	玄端	玄端	玄端
下裳	朱裳	朱裳	素裳	玄裳	黄裳	杂裳
韠	朱韠	朱韠	素韠	爵韠		缁韠
舄饰	黑舄赤绚繶纯	黑舄赤绚繶纯	黑屦青绚繶纯			

如祭祀、田猎、加冠、养老、宴群臣等,均须穿着。参考相关文献及任大椿《弁服释例》①,删去与《缁衣》诗不相涉之祭祀等用途,归纳如表1-2所示。

表1-2 缁衣用途表

用　途	用　　例	出　典
天子田猎之服	凡甸,冠弁服。	《司服》
士冠筮日筮宾之服	筮于庙门,主人玄冠朝服缁带素韠,即位于门东西面。	《士冠礼》
士冠宿宾及夕为期之服	乃宿宾,宾如主人服。	《士冠礼》
诸侯视朝之服	士妻朝服者,作朝于君,服亦玄冠缁衣素裳也。 诸侯与其臣服之以日视朝,故礼通为此服为朝服。 朝服以日视朝于内朝。	《葛覃》疏 《缁衣》疏 《玉藻》
卿大夫莫夕于朝之服	大夫莫夕盖亦朝服,其士则用玄端。	《玉藻》疏
王朝卿士退朝治事之服	卿士听朝之正服。 居私朝之服也。	《缁衣》传 《缁衣》笺
天子诸侯养老及宴群臣之服	凡养老之服皆其时与群臣燕之服。 诸侯以天子之燕服为朝服。	《王制》注
公食大夫公及宾之服	宾服朝服即位于大门外如聘,公如宾服,迎宾于大门内。	《公食大夫礼》
公食大夫宾拜赐之服	明日宾朝服拜赐于朝。	《公食大夫礼》
大夫相食不亲食致侑币之礼	大夫相食……若不亲食,则公作大夫朝服,以侑币致之。	《公食大夫礼》

---

① 任大椿:《弁服释例》卷6、卷7专释"朝服",《清经解》,第3册,第517—531页。

续　表

用　　途	用　　例	出　典
诸侯常食之服	诸侯亦以朝服食,夕则深衣。 食必复朝服,所以敬养身也。	《王制》疏 《玉藻》注
乡饮酒戒宾速宾之服	乡朝服而谋宾介,皆使能不宿戒。	《乡饮酒》记
乡饮酒宾主人之服	乡服,昨日与乡大夫饮酒之朝服也。 不言朝服,未服以朝也。	《乡饮酒礼》注
乡饮酒宾主人拜赐拜辱之服	明日宾乡服以拜赐,主人如宾服以拜辱。	《乡饮酒礼》
命使于君之服	若使人于君所,则必朝服而命之。	《曲礼》
乘路马之服	乘路马必朝服。	《曲礼》
聘礼使者夕币之服	及期夕币,使者朝服率众介夕。	《聘礼》
聘礼君展币之服	宰人告具于君,君朝服出门左南乡,史读书展币。	《聘礼》
聘礼君进使者授圭璧之服	君朝服南乡,卿大夫西面北上。君使卿进使者。	《聘礼》
聘礼请事请行郊劳之服	宾使于近郊长膻,君使下大夫请行反,君使请朝服,用束帛劳。	《聘礼》
聘礼宾赐受飨饩之服	君使卿韦弁归飨饩五劳,上介请事,宾朝服礼辞。	《聘礼》
聘礼宰夫致士介饩及士介受饩之服	宰夫朝服牵牛以致之,士介朝服北面再拜稽首受。	《聘礼》
聘礼问卿宾主人之服	宾朝服问卿。	《聘礼》
聘礼上介问下大夫之服	上介朝服三介问下大夫。	《聘礼》
聘礼不亲食使大夫致侑币之服	若不亲食,使大夫各以其爵朝服致之以侑币。	《聘礼》

续　表

用　　途	用　　例	出　　典
聘礼卿归及郊请反命之服	使者归及郊请反命朝服载旃。	《聘礼》
君视疾，有疾者见君之服	疾，君视之，东首加朝服拖绅。	《论语》
养亲疾之服	为宾客来问病亦朝服，主人深衣。	《既夕记》注
下大夫及士筮宅占者之服	如筮，则史练冠长衣以筮，占者朝服。	《杂记》

　　《郑风·缁衣》反复说"缁衣之宜""缁衣之好""缁衣之席"，但既未述及其下裳与韠，也未指明为谁何穿着，使人无法确指其对象。自从小序认为"美武公也，父子并为周司徒"之后，诗家皆循此作解，将缁衣加于桓公、武公之身。但因桓公、武公系诸侯而入为王朝卿士，依服饰制度，朝天子当穿皮弁，而诗言缁衣，于是生出种种解释。陈奂之解说可以代表诸多说诗者理路："玄冠朝服，为诸侯视朝之服。朝服以缁布为衣，故谓之缁衣。诗言缁衣本诸侯朝服，传以武公入为周卿士，故云卿士听朝之正服也。笺云缁衣者居私朝之服，天子之朝服皮弁服，谓私朝，即卿士听政之朝，此申传说也。"①二千年来，从传笺之说者多在天子、诸侯、卿士与皮弁、缁衣上串讲，其中以马瑞辰的解释最为周全，马说云：

　　　　是缁衣本诸侯视朝之服。《郑志》答赵商云："诸侯入为卿大夫，与在朝仕者异，各依本国，如其命数。"以此推之，诸侯内臣于王，其居私朝仍得服其诸侯之朝服，故《诗》以《缁衣》美武公。《传》云："卿士听朝之正服。"系专指外诸侯入为卿士者

---

①　陈奂：《诗毛诗传疏》卷7，《国学基本丛书》，商务印书馆，1933 年，第 2 册，第 59 页。

言,非泛指王朝卿士也。《笺》云"缁衣,居私朝之服",又云"卿
士所之之馆在天子之宫,如今之诸庐也",盖谓馆为九卿治事之
公朝,并未言馆即私朝也。馆为公朝,故下文云"还",乃还于
私朝也。孔疏合而一之,因谓天子之朝皮弁服,退适诸曹服缁
衣,误矣。古者诸侯之卿大夫有二朝。《鲁语》公父文伯之母
为季康子曰:"自卿以下,合官职于外朝,阖家事于内朝。"韦昭
注"外朝,君之公朝;内朝,家朝"是也。天子之卿大夫,制亦当
有二朝。《玉藻》"揖私朝,辉如也",注:"私朝,自大夫家之
朝。"是卿大夫有私朝之证。至《考工记》"外有九室",正韦氏
所云君之公朝,不可谓即治家事之私朝也。《玉藻》:"朝辨色
始入,君日出而视之,退适路寝听政。"谓君退于路寝以待,朝者
各就其官府治事,有当告者乃入也。以此推之,知天子之卿大
夫在外朝,有事尚当入告,似不得先释朝服而易以缁衣也。且
《玉藻》又云:"使人视大夫,大夫退,然后适小寝释服。"退谓大
夫退于家,释服谓释朝服也。以此推之,知天子于卿大夫未退,
尚不释朝服,则卿大夫当天子未释服以前不得先服缁衣明矣。
又案:羔裘与缁衣相配。《召南·羔羊》诗上言"羔羊之皮",下
言"自公退食",知诸侯之大夫退朝时尚服朝服之缁衣,则知天
子之卿士未退时不得释朝服之皮弁矣。缁衣指在私朝言,适馆
指在公朝言,还则还于私朝。首言缁衣,盖指未朝君之前先与
家臣朝于私朝而言;次言适子之馆,盖指朝君后退适公朝而言;
至望其还而饮食之,所以明好之深,望其退而休息也。孔疏误
以馆为私朝,因谓适诸曹改服缁衣,失之。①

孔颖达正义谓"天子与其臣皮弁以日视朝,则卿士旦朝于王服皮弁,
不服缁衣,故知是卿士听朝之正服。谓既朝于王,退适治事之馆,释
皮弁而服,以听其所朝之政也",因为古礼记载朝天子与诸侯听政所

---

① 马瑞辰:《毛诗传笺通释》卷8,中华书局,1989年,上册,250—251页。

服有皮弁与缁衣之不同,于是孔氏设想这位外诸侯朝天子之后听采
邑政事之前更皮弁换缁衣,以此来曲为诠解。马瑞辰用礼仪驳斥,
切中要害。所以王先谦说"马说精审,《诗》意《礼》经,一一吻
合"。① 符合礼经,是否也与诗意一一吻合? 如果首句言在私朝,次
句言在公朝,复又"望其还而饮食之",整首诗之结构显得跳跃、杂
乱而不相连续。改衣为什么一定要在私朝? 授粲为什么要等公朝
退后? 诸侯、卿大夫之有私朝、公朝,固礼经有据,但每日上朝,是先
私朝后公朝,抑或先公朝后私朝? 礼文无征。依孔颖达正义,似应
先公朝后私朝,这符合先天子后诸侯之礼制。依马说则必须先在私
朝处理采邑之事,而后朝见天子处理公务,曾钊即曾强调此点②;这
在严格的君臣礼制下难以说通。

　　桓、武二公时当西周末东周初年,幽厉之时尽管没有像秦汉之
际的《仪礼》文本,但其仪礼之施行固应系统而完整,及孺悲之后陆
续笔之简牍,可信其为当时仪礼之实录。因为可信,故毛传、郑笺所
释有可能为桓、武二公实情;也因为可信,上面根据《仪礼》等先秦
文献列出的天子、诸侯、大夫、士在不同场合穿着缁衣也应是西周以
还礼仪之真实记录。《毛诗》传笺及历代诗家多从桓、武二公着眼,
于是缁衣便成为听朝之朝服;更因二公身为诸侯和王朝卿士,于是
有朝周王穿皮弁服,接大夫听政穿缁衣之矛盾,而欲弥缝二者,乃有
公朝、私朝孰先孰后之争。

----

① 王先谦:《诗三家义集疏》卷5,上册,第336页。
② 曾钊《诗毛郑异同辨》云:《正义》曰:"此私朝在天子之宫内,即下句适子之馆兮是
　也。"钊按:《正义》非也。《礼记·玉藻》云:"揖私朝,辉如也,登车则有光矣。"注
　"私朝,自大夫家之朝。"又云:"朝玄端,夕深衣。"注:"谓大夫、士也。"《释文》:"朝,
　直遥反。"《疏》:"谓大夫、士早朝在私朝,服玄端,夕服深衣,在私朝及家。"据此,则
　私朝不在天子宫内审矣。玄端即缁衣,七人为缁,六人为玄,朝服玄冠,衣与冠同色,
　故谓其衣为缁衣,是缁衣为卿士听私朝之服,《礼记》有明文,而《正义》乃谓"国之政
　教事在君所断之,不得归适国门私朝",是不知卿士当未朝君之时,固先与家臣朝于
　国门私朝耳。(严杰:《经义丛钞》,《清经解》,第7册,第898页上栏、中栏。)

如若正视前面撮取《仪礼》等文献所罗列之缁衣用途，暂时抛开二公与朝服之传统思维，放眼于所有能够穿着缁衣之人，换一种角度思考，或许能够探寻出切合诗旨的解释。在前列七种观点中，桓公、武公礼贤贤士，本来就是从者甚众之说，然由于传、笺将缁衣局限于朝服，亦即只允许诸侯、卿士穿着，所以除于邑、吴闿生外许多持此说者都回避穿缁衣之对象。从缁衣用途表可以看出，大夫与士穿着缁衣极为普遍，也正因为普遍，所以诗之主人公才会因敝而为之"改为""改造""改作"。要佐证贤士穿着缁衣，二公为之改作这一理念，就必须追溯郑国开国之历史和二公之作为。

三、桓公、武公开国与郑地寻踪

（一）桓公、武公与周王朝的关系

武公名突掘①，为桓公之子。桓公名友，为谁何之子，史载不同。《史记·郑世家》云：

> 桓公友者，周厉王少子而宣王庶弟也。

而《十二诸侯年表》云"宣王母弟"，清代张照考证云：

> 按《春秋》之例，母弟称弟，系兄为尊，以异于其余公子。《僖二十四年左传》曰："郑有厉宣之亲。"以厉王之子而兼云宣王，明是其母弟也。服虔、杜预皆云"母弟"，此《郑世家》云"宣王庶弟"，皇甫谧亦云"庶弟"，乃《年表》又云"郑桓公友，宣王母弟"，《世家》《年表》同出马迁，不宜自乖异，岂传闻异辞，故两著于管耶？②

---

① 武公之名，司马贞认为有误，依据是武公之孙厉公名突，而按讳礼祖孙不能同名，见《史记索隐》。

② 见武英殿本《史记》卷42《郑世家》考证，上海古籍出版社，1986年，第1册，第212页中。

张氏倾向于"母弟",但仍恐是"传闻异辞"。梁玉绳曰:"庶弟误,当依《年表》作'母弟'。《汉地理志》亦作'母弟',郑《诗谱》从之,是也。……愚按《左传》云:郑有厉宣之亲,以厉王之子而兼云宣王,桓公明是宣王母弟,此云庶弟,传写之误。"①所据相同,而梁氏已明言"庶弟"为"传写之误"。庶弟、母弟犹同为厉王之子,辈分未变。《今本竹书纪年》之记载,使得桓公与厉宣世系有紊乱。原文云:

〔宣王〕二十二年,王锡王子多父命居洛。

多父与友的关系,雷学淇认为是字形相似:"王子多父者,宣王之子郑桓公友也。友与多父字相似,故诸书作友。"②周法高则谓:"友,读为有。《诗·小雅·鱼丽》:'君子有酒旨且多。'又曰:'君子有酒旨且有。'多与友义近。"③陈槃曰:"如周氏说,是多父其字,友其名也。"④"有"有多义。郝懿行《尔雅·释诂上》"幠,有也"义疏:"有之为言又也,亦言富也。《易·杂卦》云'大有众也',有与大皆丰厚之意,故其义相成矣。"⑤富有之为多,《诗·鲁颂·有駜》:"自今以始,岁其有。"毛传:"岁其有,丰年也。"故朱熹《诗经·小雅·鱼丽》集传:"有,犹多也。"有与友互为异文。《春秋·昭公十一年》:"执蔡世子有以归。"《穀梁传》作"世子友",《史记·管蔡世家》裴骃集解引《世本》作"太子友"。《论语·颜渊》"以友辅仁"集解引孔安国曰"有相切磋之道"释文:"本今作友。"有与多父,名字相应。

至于桓公是厉王之子抑宣王之子,雷学淇云:"《春秋僖公二十四年左传》曰:'郑有厉宣之亲。'此以桓公之祖、父为言,犹

① 梁玉绳:《史记志疑》卷23,中华书局,1981年,第3册,第1035页。

② 雷学淇:《竹书纪年义证》卷26,台湾艺文印书馆,1977年,第398页。按,多、友形似,徐文靖《竹书统笺》亦已言之。

③ 周法高:《周秦名字解诂汇释》附录一《周秦名字解诂补遗》,中华丛书委员会印行,1958年,第145页。

④ 陈槃:《春秋大事表列国爵姓及存灭表譔异》(三订本),台湾"中研院"历史语言研究所印行,1969年,第1册,第52页b。

⑤ 郝懿行:《尔雅义疏》,上海古籍出版社,1983年影印郝氏家刻本,上册,第17页。

《书》命晋侯称文、武也。《国语》曰：郑出自宣王，《纪》曰：'周宣王子多父伐郐，克之。'是其证已。汉晋以后，皆以郑桓为宣王弟，或云庶弟，或云母弟，并误。《吕览·适威》曰：'厉王，天子也，有雠而众故流于彘，祸及子孙。微召公虎而绝无后嗣。'此即谓召公以其子代宣王事也，则厉王之子止宣王一人可知。"①雷氏又以上述资料为基础作《郑系考》，引《左传》"郑祖厉王""郑有厉、宣之亲"、《国语》"郑出自宣王"等文献，复考厉、宣之年龄，以证明桓公非厉王之子。② 陈槃认为"雷氏言之成理"，复又旁征博引，辨析《左传·文公二年》"郑祖厉王"乃战国时"君子"增饰之文，此句文意为"郑不跻宣王居厉王之上如鲁跻僖公于闵公之上而行其逆祀，亦即谓宣王虽齐圣，犹不先厉王而食耳"，郑之祖厉王，乃是诸侯为所出王立庙及祀王父之礼。至《史记·晋世家》"郑之出自厉王"之文，陈槃以《晋语》曹伯对负羁言勘同，为《晋语》所无，证明是史公误加。《左传·宣公十二年》"徼福于厉、宣、桓、武，不泯其社稷"，陈槃亦以为系祭祀王父。③ 总之，雷、陈二家认定桓公为宣王之子，而非厉王子宣王弟。嗣后张以仁曾一一予以辨证④，兹撷取其结论如下：

（1）雷氏引《纪》曰"周宣王子多父伐郐，克之"，文见于《水经注·洧水》，原文作"晋文侯二年，同惠王子多父伐郐，克之。乃居郑父之丘，名之曰郑，是曰桓公"，杨、熊駮雷说，故作"周宣王子多父"。⑤ 张以仁以为，同之讹作周，于字形可解；惠讹为

① 雷学淇：《竹书纪年义证》卷 26，第 398 页。
② 雷学淇：《介庵经说》卷 7，《丛书集成初编》第 265 号，第 235 页。
③ 陈槃：《春秋大事表列国爵姓及存灭表譔异》，第 56 页。
④ 张以仁：《郑桓公非厉王之子说述辨》，原载《毛子水九五寿庆论文集》（1987 年），收入张著《春秋史论集》，台湾联经出版事业公司，1990 年，第 265—409 页。下引文字均见此。
⑤ 郦道元著，杨守敬、熊会贞疏：《水经注疏》卷 22 引雷氏《竹书纪年校订》之说，江苏古籍出版社，1989 年，中册，第 1842 页。后方诗铭、王修龄《古本竹书纪年辑证》亦从此说，见上海古籍出版社，1981 年，第 66 页。

"宣",字形不相似,倒是惠、厉两字尚相近。既然《史通·杂说》说"郑桓公,厉王之子",王国维也说"'同惠'疑'周厉'之讹",故仍当作周厉王之子为妥。

(2)雷氏引《吕览》"微召公虎而绝无后嗣"一语,以证明厉王止宣王一子。张氏缘此作推想说:"宣王如果是厉王生的第一个儿子,厉王在流彘的十四年中,难道再也没有生男育女的机会吗?"文梦霞更细致地推证厉王行历:"厉王生于孝王七年,孝王在位九年,夷王在位八年,而厉王即位,即位时才十一岁左右,若在位十二年奔彘,则奔彘时不过二十三岁左右。若据《史记》推算,厉王即位第三十七年奔彘,奔彘时也不过四十九岁左右,就算奔彘时为一人,无家室同行,然在彘时仍可能如晋文公流亡在外的情况,可另娶妻妾生育子女。"①如张、文之推证,反而证明《世本》《史记》桓公是宣王庶弟的记载应有所本。

(3)《国语》:"郑出自宣王。"韦昭注:"出者,郑国之封出于宣王之世也。"雷、陈均以此为宣王之子的铁证。张以仁分析"出"字,认为不是"所生"而是"出于宣王所封国"之义,只有如此作解,才能解释《国语》上文"郑在天子,兄弟也"一语。

(4)《左传》"郑祖厉王"一语,陈槃谓为战国时君子增饰之文。张以仁引《左传·襄公十二年》文曰:"凡诸侯之丧,异姓临于外,同姓临于宗庙;同宗临于祖庙,同族临祢庙。是故鲁为诸姬临于周庙。"杜预解"宗庙"为"所出王之庙也","祖庙"为"所封君之庙也"。周公为鲁之始封君,故鲁之宗庙(即周庙)为文王之庙,鲁之祖庙为周公之庙。张氏据此谓"郑国的情形相同,郑的始封之君为桓公,所以郑的'周庙'(引按:即宗庙)是他父亲厉王之庙"。

(5)《左传》"微福于厉、宣、桓、武,不泯其社稷"一语,陈以为

---

① 文梦霞:《春秋郑国建国史之探讨》第3章,文史哲出版社,1991年,第92页。按,本文改定二月后,赴台湾"中研院"文哲所作讲座,于书店购得此书,补正于此。

是祭祀王父。张以仁解为："厉王是桓公之父,但桓公封国,是出于宣王。所以并举;桓公是郑始封之君,武公是新郑之祖,所以并举。"体味当时"郑伯肉袒牵羊以逆"时之说话心情,似较陈说为切合。

张氏结论是:"厉、宣与桓公的关系,一是所生,一是所封,前者为其父,后者为其兄之故。"文氏复又结合厉王流彘十四年之事,推测桓公为庶出,以合《郑世家》"宣王庶弟"之说。① 尤须指明,《史记·郑世家》说他是"周厉王少子而宣王庶弟",亦有所本,《世本》即有"周宣王二十二年,封庶弟友于郑"之记载。② 如果桓公确实是厉王流彘所生,或许正是名副其实的厉王"少子"和宣王"庶弟"。

(二) 郑地寻踪

《世本》云:"桓公居棫林,徙拾。"③《纪年》云:"〔宣王〕二十二年,王锡王子多父命居洛。"《史记·郑世家》载:"宣王立二十二年,友初封于郑。封三十三岁,百姓皆便爱之,幽王以为司徒。"《毛诗·郑谱》云:"初,宣王封母弟友于宗周畿内咸林之地,是为郑桓公,今京兆郑县是其都也。"所封之地,《世本》谓棫林,《纪年》谓洛,《世家》谓郑,《诗谱》谓咸林。徐文靖、雷学淇谓"洛""拾"为字形之误,则《纪年》此条为记载之异;棫林与郑,是地名与采邑封名之异同。"棫"与"咸"又是字形之误。王引之曰:"咸。当作或。或者,棫之借字也。古音或如棫,故棫通作或。或与咸字形相似,因误作咸耳。"④陈梦家引《礼记·丧大记》"大夫士以咸"郑注:"咸或为

---

① 文梦霞:《春秋郑国建国史之探讨》第 3 章,第 104 页。

② 此条雷学淇辑本、茆泮林辑本、秦嘉谟辑本、王谟辑本、张澍稡集补注本均从《水经注》辑录,雷学淇之按语引《郑世家》文,未予驳斥,或此书辑录在《竹书纪年笺证》前。《水经注·渭水三》文作:"余按迁《史记》,考春秋《国语》《世本》,言周宣王二十二年,封庶弟友于郑。"《世本》据陈梦家考证,系战国末年赵国人所作,约成书于秦始皇十三年至十九年(公元前 234—前 228 年)。(陈梦家:《世本考略》,《六国纪年》,上海人民出版社,1956 年,第 135—141 页)《世本》所据,应是较为原始的材料。

③ 《左传·昭公十六年》正义引《世本》云:"郑桓公封棫林。"文同而字异。

④ 王引之:《经义述闻·毛诗上》,江苏古籍出版社,1985 年,第 131 页上栏。

械",遂谓"由械而误为械"①。王说由咸而或而械,陈说由械而械而咸,持论相反。从字形审视,各有理路。自焂簋出,其字从周,或声,乃知王说甚确,更知《纪年》《世本》实有所本。咸林当作械林,似无疑义。至秦代郑县之置与桓公初封在空间和时间上之关系如何,古人已有争论。司马贞《郑世家索隐》云:

> 郑,县名;属京兆,秦武公十一年初县杜郑是也。又《世本》云:"桓公居械林,徙拾。"宋忠云:"械林与拾,皆旧地名。"是封桓公乃名为郑耳。至秦之县郑,是郑武公东徙新郑之后,其旧郑乃是故都,故秦始改为县也。出《地理志》。

司马贞以京兆之郑为基点,谓此地先名械林,封桓公乃名郑。《汉书·地理志上》"京兆尹,县十二……郑"颜师古注:

> 臣瓒曰:"周自穆王以下都于西郑,不得以封桓公也。初桓公为周司徒,王室将乱,故谋于史伯,而寄帑与贿于虢、会之间。幽王既败,二年而灭会,四年而灭虢,居于郑父之丘,是以为郑桓公,无封京兆之文也。"师古曰:《春秋外传》云,幽王既败,郑桓公死之,其子武公与平王东迁,故《左氏传》云:"我周之东迁,晋郑焉依。"又郑庄公云:"吾先君新邑于此。"盖道新郑也。穆王以下无都西郑之事。瓒说非也。

古本《纪年》仅有"郑宫、春宫"等文字,至宋人所辑《今本纪年》始有"穆王以下都于西郑"语。臣瓒、师古所见应是前者,不应有歧见。唐宋以后学者,对郑地所在,颇多探寻,然多囿于旧说,以京兆郑地当之。及甲骨、金铭出土,又从而寻讨,城垣考古发掘,益以新证,犹人各一说,多自以为是。下面先检讨卜辞、铭文中之"郑族"与"郑地",而后综理旧说。

殷商之郑——殷商之郑,有卜辞可以证明。卜辞之郑作"奠"。如:

> 癸卯卜旁贞:令郭兹在京奠(《合集》六)

---

① 陈梦家:《懿王铜器》,《西周铜器断代》,北京:中华书局,2004年,第182页。

辛亥卜，争贞：共众人立大事于西奠殁……月（《合集》二四）

贞：勿遣在南奠（《合集》七八八四）

癸丑卜，王在十一月在师奠（《合集》二四二五九）

师般以人于北奠次（《合集》三二二七七，三二二七八同）

癸酉卜：在已奠河邑，泳贞：王旬无畎惟来征人方（《英》二五二五）

贞：今日勿步于奠？（《合集》七八七六）

贞：在奠不其……年？（《合集》九七六九反）

……卜，古贞：我在奠从龚受年？（《合集》九七七〇）

丙午卜，弜贞：呼省牛于多奠。贞：勿呼省牛于多奠（《合集》一一一七七）

甲子贞：令多奠……（《屯》二九三三）

卜辞有"奠（郑）"约二百条左右。奠，董作宾谓有作甸字用者，也有作郑族之奠用者。徐中舒认为有地名，也有方国名①。其中之南奠、北奠、西奠，可释为南甸、北甸、西甸者，谓即京都之郊甸②。但京奠不可能是京甸，较为切合之解释只能是京畿之奠（郑族）。丁山谓卜辞"子奠"即"王子奠的省称"，指出"奠盖是畿内的诸侯"。尽管他无法确指"其为武丁之子？抑小乙之子"，但怀疑殷商铜器子奠父己觯为"武丁时代王子奠的遗物"。③ 胡厚宣基于对诸多卜辞的综合认定，指卜辞中地名之奠为子奠的封地，认为"是郑之名，亦不始于周，自殷武丁以来旧矣"④。郑地何在？胡厚宣认为"与周

---

① 徐中舒主编：《甲骨文字典》，四川辞书出版社，1989 年，第 492—493 页。

② 郑杰祥：《商代地理概论》第 3 章第 2 节《商代的南土和南部方国》即持此看法。（中州古籍出版社，1994 年，第 256 页）。

③ 丁山：《殷商氏族方国志》，中华书局，1988 年，第 87 页。

④ 胡厚宣《殷代封建制度考》云："武丁之子又有名子奠者，如卜辞言：庚寅卜，邕，贞子奠隹令。（虚）他辞又有地名奠，亦当即子奠之所封。"（《甲骨学商史记丛初集》，河北教育出版社，2002 年，第 29—30 页）。

宣王封弟桓公友于今陕西华县境之郑地域正合"①。然缘京奠而推想南奠、北奠、西奠,则很可能是京畿周围的三方郑族,所以多次出现"多奠"一词,意即诸奠(郑)②。又因为,"于多奠"有在多甸与在多奠(郑)的歧义,但"令多奠"则只能是"多奠"而不可能是"多甸"。就"京奠"与"奠河邑"分析,奠应在河南商都附近。胡举卜辞又有"在奠贞"多例,他也认为是"殷王时常临幸之所",所以不可能远离京畿。

西周之郑——西周铜器铭文中之郑,较之殷商卜辞,更为具体,也更为复杂。就现今见于铜器,与郑国有关之西周以前人物至少有十多个,兹以不同时代排列于下:

西周中期:郑伯除(郑伯除簋)

西周中后期:郑邢叔(郑邢叔钟、甗)、郑邢叔康(郑邢叔康盨)、郑姜(矢王簋盖)

西周晚期:郑伯、郑姬(裛之父母,裛鼎)、郑伯笋父(伯笋父甗)、郑伯焘父(郑伯焘父鼎)、郑邢叔蒦父(郑邢叔蒦父鬲)、郑季(叔尃父盨)、郑楙叔宾父(郑楙叔宾父壶)、郑义羌父(郑义羌父盨)、郑虢仲(郑虢仲簋)。③

以上郑姓之人,均在桓公之前,而与卜辞之郑有关。缘此产生两个问题,即在桓公之前的西周郑人,其族属为子姓、姬姓还是他姓? 与卜辞之郑有关,则其地域是河南、京兆抑或其他地方?

《史记·管蔡世家》载:武王克纣,"封叔鲜于管,封叔度于蔡,二人相纣子武庚禄父,治殷遗民"。管地即殷商卜辞之郑,是殷遗之郑地郑人,受叔鲜之领治。后管、蔡挟武庚作乱,周公征讨,"伐诛武

---

① 胡厚宣:《殷代封建制度考》,《甲骨学商史记丛初集》,第 30 页。

② 参阅拙文《由甲骨刻辞多字结构说到多诸之音义及其民族与时地》,《榆枋斋学术论集》,江苏古籍出版社,2001 年,第 439—491 页。

③ 以上参考吴镇烽:《金文人名汇编》,中华书局,1987 年,第 299—301 页。

庚,杀管叔而放蔡叔……从而分殷余民为二:其一封微子启于宋,以续殷祀;其一封康叔,为卫君,是为卫康叔"。虽不言分管地之郑,然以管、蔡作乱,管地殷遗郑族必与其事,与其事,则乱平之后迁散其众,自在情理之中。白川静根据陕西出土之西周初期、中期之青铜器形制、花纹具殷商特征一点,推论"移入陕西之殷民中,郑人当居多数。陕西有郑之地名,并非自桓公始,盖在彼以前即有郑人居留地而然也"①。古代合族迁居,地名亦随之而移徙。陕西铜器之郑,应即遣散管地的殷商之郑。既与殷商之郑同族,则应为子姓或他姓,而不可能是与周同族的姬姓。

据免簋、免尊所在地探究,此郑地必与宗周镐京相近。以前学者依《汉志》所载,多定其为陕西华县之郑。白川静将伯姬鼎、袁盘两器定为厉、宣时物,而宣王二十二年封姬姓之桓公于郑,则姬姓之外的郑伯,自当在此之前而属于厉王期。袁鼎铸有铭文:"用作朕皇考奠白〔奠〕姬尊彝",其母称"奠姬",则此郑非出姬姓;其父称郑伯,自当更早于袁。于是白川氏认为"此郑白即统领陕西之郑人,而属周之异姓。幽王时受封之桓公,殆即代此郑白领其地"。此种推考在情理和时代上完全成立。白川氏又联系《史记》《国语》所载,作出一种合理的推想:

> 想厉、宣大乱之后,桓公领陕西之郑人而大得其人心,乃特崇以郑桓之名。郑人故地之东土亦为桓公声威所及,由"甚得周众与东土之人","周民皆说,河、洛之间,人便思之"云云可见,此亦即桓公在华县之郑,爱彼郑人,在河南之郑亦大获人望。其后当周东迁之际,晋、郑之援助大为有力,亦即由于桓公颇掌握陕西、河南之郑人之故。……其后郑受虢、郐之寄地,于平王二年、四年,遂轻易而灭二国,使周室得以安定。而郑之此等行动之背后为其支持者,当以东土之郑人

① 见陈槃《春秋大事表列国爵姓及存灭表譔异》31,第87页。

为主。其后甚久,子产曾回溯郑国建立之事,语见《左传》"昔
我先君桓公,与商人皆出自周,庸次比耦以艾杀此地,斩之蓬蒿
藜藋而共处之,世有盟誓,以相信也"。子产之言,甚饶意味。
据此,郑开国时,桓公与其所率之商人(殷余民之郑人)俱自周
迁来,开辟草莱,定居于是。此与《郑语》或《史记世家》称桓公
得东土人心,适相对应。由此更知郑人故地在殷亡后,曾暂归
荒废,为蓬蒿所蔽。大概郑人之大部分,在殷亡后,迁于洛阳及
其周围,与夫陕西华县之地或蓥京附近。至周东迁,此方面乃
成为周之屏藩。①

尽管郑地所在,尚有研讨余地(详下),但白川氏串连史料,对桓公
之所以大获郑人信任、支持原因之揭示,无疑很有启迪意义。陈槃
肯定其看法,并缘此作出进一步推论:

今案白川氏此论甚善。……《郑世家》云:桓公为幽王司
徒,"和集周民,周民皆说,河、洛之间,人便思之"。《郑语》云:
"桓公为司徒,甚得周众与东土之人。"此所谓"周民"与"东土
之民",皆有殷遗郑氏之族众在内。陕西之西郑,即殷商郑氏迁
居之一地。旧国已亡,故今为"周民",《左传》所谓"昔我先君
桓公与商人,皆出自周"者是也。盖迁居西土之殷遗郑氏,与留
居河、洛之间殷遗郑氏,虽已分居二地,然未尝不息息相关,休
戚与共。因桓公之能安集殷遗之郑,影响所届,自西徂东,故而
东土旧郑之众亦"人便思之"。然则桓公之东徙其民于洛东,
寄帑帑鄎居郑父之丘者,东西旧郑,本自一家,桓公之选择此
地,有水到渠成之势,有客至如归之乐。盖有所恃而无恐,非盲
目冒险,贸贸焉出此之比矣。夫"周之东迁,晋、郑焉依"。晋
于此际,固已相当强大。郑乃迁国,果何能为? 今知其已拥有
西郑之众,有得河、洛旧郑之爱戴,故国虽初建,而基础深稳,武

——————————

① 白川静:《殷代雄族考》,转引自陈槃《春秋大事表列国爵姓及存灭表譔异》,第64页。

公勤王,故王室亦利赖之矣。①

陕西之郑,乃周公遣散管叔统辖之殷遗郑族中之西迁者,此经白川静、陈槃两氏论证,应可无疑。唯殷遗郑族迁居陕西,是秦汉时京兆杜郑之郑,还是另有其地,尚有进一步探讨之必要。

《世本》云:"桓公居棫林,徙拾。"将桓公始封之地定为京兆之郑,则华县周边不闻有棫林,且"徙拾"之"拾"在何方,亦不能坐实。雷学淇曾将《世本》之"拾"指为《纪年》之"洛",以为古文二字形似,姑不云二字古文相近与否,即在雷氏,亦不详此洛是"东洛西洛"。又因为"洛与棫林,去渭南之郑皆远,无由合为一地",所以他认为"桓公之郑,自是伐郐以后之名",从而得出"桓公无封京兆之文"。然则桓公初始不封京兆之郑,总得有其封地。雷氏因《地理志》谓"扶风雍县有棫阳宫,秦昭王起",推测"似即因棫林为名,是桓公之初居在岐周之东,镐京之西北"②。雷氏初由认拾、洛形近,转而因三地(洛、棫林、京兆之郑)无由合一,从而否定京兆之郑,终而指向雍县之棫林。其理路得失参半,但却不乏启迪意义。

要真正确定桓公初封之地,必须将传世文献与考古材料相结合,来解决以下几个问题。① 棫林到底在哪里;② 穆王都西郑之谜;③ 郑邢之关系;④ 殷遗郑族是遣徙岐邑还是移居京兆。下面依次诠释。

1. 棫林之地域

《世本》说"桓公封棫林,徙拾",宋忠云:"棫林与拾皆旧地名,是封桓公乃名为郑耳。至秦之县郑,盖是郑武公东徙新郑之后,其旧郑乃是故都,故秦始县之。"③是宋氏已以京兆之郑当之。《水经注·漆水》:"漆水出扶风杜阳县俞山,东北入于渭。"杨守敬谓"作

① 陈槃:《春秋大事表列国爵姓及存灭表譔异》,第64—65页。
② 雷学淇:《竹书纪年义证》卷26,第398页。
③ 见司马贞:《史记索隐·郑世家》所引。

《水经》者,其时已无漆水,但杂采《山海经》《说文》成之……其云俞山者,即《山海经》瑜次之山也"①。《山海经·西山经》:"瑜次之山,漆水出焉,北流注于渭。其上多棫樿。"郭璞注:"棫,白桵也。音域。"汉代杜阳在今麟游县,漆水发源于麟游县西部山区,上游称为杜水。故麟游之西,汧阳之东南,凤翔县之北部的山脉称之为俞山。因山上多棫樿,故亦称棫林或棫山。1962 年 10 月,凤翔县南古城村东北,马家庄西北与豆付村南之间,发现"棫"字瓦当半块②,1982 年又在雍水南岸的东社遗址采集到一枚完整的"棫阳"瓦当,可见棫阳宫具体位置就在雍城南郊之东社、南古城、史家河一带③。更重要的是 1975 年在扶风县法门公社庄白大队白家村西南发现一座西周墓,出土铜器十八件,其中㝬簋铭文有"佳六月初吉乙酉,才(在)京师。戎伐敦,㝬率有司、师氏奔追御戎于棫林,搏戎獣"之文,在出土文献中第一次出现"棫林"两字。其字从"周",唐兰认为"大概由于在周原一带,所以从周"④。戎胡地居西北,㝬这次出击、追赶戎胡的军事路线应该是由东向西,将入侵之敌驱逐出境;而不可能是由西向东,将戎胡赶往周原乃至宗周镐京。⑤ 所以,棫林一定是在周原之西今扶风、宝鸡一带,而不在泾水西南之地,更不可能

① 郦道元著,杨守敬、熊会贞疏:《水经注疏》卷 16,江苏古籍出版社,1989 年,中册,第 1445 页。

② 徐锡台、孙德润:《凤翔县发现"年宫"与"棫"字的瓦当》,载《文物》1963 年第 5 期。

③ 马振智、焦南峰:《蕲年、棫阳、年宫考》,载《陕西省考古学会第一届年会论文集》,《考古与文物》丛刊第 3 号,1983 年。

④ 唐兰:《用青铜器铭文来研究西周史——综论宝鸡市近年发现的一批青铜器的重要历史价值》附录《伯㝬三器铭文的译文和考释》,载《文物》1976 年 6 期。又见《西周青铜器铭文分代史征》,中华书局,1986 年,第 409—410 页。

⑤ 有关㝬簋铭文之史实与棫林地域,除上引唐兰文外,可参考卢连成:《周都减郑考》(《古文字论集(一)》,《考古与文物》丛刊第 2 号,第 8—11 页)、裘锡圭:《㝬簋中的两个地名——棫林和胡》(同上,第 4—7 页。又《古文字论集》,中华书局,1992 年,第 386—392 页)、尚志儒:《郑、棫林之故地及其源流探讨》[《古文字研究》(第 13 辑),中华书局,1986 年,第 438—450 页]。

是京兆之郑。

2. 穆王都郑之是非

臣瓒《汉书·地理志上》"京兆尹……郑"下注云："周自穆王以下都于西郑，不得以封桓公也。"其所以云"不得封"，是因为古代有"畿内不封诸侯，故田赋入天子"之科条①。瓒说遭到师古驳斥。徐文靖调停两说曰："颜师古谓穆王下无都西郑之事，殊不知西郑、南郑一也。自镐京视之，则郑在南；自新郑视之，则郑在西。"②徐氏之意，盖谓师古以南郑视之。其实徐说亦非。京兆之郑，在镐京之东北，成周、新郑之西南。不能以西或南名之③。古本《纪年》，《隋唐志》皆载之，五代间散佚，今本《纪年》乃两宋间所辑集，其中关于穆王筑宫室之事，颇有必要梳理。

《初学记》卷二四："郑宫、春宫。见《纪年》，穆王所居室。"《太平御览》卷一七三承之作"《纪年》曰：穆王所居郑宫、春宫"。《初学记》编者徐坚所见当系古本《纪年》，其云"郑宫、春宫"乃"穆王所居之室"，且亦不云穆王"都于西郑"。今本《纪年》穆王元年下云："冬十月筑祈宫于南郑。"低一格注云："自武王至穆王享国百年，穆王以下都于西郑。"又九年下云："筑春宫。"《穆天子传》卷四"吉日丁酉，天子入于南郑"晋郭璞注：

今京兆郑县也。《纪年》："穆王元年，筑祇宫于南郑。"《传》所谓"王是以获没于祇宫者"。

郭注所引，颇合《纪年》体式。论者多谓"南"乃"西"之误，甚是。元

---

① 参见《周礼·太宰》贾疏，此当是经师相传之说。

② 徐文靖：《今本竹书纪年统笺》卷8，载《文渊阁四库全书》，第303册，第145页上栏。

③ 关于南郑，另有一说，泷川曰："郑，西周畿内邑，今陕西华州郑县故城是。后徙虢郐之间，今河南郑县是。其余民南保汉中，今汉中府南郑县是。"(泷川资言：《史记会注考证》卷42，上海古籍出版社，1986年，上册，第1045页下栏。)施之勉补充说："《沔水注》：《耆旧传》云：南郑之号，始于郑桓公。桓公死于犬戎，其民南奔，故以南郑为称。"(《史记会注考证订补》，华岗出版有限公司，1976年，第788页。)各家皆未注意。

年筑祗宫,九年筑春宫,徐坚撮取两条旨意列于"宫第三"下,这是
《初学记》体例需要,同时也证明它不是古本《纪年》原文①。云"筑
祗宫于西郑",祗宫是否就是郑宫? 揣摩《初学记》编纂旨意与行文
方式,因祗宫筑于西郑,故简称郑宫,两者应指同一宫室。据郭注引
《左传·昭公十二年》文,孔颖达正义引马融曰:"祗宫,坼内游观之
宫也。"坼内即畿内。当穆王之时,西郑只能是镐京以西岐周古都之
郑族居住地,而不可能是镐京以东的京兆之郑。于岐周畿内筑祗
宫,可游观,当然亦可赏赐、册命,这在铜器铭文中有充分显示(详
下)。臣瓒所见当是古本《纪年》,如果他理解"祗宫"为大型宫殿的
话,就会引申出"穆王以下都于西郑"之联想。颜师古湛深训诂,知
道祗宫即游观之宫,非建都之举措,故谓"穆王以下无都西郑之
事",于是斥"瓒说非也"。及宋人辑集今本《纪年》,拾缀旧文,于是
据臣瓒注而在"筑祗宫于西郑"下注上"穆王以下都于西郑"一语。
穆王所筑之"郑宫(祗宫)"在镐京之西太王活动之岐周,而臣瓒、师
古等争论者乃京兆之郑,原非一地,要确定穆王"郑宫"之方位,更
当分析西周时岐周地形地势。

　　岐周遗址在今岐山县京当乡和扶风县黄堆乡、法门镇等地,是
周人的古都。近数十年来不断发掘出大型西周贵族墓和大型宫室
建筑遗址,出土许多西周铜器窖藏,其数量和重要性远远超过宗周
和成周。就文献记录而言,周公、召公之采邑在此②,而为出土的周

---

① 徐坚等:《初学记》"宫第三"下叙述三代宫室都是标揭宫室之名,下注出处的体式,
　 皆非古籍原文。

② 郑玄:《周南召南谱》:"周召者,《禹贡》雍州岐山之阳,地名。今属右扶风美阳县。"
　 孔颖达正义曰:"《禹贡》雍州云:荆岐既旅,是岐属雍州也。《绵》之篇说大王迁于周
　 原,《閟宫》言大王居岐之阳,是岐地在岐山之阳也。孟子云'文王以百里而王',则
　 周、召之地共方百里,而皆名曰周,其召是周内之别名。"《郑谱》又云:"文王受命,作
　 邑于丰。乃分岐邦周召之地为周公旦、召公奭之采地,施先公之教于己所职之国。"
　 关于《周南》《召南》与周、召之地域关系,参见刘节:《周南召南考》,《古史考存》,人
　 民出版社,1958 年,第 95 页。

公世族铜器所证实①。就出土器铭得知,庄白一号微氏铜器群中的微伯癫、扶风庄白墓葬的录伯威(录国贵族)、扶风强家村《师奂钟铭》中的师奂、岐山董家村《成伯孙父鬲》中的成伯孙父(成国)、扶风召陈村出土的散伯车父等贵族均世居岐周附近。岐邑已经发现西周宗庙和大型建筑群遗址、小型建筑遗址多处;铜器铭文"王才周""王才周康穆宫"等约有数十次,昭示成康以下,时王经常到岐邑进行祭祀、赏赐、册命等活动。但同时值得注意的一个事实是,诸侯朝觐周王,一般都在宗周镐京进行,不在岐邑。由此可见,虽然文王由岐迁丰,武王由丰迁镐,政权东移,然其根据地岐邑并未因此而废弃,它既作为周王祭祀、赏赐、册命的重要都城之一,也显示出与首都镐京在政治上的差异。以这种思路来理解免卣大簋三年癫壶等"王才奠"之记录,很可能穆王、懿王、孝王在去古都祭祀时顺便到郑去举行册命仪式。奠能册命,说明其地有宫室建筑;"王才奠"并且还"各太室"(免尊铭文),说明其宫室不小。《纪年》为编年体史书,与《春秋》相同,凡记述者必为大事。《纪年》记载"筑祇宫于西郑",此必其宫室有相当规模,适与铜器铭文所反映之史实相符。据此,所谓郑宫、西郑,只是穆王在岐周殷遗郑族之地建筑的、便于回岐周时行事之宫殿,并非像镐京一样的都城,无关田赋之收入,因而不存在可封不可封诸侯问题。至于穆王为什么不筑宫于岐周其他地方,如周、召采邑,而要筑宫西郑? 原因固然很多而不可考征,然世袭之周、召采邑当然不能侵占,其他王臣贵族之采邑亦不易修建周王"行宫",于是只有建筑在非同姓之殷遗郑族领地上。此虽仅是一种推测,却有其合理成分。

3. 郑邢之关系

铜器铭文中与奠相连称者往往有"井"字,如上引之奠井叔、奠

---

① 如1933年康家村发现的铜器窖藏函皇父器组中的函皇父,据研究当为周公后裔。

井叔康、奠井叔蒦父等等,可知奠与井地相近。《说文·邑部》:
"邢,周公子所封,地近河内怀。从邑,开声。"又:"邘,郑地邘亭。
从邑,井声。"许氏分别邢、邘两字,必因其来源不同。其河内之怀,
系周族姬姓,相传为周公第四子之裔,与奠族无关,另一系,据《姓
解·井部》引《姓苑》云:"姜子牙之后也。《左传》有虞大夫井
伯。"①何承天必有所据,是为姜姓之邢。刘节认为:"殷周之际邢民
族分布至广,本为妘姓;迨周人分封列国,就邢之旧疆广为分布,其
最著者为姬姓之邢,其仅存于《姓苑》者则为姜姓之邢也。"又云:
"卜辞中屡言'王征邢方',又与邢氏通婚姻,故邢之族人实散处大
河东西各地。其在西方,有族处于汧渭之间者。"②大克鼎出土于扶
风法门寺任村,铭文涉及丼地之人,可知丼地在岐周区域内。克鼎
铭文说天子赐给克丼地之人民,侧面证明岐邑之丼非姬姓。吴其昌
曾分别姬姓之井,井字中无一点;姜姓之丼,丼字中有一点③,克鼎
字形也是一证。陈梦家详细分析郑、井铜器中人物,指出"凡不系
'奠'之井白、井季诸器不晚于共王,凡系'奠'之井叔诸器不早于共
王,是先有井氏而后食邑于郑而改称奠井,由奠井而省称奠,此与姬
姓郑虢之郑不同。井氏之井应在陕、晋,即井邦井邑之井"④。按陈
氏之意,应是:井——奠井——奠。1983—1986 年在沣西发掘的张
家坡西周墓地中出土井叔采自作铜器数件⑤,张长寿曾以此来佐证
陈氏观点,即:所谓井叔并不是都指同一人,这一辈有井叔,上一辈

①　邵思:《姓解》卷 1,《古逸丛书》,江苏广陵古籍刻印社,1997 年影印本,下册,第 680
　　页上栏。
②　刘节:《古邢国考》,《古史考存》,人民出版社,1968 年,第 142 页。
③　吴其昌:《金文世族谱》卷 1,"中研院"历史语言研究所印行,1936 年,第 18 页 b。
④　陈梦家:《懿王铜器》,《西周铜器断代》,第 180 页。
⑤　参见中国社会科学院考古研究所:《张家坡西周墓地》,中国大百科全书出版社,
　　1999 年,第 159、166—167 页。

下一辈都可以有井叔①。但李仲操却持相反意见,认为穆公后代中称井叔者只有井叔采一人,而"孝王元年至厉王元年共二十七年为井叔生前用事的主要年限"②。井叔之井拓片作"丼",中有一点,依吴说似为姜姓,但井叔采在孝、夷之间可称大官,亦不与奠氏联称。因此,奠与丼之氏、族及因革等情况,诸家虽多探讨,毕竟尚需更多证据③,然有一点可以论定,即其地域在丰镐以西之岐周区域,而非丰镐以东之京兆郑县。

4. 殷遗郑族是徙居岐邑还是移居京兆

上引《史记·管蔡世家》周公"伐诛武庚,杀管叔而放蔡叔……从而分殷余民为二:其一封微子启于宋,以续殷祀;其一封康叔,为卫君,是为卫康叔",没有涉及管地殷遗郑族的去向。白川静、陈槃都认为,管地殷遗郑族部分被遣至今陕西华县,亦即《汉志》的京兆郑县之地。这不仅是一个无确切的新出土材料证明而因于《汉志》旧说的推测,而且也难以合理解释铜器铭文。大量铭文证明,周王经常在镐京以外的岐邑进行赏赐、册命,这可能系于周王必须经常回古都祭祀的缘故。但免尊铭文云"王才奠,丁亥王各大室,井叔右免",大簋铭文云"佳六月初吉丁巳,王才奠,蔑大历",如果将奠理解为京兆之郑,就有一个懿王为什么要屡屡到一个既非王都又非宗庙所在地去赏赐、册命的问题。而且立足于当时首都镐京,这个京兆之郑是"东北郑",而非《穆天子传》与臣瓒所说的"西郑"。

从地理分布上思考:棫林从考古发掘上被确定在岐周偏西之地,与位于凤翔城南的秦都雍城范围内(大致在今姚家岗宫殿区

① 张长寿:《论井叔铜器——1983—1986 年沣西发掘资料之二》,载《文物》1990 年第 7 期。
② 李仲操:《论井叔年代》,《周秦文化研究》,陕西人民出版社,1998 年,第 317、321 页。
③ 陈槃认为:"以二地为氏者,其前居地或冠于上,或系于下,古人于此,曾无定式",他列举各种称谓以证其说。见《春秋大事表列国爵姓及存灭表譔异》,第 61 页 a。

内）的大郑宫遗址同地；周穆王所居之郑宫即在其附近；棫林、郑宫以东之地区正是岐周古都，是周公、昭公分制之采邑，也是西周高层王臣之集中居住地；铜器铭文昭示西周时王经常去该地祭祀、赏赐、册命。从政治统治角度思考：周公平乱之后，既然分殷民为二，分别让微子和卫康叔治理，如果遣殷遗郑族至陕，当然应该将他们安置在自己采邑附近的郑邢之地，以便控制管辖，而不可能遣放到远离自己又难以掌控的京兆郑地，徒然增加些许不安定因素。

（三）郑国始封及其迁徙

桓公受封在西周末年。《世本》云："桓公居棫林，徙拾。"《史记·郑世家》载：

> 宣王立二十二年，友初封于郑。封三十三岁，百姓皆便爱之，幽王以为司徒。和集周民，周民皆说，河、雒之间，人便思之。

《纪年》云："〔宣王〕二十二年，王锡王子多父命居洛。"所载年份相同，时当公元前 806 年。三十三年后，在幽王八年，亦即公元前 774 年，幽王以桓公为司徒①。《世本》谓"居棫林"，《世家》谓"初封于郑"。居是其实处，封则是分地形式之名称。《王制》为秦汉间人记述前代爵禄、学校等制度之作品②，其记天子畿内分封情况："天子之县内，方百里之国九，七十里之国二十有一，五十里之国六十有三，凡九十三国。"郑玄对此解释说：

> 畿内大国九者，三公之田三；为有致仕者，副之为六也；其余三待封王之子弟。次国二十一者，卿之田六；亦为有致仕者，副之为十二；又三为三孤之田，其余六亦待封王之子弟。小国

---

① 《史记·郑世家》集解："韦昭曰：幽王八年为司徒。"索隐："韦昭据《国语》以为说耳。"实则《史记》文字亦可推知。

② 《王制》一篇之制作时代及其内容，卢植、郑玄以来一直争论不息。沈文倬观点比较近实。参见《略论礼典的实行和〈仪礼〉书本的撰作》，《宗周礼乐文明考论》，杭州大学出版社，1999 年，第 3 页。

六十三,大夫之田二十七,亦为有致仕者,副之为五十四,其余
九亦以待封王之子弟。

《礼运》谓"天子有田以处其子孙,诸侯有国以处其子孙……是谓制
度",两相校核,可证《王制》所载数字虽不必如此机械、刻板,但分
封形式确是一种制度①。天子之子,封地大小有三等,然则桓公所
封属为何等? 孔颖达疏云:

王之子弟有同母、异母,有亲疏之异。亲宠者封之与三公
同,平常者与六卿同,疏远者与大夫同,故有三等之差也。

桓公为厉王之子,前面虽有流彘生子之推测,毕竟无法确信其母
为后为妃,不能定其亲宠疏远,故亦不能确定当时封于棫林之地
的大小。大小属于形式,其分封之性质是王子与王臣之采邑,而
不是天子畿内之诸侯。岐周之郑宫既不是穆王之京都,桓公也不
是受封为诸侯,因此不存在臣瓒所说"不得封"问题。宣王为何不
封桓公于镐京附近而封于岐周偏西之棫林? 从文献记载和考古
发掘得知,岐周除周、召二公之外,有许多高层贵族聚集于斯,他
们大多应为王子、王孙或转而为三公、六卿者,或许岐周乃西周部
分王子分封之集中地。岐周以西之戎胡不断东侵,乃西周心腹之
患。穆王时伯冏抗御,仅是诸多战争中见于记载之一例。对西方
之防御,不仅必须加强,而且应该选择既亲近又有能力之人防守。
宣王封王子友于棫林,一则是循西周封王子于岐周古都之惯例,
二则也是希望桓公能够作为真正的西方屏障,阻挡戎胡之骚扰入
侵。以后来桓公率族东迁及其发展壮大之势态分析,当时宣王封
得其人,桓公也不负所望。至于当时棫林是否为郑族所居,虽无

① 王梦鸥以为:"前人以《王制》所言者皆虞夏殷周之制度,此说本在可信不可信之间。
所以可信者,因《王制》所采者多为先秦诸子传说,故其渊源并不始于汉人。然而不
可信者,则因此等传说,本出于耳闻肮(引按,疑为"臆"字之误)造,未必见诸实行。"
(见《礼记校证》卷 2,台湾艺文印书馆,1976 年,第 65 页。)因此,其大概制度可信其
有,而如此几何形式的划分则未必符合实际。

确切记载,但周公平乱,遣殷遗郑族于岐周自己采邑附近。周、召二公之地在今凤翔县东及东北,汧水正从二公采邑之西南流过,郑与丼(邢)在铜器铭文中显示他们有因袭关系,则郑族正在槭林或其周围地区。二百年后,郑族以殷商成熟之文化在岐周发展,其兴旺之情况,铜器足征。从地理上看,桓公似乎领有郑地,是继奠丼叔、奠丼叔康、奠丼叔蒦父等人之后的郑地领袖。退而论之,即使当时非实际领有郑地郑族,也一定与郑族关系密切:得到他们拥戴和支持,及至后来共同约誓东迁,最终以"郑"名国而立于诸侯之林。

《郑语》谓"甚得周众与东土之人",《郑世家》谓"和集周民,周民皆说,河、雒之间,人便思之"。如何理解"周众""周民"与"东土之人",是诠释桓公始封与迁徙之关键。白川氏将周众、周民理解为京兆郑县之郑人,而东土之人则为河南之郑人。陈槃庵亦云:"此所谓'周民'与'东土之民',皆有殷遗郑氏之族众在内。陕西之西郑,即殷商郑氏迁居之一地。旧国已亡,故今为'周'。""东土旧郑之众亦'人便思之'"。兹有必要进一步精确其概念。

数千件铜器铭文,涉及周都时有三种形式,即"(王)在周""(王)在宗周""(王)在成周"。周指岐周,亦即太王古都;宗周指镐京;成周指洛邑,厘然不混。证明春秋以前,周指岐周古都之地。桓公既然封于槭林岐周之地,则所谓"周众""周民"自然应为岐周之民众,尽管如槃庵所说"有殷遗郑氏之族众在内",然却绝非京兆郑县之郑族民众,因桓公始封之十数年中,京兆华县附近是否有郑族尚属一有待求证的问题。

白川氏、陈氏都将"东土之人"落实到河南旧郑之地。由声威所及而言,亦无不可。然迁新郑乃武公之举措,桓公生前却不曾与河南郑族有过接触。且此处忽略了《世本》所说"桓公封槭林,徙拾"之"拾"地。依宋忠所说,"拾"也是旧地名,故其确切方位于文献、地志无征。但秦于京兆华县附近设杜、郑两县,此"郑"亦不会

是无因之名。陈梦家曾提出拾"疑是京兆郑县的旧名"①。及至敔
簋出土,唐兰谓:"郑桓公始封之郑,是在泾西的棫林,后来才迁到京
兆郑县,可能就是《世本》所说的'徙拾'。东周后又迁到新郑,到秦
武公'县杜郑'时则是以郑桓公所迁之地为郑县,不是始居的棫林
了。"②唐氏系依据出土器铭为说,笔者尚可据文献补充几点:

(1)《左传·昭公十六年》:"子产对曰:'昔我先君桓公与商人
皆出自周,庸次比耦以艾杀此地,斩之蓬蒿藜藋而共处之,世有盟
誓,以相信也。'"杜预注:"郑本在周畿内,桓公东迁,并与商人俱。"
韩起从郑国商贾手中买玉环而引出子产一番饶有意味之言。尽管
殷商后裔多转而从商为商贾③,但子产话语中之"商人"却是明指殷
遗,在上述事件具体语境中即指殷遗郑族。所谓"皆出自周",应是
出自棫林之岐周。桓公受封棫林,与郑族相处和睦,郑族与岐周之
人归心桓公,郑族就是"甚得周众"之部分。所谓"此地",论者皆以
新郑当之,其实很有问题。首先,桓公死于犬戎之乱,他率领商人郑
族东迁,即《世本》所谓"徙拾",并没有到达新郑,新郑是武公所都。
其次,新郑虽以"新"号,但确是殷商旧地。周公时虽有遣散,必有
旧族,二三百年来,田地不会荒芜,所以不需要桓公与郑族"庸次比
耦以艾杀此地,斩之蓬蒿藜藋而共处之"。只有迁徙到一个蛮荒之
地,才需要艾杀蓬蒿藜藋,垦殖荒地,盟誓共处,守信不欺。

(2)《郑语》谓"桓公为司徒,甚得周众与东土之人",既然表述
桓公时代之事,则东土之人应落实在"徙拾"之"拾"地,而非与桓公

---

①　陈梦家:《懿王铜器》,《西周铜器断代》,第 182 页。

②　唐兰:《用青铜器铭文来研究西周史——综论宝鸡市近年发现的一批青铜器的重要
　　历史价值》附录《伯敔三器铭文的译文和考释》。

③　殷商后裔之转而经商成为商贾,参见徐中舒:《从古书中推测之殷周民族》,《国学论
　　丛》1927 年第 1 卷第 1 号,又收入《徐中舒历史论文选辑》,中华书局,1998 年,上册,
　　第 29—30 页。徐氏在作《殷周文化之蠡测》(《历史语言研究所集刊》第二本三分,
　　1931 年)中又重加申述。

无涉之新郑。将"拾"地落实在京兆郑县,方位正是槭林之东土。

（3）徐文靖、雷学淇谓"拾"为"洛"之误,此虽尚无出土文献印证,而字形却有一定相似处。如果确为"洛"字,从地理方位上看,京兆之郑向东北六十公里处,正是洛水与渭水交汇之地,濒渭洛而居,未尝不是一个理想环境。秦武公"县杜郑",治所稍有移徙,亦在情理之中。此一点仅作为参考,提出于此。

鉴于以上三点,可知桓公初封岐周槭林,后与商人郑族约信盟誓,共同东迁渭洛之间,筚路蓝缕,开辟新国,使得"周民皆说,河、洛之间,人便思之"。桓公既有辟疆服人之韬略,也有察微防乱之忧患意识。幽王当国,其察觉危机四伏,思为后世寻求避难之地,于是有《郑语》所载之对话:

> 桓公为司徒,甚得周众与东土之人。问于史伯曰:"王室多故,余惧及焉,其何所可以逃死?"史伯对曰:"王室将卑,戎狄必昌,不可偪也。当成周者,南有荆蛮、申、吕、应、邓、陈、蔡、随、唐,北有卫、燕、翟、鲜虞、路、洛、泉、徐、蒲,西有虞、虢、晋、隗、霍、杨、魏、芮,东有齐、鲁、曹、宋、滕、薛、邹、莒,是非王之支子母弟甥舅也,则皆蛮荆戎翟之人也。非亲则顽,不可入也。其济、洛、河、颍之间乎! 是其子男之国,虢、郐为大,虢叔恃势,郐仲恃险,是皆有骄侈怠慢之心,而加之以贪冒。君若以周难之故,寄帑与贿焉,不敢不许。周乱而弊,是骄而贪,必将背君。君若以成周之众,奉辞伐罪,无不克矣。若克二邑,邬、弊、补、舟、依、𪩘、历、华,君之土也。若前华后河,右洛左济,主芣、騩而食溱、洧,修典刑以守之,唯是可以少固。"……公说,乃东寄帑与贿,虢、郐受之,十邑皆有寄地。①

桓公用史伯之策略,寄帑贿于虢、桧之间,犹如为郑国觅得第三个容身基地,几年后之历史竟然循着他预设谋略一步一步实现,此不得

---

① 《国语·郑语》,上海古籍出版社,1978 年,第 507 页。

不说其礼贤下士和治国方略是一个极为成功之典范。桓公以司徒而随幽王死于犬戎之难，如果议谥，似乎应谥"危身奉上曰忠""死于原野曰庄"之"忠"或"庄"，何以最后谥为"桓"？桓，依照汉以前谥义，是"辟土服远曰桓""克敬勤民曰桓"，孔晁注前条曰"以武正定"，注后条曰"敬以使之"。"辟土服远"和"克敬勤民"正象征桓公一生最为显赫之功业。因桓公能"辟土服远"，所以由棫林迁拾而国势蒸蒸日上；因桓公能"克敬勤民"，所以"周民皆说，河、洛之间，人便思之"。

　　桓公与史伯对话在何年，《郑语》不载。《郑世家》在史伯语后记述云："桓公曰：'善。'于是卒言王，东徙其民雒东，而虢、桧果献十邑，竟国之。"杜预《春秋释例》从之，似乎新郑由桓公亲定。此说张守节正义已有驳正，云："如《世家》言，则桓公自取十邑，而云'死后武公取之'者，司马迁见《国语》'史伯为公谋取十邑'之文，不知桓公身未得，故傅会为此说耳。"[1]梁玉绳综合《国语》《汉志》《郑诗谱》《孔疏》，亦谓"史公之说非也"[2]。《汉书·地理志下》："桓公……乃东寄帑与贿，虢会受之。后三年，幽王败，桓公死。其子武公与平王东迁，卒定虢会之地，右雒左泲，食溱洧焉。"由此知桓公与史伯对话在幽王八年（前774）前后。《水经注·洧水》引《竹书纪年》："晋文侯二年，同惠（按，依前证当为"周厉"）王子多父伐桧，克之，乃居郑父之丘，名之曰郑，是曰桓公。"[3]晋文侯二年（前779），正幽王执政三年，桓公与史伯尚未对话即伐桧，恐不足信。《纪年》"二年"应是"十二年"之误[4]，晋文侯十二年（前769）正是周平王二年。上引《汉书·地理志上》师古引臣瓒注："幽王既败，二年而灭

①　张守节文见陇川资言《史记会注考证》引，此据张衍田《史记正义佚文辑校》所校正的文字，北京大学出版社，1985年，第159页。

②　梁玉绳：《史记志疑》卷23，下册，第1035页。

③　郦道元著，杨守敬、熊会贞疏：《水经注疏》卷22，中册，第1842页。

④　参见方诗铭、王修龄：《古本竹书纪年辑证》，第66—67页。

会,四年而灭虢。"幽王既败,则二年必是周平王。年份一误,称谓随之而改,终至史实混乱,面目全非。故郦道元于《渭水三》下辨证史实,谓"幽王賣于戏,郑桓公死之。平王东迁,郑武公辅王室,灭虢侩,而兼其土。"①武公与晋文侯襄助平王迁都成周,乘势袭灭桧、虢。其所以能顺利剪除,与桓公已寄孥贿于桧、虢,且有管地旧郑相接应等外因分不开。以新郑为都,桧近而虢远,故先近后远,于二年、四年相继克定。武公之所以谥"武",乃据《谥法》"克定祸乱曰武"而谥,亦与其一生功烈相符。

(四)桓、武二公司徒职责解析

《郑语》说"桓公为司徒",《郑世家》承之而云桓公封棫林后三十三年即幽王八年始为司徒。《缁衣序》以为诗是"美武公也。父子并为周司徒",郑笺:"父谓武公父桓公也……郑国之人皆谓桓公、武公居司徒之官正得其宜。"以上文献皆谓桓、武任幽、平二王司徒。《左传·襄公二十五年》戎服对曰:"我先君武庄为平桓卿士。"杜预注:"郑武公、庄公为周平王、桓王卿士。"此又谓武公、庄公为平、桓二王卿士。司徒与卿士之异同,须从今古文系统中求取解释。《北堂书钞》卷二十引许慎《五经异义》:

> 今尚书夏侯、欧阳说,天子三公,一曰司徒,二曰司马,三曰司空。九卿、二十七大夫、八十一元士,凡百二十,在天为山川。《古周礼》说,天子立三公,曰太师、太傅、太保,无官属,与王同职,故曰坐而论道,谓之三公。又立三少以为之副,曰少师、少傅、少保,是为三孤。冢宰、司徒、宗伯、司马、司寇、司空,是为六卿之属。大夫、士、庶人在官者凡万二千石。臣谨按:周公为傅,召公为保,太公为师。周公、太公无为司徒、司空文,知师保傅三公,官名也。五帝三王不同物,此周之制也。②

---

① 郦道元著,杨守敬、熊会贞疏:《水经注疏》卷22,中册,第1652页。
② 虞世南:《北堂书钞》卷50,中国书店,1989年影印本,第143页下栏。

许慎所引欧阳、夏侯说,征之《周礼·地官·乡人》贾公彦疏:"《书传》云:天子三公,一曰司徒公,二曰司马公,三曰司空公。"知乃伏胜所传师说。而《韩诗外传》卷八:"三公者何?曰司空、司马、司徒也。司马主天,司空主土,司徒主人。"是皆今文家之说。《古周礼》固是古文家说,于三公三孤之外,将今文家之三公与冢宰、宗伯、司寇合为六卿,配以天地春夏秋冬以成六官。因此,桓公、武公、庄公辅佐幽王、平王、桓王,在今文家言之为司徒,而古文家言之则曰为卿士。

司徒之职责对于理解《缁衣》诗旨至关重要,故有必要解析。《韩诗外传》以为"司徒主人",《白虎通·封公侯》进一步阐释曰:"司马主兵,司徒主人,司空主地。王者受命为天地人之职,故分职以置三公,各主其一,以效其功……司徒主人,不言人言徒者,徒,众也,重民众。"此今文家说司徒之职掌。《周礼·地官·大司徒》中记述大司徒之掌土地舆图、人民户口等,极为繁复,郑玄独引其十二教之职掌,应视为郑玄对《缁衣》一诗中桓、武二公任司徒职责之理解。《大司徒》云:

> 因此五物者民之常,而施十有二教焉。一曰以祀礼教敬,则民不苟;二曰以阳礼教让,则民不争;三曰以阴礼教亲,则民不怨;四曰以乐礼教和,则民不乖;五曰以仪辨等,则民不越;六曰以俗教安,则民不愉;七曰以刑教中,则民不虣;八曰以誓教恤,则民不怠;九曰以度教节,则民知足;十曰以世事教能,则民不失职;十有一曰以贤制爵,则民慎德;十有二曰以庸制禄,则民兴功。

此十二教从祭祀、礼乐、知足、安俗、刑罚、能为、崇贤、兴功,凡劝民为善、奋勉之事,尽皆包括。抑不仅此,其于各种大事亦皆有明文。再举其纲要者如"以荒政十有二聚万民""以保息六养万民""以本俗六安万民","颁职事十有二于邦国都鄙,使以登万民","以乡三物教万民而宾兴之""以乡八刑纠万民","以五礼防万民之伪而教之中,以六乐防万民之情而教之和","大军旅、大田役,以旗致万民,而治其徒庶之政令;若国有大故,则致万民于王门,令无节者不行于天下;大荒、大札,则令邦国移民通财,舍禁弛力,薄征缓刑",纲下之目,具体而微,但无不与人民、土地、教化有关。

征之实物,西周早、中期铜器铭文作"司土",晚期始见"司徒"。张亚初、刘雨归纳西周铭文中"司徒"之职掌有管理土地、农业生产、藉田、农副业,还有带兵出征,在册命时作傧右等①。铜器显示之司徒职掌远远少于《周礼》所载,但不能因此而否认《周礼》所载为羌无故实。《周礼》系综合西周以还春秋时期周、鲁、卫、郑之官制而成②,虽然经过加工整齐,乃至有后人增饰,其主干所反映者毕竟是西周(包含殷商部分)官制③。缘此推测,西周司徒责职即使没有《周礼》所载那么繁复,至少要比铜器所见为多,与《尚书·周官》及《王制》"七教"亦可印证④。

司徒之职责,自西周以来之演变中必有因革损益,但不管是七教还是十二教,抑或其他职事,皆已清晰反映出司徒职责与作

---

① 张亚初、刘雨:《西周金文官制研究》,中华书局,1986年,第8页。
② 刘起釪:《〈周礼〉真伪之争及其书写成的真实依据》,《古史续辨》,中国社会科学院出版社,1991年,第619—653页。
③ 西周官制中一方面有"周因于殷礼"的因素,另一方面,既然将卫、郑官制作为蓝本之一,因而一定会有殷商官制的成分。
④ 《尚书·周官》:"大司徒掌邦教,敷五典,扰兆民。"孔传:"地官卿司徒,主国教化,布五常之教,以安和天下众民,使小大皆协睦。"阎若璩将《周礼》"施十有二教"与"敷五教"等同,遂指为伪证之一。其实《周官》此处之"邦教"与《周礼》"十有二教"等,一概说无细目,一总陈又分疏。《周官》之"五典"与"十二教"不能相提并论,所以,《尚书·周官》与《周礼·地官·大司徒》还是可以互相印证的。朱熹推测班固之说或得之于孔氏后裔之传授,不为无见,然遭阎驳斥。阎说见《尚书古文疏证》卷4《言周官从汉百官公卿表来不合周礼》,《清经解续编》,第1册,第144、146页。又,孙诒让:《周礼正义》"十有二教"下引《王制》"司徒明七教以兴民德",以为"与十二教亦互通也",可谓通达之论。西周以来司徒职掌必有应时变动,后世传闻记录亦有互异,不可胶执。

为,每每与人民联系在一起。以此来体味桓公、武公相继为司徒
之职,便能深刻理解《世家》"百姓皆便爱之","和集周民,周民皆
说,河、雒之间,人便思之"和《郑语》"甚得周众与东土之人"之和
谐局面究系如何形成。从"百姓""周民"之"爱""说""思"中,可
以透视出二公任司徒期间之勤事与尽职,从而可以印证《缁衣小
序》"善于其职,国人宜之"之旨意,为诗中好贤者与贤者作一种
定位。

四、由郑国开国历史看《缁衣》诗旨

(一)桓武经历与士庶关系索隐

　　桓公为厉王之子,武公为桓公之子。桓公于宣王二十二年被封
于今陕西凤翔县附近棫林之地。该地原为殷遗郑族居住地。殷遗
郑族自周公戡平管蔡之乱,被迁居周公采邑附近,生息繁衍。穆王
以下,相继有奠丼叔、奠丼康叔、奠丼叔蒦父等领牧其众。桓公继任
之后,能举贤推能,宽仁信民,尤得人民爱戴。三十三年后,幽王擢
为司徒。司徒职责甚为广泛,举凡民众教育及与民众休戚相关之各
种利益,均在统领范围之内。桓公在任期间,克尽其责,惠泽百姓,
故郑族和周围岐周地区"周民"乃至河洛之间殷商时期郑族之后
裔,尽皆拥护桓公,传颂其功德勋业。宣王或幽王时,桓公曾与棫林
地区殷遗郑族东迁至陕西华县附近之郑县,披荆斩棘,开辟蓬蒿藜
藿蛮荒之地,相约盟誓,共同创造新国土。幽王后期,国势日弱,危
机四伏。桓公日见其弊,乃与史伯相谋,寄孥赇于虢桧之间。幽王
败,桓公死,武公继任平王司徒,辅佐平王东迁,于平王二年、四年相
继灭桧、虢,最终定国新郑。因桓公最初牧领与东迁共同开辟"拾
(洛)"者皆殷遗郑族,且武公最后立国于殷商郑族之老根据地河南
新郑,故以"郑"名国。

　　厘清桓公、武公开国历史及其地望,方可从天子、诸侯、三公(或

卿士)之公朝、私朝礼服进行合理思考:宣王封桓公于棫林,仅是以棫林为其采邑。西周王子王孙多食采于周之地,非封疆诸侯之比。桓公若在采地棫林,则无需穿皮弁朝服;若供职镐京,则无需穿缁衣朝服。棫林离镐京有二百五十公里之遥,即使后来东迁陕西郑县,与镐京相距亦有二百多公里。以当时车马速度,桓公绝不可能像孔颖达、马瑞辰、陈奂、竹添光鸿等人所说,每天早晨先公朝后私朝或先私朝后公朝,所以朝服之说根本不符合任司徒的桓公在宣、幽二朝之实情。

朝服之说既非事实,而《仪礼》《礼记》所载之缁衣又是上至天子,下至大夫、士在不同场合之服,所以应该转求别解。

1. 士与司徒

士在周代有公、侯、伯之士和子男之士。公、侯、伯之士一命,子男之士不命。不命、一命,皆最低级之阶。缁衣既然是士以上之常服,似可以认为,缁衣是基本官服,由士而上,用其他配备来区别官阶之高低。《战国策·赵策》云:"左师公曰:'老臣贱息舒祺,最少,不肖,而臣衰,窃爱怜之。愿令补黑衣之数,以卫王宫,没死以闻。'"此黑衣,论者据《左传》之"均服振振"而解为戎服①。但《汉书·萧望之传》张敞曰:"敞备皂衣二十余年。"师古注引如淳曰:"虽有五时服,至朝皆着皂衣。"故《后汉书·舆服志下》刘昭注引蔡邕《独断》云:"公卿、侍中、尚书衣皂而入朝者,曰朝臣。"此皂衣乃上朝之服,与缁衣颜色、功用均同。牟庭《诗切》说:"黑衣、皂衣,皆缁衣也。是战国及西汉士始试官者服缁衣,盖周时遗制也。"②如果周秦汉以黑衣为朝服或入仕之服确有一定连续性,则《缁衣》一诗

---

① 服虔注《左传》曰:"均服,黑服也。"

② 牟庭:《诗切》,第759页。宋人已有相似的观点。如马永卿:《懒真子》卷5"朝服皂衣"条(《丛书集成》第285号,第64页)、袁文:《瓮牖闲评》卷6(《丛书集成》第286号,第58页)、王楙:《野客丛书》卷18"汉臣仆衣皂白"条(中华书局,1987年,第198页)皆有论述。

所反复吟咏之衣与周代举贤入仕有一定联系,而此适与桓、武二公之职责相关。

《大司徒》之十二教,用各种礼制教民,其最后二条亦且较为重要者是"以贤制爵",使"民慎德";"以庸制禄",使"民兴功",此乃积极引人向上之举措。尽管十二教有纂辑时的整饬与修饰,但提倡德教而尊贤、礼贤,则是周礼一贯主张。桓公父子能"善于其职",可以想见其尊贤、礼贤之主观态度。而客观上,不管是在镐京司徒任上,还是在采地棫林,不仅会有许多值得礼尊之贤者,贤者中也会有相当一部分值得推荐加命的俊造才士[1]。联系铜器所载诸多赏赐史实,有天子册命、赏赐,更多的是上级大官僚赏赐下级属官,其中不乏赏赐玄衣的实例。故桓公在礼贤、尊贤、选贤、荐贤,实施各种具体而微之措施时,必有赏赐贤者玄衣、贝朋等物之事例,也会有为贤者改衣、适馆、授粲之种种举措。因桓公克尽其职,故能够取得周民、郑族信任和多方贤达支持;武公继任,一如其父,佐平王,定郑国:于是有《缁衣》一诗作为歌颂二公好贤之至的赞歌。

2. 庶民与司徒

《国语》《史记》都记载桓公深得"周众与东土之人"之拥护,其所以能如此,也与桓公之司徒职责有关。《大司徒》之十二教,用各种礼制教民,使民不苟、不争、不怨、不乖、不越、不偷、不疏、不怠、知足、不失职,这十教在在都与民众之思想、生活相联系。其处理得当与否,与整个民情向背,乃至整个社会民风休戚相关。而桓公在制订政策和施行政策方面,无疑是一个周王和民众心目中理想官僚。

(二)《缁衣》诗旨

明了桓公作为司徒在与社会贤达和庶民交往过程中事必亲躬

---

[1] 《礼记·王制》:"司徒论选士之秀者而升之学,曰俊士。升于司徒者不征于乡,升于学者不征于司徒,曰造士。"尽管《王制》所记未必是当时实际之选拔形式,但归之于司徒,其职责可以论定。

之为官风格，方能正确理解《缁衣》予、子之身份和馆、粲之指属。

　　"适子之馆兮，还予授子之粲兮"，三段回环反复，感情真挚。然此处馆在何处，粲是何物，固当辩明；予者谓谁，子者何指，亦应澄清。且予、子之人与馆、粲之物又辨证地联系在一起。毛传云："馆，舍。粲，餐也。诸侯入为天子卿士，受采禄。"孔颖达揣其意而云："毛以为武公作卿士，服缁衣，国人美之。言武公于此缁衣之宜服之兮，言其德称其服也；此衣若敝，我愿王家又复改而为之兮，愿其常居其位，常服此服也。卿士于王宫有馆舍，于畿内有采禄。言武公去郑国入王朝之适子卿士之馆舍兮，自朝而还，我愿王家授子武公以采禄兮，欲使常朝于王，常食采禄也。采禄，王之所授；衣服，王之所赐。而言子为、子授者，其意愿王为然，非民所能改授之也。"因为民众意愿将缁衣披在武公身上，而天子又不可能亲授，于是假想一个诗人代天子立言。在此意识指导下，"予"便即诗人自称，代表人民；子指桓、武二公；馆是卿士馆舍，粲是采禄。如此理解，到馆的是诗人还是天子使者，又在"我愿王家"一语中变得模糊，而且崇敬之心情虽然存在，称颂对象那种受人尊敬之行动却落空无着。郑笺云："卿士所之之馆在天子之宫，如今之诸庐也。自馆还在采地之都，我则设餐以授之，爱之欲饮食之。"孔颖达诠释说："郑以为国人爱美武公，缁衣若弊，我愿为君改作兮；自馆而还，我愿授君以饮食兮。爱之愿得作衣服、与之饮食也。郑以授之以食为民授之，则改作衣服亦民为之也。"因为郑玄说"卿士所之之馆"，故竹添光鸿揣摩郑意是"适子之馆以为武公适之"，而说"句上添一'子'字曰'子适子之馆'，始可通已"①，马瑞辰、牟庭亦谓郑笺"自馆还在采地之都"为非②。

　　唐代以来学者，论"予"和"子"者大多以公馆、私馆为中心，故

①　竹添光鸿：《毛诗会笺》卷7，第3册，第4页a。
②　马瑞辰：《毛诗传笺通释》卷8，第252页。牟庭：《诗切》，第2册，第761页。

无法摆脱上述汉注、唐疏之模糊与背反问题。至于李黼平因《释文》餐作"飧",而"飧"从夕,遂谓"适馆而还正当夕食时也"①,更近于捕风捉影。

要正确理解适馆、授粲,可从古代聘礼之仪节来参悟领会。《仪礼·聘礼》云:"大夫帅至于馆。卿致馆。宾迎再拜。卿致命。……宰夫朝服设飧。"郑注:"致,至也。宾至此馆,主人以上卿礼致之,所以安之也。"所谓馆,有庙,如《聘礼记》之"卿馆于大夫,大夫馆于士"者,皆馆于大夫与士之庙;有专门为宾客建造的寓所,依级别高低而有所不同,如《曾子问》中之"公馆"②。异国他邦有使者、宾客至,其安置于何等级别之馆舍,委派何等级别之人员迎接,均有严格规定。安置以后,复有一系列仪节,比如宰夫设飧、君使卿归饔饩、夫人使下大夫归礼、大夫饩大牢;回国之前,君使卿赠币等等。伴随着各种礼物,君主或相应级别之官员必须到宾之馆舍施行馈赠礼。宾之职位有高低,君主国之赠物亦有隆杀③。诸多"繁文缛节",部分可与《周礼·讶士》《小行人》《司仪》《掌客》等官所述相参观,基本反映出西周时期施行过的礼仪。然则礼书所载,固是针对使命在身的正规聘礼使者,君主国理当为之安置并致礼。《缁衣》所咏,或是桓公、武公对待无使命在身的贤士和民众。在有严格等级制和严判公聘、私访的礼制下,公卿官僚对待一般身份不高而无使命之私访、参访、拜见、上访等,无需用正规公聘仪节和规格来对待。《缁衣》诗中反复更赐缁衣,适馆、授粲,正表明二公身为公卿和采邑主,对待各种来访贤士、庶民,皆能够用规格极高之礼仪来接待。《缁衣》三章之叠咏,更显出桓公、武公不仅一次二次三次,而是不厌其

① 李黼平:《毛诗紬义》卷5,《清经解》,第7册,第581页中栏、下栏。
② 按,《曾子问》中孔子将卿大夫、士之家曰私馆,公家建造的馆与国君安排的馆舍为公馆。
③ 如《聘礼记》"士无饔。无饔者无傧",体现出士受馈的礼物少于大夫。

烦地对贤士、庶民赐衣、适馆、授粲,极其真切、形象地体现了桓公父子礼贤下士之风范。此种恭敬礼贤、亲民的感人举措长期施行,导致"百姓皆便爱之","周民皆说,河、雒之间,人便思之",从而"甚得周众与东土之人"。所以,"予"专指二公,"子"泛指社会贤达和一般访民;适馆、授粲是二公亲自或委派随员、官吏至贤士、访民下榻之馆致礼慰问,不应更有别解。

桓公封棫林而迁到拾(洛)地,武公继承父业而又徙新郑立国,而且二公均在镐京任司徒之职。父子之经历、职责与其他诸侯、公卿不同者,在于举贤进能是其重要职责之一,他们与民众关系最为密切。《诗序》"父子并为周司徒,善于其职,国人宜之,故美其德,以明有国善善之功焉",是对二公一生事业的高度概括。郑笺于繁复的司徒职责中特地标出"十二教"职掌,应是他对诗篇宗旨深刻领会后的揭示。所以诗篇宗旨应定位在二公如何礼贤下士,更无别解。

歌颂二公礼贤下士,则诗中"予"显然是诗人设为诗的主人公桓公或武公之辞,而"子"无疑是指被二公礼遇、善待的贤士能人。改衣、适馆、授粲,皆为二公以宾客规格礼贤下士之具体措施。可以这样认为,桓、武二公不仅克尽司徒之职,更能以接待国宾或宾客之礼仪施于广大贤士、庶民,博得东西士民普遍爱戴。《缁衣》是赞美二公好贤形象而生动的诗歌,是《史记》《国语》所说百姓、国人"爱""说""思"的过程与原因,而《史记》《国语》的记述则是《缁衣》所描述好贤措施之最终结果。此种因果即郑国立国、强国之基本保证。

(三)《缁衣》诗篇之制作时代

郑国初期历史可以简明地表述为:桓公奠基,武公开国。桓公奠基,自受封棫林,到鸠集郑族东迁,以及任司徒期间,爱民尊贤,已经广泛赢得了棫林、郑县、新郑三地郑族和岐周等地人民之信任。武公开国,自继任平王司徒,到与晋文侯共同辅佐平王东迁成周,在诸侯间建立了高度威信;然后乘势剪灭虢、桧,定都新郑,开创郑国。

此种逝去的历史,从郑国后人长留的记忆和自豪的语言中,犹可想见其辉煌。《小序》谓"美武公也,父子并为周司徒",如果序有所承,则诗作于武公时代之后。但庄公亦为周桓王之卿士(司徒),若诗作于庄公,序似当言美庄公,因为祖孙三代并为周司徒,实在是一种难得荣耀。小序不言,则诗很可能在武公时代已定型。何楷也推测"此诗之作,当在武公初受封为伯而从王入成周之时"①。在武公时定型,则其作者当为郑国之贤士与民众。但定型之前的桓公时代,亦即在棫林、拾(陕西郑县)之时,未必没有受桓公接待、恩惠者(棫林、拾、岐周之地的贤能之士)之赞美心声,只是这些心声最后都融入定型的《缁衣》一诗之中,增强了诗之情感,加重了诗之承载量。《缁衣》既然是郑国贤士、能人作以颂扬奠基与开国二君之诗篇,所以置于《郑风》之首。

五、孔子眼中的《缁衣》诗旨与
《礼记·缁衣》命名

《孔丛子》书之真伪颇有争论,笔者认为书固后人所编,而其中有关孔子言行事迹多有出自先秦孔门后学所递相传授录存者。其书《记义第三》载:

> 孔子读《诗》及《小雅》,喟然而叹曰:"吾于《周南》《召南》见周道之所以盛也,于《柏舟》见匹夫执志之不可易也,于《淇澳》见学之可以为君子也,于《考槃》见遁世之士而不闷也,于《木瓜》见包且之礼行也,于《缁衣》见好贤之心至也,……于《采菽》见古之明王所以敬诸侯也。"②

孔子于此一连举出二十一首诗之要旨。首先须问,《孔丛子》所载

① 何楷:《诗经世本古义》卷8,《文渊阁四库全书》,第81册,第625页上栏。
② 《孔丛子》卷上,《丛书集成》第517号,第21页。

是否孔子所说？此一问题的肯定回答原本很难得到,现因上博简《孔门诗传》之出①,似可确定无疑。上博简《诗传》有：

> 孔子曰：吾以《葛覃》得氏初之诗。民性固然,见丌美必欲反丌本。夫《葛》之见歌也,则(16)以苣(?)菽(?)之古也。后稷之见贵也,则以文武之惪也。吾以《甘棠》得宗庙之敬。民性固然,甚贵丌人,必敬丌位;悦丌人,必好丌所为,恶丌人者亦然。〔吾以〕(24)□□〔得〕币帛之不可去也。民性固然,丌有隐志必有以俞〔抒〕也。丌言有所载而后内,或前之而后交,人不可触也。吾以《枤杜》得雀〔服〕……

其中"吾以"数句,与《孔丛子》二十一句"吾于"如出一辙。两相印证,《孔丛子》所载必为孔子曾经说过之言语。唯诸多诗旨未必一时一地为同一学生所说,而更可能系对不同学生所说之后为七十子后学记录汇总而成。时地对象同异,无关旨要,所当深究其实者,乃是其所说诗旨,是否有所依本。据《尚书大传》、三礼等文献所载,西周天子设国学教国子,其教官则由大司乐、乐师、师氏、保氏、大胥、小胥等组成。《周礼·春官·大司乐》："大司乐掌成均之灋,以治建国之学政,而合国之子弟焉……以乐德教国子中、和、祗、庸、孝、友。以乐语教国子兴、道、讽、诵、言、语。"郑玄注"乐语"云：

> 兴者,以善物喻善事。道读曰导,导者言古以剴今也。倍文曰讽,以声节之曰诵。发端曰言,答述曰语。

有如此一整套教育制度和传授方法,其在教授"兴、道、讽、诵、言、语"之前对于《诗》本事、《诗》旨之讲授与阐发无疑必要且不可或缺：不言本事则无法喻"兴",不言诗旨则无法引出"言""语"。缘此,西周太学掌握采风行人所上之诗本事和诗旨,并以此教授国子,

---

① 上博简《孔子诗论》经作者从先秦传、解体式考证,应定名为《孔门诗传》,见拙文《孔子诗论应定名为"孔门诗传"论》,《中国经学》第5辑,广西师范大学出版社,2009年;收入本书,见第四篇。

无可怀疑。即使某首歌诗失却本事、诗旨,也必会依据国学教官所理解之旨意而传授。孔子处春秋季末,其能获得《诗》之文本或犹能听闻国学中有关《诗》之本事旨意,殆毋庸置疑。作为一个"述而不作"之学者,说出"于《缁衣》见好贤之心至也",应是必有所本而非别出心裁之论。

　　《缁衣》一篇之宗旨在于开导明主贤君如何治国长民,而第一章"好贤如《缁衣》,恶恶如《巷伯》"之章旨在于治国必须好贤恶恶。《说苑·尊贤》载子路问孔子曰:"治国何如?"孔子曰:"在于尊贤而贱不肖。"可见孔子认为,"好贤恶恶"是用人问题,是治国长民之根本大法。用人有一个贤与不肖互相排斥、消长之辩证关系。《晏子春秋·内篇问上》引孔子闻之曰:"善进,则不善无有入矣;不善进,则善无有入矣。"此从客观上分析而得。《说苑·君道》载鲁哀公问孔子何以君子不博(弈棋)。孔子对曰:"恶恶道不能甚,则其好善道亦不能甚;好善道不能甚,则百姓之亲之也亦不能甚。"此从主观上分析而得。总之,孔子对好善恶恶、尊贤贱不肖,曾从不同角度、不止一次地发表过议论,其所以如此,就是因为好贤恶恶关涉到君主治乱之根本。所以,《缁衣》将此章置于篇首,是孔子思想的完整体现。

从简本《缁衣》论
《都人士》诗的缀合

　　《诗经》从口头吟诵到定型,有一个不短的历史过程,而到秦汉间儒生传授传抄形成师法家法的文本,更经历了数百年的漫长历史。由于古代记录文字的材料以简牍为常,简牍容易断折、磨灭、散乱,致使诗篇残缺、文字讹误,乃至章次错乱。文字的讹误可以用异文、文义来比勘校证,因而整理、汇集的成果较多。诗篇的残缺、章次的错乱与两诗的误合,因为无法用实物来印证,虽有研究,也只能停留在"推测"的层面。随着出土简牍的日益增多,出土文献与传世文献比勘的机会也越来越多,为原来只能停留在推测上的、悬而未决的问题,有可能提供一些解决的契机。本文利用郭店简与上博简《缁衣》的引诗,对《小雅·都人士》合两诗为一诗的缀合过程进行全面的探讨。

一、《都人士》内容结构与前人成说

　　《小雅·都人士》一诗,小序说是"周人刺衣服无常也。古者长民,衣服不贰,从容有常,以齐其民,则民德归壹。伤今不复见古人也"。诗共五章,章六句,原诗如下:

　　　一章:彼都人士,狐裘黄黄。其容不改,出言有章,行归于周,万民所望。

　　二章:彼都人士,台笠缁撮。彼君子女,绸直如发。我不见兮,我心不说。

　　三章:彼都人士,充耳琇实。彼君子女,谓之尹吉。我不见兮,我心苑结。

　　四章:彼都人士,垂带而厉。彼君子女,卷发如虿。我不见兮,言从之迈。

　　五章:匪伊垂之,带则有余。匪伊卷之,发则有旟。我不见兮,云何盱矣。

从句式上看,前四章首句都是"彼都人士",看似是同一首诗,但从内容结构上仔细分析,则完全不同。一章之"都人士"是穿黄黄狐裘之人,是雍容大方、为万民所仰望的贵族。他与二、三、四章饰"台笠缁撮""充耳琇实""垂带而厉"的"都人士"原非同一类人物①。第一章与二、三、四章虽首句相同,所述内容没有关系;它不像第五章,句式虽与二、三、四章不同,但"带则有余"承"垂带而厉","发则有旟"承"卷发如虿",前后内容联系紧密。一章谐阳部韵,二、三、四章谐仄声韵,也不一致。

前人并不是没有察觉这个矛盾,只是"经文"神圣,不敢置疑,于是曲为诠释。孔疏就百计为之弥缝说:"经五章,皆陈古者有德之人衣服不贰。不言长民者,叙言人德齐一之由,故说长民不贰,于经无所当也。唯伤今不复见古之人,是总叙五章之义。民者兼男女,故经有士女二事。"序既明言是"长民者"之"衣服不贰",何以"于经无当"?以后四章之"士""女"与首章"万民"之"民"照应,颇为牵

---

① 郑玄虽然没有在本诗下指出首章与二、三、四章都人士身份的异同,但在《礼记·郊特牲》"野服"下注云:"诸侯于蜡,使使者戴草笠,贡鸟兽也。《诗》云:'彼都人士,台笠缁撮。'又曰:'其俑伊秦,其笠伊纠。'皆言野人之服也。"此可推知郑玄于《都人士》诗所持的观点。

强,万民实统括各阶层之男女老少,岂止士与女可代表? 宋代范处义于第一章下云:"下三章皆言士女,此章独言士,盖既言行归于周,万民望之,以为法则,若女则处君子之家,不当言民望以为法则,恶其亵也,此所以不及女欤?"①以男外女内、重男轻女的道德观来曲解。王质也说:"先章全言士者,本其夫也,后章夫妇并言。"②其实越解释越使人糊涂。明代姚舜牧就大惑不解地发出一连串的疑问:

> 首章何以但称都人士,后章何以并及君子女也? 首章何独云"行归于周,万民所望",后章何再三云"我不见兮,我心不说","我心苑结,言从之迈","云何盱兮"之绻绻也? 愚谓家邦之观望在容仪,而容仪之秩式在人士。若首章之衣饰容言至行归于周处,岂非是万民之望? 自是而后"台笠缁撮""充耳琇实""垂带而厉",都人士何异于昔? 而君子女之"绸直如发""谓之尹吉""卷发如虿""发则有旟"则何为者哉? 是都人士则同,而所为都人士者或亦有少别耶? 不则称都人士何必并及其女而并称士女,何无嫌别? 并说至不见不说、不见苑结、不见言从之迈、不见云何盱兮若是其歆慕之无已耶? 即以复见汉官威仪者想象光景,当不至复见汉官妇女之威仪足以快我心也。愚说诗何敢妄立臆见,但庄诵"行归于周,万民所望"二语,又再三"我不见兮""我心不说"等语,语意似大有别耳。敢存之以正于有道。③

其他致疑于此事前后不一者亦不在少数,如严虞惇云:"盖此诗二章以下俱但言服饰,不应此章独言德性也。"④但始终是曲为弥缝的居多数。民国以来学者,仍然大多卫护旧说,含糊其事。兼有别

---

① 范处义:《诗补传》卷21,《通志堂经解》,第8册,第94页中栏。
② 王质:《诗总闻》卷15,《文渊阁四库全书》,第72册,第650页上栏。
③ 姚舜牧《重订诗经疑问》卷7,《文渊阁四库全书》,第80册,第789页上栏。
④ 严虞惇《读诗质疑》卷23,《文渊阁四库全书》,第87册,第515页上栏。

出新说者,如高亨说此诗是"镐京的一个贵族和他的女儿因事到某地去。作者是该地人,与贵族相识,在他送贵族回镐京的时候,作此诗来表示对贵族父女的敬爱"①,屈万里认为是"咏某贵家女出嫁于周之诗"②。这种奇思新说,仍不能弥缝一章穿狐裘、二章饰台笠缁撮的矛盾。

二、毛诗与三家诗所收《都人士》之异同

《毛诗·都人士》有五章如今所见,但三家诗只有四章。三家诗今虽残缺不全,却仍能从古注中获得信息。郑玄在《礼记·缁衣》引《都人士》第一章"行归于周,万民所望"下注:"此诗毛氏有之,三家则亡。"体味康成意思,有二解:将"亡"通作"无"解,即是说此章只有《毛诗》有,齐鲁韩三家诗原本就没有;将"亡"作"亡佚"解,则是说此章靠《毛诗》而流传,三家诗中原来有此章,后来亡佚了。与郑玄时代相近的服虔也有类似的说法。《毛诗·小雅·都人士》首章下孔颖达正义:"《襄十四年·左传》引此二句,服虔曰:'逸诗也。《都人士》首章有之。'《礼记》注亦言'毛氏有之,三家则亡',今《韩诗》实无此首章。时三家列于学官,《毛诗》不得立,故服以为逸。"服虔著《春秋左氏传解谊》三十一卷,为当时所重,曾盛行于南北朝,至隋唐间犹存。《左传·襄公十四年》末君子曰:"忠,民之望也。《诗》曰:'行归于周,万民所望。'"服说是此语下之注文,为孔疏(或孔疏前之刘炫《述义》)引录疏中。服说所谓"逸诗",当如孔疏所说,系指未被立于学官传授的《诗经》收入而散佚在其他先秦

① 高亨:《诗经今注》,第354页。
② 屈万里:《诗经释义》,中国文化大学出版部印行,1980年,第306页。李先耕《〈小雅·都人士〉臆解》亦主张此说。(《文史》第18辑,中华书局,1983年,第273—276页。)

经(包括《毛诗》)传诸子中的散句。以此来理解郑玄所说的"三家则亡",应该是三家无此诗章的意思①。孔颖达疏证《左传》《毛诗》时,《薛氏韩诗章句》二十二卷尚存②,其云"今《韩诗》实无此首章",知由后汉至隋唐,虽然《毛诗》从立于学官到盛行南北,三家诗仍然恪守家法与原有的章句,并未取《毛诗》之有以补己之无。

对服、郑所说予以诠释之后,《毛诗》有,三家无,似可定论。但因为贾谊在《新书·等齐》篇中亦引此诗,文云:

> 孔子曰:"长民者,衣服不二,从容有常,以齐其民,则民德一。"云:"彼都人士,狐裘黄裳,行归于周,万民之望。"

胡承珙《后笺》云:"贾谊《新书·等齐》篇引诗云……贾时毛诗未行,又所引字亦小异,疑同于三家。然则三家无此首章,或后汉时逸之,未必本无也。"③贾谊著书在文帝时,时三家也刚立学官不久,《毛诗》未行,故胡氏有此疑。考《等齐》引述《缁衣》子曰一段,并引《都人士》之前两句后两句,而略中间两句,可能性有几种:①所引系汉初《缁衣》与三家诗之外的《毛诗》,而少异字句(裳、之二字系贾谊引误或后人传抄之误)。②所引系汉初《缁衣》与四家以外的一家诗或逸诗(裳、之二字系原文或贾谊引误)。③所引全为汉初所传《缁衣》,则其时《缁衣》已同传本(裳、之二字系贾谊引误或后

---

① 关于"逸诗"的概念,阎若璩也有说法,他在探究古文《尚书》时曾说:"又按郑注书有亡有逸,亡则人间所无,逸则人间虽有而非博士家所读,杜氏注统名为逸,此其微别者。……《小雅·都人士》首章,章六句二十四字,惟毛氏有之,三家则亡,故服虔于襄十四年《左传》引'行归于周,万民所望'注云'逸诗',盖以非今博士所读,遂逸之。虔非不知出于毛诗也者。"(《古文尚书疏证》卷1,《清经解续编》卷28,第1册,第123页中栏)阎以为,郑玄于《缁衣》注"毛氏有之,三家则亡",是"后得毛传乃改之也"。

② 唐代长孙无忌等纂辑《隋书·经籍志》,卷1著录《韩诗薛氏章句》二十二卷、《韩诗翼要》十卷、《韩诗外传》十卷。

③ 胡承珙:《毛诗后笺》卷22,《皇清经解续编》卷469,第2册,第1032页中栏。以后陈奂《诗毛诗传疏》、马通伯《毛诗学》皆引胡说以为然。

人传抄之误）。④ 今本《新书》为后人据传本《缁衣》窜改。

贾谊卒于文帝十二年（公元前 168），河间献王立于孝景帝前二年（公元前 155）。当河间献王得古文先秦旧书《周官》《尚书》《毛诗》等经籍时，贾谊已卒。尽管《释文序录》载《左传》的传授是荀卿"传武威张苍，苍传洛阳贾谊"①，荀卿并传《毛诗》《左传》，贾谊为荀再传弟子，有机会获读《毛诗》，但毕竟是理有可能，查无实据。四家以外的诗，在汉初"除挟书之律"、经籍复出的情势下虽有可能，也无法凭空确指。从贾谊引"长民者"云云系以"孔子曰"，知此段文字应引自《缁衣》，如果引自《都人士序》，除非贾谊认为《小序》为孔子作，否则就不会指为孔子之言，也不可能删略首尾两句而独引中间一句。比较引述文字，与传本《缁衣》第九章近同，而与《毛诗·都人士》小序及第一章略异。第四种情况在古籍中有例可援，亦苦无证据，而且如为后人窜改，为什么要用"裳""之"替代"黄""所"两字？《等齐》篇紧接着所引"孔子曰：为上可望而知也，为下可类而志也……"一段也是传本《缁衣》第十章文，可见贾谊是连引传本《缁衣》第九、十两章，而不是引《毛诗·都人士》之后，再引《缁衣》文。至于他为什么少引"其容不改，出言有章"二句，可能是《等齐》篇主要是讲服饰之上下有别，与"出言有章"稍远，故略之。所以，胡承珙借此怀疑三家诗原有此章的观点难以成立。

历代诗经学者虽知《都人士》前后有矛盾，也知道三家无首章而唯独《毛诗》有之。但《毛诗》为什么会有此章，它从哪里来？都忽焉无说。直至晚清王先谦著《诗三家义集疏》，方始依据三家诗无首章这一点，大胆怀疑这是二首诗的误合：

> 细味全诗，二、三、四、五章"士"、"女"对文，此章单言"士"，并不及"女"，其词不类。且首章言"出言有章"，言"行归于周，万民所望"，后四章无一语照应，其义亦不类。是明明逸

---

① 吴承仕：《经典释文序录疏证》，中华书局，1984 年，第 121 页。

诗孤章,毛以首二句相类,强装篇首。观其取《缁衣》文作序,
亦无谓甚矣。《左传》如"翘翘车乘,狐裘蒙茸",本有引逸诗之
例。《汉书·儒林传》"客歌《骊驹》,主人歌《客毋庸归》",王
式谓"闻之于师",是鲁家亦有传逸诗之例。贾谊《新书·等齐
篇》引诗云"彼都人士,狐裘黄黄。行归于周,万民之望"。贾
时《毛诗》未行,所引字句亦小异,是汉初即传此诗。蔡邕《述
行赋》"咏都人以思归",是以为思归彼都之诗,不解"周"为"忠
信",则亦非用《毛诗》也。《毛诗》自有,三家自无,今述三家,
此章仍当弃而不取。①

王氏集疏三家诗,自可不收此章,但流传二千多年的《毛诗》,该作
如何说明? 孙作云信从王说,在《诗经的错简》一文中将《都人士》
与《召南·行露》《小雅·皇皇者华》《大雅·卷阿》一起都判定为二
首诗合为一首之例。他认为《都人士》第一章是"赞美诸侯朝周的
诗","后四章是民间恋歌,与前一章绝对不能混殽"②。张剑《关于
〈小雅·都人士〉的错简》从内容、人物穿戴身份、感情语气三个方
面论证,也是以王先谦说为本,而叙述有颠倒不确处③。更可惜的
是,张文刊出时,郭店、上博楚简已经公布多年,未能被利用,使研究
仍停留在推测阶段。

三、从简本《缁衣》的引诗离析《都人士》篇章

1993 年冬出土于湖北荆门市郭店一号楚墓的四十七支《缁衣》
简和 1994 年上海博物馆从香港购回的二十四支《缁衣》楚简的公

①　王先谦:《诗三家义集疏》卷 20,第 801—802 页。

②　孙作云:《诗经的错简》,《诗经与周代社会研究》,中华书局,1966 年,第 412—
　　415 页。

③　张剑:《关于〈小雅·都人士〉的错简》,载《甘肃高师学报》2003 年第 1 期,第 26—
　　28 页。

布①,为深入研究、探讨《都人士》的内容、章次和错简等问题提供了
新的契机。上博简公布后,笔者从事《缁衣》课题研究,即认为"简
本所引与《毛诗》首章似为同一首诗之不同章节"②。旋读到吴荣曾
文章,虽亦以为"简本所引和今本所引当为同一首诗的两个不同的
章",但却说"这篇逸诗在战国时大约还是完整的,像《缁衣》两个不
同的本子才会各引其中不同的一章"③,与笔者认识不同。下面详
细申述、论证敝见。

传本《缁衣》第九章全文为:

子曰:长民者衣服不贰,从容有常,以齐其民,则民德壹。
《诗》云:彼都人士,狐裘黄黄。其容不改,出言有章,行归于
周,万民所望。

子曰云云,与《都人士》之小序中语除个别文字增损移易外,如出一
辙。这本来已经昭示两者之间有一段谁先谁后的因袭因缘。及两
种简本面世,问题趋于复杂却有新的认识。上博与郭店简本《缁
衣》的文字如下:

上博简:子曰长民者衣备不改,㥀容又棠,则[民惠一。
《㫃》员:丌容不改,出言]　　　　　所信。

郭店简:子曰㱩民者衣备不改,㥀颂又棠,则 民惠弌。
《寺》员:其颂不改,出言又 乚,利民所信。

上博简"则"后"所"前残,香港中文大学中国文化研究所藏有
"民惠一㫃员丌容不改出言"一段残简计十一字,适可相接,然犹残

---

① 荆门市博物馆编:《郭店楚墓竹简》,文物出版社,1998 年,图版第 15—20 页,释文
127—137 页。马承源主编:《上海博物馆藏战国楚竹书(一)》,上海古籍出版社,
2001 年,图版第 43—68 页,释文考释第 169—213 页。

② 参见拙文《上博简、郭店简〈缁衣〉与传本合校补证(中)》,载《史林》2003 年第 3 期。
按,该文共十余万字,删节后分上、中、下刊于《史林》2002 年 2 期、2003 年 3 期、2004
年 1 期。

③ 吴荣曾:《〈缁衣〉简本、今本引〈诗〉考辨》,载《文史》2002 年第 3 辑,第 16 页。

四字①。简本无"行归于周"一句，从《都人士》二、四、六句用韵之句式看，似是简本略引。除此句略引外，其他还有文字与字形的异同。《都人士》与传本《缁衣》的"衣服"，简本作"衣备"；"从容有常"，上博简作"𨑃容又棠"，郭店简作"𨑃颂又棠"；"德"，简本作"悳"；"壹"，上博简作"一"，郭店简作"弌"；"诗云"，上博简作"𧧬员"，郭店简作"寺员"；"其容"，上博简作"丌容"，郭店简作"其颂"；"有章"，上博简残，郭店简作"又❘"；"万民"，上博简残，郭店简作"利民"；"所望"，简本作"所信"。凡此文字在字形、声韵、意义上之异同，笔者在《上博简、郭店简〈缁衣〉与传本合校补证》中均有详细考证，不在此展开，只是几个关键字须重申，以便对《都人士》错简的论证。

　　❘，上博简残，传本作"章"。开成石经《礼记·缁衣》字形残而犹可辨为"章"字，《毛诗·小雅·都人士》作"章"②。郭店简整理者谓为"为字之未写全者"。周凤五、陈高志以为是"璋"形之省写③。此说实是基于与传本相对之字为"章"而发，但"璋"与"信"韵不相谐，而且简本第二章"章好章亚"之"章"不作此形。李零以为是"川"之省文，读为"训"④；廖名春从之，谓"读为'训'，义同'章'，指法度"⑤；刘信芳读为"引"⑥：皆是从谐韵考虑。川可读训，但"❘"难与"川"发生关系，"❘"作为部首，古籍中从未见有将之组

① 陈松长编著：《香港中文大学文物馆藏简牍》，香港中文大学出版社，2001 年，第12 页。
② 中华书局编辑部编：《景刊唐开成石经》，中华书局，1997 年，第 1 册，第 372 页下；第2 册，第 1279 页下。
③ 周凤五：《郭店楚简识字札记》、陈高志《郭店楚墓竹简缁衣篇部分文字隶定检讨》，《张以仁七秩寿庆论文集》，台湾学生书局，1999 年，上册第 365 页。
④ 李零：《郭店楚简校读记》，北京大学出版社，2002 年，第 64 页。
⑤ 廖名春：《郭店楚简〈缁衣〉篇引〈诗〉考》，《华学》第 4 辑，紫禁城出版社，2000 年，第73 页。
⑥ 刘信芳：《郭店简〈缁衣〉解诂》，《郭店楚简国际学术研讨会论文集》，湖北人民出版社，2000 年，第 170 页。

织文句者。作"引"是用为"引而有据"解,但《说文》释"丨"的"引而上行""引而下行"与刘释的"言而有据"似乎没有关系。白于蓝不同意《郭店楚墓竹简》所释,亦认为前后两字含韵,但也没有很好的意见①。之后裘锡圭将"丨"释为"针"的初文,并将"出言又丨"读为"出言有逊"或"出言有慎",以此来与下句"黎民所训"之"训"相谐②。裘说从文义和协韵上都能说通,但与《都人士》所咏之主人翁的身份不甚相合,出言之谦逊或谨慎而百姓以之为训,与"出言有章,万民所望"之间同一性不强。亦即"为训"与"所望"系一向内而一向外,不如"所信"与"所望"有同一性③。

细审简文此划之粗细,极似"人"字右划,郭店、上博简本章"利民所信"之"信"作"訅","言"在左边,"人"在右边,其"人"字竟然只写上粗下细之一竖,无右笔,与本字极为相似,故笔者仍认此形为"人"字,退而论之,亦是如郭店简整理者所认为的"为字之未写全者",即为"人"字之未写全者。人即"仁",《释名·释形体》:"人,仁也,仁生物也,故《易》曰:立人之道曰仁与义。"《广雅·释诂四》:"人,仁也。"《吕氏春秋·论人》:"哀之以验其人。"陈奇猷校释引俞樾曰:"人当读为仁,言哀之以验其仁爱之心也。"④王念孙《广雅疏证》引《论人》文而云:"人即仁也,仁与恕同义,故哀闵人谓之仁,亦谓之恕。《孔子闲居》云'无服之丧,内恕孔悲'是也。"⑤《群书治要》卷三十九引《论人》文正作"哀之以验其仁",可见仁、人早

---

① 白于蓝:《郭店楚墓竹简考释(四篇)》,《简帛研究二〇〇一》,广西师范大学出版社,2001年,上册,第192—193页。
② 裘锡圭:《释郭店〈缁衣〉"出言有丨,黎民所訅"——兼说"丨"为"针"之初文》,《古墓新知》,国际炎黄文化出版社,2003年,第1—8页。按,裘文先前未见,武汉会议后参观荆州博物馆始得,补之于此。
③ 裘锡圭文章仍说"'訅'为'信'的一个特殊异体或通假字的可能性不能排除"。见上揭注,第6页。
④ 陈奇猷:《吕氏春秋校释》卷3,学林出版社,1984年,第168页。
⑤ 王念孙:《广雅疏证》卷4,江苏古籍出版社,1984年,第118页上栏。

有互文。孔子曰："仁者,人也。"①故仁、人互训同义。"出言有人"即"出言有仁",《礼记·儒行》有"言谈者,仁之文也",即可互证。"出言有仁"与"利民所信"的仁、信相谐,古音皆属真部。

容貌为外在之形,仁则是内心之感念,内外看似无涉,但三复文献,确知在古人的理念中容貌与仁有相当深密之内在联系。《逸周书·官人解》云:"言忠行夷……情忠而宽,貌庄而安,曰有仁者也。"②《大戴礼·文王官人》文作"其言甚忠,其志无私……庄而安人,曰有仁心者也"③。又《春秋繁露·为人者天》云:"君子衣服中而容貌恭,则目悦矣;言理应对逊,则耳悦矣;好仁厚而恶浅薄,就善人而远僻鄙,则心悦矣:故曰'行意可乐,容止可观',此之谓也。"④《说苑·修文》云:"君子衣服中,容貌得,则民之目悦矣;言语顺,应对给,则民之耳悦矣;就仁去不仁,则民之心悦矣。三者存乎心,畅乎体,形乎动静,虽不在位,谓之素行。"⑤董、刘二说,文异义同,盖皆前有所承,此必先秦古训,而足可与"容貌不改,出言有仁,黎民所信"之古诗互相发明。《大戴礼·主言》曰"是故君先立于仁,则大夫忠而士信民敦",则又可证实这种出言仁以至于黎民信之儒家思想正是《说苑》《繁露》所本。

郭店简之"利",上博简残,传本、开成石经作"万"。《郭店楚墓竹简》释"利"为"黎"。黎从利声,两字亦互为异文,《史记·汉兴已来诸侯王年表》"轪侯利仓",《汉书·高惠高后文功臣表》作"轪侯黎朱苍"。黎民一词已八见于《尚书》,如《尧典》"黎民于变时雍"

① 此文《礼记·表记》《礼记·中庸》《孔子家语·哀公问政》《春秋繁露·仁义法》等秦汉经籍屡屡转述之,是必孔子之言而为秦汉间人所熟知者。
② 朱右曾:《逸周书集训校释》卷7,《清经解续编》卷1034,第707页上栏。
③ 王聘珍:《大戴礼记解诂》卷10,中华书局,1983年,第194页。
④ 此段文字《汉魏丛书》《四部丛刊》本均在《五行对第三十八》末,凌曙注及苏舆义证本皆移入《为人者天第四十一》之末。
⑤ 刘向著,向宗鲁校:《说苑校证》卷19,中华书局,1987年,第481页。

等,孔传释之为"众"或"众人"。词例声韵均无问题。黎民与万民,亦形异而义同。但是否同一句诗的异文? 程元敏认为"殆原作利民,其后《诗》家润饰作万民(《书·周诰》《毛诗》他篇,《易·传》已见万民辞)。信、望异字,所据《诗》之版本不同故也。"①廖名春则认为"信""望"义同,所以互用②。显然都认为是同一句诗。比较"信"与"望"的形音义:信,甲骨文无,金文作𦥑战国中山王方壶,郭店简作𦥑缁衣。望,甲骨文作𦥑粹三三,金文作𦥑师望鼎,郭店简作𦥑缁衣。前后一千年,两字字形绝不相同。从声韵上看,信,古音心纽真部;望,古音明纽阳部:亦不相通假互用。从意义上分析,信是相信、信从,望是仰望、观望、景仰③,义也不相包含交涉。总之,两字的形、音、义都不可能作为互文而通用。

如果换一种角度,从整部《诗经》的句式上去体察,各章文句稍异其词(易一字或二字),文义则重复申述,以此来达到音节回环复沓,以收一唱三叹之艺术效果,乃三百篇常用之手法。略自变量例于下:

> 南有樛木,葛藟累之。乐只君子,福履绥之。南有樛木,葛藟荒之。乐只君子,福履将之。南有樛木,葛藟萦之。乐只君子,福履成之。(《周南·樛木》)

> 采采芣苢,薄言采之。采采芣苢,薄言有之。采采芣苢,薄言掇之。采采芣苢,薄言捋之。采采芣苢,薄言袺之。采采芣苢,薄言襭之。(《周南·芣苢》)

---

① 程元敏:《〈郭店楚简〉〈缁衣〉引书考》,《古文字与古文献》(试刊号),台湾楚文化研究会印行,1999年,第10页。
② 廖名春:《郭店楚简〈缁衣〉篇引〈诗〉考》,《华学》第4辑,第73页。
③ 廖名春引《广雅·释古("诂"之误植)一》"信,敬也"为说,以为与望之景仰同义。其实《释诂一》当读作"诚信,敬也"。张揖本《礼记·祭统》"身致其诚信,诚信之谓尽,尽之谓敬,敬尽然后可以事神明,此祭之道也"立此义。诚信是敬是祭祀时的起点,所以王念孙疏证即引《祭统》为说。古籍文献中未见直接将信用为敬义的显豁例子。

　　蓼蓼者莪,匪莪伊蒿。哀哀父母,生我劬劳。蓼蓼者莪,匪莪伊蔚。哀哀父母,生我劳瘁。(《小雅·蓼莪》)

　　绿兮衣兮,绿衣黄里。心之忧矣,曷维其已。绿兮衣兮,绿衣黄裳。心之忧矣,曷维其亡。(《邶风·绿衣》)

　　《樛木》三章,章四句,每章仅易二字,三章只有六字不同,后妃之心情表露无遗。《芣苢》虽说三章,章四句,但两两相对成六句,也只有六字不同,而采摘之形象生动逼真,采摘之前后过程层次分明。《蓼莪》二章也易六字,而且“蒿”“劳”相谐,“蔚”“瘁”相谐,是不得不变换之字;《绿衣》二章只易四字,也是“里”“已”相谐,“裳”“亡”相谐:其他字句完全相同,而两诗所要体现的心情随着重复回环的音节得到了畅快的宣泄。《诗经》中的诗篇在早期都是合乐的,音乐需要重复,韵脚需要变换,重复的音乐和变换的韵脚可以使喜悦和郁闷的心情得到尽情的诉说和宣泄,所以三百零五篇中,像这样重复的章节多达数十甚至上百章,形成了先秦文学中独特而频繁使用的修辞手段,并为后世诗文不断仿效①。在这种修辞背景下,作为《诗经》中的一篇,《小雅·都人士》中有数字从形、音、义几方面都毫无干涉,便没有理由指为同一章诗或无端臆测其为版本不同。

　　简本“利民所信”之“信”是韵脚,与之相谐的是“⺁”(人,也就是“仁”);传本“万民所望”之“望”也是韵脚,与之相谐的是“黄”“章”,适足说明是完全不同的两章。“万民”与“利民”之词汇变换,也是《诗经》中常有的变换形式。比照《诗经》的句式和简本、传本的文字,至少可以复原出如下二章诗句:

---

① 《诗经》句式的回环复沓,也是民间歌谣常用的修辞手段,魏建功曾专门就《诗经》和民间歌谣的这种修辞手法作过讨论,参见魏氏著《歌谣表现法之最要紧者——重奏复沓》(载《歌谣》第66期),又收入《魏建功文集》第5卷(江苏教育出版社,2001年,第15—27页)。

　　彼都人士,狐裘黄黄。其容不改,出言有章。行归于周,万民所望。

　　□彼□□都□□人□□士□,□文□□质□□彬彬□。其颂不改,出言又□乀□。□行□□归于周□,利民所信。

此诗有几章,及其章次前后排列暂不论。《诗经》中首句相同的篇什很多,故首句补"彼都人士"一句。传本一、三、五三句不入韵,而简本第三句与传本同,如果一、三皆同,则第五句也很可能相同,故第五句补入"行归于周"四字。另一章谐真韵,与狐裘相应的"黄黄"是形容词,从谐韵与形容词两方面考虑,暂用"彬彬"两字替代。尽管复原文字会与原诗有一定差异,但其形式与理路应该有其合理性。复原后的另一章因为首句都是"彼都人士",比照《诗经》篇名取法,可以名为"都人士",也可以名为"彼都人士",为与《小雅·都人士》相区别,以下暂用"《彼都人士》"相称。

　　将《小雅·都人士》之首章与二、三、四、五章离析,首章与简本《缁衣》所引合为《彼都人士》,余下四章自为一诗,则从内容到用韵以及它们的流传都相吻合。

四、《毛诗》将《都人士》《彼都人士》 两诗缀合原因之推测

　　《汉书》和《经典释文序录》有一说谓荀卿传诗给浮丘伯和大毛公,是为《鲁诗》和《毛诗》①。若此说有据,则《毛诗》《鲁诗》出于荀子,文本当同。汉石经《鲁诗·都人士》仅存"我不"两字,无法知其

---

① 《汉书·楚元王传》:"〔元王〕少时……受诗于浮丘伯。伯者,孙卿门人也。"陆德明《经典释文序录》"毛诗注解传述人"引一云:"子夏传曾申,申传魏人李克,克传鲁人孟仲子,孟仲子传根牟子,根牟子传赵人孙卿子,孙卿子传鲁人大毛公。"(吴承仕:《经典释文序录疏证》,第 87 页。)陆玑《毛诗草木鸟兽虫鱼疏》说同,仅人名略有异文。

字形。但此二字在碑图第十面第四行,今存残石之字排列如下:

> 弟绰绰
>
> 雪麀麀
>
> 不尚
>
> 我不

根据每面行数与每行字数计算,此第二章"我不见兮"的"我不"之
前无法容纳"彼都人士狐裘黄黄"六句二十四字,故马衡云:"先兄
幼渔谓正义言《都人士》篇三家诗无首章,此处恰值次章'我不见
兮'之'我不'二字,字数正合。"①是《鲁诗·都人士》没有首章之
证②。但同出一源的《毛诗》却有首章,令人费解。服虔所云"逸诗
也。《都人士》首章有之",此《都人士》必指《毛诗》。时当汉末的他
知《毛诗》有此章而仍指为"逸诗",已隐约地表明《毛诗·都人士》
首章与以下四章没有必然联系;这是服虔个人的意见,还是东汉部
分学者的意见,姑且不论。

　　上面论证贾谊《等齐》篇之"彼都人士"云云不是引自《都人士》
诗而是源自《缁衣》,这无疑是说文帝时代已有一种如同传本的《缁
衣》本子,故有必要对《缁衣》第九章自汉初至文帝时代的原型略作
探索。

　　根据笔者对《缁衣》简本的考证,《缁衣》曾有一种简长一尺左
右,每简十到十二字左右的抄本传世③。这种形式的《缁衣》简本,
每章虽顺序连抄,至第九章首字正好在简首。郭店、上博简《缁衣》

---

①　马衡著,中国科学院考古研究所编:《汉石经集存》,科学出版社,1956年,释文第11
　　页。又可参阅方国瑜:《汉石经〈鲁诗·小雅〉二石读校记》,《方国瑜文集》第5辑,
　　云南教育出版社,2003年,第23—24页。

②　按,魏源《诗古微》十二谓"贾时《毛诗》未行,故《新书》多用《鲁诗》,且所引字句与
　　毛异,则《鲁诗》有此首章之明证"(《清经解续编》卷1303,第5册,第737页下栏),
　　实昧于金石史料之臆说。

③　此种简式形制的详细论证请参见拙文《〈缁衣〉简本与传本章次文字错简异同考
　　证》,载《中国经学》第1辑,广西师范大学出版社,2005年,第132—171页。

无"以齐其民"四字,兹先分析两种情况:

（1）古简本在流传过程中已经增入"以齐其民"四字。不管是旁注入正文,还是有意改增,当本章引诗仍同简本之时已在第35简中,而第36简正好以"其颂不改"起首,如图2-1所示。

34	9 子曰伥民者衣备不改🔲颂		
35	又棠则民悬弍以齐其民寺员		
36	其颂不改出言又〕利民所信	36A	彼都人士狐裘黄黄其容不改
		37	出言有章行归于周万民所望

图2-1　情况一

如果第36简完整不残,便不可能出现与《都人士》首章相同文字的传本。假设这支简残断,并且尚存"其容（颂）"两字或多到尚存"其容不改"四字的情况下,汉代礼家便会依据《彼都人士》首章补"其容不改出言有章行归于周万民所望"亦即多出"行归于周"四字的四句。尽管整理者可能也会产生一简容纳不了十六字的疑虑,却无法凭臆断来舍弃其中的某一句;又因为"其颂"两字尚存,便不可能无端多抄"彼都人士狐裘黄黄"八字。只有当第36简已佚,礼家才会因《彼都人士序》与《缁衣》此章"子曰"文相同而迻录《彼都人士》首章以补之,从而使诗句变成适为二简（即36A、37二简）的二十四字的传本。推测补入《都人士》首章的礼家心理,他不可能认识到第35简后只有一简十至十二字而没有二简二十四字。

（2）古简本在流传过程中未曾增入"以齐其民"四字。这种情况的竹简抄本形式如图2-2所示。

34	9 子曰伥民者衣备不改🔲颂		
35	又棠则民悬弍寺员其颂		
36	不改出言又〕利民所信	36A	彼都人士狐裘黄黄其容不改
		37	出言有章行归于周万民所望

图2-2　情况二

此种简式为十到十二字,故以上第九章排列字数仍在允可范围之内。在这种简式中,如果第 36 简散佚,35 简"寺员"后尚存"其颂"两字,故礼家据《彼都人士》补,必定从"不改"以下始,作"不改出言有章行归于周万民所望",虽然多出"行归于周"四字,也不会出现"彼都人士狐裘黄黄"八字。只有当 36 简散佚,35 简从"又棠"两字以下残断乃至整简散佚时(甚至第 34 简亦允可残断一定字数),礼家方始有可能因此章"子曰"云云与《彼都人士序》相同而据补其首章,于是形成第 34、35、36A、37 简的传本第九章文字。

有了以上两种推测思维作铺垫,便可进一步追究"以齐其民"的来历。战国晚期的简本《缁衣》无此四字,已为郭店与上博简证明。生于汉高祖时,活动于文帝时的贾谊(公元前 200 年—前 168 年)引《缁衣》时不仅有"以齐其民"四字,并有"彼都人士,狐裘黄裳""行归于周"原为简本《缁衣》所没有的三句,尽管事实上会产生一次至多次纷繁多样甚至想象不到的各种残断、散佚、缀补,但按常理推之,《等齐》所引与传本《缁衣》相同而多出简本《缁衣》的四句,似是同一次残佚后的增补,其散佚与增补年代当在郭店、上博简之后到贾谊著书(公元前 300 左右—前 168 年)这一百多年中。

关于其增补所据,简捷的推想是据《毛诗·都人士》。但前论《毛诗》与《鲁诗》同出荀卿,《鲁诗》无《都人士》首章;《毛诗·都人士》五章前后内容不一,似为二首诗所合,其首章是否经师绾合尚须考论,不能贸然引证。《左传·襄公十四年》引"行归于周,万民所望"诗句,知春秋到战国时,贤人君子都在引用这首诗。《毛诗》是否收录这首诗,可从正反两方面推证:

(1)信从传统说法《毛诗》有此诗,亦即承认四家诗所收诗篇有多有少,《毛诗》比《鲁诗》多收此诗。若《毛诗》原有此诗,不仅上面分析的首章与后四章内容明显不合,还因简本《缁衣》的面世,引出很多问题:① 简本《缁衣》所引的"其颂不改出言又〕利民所信"一章,就内容、句式看都与首章近同而与后四章远异,它与《都人士》五章合为六章一诗,还是与第一章合为一诗,与后四章各为一诗? ② 如与后四章各为一诗,《诗经》历秦火,大部分以讽诵得存,此诗是讽诵者误忆,还是传授者误记? ③ 比照阜阳汉简《诗经》的书写格式绝大多数是一简抄写一章①,推知《毛诗》不见竹简《缁衣》所引诗章完全可能是散佚一简,其散佚的时代在河间献王得到《毛诗》之前还是之后? 在河间献王之前,则是大小毛公的误合;在河间献王之后,则是《毛诗》学经师的误合。这种误合是有意的还是无意的? ④《毛诗》此章如残佚,诗家可以根据战国流传的《缁衣》所引诗句补苴,何以反而出现传本《缁衣》所引非战国流传时原来诗句,而同于《毛诗》首章的情形? 这只有当《毛诗·都人士》和《缁衣》都独独散佚这一章时才可能出现,但这种几率非常之小。⑤ 退而论之,即使出现《毛诗》和《缁衣》都残缺"利民所信"这一章,礼家据《毛诗·都人士》补"万民所望"章,也必须在汉文帝时代的贾谊之前,因为《新书·等齐》是照引《缁衣》的。但是文帝时代《毛诗》尚未行世,今文礼家从何处引据,这在时间上是一个两难的问题。

（2）相信《毛诗》《鲁诗》同出荀子,《毛诗》如同《鲁诗》不收此诗,则此诗只是于战国、秦汉初年作为逸诗在流传。当简本《缁衣》相应内容的竹简残佚时,学者犹得援引补正之,只是残佚过多,不能知原来《缁衣》是引述某章中的三句,而误将"首章"（姑且假设为首章）六句一同引录。汉文帝、武帝之际,三家诗先后盛行,独立于师法之外的逸诗散句逐渐亡佚,此诗的亡佚亦在情理之中。逮及《毛诗》被河间献王所得继而传授,历贯长卿、解延年、徐敖、陈侠,直至平帝时一度立为博士,这一百多年间,传授者在与三家诗争胜和争立博士的心理驱使下,尤其是《毛诗》与《左传》都属于古文先秦旧书,平帝时又一起立为博士,这些《毛诗》学经师缘于《左传》曾引此

---

① 参见胡平生、韩自强:《阜阳汉简诗经研究》,上海古籍出版社,1988 年,第 92 页。

诗,而古记《缁衣》中又有此诗一章,比勘《毛诗》,适与《小雅·都人士》近似,故逐录篇首,合为一诗,以显示其保存古文献之多而立异于三家。

从《诗经》的源出、汉代今古学的争立博士和互相非议、《毛诗》的后出等多种因素综合分析,笔者倾向于第二种可能,即《毛诗》传授者援《缁衣》诗章"强装篇首"。这还可以从小序的比较中求得佐证。

《都人士序》为:

> 周人刺衣服无常也。古者长民,衣服不贰,从容有常,以齐其民,则民德归壹。伤今不复见古人也。

《缁衣》及贾谊所引为:

> 长民者,衣服不贰,从容有常,以齐其民,则民德壹。

比较两者,《缁衣》"长民者",《小序》为"古者长民";《缁衣》"则民德壹",《小序》为"则民德归壹":文字微异,文义相同。长民即为民之长,指天子与诸侯,与人民相对,与诗首章"狐裘黄黄"之服饰相应。下文云"以齐其民,则民德壹",不仅与"长民者"前后照应,与"行归于周,万民所望"也密合无间。但这些诸侯的仪容、言行和民众的上行下效旨意与《小序》首尾两句没有关系。序称"刺衣服无常",诗中诸侯之衣饰明明是"从容有常";说后四章士与女的衣饰无常,固然可以,但古代不同阶层的人的衣饰都有严格的等级区别,士与女衣饰的无常不能与诸侯黄黄其裘的有常相提并论。所以,小序首尾两句与中间一段有明显的拼合痕迹。有拼合痕迹,就有一个谁因袭谁的问题。钱大昕主张《缁衣》袭用《诗序》,朱熹、魏源、王先谦、吴闿生主张《诗序》袭用《缁衣》,陈启源则谓毛公、尼子各述先正遗言[1],这种公案在过去是无法定谳的。现在竹简《缁衣》出土,"长民者"云云一句的时代可以提到战国晚期甚至中期以

---

① 　陈启源:《毛诗稽古编》卷16,《清经解》卷75,第1册,第411页上栏。

前,战国时的诗旨尚停留在上博简《孔子诗论》以一字数字为论断的阶段,时毛公尚未降世,所谓的《大序》《小序》都没有产生,显然可以判定是《诗序》袭用《缁衣》子曰云云之文。

通过对简本向传本蜕演、原本《毛诗》是否收录《都人士》首章和小序文字勘同的假设和推证,"狐裘黄黄"章与后四章的离合关系已逐渐呈现。下面再分析《毛诗》序文的划分及其时代先后和《毛诗》在两汉授受中与三家诗的兴衰,来佐证前面的推想。

(一)《毛诗序》的划分与作者

鲁、齐、韩三家诗有无诗序,历来颇多异词。从《汉书·艺文志》载"《诗》,经二十八卷,鲁、齐、韩三家……《毛诗》二十九卷"看,《毛诗》多一卷,应是序文,而三家似无序。唐宋间所传《韩诗序》,或为南北朝唐初间学者所撰①。《毛诗》之序,亦是久讼未决之公案,大小序之划分与名称,各不相同,兹不俱论。就各诗前之序尚须分为二段,即每序首二语为"古序",以下文字为"续序"而言,有较为统一之意见。如:

> 《葛覃》,后妃之本也。后妃在父母家,则志在于女功之事,躬俭节用,服澣濯之衣,尊敬师傅,则可以归安父母,化天下以妇道也。

"本也"之前为古序,"后妃在父母家"以下为续序。以此衡之,《都人士》之"《都人士》,周人刺衣服无常也"是古序,"古者长民"以下是续序。也有诗篇只有古序而无续序,如"《无将大车》,大夫悔将小人也","《小明》,大夫悔仕于乱世也","《鼓钟》,刺幽王也"等。程元敏详考文献,认为:"《毛诗序》渊源于孔子之论诗,得孟子师弟子研议《诗》旨启发,受荀卿《诗》说影响,放战国中期七十子后学者记《孔子诗论》体裁,及因周秦汉初政要需要,乃有斯作。……历经

---

① 《诗序》问题之纷争,详见程元敏《诗序新考》一书所证,台湾五南出版社,2005 年。

荀卿,下传至汉,定著于毛公,毛学讲师续有增益改易。"①因为有"增益改易",所以各诗之续序或有或无。因为或有或无,所以续序未必为毛公所作,而很可能是传授、研习《毛诗》之经师递相增益而成。以此审视《都人士序》,则"古者长民"以下的续序同样有可能是毛学经师据《缁衣》所补。

(二)两汉四家诗传授与兴衰

四家诗之显贵成学,以《鲁诗》为最早,申公在吕后时即撰《鲁故》完成《鲁诗》今文学,文帝时立为《诗》博士。下逮灵帝熹平四年立石经,仍以《鲁诗》为本,是《鲁诗》之官学地位历三百五十年而不动摇。传《齐诗》之辕固生,景帝时立为博士,武帝时又招为方正贤良文学之士。传《韩诗》之韩婴,孝文时已为博士,"燕赵间言诗者由韩生……后其孙商为博士",《韩诗》立博士在文帝时抑或景帝以后,尚可探究。但齐、韩二家经文于熹平石经中作为《鲁诗》之校记置于《鲁诗》之后,其在官学地位终汉之世未改。相比三家诗,《毛诗》虽于河间献王时(汉景帝)已显世,献王以小毛公苌为博士,但这只是侯国地方学,不是朝廷官学,贵显程度不能与三家诗媲并。汉代侯国经学,各立博士,但少有能长期传承者。《毛诗》不仅历贯长卿、解延年、徐敖,传至陈侠,侠曾为王莽讲学大夫,平帝时因刘歆的诤谏,与《左氏春秋》《古文尚书》《逸礼》一起立为博士,二十三年后,随王莽败而废止。东汉二百年,虽古文大家传授、笺注不绝,竟不置立于学官②。西汉三家诗之创建学说,多杂有非《诗》的内容,《汉志》曰:"凡三百五篇遭秦而全者,以其讽诵,不独在竹帛故也。汉兴,鲁申公为《诗》训故,而齐辕固、燕韩生皆为之传,或取《春秋》,采杂说,咸非其本义。"立于学官的三家诗,当其创说之始尚

---

① 程元敏:《诗序新考》,第238页。
② 东汉《毛诗》是否立为博士,文献不载,全祖望《毛诗初立学官考》认为邯郸淳补《毛诗石经》,则《毛诗》必立学官。见《鲒埼亭集外编》卷40,《四部丛刊》本,第1—2页。

且如此,不受朝廷重视的《毛诗》在传授过程中为完善其说解体系,显示其渊源有自而摭拾逸诗、故说,自亦在情理之中,《诗序》之增益告成便是其中显著的一例。

《毛诗》在两汉四百年的遭际和《毛诗》小序"增益改易"的痕迹,足以引起深思:《都人士》的小序和诗章都有可能在崇古、求全、争胜的心理支配下进行整合与加工。据前面对小序含义和内容的分析,诸侯穿着与身份相称的服饰,为"万民所望",并非是此诗所刺的对象;而欲使自己的言行来齐率人民的诸侯,也不可能有"台笠缁撮"的装束。一章与二、三、四、五章内容的错位亦如前述。结合简本《缁衣》所引,可以试将诗章重新整合如下:

《彼都人士》:古者长民,衣服不贰,从容有常,以齐其民,则民德归壹。

一章:彼都人士,狐裘黄黄。其容不改,出言有章,行归于周,万民所望。

二章:彼 都 人 士,文 质 彬 彬。其颂不改,出言又□。行 归 于 周,利民所信。

《都人士》:周人刺衣服无常也。……〔伤今不复见古人也。?〕

一章:彼都人士,台笠缁撮。彼君子女,绸直如发。我不见兮,我心不说。

二章:彼都人士,充耳琇实。彼君子女,谓之尹吉。我不见兮,我心苑结。

三章:彼都人士,垂带而厉。彼君子女,卷发如虿。我不见兮,言从之迈。

四章:匪伊垂之,带则有余。匪伊卷之,发则有旟。我不见兮,云何盱矣。

吴闿生于《都人士》下曰:"《序》以为'刺衣服无常',昧其义矣。且其所谓'古者长民,衣服不贰'云云,全取之公孙尼子《缁衣》篇中,以此知古序散亡,后人杂取他书而附益之,与本旨不尽相附。此正与《尚书》伪篇无异,今人极诋伪书,而服膺《序》与《毛传》,不敢易其一字,知二五而不知十者也。"①吴氏从《诗》有古序立论,故谓为"古序散亡","杂取他书而附益之"。笔者认为,如果《毛诗》的序确如程元敏所证完成于毛公,则在《毛诗》之前,《彼都人士》是否有序是一个难以回答的问题。如果有,是否会与《缁衣》第九章一样;如果没有,现今《都人士》序中与《缁衣》第九章相同的文字更值得置疑。上面离析《都人士》的序文,分置于《彼都人士》前,只是为了便于对两章诗的理解,同时也显示其与《缁衣》的关系。

五、《彼都人士》诗旨甄微

《彼都人士》与《都人士》之不同,主要是衣服,亦即"狐裘"与"台笠撮缁"之异。"狐裘"一词,可以奠定整首诗所咏的主人公身份,也是正确理解诗旨的关键。古者贵贱之别,体现在外表的服饰,服饰之异,又展示其发之于内心的言行仁德之差别。《白虎通义·衣裳》云:"圣人所以制衣服何?以为絺绤蔽形,表德劝善,别尊卑也。……故天子狐白,诸侯狐黄,大夫苍,士羔裘,亦因别尊卑也。"②知"狐裘"为诸侯之服。据《玉藻》所记,当时庶人止服犬羊之裘,既为了区别等级,也表示质略无文饰之意。孔颖达为传、笺作疏,想弥缝礼制与诗旨的矛盾,说"此衣狐裘者,以'礼不下庶人',其制不可得曲而尽,此言狐裘,则庶人得衣狐裘明矣",又以狐貉和狐青、狐黄的区别来证成其观点。俞樾曾反驳说:"狐裘为古之所重。《秦风》曰:锦衣狐裘,其君也哉。《桧风》曰:狐裘以朝。未闻庶人得衣狐裘也。序云……然则篇中所言衣服,自以长民者言。正

---

① 吴闿生:《诗义会通》卷2,第191页。
② 陈立:《白虎通疏证》卷9,中华书局,1994年,第432页。

义谓以民言而许庶人得服狐裘,误矣。"①古之长民者,必为诸侯、天子,泛言之亦称君子。《表记》引孔子之言曰:

> 是故君子服其服则文以君子之容,有其容则文以君子之辞,遂其辞则实以君子之德。是故君子耻服其服而无其容,耻有其容而无其辞,耻有其辞而无其德,耻有其德而无其行。

孔子将君子之服、容、言、德、行五者关系标揭得极为清楚。德藏于内,服、容、言、行四者形诸外,德通过服、容、言、行而体现②。陈启源曰:"古之所谓有德者,必考其实,故称人之美,往往与(《四库》本作"举")容、服、言、行为(《四库》本作"而")言。四者俱有迹而可信也。……德藏于心,行见于事,故德必验之于行(《四库》本作"事")也。《孝经》论先王之法,《孟子》论尧、桀之异,亦以服、言、行为言,虽不及容,而服足兼之矣。《都人士》首章'狐裘黄黄',服也;'其容不改',容也;'出言有章',言也;'行归于周',行也:与《表记》正相合。然容、服、言可饰于外,行不可矫于一时也,(《四库》本有"故")行尤重焉。"③既然行不可矫于一时,更显重要,诗为什么首举衣饰,次言容貌、言行? 体味前后诗句,可作一回答:为万民所仰望者,首先看到的应该是"长民者"的服饰,细察而见其容貌,服饰与容貌紧密相称。《表记》曰:"是故君子衰绖则有哀色,端冕则有敬色,甲胄则有不可辱之色。"康成注:"言色称其服也。"服饰与容貌、气色必须相称。《荀子·哀公》篇载:

> 鲁哀公问于孔子曰:"绅、委、章甫,有益于仁乎?"孔子蹴然曰:"君号然也? 资衰苴杖者不听乐,非耳不能闻也,服使然

---

① 俞樾:《茶香室经说·卷四·毛诗下》,《笔记四编》本,台湾广文书局有限公司印行,1971年影印本,第1册,第180页。

② 关于德、服、容、言之关系,详见拙文《从先秦礼制中的德、衣、容、言数位一体诠释〈缁衣〉有关章旨》,庆祝沈文倬教授九十华诞"礼学与中国文化"国际学术研讨会论文,2006年6月,杭州。

③ 陈启源:《毛诗稽古编》卷16,《清经解》卷75,第1册,第411页中栏。

也;黼衣黻裳者不茹荤,非口不能味也,服使然也。"①

哀公与孔子的问答比《表记》更进一步的是,君子的服饰不仅与容貌、气色相吻,也与内心的仁、德一致。仁德之性、仁德之政足以化民,所以明代朱朝瑛曰:"由此言之,先王所以齐俗化民,衣服其要矣。"②知古人章别衣服之重要和衣服与容貌、言行、仁德之密切关系,然后方能深刻理解《彼都人士》之所以将"狐裘黄黄"置于诗章之首的含义。

行归于周,《毛传》释"周"为"忠信",而朱熹却释为"镐京",宋元以还,多从朱说。朱熹之所以要释"周"为镐京,是建立在诗旨为"离乱之后,人不复见昔日都邑之盛,人物仪容之美,而作此诗以叹息之也"的理解上的③。但《都人士》原无离乱之意,不必叹息,加之将原诗离合之后,绝没有"衣服无常"之刺,所有的只是对都人士的赞美。况且,《毛传》"忠信"之解,本之于《左传·襄公十四年》"忠,民之望也。诗曰……忠也"之文。《左传》《毛传》同为古文经,同出于河间献王所得书,此章缀合于《都人士》之首,又有特殊的经历,所以《毛传》之解释不仅有本,也符合诗旨,切合古训。竹添光鸿云:"其容不改,容貌之善也;出言有章,言语之善也;行归于周,德行之善也。"④尚可补一句曰:"狐裘黄黄,服饰之善也。"总之,经离析、增补而成的《彼都人士》一诗,主要的旨意是穿着代表"长民"狐裘的诸侯,其容、其言、其行、其德、其仁,都与其服饰相应,所以为万民所仰望、信赖。

---

① 参见王先谦《荀子集解》卷20,中华书局,1988年,第544页。按,《孔子家语·好生》所载较《荀子》为详,文云:"哀公问曰:'绅委章甫,有益于仁乎?'孔子作色而对曰:'君胡然焉?衰麻苴杖者,志不存乎乐,非耳弗闻,服使然也。黼绂衮冕者,容不亵慢,非性矜庄,服使然也。介胄执戈者,无退懦之气,非体纯猛,服使然也。'"

② 朱朝瑛:《读诗记略》卷4,《文渊阁四库全书》,第82册,第488页下栏。

③ 朱熹:《诗集传》卷15,上海古籍出版社,1980年,第169页。

④ 竹添光鸿:《毛诗会笺》卷15,第8册,第15页b。

六、结　　论

《毛诗·都人士》是一首从小序到结构都使人疑窦丛生的诗篇,这些疑点表现在:小序有拼合痕迹,小序中一语和第一章与《礼记·缁衣》第九章相同,第一章与以下四章所咏对象不同,两汉立于学官的三家诗不收第一章。历来《诗经》研究者对此有维护,有置疑,也有以为是错简,但因没有坚硬的证据,始终停留在推测的阶段。

郭店、上博简《缁衣》之面世,因其所引《都人士》诗句文字有残缺,有异形,多数学者不顾谐声与押韵,将简牍文字与传本相比附。笔者兼顾《都人士》一诗的历史公案、文献引文时代性、诗歌押韵、篇章结构关联、文字谐声与通假、诗句字义与周代服饰等级、《诗经》句式特点等诸多方面,推定《毛诗·都人士》系两首句式相近、意义有别的诗误合而成。即:《都人士》首章与出土《缁衣》所引诗句为一诗(称《彼都人士》),《都人士》二、三、四、五章另为一诗。

《彼都人士》与《都人士》两诗缀合的原因与时代可简略表述为:战国晚期,《彼都人士》作为一首独立的诗,曾被古本《缁衣》第九章引用,但却未被编入源出于子夏、荀卿的《诗经》而只作为“逸诗”在流传。嬴秦前后,一种简长一尺左右、每简字数在十至十二字许的古本《缁衣》曾经残缺,传授者遂取逸诗《彼都人士》续补。因为残缺过多,无法探知原来引文多少,只得将《彼都人士》首章,包括原序部分文字一起拼合补足,致使《缁衣》接近传本(今见《礼记·缁衣》本)而有异于古本(如郭店、上博简本),这个过程在汉文帝时代贾谊著《新书》之前已经完成。汉代三家诗先后立于学官,师法严明,不敢增删,照本传授,致使《彼都人士》散佚。《毛诗》作为古文后出,不受重视,虽平帝时一度置立博士,下逮东汉末年始终未被确立为官学。这种受抑的经历,促使《毛诗》学经师设法完善自己的典章、训诂等师法体系。大概在《毛诗》面世到西汉末东汉初期,《毛诗》学者因古文《左传》与《缁衣》均引此诗,句式与所传《都人士》相近,遂乃取而骈于其首,以便与三家诗争胜。

上博《诗论》简
"其歌绅而荡"臆解

上博所藏《诗论》第二简云(采用宽式隶定):

　　《颂》,坪德也,多言后,其乐安而迟,其歌绅而荡,其思深而远,至矣。

其中"其歌绅而荡"之"荡"字,竹简原文作"薵",马承源先生隶定为"薵",并将"绅"与"薵"释为"埙"与"篪",为陶制与竹制的两种乐器,将简文解释为"讼之乐曲乃以埙、篪相和"①。因两字之声韵关系无佐证,且文意亦不通顺,故时贤多认为不妥,遂各自作解。

李学勤先生隶定为"薚",读为"逖"②。廖名春先生隶定相同,因《周礼·地官·封人》有"置其绁"文,而《释文》说"本作绐"故读作"引",复据《尔雅·释诂上》"引,长也"而谓是长义③。何琳仪先生亦隶定为"薚"而读为"易"。所据为《礼记·乐记》"大乐必易,大

---

① 马承源主编:《上海博物馆藏战国楚竹书(一)》,第128页。
② 李学勤:《〈诗论〉简的编联与复原》,载《中国哲学史》2002年第1期。
③ 廖名春:《上海博物馆藏诗论简校释札记》,《上海博物馆藏战国楚竹书研究》,上海书店出版社,2002年,第274页。

礼必简"，以为易、简对文见义，为"葛"之确解，简文意为"舒缓而简易"①。王志平先生隶定同，但却读为"惕"，释为"敬"②。

周凤五先生隶定为"寻"，谓申、寻二字皆训为"长"，与"安而迟""深而远"相应③。刘钊先生分析字形结构解为从"艹从寻"，而读为"延"④。黄德宽、徐在国先生解形同，但认为"在简文中读为覃"，而覃亦有"长"义⑤。

以上诸先生之结论虽各有理据，但论证过程或不明所以，或语焉不详，而且于形于义，仍有未安⑥。

范毓周先生直接释为"荡"，谓"咏唱其歌舒畅而宽广深远也"⑦，也没有展开他的论证过程。笔者认为此字是"葛"，系"葛"的误字，而应读为"荡"，兹申述理由如下。

其字上部从"艹"，下部从"易"。从"易"实即从"易"，早期金文中两字虽分别甚明，后则稍显趋同倾向，如包山楚简之"汤邑"之"汤"，左边即作"易"，只是上部"日"字省中画虚化⑧。汉以还两字多相混不分。银雀山竹简《孙膑兵法》"险易必知生地死地"、马王堆汉墓竹简《战国纵横家书》"弗易攻也"、《十问》"险易相取"之

---

① 何琳仪：《沪简〈诗论〉选释》，《上海博物馆藏战国楚竹书研究》，第 245 页。

② 王志平：《〈诗论〉笺疏》，《上海博物馆藏战国楚竹书研究》，第 210 页。

③ 周凤五：《〈孔子诗论〉新释文及注解》，《朋斋学术文集——战国竹书卷》，台大出版中心，2016 年，第 290 页。

④ 刘钊：《读〈上海博物馆藏战国竹书〉（一）札记》，《上海博物馆藏战国楚竹书研究》，第 290 页。

⑤ 黄德宽、徐在国：《〈上海博物馆藏战国楚竹书（一）·孔子诗论〉释文补正》，载《安徽大学学报》2002 年第 2 期。

⑥ 其他尚有各种解说，恕不一一罗列。也有笔者未见者，如季旭升：《读郭店、上博简五题：舜、河浒、绅而易、墙有茨、宛丘》，载《中国文字》新 27 期。

⑦ 范毓周：《上海博物馆藏楚简〈诗论〉第二简的释读问题》，载《东南文化》2002 年第 7 期。

⑧ 湖北省荆沙铁路考古队编：《包山楚简》，图板二，文物出版社，1991 年。

"易"均作"昜"①。汉碑《石门颂》《张迁碑》中之"易"亦作"昜"②。反之，"荡"字右下之"昜"，《骀荡宫壶》《骀荡宫高灯》均作"易"，《汉石门颂》亦作"易"③。直至唐代，《汤阴县主王府君墓志》"荡"字右下仍作"易"。足利本《尚书·尧典》"荡荡怀山襄陵"，足利本、上图八行本《盘庚下》"荡析离居"等，"荡"下亦写作"易"④。易、昜二字韵母虽远，而字形极近似，故历代均会混而不分。《古玺汇编》之"周易信鉨"中的"易"写得既像"易"又像"昜"⑤，这是二字互混的焦点字形。

《说文·水部》："荡，水出河内荡阴，东入黄泽。从水，募声。"《艸部》："募，艸。枝枝相值，叶叶相当。从艸，易声。"叶叶相当，桂馥、王筠均以吴普《本草》之乌头当之。乌头一名茛，其叶四四相当。李时珍《本草纲目·草六·茛菪》："茛菪，一作蔄蕩，其子服之，令人狂狼放宕，故名。"《史记·扁鹊仓公列传》："臣意往，饮以蔄蕩药一撮。"张守节正义："浪宕二音。""荡"本为水名，故宋元明以来所谓浪荡、浪宕之形义，均从此演蜕而来。清代钱坫或有见于此，遂在《说文斠诠》"募"字下云："《玉篇》有蔄蕩……惟蔄荡之形如是，则此字即荡字矣。"⑥其实此说于古有征。《汉书·史丹传》："丹为人知足，恺弟爱人，貌若傥荡不备，然心甚谨密。"颜师古注："傥荡，疏诞无检也。"而《汉书·陈汤传赞》却云："陈汤傥募，不自收敛，卒用穷困。"颜师古注："傥募，无行检也。募

① 骈宇骞编著：《银雀山汉简文字编》卷9，文物出版社，2001年版，第315页。陈松长编著：《马王堆简帛文字编》卷9，文物出版社，2001年，第388页。
② 徐中舒主编：《秦汉魏晋篆隶字形表》，四川辞书出版社，1985年，第674页。
③ 徐中舒主编：《秦汉魏晋篆隶字形表》，第779页。
④ 顾颉刚、顾廷龙辑：《尚书文字合编》相关篇章，上海古籍出版社，1996年。
⑤ 罗福颐主编：《古玺汇编》，文物出版社，1981年，第516页。
⑥ 丁福保编：《说文解字诂林》，第2册，第303页。

音荡。"是傥募即傥荡①。班固好用古字,可知东汉以前,荡字已有省去水旁之形者。至《新唐书·藩镇传·刘玄佐》谓其"少倜募,不自业",此即倜傥异体,知唐宋间犹有承用此字者。

　　簜字的省略也可作旁证。《尚书·禹贡》"篠簜既敷",陆氏释文:"徒党反。或作'募',他莽反。"薛氏《书古文训》即作"募",《汗简》上之二引《尚书》亦作"募"。《古文四声韵》卷三同,谓出"古《尚书》"②。其上字为"荡",注云:"缺古文。"③据其下字之古文省水旁,以及前引班固用字之省水旁,推测此处所缺很可能即"募"之字形。"募"徒朗反,《说文》释为"大竹筒",《玉篇》《集韵》皆谓可以盛酒,与"篠簜"义异,此处为省略"氵"旁无疑。他如内野本《尚书》中之"岳阳"作"岳易"等,亦省"阜"旁,例多不具引④。郭店简《太一生水》中"阴阳"皆作"阴易",《穷达以时》中"后名扬"之"扬"亦作"易"⑤。从字形上证成此字为"募"读为"荡"之后,进而求其在《诗论》中之意义与背景。

　　荡,《诗·齐风·南山》"鲁道有荡"《毛传》:"荡,平易也。"后《载驱》"鲁道有荡",郑笺亦以"道路平易"解之。荡犹荡荡。《离骚》"怨灵修之浩荡兮",王注:"荡犹荡荡。"或单或复,字义相同。《广雅·释训》:"坦坦、漫漫、荡荡,平也。"《吕氏春秋·贵公》"王道荡荡",高注:"平易也。"平则广。《诗·大雅·荡》"荡荡上帝",孔颖达疏:"荡荡是广平之名,非善恶之称。若《论语》云'荡荡乎民无

---

① 按,募、荡二字均非此词本义。《说文·心部》:"惕,放也。"是其义,则班固所用皆假义也。后世承用之。

② 郭忠恕、夏竦:《汗简　古文四声韵》,中华书局,1983年影印本,第11页上栏,第46页下栏。

③ 薛氏书古文训中所有"荡"字均作"荡"而无其他字形,倘因宋时缺此古文,则可由此推测薛氏书之所据。

④ 顾颉刚、顾廷龙辑:《尚书文字合编》。

⑤ 荆门市博物馆编:《郭店楚墓竹简》,文物出版社,1998年,《太一生水》图版简5,《穷达以时》图版简9。

能名焉'。"广则远,何晏集解引包咸曰:"荡荡,广远之称。"广、大义同。《史记·五帝本纪》"荡荡洪水滔天",张守节正义:"荡荡,广大貌。"又因《论语》《孟子》均以"荡荡"形容唐尧之为君,故《白虎通·号》云:"唐,荡荡也。荡荡者,道德至大之貌也。"古人崇德,有德者有天下,谥法所谓"德合天地曰帝"者是。

简文:"其乐安而迟,其歌绅而荡,其思深而远。""安"有"徐"义,故与"迟"义近;"深"与"远"义亦近。由此可知,"绅"与"荡"义亦当相近。"绅"似应从廖名春先生读作"伸",《广雅·释诂三》:"伸,直也","伸,展也"。平直而舒展之,必至于广平,至于广大。是"伸"与"荡"义亦相辅相成。颂是庙堂之乐章,与一般民歌从乐曲、歌词到寄意都有所不同。《诗论》此三句语意是:

〔庙堂颂歌的〕乐曲节奏从容稳重而迟缓,其歌词所表达的内容平直而广大,其怀想与寄意遥深而悠远。

其中之"平直",可与《小雅·大东》"周道如砥,其直如矢"相参悟。王先谦释云:"诗言昔者邦国殷富,王道平直,君子率履,小人遵守。"①而"广大"则可与《论语·泰伯》"大哉尧之为君也! 巍巍乎! 唯天为大,唯尧则之。荡荡乎,民无能名焉。巍巍乎其有成功也,焕乎其有文章"一章相参悟。其歌词所表达的内容若以一言蔽之,即是:王道荡荡,德象天地。

《诗论》评颂而用"荡",于文献亦有征。《左传·襄公二十九年》:"吴公子季札来聘……请观于周乐……为之歌《豳》,曰:'美哉,荡乎! 乐而不淫,其周公之东乎!'"《史记·吴太伯世家》作"荡荡"。集解引贾逵云:"荡然无忧。"李贻德述引《论语》"君子坦荡荡,小人长戚戚",郑注"坦荡荡,宽广貌;长戚戚,多忧惧"而云:"荡荡与戚戚相对,则荡荡是无忧之貌。"②李述不破贾注,其实人坦荡

① 王先谦:《诗三家义集疏》卷18,第728页。
② 李贻德:《左传贾服注辑述》卷13,《清经解续编》,第3册,第1007页下栏。

荡即心地宽广,故而无忧,此无碍"荡"为广大、广平之义。怀仁抱德者心地和平,故无忧,因而"荡"也包含着道德的盛大。《豳》于《诗经》虽厕于十五国风之列,但《周礼·春官·籥章》有"掌土鼓豳籥""中春昼击土鼓,龡《豳诗》以迎暑""凡国祈年于田祖,龡《豳雅》,击土鼓,以乐田畯","国祭蜡,则龡《豳颂》,击土鼓,以息老物"之记载,无论后代经师对《豳诗》《豳雅》《豳颂》之争论如何①,至少可以说在《周礼》制作时代,《豳诗》确曾被提到颂的地位②。所以《诗论》取季札评《豳风》之"荡"来论"颂"之义。

---

① 参见孙诒让:《周礼正义·春官·籥章》下所引宋翔凤、胡承珙、徐养原、刘台拱、金鹗诸人之说及孙氏自己按语。见《周礼正义》卷46,第1905—1918页。
② 《七月》诗制作年代颇多争论,不宜此铺陈论证,容另文详之。

由《诗论》"常常者华"
说到"常"字的隶定
——同声符形声字通假的字形分析

上博《诗论》第九简简末有五字:

```
棠棠者芌,则……
```

"则"下残断。上博释文云:"'棠'下有重文符,为'棠棠'二字。'棠棠者芌'即今本《诗·小雅·甫田之什·裳裳者华》原篇名。裳、棠通假。"①将此判释为《小雅·裳裳者华》篇名,确凿无疑。

《广雅·释训》:"常常,盛也。"王念孙疏证:"《说文》常或作'裳'。《小雅·裳裳者华》传云:'裳裳犹堂堂也。'"②张慎仪云:"董氏云:古本作'常常'。明丰坊《诗传》《诗说》作'常常'。"③丰坊本固可指为据《广雅》改,然陶宗仪《说郛》卷一载申培《诗说》、梅鼎祚《皇霸文纪》卷七引《诗传》均作"常常"④,此亦或可指为元、明人在崇古心理驱使下的据古造作。然《广雅》既作"常常",则或如

---

① 马承源主编:《上海博物馆藏战国楚竹书(一)》,第138页。
② 王念孙:《广雅疏证》卷6上,上海古籍出版社,1988年,第523页。
③ 张慎仪:《诗经异文补释》卷11,《蒉园丛书》本,第1页。
④ 陶宗仪:《说郛》卷1,上海古籍出版社,1988年影印本,第64页上栏。梅鼎祚:《皇霸文纪》卷7,《文渊阁四库全书》,1396册,第106页上栏。

董氏所云有古本作"常常"者。王先谦以为鲁、韩诗作"常",盖以《广雅》所引系鲁、韩诗为说①。"常""裳"于《说文》为一字异体,文献中又多有互替之例,《诗经》篇名"裳裳者华"或有三家《诗》及三家以外之诗家古本作"常常者华",不必拘于鲁、韩诗。据此,竹简此字如作"常常",则适与字形、文献相合,今隶定为"裳",其字不见于《说文》,虽古文字多有不见于《说文》者,亦足以引起注意。因裳字之隶定牵涉到很多铭文、竹简中相同或相近字形,故有必要作详细剖析讨论。

一、"常"字字形分析

(一)"常"字的金文字形

"常"字在铭文中为数不少,首先将此字隶定为"裳"的是郭沫若。

郭沫若于楚王酓忑鼎中考释云:"裳即秋祭之尝的本字。"②又在《寿县所出楚器之年代》中云:"裳从示尚声,当即祭名蒸尝字之专字。《尔雅·释天》秋祭曰尝,冬祭曰蒸。尝乃假借字。"③以 🈴 为裳,释为"尝",其释义固与铭文合,而字形之隶定仍有不同说法。胡光炜《寿县所出楚王鼎考释》释为"常",读作"尝"④。刘节《寿县所出楚器考释》云:"常字鼎铭作 🈴,其非从示可知。古文从帚之字每作 🈴(《汗简》卷中之一),而帚字从巾,故 🈴 字所从之"尒"盖巾字

---

① 王先谦:《诗三家义集疏》卷19,第770页。
② 郭沫若:《两周金文辞大系图录考释》,上海书店出版社,1999年影印本,下册,第169页。
③ 郭沫若:《金文丛考》,人民出版社,1954年,第413页。
④ 胡光炜:《寿县所出楚王鼎考释·楚王酓忑鼎》,载《国风》半月刊第4卷3期,转引自崔恒升:《安徽出土金文订补》,黄山书社,1998年,第44页。

之别构也。由是推证他器之常字从爪者,非示字,乃巾字也。常即蒸尝。"①刘氏将此字下部"尒"视作从帬,以《说文》所释从"巾",遂以为乃"巾"之别构。其实此形体与帬字无涉。释"常"虽是而途径迂曲,故后之学者未予采纳。张日升云:"按,字从'尚'从'示',《说文》所无。刘节释'常'字从'巾',非从'示',郭沫若谓棠乃蒸尝之专字,郭说近是。刘氏所据𣂪乃从'示'之变异,释'常'非是。"②李孝定云:"棠字,郭氏读为经传'蒸尝'之'尝',极确。刘氏释常,谓下乃从'巾',说非。唐氏读为'盛',未安。"③

　　以上诸家均从个别器物出发对此字予以隶定,不免有一叶泰山之憾,现将金文中有关字形作一全面考察。金文中的棠,据张亚初《殷周金文集成引得》罗列二十余例④。其实此数系张氏将尝、棠两字合并之结果。检核拓片,细审字形,并以时间与地域将其框定,结果如下。

　　西周时多作"尝",下从"旨",如姬鼎"用蒸用尝",六年琱生簋"用作朕剌祖召公尝簋",效卣、效尊"王观于尝公东宫"等。"用尝"显系秋尝之义,"尝簋"亦可以解作尝祭召公之簋,"观于尝"盖系地名。东周始有棠字形出现,但有其地域之限制。齐国十四年陈侯午敦、十年陈侯午敦、陈侯因资敦作"以烝以尝",蔡侯尊、蔡侯盘作"祗盟尝啻",尝祭之义均作"尝"⑤。唯有楚国之器,如:楚王酓肯釶鼎、楚王酓肯鼎、楚王酓忎鼎、楚王酓肯簠、楚王酓肯盘之"以共岁棠",字形多作"𣂪"。然亦有几例可商讨者,楚王酓忎鼎盖铭之"棠",示字上画中间高两面低,作"𣂪";器铭之"棠",示字中竖上穿象"木",作"𣂪"。楚王酓肯盘"棠"下三竖较粗,似系圆写美术体。

① 刘节:《古史考存》,人民出版社,1958年,第115页。
② 周法高主编:《金文诂林》,香港中文大学出版社,1974年,第1册,第165页。
③ 李孝定:《金文诂林读后记》,台湾"中研院"历史语言研究所印行,1982年,第6页。
④ 张亚初:《殷周金文集成引得》,中华书局,2001年,第596页。
⑤ 安徽省博物馆编著:《寿县蔡侯墓出土遗物》,科学出版社,1956年,图版三柒。

江苏无锡出土的鄂陵君王子申豆(二),铭文"攸立岁常",字作
"（字形）",下部之巾甚明,且有一画,与后来楚系文字中的"巾"字写法
一致。鄂陵君王子申豆(一)之"攸立岁常",字形作"（字形）",尚可辨是
"常"字,唯不像王子申豆(二)下有短画。鄂陵君王子申镜之"攸立
岁常",字形作"（字形）",与王子申豆(一)近,而与楚系简牍文字之字形
亦已接近。所不同者:镜文巾字竖与横折勾两笔相连,简牍字形两
笔多不连(详下文)。

同为秋尝之祭的"烝尝""尝啻""岁尝",齐国陈侯组器、蔡侯组
器均作"尝",似用本字;鄂陵君组器作"常",用一后世常见的同声
符借字;唯独楚王组器字形被隶定为"裳",为一不径见的古文字。
其中尚可致疑者,虽隶定为"裳",实际却无"示"上之一画,且亦有
不像"示"或像"木"的字形结构。

(二) 简帛、陶文中的"常"字

常,《说文》云:从巾、尚声。而春秋末战国以还之竹简中有些
字形在"巾"字下加一短画,如:

信阳二·一三　　　信阳二·一五　　　包山二〇三

巾下加短画,楚系文字常见。如:包山、信阳简之"带",信阳简之
"帮",信阳、仰天湖简之"布",信阳简之"帛"等。若上溯鄂陵君王
子申豆(二)之字形,也可算作楚系文字的一个特点。另有一批字
形作"裳",如:

郭《缁》一六　　　郭《成》三一　　　郭《老甲》三四

望山一号(尝祭)　　　九店五六·二〇　　　包山二二二

尚下从示而少一画。由于楚系文字"示"字上部多有作一画者,如

"祭""祷""祖"等字①,且其义又多用作烝尝之祭祀,故学界信从郭说而不疑。然普查"常"字各种写法,尚有以下数种,一种下部从"市",如:

曾五三　　　　曾六九　　　　曾一二二　　　　曾六

四字均出曾侯乙墓②。裘锡圭、李家浩《曾侯乙墓竹简释文与考释》隶定为常,并作考释云:"'常'字所从'巾'旁原文作'市'。一二二号、一三七号、一三八号等简'帏'字所从'巾'亦写作'市',与此同。"③市为韍之古字。《说文·市部》:"市,韠也。上古衣蔽前而已,市以象之。天子朱市,诸侯赤市,大夫葱衡。从巾,象连带之形。"市乃上古天子、诸侯及有命服者常用之物,唯以颜色别之,故两周金文多见以市赐,且多作"芾"。市字从巾,殆与巾同物,用途亦近,故铭文偶亦有省作"巾"者,如:元年师兑簋"赐女乃祖巾、五黄、赤舄",曶壶盖"赐女秬鬯一卣、玄衮衣、赤巾、幽黄、赤舄、攸勒、銮旗"。祖巾即祖市,赤巾即赤市。由于铭文巳市、巾互用,故简牍中出现市、巾偏旁互替。常字及裘、李两先生所揭橥的帏字而外,如曾侯墓之"布",望山、信阳简之"帽"④,皆从"市"旁;郭店简之"帅",也有从"市"旁者。若上溯铭文,毛公鼎、晋公盦之"帅"亦从"市"。常字从"巾"又从"市",可知巾、市亦是一对可以互换的义符;这是铭文、简牍文字中不容抹煞之史实。缘此观之,有些字形看似像帀,其实亦是"市"字之变体,如:

① 仅据《楚系简帛文字编》统计,"祭"字十五例,作一画者三例;"祷"字九十二例,作一画者十二例。"祖"字五例,作一画者三例。
② 湖北省博物馆编:《曾侯乙墓》,文物出版社,1989年,简53见图版一八七,简69见图版一九三。
③ 见《曾侯乙墓》上册第493—494页,考释文字见第510页。
④ 此字右边之"首",高明《古文字类编》隶定为"面",以其《说文》虽无,而《玉篇》有此字。(中华书局,1980年,第259页。)

天星观遣策四字　　　包山二·二一四　　　陶汇三·四二五

天星观遣策等字形，下部巾字虽分成两笔，但尚相连。证诸其他字形，马王堆《相马经》《老子》乙前简一四〇之"饰"，左下从"币"；《五十二病方》简二四七、武威《士相见》简十三以及《夏承碑》之"席"，下部亦从"币"，实皆"市"字。娄机《汉隶字源·入勿》"帯"字下部之"市"作"币"，上面不出头①。此不仅可知从"巾"、从"市"意义相同，更可明了从"市"快写作从"币"，亦为简牍、碑刻中不容抹煞之史实。陶汇三·四二五之字形，下部两笔虽连，但已接近于撇捺。一旦分开，即成上所列从示缺上画之"棠"。然若中画上穿，即成：

陶汇三·四二四　　陶汇三·四二六　　陶汇三·四二九　　陶汇三·四三〇

以上四字见高明、葛英会编《古陶文字征》②。因为他们将此字认作"棠"，故将其依次释为孟棠匋里□（三·四二四）、孟棠匋里赏（三·四二五）、孟棠匋里人□（三·四二六）、孟棠匋里可（三·四二九）、孟棠陶里□（三·四三〇）。其所以隶定为"棠"，或以其形似"棠"，且亦前有所承③。然何琳仪《战国古文字典》释"孟棠匋里赏"之"棠"为"常"，读作"尝"，以为即齐地名"孟尝"④。兹将四二五之不出头之"币"与其他出头近似"市"之字相比较，仍以归入"常"字一系之别

①　娄机：《汉隶字源》，《文渊阁四库全书》卷6，第225册，第19页。
②　高明、葛英会编著：《古陶文字征》，中华书局，1991年，第130页。
③　袁仲一所编《秦代陶文》中401、403有两"棠"字，刻划较细。细审之，下部从"禾"。且与"孟棠"字形有距离。袁氏将403隶定为"棠"，而将401归入附录。（三秦出版社，1987年，图版见213页，字头分别见451页、471页。）徐谷甫、王延林《古陶字汇》均归入"棠"字下。（上海书店出版社，1994年，第218页。）
④　何琳仪：《战国古文字典》，中华书局，1998年，上册，第682页。

体为妥。简牍、陶文中个别"常"字还有不同程度之简化,其中有省形旁者,如:

尚

帛乙二·一

原文为"卉木亡尚","亡尚"即"无常"。上溯铭文,陈公子甗之"常"亦省"巾"字。当然此种情况亦可认作用"尚"通"常",因文献中有常仪作"尚仪"等实例。另一种是省去部分构件,如:

帒　　　　　　　帒

陶汇三·一二七六　　　　陶汇三·一二七八

此两字形,虽说可认为从巾而省去以上部分,但若联系常字各种形体及其上画较平直一点考虑,似看作从"帀(市)"更妥。

以上所列除陶文外,均为楚系文字。如大致以其墓葬年代排列,则依次是战国早期的曾侯乙墓①、信阳楚墓②,战国中期的江陵楚墓③、望山楚墓④,战国中期偏晚的郭店墓⑤,战国中晚期至晚期早段的江陵九店墓⑥,以及战国中晚期的包山墓⑦。由曾侯乙墓规整的"常"字从"市",知战国早期就有将"市"替换"巾"之字形流传。与其先后或同时的楚惠王铭文中的从"示"字形,很可能系由铜器刻划不便或铸器刻字者苟简趋省等因素所造成。从"市"稍简而为"帀",进而为"示",转而为"木",行迹脉络尚可按覆。兹依其时代先

①　湖北省博物馆编:《曾侯乙墓》(上册)。

②　河南省文物研究所编:《信阳楚墓》,文物出版社,1986年。

③　陈振裕:《望山一号墓年代与墓主》,《中国考古学会第一次年会论文集》,文物出版社,1979年。

④　湖北省文物考古研究所、北京大学中文系编:《望山楚简》,中华书局,1995年。

⑤　王传富、汤字锋:《荆门郭店一号楚墓》,载《文物》1997年第7期。

⑥　湖北省文物考古研究所编著:《江陵九店东周墓》,科学出版社,1995年。

⑦　湖北省荆沙铁路考古队编:《包山楚简》,文物出版社,1991年,第1页。

后、形体繁简,并考虑书写者苟简趋省之心理,稍作排列如下:

战国早期	战国中期	战国晚期
常		
信阳二·一三		包山二〇三
曾六九	天星观遣策　望山一号　郭《老甲》三四	包山二一四、二二二

如此排列,仅是有助于认识其演蜕之迹。在实际书写过程中,字形的变化必然更加纷繁复杂。比如,包山楚简三个"常"字,年代虽晚,却体现出三种字形。而一旦到了汉代的马王堆、银雀山、居延竹简中,"常"字基本都从"巾",已不再出现其他各种字形。

(三)巾、帀、示、木偏旁演蜕混淆之旁证

《汗简》中之一"帀部"收"禹""杀""給""幡"四字。

禹,从帀,构形不明,审其字下部确似从巾[1],黄锡全谓当由禹鼎、秦公簋等"禹"之字形隶变而来[2]。給字左下也从巾(出《义云章》),幡字左边亦从巾(出《天台碑》)。"杀"字甲骨文字形作"朩",金文作"朵",《说文》古文作"朵",三体下部之形相近。金文用为"蔡"字,三体石经亦以为"蔡"之古文。《说文》"殺"字左下之帀后已演变成"木",其第三体古文朵与甲、金文字体近,第一体古文作"朮",其中间下部构件犹可看出与甲、金文下部像"巾"之形,"蔡"字下部之"示"、楷体"殺"字左下之"木"三者之关系。

楚系文字中"杀"字形体特多,其左下之形大约可分成五类:

像金文、《说文》古文下部之形而小变:朮砖三七〇·一、朮砖三

---

① 《汗简》下之二肉部同。《古文四声韵》卷3"禹"古文收入《古尚书》《云台碑》《古孝经》四形体下亦从巾。郭忠恕、夏竦:《汉简·古文四声韵》。

② 黄锡全:《汗简注释》,武汉大学出版社,1990年,第286页。

七〇·三

像市字之形：**𧛵**包二·一三七、**𧛵**包二·一三五

像示之形：**𧘂**包二·一三六、**𧛵**包二·一三六

像巾(市)字加短画之形：**𧛵**包二·一二〇、**𧛵**包二·一二一、**𧛵**望·卜

像木字之形：**𧘂**包二·九五、**𧘂**帛丙·三

市、示、木，上部之一画或二画，仅是从视觉上形似着眼，正是这种视觉上的形似，乃是引起后来传抄走样、变形的直接原因。沈兼士曾作《**㲋**杀祭古语同原考》，将三字之关系已表述清楚，兹迻录其文末图表以助思考①。（图4-1）

由此可看出甲、金文及《说文》古文字形演蜕为巾、示、市、木、个等字形之痕迹。

师，金文有省作"帀"者，楚王酓忑鼎作"帀"，郭沫若云："帀即帀字，师之省文，叔夷锺师字作**𧘂**，省之则为帀矣。"②杨树达早年亦将此字释为师字之省，曾举师袁簋之"帀"、工师甗之"帀"为证，见郭说与已暗合，复举蔡大师鼎之师字作"帀"为证，以为"此字之释益无疑矣"③。按，市(**𧘂**)下部像巾字，楚王酓忑鼎下部多一画，且巾字变成"个"形，此乃楚系文字"帀"的常见字形，与常字下部之"巾"作"个"形或增加一画者相同。鄂君启舟节、鄂君启车节"师"字下部像作"个"形。撇捺稍分则像"示"，此皆巾字之变形，而为"常"下从"示"作一佐证。

厘清"杀"与"师"等字偏旁的俗写、讹变过程，可以看出市、巾、

---

① 沈兼士：《**㲋**杀祭古语同原考》，《沈兼士学术论文集》，中华书局，1986年，第212—225页。另，沈培曾撰《从郭店楚简"肄""隶""杀"说到甲骨文的"**㲋**"》，似应谈到这个字形问题，因该文仅发表前一部分，题为《说郭店楚简中的"肄"》，故未能知其有关此字形的意见。文见首都师范大学语言研究中心编：《语言》第2卷，首都师范大学出版社，2001年，第302—319页。

② 郭沫若：《两周金文辞大系图录考释》，下册，第170页。

③ 杨树达：《积微居金文说》卷5，中华书局，1997年，第128页。

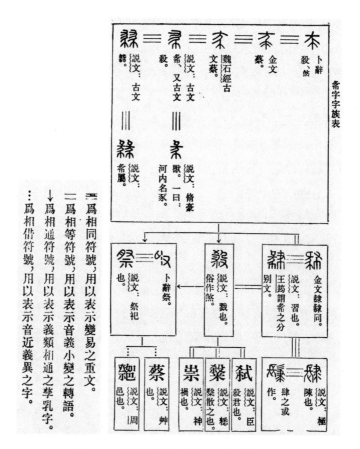

图4-1　"市""示""木"三字字形关系表

示、木、个诸字形互相纠葛、似是而非、似非而是的纷乱变化,有助于认识"常"之各种字形间的联系,并可进而证明从"示"之"𥘵"是"常"的异体字,而绝非如郭说是蒸尝之"尝"的本字。

二、文献中"尚"声字族通假的字形与声韵诠释

典籍异文,纷繁复杂。粗略而言,文字由形、音、义组成,其任何一方面都有产生异文之可能。同义换字,可以归之于用字措辞不

同,兹略不论。同音异字,古人早已关注并予揭示。陆德明《经典释文叙录》引汉代郑玄云:

> 其始书之也,仓卒无其字,或以音类比方假借为之,趣于近之而已。受之者非一邦之人,人用其乡,同言异字,同字异言,于兹遂生矣。[①]

郑氏所言仅是同音通假的一个主要方面。至于因字形之异同而产生的异文,古今多将之归入形讹之例。但同音通假之中是否还有因字形之讹变而产生的异文,文字、训诂、音韵学家多未置一辞。

战国秦汉之际,因简牍笨重,携带、安放不便,乃至一般翻阅,亦容易散落(所谓韦编三绝)、磨损而致使辞句舛错、文字涣漫,从而引起误读、误写以至误传。两汉经师、学者、官吏由于时代迩近、学有师承或熟谙文牍,于音近异文都能心知其义。他们或认为这是"以音类比方假借为之"的"同言异字,同字异言",或者得其义而忽略其形,不再追究其所以然。然传写文字者并非都是经师、文士或者能"讽诵九千字"的官吏,还有许多四方弟子、乡村小吏、笤笸儿童,由他们去认识、传抄本来就已"异声"的语言和"异形"的文字,势必产生可以预料的和意想不到的错讹。倘若这种错讹发生在形声字的形符而非声符中间,延及后世,训诂学家对某一组同声符异形符的形声字互相借用,因其有声韵上之关系,往往视为同音通假,但这绝不是战国秦汉间文字的实际应用状况。汉字的发展,从社会历史视角看,有民族、地理、方言等在支配、制约、推动;从语言、文字内部结构分析,有字形、声韵及本义、引申义等在支配、制约、推动;而两者又时时交互作用。因此,考证出土文字,分析文献异文,必须充分考虑这些因素。"常"字之有从"巾"从"市"等不同字形,并且又有增笔、简笔以及快写、草写,于是生出许多不同变体。此种变体为深入探讨战国、秦汉出土与传世文献中大量与"尚"声相关字形

---

① 陆德明:《经典释文叙录》,上海古籍出版社,1985 年影印宋刻本,第 6 页。

与互替异文因形讹而引起的淆乱与混用提供了绝佳的例证。下面将从"尚"得声的形声字就声韵、意义、形体三方面各举例说明。

（一）常（裳）——嘗

裳字《说文》未收，仅见于铭文与简牍。它是当今古文字学者根据"常"的异体字，即"常"的一简再简的字形"常"所隶定的，而不是战国秦汉时实际存在的独立文字。具体字形的排列与论证已见前。这个隶定的字形之所以被学界接受并承用数十年，主要是因为它的字形结构多为从"示（少一画）""尚"声，表示的意义恰好是用于祭祀的蒸嘗之"嘗"。音义的偶尔吻合，加之楚系文字中与祭祀有关的"示"旁有省作一画者，遂使"常"之异体"裳"替代了祭祀嘗谷的本字而成为嘗祭的专字。但用作祭祀的蒸嘗之"嘗"，其客观历史是：铭文中首先用的是"嘗"本字。作为四时之祭，《公羊传·桓公八年》有云："烝者何？冬祭也。春曰祠，夏曰礿，秋曰嘗，冬曰烝。"何休注："荐尚黍肫。嘗者，先辞也。秋谷成者非一，黍先熟，可得荐，故曰嘗。"陈立义疏云：

> 《尔雅·释天》云："秋祭曰嘗。"《周礼·大宗伯》云："以秋嘗享先王。"《繁露·深察名号》《四祭》篇并云："秋曰嘗。"……《尔雅》郭注云："嘗新谷。"《诗》疏引孙炎云："嘗，嘗新谷。"《礼》疏引《白虎通》云："嘗者，嘗新谷。熟而嘗之。"《繁露·祭义》云："先成故曰嘗，嘗言甘也。"此何"先辞"所本也。《一切经音义》引《广雅》云："嘗，暂也。"《礼·檀弓》注云："嘗犹试也。"事未全行，先暂试之，故曰嘗。亦如饮食未能大歠，先口尝之，亦曰尝也。《礼记·少仪》云："未尝不食新。"郑注："尝谓荐新物于寝庙。"若《月令》"凡食新者皆曰尝"，盖散文通也。是以《说文·旨部》："尝，口味之也。"亦谓先以口试之。《广雅·释诂》亦云："尝，试也。"皆有先义。惟《月令》以雏尝黍，非食新，故郑注云："此尝雏也。而云尝黍不以牲，主谷也。"云黍先熟者，《管子·轻重篇》以夏日至始数四十六日，夏尽而秋始，而黍熟，天子祀于太

祖,其盛以黍。黍者,谷之美者也。黍之下种在稷粱之后,其收也在稷粱之先,故黍之播种也在小满、芒种,《夏小正》"五月种黍"。其收也在立秋、白露,《月令》孟秋之月,"农乃登谷(引者按,当是"黍"),天子尝新,先荐寝庙",所荐黍也。①

陈氏罗列经传文献中有关资料,将"尝"之字义及所以用于秋祭祭名之关联意义均剖析明白。尝,《说文》在"旨"部。旨字从甘,本义为"美",故从"旨","尚"声之"尝"本义为"口味之"。甘甜之味为美,故有"尝甘""尝新"之辞。七月新谷熟,人得尝而食之。然在畏天敬祖心理支配下,不敢先尝,必欲让先王列祖先尝之,以祈鸿福太平,故荐之于宗庙。是知尝祭之尝乃由尝甘之本义引申而来。《尔雅·释诂》:"祠、烝、尝、禴,祭也。"而《释天》所载却与《公羊传》同。郝懿行义疏引先儒之说解释其为夏殷之祭名不同②,但对尝祭之"尝"本为尝新谷之义却无异辞。且秦汉之际,经师口授,弟子别记,文字颇多异同,倘若"常"为尝祭本字,这在一个崇尚祭祀的社会中绝对不会了无痕迹。即使不在经文中留存,也会在经师所见的别本中留下痕迹。相反,文献中有许多尝新本义之字而用"常"相代。如:《列子·周穆王》"尝甘以为苦",殷敬顺释文:"尝,字又作常"。是别本确有作"常甘以为苦"者。

常固有作尝祭之尝用者,如望山一号墓竹简一四〇:"常祭□。"但亦未必都是,望山一号墓竹简一一三:"□之日,月馈东庑公。常巫甲戌祭□。"③《管子·小称》:"臣愿君之远易牙、竖刁、堂巫、公子开方。"《史记·齐太公世家》司马贞索隐作"棠巫"④,《吕氏春秋·知接》作"愿君之远易牙、竖刁、常之巫、卫公子启方"。据

---

① 陈立:《公羊义疏》卷14,《清经解续编》,第5册,第225页下栏。

② 郝懿行:《尔雅义疏》,第782页。

③ 湖北省文物考古研究所、北京大学中文系编:《望山楚简》,第38、44页。

④ 司马贞以为《史记》所云"雍巫"即《管子》之棠巫。见《史记》,中华书局,1959年,第1494页。

下文桓公云"常之巫审于死生,能去苛病"之语,是亦巫医之流,演而为巫者之专名。故望山简之"棠巫"疑即"常巫",为巫师之称,而非祭巫之事①,由《小称》《知接》之"堂巫"与"常之巫",可知望山简之"棠祭""棠巫"似应隶定为"常祭""常巫"为宜。

作为本义之"尝",与"常"多通用,作为引申义之"尝",与"常"的关系更为密切。

《诗·鲁颂·閟宫》"鲁邦是尝",张慎仪云:"唐石经、小字本、相台本尝作常,闽本、明监本、毛本同。按,阮文达云:尝字误也。"②于省吾云:"按,常、尚古通。陈侯因𩵋敦'永为典尚',即永为典常……《抑》'肆皇天弗尚',王引之引《尔雅》训尚为右。《殷武》'曰商是常',俞樾训为惟商是助,是也。然则鲁邦是尚者,鲁邦是右也。"③诗句既用尚之"右"义,参考经籍用字,自以常字为是。然尝、常虽皆从"尚"得声,而尝从旨,其形体与常之各种形体均有差异,显与字形无涉,今本所以作"尝",必因两字同属禅纽阳部,遂相通假。《礼记·少仪》"马不常秣",《释文》:"常,如字,恒也。本亦作尝。"义既为恒,则常为正字而作"尝"为假字。《史记·李将军列传》"尝自射之"、《吴王濞列传》"尝患见疑无以自白",《汉书·李广传》《吴王濞传》"尝"皆作"常"。是班固用正字而司马迁用假字。

《公羊传·僖公十七年》"桓尝有继绝存亡之功",《汉书·陈汤传》颜注引作"常"。《荀子·天论》"是无世而不常有之",王先谦集解:"《群书治要》常作'尝',是也。"④按《韩诗外传》卷二亦引作"尝"。此谓曾经,故作"尝",是而"常"为假字。《韩非子·难三》"孟常芒卯率强韩魏,犹无奈寡人何也",《战国策·秦策》《说苑·

① 湖北省文物考古研究所、北京大学中文系编:《望山楚简》,第101页。
② 张慎仪:《诗经异文补释》卷16,《蒉园丛书》本,第7页背。
③ 于省吾:《泽螺居诗经新证》卷下,中华书局,1982年,第91页。
④ 王先谦:《荀子集解》卷11,第313页。

敬慎》作"孟尝"。孟尝君固当作"尝"。《史记·外戚世家》"又常
与其姊采桑堕",《留侯世家》"项伯常杀人从良匿",《屈原贾生列
传》"而常学事焉",《魏其武安侯列传》"魏其常受遗诏",《平津侯
主父列传》"秦时常发三十万众筑河北",《汉书·外戚传》《张良传》
《贾谊传》《窦婴田蚡灌夫传》《主父偃传》"常"皆作"尝"。是班固
用本字而司马迁用假字。

　　以上不管用正字抑用假字,皆因两字声韵相同故代用之。

(二)　常(常)——裳

　　《说文·巾部》:"常,下裙也。从巾,尚声。裳,常或从衣。"①诸
家多从许说,唯朱骏声《通训定声》云:"常、裳二字经传截然分用,
并不通借。疑常训旗,裳训下裙,宜各出为正篆也。或曰旗虚悬摇
曳如裙,故为裙之转注。"按,朱氏疑常训旗之说亦自有理。徐灏笺
谓"八尺曰寻,倍寻曰常。常丈有六尺,盖即太常之旗制,而用为度
数之名"②,甚得字义引申之理。至于常、裳二字,出土简牍、经传文
献多混用不分。《睡虎地秦简日书乙种》简二三壹:"利以裁衣常、
说孟诈。"又简二四二:"壬辰生,必善医,衣常……。"③信阳楚简
二·一三:"屯有常。"④诸常字即裳。《易·坤·六五》"黄裳,元吉",
汉马王堆汉墓帛书本《川卦》作"□常"。张家山汉墓竹简《二年律
令·赐律》简二八三"赐衣襦、棺及官衣常"、简二八四"赐衣、棺及官
常"、简二八五"常一,用缦二丈",三"常"字亦是"裳"之义⑤。《九店

---

① 《玉篇·巾部》:"常,下裙也。今作裳。"小徐《说文系传》作"俗常从衣"。
② 丁福保编:《说文解字诂林》,第8册,第3410页b。
③ 睡虎地秦墓竹简整理小组编:《睡虎地秦墓竹简》,文物出版社,1990年,第232、
　 252页。
④ 河南省文物研究所:《信阳楚墓》,图版一二三。刘雨隶定为"常",括注"裳",同书
　 第129页。
⑤ 张家山二四七号汉墓竹简整理小组编著:《张家山汉墓竹简》,文物出版社,2001年,
　 图版第30页。

楚简》五六号墓出土竹简二〇下"利以折卒裳"①,句式文字与《睡虎地》简二三壹同,其义亦为"衣裳"。此见之于出土简牍者。《论衡·恢国篇》"越常献雉""越常重译白雉一、黑雉二",《讲瑞篇》"越常献白雉",《宣汉篇》"周家越常献白雉",均作"常",然其《儒增篇》作"越裳献白雉"。《吕氏春秋·去尤》"为甲裳以帛",《初学记》卷二十二、《太平御览》卷八一九引作"常"。陈奇猷校释引杨树达说据《说文》及《左传》《汉书·刑法志》《史记·苏秦列传》索隐等,谓甲裳即甲常②。此见之于传世文献者。今姑不追究常、裳两字之本义究为何物,仅就春秋、战国以还所流行之字形而论,因衣裳必以布帛为之,常又为下裙,故两字已多混用。常既从巾,与从衣本可通用。犹帮字从巾,亦从衣作裴;辉字从巾,亦从衣作褌;帙字从巾,亦从衣作袠:理正相同。

（三）常（裳）——棠（唐）

《诗·小雅·常棣》:"常棣之华。"常字之作"棠"作"唐",已成为经学史上一桩文字公案。现将有关异文择要罗列。鲁诗作"棠",《汉书·杜业传》引作"棠",蔡邕《姜伯淮碑》:"有棠棣之华,萼韡之度。"邕习鲁诗,则《杜业传》亦用鲁诗。《文选·谢瞻〈于安城答灵运诗〉》《谢庄〈宋孝武宣贵妃诔〉》李善注引《毛诗》作"棠棣之华",《初学记》卷十七友悌"事对"、《艺文类聚》卷二十一友悌引《毛诗》作"棠棣之华"。论者以蔡邕习鲁诗,遂谓鲁诗作"棠",然若李善注及《初学记》《艺文类聚》文字乃唐人原貌,则李善、徐坚、欧阳询等人所见《毛诗》亦作"棠"。

《召南·何彼秾矣》:"何彼秾矣,唐棣之华。"毛传:"唐棣,栘

---

① 湖北省文物考古研究所、北京大学中文系编:《九店楚简》,中华书局,2000年,第5页。

② 陈奇猷:《吕氏春秋校释》,第691页。刘文淇:《春秋左氏传旧注疏证》,科学出版社,1959年,第707页。

也。"而《太平御览》卷一五二、卷七七二引此诗作"棠棣之华"。

《论语》:"唐棣之华,偏其反而,岂不尔思? 室是远而。"何晏集解:"唐棣,栘也。"孔安国云:"唐棣,棣也。"孔、何异说。《春秋繁露·竹林篇》引《论语》此四句作"棠棣之华",《文选·广绝交论》李注引同。

以上三诗之异文涉及常、棠、唐三字,而常棣、唐棣又为两种植物。陆文郁《诗草木今释》云:

> 唐棣,又名:郁李……棣、糖棣、郁、雀李、奥李、车下李……棠棣……赤棣……蔷薇科。
>
> 常棣,又名:小叶杨、青杨、栘杨、常、栘、夫栘、枎栘。杨柳科。①

其字形于经传文献中所以混同纠葛,除古人于此两种植物性质不明外,乃因据误本《尔雅》擅改所致。今本《尔雅·释木》:"唐棣,栘;常棣,棣。"王引之《经义述闻》卷二十八正之云:

> 引之谨案:《召南》"何彼秾矣"传:"唐棣,栘也。"正义引舍人注曰:"唐棣一名栘。"《小雅·常棣》传:"常棣,棣也。"正义引舍人曰:"常棣一名棣。"并与郭本合。然《常棣》释文云:"常棣,棣。本或作常棣,栘。"《秦风·晨风》传:"棣,唐棣也。"《论语·子罕篇》注:"唐棣,棣也。"(今本作"唐棣,栘也",此后人据郭本《尔雅》改之。皇侃疏云"唐棣,棣树也",《释文》不出"栘"字之音,则旧本作"唐棣,棣也"可知。)则与郭本殊。盖所见《尔雅》旧本作"常棣,栘;唐棣,棣也。"今案,《小雅》"常棣之华",《艺文类聚·木部下》引三家《诗》作"夫栘之华",(唐时《韩诗》尚在,所引盖《韩诗》也。)则名栘者乃常棣而非唐棣甚明。……以三家《诗》及毛传、陆疏、本草考之,似作"常棣,栘;唐棣,棣"为长。盖因

---

① 陆文郁编著:《诗草木今释》,天津人民出版社,1957 年,第 13、94 页。

常、唐声相近,遂致相乱耳。①

《诗·鲁颂·閟宫》"居常与许",郑笺:"常或作尝。"张慎仪曰:"笺谓常即战国孟尝之尝,在薛旁。字通堂、棠、唐。"②按,常之或作"尝",证见前。《国语·齐语》之"棠潜",《管子·小匡篇》作"常潜"。郭沫若集校云:"古本'常潜'作'堂潜'。刘本、朱本、赵本以下各本均作'常潜',同宋本。……戴望云:'《齐语》常作棠'。(沫若案:明刻《国语》作堂,宋刻作棠。)"③《左传·隐公二年》:"秋八月庚辰,公及戎盟于唐。"杜预注:"高平方与县北有武唐亭。"《春秋·隐公五年》:"春,公矢鱼于棠。"杜注:"今高平方与县北有武唐亭,鲁侯观鱼台。"杜注固已将唐、棠视为一地。阮元校勘记云:"《史记正义》引杜注'唐'作'棠','鱼'作'渔'。《释例》亦云唐即棠,本宋地。"④

《淮南子·墬形训》:"雒棠、武人在西北陬。"《晋书·四夷传·肃慎氏》引同,雒棠,注家多以为此乃《山海经·海外西经》"肃慎之国有树曰雄常"之"雄常";又《墬形训》"沙棠、琅玕在其东",注家多以为即《山海经·海内西经》之"服常树"⑤。结合上面所提及的堂巫、棠巫和常巫,犹可知战国秦汉之间,常、棠、堂因字形相近而混淆,其例不在少数。

常,禅纽阳部;唐,定纽阳部。韵同而声近。但据笔者对战国竹简中"常"字形体的分析,此种"遂致相乱"的直接原因,恐怕还有

① 王引之:《经义述闻》卷28,第669页。此一问题古人早有论辩。笔记则宋祁《宋景文笔记·考古》、王应麟《困学纪闻》卷7《论语》、刘献廷《广阳杂记》卷5等均有考订,专著则陈奂《诗毛氏传疏》、胡承珙《毛诗后笺》、王先谦《诗三家义集疏》、程树德《论语集释》等皆有辩说,文繁不录。

② 张慎仪:《诗经异文补释》卷16,《薆园丛书》本,第9页。

③ 郭沫若:《管子集校》,《郭沫若全集·历史编·第五卷》,人民出版社,1984年,第552页。

④ 阮元校刻:《十三经注疏》,中华书局,1980年影印本,第1730页中栏。

⑤ 张双棣:《淮南子校释》,北京大学出版社,1997年,第435、486页。

"棠"这一字形在中间起桥梁作用。上一节已展示出：常字从"巿"作"󰀀"，省而作"󰀀"，小变作"󰀀"等各种字形，其下部中画上穿即成"󰀀"，此形体已与"棠"字无别。马王堆汉墓帛书《合阴阳》一〇三"上常山"之"常"作"󰀀"，下部巾字亦作撇竖①。此在汉代已属偶尔一见，而古人书写"巾"字之笔法由此可见一斑。六国时文字异形，篆隶交替，汉承秦弊，废挟书之律，于是古书复出。传抄者于各国字形非有异体字典可依凭，于是识此字原为"常"之异体者，抄作常；不识者以为此字像"棠"，遂以"棠"相传。此间固可有《毛诗》《鲁诗》以及《齐诗》《韩诗》异文之别，亦可有同为一家之学，而用字各异者。唐代李善、徐坚、欧阳询所引毛诗，若非后人抄讹，即系一家之别本。检视其他文献如《礼记》郑注所记别本，足见此非孤例。

棠字亦定纽阳部，与唐同音。常、棠因字形相近而淆乱，棠、唐因声韵相同而通用，遂使文献中呈现出常、棠、唐互用之复杂情况。

以上罗列三种异文而论之，虽义各有侧重，所涉字形则联属而未能断取，然此正足以说明古人用字情况之复杂与纠葛。

"常"本是一个极常用之字，由于使用频率过高，在苟简趋省心理的支配下，不免快写、草写，产生各种异体，在仓促记录之时，又不免取音同音近之字代替，产生各种通假。本文排比所有出土文献中的"常"字字形，类别而形分之，又结合大量传世文献中与"常"有关的语词、文句，从形、音、义三方面作综合研讨，揭示出：常字在楚系文字中有从"巿"作"󰀀"，省笔作"󰀀"，再简作"󰀀"的种种异体，其间脉络甚为清晰。自郭沫若以来将"󰀀"隶定为棠，释为燕尝本字，虽为学界接受，但证诸文献，实属子虚乌有，恐不足取。"常"之与"尝"通假混用，系于两字之声韵相同；"常"之与"裳"通假混用，基于两字所从之巾与衣同为布帛之物，古人多有以义符相近相通而互代之例；"常"之与"棠"通假混用，则是因为常字的异体"󰀀"下部像

①　见陈松长等编：《马王堆简帛文字编》，第324页。

"木",与棠字形似。至于常与"堂""唐"等字混用,很可能是以
"棠"为桥梁而辗转通假的。当然,在地域广袤、时间久远的前提
下,在"言语异声,文字异形"的特定历史中,由文化层次不同的人
来同时使用同一种文字,其情形之纷乱远比我们想象的要复杂。本
文所揭示的同声符形声字通假混用有基于字形讹变的规律,虽只是
纷繁复杂的汉字应用发展史中极其隐微而细小的客观事实,但对当
今研究战国秦汉文献,特别是出土简牍文字中的异文与通假有着不
可忽视的作用。

《孔子诗论》应定名为
"孔门诗传"论

　　中国古代文体体式繁多,早已形成专门之学。古代注疏体式亦极为复杂,学者已有所探究。古人既有恪守体式,尊重传统的一面,也有创新、含混以致模糊界限的事例。先秦时期,文体与注释体已形成规模,虽尚处在初始阶段,各种体式之界限也有脉络可寻。西汉末刘向、刘歆父子叙次典籍,皆循秦汉间文体、注释体而条分类列。

　　上海博物馆所藏一千多支战国竹简中有二十九支刻录了关于《诗经》的文字,前辈马承源先生整理后定名为"孔子诗论",刊布于《上海博物馆藏战国楚竹书》(一),于 2001 年出版。自后研究文章目不暇接,据不完全统计,论文和专著乃至涉及此篇之文不下五百篇,几皆承袭《上海博物馆藏战国楚竹书》所定之名,称为"孔子诗论"或"诗论",唯个别学者曾提出可以改称"古诗序"或"诗说"①,或认为可比附《诗大小序》②,但应者寥寥。尽管如此,对出土文献

---

① 见江林昌:《由上博简〈诗说〉的体例论其定名与作者》,《新出土文献与古代文明研究》,上海大学出版社,2004 年。

② 黄人二:《孔子诗论第一简之含义与本篇性质概论》,《上海博物馆藏战国楚竹书(一)研究》第 2 章,高文出版社,2002 年,第 71—72 页。

的正确定名,仍然是一件很严肃的事情:它不能从众、从俗,而应该
还它一个内容与形式统一的历史面目。笔者细读竹简内容,联系先
秦文体之形式及其发展而认为,此类文字应称"孔门诗传"或"诗
传",方使其名实相符。将《诗》简称谓"诗传"者,最早有林志鹏,但
林氏信从张构之说,分传为"训诂之传"和"载记之传",以《诗》简不
记事,遂判为"训诂之传",复因《诗》简无训诂,乃又谓"所谓'训诂
之传'主于释经,非谓(或不仅是)字析句解,而是就其文字义理作
适当的申述与阐发,即所谓旁推曲证、阐微扬奥"①。缘此认识,林
氏将《孔子诗论》《鲁邦大旱》《子羔》三篇"视为同卷之《诗传》,《孔
子诗论》属于'训诂之传'(发挥《诗》旨);《鲁邦大旱》《子羔》属于
'载记之传'(记录故事)"②。此殆未能深明传体与训诂体式之旨
意,遂滋游移恍惚之说。故本章不惮繁辞,展示先秦"论""传"二种
文体和注释体之形式,分析《诗》简内容,校核异同,以证余说。

一、古代"论"体与以"论"命名之书

在先秦典经中,《书》以典、谟、诰、誓分体,《诗》以风、雅、颂分
类,《礼》以内容分篇,皆无"论"之一名,早期诸子中,如《管子》《墨
子》《老子》等,也没有一篇以"论"名篇的。这一方面可以说是内容
决定形式,形式确定篇名。另一方面也说明西周时期学在官府,教
学之意义,在于使子弟学生仿效与学习;教学之形式,呈从上至下的
单向性,只需接受,少有论辩③。诸子兴起之初,也是步趋、阐述、传
授师说而已。至《庄子》有《齐物论》一篇,公孙龙所著六篇皆以

---

① 林志鹏:《战国楚竹书〈子羔〉篇复原刍议》,《上博馆藏战国楚竹书研究续编》,上海
    书店出版社,2004 年,第 63 页。

② 同上,第 68 页。

③ 商周之学校和教育制度,可参见王贵民:《商周制度考信·商周学校教育》,台湾明
    文书局,1989 年,第 264—300 页。

"论"名,《荀子》有《天论》《正论》《礼论》《乐论》四篇,《吕氏春秋》有"论威""行论"二节,由此可知,"论"体到战国中晚期方始出现。在分析诸家论体之前,先检视"论"字的训诂意义。

《说文·言部》:"论,议也。从言,仑声。"徐锴在《系传·通论下》说:"应知难诘首尾以终其事曰论。论,伦也。同归而殊途,一致而百虑。语各有伦,而同归于理也。伦,理也。"承培元校勘记谓"应知难诘当作'应诘难揭'。"①段玉裁注云:"论以仑会意。《亼部》曰:'仑,思也。'《龠部》曰:'仑,理也。'此非两义。……凡言语循其理得其宜谓之论,故孔门师弟子之言谓之'论语'。皇侃依俗分去声平声,异其解,不知古无异义,亦无平去之别也。《王制》'凡制五刑,必即天论',《周易》'君子以经论',《中庸》'经论天下之大经',皆谓之有仑有脊者。许云论者议也,议者语也,似未尽。"段氏以"论"为会意兼形声,故又云:"当云从言、仑,仑亦声。"

从字形分析,仑字从"亼",从"册",无思义。王国维云:"案,册下云:籥古文册。此从之。然金文册字或作𢉩师虎敦。或作𢉩剌鼎。乃象简之或刊其本,非从竹也。"②戴家祥亦云:"从'亼'从'册'不当有思义。《集韵》训'叙也。亼册而卷之仑如也',较接近仑之初义。"③仑为编集之简册,似是本义。加"言"为"论",有汇集简册言语之意,故许氏解为"议"。许慎解"议"为"语",解"语"为"论",三字互训,其义近同。《诗·大雅·公刘》:"于时言言,于时语语。"《毛传》:"直言曰言,论难曰语。"孔颖达疏:"直言曰言,谓一人自言;答难曰语,谓二人相对。"不管《公刘》诗原意如何,至少在战国秦汉之际,《毛传》之理解与《说文》议、语、论三字之义相一致,即有

---

① 丁福保编:《说文解字诂林》,第4册,第979页(2931)。
② 王国维:《史籀篇疏证》,《王国维遗书》,上海古籍书店印行,1983年影印本,第6册,第18页a。
③ 转引自《古文字诂林》,上海教育出版社,2002年,第5册,第387页。

二人相对,或两种意见以上汇集在一起,其观点或意见并不一致,有争议或需选择。这种字义在文献中处处可见。

《吕氏春秋·应言》:"不可不熟论。"高诱注:"论,辩也。"《荀子·解蔽》:"道尽论矣。"杨倞注:"论,辨说也。"《文选·司马相如上林赋》:"且二君之论,不务明君臣之义。"吕延济注:"论,辩论也。"辩论、辩说,必须有二种意见以上方可与辩。《吕氏春秋·尊师》"说义必称师以论道",又《适音》"以论其教"高诱注:"论,明。"经过辩论,才能明白,故引申为明。《淮南子·说山》:"以近论远。"高诱注:"论,知也。"《经义述闻·周易下》"弥论天地之道"条:"《易》与天地准,故能弥纶天地之道。京房注曰:弥,徧也。纶,知也。引之谨案:纶读曰论。《大戴礼·保傅篇》'不论先圣王之德,不知君国畜民之道'论亦知也。"①《吕氏春秋·直谏》:"所以不可不论也。"高诱注:"论犹知也。"即不可不知。有两种或两种以上正反、异同的观点、意见,经辨别选择,而后才能明了、知晓,故引申为知。将这种形式的言语转化为文章,文章体裁就是论体。陆机《文赋》云:"论精微而朗畅。"李善《文选》注:"论以评议臧否,以当为宗。"有当与不当,则必须有二种以上观点可供选择,所以说是"评议臧否"。评与议也都是有两种以上观点、意见方可产生②。刘知几将这种文体特点描述得更明白,《史通·论赞》云:"夫论者,所以辩疑惑,释凝滞。"有疑惑、凝滞而进行辨别,才称之为"论"。刘勰《文心雕龙·论说》云:

> 圣哲彝训曰经,述经叙理曰论。论者,伦也。伦理无爽,则圣意不坠。昔仲尼微言,门人追记,故仰其经目,称为《论语》。盖群论立名,始于兹矣。自《论语》已前,经无论字。《六韬》二论,后人追题乎。详观论体,条流多品,陈政则与议说合契,释

---

① 王引之:《经义述闻·周易下》,第55页上栏。
② 《论语·宪问》:"世叔讨论之。"皇侃疏:"论者,评也。"是知评与议、论义近。

经则与传注参体,辨史则与赞评齐行,铨文则与叙引共纪。
彦和以《论语》为"论"名之始,这是他自己的理解。《论语》一名之
含义,历来解说纷繁,莫衷一是。而笔者认为班固之解释仍有不可
摇撼的权威性。《艺文志》曰:"《论语》者,孔子应答弟子、时人及弟
子相与言而接闻于夫子之语也。当时弟子各有所记,夫子既卒,门
人相与辑而论篹,故谓之论语。"上句释"语"字,下句释"论"字为
"辑而论篹",颜师古注:"辑与集同,篹与撰同。"论篹即编辑,将夫
子各种对答之语篹辑在一起。篹辑必须有一定的量,这与"仑"的
本义——集众多的简册——相关;篹辑又必须有所选择,这与"论"
的选择、辨别本义相关。章太炎曰:"论者,古但作仑。比竹成册,各
就次第,是之谓仑。箫亦比竹为之,故龠字从仑。……《论语》为师
弟问答,乃亦略记旧闻,散为各条,编次成帙,斯曰'论语'。是故绳
线联贯谓之经,簿书记事谓之专,比竹成册谓之仑,各从其质以为之
名。亦犹古言方策,汉言尺牍,今言札记矣。"①这是班固说的详细
注脚。《论语》即从篹辑简册之语而得名,则与论说、辩论之义异
辙。篹辑简册为仑,是一个过程,是动词。但比竹成册之后,条理帙
然不紊,故"仑"有"理"义。加"言"为"论",故有辩论、辨别之义,
其目的就是为一"理",使条理帙然。刘勰说:"论也者,弥纶群言而
研精一理者也。"经辩论、辨别而一旦达到条理帙然,则主客皆明白
晓然,故引申为明白、知晓之义。略辨"论"的本义和引申义之后,
再反观先秦"论"体单篇。

《庄子·齐物论》一篇,开篇就是南郭子綦与弟子颜成子游关
于"自我"与"丧我"的一段非一般的对话。这段问答中包含着正
反、是非的论辩与抉择。接着几段也都是从正反、是非、可否的概念
中作出自己的取舍、抉择。最后二段又设尧与舜、啮缺与王倪、瞿鹊
子与长梧子、罔两与景的问答,所对答的命题大多是正反而须抉择

<hr>

① 章太炎:《国故论衡疏证·文学总略》,中华书局,2008 年,第 267—268 页。

者。其中可引起关注者,如"以指喻指之非指,不若以非指喻指之非指也;以马喻马之非马,不若以非马喻马之非马也。天地一指也,万物一马也"一段,已经涉及"白马非马"的命题。可知在庄子后成书的《公孙龙子》中的著名命题,在庄周之前已经流行①。

《公孙龙子》一书,《汉志》著录为十四篇,今存仅六篇。其卷首《迹府》一篇,非其手笔。关于它的成书方式,论者颇多异说,但笔者认为系及门弟子辑录其生平事迹,如战国诸子成书的程序。其他五篇名《白马论》《指物论》《通变论》《坚白论》《名实论》。一律以"论"名篇,前所未有。此"论"是后人所加,抑或当时所有?按《迹府》云:"龙曰:'先生之言悖。龙之所以为名者,乃以白马之论尔!'"是其与孔穿等论辩时已以"论"名。《初学记》卷七引刘向《别录》:"公孙龙持白马之论以度关。"至少刘向校书以前就以"论"驰名学界。今观"白马"等四论,皆设主客对话以论。《白马论》曰:

"白马非马",可乎?

曰:可。

曰:何哉?

曰:马者,所以命形也;白者,所以命色也。命色者非名形也。故曰:"白马非马"。

曰:有白马不可谓无马也。不可谓无马者,非马也?有白马,为有白马之非马,何也?

曰:求马,黄、黑马皆可致;求白马,黄、黑马不可致。使白马乃马也,是所求一也。所求一者,白者不异马也,所求不异,如黄、黑马有可有不可,何也?可与不可,其相非明。故黄、黑

_____

① 《庄子》一书中涉及《公孙龙子》的内容甚多。《齐物论》之外,如《胠箧篇》"上诚好知而无道,则天下大乱矣"一节,《天地篇》"辩者有言曰:离坚白若悬寓"一节,《秋水篇》"公孙龙问于魏牟曰"一节,《天下篇》"惠施多方,其书五车"一节都有《公孙龙子》辩说的影子。虽然《庄子》中某些篇章成书于《公孙龙子》之后,但《齐物论》内的文字应在其前。

　　马一也,而可以应有马,而不可以应有白马,是白马之非马,
　　审矣!

《坚白论》《通变论》《指物论》形式与《白马论》相同。《名实论》非
对话形式,但短短250字,正反推理,极具论辩性。

　　《公孙龙子》之后,《荀子》中有四篇"论"——《天论》《正论》
《礼论》《乐论》。观其所以称"论",在一定形式上说,与《公孙龙
子》的设对问答有相似性。梁启超评《天论》云:"本篇批驳先天前
定之说,主张以人力征服天行。"其行文形式,也是正反比较,引据论
证,最后亮出自己的主张。如:

　　　治乱天耶? 曰:日月星辰瑞历,是禹桀之所同也。禹以
　　治,桀以乱,治乱非天也。时耶? 曰:繁启蕃长于春夏,畜积收
　　藏于秋冬,是又禹桀之所同也,禹以治,桀以乱,治乱非时也。
　　地耶? 曰:得地则生,失地则死,是又禹桀之所同也,禹以治,
　　桀以乱,治乱非地也。

以上自设问自答。后文"星队木鸣""零而雨何也"等节,皆是如此。
杨倞评《正论》云:"此一篇皆论世俗之乖谬,荀卿以正论辨之。"物
双松云:"此篇皆正世之谬论,故名。"其篇章结构是先直接提出"世
俗之为说曰'主道利周'""世俗之为说者曰'桀、纣有天下,汤、武篡
而夺之'""世俗之为说者曰'汤、武不能禁令,是何也?'曰:'楚、越
不受制'",随即否定说"是不然",然后提出自己见解,展开论证。
最后几段先亮出子宋子的观点,而后用"应之曰"来驳斥,整篇文章
论辩的特点极为明显。《礼论》与《大戴礼记·礼三本》《礼记·三
年问》等篇颇多吻合,其名为"论"之原由,暂且不论。《乐论》文虽
多与《礼记·乐记》相重,但其开篇几段先引一则论乐文字,结句以
"而墨子非之,奈何",其后始畅论其说。中间也有小变其形式者,
如先引"且乐者"云云,而后曰:"而墨子非之。故曰:墨子之于道
也,犹瞽之于白黑也,犹聋之于清浊也,犹欲之楚而北求之也。"最后
再陈述自己的观点看法。或引述墨子之说,随即否定,而后阐述君

子(其实也就是自己)的看法。如:

> 墨子曰:"乐者,圣王之所非也,而儒者为之,过矣。"君子以为不然。乐者,圣人之所乐也。而可以善民心,其感人深,其移风易俗,故先王导之以礼乐而民和睦。夫民有好恶之情,而无喜怒之应则乱。先王恶其乱也,故修其行,正其乐,而天下顺焉。故齐衰之服,哭泣之声,使人之心悲;带甲婴轴,歌于行伍,使人之心伤;姚冶之容,郑卫之音,使人之心淫;绅端章甫,舞《韶》歌《武》,使人之心庄。故君子耳不听淫声,目不视女色,口不出恶言。此三者,君子慎之。

就所引证,驳论意味亦极为浓重。《荀子》四篇论体文字中即使无明显的对话形式,也充满着逻辑的推理和广博的引证。

与荀卿相先后的有《吕氏春秋》的六论,即《开春论》《慎行论》《贵直论》《不苟论》《似顺论》《士容论》。每篇又细分六节,如《贵直论》分《贵直》《直谏》《知化》《过理》《壅塞》《原乱》。其行文形式,都是开篇先总述观点主意,而后用一至四个不等的历史故事作为论据,以证实前面的观点。如《贵直论·直谏》一节云:

> 二曰:言极则怒,怒则说者危,非贤者孰肯犯危?而非贤者也,将以要利矣。要利之人,犯危何益?故不肖主无贤者。无贤则不闻极言,不闻极言则奸人比周、百邪悉起,若此则无以存矣。凡国之存也,主之安也,必有以也。不知所以,虽存必亡,虽安必危,所以不可不论也。
>
> 齐桓公、管仲、鲍叔、甯戚相与饮。酒酣,桓公谓鲍叔曰:"何不起为寿?"鲍叔奉杯而进曰:"使公毋忘出奔在于莒也,使管仲毋忘束缚而在于鲁也,使甯戚毋忘其饭牛而居于车下也。"桓公避席再拜曰:"寡人与大夫能皆毋忘夫子之言,则齐国之社稷幸于不殆矣。"当此时也,桓公可与言极言矣,可与言极言,故可与为霸。

下又引"荆文王得茹黄之狗"一则,兹略。尽管《吕览》其他八纪十二览中亦不乏如此行文形式,但这种先论点,后论据的方式,也是先秦论体的一种。

　　论体文章从观点相对的对话形式,发展而为一人笔下有对话、有倾向,且旁引博征、夹叙夹议、亦论亦驳的逻辑推理论文,是在战国诸子争鸣的特定形势下迅速催化、成熟起来的。刘勰说:"论也者,弥纶群言而研精一理者也。"①所谓"弥纶群言",必须纂辑多种倾向不同的言论,所谓"研精一理",则必须折衷于自己认为正确的道理。刘说确是对论体文字的一个很恰当的总括。以上一些大宗的论体之外,《汉志》所载而今已佚的《黄帝诸子论阴阳》二十五卷、《诸王子论阴阳》二十五卷,此类论体,从书名的"诸子""诸王子"上已可看出并非一人所论,而是几人共论,亦即后世所谓讨论,以汉代学术论著比附之,就是诸贤良、文学讨论盐铁事而由桓宽所记录《盐铁论》。事涉汉代,姑皆从略。

二、"孔子诗论"内容与形式之检讨

　　正确的定名,应有完整的内容作为前提。上博简此篇共二十九支简,计 1 006 字。完简或接近完简者仅五支,其他皆残损,使人莫能合理地连缀,从而使文句阅读和文义理解都受到一定影响。即便如此,还是有个别断续的文字提供了信息,可供探讨。如残简文字六次提到"孔子曰",原文如下:

　　　　孔子曰:"诗亡隐志,乐亡隐情,文亡隐言。"(简一)

　　　　孔子曰:"唯能夫……"(简三)

　　　　孔子曰:"此命也夫。文王虽裕也,得乎? 此命也。"(简七)

　　　　孔子曰:"吾以《葛覃》得氏初之诗,民性固然……"(简

① 见刘勰著,詹锳义证:《文心雕龙义证》,上海古籍出版社,1989 年,中册,第 674 页。

十六)

孔子曰:"《宛丘》吾善之,《猗嗟》吾熹之,《鸤鸠》吾信之,《文王》吾美之,《清〔庙〕》□□之……"(简二一)

孔子曰:"《蟋蟀》知难,《仲氏》君子,《北风》不绝人之怨,《子立》……"(简二七)

祖述孔子评诗文字,其为孔子后学固无可议,这是确定《诗》简为孔门《诗传》性质的准星。不仅如此,经众多学者对《诗》简多方拼合、重新排列,有些分章连缀已有一定的共识,从中可以进一步看出其中之奥蕴。下面逐录相关章节进行讨论。

(1)简十、十四、十二、十三、十五、十一、十六(上半段)连缀,李学勤、廖名春、姜广辉、李锐、曹峰等皆持此说。文字如下:

"《关雎》之改,《樛木》之时,《汉广》之智,《鹊巢》之归,《甘棠》之报,《绿衣》之思,《燕燕》之情"曷?曰:童而皆贤于丌(其)初者也。《关雎》以色喻于礼……(简十)两矣,丌(其)四章则喻矣。以琴瑟之悦,拟好色之愿;以钟鼓之乐(简十四)……好,反内于礼,不亦能改乎?《樛木》福斯在君子,不……(简十二)……可得,不攻不可能,不亦知恒乎?《鹊巢》出以百两,不亦有离乎?《甘〔棠〕》(简十三)……及其人,敬爱其树,其报厚矣。《甘棠》之爱,以召公……(简十五)……情爱也。《关雎》之改,则其思益也;《樛木》之时,则以其禄也;《汉广》之智,则智不可得也;《鹊巢》之归,则离者(简十一)……召公也;《绿衣》之忧,思古人也;《燕燕》之情,以其独也。(简十六上半)

以上七简文字,首先要解释的是一个"曷"字。此字诸家多独立作为问句。"曷"即"何",疑问词,此汉魏经师异口同声,无须置疑。如《书·五子之歌》"呜呼曷归"、《盘庚》"汝曷弗告朕",孔传皆曰"何也"。郑笺《毛诗》,亦屡云"何也""曷之言何也"。不烦缕举。"曷(何)"作为疑问词用在句末,将前面整句变成疑问句,或用

在句首。将后面文字变为疑问句,这在《公羊传》中表现得最为集中。《春秋·隐公元年》"元年春王正月"传:

> 元年者何? 君之始年也。春者何? 岁之始也……曷为先言王而后言正月? 王正月也。何言乎王正月? 大一统也。公何以不言即位? 成公意也。何成乎公之意? 公将平国而反之桓。曷为反之桓? 桓幼而贵,隐长而卑。

又《桓公元年》"郑伯以璧假许田"传云:

> 其言以璧假之何? 易之也。易之,则其言假之何? 为恭也。曷为为恭? 有天子存,则诸侯不得专地也。许田者何? 鲁朝宿之邑也。诸侯时朝乎天子。天子之郊,诸侯皆有朝宿之邑焉。此鲁朝宿之邑也。则曷为谓之许田? 讳取周田也。讳取周田,则曷为谓之许田? 系之许也。曷为系之许? 近许也。此邑也,其称田何? 田多邑少称田,邑多田少称邑。

就征引可知:《公羊传》"曷"多用在句首,"何"则句首句末皆用之。经文一句,而传文则一而再、再而三,不厌其烦地申述、推阐。就中可以推见师弟子在传授过程中的问答情形。

依《公羊传》句式推论简牍文字,前面"《关雎》之改"七句,一定不是作者的言语,而是转述前人原语。李学勤认为这很可能是孔子之言,笔者颇为赞同。如此则"曷"字应紧接"之情",将前七句总括一起作为问句,然后提起下文的回答。"童而皆贤于丌(其)初者也"一句,用一"皆"字包容之。然后分说:"《关雎》以色喻于礼""《樛木》福斯在君子""《鹊巢》出以百两,不亦有离乎"等,其中虽有残缺,文势不断,可以推知。所可注意者,后文又出现"《关雎》之改,则其思益也;《樛木》之时,则以其禄也;《汉广》之智,则智不可得也;《鹊巢》之归,则离者(简十一)……召公也;《绿衣》之忧,思古人也;《燕燕》之情,以其独也"一段。马承源将简十一接第十简,使文义形成"《关雎》之改……""《关雎》之改,则其思益也"的句式。也是一种读法。但两种不管是哪一种连缀,都无法抹杀整段文义有

三层意思,即:

第一层:《关雎》之改……(孔子语)

第二层:《关雎》以色喻于礼……(简十)两矣,丌(其)四章则喻矣。以琴瑟之悦,拟好色之愿;以钟鼓之乐(弟子语)

第三层:《关雎》之改,则其思益也……(弟子语或再传弟子语)

仔细体味七篇第二、第三层言语,角度有所不同,无法拼合在一起,绝非同一时间所完成。如果将第二、第三层互换,语者身份可以变换,整段文势与层次则不会改变,亦即评说的人仍然是不同的,或者说同一人在不同的时候所说(这种可能很小,见下文)。这显示出一个重要的信息,就是对《关雎》七篇的评说,是七十子后学引述夫子之言,予以推阐、引申,而后又是这位弟子后学的弟子或后学在老师的基础上又对七篇发挥己见,予以补充。这种由师至弟子辗转传授,层累增益、逐渐完善一家学说的形式,是先秦诸子特别是儒家的标准著书方式。它明白地显示出这篇文字是孔门关于《诗经》的传。

(2)简二十一(下半段)、二十二、六连缀,李学勤、李零、姜广辉等皆持此说。

> 孔子曰:《宛丘》吾善之,《猗嗟》吾憙之,《鸤鸠》吾信之,《文王》吾美之,《清(简二十一)〔庙〕》吾敬之,《烈文》吾悦(简二十一)之,《昊天有成命》吾□之。《宛丘》曰:"洵有情","而亡望",吾善之;《猗嗟》曰:"四矢反","以御乱",吾憙之;《鸤鸠》曰:"其仪一兮","心如结也",吾信之;"文王在上,于昭于天",吾美之;(简二十二)〔《清庙》曰:"肃雍显相,济济〕多士,秉文之憙",吾敬之。《烈文》曰:"乍竞维人","丕显维憙","于乎前王不忘",吾悦之。"昊天有成命,二后受之",贵且显矣,讼……(简六)(所补文字参考李学勤文)

先引夫子评语,而后摘出原诗诗句以证实夫子之说。摘引夫子之评语和诗句者当是同一人,他是弟子抑或再传弟子,这并不重要。弟子固然可以阐发老师观点、学说,但从另一角度看,这位弟子也在回答弟子之问。弟子问老师孔子之语的含义,于是老师揭出诗句,以证孔子读该诗有感而发的话。由此又可以看出师弟子之间传授的活生生的形态。

(3) 简十六、二十四、二十连缀,李学勤、李锐等持此说。

> 孔子曰:吾以《葛覃》得氏初之诗。民性固然,见丌(其)美必欲反丌(其)本。夫《葛》之见歌也,则(简十六)以荏(?)菽(?)之故也。后稷之见贵也,则以文武之德也。吾以《甘棠》得宗庙之敬。民性固然,甚贵丌(其)人,必敬丌(其)位;悦丌(其)人,必好丌(其)所为,恶丌(其)人者亦然。〔吾以〕(简二十四)□□〔得〕币帛之不可去也。民性固然,丌(其)隐志必有以俞〔抒〕也。丌(其)言有所载而后内,或前之而后交,人不可触也。吾以《杕杜》得雀〔服〕(简二十)

从三个"民性固然",可知十六、二十四、二十这三简一定前后相连缀,将它们分之各处都有可议处。这样排列,又重复出现一句阐发《甘棠》诗旨语句。同理,简五文字有:

> 《清庙》,王德也,至矣! 敬宗庙之礼,以为丌(其)本;"秉文之悳",以为丌(其)业;"肃雍〔显相〕"……(简五)……行此者丌有不王乎?

此简亦重复出现一句阐发《清庙》诗旨的语句。《清庙》一诗在整篇文字中提及三次,分在二处(补出一次依文义推之是可以肯定的),《甘棠》提及四次,分在二处。从文势考虑,这两处无论如何不可能合并在一起;从文义着眼,揭示其诗旨为"敬宗庙之礼"和"得宗庙之敬"又相同无异。试想在书于竹帛极为不易的年代里,作者撰著一篇论说,似无必要将阐发同一诗篇诗旨的文字分置前后不同之处。

(4) 简七、二连缀,李学勤、李零、廖名春、姜广辉、范毓周、李锐、曹峰等皆持此说。

> ……〔"帝谓文王,予〕怀尔明德"害(曷)? 诚谓之也;"有

命自天,命此文王",诚命之也,信矣。孔子曰:此命也夫! 文
王虽裕也,得乎? 此命也……(简七)……寺也,文王受命矣
(简二)。

"予怀明德"二句,《皇矣》文。竹简多一"尔"字。考《墨子·天志
下》引作"帝谓文王,予怀而明德",与简文同,唯"尔"作"而"。"有
命"二句,《文王》文。二诗皆赞美文王,故并举之。后引孔子语,亦
评述文王之词。先阐述自己观点,后引孔子语以证实己说,亦孔门
弟子常用手法。细读孔子之语,似应与《文王》一诗有关。但《皇
矣》确实是赞美周文王之诗。是否这位弟子深得《皇矣》诗旨,于是
也一并举引。至少此段可以说明七十子后学在不断阐发诗旨,推衍
师说。

　　笔者籀读再三,《诗》简一千余字,从措词行文到诗旨阐发,没
有提出正反论点、二种见解而后择取一种以排斥或驳斥另一种的
语句与倾向,即没有论体所具备的内涵,与先秦论体文字异辙,所
以它决不能称之为"论"。相反,上述第一点三个层次,第二点两
个层次中,复沓回环、层层递进地阐发诗旨,这是孔门弟子或二传
三传后学在不断传授过程中对《诗》旨不断增益的"传"式文体。
第三点,既可以否定其是一篇论说,同时也有理由怀疑它不是同
时同人所撰。第四点,引孔子说为佐证,是春秋战国以后儒家乃
至诸子百家的惯用手法。由前三点,都表明整篇文字有一个层累
的过程,而非一气呵成的文章,即使它有残缺乃至脱简,也改变不了
这个事实。

　　笔者认为这是一篇孔门师弟子之间传授《诗》旨的"传"。下面
约略引征先秦传体文字的实例来与之印证,并阐述其来龙去脉。

三、古代"传"体与春秋战国经"传"寻踪

　　《说文》:"传,遽也。从人,专声。"又:"遽,传也。"二字互训,为

邮传之义。李孝定曰："传、转亦以专得义,匪唯以之为声也。专为纺专为陶钧,皆运转不息者,乘传者亦类之也。"①唐兰曰："余谓此器为乘传及宿止传舍者所用,当即名为传。传者,专也。《说文》:'专,六寸簿也。'严可均《说文校议》云:'《后汉书·方技传》序有挺专之术,《离骚经》作筵篿,即算筹。《竹部》算,长六寸,计历数者是也。'此器正与算筹相近,可为严说佐证。然则传车之所以称传,正缘使者之持专或传也。"②由六寸之专为邮传止宿所用,转而比喻书籍经典之世世代代转读相传,其思维关联的两重性是:第一,六寸之簿亦可以用于书写,因为邮传之专上本亦应有文字符号,以为契验;第二,书写在专上的文字可以像邮传之专一样辗转相传。《管子·宙合》:"是故圣人著之简筴,传以告后进曰:奋盛荃落也,盛而不落者,未之有也。"又云:"故著之简筴,传以告后世人曰:其为怨也深,是以威尽焉。"简册有长短,短者如专,书之于上,可传告后人。春秋前中期,齐桓公在堂上读圣人之言时,轮扁指为"古人之糟粕"③。《老子》说"六经,先王之陈迹也",异词同义,桓公所读可能即相传先王之经典。《宙合》所引二句是出于经典还是出于解释经典的"传",颇难质指。先秦作为注释性的"传"体起源于什么时候,也无确切的材料可以证实。《论语》"传不习乎",虽可说是指老师所传授之知识,也不能排斥是温习传圣贤之书的注解。真正可以确定为注释性传体文字者,出于《墨子》。《尚贤中》有云:

　　且以尚贤为政之本者,亦岂独子墨子之言哉,此圣王之道,先王之书《竖年》之言也。《传》曰:"求圣君哲人,以裨辅而

①　李孝定:《甲骨文字集释》卷8,台湾"中研院"历史语言研究所印行,1970年,第5册,第2655页。
②　唐兰:《王命传考》,《唐兰先生金文论集》,紫禁城出版社,1995年,第57页。
③　《庄子·天道》:"桓公读书于堂上,轮扁斫轮于堂下,释椎凿而上问桓公曰:'敢问公之所读为何言邪?'公曰:'圣人之言也。'曰:'圣人在乎?'公曰:'已死矣。'曰:'然则君之所读者,古人之糟粕已。'"

身。"《汤誓》曰:"聿求元圣,与之戮力同心,以治天下。"则此言
圣之不失以尚贤使能为政也。

《竖年》是否为古书书篇名犹可讨论①。"求圣"十字已标明是传体
文字。《伊训》:"敷求哲人,俾辅于尔后嗣。"孔传:"布求贤智,使师
辅于尔嗣王,言仁及后世。"以孔传推之,《尚贤》所引也应是一种已
佚的注释性传文。又《兼爱中》曰:

> 昔者武王将事泰山隧。传曰:"泰山有道,曾孙周王有事,
> 大事既获,仁人尚作,以祇商夏,蛮夷丑貉。虽有周亲,不若仁
> 人。万方有罪,维予一人。"此言武王之事,吾今行兼矣。

《书·武成》云:"予小子既获仁人,敢祇承上帝,以遏乱略,华夏蛮
貊,罔不率俾。"《泰誓中》:"虽有周亲,不如仁人……百姓有过,在
予一人。"虽然《武成》《泰誓 中》列在古文,但此亦必前有所承。
《墨子》所引二条应与此有关,或是先秦《尚书》一种已佚失的传文。
《孟子·滕文公下》:"周霄问曰:'古之君子仕乎?'孟子曰:'仕。传
曰:孔子三月无君,则皇皇如也。出疆必载质。'"传孔子之事,必七
十子后学所为,则此非先王之经典可知。《荀子·修身》:"传曰:君
子役物,小人役于物。此之谓也。"杨倞注:"言传曰,皆旧所传闻之
言也。"安积信则认为:"传,去声,谓古书也。"②《荀子》一书征引
"传"文达十八处,很足以说明"传"体的性质,罗列于下:

> 《不苟》:"传曰:君子两进,小人两废。此之谓也。"
>
> 《非相》:"传曰:唯君子为能贵其所贵。此之谓也。"
>
> 《王制》:"传曰:治生乎君子,乱生乎小人。此之谓也。"
>
> (《致士》篇引同)又:"传曰:君者,舟也。庶人者,水也。水则

---

① 按《尚贤下》亦有"则以尚贤及之于先王之书《竖年》之言然,曰:'晞夫圣武知人,以
屏辅而身。'此言先王之治天下也,必选择贤者,以为其群属辅佐",两处同时出现"竖
年",似当为书篇名。前后所引,文字虽有异,语意一致。

② 转引自荀况著,王天海校释:《荀子校释》,上海古籍出版社,2005 年,第 59 页。

载舟,水则覆舟。此之谓也。"

《王霸》:"传曰:农分田而耕,贾分货而贩,百工分事而劝,士大夫分职而听,建国诸侯之君分土而守,三公揔方而议,则天子共己而已矣。"

《臣道》:"传曰:从道不从君。此之谓也。"又:"传曰:斩而齐,枉而顺,不同而壹。《诗》曰:'受小球大球,为下国缀旒。'此之谓也。"

《议兵》:"传曰:威厉而不试,刑措而不用。此之谓也。"

《天论》:"传曰:万物之怪书不说,无用之辩、不急之察弃而不治,若夫君臣之义、父子之亲、夫妇之别,则日切磋而不舍也。"

《正论》:"传曰:恶之者众则危。《书》曰:克明明德。《诗》曰:明明在下。故先王明之,岂特玄之耳哉。"又:"传曰:危人而自安,害人而自利。此之谓也。"

《解蔽》:"传曰:知贤之谓明,辅贤之谓疆。勉之疆之,其福必长。此之谓也。此不蔽之福也。"又:"传曰:天下有二,非察是,是察非,谓合王制与不合王制也。"又:"传曰:析辞而为察,言物以为辩,君子贱之。博闻强志,不合王制,君子贱之。此之谓也。"

《性恶》:"传曰:不知其子视其友,不知其君视其左右。靡而已矣,靡而已矣。"

《君子》:"传曰:一人有庆,兆民赖之。此之谓也。"

《大略》:"传曰:盈其欲而不愆其止,其诚可比于金石,其声可内于宗庙。"

《子道》:"传曰:从道不从君,从义不从父。此之谓也。"同篇前引不出"传曰"。

《荀子》集儒家之大成,其书所引之"传"有几点值得注意:其一,《荀子》一书引《诗》七十余条,引《书》十多条,后面皆缀以"此之谓也",形成一种将《诗》《书》作为故训以证实自己观点、说法的程序。其引"传曰"十八条,有十二条也缀以"此之谓也",可见他将"传"之功用视同《诗》《书》。其二,《王制》"君者舟也"条,《哀公问》篇重见,作"丘闻之",又见《家语·五仪》哀公、孔子问对,可见确是夫子之语。《议兵》"威厉而不试"一条,见《礼记·缁衣》篇子曰之文,亦当是夫子之语。《君子》"一人有庆"一条,见《尚书·吕刑》,这种故训,孔子完全可能复述过多次。其三,传曰之语大多凝练精辟,类同格言。其四,《臣道》"从道不从君"一条,《子道》篇引多"从义不从父"半句,而且重复出现,一曰"传曰",另一直接用同行文。由此推知,全书用"传"语而未标明"传曰"者当还有不少。

以上四条可引出如下思考:《荀子》之"传"大多为七十子后学接闻于夫子,退而识之的传记文字。其中有些是夫子原语,有些是弟子记录时经过整饬的言语,故一般都精简扼要。由于儒家和孔子的地位不断升高,这些格言式的"传"语也逐渐接近于《诗》《书》的地位。其数量远比《汉志》所载二百多篇要多,其中部分已被战国、秦汉诸子抹其名而运用到自己的著作中去,或者换用了另一种名称。

作为六经之首的《易》,有所谓十翼,亦称《易传》,即《彖》上下篇、《象》上下篇、《文言》、《系辞》上下篇、《说卦》、《序卦》、《杂卦》。《易传》之作者,《史记》《汉书》都认为是孔子,金景芳赞同此说。高亨考定前七篇作于战国,且非出于一人之手,进而猜测《彖传》是楚人馯臂子弓所作,《象传》则矫疵所作。[①] 金德建则谓《文言》《系辞》也都是馯臂子弓所作,且在子思子以前就已形成。[②] 确切的作者可暂且不论,他们是孔门弟子则确然无疑。今观《易传》中多引孔子之语,如《乾·文言》:

---

① 高亨:《周易大传今注·周易大传通说》,齐鲁书社,1979年,第6页。
② 金德建:《中庸思想和易理关系》,《先秦诸子杂考》,中州书画社,1982年,第174页。

初九曰"潜龙勿用",何谓也? 子曰:"龙,德而隐者也。不
易乎世,不成乎名,遯世无闷,不见是而无闷,乐则行之,忧则违
之,确乎其不可拔,潜龙也。"

《乾》卦六爻下皆引孔子之语,内容都是发掘卦爻之幽隐,表彰君子
之德、位、言、行。《系辞》两篇,上篇引孔子语十四次,下篇引十一
次。如上篇引:

子曰:"君子之道,或出或处,或默或语。二人同心,其利断
金。同心之言,其臭如兰。"

又:"不出户庭,无咎"下引:

子曰:"乱之所生也,则言语以为阶。君不密则失臣,臣不
密则失身,几事不密则害成。是以君子慎密而不出也。"

下篇于"易曰'憧憧往来,朋从尔思'"下引:

子曰:"天下何思何虑? 天下同归而殊途,一致而百虑。天
下何思何虑?"

在不长的篇幅中二十多次引述孔子之语,其中既有对整个
《易》之奥义的阐发,也有对各个卦爻的诠释。且其言辞都非常精
练,许多已成为后世的成语典故。参稽马王堆数篇《易传》中某些
内容,更可以清楚领悟到《十翼》之称为"易传"的含义,而"易传"既
有引述孔子对《易》的精辟见解,也有弟子及后学在递相传授中,发
挥孔子见解和另行诠释《易》义等各种增益的文字。

次论《书传》。《孔丛子·论书第二》记子夏问《书》大义。
子曰:

吾于《帝典》见尧、舜之圣焉。于《大禹》《皋陶谟》《益稷》
见禹、稷、皋陶之忠勤功勋焉。于《洛诰》见周公之德焉。故
《帝典》可以观美,《大禹谟》《禹贡》可以观事,《皋陶谟》《益
稷》可以观政,《洪范》可以观度,《泰誓》可以观义,五《诰》可以
观仁,《甫刑》可以观诚。通斯七者,则《书》之大义举矣。

这是孔子对九篇典、谟、诰、誓篇旨的高度概括。《太平御览》

卷四一九引《尚书大传》云:"六《誓》可以观义,五《诰》可以观仁,《甫刑》可以观诚,《洪范》可以观度。"①伏胜援孔子之语入《大传》,亦足以窥觊战国中晚期儒家传记形式之一斑。《论书》又云:

> 孔子曰:"《书》之于事也,远而不阔,近而不迫,志尽而不怨,辞顺而不诌。吾于《高宗肜日》见德有报之疾也,苟由其道,致其仁,则远方归志而致其敬焉。吾于《洪范》见君子之不忍言人之恶,而质人之美也。发乎中而见乎外,以成文者,其唯《洪范》乎。"

吾于某篇见某义,这是孔子阐述经典义旨常用的句式,下文还要提及。在约略展示儒门"传体"形式之后,再将汉唐经师对"传体"的定义引征、归纳,以与实际的传体印证。

如前所说,传本来是一种符契,其用途是用来传送信息。刘熙《释名·释书契》云:"传,转也,转移所在执以为信也。"因传送需要车马,故亦转指传车驿马。《尔雅·释言》:"驲、遽,传也。"郭璞注:"皆转车驿马之名。"因为师弟子传授知识学问形式犹如书契、驿马之辗转递传,故借以为名。《释名·释典艺》:"传,传也,以传示后人也。"刘知几《史通·六家》云:"盖传者,转也,转受经旨,以授后人。或曰:传者,传也,所以传示来世。"②孔颖达在《礼记·曲礼上》题下疏云:"传谓传述为义。或亲承圣旨,或师儒相传,故云传。"亲承圣旨,毕竟少数,师儒相传,乃是常态。因为亲承与远传的区别,所以又有"圣人制作曰经,贤者著述曰传"之说③。以圣贤分

① 宋本《太平御览》(中华书局,1960年影印宋本,第2册,第1931页上栏)及《四库》本《御览》皆无"六"字,刘恕《通鉴外纪》卷9引有"六"字。陈寿祺《尚书大传》定本有辑校案语,可参阅。
② 刘知几著,浦起龙通释:《史通通释》卷1,上海古籍出版社,1978年,第10页。
③ 张华:《博物志·文籍考》,见张华撰,范宁校证:《博物志校证》卷6,中华书局,1980年,第72页。按,《论衡·书解》云:"圣人作其经,贤者造其传。述作者之意,采圣人之志,故经须传也。"又《正说》云:"圣人作经,贤者作书。义穷理竟,文辞备足,则为篇矣。"圣贤经传之异称,肇端于汉代。张华从语言上予以定格。

称经传,就有作者为圣为贤的分别。古文经学以周公为圣人,制作六经,所以有将孔子所作的《春秋》《十翼》乃至《论语》《孝经》等都称为"传"。今文经学尊孔子为圣人,作《春秋》,三传解《春秋》,所以又有"仲尼所修谓之经,穀梁所修谓之传"之说①。但不管圣贤、经传、述作之别,传的命意、形态、内容已经很清楚,它是以阐发经义、揭橥旨意为目的一种注释体,由于先秦时期经、传各自分行,故也可称为一种文体。

四、战国《诗传》、孔门《诗传》与上博《诗》简比较

西周之时,学在官府,《诗》《书》之教,职在师氏。当时学校施行乐德、乐语、乐舞之教,其中乐语以兴、道、讽、诵、言、语为内容。在六语的施教过程中,大司乐、乐师、师氏、保氏等教师对整部《诗》必然有详细的解释。这些"教科书"虽然无法流传下来,但教学的某些内容会通过各种途径留存一二。《左传》《国语》等对《诗》字词的训诂和诗旨的诠释,尚使后人约略可窥当时解诗的远影。春秋以还,诸子兴起,"孔子闵王路废而邪道兴,于是论次《诗》《书》,修起《礼》《乐》。适齐闻《韶》,三月不知肉味;自卫返鲁,然后乐正,《雅》《颂》各得其所"(《史记·儒林列传》),孔子以周文化道统自居,毅然肩负起《诗》《书》《礼》《乐》教学重任。以《诗》《书》《礼》《乐》教,则必有许多相关的阐述。礼的教学,多体现在人事实践中,《礼记》一书记载较多。七十子后学论次辑纂《论语》,关于《诗》《书》内容、旨意的文字不多,很可能这些专书有专门的传授辑纂,因为传抄艰难,年久时远,加之水火书厄,散失殆尽。先秦诸子所引

① 杨士勋《春秋穀梁传·隐公第一》疏云:"仲尼所修谓之经。经者,常也。圣人大典可常遵用,故谓之经。穀梁所修谓之传,不敢与圣人同称,直取传示于人而已,故谓之传。"

"传"语，或出于对《诗》《书》的诠释，或出于日常修治齐平的问答，现在也无法确指何者为《诗》传之语。唯《说苑》中尚保留几则《诗》传资料。如《贵德》第一章云：

> ……《诗》曰：蔽芾甘棠，勿翦勿伐，召伯所茇。《传》曰：自陕以东者，周公主之；自陕以西者，召公主之。……夫诗，思然后积，积然后满，满然后发，发由其道而致其位焉，百姓叹其美而致其敬，甘棠之不伐也，政教恶乎不行。孔子曰：吾于《甘棠》见宗庙之敬也甚，尊其人必敬其位，顺安万物，古圣之道几哉！

文中之《传》，见于《公羊传·隐公五年》，两"以"字并作"而"，《史记·燕召公世家》作"以"。以此，此《传》当然可以说是指《公羊传》。但《说苑》一书是刘向根据《说苑杂事》及臣向书、民间书参校而成。刘向的工作是"除去与《新序》复重者"，"以类相从，一一条其篇目"，其中虽然增入一些"造新事"[1]，但似乎没有说到为每篇文字作增删、修饰、补充。如果这样，本章所引之《传》是先秦时原文。《公羊传》到汉代才书于简牍，先秦虽然可以据传闻之辞引入，但更有可能是一种已佚的《诗传》，也同时为《公羊传》所取。

《修文》第三章云：

> ……《诗》曰：左之左之，君子宜之；右之右之，君子有之。《传》曰：君子者，无所不宜也。是故韠冕厉戒，立于庙堂之上，有司执事无不敬者；斩衰裳，苴絰杖，立于丧次，宾客吊唁，无不哀者；被甲缨胄，立于桴鼓之间，士卒莫不勇者。故仁足以怀百姓，勇足以安危国，信足以结诸侯，强足以拒患难，威足以率三

---

① 左松超：《说苑集证前言》举出《说苑》有秦始皇事四章，汉代事十二章。关于该书其他一些问题，前言中也有考证帮助，可参考。左松超：《说苑集证》，台湾省国立编译馆，2001 年。

军。故曰：为左亦宜，为右亦宜，为君子无不宜者，此之谓也。①

此章"是故"下一段文字，都是为结尾"为君子无不宜者，此之谓也"一语作铺垫，也都是为证实前文"传曰"之理。由此知"传"文并非刘向所加，当然也确证了它是先秦的一种《诗传》。

《说苑・反质》第三章云：

> ……《诗》云：尸鸠在桑，其子七兮，淑人君子，其仪一兮。《传》曰：尸鸠之所以养七子者，一心也；君子之所以理万物者，一仪也。以一仪理物，天心也。五者不离，合而为一，谓之天心。在我能因自深结其意于一，故一心可以事百君，百心不可以事一君。是故诚不远也。夫诚者一也，一者质也。君子虽有外文，必不离内质矣。②

《鸤鸠》一诗引者众多，但本章之传文则为秦汉其他文献所无，且传文紧扣《曹风・鸤鸠》本诗，也非《鸤鸠》以外之传文可以移置于此。所以，由本章之传，更可以推知《贵德》《修文》二章所引《诗传》之存在。如果扩而大之，从孔子谈《诗》的文字上去追寻，更可找到一些麟爪。《孔丛子・记义第三》载：

> 孔子读《诗》及《小雅》，喟然而叹曰：吾于《周南》《召南》见周道之所以盛也。于《柏舟》见匹夫执志之不可易也，于《淇奥》见学之可以为君子也，于《考槃》见遁世之士而不闷也，于《木瓜》见苞苴之礼行也，于《缁衣》见好贤之心至也，于《鸡鸣》见古之君子不忘其敬也，于《伐檀》见贤者之先事后食也，于《蟋蟀》见陶唐俭德之大也，于《下泉》见乱世之思明君也，于《七月》见豳公之所造周也，于《东山》见周公之先公而后私也，于《狼跋》见周公之远志所以为圣也，于《鹿鸣》见君臣之有礼也，于《彤弓》见有功之必报也，于《羔羊》见善政之有应也，于

---

① 左松超：《说苑集证》，第 1204 页。
② 左松超：《说苑集证》，第 1289 页。

《节南山》见忠臣之忧世也,于《蓼莪》见孝子之思养也,于《四月》见孝子之思祭也,于《裳裳者华》见古之贤者世保其禄也,于《采菽》见古之明王所以敬诸侯也。

整段文字涉及《周南》《召南》及《邶风》以下二十篇诗,从《柏舟》至《采菽》,次序按《毛诗》排列而下,唯《羔羊》在《召南》而置于《彤弓》下,杨朝明、李存山皆怀疑《羔羊》为《无羊》之误①。按,《钦定诗经传说汇纂》卷首下《纲领》载范处义《诗补传》引《孔丛子》作"无羊",而《诗补传》卷三十《篇目》仍作"羔羊"。又何楷《诗经世本古义》卷十七引《孔丛子》亦作"无羊"。"羔""无"形近,容有讹误,何楷及词臣所改,良有以也。加之"善政之有应"一语,正与《无羊》诗旨相合,是知《孔丛子》所叙,与秦汉流传之《诗》文本序次一致。"吾于"某某篇"见"某义,为一恒定句式。此与前引《孔丛子》子夏问《书》大义,孔子曰"吾于《帝典》见尧、舜之圣焉"出自一辙,如《说苑·贵德》"孔子曰:吾于《甘棠》见宗庙之敬也。甚尊其人,必敬其位,顺安万物,古圣之道几哉",《盐铁论·执务》"孔子曰:吾于《河广》,知德之至也",从不同的文献抄录出同一种句式,都明标为孔子之语,似不应对《孔丛子》的记载有所怀疑,而可以认为都是从同一系脉的先秦文献中转录下来的孔子传授《诗》《书》的常用语。这种句式和内容在先秦的《诗》简中又一次得到了确证。

从形式而言,上博《诗》简十六、二十四、二十有:

孔子曰:吾以《葛覃》得氏初之诗。民性固然,见丌美必欲反丌本。夫《葛》之见歌也,则(简十六)以荏(?)菽(?)之故也。后稷之见贵也,则以文武之德也。吾以《甘棠》得宗庙之敬。民性固然,甚贵丌人,必敬丌位;悦丌人,必好丌所为,恶丌人者

① 杨朝明:《〈孔丛子〉"孔子诗论"与上博〈诗论〉》(载《儒家文献与早期儒学研究》,齐鲁书社,2002 年)、李存山:《〈孔丛子〉中的〈孔子诗论〉》(载《孔子研究》2003 年第 3 期)都怀疑《羔羊》为《无羊》之误,《无羊》在《节南山》之前。

亦然。〔吾以〕(简二十四)□□〔得〕币帛之不可去也。民性固
然,丌有隐志必有以俞〔抒〕也。丌言有所载而后内,或前之而
后交,人不可触也。吾以《杕杜》得雀〔服〕(简二十)……

三个"吾以","以"犹"于",句式与《孔丛子》《说苑》《盐铁论》全同。

就内容而言,有数条也可互相印证。①《孔子家语·好生》:
"孔子曰:吾于《甘棠》见宗庙之敬也甚矣,思其人必爱其树,尊其人
必敬其位,道也。"《说苑·贵德》:"吾于《甘棠》见宗庙之敬也甚①,
尊其人必敬其位,顺安万物,古圣之道几哉。"上博简:"吾以《甘棠》
得宗庙之敬。民性固然,甚贵丌人,必敬丌位;悦丌人,必好丌所为,
恶丌人者亦然。"前半句内涵相同。《贵德》"顺安万物,古圣之道几
哉"十字是否为《说苑杂事》作者之语,抑或弟子传授中改写,可置
一疑。简文"寻"字清晰无讹,而《家语》《说苑》等传世文献皆作
"见",义虽两通,因字形相近,或有一误。②《孔丛子·记义》"于
《木瓜》见苞苴之礼行焉",《木瓜》毛传引孔子说同。上博《诗》简也
有对《木瓜》诗旨的阐发。曹峰将简二十、十九、十八三支前后衔
接,结合三礼经籍所载礼义来解释,最为合理②。简文"币帛之不可
去",与"苞苴之礼行焉"正是从正反两方面说同一个道理。唯《诗》
简后文的阐发比《毛传》《孔丛子》所引更为深刻透彻。这三支连
接,又见一段像《关雎》七篇一样对《诗》旨作复沓回环的阐发③,从
而也增加一重师弟子辗转传授的"传"体形式。③ 简文"蟋蟀之
难",《记义》则云:"于《蟋蟀》见陶唐俭德之大也。"两者无涉。《毛
序》云:"《蟋蟀》,刺晋僖公也。俭不中礼,故作是诗以闵之,欲其及
时以礼自虞乐也。此晋也而谓之唐,本其风俗忧深思远,俭而用礼,

---

① 此处标点据《家语》"甚矣"二字而点于此,以为此处可能脱一"矣"字。如果不计,连
　下读作"甚尊其人",于文义亦通。
② 曹峰:《试析上博楚简〈孔子诗论〉中有关"木苪"的几支简》,《新出土文献与古代文
　明研究》,第56—62页。
③ 依曹峰说将简20、19、18三支连接,则简19之前必有脱简,笔者另有说。

乃有尧之遗风焉。"不俭不侈,乐而中礼,是僖公之难。而"尧之遗风"正"陶唐俭德之大"之谓。④《记义》谓"《蓼莪》见孝子之思养也",简文则云"《蓼莪》有孝志",旨亦相合。从不同角度可以绾合《记义》和《诗》简之《诗》旨者不止以上四条,从略不赘①。

从《贵德》引"吾于《甘棠》见宗庙之敬"称"传",知《好生》所引及《诗》简亦皆可归为"传"体。辗转连类,《记义》所辑录也可能是孔子传《诗》之残文断篇。《诗传》中引孔子语,不仅《贵德》和《诗》简,《毛传》也引。上文所举《木瓜》之外,《小弁》毛传引孔子曰:"舜其至孝矣,五十而慕",《巷伯》毛传引孔子曰"欲学柳下惠者,未有似于是也"。前者又见《孟子·告子章句下》,后者又见《家语·好生》。就前者而言,可以认为《毛传》从《孟子》转引,而《家语》清儒指为王肃伪撰固非事实,从其形式观之,其辑集时间当在《毛传》之后。战国秦汉之际,儒门支裔传孔子言行者何止八派,合理而最为可能的解释是,《毛传》承袭孔门支裔的《诗传》一类的文献采撷孔子之言,至少"吾于《甘棠》见宗庙之敬"一语必是取之于《诗》简一类的孔门《诗传》。

上博二十九支《诗传》简并非对三百十一篇《诗》一一评述阐发,而仅是或详或略地涉及、评述了五十八篇诗旨。从其不依《诗》之序次,前后重复而言,它不是"诗序"一类的体式;从其仅评述五分之一《诗》的篇幅而言,也不是一种完整的孔门诗传。比勘《孔子家语》《孔丛子》等文献所保存残缺的孔子诗传资料,推知七十子后学在纂辑《论语》同时,可能并没有有关孔子传《诗》的完整文本,而是各本"闻之于"夫子的言论予以记录,故多少随所记,长短亦不一,旨意相同而语言亦有异。随后辗转相传,不断发挥增益,渐滋传闻异说,传抄讹谬,故异态纷呈。

---

① 李存山在《〈孔丛子〉中的"孔子诗论"》(载《孔子研究》2003 年第 3 期)一文中就《孔丛子》与《孔子诗论》二者作过详细比较,可参阅。

五、余　论

通过论体、传体以及文献中《诗传》的展示、比较与论证,《诗》简的文体性质基本清晰。在总结本文之前,还有必要对称《诗》简为"诗序"和"诗说"的观点略作辨正。"诗序"之说首先由姜广辉提出,尽管他拟称为"诗序",仍然未指明其与《毛诗序》有何传承关系①。江林昌曾亦"建议将竹简《诗论》改称为'竹简子夏《诗》序'"②。彭林对此观点作了有力的辨正,他认为《诗论》"主旨是论述《诗》义","而《诗》序是题解类的文字。因此,断断不能将《孔子诗论》名之为'《诗》序'或者'古《诗》序'"③。彭氏的批驳完全符合古代文体。朱渊青在《从孔子论〈甘棠〉看孔门〈诗〉传》一文中数次提及《诗》简"反映孔子《诗》说之体","《孔子诗论》不涉字词训诂而通说《诗》旨,当即是孔子《诗》说","《孔子诗论》确是孔子《诗》说无疑",并特作一长注说明理由,兼驳姜广辉称为"古《诗》序"之非④。江林昌后来采纳裴锡圭、朱渊青观点,改变看法,著文强调"《孔子诗论》宜更名为《诗》说"⑤。朱、江两文对古代传、说、论也有讨论,但多昧于时代,含混不清。就江文所举《韩非子·内储说》《外储说》包括经、说二部分,经概括指出所要说的事理,说则一般

---

① 姜广辉:《关于古〈诗序〉的编连、释读与定位诸问题研究》,载《中国哲学》第 24 辑。附《古〈诗序〉复原方案》,同上。姜氏又有数篇论《诗》简者皆称"诗序",不俱列。

② 江林昌:《上博竹简〈诗论〉的作者及其与今传本〈毛诗〉序的关系》,载《文字遗产》2002 年第 2 期。

③ 彭林:《"诗序""诗论"辨》,载《上博馆藏战国楚竹书研究》,上海书店出版社,2002年,第 97 页。

④ 朱渊清:《从孔子论〈甘棠〉看孔门〈诗〉传》,《上博馆藏战国楚竹书研究》,第 118—139 页。

⑤ 江林昌:《由上博简〈诗说〉的体例论其定名与作者》,《新出土文献与古代文明研究》,第 37 页。

都是历史故事,即用故事来佐证理论,与《诗》简专事阐发《诗》旨不同。笔者近年从事于古代注疏学之研究,对先秦的传、说、解、喻以及两汉由传体经章句而过渡到注体,都有微观的论述,无法在此展开。只能简捷地指出称为《诗说》之不当。

上博《诗》简引孔子评《诗》言语阐发诗旨,进而补充、发挥孔子言说和思想,展示出先秦儒家在传授《诗》之过程中的一种实录形态,契合师弟子辗转相传、逐渐增益的传体形式,应正名为"孔门诗传"或"诗传"。如比式于先秦诸子题开宗者之名,亦可称为"孔子诗传"。因《诗》简文字不涉及论辩,故不宜称"孔子诗论"或"诗论"。《诗传》极可宝贵,但它毕竟只是孔门《诗》传体系下的一个片断。

从熹平残石和竹简《缁衣》
看清人四家《诗》研究

一、熹平石经《鲁诗》的镌刻、毁弃、搜集与研究

西汉已有罗布泊纸之发现①,东汉明帝时更有贾逵得简纸经传之事,然终两汉之世,经传仍以书于简牍为常,至郑玄注三《礼》,所据犹为简本②。简牍虽较纸质文本坚固耐久,却犹可刮削改窜。灵帝熹平四年,有一事触发刊刻石经,《后汉书·宦者传·吕强》载:

> 巡(宦者李巡,注《尔雅》者)以为诸博士试甲乙科,争第高
> 下,更相告言,至有行赂定兰台漆书经字以合其私文者。乃白
> 帝,与诸儒共刻五经文于石。

漆书简牍,本不易涂抹,而为争甲乙高下,竟有行贿刮削改字之举。致使中秘藏本,皇家标准,均可为不法者丹铅雌黄。六经文本,传自仲尼,若定于一尊,则岂敢行贿妄改,自取其罪?唯经典文字,早已纰缪歧出,诚如荀悦所言:

> 仲尼作经,本一而已,古今文不同,而皆自谓真本经。古今

---

① 参见黄文弼:《罗布淖尔考古记》,北京大学出版社,1948年,第168页。
② 参见拙文《郑玄所见三礼传本残阙错简衍夺考》,载《中国经学》2014年第1期。

先师,义一而已,异家别说不同,而皆自谓真本说。仲尼邈而靡质,昔先师没而无闻,将谁使折之者?秦之灭学也,书藏于屋壁,义绝于朝野。逮至汉兴,收摭散滞,固已无全学矣。文有磨灭,言有楚夏,出有先后。或学者先意有所借定,后进相放,弥以滋蔓。故一源十流,天水违行,而讼者纷如也。①

"一源十流","弥以滋蔓",乃当时文本之实情。如若稍行改窜以合私文,除非人赃俱获,难以判别是非。李巡上奏,原拟就如何防范肆行改易邪风之建言,石经之刻,即是其为防止不法者再次行贿改字之措施。盖唯镌之于石,立之于学,定于一尊,昭示四海,庶可免窜改之行,纷争之端。巡疏一上,灵帝深然其言,遂于熹平四年三月,诏诸儒正定五经,由蔡邕领衔。《蔡邕传》曰:

> 邕以经籍去圣久远,文字多谬,俗儒穿凿,疑误后学。熹平四年,乃与五官中郎将堂谿典,光禄大夫杨赐,谏议大夫马日磾,议郎张驯、韩说,太史令单飏等奏求正定六经文字。灵帝许之。邕乃自书册于碑,使工镌刻立于太学门外。于是后儒晚学,咸取正焉。及碑始立,其观视及摹写者,车乘日千余两,填塞街陌。

《蔡邕传》云:邕与堂谿典等奏求正定六经文字,灵帝许之。此必范氏据《蔡邕别传》立论。其创议作俑者,自是李巡。其事自熹平四年(公元175年)筹措,随即校正、书丹、刻石,至光和六年(公元183年)告竣,前后凡九年。石立洛阳城南开阳门外太学讲堂前之东侧,依西南东行排列。当时群儒后学,辐辏洛阳,摹写取正,络绎不绝。自此之后,贿改之风绝而纷争之讼息,刻经于石之效果显然,功德无量。

熹平石经一律以汉隶书写,书写者有蔡邕、堂谿典、杨赐、马日

---

① 据《四部丛刊》本《申鉴》卷2,其中"而皆自谓古今"一语,文义未了,故黄省曾谓"此处有误",《玉海》卷43引此句作"皆自谓真古今",亦不能使文义了然。杨慎《丹铅余录》卷11作"真本说",与前"真本经"对,今据改。

碑、张驯等一二十人①。所立计七经:《易》《书》《诗》《仪礼》《春秋》《公羊传》《论语》。东汉各经所立博士非止一家,如《易》有施、孟、梁丘、京氏四家,《书》有欧阳、大、小夏侯三家,《礼》有戴德、戴圣二家,《公羊》有严、颜二家,《论语》亦有齐论、鲁论、古论三家。经宋代洪适至近代张国淦、马衡等依据不断出土之实物相继考证②,确认《易》用梁丘氏③,而参校施、孟、京三家;《书》用欧阳氏④,而参校大、小夏侯二家;《诗》用《鲁诗》,而参校齐、韩二家;《仪礼》用大戴,校以小戴;《春秋》用《公羊》;《公羊传》用《严氏》,参校《颜氏》本;《论语》用《鲁论》,亦参校盍、毛、包、周诸家之本,缀校记于正经之后。七经共四十余碑⑤,经碑高一丈许,广四尺,正反书写。每经所占碑数多少不同,皆自为起讫。其书写行款各经亦略有不同,少者如《春秋》每行七十字,多者如《易》《论语》七十三字。考校《鲁诗》残石正反面之文字,《小雅·采薇》以上七十二字,《角弓》以下七十字,反映出正面七十二字,反面七十字之不同行款。

　　石经立于太学,拟为经典之永式。不意未及一纪,董卓焚毁洛

---

① 马衡《校理人名表》开列二十四人,但有些人可能只是参与个中工作,并非均是书写者。相反,刻工仅有陈兴一人,其实镌刻者应远远多于书写者,唯因年代邈远,经碑残损过甚,无法一一考见而已。

② 参见张国淦:《历代石经考》,燕京大学国学研究所印行,1930 年。马衡:《从实验上窥见汉石经之一斑》,《凡将斋金石丛稿》,中华书局,1977 年,第 199—210 页。

③ 马衡以为用京氏,屈万里考定为梁丘氏本,今从屈氏。见屈万里《汉石经周易残字集证》,台湾"中研院"历史语言研究所印行,1961 年。

④ 屈万里以为用小夏侯本,因顾颉刚、顾廷龙所藏《尚书》校记残石有"大小夏侯"字,今从马说。然程元敏以校记残石系伪刻,见《六二七八号〈汉熹平石经·尚书〉残石甄伪》,载《宋代经学国际研讨会论文集》,台湾"中研院"中国文哲研究所印行,2006 年。

⑤ 熹平石经碑数,《洛阳记》云四十六碑,《洛阳伽蓝记》云四十八碑,《御览》卷 589 引《西征记》云四十碑。据马衡所记,经碑之外,尚有一碑,专为叙述刊立石经之事,是在以上碑数之外。黄彰健《论汉石经》谓《西征》诸记所记碑数恐皆不足据(载《经今古文学问题新论》,台湾"中研院"历史语言研究所印行,1982 年,第 269 页)。

阳宫,殃及石经,陆机《洛阳记》:"〔太学〕堂前石经四部,本碑凡四十六枚。西行《尚书》《周易》《公羊传》十六碑存,十二碑毁。南行《礼记》十五碑,悉崩坏。东行《论语》三碑,二碑毁。"①据鱼豢《魏略·儒宗序》所记:"从初平之元至建安之末,天下分崩,人怀苟且,纲纪既衰,儒道尤甚。至黄初元年(按,公元220年)之后,新主乃复始扫除太学之灰炭,补旧石碑之缺坏,备博学之员录。"②鱼氏说"补旧石碑之缺坏",想见董卓焚烧,仅是断裂、倒塌、个别缺损,而非毁弃不存。永嘉丧乱之后,石碑又辗转迁徙于邺都、洛阳、长安之间,宝之者施列学馆,贱之者废为柱础。至唐贞观初,魏徵搜集石经,已十不存一。后毁弃沉埋,又数百年。六朝曾有石经拓本传世,《隋志》载有《一字石经鲁诗》六卷,亦不知佚于何时。

唐末李绰《尚书故实》云:"东都顷千卿造防秋馆,穿掘多得蔡邕鸿都学所书石经。后洛中人家往往有之。"③是五代之际复有出土,为有识者藏弃,视为文物,然具体经别与字数不明。宋嘉祐末(1062—1063)以还,又续有《论语》《尚书》《公羊》《仪礼》残石出土,始有人专事搜集。黄伯思(1079—1118)《东观余论》卷上曾著录收藏者姓名。洪适(1117—1184)《隶释》卷十四载有石经《鲁诗》残碑魏、唐国风一百七十三字,娄机(1133—1212)《汉隶字源》卷一则云"石经《鲁诗》残碑"存一百四十字,二者互有异同。自后七百年间,未闻有新得。

清末民初,洛阳邙山地区出土大量唐代墓志,自后刨地盗掘之风炽盛,一九二一年,洛阳出土魏正始(240—249)石经残石,引起罗振玉关注。嗣后徐森玉、马衡等前往洛阳,前后得二百由,颇有《鲁

---

① 《后汉书·蔡邕传》"邕乃自书册于碑,使工镌刻,立于太学门外"李贤注引。
② 《三国志·魏志·王肃传》"明帝时大司农弘农董遇等亦历注经传,颇传于世"裴松之注引。
③ 李绰:《尚书故实》,《丛书集成初编》第2739号,商务印书馆,第11页。

诗》①。自此学者、商贾争相藏弄,影拓传世。一九八〇年四月,中国社会科学院考古研究所洛阳工作队在河南省偃师县佃庄公社东大郊大队太学村,即汉魏洛阳故城开阳门外御道东太学旧址发掘,共得石经残石六百余块。其中有字者九十六块,涉及《仪礼》《春秋》《鲁诗》《论语》及《仪礼》《鲁诗》之校记,报告详细开列出土层位、编号、经别及残石文字,惜未公布全部拓片②。嗣后续有所得,有人已作初步考释③。

宋初著录石经,多从古物角度予以记载,如欧阳棐《集古录目》卷二《石经遗字》、董逌(约1079—约1140)《广川书跋》卷五《蔡邕石经》等数篇,即使赵明诚《金石录》卷十六《汉石经遗字》提及《诗》《仪礼》等,亦仅是记述其事,未加考证。唯黄伯思《东观余论》卷上有《记石经与今文不同》一篇,比勘石经与唐宋传世经典之异同,可谓开研究之先例,惜其所见无《鲁诗》残石。迨及洪适《隶释》卷十四著录《鲁诗》残石一百七十三字,一一与《毛诗》对勘,用小字注于下。文末著跋一篇,据残石"齐韩"字,第一次正确推测熹平刻石用

---

① 马衡《集拓新出汉魏石经残字》云:"中华民国十二年(1923年)夏,余与徐森玉鸿宝君相约游洛,始知所出二石之外,尚有碎石甚伙。辨其残字,不尽三体,亦有汉石经焉。乃属洛中友人郭玉堂君代觅碎石,约得二百由,与徐君分购之。"而罗振玉《汉熹平石经残字集录序》云:"岁辛酉(1921年),中州既出魏正始石经。明年壬戌(1922年),与吴兴徐君鸿宝、四明马君衡约偕至洛阳观汉太学遗址。已而予以事不果,乃语徐君:正始石经与魏文帝《典论》并列,石经既出,《典论》或有出土者,此行幸留意。徐君诺之。及抵洛,邮小石墨本,询为《典论》否。阅之,则汉石经《论语·尧曰》篇残字也。亟逐书徐君,请更搜寻。遂得残石十余。此汉石经传世之始。嗣乃岁有出土者,率归徐、马两君。他人所得,不及少半也。"罗、马二人记述,前后相差一年,而汉石经之出土,当在此前数年陆续为人所掘得。

② 中国社科院考古所洛阳工作队:《汉魏洛阳故城太学遗址新出土的汉石经残石》,载《考古》1982年第4期。校按,此文刊出后不久,中国社会科学院考古研究所编著的《汉魏洛阳故城南郊礼制建筑遗址——1962—1992年考古发掘报告》由北京文物出版社出版(2010年7月),书中已刊出六十余块残石照片。

③ 王竹林、许景元:《洛阳近年出土的汉石经》,载《中原文物》1988年第2期。

《鲁诗》①。此为最早研究《鲁诗》之著。洪氏之后，如沈承泽《庚子消夏记》卷五、顾炎武《金石文字记》卷一、朱彝尊《金石文字跋尾》卷二等题跋均是泛论石经。叶奕苞于《金石录补》中仿洪适之式，对其所见熹平《诗》残石予以勘同②。乾隆间，惠栋之《毛诗古义》，已援据石经《鲁诗》字形，结合秦汉文献，进行文字考辨③。嘉庆间，翁方纲著《汉石经残字考》，对二段《鲁诗》形制，即章与章之间空格，篇末总计章句之文给出描述，并结合今本字数，计算出石经每行为七十二字④。其后冯登府著《石经补考》，卷二专论《隶释》所载石经《鲁诗》⑤，征引字韵书、古本及清人考证，对石经异文予以疏通。王昶据《吕氏家塾读诗记》董氏之说记《说文》所引，以为"多半吻合，疑亦据东汉石刻而言"⑥。道光初年，瞿中溶又在惠栋基础上进一步开拓材料范围，进行较为详尽之考释⑦。

　　一九二一年洛阳发现汉石经之后，《鲁诗》残石先后出土一百七十四块，可拼合为一百十五块，计一千三百字。另有《鲁诗校记》四十块，可拼合为三十八块，计一百三十字⑧。文字数量是洪适所见之八倍强，于是研究之风亦随之升温。一九二七年，吴维孝出版《新出汉魏石经考》，于卷一著录石经《鲁诗》残字凡四石，虽未有考

---

① 洪适：《隶释　隶续》，中华书局，1985 年影印洪氏晦木斋本，第 151—152 页。

② 叶奕苞：《金石录补》卷 25《汉石经》，《丛书集成初编》第 1521 号，第 245—246 页。

③ 惠栋：《九经古义》卷 5《毛诗上》，《清经解》，第 2 册，第 754 页。

④ 翁方纲：《汉石经残字考》，清光绪十六年（1890 年）四川尊经书局刻《石经汇函》本，第 3 页。

⑤ 冯登府：《石经补考》卷 2 载"鲁诗"下小注云，《隶释》之外，附《释文》《诗考》二条，至于《吕氏读诗记》引董氏之说，皆见于《说文》，亦本于三家，于石经无所依据，故不敢附会。

⑥ 王昶：《金石萃编》卷 16，陕西人民美术出版社，1990 年影印民国十年（1921 年）石印本，第 1 册，第 12 页 b。

⑦ 瞿中溶：《汉石经考异补正》卷 2，民国三年（1914 年）刻本，《历代石经研究资料辑刊》，北京图书馆出版社，2004 年，第 5 册，第 151—167 页。

⑧ 此据罗福颐《熹平石经概说》所统计，载《文博》1987 年第 5 期。

释,然详细标注残石尺寸,显示出现代式研究之范式①。同年,马衡从孙庄之议,将自己与徐森玉等八家搜集所藏之汉魏石经残石集拓印行。二年后,罗振玉接连印行数种有关熹平石经著录与考释著作,收录大量《鲁诗》残石。《汉熹平石经残字集录》一卷《补遗》一卷,《集录》收《鲁诗》七石五十二字,校记六石二十九字;《补遗》收《鲁诗》二石七十二字,校记一石廿六字。《汉熹平石经残字集录续编》一卷《补遗》一卷,《续编》收《鲁诗》二十九石二百五十字,校记七石三十字;《补遗》收《鲁诗》六石二十七字,校记一石七字。《汉熹平石经残字集录三编》一卷《补遗》一卷,《三编》收《鲁诗》六石三十五字,《补遗》收四石十二字。一九三〇年印行《汉熹平石经残字集录四编》一卷《补遗》一卷《又补》一卷,《四编》收《鲁诗》四十一石三百七字,校记六石三十三字;《补遗》收六石一百五字;《又补》收六石七十字,校记三石十九字。一九三四年又出版《汉熹平石经残字集录又续编》一卷《续拾》一卷,《又续编》收《鲁诗》十九石一百九字,《校记》六石二十九字;《续拾》收《鲁诗》四石四十七字。之后又有《汉熹平石经残字集录续补》一卷,收《鲁诗》七石七十一字②。六编共著录《鲁诗》残石一百三十七块,千一百五十七字;校记三十石一百七十三字。罗氏继承、综合洪适、叶奕苞、惠栋、翁方纲、瞿中溶等考释方法,对残石文句、残字不仅比勘之后标明所出篇章,计算出该行该篇之字数,并旁征博引,利用字韵书、碑刻等文献对石经文字结构及与《毛诗》之异文进行疏证考释。罗氏对石经《鲁诗》研究之最大功绩,是经过缜密排比,揭示出《毛诗》与《鲁诗》个别篇章编次不同,某些诗篇章次有异。如:"《鲁》《毛》篇次之异,则《小雅》之

---

① 吴维孝:《新出汉魏石经考》,《悫斋丛书》本,上海文瑞楼书局,1927 年影印本,第 5—6 页。
② 所录诸书原系罗氏随编随刊至石印本,今由北京图书馆出版社辑录于《历代石经研究资料辑刊》中,第 5 册。其中《四编》以下未标明石数及字数,文中数字系重新统计,每石字数或有与罗氏自己不同者。

《湛露》上接《瞻洛》，《彤弓》下接《宾筵》。《菀柳》之后虽不知何篇，而非《都人士》，《大雅》之《韩奕》《公刘》相比次。"①此项成果为全面复原石经《鲁诗》之碑版行款奠定了基础，意义重大。其次是对各经书写行款格式，即篇章之间如何空格，如何加点示别等都有探讨。各编之后附以残石文字双勾摹本，以便按覆。用罗氏之言云："予此书集录外并附句本，盖恐予之考证有疏失，后人得据句本以补正之，是区区之微意也。"②熹平《鲁诗》残石，从唐末掘得作为随意藏物，宋人视作古董，经书法家、金石家著录并略加考释，可以认为，到罗振玉之关注、研究，才使整个研究从性质上起了变化。

与罗氏相先后，一九三〇年，张国淦出版《历代石经考》一书，对汉、魏、唐、蜀、北宋、南宋、清七朝石经作一细致考证与描述。在"汉石经"一章中从研究史之角度梳理历代对熹平石经之论述，可谓将熹平石经各种论说作了一次总清理。最后论及汉石经拓本时，将马衡《集拓新出汉魏石经残字目》录存于后，其中《鲁诗》七石四十二字，《校记》五石二十七字③。又将罗振玉于张书出版之前印行之《集录》三编之残石文字附之，《鲁诗》石数字数见前。一年后，又出版《汉石经碑图》一书④。沿王国维之思路方法，复原熹平石经。将《鲁诗碑图》列之于首。以《毛诗》文本为底本，参照《鲁诗》篇章特点，摹拟展示熹平《鲁诗》之面貌。

一九三三年方若刊其《旧雨楼汉石经残石记》，中有记述《鲁诗》二石，一《国风·邶风·旄丘》等八篇一百三十七字，一《大雅·

---

① 罗振玉：《汉熹平石经残字集录续编序》，载《历代石经研究资料辑刊》第5册，第350页。

② 罗振玉：《汉熹平石经残字集录后序》，载《历代石经研究资料辑刊》第5册，第347—348页。

③ 其中所录最后一石"一/四/一"三字者，为《集拓新出汉魏石经残字》所未收。

④ 张国淦：《汉石经碑图》，关东印书馆排印本，北京燕京大学国学研究所印行，1931年。

文王》等三篇七十字,加之循笔道而字迹可揣摩者八字,共计二百十五字①。间有文字考释,未若罗氏之谨严。同年,马衡发表《从实验上窥见汉石经之一斑》一文②,分字体、经数、经本、行款、石数、人名六项,总结当时研究成果,结合自己心得,对汉石经作详细的描述,分辨鲁、毛异同也更清晰。一九三四年,王献唐主持山东省立图书馆期间,为该馆收得汉魏石经残石共一百二十五枚,嘱屈万里考释,成《校录》一卷。屈氏体例一仿罗氏《集录》,唯以熹平石经为今文经,故其排列改从《诗》《书》《易》《礼》《春秋》为序,圣门弟子所记之《论语》附后。《鲁诗》计三十石一百八十二字,《校记》三石十六字。其中凡罗书已著录者均予标明。

　　一九五七年,由陈梦家等整理的马衡遗著《汉石经集存》(下简称《集存》)出版③,收录《鲁诗》经文一百三十六块,《校记》五十七块,不知篇名者九块。《集存》在拼合方面用力甚深,厥功甚伟。每石均参照《汉石经碑图》标明在碑图第几面第几行。残石文字后征引文献,略附考释,亦多引述罗氏之说。书后附残石拓片,便与按覆对照。从石经搜集、缀合、复原及与《毛诗》文字异同等层面而言,《集存》确是一项集大成的成果。它为以后鲁、毛异文在声韵、字形、假借关系等层面的深入研究奠定了基础。

　　二〇〇一年,陆锡兴之《〈诗经〉异文研究》出版④,该书之第三章《三家〈诗〉经文》列《〈石经鲁诗〉考证》一节,比勘石经《鲁诗》与《毛诗》之异文,着重在字形上进行分析、考订。作者熟稔汉简魏碑别字字形,故征引汉碑较多,时而通过考证来证明何为正字,何为假字。二〇〇四年,于茀《金石简帛〈诗经〉研究》一书出版。书分上

---

① 对旧雨楼所藏二大块残石,屈万里曾有《旧雨楼藏汉石经残字辨伪》一文予以辨证,载《书目季刊》1967 年第 2 卷 2 期。
② 马衡:《从实验上窥见汉石经之一斑》,《凡将斋金石丛稿》,第 199—210 页。
③ 马衡著,中国科学院考古研究所编:《汉石经集存》。
④ 陆锡兴:《〈诗经〉异文研究》,中国社会科学出版社,2001 年。

下二篇：上篇《金石简帛与四家〈诗〉异文汇考》，下篇《上海博物馆藏战国楚简〈诗论〉考释》。上篇依《风》《雅》《颂》三〇五篇排列，逢有金石简帛之《诗经》异文者，即罗列而疏证之。① 该书仅取熹平残石《鲁诗》与《毛诗》之异文。作者涉猎声韵，故时能从声韵结构去分析异文之关系。

汉石经从沉埋数百年到零星面世，只是古董藏柜中的玩赏珍宝。自洪适著录后七百年中，也仅作为历史考证对象与书法学者谈资。清儒将之纳入四家《诗》研究范围，取得一定成绩。二十世纪二十年代大量发掘出汉石经残石，随之掀起一个研究高潮。经众多学者十多年不断传拓、切磋、研究，使熹平石经之刊刻起因、碑石形制、书刻行款一直到鲁、毛之篇次、章次、文字异同，都有一个较为清晰的轮廓。这个阶段虽在三十年代就渐趋消息，到五十年代以马衡《汉石经集存》出版为标志而暂告终结。陆、于二书注重所有的《诗经》异文，熹平《鲁诗》仅是其中一个方面，故于鲁、毛相同之文字，陆书存而云"同"，不予讨论，于书则一律舍去不录，遂未能充分发挥熹平残石《鲁诗》文字之应有效用。回顾近百年的熹平残石《鲁诗》研究，其最令人遗憾者，是未能循清儒援石经《鲁诗》入四家《诗》研究之路向，使大量新出土之残石发挥其更大效用。

鲁、毛文异，固可探寻两汉古今文经《诗》派不同之用字与《诗》说；而不管鲁、毛文同文异，均可检验清儒在四家《诗》研究中之得失。关于前者，前有古人，后有来者，代不乏人；而于后者，却阒焉无闻。本文立足于前者，结合秦汉简牍、六朝碑刻、敦煌写卷之文献疏证其异同；更注重于后者，援引唐宋以前异文，追踪其流传演蜕与抄刻讹误，剖析清儒研究之原则，检验其归派四家《诗》之得失。

① 于茀：《金石简帛〈诗经〉研究》，北京大学出版社，2004 年。

二、竹简《缁衣》引《诗》与两汉《诗经》之关系

　　《缁衣》系《小戴记》中一篇,虽曾被黄道周认为在儒家政治中极为重要而抽出著成《缁衣集传》,然在整体的经学研究中,仍未引起足够之重视。迨及郭店简和上博简之单篇《缁衣》出土,其原来之归属及其作者等问题重新被审议。《缁衣》引《诗》二十三次,在整部《礼记》中居首位。欲认识其所引《诗》句与两汉《诗经》之关系,须先分疏简本《缁衣》与传本《缁衣》之异同及时代、作者问题。

　　郭店简与上博简《缁衣》在引《诗》、引《书》上虽有文字之异同,然其顺序一致,皆先《诗》而后《书》。凡一引皆泛称"《寺》员",两引则用专称,先"大雅"后"小雅"。传本《缁衣》之常态为先《诗》后《书》,偶有先《书》后《诗》,且或"诗曰"或"大雅曰"或篇名,错乱不一。此乃汉代经师在整理散佚简牍过程中所发生之舛乱。其"员""曰"之异,乃《缁衣》在传授或简牍传抄中所发生之混用现象。至于先《诗》后《书》,有学者用汉代今古文经对儒家六经之排列次序来解释,而笔者曾详细考证后认为,简本先"《寺》"后"《书》"与西周国学及孔门设教课程一致,而传本之先"《书》"后"《诗》"二例亦是整理散佚简牍过程中之失误,而绝非今文学礼家之蓄意改窜①。

　　《缁衣》是《礼记》中之一篇,而传统认为《小戴记》系整合、选取《汉志》所谓一百三十一篇记文而成。《汉志》记一百三十一篇,刘向校录时皆曾归类。从郑玄《三礼目录》中可窥探刘向区分为制度、通论、明堂阴阳、丧服、世子法、祭祀、子法、乐记、吉礼、吉事等,

———————————

① 　参见拙文《〈缁衣〉引〈诗〉引〈书〉》,《上海博物馆藏竹书〈缁衣〉综合研究》,武汉大学出版社,2009 年,第 309—389 页。

其中属于通论者有:《檀弓》《礼运》《玉藻》《大传》《学记》《经解》《哀公问》《仲尼燕居》《孔子闲居》《坊记》《中庸》《表记》《缁衣》《儒行》《大学》等十五篇。所可注意者,《经解》至《缁衣》八篇相连,《经解》记六艺政教之得失,次三篇记孔子与哀公和弟子之问答,复次四篇就是沈约所谓取自《子思子》的篇章。从排列上思考,西汉礼家将子思学派的著作次于孔子之后,也有理可循。但因《缁衣》是否取自《子思子》,其作者究竟如沈约所言为子思子还是刘瓛所说公孙尼子抑或其他谁何,学界迄无定论。据笔者研究,《缁衣》确是子思学派之著作。其先由子思根据记忆和闻之于七十子后学所记录的孔子言论予以整理记录,复据战国之政治形势略予推论发挥,不时引述《诗》《书》之格言作为理论依据。子思后学在师弟子传授过程中,不断有引申补充,至孟子后荀子前之战国中后期基本定型①。

从《诗》之形成、结集、传播而论,西周之时,政府教育机构将之与乐曲、乐舞相配,赋有特定的含义,令国学学子讽诵、肄习。学成之后,授官袭爵,出使四方,在朝聘、会盟等各种场合借助《诗》的语言和《诗》的乐、舞等进行外交活动。在这种随机应变、即兴发挥的场境下,引《诗》、赋《诗》往往"断章取义",与诗篇原旨不符甚至相去甚远。进入战国,策士游说,以利益、厉害为第一要义,彻底摆脱了温文尔雅、"微言相感"的引诗喻志式交谈,导致口头赋《诗》、引《诗》之衰落,而转向一种以《诗》为经典格言,作为诸子争鸣立说时加强自己论据佐证之新形式,于是变口头称引为书面称引。书面引《诗》,经历了一个由少到多,由稀到密过程;先秦引《诗》,也经历了一个重《雅》轻《风》到《风》

---

① 参见拙文《〈缁衣〉作者与成书年代》,《上海博物馆藏竹书〈缁衣〉综合研究》,第390—451页。

《雅》几近平等之过程①。

《缁衣》在孟子至荀子之间的一百年中定型,而此时适为《诗》由引《诗》、赋《诗》之口头称引衰落而转向文献引《诗》之时期,亦即将言语之《诗》转为文字之《诗》的初始阶段。此时各本方言(包括方音)记录诗句,其歧出不一可以想见。即在《缁衣》定型后之传抄中,仍然产生如郭店简与上博简引《诗》之文字差异,则《缁衣》所引与以文本或讽诵所传《诗》之差异更可想见。

从竹简《缁衣》到传本《缁衣》,是一个由不断传抄、走样,复又韦编散绝,最后为戴圣选编成书的过程。西汉三家《诗》在文景之际先后立为博士,溯其渊源,皆先秦荀卿及浮丘伯等所传,虽经秦火之劫,以口诵得以流传,其文字虽有异同,虚词或有多少,而内容大体一致。

三、清人三家《诗》勾稽与四家《诗》归派

陆德明《释文·注解传述人》曰:“《齐诗》久亡,《鲁诗》不过江东,《韩诗》虽在,人无传者。”《释文》多载《韩诗》,李善《文选注》亦颇存《韩诗》文字与《诗》说。宋代朱熹尝欲将《文选注》之《韩诗》写出而未果。王应麟受朱熹启发而作《诗考》。《诗考》分“韩诗”“鲁诗”“齐诗”“逸诗”“诗异字异义”“补遗”六部分,延伸文公原初之设想,兼辑齐、鲁《诗》,因亦名《韩齐鲁三家〈诗〉考》(下均简称《诗考》)。唯齐、鲁《诗》亡佚较早,所辑仅寥寥数条,自谓“《诗》四家异同,唯《韩诗》略见于《释文》,而齐鲁无所考”。虽然,伯厚已经注意汉代学者与所传习之四家《诗》问题,如对刘向《列女传》所引

---

① 参见拙文《从〈诗经〉授受、运用历史看〈缁衣〉引〈诗〉》,《上海博物馆藏竹书〈缁衣〉综合研究》,第403—426页。

《诗》,谓"楚元王受《诗》于浮丘伯,向乃元王之孙,所述盖《鲁诗》
也"。康成注《礼记》引《诗》,王谓"康成从张恭祖受《韩诗》,注
《礼》之时未得《毛传》,所述盖《韩诗》也"。又云:"许叔重《说文》
谓其称《诗》毛氏皆古文也,而字多与今《诗》异,岂《诗》之文亦如
《书》之有古今欤?"①由作者《诗》派推论其引《诗》归属,为清儒四
家《诗》研究开辟出广阔途径。

　　清人对三家《诗》之研究引证更为丰赡,思路更为广阔,解析更
为透彻,然无不是在王应麟《诗考》基础上展开。故首先是以《诗
考》为基点的增补著作。如胡文英《诗考补》二卷,丁晏《诗考补注》
二卷《补遗》一卷。胡著不若丁作严谨。丁作于王书"复者删之,讹
者正之,失次者移之,未详者申之",洵王氏之功臣。清初严虞惇著
《读诗质疑》三十一卷,另附录十五卷,附录中有"三家遗说"(卷十
二)、"经文考异"(卷十五)皆补《诗考》之作。特别是后者,屡引
《诗考》作某,知为补苴之作。其后严曾孙严蔚增广虞惇之未备,
成《诗考异补》二卷,其采摭范围不仅限于三家。然一旦突破齐、
鲁、韩三家,便成为名副其实之"异文"著作。从异文角度观之,自
有所不足,然亦即此开启乾嘉以还接踵而至之《诗经》异文搜辑之
风。乾隆间,范家相著《三家〈诗〉拾遗》十卷,"因王氏之书重加
裒辑,增入者十之六七",已过王书二倍,范书改变《诗考》三家各
自为篇,而一以三百篇为序,凡三家遗说、异文一并附见,较为易
检。范氏于《拾遗》之外,另著《三家〈诗〉源流》一卷,分别齐、鲁、
韩三家传授,其于未明传授谱系者,作"汉魏说《诗》不著传授者"一
节,将伏生以下至王肃、崔灵恩一一作出归派,兹整理如表 6 - 1
所示:

---

① 以上所引皆见王应麟:《诗考后序》,《玉海》第 6 册附,江苏古籍出版社、上海书店出
　版社,1987 年影印本,第 29 页下栏至 30 页上栏。

表6－1　伏生以下至王肃、崔灵恩归派

人名、书名	三家《诗》派	依　据
伏生《尚书大传》	鲁	伏本鲁人，与申公先后同时。伏湛治《鲁诗》，见本传
《淮南子鸿烈解》	鲁	集众手成书，其说诗不一。然家世《鲁诗》也，亦为《鲁诗》
贾谊《新书》	鲁	说诗与《鲁诗》合
董仲舒《春秋繁露》	三家《诗》	说《棫朴》《云汉》及"白牡骍刚"诸诗与《毛诗》不同
司马迁	鲁	向孔安国问故。孔安国，鲁申公弟子
刘向《说苑》《新序》	鲁	向家世《鲁诗》也。《说苑》《新序》亦然。向子歆好《春秋左传》及《毛诗》，其与毛异者皆《鲁诗》
班固《白虎通》《汉书》	三家《诗》	多引《韩诗内传》，亦时述《鲁诗》，盖三家《诗》俱有之
扬雄《法言》	三家《诗》	《鲁颂·闷宫》之说乖异
蔡邕	鲁	书《鲁诗》石经，其《琴操》亦多鲁说
郑玄	三家《诗》	未笺《毛传》时，其注《三礼》，多用《鲁诗》，兼出齐、韩
王肃、崔灵恩	毛、三家《诗》	皆《毛诗》家，其注亦时出三家说

　　范氏对不明传授者之著作、诗说之划分，是其扩大搜辑范围所绕不开的必要措施，为后人三家《诗》归派起了导夫先路作用。

　　阮元于范氏之后，亦著有《三家诗补遗》一书，分鲁、齐、韩三类①。

---

① 书当成于嘉庆二十五年（即1820年）之后，因书中所引之《列女传》颇异于他本，而与文选楼《绘图本列女传》同。文达跋此书云：嘉庆庚辰转入吾家，则书当定稿于此年之后。

所谓"补遗"，乃补王应麟《诗考》之遗，故书中屡言"诗考""异字异义"等。而对两汉著作诗派之归类与范氏颇近。如太史公、贾谊、刘向、蔡邕及《白虎通》《盐铁论》等归入《鲁诗》，《汉书》则兼入鲁、齐，殆以细分班固、匡衡所说。

与阮氏相先后的有冯登府《三家诗异文疏证》六卷《补遗》三卷和《三家诗遗说》八卷《补》一卷二书。前书仿《诗考》分辑三家佚文，后者依《三家〈诗〉拾遗》例以三百篇为序。冯氏博闻强记，熟悉典籍。《疏证》一书，先列佚文，次加按语解说、疏证，个别条目极为详尽，甚者字逾三四百：有对《诗考》之申发、辩证，亦有引毛奇龄、钱大昕、段玉裁、王念孙诸大家之说为佐证者。恣肆博辩，下开陈乔枞、王先谦著作之先河。冯氏对于汉代经师之归派，亦有自己的见解。如他认为康成多用《韩诗》，亦兼用鲁齐。说云："郑得见古文，其笺《诗》先通三家《诗》，而《韩诗》受于张恭祖，故见于笺者尤多"，"他如《唐风》'素衣朱绣'《十月之交》为厉王时作，《皇矣》阮、徂、共三国名，皆从鲁作。《六艺论》引《孔演图》五际六情本《齐诗》"。（"可以疗饥"条下）又云："郑先通三家《诗》，故注《礼》并改绣为绡，从鲁说也。"（"素衣朱绡"条下）冯氏精研石经，著作颇丰，故其疏证三家异文，亦时时引汉碑为证，如"馥芬孝祀"下引《汉帝尧碑》《张表碑》等文字，"帅时农夫"下引《魏石经》《唐石经》文字，不仅与李富孙《诗经异文释》有启助之缘①，亦足以启导皮锡瑞《汉碑引经考》著作之产生。《疏证》篇幅以《韩诗》最多，鲁、齐甚少，此乃冯

---

① 嘉兴李富孙著《七经异文释》，有《诗经异文释》十六卷，李书征引范围极广，亦多用汉碑证经。唯李书不分三家，非有意用佚文异字来探究两汉四家之著作，故不作介绍，附识于此。前范家相之后有翁方纲之学生、王聘珍同窗周邵莲著《诗考异字笺余》，用功甚深，因亦非专门为区别三家而作，亦略不论。关于《诗经》异文研究及著作之发展趋势，陈致《清代〈诗经〉异文考释研究》一文有详细之分析、介绍（载《东方文化》第41卷第2期），该文将清代《诗经》异文研究分为四期，其第一节"清以前之四家《诗》及其异文研究"对六朝隋唐之异文情况亦有涉及，并可参阅。

氏未从范氏将司马迁、贾谊、刘安等著作划分归类而将其所引分隶
到鲁、齐之下缘故，显得甚为谨慎。

　　《三家诗遗说考》十五卷与《诗经四家异文考》五卷，系陈寿祺、
陈乔枞父子两代人之用功结晶，也是清代四家《诗》研究之代表作。
嘉庆二十四年（1819 年），陈寿祺于《三家诗遗说考·自序》中云：
"两汉《毛诗》未列于学，凡马、班、范三史所载及汉百家著作所引皆
鲁、齐、韩《诗》。异者见异，同者见同，绪论所存，悉宜补缀，不宜取
此而弃彼也。今稍增缉，以备浏览，犹有未能具载者，他日当别成一
篇，使学者有所考焉。"此时仅缀辑资料，未成全编。寿祺于道光十
四年（1834 年）逝世。道光十八年（1838 年），陈乔枞撰《鲁诗遗说
考自序》云："乔枞敬承先志，次第补缉成《鲁诗遗说考》六卷，其齐
韩二家，采缀粗就，尚当细加稽核，别为篇帙。"两年后（道光二十
年）《韩诗遗说考》四卷成，又二年（道光二十二年），《齐诗遗说考》
五卷成①。鲁、韩、齐《三家诗遗说考》成，乔枞乃"增缉毛、鲁、齐、韩
四家《诗》异文"，荟为《诗经四家异文考》五卷，"凡近儒所讨论有资
校勘者，靡不参互稽核，附案于后"。故《异文考》虽成于《遗说考》
之后，然前者综合四家，后者分论三家，两书诚可参核互观。

　　陈寿祺"两汉《毛诗》未列于学，凡马、班、范三史所载及汉百家
著作所引皆鲁、齐、韩诗"之思想，乃是继承王应麟关于刘子政、郑康
成、许叔重《诗》派归属之学术观，在具体方法上，将范家相区分汉
魏经师《诗》派之措施推向极致。在具体施行过程中，他们参考总
结过许多乾嘉学者之成果，兹举一例，如《尔雅》一书，其产生年代
和作者等问题历来众说纷纭，陈氏遵从臧镛堂之意见。臧氏于
"《大戴礼》有《尔雅》"条云：

　　　《公羊·宣十二年》注："礼，天子造舟，诸侯维舟，卿大夫

---

①　此卷数据《左海续集》本及陈乔枞序所称。《清经解续编》作《鲁诗遗说考》二十卷，
　　《齐诗遗说考》十一卷，《韩诗遗说考》十八卷《补逸》一卷，另鲁齐韩叙录各一卷。

方舟，士特舟。"疏云："《释水》文也。"案，何邵公引《尔雅·释水》而称"礼"者，魏张揖《上广雅表》言：《尔雅》秦叔孙通撰，置《礼记》，此盖汉初之事，《大戴记》中当有《尔雅》数篇，为叔孙氏取入，故班孟坚《白虎通》引《尔雅·释亲》文称为《礼·亲属记》。应仲援《风俗通·声音》篇引《释乐》"大者谓之产，其中者谓之仲，小者谓之箹"为《礼·乐记》。则《礼记》中之有《尔雅》信矣。①

又"《尔雅》注多《鲁诗》"条云：

唐人义疏引某氏注《尔雅》，即樊光也。其引《诗》多与毛、韩不同，盖本《鲁诗》。今汇录之而证以《毛诗》，不特樊之异于毛者可见，即毛之不与樊同而俗本误同之者亦见矣。《释诂》篇"坟，大也"注引《诗》云："有贲其首。"而《毛诗·鱼藻》作"有颁其首"。"妃，媲也"注引《诗》云："天立厥妃。"而《毛诗·皇矣》"天立厥配"。"亶，厚也"注引《诗》云："俾尔亶厚。"而《毛诗·天保》作"俾尔单厚"。（下引证十余条略）②

陈乔枞据之而云：

《尔雅》亦《鲁诗》之学。汉儒谓《尔雅》为叔孙通所传。叔孙通，鲁人也。臧镛堂《拜经日记》以《尔雅》所释《诗》字训义皆为《鲁诗》，允而有征。郭璞不见《鲁诗》，其注《尔雅》多袭汉人旧义。若犍为舍人、刘歆、樊光、李巡诸家注解征引《诗经》，皆鲁家今文，往往与毛殊。郭璞沿用其语，如《释诂》"阳，予也"注引《鲁诗》"阳如之何"，《释草》"薗，茎"注引《诗·山有薗》文，与石经《鲁诗》同，尤其确证。③

――――――――――

① 臧庸：《拜经日记》卷2，《清经解》，第6册，第712页上栏，717页上栏。
② 臧庸：《拜经日记》卷2，《清经解》，第6册，第712页上栏，717页上栏。
③ 陈乔枞：《鲁诗遗说考序》，《左海续编》，第2页 b—第3页 a。

由此确认《尔雅》所释及注所引皆为《鲁诗》,确实有一定之可信度。
反之,亦有对前贤观点之不认可者,如上引王应麟《诗考·后序》列
述《列女传》之引《诗》,复因向为元王之孙而定其所习所引乃《鲁
诗》,王引之驳之云:

> 《列女传·贞顺传》蔡人妻伤夫有恶疾,而作《芣苢》,与
> 《文选·辩命论》注所引《韩诗》合。《贤明传》周南大夫妻言仕
> 于乱世者为父母在故也,乃作诗曰"鲂鱼赪尾"云云,与《后汉
> 书·周磐传》注所引《韩诗章句》合。《贞顺传》召南申女以夫
> 家一物不具,一礼不备,守节持义,必死不往,而作诗曰"虽速我
> 狱"云云,与《韩诗外传》合。《母仪传》卫姑定姜赋《燕燕》之
> 诗,与《坊记》郑注合。郑为《记注》时多取《韩诗》也。又上《灾
> 异封事》引《诗》"密勿从事",与《文选·为宋公求加赠刘前军
> 表》注所引《韩诗》"密勿同心"皆以"密勿"为"黾勉"。然则向
> 所述者乃《韩诗》也。[1]

从正面思考而求其同,刘向所引确与《韩诗》合。然从反面思之,四
家《诗》毕竟相同者多,故相合未必所习相同。故陈乔枞反诘云:

> 刘向父子世习《鲁诗》。高邮王氏《经义述闻》以向为治
> 《韩诗》,未足征信。考《楚元王传》,言元王好《诗》,诸子皆读
> 《诗》,王子郢客与申公俱卒学。申公为《诗传》,元王亦次之
> 《诗传》,号"元王诗"。向为元王子休侯富曾孙。汉人传经最
> 重家学,知向世修其业,著《说苑》《新序》《列女传》诸书,其所
> 称述,必出于《鲁诗》无疑矣。

王说重在引《诗》之密合与否,而陈说则着重于家学之传授绍续。
陈氏父子之所以注重汉代经师之师法家法,是基于他们试图将整个
两汉经师、学者进行全面之归派之思想。若以经义之合否为基点,
则现存很多残篇断章无从检验,不能一以贯之。而根据《史记》和

两《汉书》之《儒林传》，基本可将大部分经师从师法家法上进行归派。陈寿祺曾为此定下一条原则：

> 汉儒治经，最重家法，学官所立，经生递传，专门命氏，咸自名家。三百余年，显于儒林，虽《诗》分为四，《春秋》分为五，文字或异，训义固殊，要皆各守师法，持之弗失，宁固而不肯少变，斯亦古人之质厚，贤于季俗之逐波而靡也。①

循师法、家法去观察两汉经学流变，应该说已经把握了当时学术之主动脉。然将其运用到何种程度，则是一个非常难以掌握且无以验证之问题。由陈氏定理出发，则所有经师子弟均以师法、家法分，师法、家法不变，则文字不变，义训不变。乔枞恪守家法，循此定理充类至尽地进行推衍，将两汉《诗经》学者归派成四家，本文多涉及鲁、齐二家，故将陈氏对鲁、齐二家《诗》派人物、著作推衍、归派后之系统开示于下②。

《鲁诗》学派经师与著作：

申公：申公受《诗》于浮丘伯，伯者，荀卿门人也。刘向校录《孙卿书》，亦云浮丘伯受业于荀卿，为名儒。是申公之学出自荀子。凡荀子书中说《诗》者，大都为鲁训所本，今故缀之列于《鲁诗》，原其所始也。

孔安国、司马迁：孔安国从申公受《诗》为博士，至临淮太守，见《史记·儒林传》。太史公尝从孔安国问业，所习当为《鲁诗》，观其传儒林，首列申公，叙申公弟子，首数孔安国，此太史公尊其师传，故特先之。

刘向、刘歆：见前引证。

---

① 陈乔枞《三家诗遗说考·齐诗遗说考自序》引"先大夫尝言"云云，《清经解续编》，第4册，第1280页上栏。
② 陈乔枞推衍、归派都有一定之史实为依据，并非随便区分。若为省篇幅，可以列表，但必会失去陈氏归派之原意，故将原文删节后直录。

《白虎通》：后汉建初四年,下太常,将大夫、博士、议郎、郎中及诸生、诸儒会白虎观,讲议五经同异。使五官中郎将魏应承制问,侍中淳于恭奏帝亲制临决,如孝宣石渠故事,作《白虎议奏》,今于《白虎通》引《诗》,皆定为《鲁诗》,以当时会议诸儒如鲁恭、魏应皆习《鲁诗》,而承制专掌问难,又出魏应也。

《尔雅》：见前引证。

《淮南子》：据王充《论衡》引诗家曰"周衰而《诗》作",则知《淮南子·泛论训》"王道缺而《诗》作,周室废礼义坏而《春秋》作"及《诠言训》"《诗》之失僻"之语皆本诸《鲁诗》也。（见《鲁诗遗说考一》)

《穀梁传》：穀梁氏为鲁学,治《穀梁春秋》者,其于《诗》亦称鲁也。

张衡、王逸：张衡《东京赋》"改奢即俭,制美《斯干》"之语,与《刘向传》说《诗》义合。王逸《楚词注》"繁鸟萃棘,负子肆情"之解,与《列女传》歌《诗》事同。

蔡邕与《熹平石经》：熹平石经以《鲁诗》为主,间有齐韩字,盖叙二家异同之说,此蔡邕、杨赐所奉诏同定者也。

赵岐：邠卿注《孟子》多用《鲁诗》,如以《小弁》为伯奇作是主鲁说之证。（见《鲁诗遗说考一》)

服虔、皇甫谧：服虔、皇甫谧均用《鲁诗》、鲁说。（《鲁诗遗说考八》)

晋灼：晋灼注《文三王传》引《鲁诗》说,则此(按,指《狼跋》)亦据《鲁诗》之文。（《鲁诗遗说考七》)

又云："至如佩玉晏鸣,《关雎》叹之,臣瓒谓事见《鲁诗》,而王充《论衡》、扬雄《法言》,亦并以《关雎》为康王之时,仁义陵迟,《鹿鸣》刺焉。史迁盖语本《鲁说》,而王符《潜夫论》、高诱《淮南注》,亦均以《鹿鸣》为刺上之作。互证而参观之,夫固可以考见家法矣。"显然将王充、扬雄、王符、高诱等人亦归入《鲁诗》派。

《齐诗》学派经师与著作：

辕固生及其弟子：辕固生以治《诗》为博士，诸齐以《诗》显贵者，皆固之弟子，而昌邑太傅夏侯始昌最明。始昌通五经，后苍事始昌，亦通《诗》《礼》，为博士。

《仪礼》《礼记》：讫孝宣世，礼学后苍最明，戴德、戴圣、庆普皆其弟子。三家立于学官，《诗》《礼》师传既同出自后氏，则《仪礼》及二戴《礼记》中所引佚诗，皆当为《齐诗》之文矣。

董仲舒：董仲舒通五经，治《公羊春秋》，与齐人胡毋生同业，则习齐可知。

班固：《齐诗》有翼、匡、师、伏之学，班固之从祖伯少受《诗》于师丹，诵说有法，故叔皮父子世传家学。《汉书·地理志》引"子之营兮"及"自杜沮漆"并据《齐诗》之文。又云"陈俗巫鬼，晋俗俭陋"，其语亦与匡衡说《诗》合，是其验已。

桓宽：桓宽《盐铁论》以《周南》之《罝兔》为刺，义与鲁、韩、毛迥异，以《邶风》之"鸣雁"为"雅"，文与鲁、韩、毛并殊，故其传为《齐诗》。

郑玄：郑君本治《小戴礼》，注《礼》在笺《诗》之前，未得《毛传》；礼家师说均用《齐诗》，郑君据以为解，知其所述多本《齐诗》之义。故《郑志》答炅模云："《坊记》注以《燕燕》为夫人定姜之诗，先师亦然。""先师"者，谓礼家师说也。（《齐诗遗说考一》）

荀悦：荀悦叔父爽师事陈寔，寔子纪传《齐诗》，见陆德明《经典释文》。《后汉书》言荀爽尝著《诗传》，爽之《诗》学，太邱所授，其为齐学明矣。辕固生作《诗内外传》，荀悦特著于《汉纪》，尤足证荀氏家学皆治《齐诗》，故言之独详耳。

《公羊传》：公羊氏本齐学，治《公羊春秋》者，其于《诗》皆称齐，犹之穀梁氏为鲁学，治《穀梁春秋》者，其于《诗》亦称鲁也。

孟喜、焦延寿：孟喜从田王孙受《易》，得《易》家候阴阳灾变书，喜即东海孟卿子、焦延寿所从问《易》者，是亦齐学也。故焦氏《易林》皆主《齐诗》说①。

　　陈氏在齐、鲁二家《诗考》序言中对汉魏兼及晋代之人物、著作皆作出划定,在具体之疏考时亦时有揭示。就积极意义而论,陈氏父子积二十多年之功,将汉代所有经师和著作都尽可能作出合理判断和归派,然后将所有三家佚文异字在合理判断和归派之基础上作出合理解释,用功不可谓不深,观察不可谓不细,成就不可谓不大。从王应麟《诗考》到清代乾嘉时之三家《诗》研究,大多停留在辑佚层面,在大规模有系统地分类辑佚,并在辑佚基础上进行四家《诗》文字与《诗》派之讨论,陈氏父子功居第一。尽管王先谦《诗三家义集疏》被认为是清代三家《诗》研究集大成之著作,然无可否认,没有陈氏《三家诗遗说考》,就不可能有《诗三家义集疏》。

　　王先谦《诗三家义集疏》(下简称《集疏》)二十八卷,初名《三家诗义通释》,属稿于中年,至晚年始成书,《叙例》于一九一三年,牌记谓刊成已在民国四年(乙卯,1915 年),陈致据王先谦、缪荃孙往来书札,定其刊成在民国五年(丙辰,1916 年)②。《集疏》虽说遍采王应麟以来三家《诗》学已有成果,然其主要还是参考陈氏父子之《三家诗遗说考》一书。王氏《叙例》云:"穷经之士讨论三家遗说者,不一其人,而侯官陈氏最为详洽。"③遍检王氏所引录之三家佚文,基本不出《三家诗遗说考》所辑范围;于《诗》说义理,则多从陈启源、马瑞辰、胡承珙、陈奂、魏源等人之说;于文字声韵、典制名物之诠释,则多引据惠栋、戴震、钱大昕、王念孙、段玉裁、郝懿行、王引之等人之考释成果。所当注意者,陈氏在《三家诗遗说考》中对某些异文仅作一种罗列分疏,而王氏在《集疏》中则更进一步予以归

---

① 以上除文末注明者,均出自陈乔枞《鲁说遗说考自序》和《齐诗遗说考自序》。
② 陈致:《商略古今,折衷汉宋:论王先谦的今文〈诗〉学》,载《湖南大学学报》2006 年第 1 期。
③ 王先谦:《诗三家义集疏》卷 3 上,第 5 页。

派;陈氏分隶于三家下之异文,王予以综合后,或以文字直接表达,或另出己见。如《秦风》有《车邻》一篇,《毛诗释文》出"车邻"曰:"本亦作隣。又作辚。"①元朗所见《毛诗》有辚、隣、邻三异文而其选择"邻"字,唐石经因之。陈乔枞见《汉书·地理志》引《诗》作"辚",《文选·潘安仁〈藉田赋〉》注、《王元长〈曲水诗序〉》注引《诗》并作"有车辚辚",以为"辚"是三家今文。而《广雅》"辚辚,声也",正释此诗之义。在三家用"辚"之意识下,陈氏认为:"师古所引《车辚》及《四载》《小戎》诸诗,皆袭旧注《齐诗》之说,故字多与毛不同。《毛诗·车邻》释文'邻,本又作辚',邻盖辚之假借。三家今文皆用辚字。"②王先谦复因《楚辞·九辩》"轩车先导,声辚辚也"及王逸《楚辞·九歌·大司命》注引《诗》亦作"有车辚辚",认为"鲁齐'邻'作'辚'",但仍不赞同陈说云:"据《释文》'邻,本又作辚'及《文选·藉田》《曲水诗序》注所引,是毛亦有作'辚'之本,非独三家,不能执为同异之证也。"今石经《鲁诗》出土作"车辚",知三家作"辚"有所据,然《毛诗》固亦有作"辚"之本,不能执一胶柱。

清人继承王应麟《诗考》而兴起四家《诗》研究,逮及陈乔枞、王先谦,至少在搜辑佚文异字方面已达到难以为继之高度。与之相先后,江瀚就陈乔枞《诗经四家异文考》而作《诗经四家异文考补》一卷,主要取材于唐石经及回传本土之原本《玉篇》和《一切经音义》等,虽不足二百条,而拾遗订讹,颇可参资。张慎仪《诗经异文补释》十六卷,虽亦极详慎,时有出于王氏辑引之外。然皆偏重异文,略于《诗》派。自后八九十年来少有重论清代四家《诗》研究者。二〇〇六年出版赵茂林《两汉三家〈诗〉研究》,二〇〇七年出版刘立志《汉代诗经学史论》二书,各有专章讨论清人四家《诗》研究之得

---

① 马衡著,中国科学院考古研究所编:《汉石经集存》,第 7 页 b。
② 陈乔枞:《三家诗遗说考·齐诗遗说考四》,《清经解续编》,第 4 册,第 1298 页中栏、下栏。

失。专著具在,不烦引述。所指清人之失虽多中肯綮,唯微觉理论推导甚力,而设身体恤之意殊少。

四、由石经、竹简异文验证三家《诗》用字异同

清人范家相、李富孙、阮元、陈乔枞、王先谦,直至江瀚、张慎仪等所见熹平《鲁诗》残石仅洪适所载一百七十三字,故超出《隶释》外所归派、判定之《鲁诗》文字,皆系著者主观意图之所指。自一九二一年之后,所出《鲁诗》字数达一千三百余字。这对检验清人尤其是陈、王著作中判定为《鲁诗》文字之正确与否,是一宗不可多得之宝贵文献。《缁衣》被小戴编入《礼记》,《礼记》被陈乔枞、王先谦归入《齐诗》派。郭店简、上博简《缁衣》之先后面世,对于检验清人尤其是陈、王著作中判定为《齐诗》文字之正确与否,也是一宗珍稀文献。利用新出土文献检验前贤《诗经》研究成果,是天赐之机缘,也是历史赋予今人一项不可推诿之职责。

(一) 熹平残石《鲁诗》与陈、王所指《鲁诗》文字勘同

洪适《隶释》所载一百七十三字,与《毛诗》之异同寥寥无几,前贤因认识到熹平刻石以《鲁诗》为底本,校以齐韩,当然会立足于《鲁诗》而校其异同。如《隶释》著录石经《鲁诗》有《伐檀》"欿欿伐轮兮",《毛诗》作"坎坎伐轮兮",唐石经、敦煌伯二五二九同。《广雅·释训》:"欿欿,声也。"陈乔枞云:"此即释《诗》'欿欿'之义。声谓伐檀之声。稚让《广雅》兼采三家,此则鲁训也。《说文》'坎,陷也',《玉篇》云'坎,同埳'。作'欿'者假借字也。《易释文》云:'坎,本作埳。刘本作欿。'"①不仅引证,更有推衍。《隶释》著录石经《鲁诗》有《扬之水》:"既见君子,云胡其忧。"

---

① 陈乔枞:《三家诗遗说考·鲁诗遗说考五》,《清经解续编》,第 4 册,第 1210 页下栏。

《毛诗》作"既见君子,云何其忧",唐石经同。石经《鲁诗》作"胡",《毛诗》作"何"。王先谦云:"石经残碑如此,足证上下及全经'何'皆作'胡'。"

　　然当二十世纪洛阳出土大批熹平石经之时(1921年),正值张慎仪逝世之年,距王先谦之卒亦已五年,江瀚虽卒于三十年代,然其著作成于宣统间。故晚清三家《诗》及《诗经》异文研究无法对照新出土之《鲁诗》残石文字。为补这一研究空缺,现将新出石经《鲁诗》一千余字与《毛诗》校核,并参合陈乔枞、王先谦及其他学者成果①。凡与《毛诗》文字相同而陈、王等著作亦无说者,皆无可论证而略之。凡陈、王等著作有归派、有指向者,无论石经《鲁诗》与《毛诗》之同异,皆能衍生出二种结果,缘此而形成:① 与《毛诗》文字相同,与陈、王等所推证相合;② 与《毛诗》文字相同,与陈、王等所推证不合;③ 与《毛诗》文字不同,与陈、王等所推证相合;④ 与《毛诗》文字不同,与陈、王等所推证不合。笔者先此曾著《石经〈鲁诗〉异文发覆》十余万字,论证详尽,涉及面广,无法在此充分展开。兹就以上四点加以归纳,各选数例,予以证明。

　　1. 与《毛诗》文字相同,与陈、王等所推证相合
　　例一:石经《鲁诗》一〇八②: 荛

　　《毛诗·大雅·板》:"询于刍荛。"唐石经同。《释文》"刍荛"二字无异文。《说苑·尊贤》引《诗》:"先民有言,询于刍荛。"《列女传·齐管妾倩》《潜夫论·明闇》引同。又《礼记·坊记》《盐铁论·刺议》引同,《韩诗外传》卷五引亦同,王先谦遂谓"三家与毛文义并同"。

---

① 依研究原则,则清初以来之所有三家《诗》辑佚、论说著作皆在参校、勘同之列,唯恐论证时引据过多而显得庞杂,而陈、王二氏著作基本可以涵盖其他著作之大部分,故暂以此为必勘之主要对象。其他如段玉裁、王氏父子、马瑞辰、陈奂等亦时有征引比较。
② 此处标法依据马衡《汉石经集存》序数,下同。

例二：石经《鲁诗》——八：廬之阶乱匪

《毛诗·大雅·瞻卬》："维厉之阶，乱匪降自天。"唐石经同。《鲁诗》"厉"作"廬"，说另见。《列女传·鲁桓文姜传》："乱匪降自天，生自妇人。"与鲁、毛文合。《汉书·谷永传》载永疏文引《诗》"匪降自天，生自妇人"，王应麟以来将谷永归入《鲁诗》派，并将此诗句隶于"诗异字异义"下。陈乔枞、王先谦、张慎仪皆谓此疏文所引夺"乱"字，陈更引颜注"祸乱非从天降"以证，谓非《鲁诗》异文。校核石经《鲁诗》，陈、王、张说是。

例三：石经《鲁诗》十一：夭母氏劬劳　其一　凯风自南

《毛诗·邶风·凯风》："棘心夭夭，母氏劬劳。凯风自南。"唐石经同。敦煌伯二五二九作"棘心夭夭，母氏劬劳。飙风自南"，斯七八九"飙"作"凯"，同石经，殆亦《毛诗》异文。《释天》"南风谓之凯风"，郭注引《诗》："凯风自南。"《吕览·有始篇》高注、《楚辞·远游》王注引《诗》皆作"凯风自南"，王先谦以为皆《鲁诗》，是鲁作"凯"，今得证石经《鲁诗》，王说是。

例四：石经《鲁诗》九：曀曀其阴虺虺其雷寤言不

《毛诗·邶风·终风》："曀曀其阴，虺虺其靁。寤言不寐，愿言则怀。"唐石经同。敦煌伯二五二九、斯七八九"靁"作"雷"。王先谦谓《韩诗》"曀"作"壒"，其据有二：其一，《说文·土部》："壒，天阴尘也。《诗》曰：'壒壒其阴。'"其二，吕祖谦《读诗记》引《韩诗章句》曰："壒壒其阴，天阴尘也。"《诗考》引董逌《诗跋》云："《韩诗章句》曰：天阴尘也。"故云："是《说文》'壒'字注正用《韩诗》。"马宗霍谓《说文》"壒"下所引为三家《诗》[1]，欠妥。蔡邕《述行赋》"阴曀曀而不阳"，王先谦谓蔡用《鲁诗》，与石经合。

凡石经《鲁诗》与《毛诗》文字相同，而清人利用唐宋以前文献

[1]　马宗霍：《说文解字引诗考》卷4，《说文解字引经考》第3册，科学出版社1958年，第38页。

考定为《鲁诗》文字者有七条之多。检其所据，乃是刘向《列女传》、王符《潜夫论》、王逸《楚辞注》、高诱《吕览注》、蔡邕著作、郭璞《尔雅注》引旧注等。

2. 与《毛诗》文字相同，与陈、王等所推证不合

例五：石经《鲁诗》二：桃之夭

《毛诗·周南·桃夭》作"桃之夭夭"。敦煌斯一七二二①、唐石经同。《说文·木部》："枖，木少盛貌。从木，夭声。《诗》曰：'桃之枖枖。'"《艸部》："媄，巧也。《诗》曰：'桃之媄媄。'女子笑皃。"段注以为"盖三家《诗》也"。李富孙亦谓"《女部》所称当为三家《诗》"。陈乔枞云："《毛诗》作夭，许所据枖、媄皆三家之异文。"②此相对《毛诗》之三家异文，抑或三家互作之异文，颇为含混。张慎仪云："夭为《毛诗》古文，枖、媄为三家《诗》今文。"③王先谦复据《大学》引《诗》"桃之夭夭"，《易林》云"桃夭少华"，遂进而谓"齐、毛同作夭，则作枖、媄者，鲁、韩本也"④。今石经《鲁诗》作"夭"而不作"枖""媄"，推知许书所录，乃汉时诸家之异文有如此作，亦非必《韩诗》也。陈启源云："考其义当以枖为正。枖，《说文》训木少盛貌，《毛诗》以'夭夭'为桃之少壮，义本合，故《释文》独引焉⑤。夭本于兆切，屈也。今诗借用耳。"⑥然则毛、鲁皆用借字也。

例六：石经《鲁诗》七：壹发五

《毛诗·召南·驺虞》："壹发五豝。"敦煌伯二五二九、唐石经同。南宋本《释文》出"壹发"亦同。《说文·豕部》"豝"下引《诗》

---

① 斯一七二二原作"桃之之夭夭"，衍一"之"字，校者删之。参见张涌泉主编：《敦煌经部文献合集·群经类诗经之属·毛诗一》，中华书局，2008年，第2册，第475页。

② 陈乔枞：《四家诗异文考》卷1，《清经解续编》，第5册，第15页下栏。

③ 张慎仪：《诗经异文补释》卷1，《蔓园丛书》本，第7页b。

④ 王先谦：《诗三家义集疏》卷1，第41页。

⑤ 此谓：《释文》"桃夭"下云："《说文》作枖，云木盛貌。"以为本义之证也。

⑥ 陈启源：《毛诗稽古编》卷2，《清经解》，第1册，第348页下栏。

作"一发五犯",《尔雅·释兽》"豜,牝犯"郭注:"《诗》云:'一发五犯。'"《御览》卷八三一、八九〇、九〇三引同,陈乔枞云:"《毛诗》作壹,三家皆作一。"[①]《北堂书钞》卷十四作"一",为《御览》所承,虞世南时固已难见齐鲁《诗》。孔颖达疏毛传郑笺,而于《毛诗谱》《礼记·乐记》下三引此诗作"一发五犯"。《毛诗正义》通行之后,《后汉书·马融传》李贤注引《毛诗》作"一发五犯",《通典》卷七七、《六帖》卷八五亦皆引作"一",是隋唐人"壹""一"互作之证。贾谊《新书·礼》"故《诗》云:'一发五犯,吁嗟乎驺虞'"亦作"一"。王先谦谓"贾时惟有《鲁诗》,所引鲁训也",以为今文《鲁诗》作"一"[②]。适与石经《鲁诗》相反。考郑玄注于《仪礼·士相见礼》《乡饮酒礼》《聘礼》《公食大夫礼》皆云"古文壹作一",于《士冠礼》《乡射礼》《公食大夫礼》皆云"古文壹皆作一",而于《有司彻》则云"今文壹为一"。足见两汉之际,今古文壹、一已多混作。必欲论其多少,是古文多作"一"而偶作"壹",今文多作"壹"而偶作"一"。汉初贾谊作"一",正承先秦古文。此诗毛、鲁皆作"壹",又石经后记有"壹劳而永逸"语,皆可证东汉时至少熹平石经已多从时行之字形[③]。

　　例七:石经《鲁诗》十二:匍匐救之

　　《毛诗·邶风·谷风》:"凡民有丧,匍匐救之。"唐石经、敦煌伯二五二九、斯七八九同。元朗《释文》亦未表揭异文,似《毛诗》此句与《鲁诗》相同。唯王先谦谓"鲁、齐'匍匐'亦作'扶服',鲁'救'亦作'捄'"。其所据者,《汉书·谷永传》疏引《诗》曰:"凡民有丧,扶服捄之。"王云:"谷用《鲁诗》,明鲁作'扶服'。扬雄《长杨赋》:'扶

①　陈乔枞:《四家诗异文考》卷1,《清经解续编》,第5册,第18页下栏。
②　王先谦:《诗三家义集疏》卷2,第121页。
③　黄彰健谓熹平石经所据为桓帝时边韶所校之五经定本,参见黄彰健:《经今古文学问题新论·论汉石经》,台湾"中研院"历史语言研究所印行,1982年,第284—287页。

服蛾伏.'雄习《鲁诗》,与谷引合。"又因《汉书·元纪》五年诏及《说苑·至公篇》引《诗》作"匍匐"①。《礼·檀弓》引《诗》作"扶服",《孔子闲居》篇又作"匍匐",同书歧出,乃又不得不谓《鲁诗》《齐诗》既作"匍匐"又作"扶服"。今石经《鲁诗》作"匍匐",虽不能排斥汉时或有异文,然总以后人随意改窜之可能性为大。陈乔枞谓"班固之从祖伯,少受《诗》于师丹,诵说有法,故彪、固世传家学",以班氏为《齐诗》。今《汉书》引述西汉文献,是否有所改易?今一书两作,似仍旧贯,然又难保六朝隋唐抄胥措手其间,厘然确指,今之所难。

例八:石经《鲁诗》十三:殄

《毛诗·邶风·新台》:"籧篨不殄。"唐石经同。敦煌伯二五二九同,斯七八九"籧篨"从艹头,不从竹头。唐代写本"竹""艹"多不分,故有此体。王先谦以为"三家'殄'作'腆'",其所据是郑笺与孔疏。郑笺:"殄当作腆。腆,善也。"孔疏:"读此殄为腆,腆与殄古今字之异。故《仪礼》注云:'腆,古文字作殄'是也。"因云:"据此,三家今文皆作'腆',故笺依以改毛。不腆,犹不鲜也。"②今石经《鲁诗》作"殄",则不作"腆"可知。郑笺盖以本字读之,而后训其义,诚非以今文字形训之也。

例九:石经《鲁诗》五三:零雨

《毛诗·豳风·东山》:"零雨其蒙。"唐石经残缺。敦煌斯一三四同。《说文·雨部》:"霝,雨零也。从雨、吅。《诗》曰:'霝雨其蒙。'"《尔雅·释诂》"蘦,落也"郭璞注:"蘦,见《诗》。"或景纯所见之《诗》亦作"蘦"。《楚辞·七谏》王逸注、《尔雅·释天》邢疏引《诗》作"零雨其蒙",《文选·王粲〈从军诗〉》李注引《毛诗》同。他若《尚书·洪范》正义、《文选》李注等引又同传本,盖或有改窜,不

---

① 王先谦谓"元帝受鲁诗,见《儒林传》及陆玑疏。刘向亦用鲁诗"。
② 王先谦:《诗三家义集疏》卷3上,第212页。

赘。陈乔枞云:"许所称《诗》盖毛氏也。今《毛诗》作'零雨',非旧文矣。'蕭'字即'霝'之假借。《鲁诗》文当为'蕭雨'。王逸《楚词》注引《诗》作'零',此后人所改,亦如《毛诗》之改'霝'为'零'也。"①陈以为毛原作"霝",鲁作"蕭"。王先谦驳之云:"《说文》引《诗》,三家为多,称引古文,特崇时尚,陈说非也。《尔雅》'蕭'是鲁文,《说文》之'霝',盖齐、韩所载矣。"②马宗霍《引诗考》谓《说文》所引"盖本三家。霝、零同音,故通用"③。今石经《鲁诗》作"零",陈、王指《鲁诗》为"蕭"固非,马说亦未必正确,而王逸《楚辞注》引作"零"则可能即据《鲁诗》。《鲁诗》既作"零",则"霝""蕭"两字必毛、齐、韩三家之文。今齐、韩二家此句不可征,汉至六朝《毛诗》或有作"霝""蕭"者,而与"零"互为异文。

例十:上博馆藏石经鲁诗残石乙石正:节南山十章六章

《毛诗·小雅》作"节南山"。按,上博馆藏石经鲁诗残石乙石正有"节南山十章六章"数字,当为《节南山》尾题。残文"节"字仅存左下一角,因"南山十章"而可推知。若上接此诗末句"万邦"之"邦",左下部应是一撇,与此不类。且"万邦"一石已经马衡著录,不应重复。将此定为"节南山十章六章章八句四章章四句"尾题止残文,涉及对"节南山之什"标目之认识。"节南山"异说由宋代吕祖谦发之,《读诗记》云:"按《左传》韩宣子来聘,季武子赋《节》之卒章。杜氏谓取'式讹尔心,以畜万邦'之义。然则此诗在古止名'节'也。"④清初陆奎勋拈出《孔丛子》"于《节南山》见忠臣之忧世

① 陈乔枞:《三家诗遗说考·鲁诗遗说考七》,《清经解续编》,第4册,第1220页中栏。
② 王先谦:《诗三家义集疏》卷13,第533页。
③ 马宗霍:《说文解字引诗考》卷4,《说文解字引经考》,第3册,第14页b。
④ 吕祖谦:《吕氏家塾读诗记》卷20,《丛书集成初编》第1716号,第374页。

也"一条,反以为"其编辑已在毛公之后"①。陆氏显是为东莱之说
下注脚。武亿谓此诗"古以'节'字标目,不与毛郑篇题同"②。陈奂
《传疏》补入《十月之交》笺"《节》,刺师尹不平"一条,直叙古文献
数处"节"下皆无"南山"二字。武、陈二氏仅列其异同,所谓存而不
论。胡承珙就吕、陆二氏之说而驳之云:"《孔丛》此章所载孔子读
诗之言,已先于《毛传》,并《说苑》之书亦多引之,其言必有所自。
大抵古诗篇名亦有异同,不必疑《序》称'节南山'为与左氏不合。
《十月之交》笺云:'《节》,刺师尹不平。'亦单称'节',只是便文,无
关义例也。"③胡氏之说颇为通达。及陈乔枞勾稽三家《诗》说,云:
"三家皆止以'节'标目。《大戴礼》引'式夷式已'二语,卢辩注云:
'此《小雅·节》之四章。'卢盖据三家文也。《左传·昭二年》季武
子赋《节》之卒章,亦止称'节'。惟《毛诗》连'南山'为文耳。"④其
后王先谦转录因袭,并将《节南山》《正月》等十篇定为"节之什",并
作为三家《诗》与《毛诗》之一大差异。石经作"节南山",确证作为
官方之诗派之《鲁诗》与《毛诗》一致⑤。卢辩北魏正始初(504—
507)举秀才,当南朝梁武帝天监年间,时齐鲁二家《诗》已不传,卢
辩不可能见而据之。《左传》简称为"节",是权宜便文。上博简《孔
子诗论》简八有"《雨亡政》《即南山》,皆言上之衰也,王公耻之"一
语,战国时嫡系相传之孔门诗传犹称"节南山",与《左传》繁简互
见,可觇战国称《诗》篇名之一斑。

凡石经《鲁诗》与《毛诗》文字相同,而与清人利用唐宋以前文

① 陆说见《陆堂诗学》,此从胡承珙《毛诗后笺》卷 19 转引,《清经解续编》,第 2 册,第
  989 页上栏。
② 武亿:《群经义证》卷 2,《清经解续编》,第 1 册,第 1019 页下栏。
③ 胡承珙:《毛诗后笺》卷 19,《清经解续编》,第 2 册,第 989 页上栏。
④ 陈乔枞:《三家诗遗说考·鲁诗遗说考十一》,《清经解续编》,第 4 册,第 1233 页
  上栏。
⑤ 王先谦:《诗三家义集疏》卷 17,第 657 页。

献考定为《鲁诗》文字不同者有三十四条之多。以上仅选列六分之
一。其中例五是古今文问题，例八是以郑笺改字误为三家异文，例
九则《尔雅》所录未必为《鲁诗》而王逸《楚辞注》或有可能据《鲁
诗》。例十关涉"节南山"之篇题，历来为三家《诗》研究者作为《毛
诗》与三家差异之标志而举称。其实吕、陆、陈、王等人思路有所偏
差。因《孔丛子》本为先秦流传之史料，虽有后人参杂，仍可宝贵，
不能否定。《左传》本古文，其与《毛诗》不一，亦不能将之作为三家
《诗》文字之依据。

　　3. 与《毛诗》文字不同，与陈、王等所推证相合

　　例十一：石经《鲁诗》十一：济有深涉深则漍浅则

　　《毛诗·邶风·匏有苦叶》："济有深涉。深则厉，浅则揭。"唐
石经、敦煌斯七八九、伯二五二九同。征诸《毛传》"以衣涉水为
厉"，似《毛诗》作"厉"无异文。《释水》"深则厉"《释文》："厉本或
作漍。""漍"楷书，"漍"隶书，字本同。陈乔枞云："考刘向《楚词·
九叹·离世》云：'櫂舟杭以横漍兮。'王逸章句曰：'漍，渡也。由带
以上为漍。'又《远逝》云：'横汨罗而下漍。'子政、叔师并用《鲁诗》，
字同作漍，则《尔疋》'厉'字亦当从或本作'漍'为正。"①刘、王作
"漍"与石经《鲁诗》同，陈说甚是。《毛诗释文》："《韩诗》云：至
心曰厉。"《说文》"砅"下引作"深则砅"。陈乔枞、王先谦谓鲁作
"漍"，毛、韩作"厉"，"则'砅'为《齐诗》无疑"，马宗霍从之，然无
确证。今知四家《诗》各有异文，而四家之外亦有异文，则尚待新
证也。

　　例十二：石经《鲁诗》一一〇：尔民人谨□□□□戒

　　《毛诗·大雅·抑》："质尔人民，谨尔侯度，用戒不虞。"唐石经
"民"字缺末笔，避太宗讳，余同。《毛诗》"人民"，《鲁诗》作"民
人"。考孔疏："此又戒乡邑大夫及邦国之君言，汝等当平治汝民人

① 陈乔枞：《三家诗遗说考·鲁诗遗说考二》，《清经解续编》，第4册，第1193页上栏。

之政事……诗之时，万民失职，故令质尔民人也。"两作"民人"。
《尔雅·释诂》"质，成也。"郭注引《诗》曰："质尔民人。"《说苑·脩
文》引作"告尔民人，谨尔侯度"。《盐铁论·世务》引作"诰尔民人，
谨尔侯度"。虽"诰""告""质"有异，而"民人"则同。王先谦据之
谓三家作"民人"，是以为与《毛》异也。阮元校勘记谓"当是唐石经
误倒"，则以为四家所同。按，《诗》原文无有作"人民"者，《桑柔》
"维此惠君，民人所瞻"，《召旻》"人有民人，女覆夺之"，皆作"民
人"，阮说可从。

　　例十三：上博馆藏石经《鲁诗》残石乙反：三　忧心隐

　　《毛诗·大雅·桑柔》："忧心愍愍，"唐石经同。王先谦旁征博
引，申述"鲁'愍'作'隐'"①。《释文》："愍愍，于巾反。樊光于谨
反。《尔雅》云：忧也。"《尔雅·释训释文》："愍愍，于斤反。樊光
于谨反。本今作殷殷。"此见元朗《毛诗释文》据樊光之音也。于谨
反上声，正"隐隐"之音，故郝懿行义疏云："此即'隐'字之音。《诗
释文》亦从樊光读也。"臧镛堂云："《尔雅》是《鲁诗》之学，樊光本必
作'隐隐，忧也'。而引《诗》云'忧心隐隐'。"征诸《楚辞》，《九叹·
远逝》："志隐隐而郁怫兮"王注："隐隐，忧也。诗云：'忧心殷
殷。'"所引《诗》有旧校云："一作隐隐。"与臧说合。石经《鲁诗》
作"隐"，虽可证臧说之是，然其以为《尔雅》为《鲁诗》之学，何以
今本《尔雅》有作"愍愍"或"殷殷"者？当是魏晋之际，各本所学，
臆改《尔雅》原文，遂成异本，则其固非《鲁诗》一家矣。《文选·
颜延年〈还至梁城作〉》李注引《毛诗》"忧心殷殷"。《说文系传》
"愍"下："臣锴按：《诗》曰'忧心殷殷。'本作此字。意斤反。"徐
锴所见与李善同，则隋唐间《毛诗》有作"殷殷"之本。《尔雅释
文》云"本今作殷殷"，是亦可与李、徐所见互证，《尔雅》确非《鲁
诗》一家之学。

———————

① 王先谦：《诗三家义集疏》卷23，第945页。

例十四：石经《鲁诗》一二九：齯齿

《毛诗·鲁颂·閟宫》：“黄发儿齿。”唐石经同。《释文》出“儿齿”曰：“《字书》作‘齯’，音同。一音如字。”《释诂》：“黄发齯齿，寿也。”郭注：“黄发，发落更生黄者。齯齿，齿堕更生细者。皆寿考之通称。”《释文》：“儿，本今皆作齯，五兮反。一音如字。”卢文弨云：“邢本作‘齯’。凡本今云云，皆后人所增入。何以明之，即如此条若出，陆氏亦当先云‘古兮反。一音如字，本或作齯’，不应于齯字下方云‘一音如字’。”①陈乔枞信从《释文》云：“‘本今皆作齯’者，谓舍人及樊、孙诸本今皆作‘齯’字，惟陆氏所据郭本作‘儿’，故云然。然则‘儿’字后人顺毛所改也。”陈以《尔雅》为鲁说，故以为作“齯”是舍人、樊光、孙炎诸本，作“儿”为郭璞注本。石经《鲁诗》作“齯”，与《尔雅》作“齯”本合。唯舍人作注时尚无古文，樊光之注容有与毛韩不同，然孙炎为康成再传，康成此注云：“儿齿，亦寿征。”字作“儿”，叔然当与郑同而不作“齯”。及景纯参合众家，正以袭孙为多，故元朗所见郭本作“儿”，非必后人所改也。王先谦以《说文》：“齯，老人齿也。”《释名》：“九十曰黄耇，鬓发变黄也。或曰齯齿，大齿落尽更生细者，如小儿齿也。”皆承今文鲁说。“儿”为“齯”之假借，可从。

凡石经《鲁诗》与《毛诗》文字不同，而清人利用唐宋以前文献考定为《鲁诗》文字与石经相同者有二十三条之多。例一据刘向、王逸之引文而定为《鲁诗》，例二据《尔雅》郭注和刘向《说苑》引《诗》以定《鲁诗》，例三、例四皆据《尔雅》定《鲁诗》，但有异文。

4. 与《毛诗》文字不同，与陈、王等所推证不合

例十五：石经《鲁诗》二九：骞裳涉

《毛诗·郑风·褰裳》：“褰裳涉溱。”唐石经、敦煌伯二五二

---

① 卢文弨：《经典释文考证·尔雅音义上》，《丛书集成初编》第 1204 号，第 338—339 页。

九同。《释文》:"襄,本或作骞。"元朗所见有异文。《白虎通·衣裳》引《诗》曰"褰裳涉溱",王先谦据而谓鲁毛文同。此以承制专掌白虎观会议之鲁恭、魏应皆习《鲁诗》而定。今所见《鲁诗》作"骞",若《白虎通》传抄、刊刻中无改篡①,则鲁、毛固不同;若汉代《毛诗》如元朗所见作"骞",则鲁、毛又同一于"骞"而非同于"褰"也。《文选·谢瞻〈游西池诗〉》《李康〈运命论〉》注皆引《毛诗》作"蹇裳涉溱"。《说文系传·手部》引作"攘裳涉溱",《心部》引作"褰裳涉溱"。《说文·手部》:"攘,抠衣也。从手,褰声。"襄为攘之省。复以音、形相近而通作攘、蹇、骞。又《汉费凤碑》引本篇下章作"搴裳涉洧"。诗为一句,字涉五形,即四家《诗》各《占》一字,亦尚有余,况乃后世所引,多为《毛诗》。家法别字,诚为不易。

例十六:石经《鲁诗》五九:彼四牡四牡驿。

《毛诗·车攻》:"驾彼四牡,四牡奕奕。"唐石经同。敦煌伯二五〇六"奕奕"作"弈弈",汉碑从"大"从"廾"通用。《刘宽碑》"弈弈其容",奕皆作弈。盖前有所承。《集韵·平鱼》:"鸒,《说文》:马行徐而疾。引《诗》曰:驷牡鸒鸒。"《类篇·马部》同。段玉裁、马瑞辰皆谓"鸒"与"奕"古声相近,奕古音读弋鱼切,与"鸒"同在鱼部,故即此诗"奕奕"之异文②。王先谦据《文选·谢惠连〈秋怀诗〉》李注引《薛君韩诗章句》曰:"奕奕,盛貌。"蔡邕《胡广黄琼颂》"奕奕四牡"文,以为蔡邕用《鲁诗》文,皆与毛同,乃谓"韩、鲁、毛作'奕奕',则作'鸒鸒'者齐文也"。今石经《鲁诗》作"驿驿"而不作"奕奕"甚明,蔡邕乃传写《鲁诗》者,《颂》文亦确是化用《车攻》诗句,历代传刻又不见异文③,存疑待考。

---

① 陈立《白虎通疏证》未列出其有异文。(中华书局,1994年,第433页。)
② 马瑞辰:《毛诗传笺通释》卷18,中册,第553页。
③ 许瀚:《杨刻蔡中郎集校勘记》,齐鲁书社,1985年。

例十七：石经《鲁诗》六五：如疛监寐

《毛诗·小雅·小弁》："怒焉如擣。假寐永叹"，唐石经"怒"字缺首二笔，"永"字缺末二笔，"叹"作"叹"，余同。《释文》出"如擣"曰："丁老反。心疾也。本或作瘽，同。《韩诗》作疛。除又反，义同。"《毛传》："擣，心疾。"《汉书·中山靖王胜传》："《诗》云：'我心忧伤，怒焉如擣。假寐永叹，唯忧用老。心之忧矣，疢如疾首。'"师古曰："《小雅·小弁》之诗也。怒，思也。擣，筑也。言我心中忧思如被擣筑。"训"擣"为"筑"，与《毛传》异，而实乃本之孔疏。孔疏云："擣，心疾。所思在心。复云'如擣'，则似物擣心，故云心疾也。《说文》云：'擣，手椎。一曰筑也。'"而陈乔枞以为"擣筑之训，盖旧注据《鲁诗》为说，而小颜袭用之耳"[1]。今石经《鲁诗》如《韩诗》作"疛"，则陈说失据。疛，《说文·疒部》释为"小腹病"，段注："小当作'心'，字之误也。隶书心或作忄，因讹为小耳。"段说精警，《玉篇·疒部》正作"心腹疾也"。《广韵·上宥》《集韵·上宥》皆承之，并云"或从寿"。《集韵·入屋》又曰"心腹之疾曰疛"，义相应。段又云："按疛其正字，瘽其或体，擣其讹字也。"韩、鲁作"疛"为正字，固无疑。元朗"本或作瘽"，则六朝写本有作"瘽"之异文，《释文》虽定"擣"字，而犹知其为"心疾"。冲远疏不破注，既释"擣"为"心疾"，复又解作擣筑，一字而两用，所谓首鼠两端矣。疛、瘽异体。张慎仪谓擣乃疛及瘽之假借。然揆诸篆文"疒"旁在左边如画戟，与"扌"旁易混讹，虽"擣"与"瘽"皆从"寿"声，音得相借，按覆写本形体，仍当以段说为确。

例十八：石经《鲁诗》八一：□□载譹乱我

《毛诗·小雅·宾之初筵》："载号载呶，乱我笾豆。"唐石经"号"字缺末笔，避唐高祖之祖李虎讳，余同。《后汉书·孔融传》李

---

[1]　陈乔枞：《三家诗遗说考·鲁诗遗说考十一》，《清经解续编》，第 4 册，第 1239 页中栏。

注:"《韩诗》曰:'《宾之初筵》,卫武公饮酒悔过也。言宾客初就筵之时,宾主秩秩然俱谨敬也。宾既醉止,载号载呶,不知其为恶也。"王先谦引此未言韩、毛文同。陈乔枞于《鲁诗遗说考》下引杨雄《光禄勋箴》"载号载呶",王先谦遂云"鲁、毛文同"。今石经《鲁诗》作"譹",鲁、毛有异。马宗霍云:"〔陈乔枞〕以为杨用《鲁诗》。今案新出熹平石经残字《鲁诗》此文作'譹',则知子云所本实《毛诗》,非《鲁诗》也。"①若更以陈、王之原则推之,《尔雅·释言》"号,譹也"邢疏:"谓叫譹也。《小雅·宾之初筵》云:'载号载呶。'郭云:今江东皆言譹。"王谓邢疏用旧注多为《鲁诗》,若宋以还无人改篡其文,亦非鲁文矣。《说文·言部》:"譹,嚣呼也。""呶,讙声也。"音同义异。然则鲁用借字,毛用正字矣。

例十九:石经《鲁诗》九三:灌

《毛诗·大雅·文王》:"祼将于京。"唐石经、伯二六六九 A 同。《释文》出"祼将",亦同于唐石经。《汉书·刘向传》载向上疏:"孔子论《诗》至于'殷士肤敏,祼将于京',喟然叹曰:大哉天命,善不可不传于子孙,是以富贵无常。不如是则王公其何以戒慎,民萌何以劝勉。盖伤微子之事周,而痛殷之亡也。"《白虎通·三正篇》:"《诗》曰:'厥作祼将,常服黼冔。'言微子服殷之冠,助祭于周也。"赵岐《孟子章句》七:"殷之美士,执祼鬯之礼,将事于京师若微子者。肤,大也。敏,达也。"陈乔枞云:"此诗'殷士',《毛传》泛言殷侯,而刘向、赵岐等并以为微子,皆据《鲁诗》为说。"②毛传释为"殷侯",固与刘、赵及鲁恭、魏应之说异,然则三书皆作"祼",与石经《鲁诗》作"灌"不同,此"祼"字系后人所改,抑或《鲁诗》有"祼""灌"异文,今已难知。《说文·示部》:"祼,灌祭也。"《水部》:"灌,

①　马宗霍:《说文解字引诗考》卷1,《说文解字引经考》第3册,第24页。
②　陈乔枞:《三家诗遗说考·鲁诗遗说考十五》,《清经解续编》,第4册,第1249页中栏。

灌水,出庐江雩娄,北入淮。"与祭祀无关,先秦亦无以"灌"为"裸祭"之例。《周礼·春官·大宗伯》:"以肆献裸享先王。"郑注:"裸之言灌。"《秋官·大行人》:"王礼再裸而酢。"郑注引郑司农云:"裸读为灌。"又《考工记·玉人》:"裸圭尺有二寸。"郑注:"裸之言灌也。"据此,裸为祭名,灌乃裸祭之动作形式。《周礼》古文,凡裸祭皆作"裸",无作"灌"者。两汉经师解经,始以"灌"代"裸"。《礼记·郊特牲》"灌用郁鬯"《释文》:"灌本又作裸。"盖可隅反。以此推知《毛诗》用"裸"为古文,石经《鲁诗》用"灌"为今文①。

凡石经《鲁诗》与《毛诗》文字不同,而与清人利用唐宋以前文献考定为《鲁诗》文字不同者有二十二条。例一之石经残石用字与陈、王认为是《鲁诗》派之《白虎通》相异;例二之石经残石用字与当时书写的蔡邕文章相异;例三陈乔枞认为师古之注本《鲁诗》,所据不明,故其说亦与石经文字相左;例四,陈、王以扬雄文用《鲁诗》与石经残石文字不同;例五,被陈、王指为用《鲁诗》之刘向、魏应、鲁恭、赵岐用诗均与《毛诗》同而异于石经残石。

熹平残石《鲁诗》文字与《毛诗》异同及清人之推证除以上四种情形之外,尚有其他各种形式,因与清代四家《诗》研究关系不大,略去不赘。

(二) 竹简《缁衣》引《诗》与陈、王所指《齐诗》文句文字勘同

《缁衣》乃小戴《礼记》中之篇章,为今存四十九篇中引《诗》最

---

① 石经鲁诗一二一:及篸其饷伊柔其笠伊。
　《毛诗·周颂·良耜》:"载筐及筥,其饟伊黍,其笠伊纠。"《说文·竹部》:"篸,饮牛筐也。从竹,虞声。方曰筐,圜曰篸。"《玉篇·竹部》:"篸,养蚕器也。"饭牛养蚕,各有用途,南北不同,汉晋异用,不可为典要。《吕氏春秋·季春纪》"具栚曲篸筥",《月令》作"篷筐",《淮南子·时则训》作"筥筐"。若以《吕览》《月令》为先秦文献,《淮南子》为汉代文献,《方言》第十三:"箄、篓、筤、筥,篸也。"郭注:"古筥字。"则"篸"为古文,"筥"为汉通行之字。此毛用今字,鲁用古字。

多最整齐之篇。竹简《缁衣》虽与传本《礼记·缁衣》在章次、文句、字词上存在差异，但为同一系统流传之先秦篇章却无疑义。《礼记》之纂辑与戴圣有关，戴圣之礼学传自后苍。《汉书·儒林传》："后苍字近君，东海郯人也。事夏侯始昌。始昌通五经，苍亦通《诗》《礼》，为博士，至少府。授翼奉、萧望之、匡衡。"始昌本传云："夏侯始昌，鲁人也。通五经，以《齐诗》《尚书》教授。自董仲舒、韩婴死后，武帝得始昌，甚重之。"《儒林传》亦云《齐诗》以"昌邑太傅夏侯始昌最明"。后苍既从始昌学而兼通《诗》《礼》，开一派之学，故陈乔枞谓"《诗》《礼》师传既同出自后氏，则《仪礼》及二戴《礼记》中所引佚诗，皆当为《齐诗》之文矣"。从师承系统论之，固自成理。然《礼记》之纂，乃甄选先秦七十子后学之说礼篇章而汇编之。据前哲时贤及笔者研究，《缁衣》乃是取自《子思子》二十三篇。当然，《缁衣》出自何书并不重要，所需关注者，《缁衣》乃至《礼记》四十九篇无疑皆汉初壁中所出及民间所献之先秦单篇文献。既是先秦所传七十子后学之所记所录，其所引自是先秦流传《诗》之面貌，此已从竹简《缁衣》及其他出土《五行》《六德》等大量简牍文献中反复确证。先秦之诗，尚无汉初文景之际所谓鲁、齐、韩三家，及孝宣时之戴圣纂辑先秦文献，是否会依据自己所习之《齐诗》加以纂改？依常理推之，出于对孔子和儒家以及前代典籍之尊重，一般不可能有意改窜，更何况引《诗》文字亦未必会对自己学说或从政求达有何佐助。然以战国文字书写之先秦文献，汉代经师时有不能畅读之可能，在依稀仿佛不能确定之情形下，也会以自己习得观念去理解、阅读；在断简残阙无从判断之情形下，也会以主观认识和既有知识去补充、连缀，从而个别或局部改变其文字。

　　郭店和上博楚简《缁衣》的出土，对检验传本《缁衣》引《诗》是否曾受《齐诗》派经师改窜颇有裨益。笔者曾在《〈缁衣〉引〈诗〉考》一文中对二十一条《缁衣》引《诗》作过较为详尽之疏证，可参阅①。本文拟对照传本《缁衣》、简本《缁衣》及《毛诗》、文献引《诗》,转从衍夺和文字异同两个方面综论其是非。

1. 衍夺

由于不同地点先后出土之两种简本《缁衣》文句有高度一致性,故简本有而传本无之文字可谓之传本夺文,反之,传本有而简本无者则可谓传本衍文。比勘传本和简本《缁衣》,各有一例。另有一例为传抄中增补变异之例。

例一:上博简《缁衣》第十二章有"《诗》曰:虔夫＝鼻虘酓,棶人不斂。"郭店简作"虔夫＝共叔鐕,棶人不斂",文句相同。相应之传本第三章及《毛诗》皆无此诗句。陈乔枞、王先谦未见简本,固不会论及后苍等《齐诗》学礼家因《齐诗》无此句而删。笔者考论简本《缁衣》向传本过渡期间,曾有一种简长约一尺许,每简文字在十二字上下之《缁衣》文本在流传②。试将此章所涉八简逐录如图6-1所示。

49 事子曰伥民者謽之以惪齐之

50 以豊则民又欢心謽之以正齐

51 之以型则民又孛心古挙以悊

52 之则民又新信以结之则民

53 不怀共以位之则民又惪心

54 寺员虔夫＝共叔鐕棶人不斂　　12字(传本脱去此简,或散落到其他篇章中。)

55 吕型员【苗民】非甬绖折以

56 型佳乍五疟之型曰法

图6-1　八简图

---

① 参加拙文《〈缁衣〉引〈诗〉引〈书〉》,《上海博物馆藏楚竹书〈缁衣〉综合研究》,第309—389页。

② 用此种简式排列之文献依据,参见拙文《〈缁衣〉简本与传本章次文字错简异同考征》,《上海博物馆藏楚竹书〈缁衣〉综合研究》,第226—271页。

因为照此简式排列,此章所引之《诗》适抄满第 54 简,与前后简之文字无涉。假设此章文本被征入皇家中秘,深藏一百多年后韦丝断绝,简牍散乱,戴圣等礼家在选编过程中,因散落无着或无法连缀等原因而失去此句,事在情理之中。

例二:上博简第五章引《诗》"隹秉或□,□□□正,卒裘百眚",郭店简作"隹秉寎成?不自为贞,卒裘百眚",而传本作:"昔吾有先正,其言明且清,国家以宁,都邑以成,庶民以生。谁能秉国成?不自为正,卒劳百姓。"差异有二,传本前五句为简本所无,后三句简本无"能"字。前五句孔疏以为"此逸诗也",其后宋代吕大临直至清代朱彬皆承其说。陈乔枞、王先谦等不置一词,显然赞同孔疏以为逸诗,故亦不论其属齐属毛。笔者依照上述简式排列,此章"诗云"两字适在简末,逐录如图 6 - 2 所示。

18 |愈之古心以体法君以民芒寺员|

　　　　　|昔吾有先正其言明且清国|（疑为它篇散乱简册混入此处,
　　　　　|家以甯都邑以成庶民以生|原因是押韵相同。简本 5 章无。）

19 |隹秉寎成不自为贞卒裘百眚|

图 6 - 2　简文列示 1

从以上排列可看出前五句亦是散乱之简文被移花接木,编入本章。至于传本"谁能秉国成"之"能"字有无,历来争讼不息。欧阳修首先谓为孔子所删,说"夫子以'能'之一字为意之害,故勾删其字也"①。陈乔枞则据郑笺用《周官》八成说,遂谓"齐家以是诗为刺大夫缓义急利,争田成讼,故伤今之无人,莫能秉国成而治之也"②。

---

① 见朱彝尊《经义考》卷 98 引欧阳修说。（台湾"中研院"中国文哲研究所印行,1999 年,第 3 册,第 682 页。）

② 陈乔枞:《三家诗遗说考·齐诗遗说考六》,《清经解续编》,第 5 册,第 1308 页下栏。

言下之意是《齐诗》有"能"字，王先谦承之而云"齐谁下有能字，政作正"①，至张慎仪谓"以郑笺、正义考之，经文当有'能'字"②。似是《毛诗》亦当有"能"字而脱略。说夫子删"能"，《齐诗》有"能"，《毛诗》脱"能"，皆在无法证明之前提下各逞臆说。郭店简作"佳秉㠯成"，上博简作"佳秉或□"，两种简本皆无"能"，与《毛诗》密合，即使五传礼家所据本有"能"，也可以怀疑它是传抄衍文。根据前后文意，因为伤今无人，所以"谁秉国成"就是急切寻求能够秉国成的人。传本之所以有"能"，或是礼家传授讲解时，弟子记入正文；或是郑注两云"谁能"之故，后人因之以改正文。虽不能质指，却实在与齐、鲁、韩《诗》之文字与诗说无关。

　　例三：上博简第九简下端残缺，残简今藏香港中文大学中国文化研究所，残简接续上博第十简有"《告》员：丌容不改，出言□□，□□所信"一句，郭店简作"《寺》员：其颂不改，出言又〉，利民所信"，而传本《缁衣》作"《诗》云：彼都人士，狐裘黄黄。其容不改，出言有章，行归于周，万民所望"，与今本《毛诗》及贾谊《新书·等齐》所引全同。《毛诗》此文在《都人士》篇之首章，与下二、三、四、五章意不相属。王先谦云："细味全诗，二、三、四、五章'士''女'对文，此章单言'士'，并不及'女'，其词不类。且首章言'出言有章'，言'行归于周，万民所望'，后四章无一语照应，其义亦不类。是明明逸诗孤章，毛以首二句相类，强装篇首。"③缘孔疏《毛诗》引服虔说定此章为"逸诗也"，郑注《缁衣》亦云"《毛诗》有之，三家则亡"，可知两汉所立三家博士所传确无此章。简本与传本之所以差异甚大，仍为原简残阙所致。依上述简式排列，从头抄至此章简式如图6-3所示。

① 王先谦：《诗三家义集疏》卷17，第662页。
② 张慎仪：《诗异文补释》卷8，《蒻园丛书》本，第15页b。
③ 王先谦：《诗三家义集疏》卷23，第801页。

35 | 棠則民慈弌以齊其民寺員 |

36 | 其頌不改出言又 } 利民所信 |（传本作：| 彼都人士狐裘黄黄其容不改 |

| 出言有章行歸于周萬民所望 | 24字,2简)

图 6-3   简文列示 2

设若简 36 散佚,传授者无法判断原文之多少,遂取逸诗《彼都人士》之整章逐录,致使《缁衣》有异于古本(如郭店、上博简本)而过渡到传本《缁衣》面貌,此一过程在汉文帝时代贾谊著《新书》之前已经完成[①]。迨及此本进呈皇宫,藏之中秘,而后为戴圣等礼家编入《礼记》。

以上三条差异可引起思考者是,当戴圣等礼家纂辑《礼记》之时,三家《诗》皆已立于学官。礼家选编整理时当知后二条(第一条散佚,礼家固无缘得见)不见于《齐诗》甚至《鲁诗》《韩诗》。不见于学官传授之《诗》即所谓逸诗,当然无法改易。然其不因不见官方所立之《诗》而删汰,亦从侧面反映出礼家在整理经典时并不轻易改动先秦流传之文本。

2. 文字异同

简本《缁衣》与传本《缁衣》文字差异甚大。兹选取陈乔枞、王先谦等作过判别之例择要考论于下,以见清人划分齐诗学派之得失。

例四:郭店简一章引“悆型文王,万邦作孚”,上博简作“荎型文王,蘴邦复艮”。

传本《缁衣》二章引“仪刑文王,万国作孚”,《毛诗·大雅·文王》作“仪刑文王,万邦作孚”。《汉书·刑法志》引同《毛诗》。陈乔枞曰:“《礼记》引作‘万国’,是《齐诗》之文。《毛诗》‘国’作‘邦’,《汉书·刑法志》引诗当本作‘国’,师古注‘言万国皆信顺’,是其明

———————————

① 此一问题之详细论证请参见拙文《从简本〈缁衣〉论〈都人士〉诗的缀合》,载《文学遗产》2007 年第 6 期;收入本书,见第二篇。

证,邦字乃后人顺毛所改耳。"①郭店、上博简本均作"邦",则先秦本《文王》原文如此,陈说非是。《小戴记》宣元之际立于学官,故需避刘邦讳改为"国";《毛诗》后出,且以古文著称,其一度立为博士亦在平帝时,王莽当权,不避高祖之讳可以理解。陈将班固归入《齐诗》,故谓其本当同《缁衣》作"国"。《汉书》是据古本还是"后人顺毛所改",不可知,且亦有可能为后人回改。颜注固然可以"国"释"邦",未必是《汉书》作"国"之证。《潜夫论·德化》引作"邦",王符习《鲁诗》,此系《鲁诗》到东汉不避而改从原文,还是后人回改,亦难质知。《风俗通》作"国",应氏习《诗》不知何派,此必据避讳本转录。

例五:郭店简引"又⿱⿰惪行,四方忑之",上博简作"又⿱⿰惪行,四或川之"。

传本《缁衣》六章引"有梏德行,四国顺之",《毛诗·大雅·抑》作"有觉德行,四国顺之"。王先谦以《新序·杂事五》《列女传·鲁义姑姊》引诗同毛,遂谓"鲁、毛文同";以《韩诗外传》卷五、卷六引诗同毛,遂谓"韩、毛文同"。但《春秋繁露·郊祭》篇曰:"《诗》曰:'有觉德行,四国顺之。'觉者,著也。王者有明著之德行于世,则四方莫不响应风化,善于彼矣。"董仲舒既云"觉者,著也",可见引诗作"觉"绝对无误。陈、王都认为董氏是《齐诗》派,所引不与《缁衣》同作"梏"而竟与毛同,故王先谦只能说齐"觉"亦作"梏"。又因为《尔雅·释诂》有"梏、较,直也"一条,不为"觉"作训,而"梏"有直义在经典中唯《缁衣》"有梏德行"一例,可见《释诂》即专为此作释,故王先谦又引黄山说曰:"知鲁、齐本皆以'梏'为正字,'觉'为假字。"②鲁齐本同毛作"觉",因《缁衣》与《释诂》而生"梏"之异文,此

---

① 陈乔枞:《三家诗遗说考·齐诗遗说考八》,《清经解续编》,第 4 册,第 1318 页中栏。王先谦从陈说,见《诗三家义集疏》卷 21,第 827 页。
② 王先谦:《诗三家义集疏》卷 23,第 930 页。

乃因认定《缁衣》和《尔雅》为《齐诗》《鲁诗》派而产生。《尔雅》既为经典作解,虽有侧重,自可包容。郭店简、上博简此字均作"🐾",形与传本《缁衣》"梏"相通,自是有一脉相承之关系,不必与《齐诗》牵合。汉代四家《诗》作"觉",先秦《诗》有异文,简本《缁衣》引作"🐾",西汉礼家相承作"梏",《尔雅》为经典作解故释"梏"为"直",凡此于文字发展与运用之势皆顺理成章,强生分别,反而滋生枝节,捉襟见肘。

例六:郭店简引"虖誓尔止,不佩于义",上博简作"虖訢尔止,不佩□□"。

传本《缁衣》七章引"淑慎尔止,不愆于仪",《毛诗·大雅·抑》作"淑慎尔止,不愆于仪",《列女传·宋恭伯姬》君子曰引《诗》同毛,依陈、王说为毛、鲁同而与齐异。陈乔枞曰:"愆,《毛诗》作愆。《氓》诗'匪我愆期',《释文》'愆,字又作諐'。《荡》诗'既愆尔止',《释文》'愆,本又作諐'。攷《说文》:'愆,过也。从心,衍声。或从寒省作寒,籀作諐。'释元应《众经音义》云:愆,古文寒、遏二形,籀文作諐,今作愆,同。"①郭店简、上博简"愆"作"佩"。佩义刚直,愆为过失,二字皆见于先秦出土文献。依文字之应用而言,同声互代,增减义符均可。佩为愆之省文,愆为《抑》诗本义。简本作"佩"即以声符代其本字,传本作"愆"乃用本字本义,可见传本《缁衣》字形作"愆"有所从来。若礼家确实整合过《齐诗》和传记文字,则《齐诗》很有可能作"愆",然依《释文》,《毛诗·氓》《荡》二诗亦有"愆""愆"异文,则汉代毛、鲁与毛、齐之异同又未可以今日所见之字形区分也。

例七:郭店简引"🀄人君子,其义式也",上博简作"□人君子,丌义一也"。

---

① 陈乔枞:《三家诗遗说考·齐诗遗说考九》,《清经解续编》,第 4 册,第 1327 页上栏。

传本《缁衣》十九章引"淑人君子,其仪一也",《毛诗·曹风·鸤鸠》作"淑人君子,其仪一兮。其仪一兮,心如结兮","也"皆作"兮",为齐、毛不同处。此诗句文献引证极多,《荀子·劝学篇》《列女传·魏芒慈母传》《说苑·反质》《潜夫论·交际》引皆同《毛诗》,王先谦以为鲁家说。《韩诗外传》卷二引同《毛诗》,王以为韩家说;《大戴礼记·劝学》引同《毛诗》,王以为齐家说。唯《淮南子·诠言训》引作"淑人君子,其仪一也,其仪一也,心如结也",《淮南子》杂采众书,不知其属何家,但此前后四用"也"字,似绝非笔误①。王先谦认为《淮南》与《缁衣》是"诸家有别本作'也'之证"。别本为何?清代以前仅能推测而已。今出土之郭店简、上博简皆作"也",所引虽仅两句,不能知后二字是否作"也",但从修辞之顶针上考虑,传本和简本《缁衣》所据本之下句应该同上句一样作"其义(仪)一(式)也",然其最后一句是否作"也"则难以确定。因上博简《孔子诗论》引"丌义一氏,心女结也",前后两虚词就不同。《诗论》"氏"字,与马王堆帛书《五行》"尸旮在桑,其子七氏。叔人君子,其宜一氏"适同。氏,古音禅纽支部,兮则匣纽支部,韵同通用。同一章诗句之虚词,简本、传本《缁衣》作"也",上博简《诗论》作"氏",《毛诗》与后世文献作"兮",充分说明先秦流传中诗句之虚词运用极为自由。在众多文献引用均同《毛诗》作"兮",使王先谦亦不得不认为齐、鲁、毛、韩四家一致之前提下,传本《缁衣》承袭简本作"也",更证明戴圣等礼家在整理《缁衣》过程中并未根据《荀子》或《大戴礼记》改为"兮"。

例八:郭店简引"备之亡怿",上博简作"备之亡臭"。

传本《缁衣》二十三章引"服之无射",《毛诗·周南·葛覃》作

---

① 黄生《字诂》谓"《淮南子》引《诗》……以'兮'作'也',则'也'字当音'猗'"。中华书局,1984 年,第 34 页。其音读可以商榷,其形体则已变异。

"服之无斁"。陈乔枞曰："射，《毛诗》作斁，三家今文皆作射。"①
《说文·支部》："斁，解也……《诗》曰：服之无斁。斁，猒也。"
与《毛诗》合，可证《毛诗》确作"斁"。陈氏所谓三家，其实《韩
诗》无征，王先谦录《缁衣》"服之无射"为《齐诗》，录王逸《楚
辞·招魂》注"射，厌也"引《诗》作"射"和《尔雅·释诂》"射，
厌也"郭璞引《诗》亦作"射"二例为《鲁诗》②。从传世文献上看，
似《齐诗》《鲁诗》作"射"，而《鲁诗》尚有异本。郭店简作"备之亡
怿"，上博简作"备之亡臭"，郭店简从"心"，上博简字形有变并形符
亦省略③。一句四字，有三字异文。从郭店简和上博简四字之中
唯第四字省形符来推测，西汉礼家所见《缁衣》即使与郭店简、
上博简不同，亦不至于一句四字除一虚词外全部相异。尤其是
《鲁颂·泮水》"徒御无斁"，陆德明《释文》出"无绎"曰："绎，本
又作射，又作斁，或作怿，皆音亦，厌也。"④同一"无斁"，异文众
多，其中的"怿"正与郭店简相同，料想先秦流传的《诗经》中"无斁"
一词必有作"无怿"之本，故简本《缁衣》会引作"怿""臭"。郝懿行
曰："射者，斁之叚音也。射古音序，又音舍，转音石，又音亦，故射、
斁二字经典叚借通用。"⑤今本《缁衣》之作"服之无射"，"射"字是
前有所承，抑或礼家在整理、转写、传授时据《齐诗》改易，不能确
指。即使齐鲁作"射"，而以六朝时《毛诗·泮水》亦有作绎、射、

① 陈乔枞：《三家诗遗说考·齐诗遗说考一》，《清经解续编》，第 4 册，第 1285 页上栏。
② 按，宋本《尔雅·释诂》"豫、射，厌也"下郭璞引《诗》作"服之五斁"，王氏误引，然不
　碍其指《尔雅》为《鲁诗》文。但进而思之，郭璞既作"斁"，可见郭本作"豫、斁，厌
　也"，证之《释文》作"射，羊石反，字又作斁，同"，是陆德明所见确有作"斁"之本，则
　《鲁诗》是否作"斁"，亦大可疑问。
③ 上博简整理者注："'臭'字金文从白从矢，或从曰从矢，与'斁'同一字，墙盘铭文'亡
　臭'即'无数'。"《上海博物馆藏战国楚竹书（一）》，上海古籍出版社，2001 年，第
　196 页。
④ 陆德明：《经典释文》卷 7，上海古籍出版社，1985 年影印宋刻本，第 1 册，第 410 页。
⑤ 郝懿行：《尔雅义疏》，第 216 页。

斁、怿之异本衡之,则汉代四家《诗》亦未必可以"斁"为《毛诗》"射"为三家《诗》而分。

　　例四因避讳改字而陈乔枞指为《齐诗》。例五四家《诗》作"觉"而《缁衣》自承先秦简本作"梏(告)",因主观认定《缁衣》《尔雅》分别为齐、鲁诗派而滋生二家有异文"梏"字。例六因传本《缁衣》之字形与简本有承袭关联,而《毛诗》又有异文,故齐、鲁之异同未可以今日所见之字形来区分。例七传本《缁衣》与简本同作"也",《毛诗》及后世文献同作"兮",礼家整理《缁衣》时未从被划归《齐诗》之《大戴礼记》作"兮",或可推知当时并未有意改窜文字。例八传本《缁衣》之字形虽与简本和《毛诗》均不同,然六朝《毛诗》之异文几乎包容各种异文字形,故绝不能将《毛诗》固定在一种字形上以与三家《诗》对立。

五、清人四家《诗》归派之得失与思考

　　通过对现存一百三十余块一千数百字的石经《鲁诗》与敦煌写卷、唐石经、《毛诗》《释文》校核,并与清人——主要是陈乔枞、王先谦等——著作中据两汉六朝唐宋文献所引而归派的《鲁诗》比勘、疏证,结果为:凡石经《鲁诗》与《毛诗》文字相同,而清人利用唐宋以前文献考定为《鲁诗》文字与石经相同者七条,石经《鲁诗》与《毛诗》文字不同,而清人利用唐宋以前文献考定为《鲁诗》文字与石经相同者二十三条之多,共计三十条。凡石经《鲁诗》与《毛诗》文字相同,而与清人利用唐宋以前文献考定为《鲁诗》文字与石经不同者三十四条,石经《鲁诗》与《毛诗》文字不同,清人利用唐宋以前文献考定为《鲁诗》文字而与石经不同者二十二条,共计五十六条。亦即:相吻合者三十条,不相吻合者五十六条,吻合者占总数34.9%,不吻合者占总数65.1%。郭店简与上博简《缁衣》引《诗》文字,与陈乔枞、王先谦划归为《齐诗》文字之差异更大。以方程解代

入法检验,不相吻合之数量如此之大,说明其预设之条例需要修正。即此而论,清人归派三家《诗》之条例、原则尚有讨论空间。

自《诗三家义集疏》刊行至今已一百年,近二十年间时有评论清人三家《诗》研究之文章与论著①。简单推崇者誉之为:贯彻师法、家法宗旨,推求遗说;考订精深,内容丰富②。褒贬各半者在肯定其优点后指出其执论偏颇、过分强调三家之同一性。③ 较为全面评述并指出其缺失者为刘立志,其在《三家〈诗〉辑佚学派论定之批判》中先对清代三家《诗》辑佚诸家之思路亦即方法、条例予以总结陈述,再结合其个人研究汉代《诗经》学史之心得进行逐条批驳。兹稍予引录以见一斑。

从上列引述陈乔枞归派条例中得知,清人归派原则主要从其人师从之学、家学渊源、所从事之《诗》学活动及所撰著作中的相关论说等方面来论定。刘立志则认为:由其人师从之学单线条地确定其诗派,有时不免失于简单化;由家学渊源论定学者《诗》学派别,立论不够坚实,因为世守经业而未必子孙相传,祖孙、父子之学难免有异;依据其人参加过相关《诗》派的活动即认定其人《诗》学必属此家,殊为牵强;《诗》三百为汉世通习之经典,时人经世致用,引《诗》申义以喻时事或据以立论,引用说解或脱离《诗》之文本,从中不能看出其人《诗》学之派别,且汉代学者引述诗句、阐发诗说多有

① 陈致《商略古今,折衷汉宋:论王先谦的今文〈诗〉学》(载《湖南大学学报》2006 年第 1 期)一文对王先谦今文诗学作了较为全面的评价,在肯定其成就之基础上,指出王氏缺失在于少用金石文字以证;采集之功甚巨而声音训诂非其所长;尊今抑古之立场妨碍其客观判断。所论至为允当。其他亦有专论王先谦《诗三家义集疏》之文,不具论。
② 房瑞丽:《陈寿祺、陈乔枞父子〈三家诗遗说考〉考论》,载《广西社会科学》2008 年第 5 期。
③ 俞艳庭:《清代三家〈诗〉辑佚的得与失》,载《图书馆杂志》2007 年 5 期。又:《清儒三家〈诗〉辑佚成就述略》,载《唐都学刊》2006 年第 2 期。

转录古书和沿袭前人之说者,未必能察见作者之诗学派别①。

赵茂林著《两汉三家〈诗〉研究》一书,亦指出清代学者三家《诗》研究中之失误,主要是强分今古,胶固师法、家法和三家同体论之偏颇②。赵、刘二位各举大量实例来证实清人之失误,言之凿凿,即陈、王复生,亦难以辩驳。金前文指出清人将赵岐、高诱划归为《鲁诗》派,证据不足,考定赵、高二人为习《韩诗》者③,亦有理据。清人三家《诗》研究理论上既有如此诸多偏颇与失误,而实际文字印证亦有如此诸多之不合,是否可由此否定其整个研究思路,改弦易辙,另辟蹊径。此为笔者近年常为萦回思索之问题。区分四家《诗》,最显著者为诗说和文字,诗说可比较者少而易于区别,文字异同者多而难于分隶。清代四家《诗》学之成就,主要还是在穷尽式地搜辑异文并予以区分。在二千年之后要厘清四家《诗》异文之归属,又不得不省思战国至隋唐文字之剧变而给《诗》文本带来之种种影响。

思考、审视《诗》文本自先秦至隋唐在剧变的文字激荡下之历史,笔者以为,它至少遭受过先秦、两汉、六朝三次冲击与搅乱:先秦乱于各国构形略异之文字形体,两汉乱于篆隶和战国古文之互相对应,六朝乱于崇古与趋时心理支配下手写与碑刻之别体。

(1)《诗》,西周、春秋时统一由国学教习,国学学子出使四方别国则赋诗喻志;进入战国,情况则发生了极大的改变。就教习形式而论,由于王官失守,太学中教学制度渐趋衰落,私学兴起,诸子在民间各自传播《诗》《书》④。就运用与传播方式论,策士游说,彻底摆脱了温文尔雅、微言相感的引《诗》喻志式交谈,导致口头赋诗、

---

① 刘立志:《三家〈诗〉辑佚学派论定之批判》,《汉代诗经学史研究》第四章末,中华书局,2007 年,第 147—161 页。
② 赵茂林:《两汉三家诗研究》,巴蜀书社,2006 年,第 87—102 页。
③ 金前文:《赵岐、高诱〈诗经〉学渊源再考》,载《天中学刊》2007 年第 4 期。
④ 参见马银琴:《战国时代〈诗〉的传播特点》,载《文学遗产》2006 年第 3 期。

引诗之衰落,而转向一种以《诗》为经典格言,作为诸子争鸣立说时
加强自己论据佐证之新形式,亦即变口头称引为书面称引①。就传
播之地域论,《诗》先后在三晋之西河、齐国之稷下及燕国和楚国之
兰陵广泛传播,从而形成汉代的毛、齐、韩、鲁四家《诗》②。其传播
由朝廷降至民间,由民间扩散到晋、齐、燕、楚及其他地区,范围渐趋
扩大。战国之时,言语异声,文字异形。言语异声,则各国诵《诗》
吟句,不免同句异声;文字异形,则晋系、齐系、燕系、楚系之文字构
形各有面目③。时适逢口头赋诗衰落,书面引用兴起,用略有差异
之文字形体记录或引述已呈同句异声之诗句,《诗》文本之差异在
实际流传过程中已牢固地铸成。嬴秦焚书同时又书同文推行小篆,
使六国文字顷刻间变成一种古文字,在一定程度上隔断了汉人对先
秦《诗》《书》的认知,抽离了他们继承先秦文献的基础。数十年之
后,挟书之律除而民间之书出,辨识认读其文字内容变成经师、学问
家专门之业。《诗》因讽诵而得以流传,为汉人用隶书写出,其与先
秦经籍及诸子百家引《诗》文字歧出不一自在情理之中,与相传渊
源有自之《毛诗》不同也无须诧异。

(2)汉代经师辨认阅读先秦《诗》文本有两条途径:一是由字
形到诗义,字词认错导致诗义理解之不同;二是由诗义到字词,由于
相承师说不同,而导致对文字通假确认之不同。此两条途径错综甚
至重叠,使《诗》义和文字更趋复杂。汉代四家《诗》传授过程中,有
其恪守师说之一面,亦有背离师说之一面。恪守师说,故历三百多
年而相承不衰;背离师说,故一派复衍为数家之学。相对而言,四家
《诗》以师说异同为重,文字出入为轻。各家师弟子传授之际,弟子

---

① 参见拙文《从〈诗经〉授受、运用历史看〈缁衣〉引〈诗〉》,载《传统中国研究集刊》第2
辑,上海人民出版社,2006年,第277—292页。

② 刘毓庆、郭万金:《战国〈诗〉学传播中心的转移与汉四家〈诗〉的形成》,载《文史哲》
2005年第1期。

③ 参见赵学清:《战国东方五国文字构形系统研究》,上海教育出版社,2005年。

记录时有方音方言,俗体别字,复又传抄率尔,错讹横生。且两汉之际,篆隶变化甚大,六国古文随献书或破壁显世之后,三者之间之对应也更趋复杂。体味"行赂定兰台漆书经字以合其私文"之行径,若就《诗》而论,不管是鲁是齐是韩,即任何一家之《诗》,其文字已歧出不同。

(3)魏晋以后,《齐诗》《鲁诗》相继沦亡。《韩诗》虽存,少有传者。《毛诗》独行,复分南北,异本共行达二三百年。是时隶、楷转变,碑刻兴起,降及六朝,行书盛行,字形结构,另有一番错综对应。而别体异构,俗写草书,又兴起新一轮异化与融合。由于纸张逐渐替代简牍,学子经师,人自手抄经书成为可能并迅速普及,于是隶、楷之异体别构侵入《毛诗》文本,使《诗》又蒙受一次文本异形之折腾。今从陆德明《毛诗释文》及六朝隋唐《毛诗》写卷所反映之别字歧出、俗写并见中,可以清晰感悟到三百年中文字错混对经典之侵蚀和淆乱。

先秦而下,《诗》之文本在经典派系争论攻战和文字形体演蜕剧变之中,颤颤巍巍走过八百余年,至唐《五经正义》及开成石经而始告定型。而散见于《诗经》以外之经典与诸子百家文献所引之逸诗散句,则同其文献一起蜕演变化而与《诗经》文本异辙。即此而论,现存先秦两汉诸子及六朝文献所引诗句与《毛诗》或三家《诗》相同,并不能证明原始文本亦相同,其中包含后人抄写时趋同之例;所引如若不同,亦不能认为其原始文本即不同,而完全可能由于传抄者个人喜好或趋俗从时而改易《诗》句之文字或字形。

面对如此复杂之《诗》文本,要想据以区分甚至恢复汉代四家《诗》面貌之一个侧面,都会感到很难措手。难以措手并不能作为放弃研究之借口,而要想研究,则必须有切实可行之条例、原则。要制订条例、原则,则无疑须重新审视、估量清人研究之思路。清人施行之条例既如当今学者所说之偏差,清人臆指之三家文字亦有如笔者所证之失误。如此,即有一个如何对待清人之研究思路问题。

　　笔者以为,要指责前人学说之缺失较易,要提出一个相对完善之学说则不易;破坏一个旧体系不难,要建立一个新体系则很难。人往往乐于指责而艰于完善,不善于易地设想,换位思考。在既无简牍引《诗》和仅有少量熹平残石文字参稽,不知战国文字有晋、齐、燕、楚结构差异,且少材料,空依傍之前提下,清儒能够从师法、家法及传习《诗》派等理路上去离析、归派四家《诗》,并获有35%之正确率①。如若从兰台行赂改字和隋唐《毛诗》之异文出发,设想三家《诗》在两汉也有数量不等之异文,如此则正确率还会有所攀升。有如此之正确率而指责其推证原则和条例一无是处,显然未为公允亦不符事实。揭示其中之合理条例予以修正完善,是今后深入研究之基础。

　　两汉既以师法、家法分立诗派,如果舍弃师法、家法而别谋离析四家《诗》之途径,譬犹出不由户,无法想象。强分今古不免胶固,以石经《鲁诗》较之,《毛诗》有用今文,《鲁诗》亦用古文。然《毛诗》渊源有自,三家流行汉初,文字之今古仍是三家与《毛诗》大较之别。过分强调三家同体失于简单,当多方参稽,以求其别。就大体而言,清人研究四家《诗》几大原则,或经稍作修正,或应用时参稽史实正确把握,仍当为今后深入研究之纲维。至于陈、王著作中所涉个别人物及先秦两汉文献归属,确有失之粗疏之处,应作为个案予以深入研究而后修正。

　　先秦两汉文献在流传过程中所遭受之文字讹变和改窜,既有共性又有特性。兹以《尔雅》为例,略作分析,以示一斑。《尔雅》之年代与作者,众说纷纭,历数之约近十说②,此可略而不论。《尔雅》与

① 笔者疏证石经《鲁诗》可证明清儒之正误者共有八十六条,其中相合者三十条,不合者五十六条。百分比以此而计算。详见前文。
② 参见骆鸿凯《尔雅论略》(岳麓书社,1985年)、窦秀艳《中国雅学史》(齐鲁书社,2004年)等书所总结论述。

《毛传》不管是互相因袭抑或各有所承,两者释义相同者有四百八十余条①,近同者二百余条①,关系之密切无可否认。自汉武时犍为舍人以下,刘歆、李巡、樊光、孙炎之注,陆德明尚能见之,故于《释文》多所征引。犍为舍人时《毛诗》未显;刘歆已见《毛诗》;李巡倡议并参与熹平石经刊刻,或与《鲁诗》关系密切;樊光之注被认为与《鲁诗》多合。孙炎则是郑玄门人或再传②,当与《毛诗》有关。据研究,孙炎《尔雅注》佚文今存九十余条,中与郑康成说相合者三十八条③,师承关系甚为明确。据此,《尔雅》至少有《鲁诗》传人和《毛诗》传人不同之本。《尔雅》既为释《诗》而作,其截取《诗》之原文必涉及四家《诗》之异同。郭璞注《尔雅》,"错综樊、孙",意下已糅合《鲁诗》本与《毛诗》本。然其所谓"错综樊、孙",仅是就注文而言,正文则无法错综而只能择从。迨及元朗著《尔雅释文》,虽以"郭本为正",然亦参核舍人、刘、樊、李、孙及沈旋之《集注》诸本,著其异同。今《尔雅释文》中所注"字亦作""字本作""字又作""本又作""本或作"等大量异文,反映各家文本之不同,其中虽有传抄中产生之异文讹字,溯而上之,当亦不无毛、鲁甚至齐、韩四家异文存焉。兹简略图示各家关系,如图6-4所示。

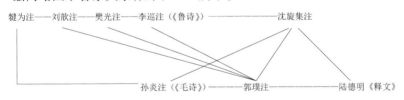

图6-4　各家关系图

---

① 向熹:《毛诗传说》,载《语言学论丛》第8辑,商务印书馆,1981年,第203页。胡继明《〈诗经〉〈尔雅〉比较研究》(重庆大学出版社,1995年)一书有更为细致的统计,亦可参阅。

② 胡元仪《北海三考》卷6《师承考下》以孙炎为康成再传弟子,《丛书集成续编》第259册,第630页。郑珍《郑学录·弟子目》则以为康成弟子。

③ 参见姜涛《从〈尔雅〉注看孙炎对郑学的继承》,载《贵州文史丛刊》1989年第2期。

各家在注释方面可以因袭转录,然正文则只能择取一种,故导致邢昺疏中经常出现正文与注文、引文不一。其中至少有部分是不同诗派异文之真实反映。前文所举之《毛诗·大雅·桑柔》"忧心愍愍",《尔雅·释训释文》作"愍愍,于斤反。樊光于谨反。本今作殷殷",即是典型一例。

秦汉六朝文献之流传未必都有如此复杂,但传授方式各异,其错综纠葛亦各呈形态,如能梳理其流传脉络,正确呈现其引《诗》来源与演蜕,将对四家《诗》异文确认有很大帮助。

由石经《鲁诗》异文验证,清人在研究四家《诗》过程中将文献中所引《诗经》异文分隶四家,仅35%相合,另65%则未必相合。若加上竹简《缁衣》引《诗》以证,不合之比率更会上升;若考虑各家亦有异文,则相合之比率亦会适量增升。检核他们原则和条例,确有不尽完善而可商榷之处,且在施行过程中也不免有随意性或双重标准。今人对清儒四家《诗》研究原则之批评虽深中肯綮,但如捐弃师法、家法等大原则,面对汉代四家《诗》将呈一片茫然。清儒在未见如此众多出土文献情况下,能够建立四家《诗》研究构架,其用力之勤,用功之深,已足使后人惊叹敬仰。其种种缺陷与不足,正有待我们用新出土资料,新研究思路来弥补与修正。

简本《缁衣》引《诗》考
——兼论前贤以师承和异文区分四家《诗》之利弊

一、传本、简本《缁衣》引《诗》引《书》之次序

《缁衣》一篇二十三章(传本二十五章),每章分前后两部分。前半部分系孔子言论或概括孔子之语意,又细分为两个层次,先推出"命题",而后用"故""则""必""以"等词承接、转折作推论。后半部分为援引文献申述、论证前半部分的命题与推论。

援引文献部分,简本与传本之差异有三:文字异同、文献异同、引书次序异同。文字异同,笔者在《上博简〈缁衣〉与郭店简本及传本异同疏证》(下文简称《异同疏证》)中有详细论证,此不赘。引述文献的差异在于,简本只引《诗》与《书》,极为规律;传本则于《诗》《书》之外兼引《易》,亦有并《诗》《书》《易》皆不引者。简本与传本引书称谓有所不同。引书次序,简本整齐划一,传本则错乱很甚。为说明异同,列表比较,如表7-1所示。

表7-1 简本、传本征引文献用词、次序比较表

每章首句	简本				传本				
	章次	征引文献顺序			章次	征引文献顺序			
		第一	第二	第三		第一	第二	第三	第四
好美如好缌衣	1	寺员			2	大雅曰			
有国者章好章恶	2	寺员			11	诗云			
为上可望而知也	3	寺员	尹喜员		10	尹吉曰	诗云		
上人疑则百姓惑	4	大颛员	小雅员		12	诗云	小雅曰		
民以君为心	5	寺员	君牙员		17	诗云	君雅曰		
上好仁则下之为仁也争	6	寺员			6	诗云			
禹立三年	7	寺员	吕型		5	诗云	甫刑曰		
下之事上也	8	寺员			4			大雅曰	
长民者衣服不贰	9	寺员			9	诗云			

续　表

每章首句	简本 章次	简本 征引文献顺序 第一	简本 第二	简本 第三	传本 章次	传本 征引文献顺序 第一	传本 第二	传本 第三	传本 第四
大人不亲其所贤	10	寺员	君迪员		15	诗云	君陈曰		
大臣之不亲也	11	祭公之顾命员			14	叶公之顾命曰			
伥民者教之以德	12	寺员（佚）	吕型员		3	缺	甫刑曰		
政之不行也教之不成也	13	康靠员	吕型员		13	康诰曰	甫刑曰		
王言如丝其出如纶	14	寺员			7				
可言也不可行君子弗言也	15	寺员			7	诗云			
君子道人以言	16	寺员			8	诗云	大雅曰		
言从而行之	17	大虽员	小虽员	君雅员	24	诗云	小雅曰	君雅曰	

每章首句	简　本				传　本				
	章次	征引文献顺序			章次	征引文献顺序			
		第一	第二	第三		第一	第二	第三	第四
（君子）言有物而行有格	18	寺员	君迪员		19	君陈曰	诗云		
苟有车必见其轼	19	寺员			23	葛覃曰			
私惠不归德	20	寺员			22	诗云			
唯君子能好其正	21	寺员			20	诗云			
轻绝贫贱而重绝富贵	22	寺员			21	诗云			
南人有言曰	23	寺员			25	诗云	兑命曰	易曰	
为上易事也					1				
小人溺于水					16	大甲曰	兑命曰	大甲曰	尹吉曰
下之事上也身不正					18				

就列表所示,有极为明显的几点可以讨论:

(一) 云曰之异

简本用"员"代表"云",虽与后世不同,但先秦文献常有,笔者于《异同疏证》中有论证。所可注意者,简本不管引《诗》引《书》,一律用"员"无例外,传本"云""曰"互用。但仔细审察传本用"云""曰"之规律,可以发现,凡只一字如"诗"者用"云",两字以上如"大雅""大甲"等用"曰",只有第 25 章"易曰"一例例外。"易曰"一例与前文"兑命曰"正简本所无,似为后人附增,所以传本的用字规律还是一致的。简本系公元前 300 年前后的《缁衣》文本,从其一律用"员"这点上看,应该是较为原始的文本,亦即从作者笔下形成后未经多次传抄的本子。从简本到传本形成的一百多年中,经过秦火的劫难,《缁衣》内容在口头传授或简牍传抄中或许发生了"云""曰"混用的现象。这种推想有先秦文献可以佐证,《孟子》《荀子》《韩非子》《吕氏春秋》等典籍中,凡引《诗》时都既用"诗曰",又用"诗云",如果说不同篇章容有差异,那么同篇中前后引《诗》用"云""曰"亦有不同,这固可以指为作者的自由,但作为抄本却实在不能排斥传抄者逞臆的"自由"。退而论之,不管是任何一种自由,还是"云""曰"与单音节字或多音节词搭配悦耳,抑或个人的喜好,传本一字用"云"二字以上用"曰"的形式无疑是西汉经师整理时所留的痕迹。

(二) 诗与大雅、篇名之异

简本一章"寺",传本改为"大雅";简本第四章"大颠",传本改为"诗";简本第七章"寺",传本改为"大雅";简本第十六章"寺",传本改为"大雅";简本第十七章"大颠",传本改为"诗";简本第十九章"寺",传本改为"葛覃"。依常理,或者全部将"大雅"改为"寺",或者全部将"寺"改为"大雅",这种既改"诗"为"大雅"、又改"大雅"为"诗"的舛乱情况,确实无法用逻辑来推理。廖名春先生认为,这主要是为了区别,"一章数引,皆称共名'《诗》'则会把不同篇的诗混在一起。为了区别,只能称别名'大(雅)'、'少(小)

（雅）'。《礼记·缁衣》篇一章数引时不皆称'《诗》'也是为了区别：先称'《诗》'，因为《诗》是共名；后称'《大雅》'或'《小雅》'，因为'大雅''小雅'是别名"①。以区别之说解释简本完全合理，于传本第十二章、第五章、第八章、第二十四章则虽然可以解释，但可以引发进一步追问，简本第四章和十七章原文"大雅""小雅"已经有区别，传本第十二章、第二十四章何以要多此一举地将"大雅"改成"诗"？这仅仅是为了统一吗？如果转从简牍的排列和损毁角度去思考，或许可以求得新的解释。笔者曾经考虑各种因素，将简本过渡到传本的简式设想为一种简长一尺左右，每简在十到十二字左右的文本②。根据这样的文本，简本第四章和第十七章的部分简支与文字如图 7－1 所示。

10 子曰上人疑则百眚赋下难盉
11 则君伥袭古君民者章好以视
12 民㥄懂亚以洙民淫则民不赋
13 臣事君言亓所不能不訏亓所
14 能则君不袭大颠员上帝板板下
15 民卒疸小雅员非亓止之共惟
        ⋯⋯⋯⋯⋯⋯
71 子曰言从行之则行不可匿⋯
72 古君子赗言而行以成其信则
73 民不能大其婉而少其亚大虽
74 云白珪之石尚可礕也此言之

图 7－1　简本部分简支与文字图

第 73 简"大虽"两字在简末，其折断或字迹磨灭的可能性极大；

① 廖名春：《郭店楚简〈缁衣〉篇引〈诗〉考》，载《华学》第 4 辑，第 70—71 页。
② 参见拙文《〈缁衣〉简本于传本章次文字错简异同考》，载《中国经学》第 1 辑，第 132—171 页。

第 14 简如果从"大顕"两字甚至其前一二字均折断佚失,因第 15 简简首有"民卒 疧"三字,完全有可能据《大雅·板》诗补足,这样假设在简牍散乱的西汉是完全可能的①。如果产生这种情况,因为简本其他七次援引《大雅》诗句亦均作"寺员",所以整理者会依据其他七例而补为"诗云"。其次,只引《诗》一次的传本第二章改为《大雅》,传本第二十三章改为《葛覃》,亦非区别说所能解释。根据古代文献有旁注入正文之例,笔者作一种推想:很可能缘于传授时标注"大雅""葛覃"篇名于右旁,后之传抄者无意之间或为明晰起见而有意将"大雅""葛覃"篇名替换"寺"字。因"大雅"字简折断或字迹磨灭而补成"诗"的时间在前,旁注"大雅"而入正文的时间在后,于是形成传本称述形式。这虽是一种假设与推测,但在没有更为可靠的证据之前,仍是一个能较为合理地解释简、传两种文本的推测。

(三) 简本引文先后之异

简本引文献,先《诗》后《书》;若两引《诗》,则必先《大雅》后《小雅》;若两引《书》,则必依时代之先后,秩然不紊。传本于《诗》《书》或引或不引,或多引或少引,乃至前后错乱,殊乖体例。

简本三章先《诗》后《尹诰》,传本相反;简本第七章先《诗》后《吕型》,传本相反,并于《甫刑》前置入"赫赫"诗一句。简本第十八章先《诗》后《君陈》,传本相反。学者于此,多有论述,程元敏先生曰:

> 夫孔子设科授徒,《诗》《尚书》为基础教材,进学次序,初《诗》,次《(尚)书》,故夫子雅言'《诗》《(尚)书》',《礼·缁衣》引书,《诗》先《尚书》后者以此。……乃今本……错写在此,古本可证,当移正。……今本错置,亦均当乙正。②

廖名春先生亦曰:"《礼记·缁衣》本先《书》后《诗》的两章当为后人

---

① 参见拙文《〈缁衣〉简本于传本章次文字错简异同考》,载《中国经学》第 1 辑,第 148—156 页。
② 程元敏:《〈郭店楚简〉〈缁衣〉引书考》,载《古文字与古文献(试刊号)》,第 38 页。

窜乱所致。"① 至黄人二先生则谓：

> 两简本引《诗》《书》之顺序与今传世本不同，两简本先
> 《诗》后《书》，传世本先《书》后《诗》，两简本表示今文经学，而
> 今传世本表示古文学家之排序。②

诸说首先皆依从简本次序立论。程先生又以《诗》《书》之"进学次
序"为据，黄人二先生则进一步认定简本、传本系今、古文经学的不
同排序。于此，尚有申述、论证之余地。

先论"进学次序"。孔子的教育先《诗》后《书》，《论语》足证：

> 《述而》："子所雅言，《诗》《书》、执礼，皆雅言也。"

《曲礼上》也说"《诗》《书》不讳，临文不讳"。《庄子·天
运》云：

> 孔子谓老聃曰："丘治《诗》《书》《礼》《乐》《易》《春秋》六
> 经自以为久矣。"

庄子引述的是否孔子原话，本可置疑，但其与《论语》《礼记》一致，
足以说明其次序。先《诗》《书》后礼《乐》之教育进程与课本，是孔
子开创的儒家授业次序，这种课目之设置与教育进程，系孔子自创
还是前有所承？《礼记·王制》记载：

> 乐正崇四术，立四教，顺先王《诗》《书》《礼》《乐》以造士，
> 春秋教以《礼》《乐》，冬夏教以《诗》《书》。

《王制》作年有异说，所记可疑其未必属实。但新出土的郭店楚简
《性自命出》有以下文句：

> 时（诗）、箸（书）、豊（礼）、乐，其司（始）出皆生于人。时
> （诗），又（有）为为之也。箸（书），又（有）为言之也。豊（礼）、
> 乐，又（有）为埜（举）之也。③

---

① 廖名春：《郭店楚简〈缁衣〉篇引〈诗〉考》，《华学》第4辑，第70页。
② 黄人二：《上海博物馆藏战国楚竹书（一）研究》，第168页。
③ 荆门市博物馆编：《郭店楚墓竹简》，第179页。

《荀子·荣辱》云：

> 况夫先王之道，仁义之统，《诗》《书》《礼》《乐》之分乎。
> 彼固天下之大虑也，将为天下生民之属长虑顾后而保万世也，
> 其汴长矣，其温厚矣，其功盛姚远矣……夫《诗》《书》《礼》
> 《乐》之分，固非庸人之所知也。①

《韩非子·难言》云：

> 时称《诗》《书》，道法往古，则见以为诵。②

"《诗》《书》《礼》《乐》之分"与"先王之道，仁义之统"相始终，是与
"道法往古"相近的产物，自然是孔子以前所有，与《性自命出》所说
的"始出皆生于人"相应。故庄子说"夫六经，先王之陈迹也"③。
《淮南子·要略》云："孔子修成康之道，述周公之训，以教七十子，
使服其衣冠，修其篇籍，故儒者之学生焉。"孔子是否删《诗》《书》，
正《礼》《乐》(所谓"修其篇籍")，姑不论，他确是依照成康之道、周公
之训亦即"先王之陈迹"来开设教育，开创学派的。他对周礼的透
彻把握，使得他对西周太学的教育课程自然极为熟稔。《墨子·公
孟篇》公孟子说"孔子博于《诗》《书》，审于《礼》《乐》"④，便是明
证。《列子·仲尼篇》孔子说："曩我修《诗》《书》，正《礼》《乐》，将
以治天下，遗来世。"《韩诗外传》卷六记孔子被简子围而曰："夫
《诗》《书》之不习，《礼》《乐》之不讲，是丘之罪也。"⑤从中都可以体
味到孔子所谓"郁郁乎文哉，吾从周"的文化担当。周朝有太学辟
雍，其教学必须有一定的程序和课程思考，《白虎通·辟雍》："十五
成童志明，入太学，学经术。"十五岁学经术，已经不是八岁保氏教以

---

① 王先谦：《荀子集解》卷 2，第 68 页。
② 韩非著，陈奇猷校注：《韩非子集释》卷 1，中华书局，1958 年，第 48 页。
③ 郭庆藩：《庄子集释》卷 5 下《天运》篇，中华书局，1961 年，第 532 页。
④ 孙诒让：《墨子间诂》卷 12，中华书局，1956 年，第 284 页。
⑤ 屈守元：《韩诗外传笺疏》卷 6，巴蜀书社，1996 年，第 566 页。按，《孔子家语·困
誓》所记同，盖为《韩诗》之所本。

"六书"的年龄,所学应该是成就"俊士""造士"的课程。合二者而观之,《诗》《书》《礼》《乐》的课程及次序,应该就是周代太学本来程序,《王制》的记载必有其来源。儒家继承西周太学的教育程序,在春秋以还的诸子著作中亦不乏记述。《庄子·徐无鬼》:

> 徐无鬼出,女商曰:先生独何以说吾君乎,吾所以说吾君者,横说之则以《诗》《书》《礼》《乐》,从说之则以金板《六弢》。

《六弢》兵家权谋之书,与《诗》《书》对立。下面所列均为孔子设教传授之后的课程先后,《庄子·天下》云:

> 其在于《诗》《书》《礼》《乐》者,邹鲁之士、搢绅先生多能明之。

《荀子·儒效》云:

> 故《诗》《书》《礼》《乐》之归是矣,《诗》言是其志也,《书》言是其事也,《礼》言是其行也,《乐言》是其和也,《春秋》言是其微也。

《孔丛子·杂训》云:

> 故夫子之教,必始于《诗》《书》,而终于《礼》《乐》,杂说不与焉。

《说苑·杂言》云:

> 孔子困于陈、蔡之间,居环堵之内,席三经之席,七日不食,藜羹不糁,弟子皆有饥色。读《诗》《书》,治《礼》不休。

《天下》篇明孔子齐鲁之教,《儒效》篇言《春秋》,固指孔子施教顺序。《杂训》篇强调"杂说不与",将之放置于战国百家争鸣的时代中观察,更可想见儒家秉承西周太学课程的纯粹性。孔子继承西周课程而设教的传统,历春秋、战国而至秦,可以说无人不知。《商君书·农战》《去彊》两言"《诗》《书》《礼》《乐》"而全书侈言《诗》《书》[1],始皇坑儒,亦说"天下敢有藏《诗》《书》百家语者,悉诣守、

---

[1]　蒋礼鸿:《商君书锥指》卷1,中华书局,1986年,第23、30页。

尉杂烧之,有敢语《诗》《书》者弃市"①;西汉时,司马迁也说"孔子以《诗》《书》《礼》《乐》教弟子,盖三千焉"②。孔子先是秉承西周太学的课程《诗》《书》《礼》《乐》以教,及其后赞《易》修《春秋》,乃有后世所谓六经。刘师培说:

> 六艺之学,即孔门所编订教科书也。孔子之前,已有六经,然皆未修之本也。自孔子删《诗》《书》,定《礼》《乐》,赞《周易》,修《春秋》,而未修之六经,易为孔门编订之六经。③

孔子以前之《易》,掌在太卜,《春秋》则是各国历史,其他四种,便是西周造就俊士、造士、进士的课本。《大戴礼·卫将军文子》云:

> 吾闻夫子之施教也,先以《诗》。④

王聘珍以《论语》"兴于《诗》"为注。《泰伯》篇孔子曰:"兴于《诗》,立于《礼》,成于《乐》。"这是《诗》为西周太学首要课程之一端。《诗》可以兴、观、群、怨,迩事父、远事君,又可以多识鸟兽草木虫鱼之名,可以说生活中无事不与《诗》相涉,所以《论语》中孔子多次提到学《诗》,春秋时有歌《诗》、赋《诗》之风气,先秦文献咏《诗》、引《诗》者极多,远远超过《书》的引用。这都是《诗》先于《书》的客观事实。所以,简本《缁衣》引文先《诗》后《书》,既是遥承西周庠序固有的次序,也是孔门施教的先后次序。不仅《缁衣》如此,其他七十子后学所记也是如此。《礼记·表记》有一则云:

> 子曰:以德报德,则民有所劝;以怨报怨,则民有所惩。《诗》曰:无言不雠,无德不报。《大甲》曰:民非后无能胥以宁,后非民无以辟四方。子曰:以德报怨,则宽身之仁也;以怨

---

① 见《史记·秦始皇本纪》。
② 见《史记·孔子世家》。
③ 刘师培:《国学发微》,《刘申叔遗书》,江苏古籍出版社,1997 年,第 477 页。
④ 王聘珍:《大戴礼记解诂》卷 6,第 107 页。按,《家语·弟子行》记载更详,文云:"卫将军文子问于子贡曰:'吾闻孔子之施教也,先之以《诗》《书》,导之以孝悌,说之以仁义,观之以礼乐,然后成之以文德。'"盖与《卫将军文子》篇同有所据。

报德,则刑戮之民也。

先《诗》后《书》,与简本《缁衣》同。因为《诗》《书》《礼》《乐》《易》《春秋》之次序为汉代今文学家所继承,是否可以缘此而认为传本《缁衣》有二章将次序颠倒为先《书》后《诗》就是古文经学的排序,尚需进一步讨论。

以《诗》《书》《礼》《乐》《易》《春秋》为次序的排列首见于《庄子》中《天运》和《天下》两篇,新出土的郭店简《六德》也有"观诸《诗》《书》则亦在矣,观诸《礼》《乐》则亦在矣,观诸《易》《春秋》则亦在矣"之文①,其后《荀子·效儒》《春秋繁露·玉杯》《史记·儒林传》相承不变。以《易》《书》《诗》《礼》《乐》《春秋》为次第的排列首见《汉书·艺文志》与《儒林传》,其后《白虎通·五经》《说文解字·叙》《后汉书·儒林传》等序次与之相同。两相比较,所谓今文经学的排列是先秦旧有的次序,而古文经学的排列是古文经兴起并形成规模后的西汉末东汉以后的顺序。传本《缁衣》被整理行世至迟在刘向校书以前。刘向之前,各家叙述六经的次序除今文经学次序外,尚有《礼记·经解》的《诗》《书》《乐》《易》《礼》《春秋》,《淮南子·泰族训》的《诗》《书》《易》《礼》《乐》《春秋》,《春秋繁露·玉杯》的《诗》《礼》《乐》《书》《易》《春秋》等不同排列,这些记述顺序虽非西周、孔子以来的常序,但仍然是《诗》在《书》前,可以略而不论。唯司马迁和贾谊所述六经序次是《书》在《诗》前。《史记·太史公自序》云:

> 《易》著天地阴阳四时五行,故长于变;《礼》经纪人伦,故长于行;《书》记先王之事,故长于政;《诗》记山川溪谷禽兽草木牝牡雌雄,故长于风;《乐》乐所以立,故长于和;《春秋》辩是非,故长于治人。是故《礼》以节人,《乐》以发和,《书》以道事,《诗》以达意,《易》以道化,《春秋》以道义。拨乱世反之正,莫

---

① 荆门市博物馆编:《郭店楚墓竹简》,第188页。按,不用原字形,而用常用字录出。

近于《春秋》。

前半段次序是《易》《礼》《书》《诗》《乐》《春秋》，后半段则是《礼》《乐》《书》《诗》《易》《春秋》，同篇前文引述司马谈之言又作"正《易传》，继《春秋》，本《诗》《书》《礼》《乐》之际"，可见前后行文，原无一致。贾谊《新书·道德说》云：

> 是故著此竹帛谓之《书》，《书》者，此之著者也；《诗》者，此之志者也；《易》者，此之占者也；《春秋》者，此之纪者也；《礼》者，此之体者也；《乐》者，此之乐者也。①

同篇后文又着重解释六经功用而说："《乐》者，《书》《诗》《易》《春秋》《礼》五者之道备，则合于德矣。"其《六术》亦云："是故内法六法，外体六行，以与《书》《诗》《易》《春秋》《礼》《乐》六者之术以为大义，谓之六艺。"②细读其文，知贾谊在阐发他的道德与六术的义理，有其自己的理解，并非在叙述六经次序。此种依据个人义理发挥的六经次序在东汉古文经学形成之后，也时见其例。如扬雄《法言·寡见》："说天者莫辨乎《易》，说事者莫辨乎《书》，说体者莫辨乎《礼》，说志者莫辨乎《诗》，说理者莫辨乎《春秋》。"即使深明古今文经学的班固，其《艺文志》严格遵照古文经学《易》《书》《诗》《礼》《乐》《春秋》的次序叙说，但在叙列六艺之后仍说："六艺之文，《乐》以和神，仁之表也；《诗》以正言，义之用也；《礼》以明体，明者著见，故无训也；《书》以广听，智之术也；《春秋》以断事，信之符也；五者尽五常之道，相须而备，故《易》为之原。"体味文义，都有作者所要表达的深意在，而无关乎今古文经学的六经序次。在阐述、分析先秦、西汉、东汉有关六经的各种排列后，对传本《缁衣》引《诗》《书》先后的紊乱可以得到以下的认识：

第一，传本《缁衣》行世在刘向之前，它与古文经学兴起以后对

---

① 贾谊撰，阎振益、锺夏校注：《新书校注》，中华书局，2000 年，第 325 页。
② 贾谊撰，阎振益、锺夏校注：《新书校注》，第 316 页。

六经依时代先后的重新排列次序无关。而且,如果是古文经学家对
《礼记》中引用《诗》《书》的次序重新更定,则《缁衣》所引先《诗》后
《书》的八章和《表记》的一章都应对换,而不可能只换二章。其次,
《缁衣》第二十五"南人有言"章补入的"兑命"文也应插在"我龟既
厌"的《诗》前面,而不会仍缀其后。

　　第二,今古文经学之外的各种排列既没有次序上的深意,则传
本《缁衣》的《书》前《诗》后二章偶与《太史公自序》和《新书》一致
只能是一种巧合,而不是古文经学家人为的窜改。

　　第三,《缁衣》是先秦七十子所传古记,它引书先《诗》后《书》与
孔门设教的课程一致,是历史的必然。简本一律先《诗》后《书》,传
本无疑是承袭简本而来,既然五章先《诗》后《书》与简本同,则另三
章只能认为是错简。

　　笔者在《〈缁衣〉简本与传本章次文字错简异同考征》①一文中,
结合西汉简牍文献的实际历史,指出有一种简本《缁衣》编丝已经
散绝,整理者无法恢复简本原貌,于是出现各种错简。其中有关引
《诗》《书》的错简情况如图7-2所示。

　　以简长尺许,每简十至十二字左右排列《缁衣》文字,其第三章
所引《诗》《书》落在第8、9两简,第七章所引《诗》《书》落在第27、
28两简,第十八章所引《诗》《书》落在第82、83两简。在整篇韦丝
散绝的情况下,这三组六简两两错乱。

　　以上三点为简本与传本在引书上称谓、次序以及有无的差异。
称谓之不同,可能与音节有关,但也不排斥传本的祖本在"云""曰"上
存在不统一的状况,因而传本(这可以是在不断传授中的文本)作了
一定的统一工作。次序及有无的不同,纯粹是编连《缁衣》的韦丝散绝,
使得整理者无法按原貌编排而造成的。至于简本有而传本无,传本有
而简本无的"逸诗",应是简本散乱后佚脱和其他文献混入的结果。

① 载《中国经学》第1辑,第132—171页。

| 简本文字 | 传本章序 |

…………

6　3 子曰为上可跙而蓋也为下可頪　　　　　　　10

7　而莳也则君不疑亓臣臣不惑于君

8　寺员雪人君子亓义不弋　　　（错乱一组 10 字）

9　尹诰员佳尹躬及汤咸又一惪（错乱一组 12 字）

…………

25　行四方思之 7 子曰噩立三（10 字）　　　　　5

26　年百眚以惥道剀必聿悬（10 字，是否传本多余"焉"字落此）

……　　　　　　　　　8 章末引诗错简至此：

　　　　　　　　　　　　　寺员虞虞帀尹民具尔瞻（错乱三组）

27　寺员成王之孚下土之弋（错乱二组 10 字）传本作：邵型员一人又庆壥民購之

28　邵型员一人又庆壥民購之（错乱二组 11 字）　大雅曰成王之孚下土之弋

…………

78　18 子曰君子言又勿行又违此　（传本少"君子"二字）　19

79　以生不可敓志死不可敓名

80　古君子多酻齐而兽之多志　11 字

81　齐而新之精智违而行之　10 字

82　寺员鸳人君子其义弌也　（尽管可以同为 11 字，但这样编不可能前后错舛，故简文字数不会同一。）

83　君迪员出内自尔帀于庶言同（错乱五组。一章中《诗》《书》引文互换，考虑字数）

…………

图 7-2　错简情况示意图

二、《缁衣》引《诗》与四家《诗》之关系

郭店简《缁衣》出土之后，因其引诗之多，学者相继取以与今本《毛诗》及文献引诗相校核，但大多学者均停留在著其异同之层面

上,少有涉及汉代四家《诗》问题。唯程元敏、廖名春皆因第九章引《都人士》诗而触及三家《诗》无首章而《毛诗》有首章之疑案①,然亦无深入之探讨②。上博简《缁衣》公布后,虽有与郭店简一起校《毛诗》异同之文,而其与四家《诗》异同渊源问题仍然没有引起足够之重视。四家《诗》同源,至秦汉间始分,当时真正之文字异同,经六朝唐人辗转传抄,宋刊清校,早已面目俱非,后人难以质指。郭店、上博简《缁衣》之引诗乃战国中晚期《诗》的文字形态,比勘研究,可以使宋以还四家《诗》研究中模糊问题逐渐清晰,误解之处也可得到澄清纠正,因而弥足珍贵。

(一) 四家《诗》的形成及其消亡

汉高戎马倥偬,不遑《诗》《书》;文景与民休息,虽好黄老之术而不任儒,然已先后立经学博士。《鲁诗》申公、《韩诗》韩婴于文帝时为博士,《齐诗》辕固生景帝时为博士。《毛诗》最后出,曾被河间献王立为地方博士,至平帝时方始一度立为朝廷博士。溯四家《诗》之源,申公于吕太后时,与楚元王子刘郢俱学于浮丘伯,伯为秦时儒生,荀卿门人。韩婴之《韩诗外传》引荀卿之说,刘恭甫谓《韩诗》为荀卿子之别子③。辕固生建元元年征为贤良时已九十岁,上推约生于秦始皇十七八年左右,则其受学亦当在秦末。三国吴陆玑说子夏之《诗》,由"根牟子授赵人荀卿,荀卿授鲁国毛亨,亨作诂训传,以授赵国毛苌。时人谓亨为大毛公,苌为小毛公"④。如果此

① 程元敏:《郭店楚简〈缁衣〉引书考》,载《古文字与古文献(试刊号)》,第1—41页。廖名春:《郭店楚简〈缁衣〉篇引〈诗〉考》,载《华学》第4辑,第62—75页。
② 参见拙文《从简本〈缁衣〉论〈都人士〉诗之缀合》,载《文学遗产》2007年第6期,第4—14页。
③ 刘师培《群经大义相通论》谓此篇乃推衍其伯父恭甫之说,文章载《刘申叔遗书》,上册,第351页。其引述申论之原委可参见金德建《荀子非十二子篇与韩诗外传卷四非十子节之比较》,载《古籍丛考》,中华书局、上海书店出版社,1986年影印本,第54页。
④ 陆玑:《毛诗草木鸟兽虫鱼疏》卷下,《丛书集成》本,第70页。

说有据,则鲁、韩、毛诗皆与荀卿有关。所以刘师培以为"四家同出一源",其说云:"窃疑子夏传《诗》,所闻最博,所传之说亦最多,凡作诗之人,赓诗之事,兼收并采,观《毛诗》大序为子夏所作,而《唐书》亦载《韩诗》卜商序,则大序为四家所同。子夏之时,四家之说实同列一书,观荀卿于《毛诗》《鲁诗》为先师,兼通《韩诗》之说,则荀卿之世,四家之诗仍未分立,嗣由荀卿弟子所记各偏,各本所记相教授,由是诗谊由合而分,非孔子删诗时即区四派也。"①《诗》为西周之国学教科书,曾哺育过无数学子,降及春秋,其传诵更广,浸润在诸子百家的意识与著作中。因此,即使四家之诗同出孔门传授,也不免会受到诸子百家的传诗意识的浸润;即使荀子之前四家《诗》仍未分立,在"言语异声,文字异形"的战国秦汉时代,仍无可避免地会产生纷杂的诗句异文。

汉代鲁、韩、齐、毛四家《诗》先后立于学官,各家又复延伸出各自不同的章句。在争名夺利、互相是非的传授中,最明显的当然是立说不同,但也有不少是文字的差异,而且某些异说就是基于文字的差异之上的。及至郑玄以礼制、谶纬和三家《诗》义笺注《毛诗》,四家的畛域渐趋泯灭,三家《诗》也就此式微。其后《齐诗》亡于魏,《鲁诗》亡于西晋,隋唐之世,《韩诗》虽存,无有传者,故迨五代,《韩诗》亦亡,仅存《外传》。

(二) 前人关于四家《诗》的研究和原则

北宋以还,学者所凭,唯有《毛诗》。王应麟感三家《诗》之遗佚,作《诗考》,分"韩诗""鲁诗""齐诗""诗异字异义""逸诗"及"补遗"。所征引之《韩诗》较多,鲁、齐仅寥寥数条。王氏已经注意到诸家《诗》的异文,辑录亦不少②。辽、金、元及明代几无人关注于

① 刘师培:《左盦集》卷1,《刘申叔遗书》,下册,1207页。
② 王应麟《诗考》一书,《宋史艺文志》作五卷,《四库全书》作一卷,又有元刻六卷本,清抄四卷本,皆善本未见,颇疑其卷次分合不同。一卷本附《玉海》后,江苏古籍出版社、上海书店出版社,1987年影印本,第6册。

此,降及清代,专治三家《诗》竟成为一时显学。首先是校正、订补王著之作①。其次是《韩诗》,约十余种。再次是以三家《诗》命名的著作,此以范家相《三家〈诗〉拾遗》为最早②,其后有冯登府《三家〈诗〉异文疏证》九卷③、阮元《三家〈诗〉补遗》三卷、陈寿祺《三家〈诗〉遗说考》一卷及其子乔枞本父著所成的不朽之著《三家〈诗〉遗说考》四十九卷,晚清则有王先谦集大成之著《〈诗〉三家义集疏》二十九卷④。

东汉贾逵撰《齐鲁韩与毛氏异同》,其书不存,体例、旨意无从探究。宋清诸家研究三家《诗》之方法,最可据信的是汉魏六朝唐宋古籍中指明为三家《诗》著作者,如《文选·潘岳〈藉田赋〉》李善引薛君《韩诗章句》曰:"萋萋,盛也。"将之隶于《葛覃》"维叶萋萋"之下,以知《韩诗章句》与《毛传》"萋萋,茂盛貌"不同。推源作者的著作可知其说出于某家《诗》者,孔颖达于《斯干》末章引侯苞云"示之方也",按《隋书·经籍志》载侯苞著《韩诗翼要》十卷,因将此说系于《韩诗》下。唐人引诗说而与毛诗不同,有鉴于当时齐鲁二家均佚,故亦可推定为《韩诗》。《韩诗》后亡,故所存独多,若求齐、鲁二家诗说,必当求之于汉人著作。王应麟取《汉书》传、志所载,考证简择后分别隶于齐、鲁二家,至陈乔枞更大畅其旨。其《齐诗遗说考序》曰:

---

① 如胡文英有《诗考补》二卷,严蔚有《诗考异补》二卷,陈岵有《诗考异再补》二卷,周邵莲有《诗考异字笺余》十四卷,丁晏有《诗考补注》二卷。

② 此书收入《四库全书》,范氏另有《三家〈诗〉源流》一卷,《岭南丛书》本附之。后叶钧有《重订三家〈诗〉拾遗》十卷。

③ 冯氏另有《三家〈诗〉遗说翼证》不分卷《韩鲁齐三家〈诗〉异字诂》三卷稿本,未能寓目,是否《疏证》之初稿,未能明。

④ 其他尚有朱士端《齐鲁韩三家〈诗〉注》三卷《三家〈诗〉疑》一卷《齐鲁韩三家〈诗〉释》十六卷,徐堂《三家〈诗〉述》八卷,周日庠《诗经三家〈诗〉注疏》残卷,皆系抄本、稿本,未能流传。徐华岳《诗故考异》三十二卷,王初桐《鲁齐韩诗谱》四卷,虽刻而流传不广。(以上参见王绍曾:《清史稿艺文志拾遗》,中华书局,2000年,第1册,第77—78页;《中国古籍善本书目·经部》,上海古籍出版社,1986年。)

《隋书·经籍志》云“齐《诗》魏已亡”，是三家《诗》之失传，齐为最早，魏晋以来，学者尠有肄业及之者矣。宋王厚甫所撰《诗考》，其于《齐诗》，仅据《汉书·地理志》及《匡衡、萧望之传》与《后汉书·伏湛传》中语录入数事，寥寥寡证。间摭晁说之、董彦远说，往往持论不根，难以征信。近世余萧客、范家相、卢文弨、王谟、冯登府诸君，皆续有采辑。然择焉不精，语焉不详，于《齐诗》专家之学，究未能寻其端绪也。……窃考汉时经师，以齐、鲁为两大宗，文景之际，言《诗》者鲁有申培公，齐有辕固生。《春秋》《论语》，亦皆有齐、鲁之学，其大较也。先大夫尝言汉儒治经，最重家法，学官所立，经生递传，专门命氏，咸自名家。三百余年，显于儒林，虽《诗》分为四，《春秋》分为五，文字或异，训义固殊，要皆各守师法，持之弗失，宁固而不肯少变，斯亦古人之质厚，贤于季俗之逐波而靡也。乔枞比补辑《齐诗》佚文、佚义，于经征之《仪礼》、大小戴《礼记》，于史征之班固《汉书》、荀悦《汉纪》，于诸子百家征之董仲舒《春秋繁露》、焦赣《易林》、桓宽《盐铁论》、荀悦《申鉴》诸书，皆碻有证据，不逞私臆之见，不为附会之语，蕲于实事求是而已。[①]

陈氏先锁定汉人最重家法，于文字、义训之异同，皆“各守师法，持之弗失，宁固而不肯少变”，而后从《史记》《汉书》中钩稽与齐诗相关的经师，推及其著作，搴其遗说，归隶于《齐诗》，其他《鲁诗》《韩诗》方法相同。由两汉三家《诗》的师承关系上去推定其学说，从道理上说是可行的，但如何确认经师的师承，却并不简单。且看陈氏推定的基点：

夫辕固生以治《诗》为博士，诸齐以《诗》显贵者，皆固之弟子，而昌邑太傅夏侯始昌最明。始昌通五经，后仓事始昌，亦通

① 陈乔枞：《三家诗遗说考·齐诗遗说考序》，《清经解续编》卷1137，第5册，第1280页。

《诗》《礼》，为博士。讫孝宣世，礼学后仓最明，戴德、戴圣、庆普皆其弟子。三家立于学官，《诗》《礼》师传既同出自后氏，则《仪礼》及二戴《礼记》中所引佚诗，皆当为《齐诗》之文矣。郑君本治《小戴礼》，注《礼》在笺《诗》之前，未得《毛传》；礼家师说均用《齐诗》，郑君据以为解，知其所述多本《齐诗》之义。故《郑志》答炅模云："《坊记》注以燕燕为夫人定姜之诗，先师亦然。""先师"者，谓礼家师说也。《齐诗》有翼、匡、师、伏之学，班固之从祖伯少受《诗》于师丹，诵说有法，故叔皮父子世传家学。……荀悦叔父爽师事陈寔，寔子纪传《齐诗》，见陆德明《经典释文》。《后汉书》言荀爽尝著《诗传》，爽之诗学，太丘所授，其为齐学明矣。辕固生作《诗内外传》，荀悦特著于《汉纪》，尤足证荀氏家学皆治《齐诗》，故言之独详耳。至如公羊氏本齐学，治《公羊春秋》者，其于《诗》皆称齐，犹之穀梁氏为鲁学，治《穀梁春秋》者，其于《诗》亦称鲁也。董仲舒通五经，治《公羊春秋》，与齐人胡毋生同业，则习齐可知。《易》有孟京"卦气"之候，《诗》有翼奉"五际"之要，《尚书》有夏侯"洪范"之说，《春秋》有公羊"灾异"之条，皆明于象数，善推祸福，以著天人之应，渊源所自，同一师承，确然无疑。孟喜从田王孙受《易》，得《易》家候阴阳灾异书，喜即东海孟卿子、焦延寿所从问《易》者，是亦齐学也。故焦氏《易林》皆主《齐诗》说，……若夫桓宽《盐铁论》，以《周南》之"罝兔"为刺，义与鲁、韩、毛迥异，以《邶风》之"鸣雁"为"鸨"，文与鲁、韩、毛并殊，又其显然易见者耳。①

观其采摭史传，条理师承，义理自恰。据学者统计，陈氏《鲁诗遗说考》计从七十一种六朝以前著作中辑录 1 777 则，《齐诗遗说

---

① 陈乔枞：《三家诗遗说考·齐诗遗说考序》，《清经解续编》卷 1137，第 5 册，第 1280 页。

卡》计从三十六中文献中辑录 831 则,《韩诗遗说考》辑从四十六种
文献种辑录 644 则,总计三千二百余则①。其中虽有部分是自王应
麟以来诸家相继搜辑的结果,但陈氏之功绝不可没。及王先谦著
《诗三家义集疏》,全录陈氏鲁、齐、韩三家遗说考之序,显然以陈氏
所证为信矣,但他又搜佚抉微,补所未备;校核异同,证其所失,复广
征清代陈启源、胡承珙、陈奂、马瑞辰诗学专家和戴震、钱大昕、段玉
裁、王念孙、郝懿行训诂大家之说,将三家《诗》的归属推到极致,建
立起一套颇为完整的三家《诗》学。

（三）从简本《缁衣》异文重新认识前贤对四家《诗》的划分

四家《诗》之异同分为诗说之异同和文字之异同。诗说异同相
对稳定,文字异同则极为复杂。孔颖达《毛诗序》正义说“〔《毛诗》〕
字与三家异者,动以百数”②,陆德明《经典释文》所载已足证孔说。
自王应麟《诗考》到陈乔枞、王先谦近二十家研究三家《诗》者,分别
四家《诗》异文是其工作的大宗。但所有异文的分别,无论研究者
怎样谨慎仔细,都无法摆脱秦汉间复杂的异文背景和有可能已被窜
改的历史文献之是非③。这种无法控制的前提,使得四家《诗》的异
文虽有暂时的归属却不能真正反映当时的真实原型,而且因为没有
真正可以反映秦汉诗学的史料,即使心知其意也无法证实,今逢郭
店、上博简《缁衣》出土,使得这个问题有了一次检验的契机。

---

① 洪湛侯:《清代今文诗学研究的方法和业绩》,《诗经学史》第 10 章,中华书局,2002
年,第 610 页。
② 孔颖达《毛诗正义》卷 1 郑笺“哀盖字之误也”下疏。
③ 关于后人抄刊古籍的可信程度,略举一例,以见一斑。李智俦《阮氏三家〈诗〉补遗
跋》说阮书中“有待商榷者,如《列女传》虽为南宋旧刊,而省俗字颇多,书中无多作
无,即其一事,不得据为鲁诗原文。又如‘蓼义’引《鲁峻碑》,今碑本实作‘蓼義’,洪
氏《隶释》、娄氏《汉隶字源》引同,此脱去艹头,当是误记。‘莫予併螽’引《潜夫论》,
今汪继培本作‘莫与併螽’,元大德本、明程荣本均同。此引与作予,螽作螽,不知何
据”(阮元:《三家〈诗〉补遗》卷末,《续修四库全书》,上海古籍出版社,2002 年影
印本,第 76 册,第 39 页。)

《缁衣》是今本《小戴礼记》中的一篇，也是今存四十九篇中引《诗》最多最整齐的一篇。《小戴礼记》之纂辑与戴圣有关，戴圣的礼学传自后苍。《汉书·儒林传》："后苍字近君，东海郯人也。事夏侯始昌。始昌通五经，苍亦通《诗》《礼》，为博士，至少府。授翼奉、萧望之、匡衡，……衡授琅邪师丹、伏理……由是《齐诗》有翼、匡、师、伏之学。"始昌受业于辕固生，为高足，故后苍传《齐诗》无疑。学者根据这种谱系，遂将《礼记》中所引之诗句均皆定为《齐诗》。郭店和上博楚简《缁衣》的出土，对检验《礼记》的《齐诗》文字颇有裨益。下面依简本的次序，以被三家《诗》研究者指为《齐诗》的传本《缁衣》为主，结合文献引《诗》和学者主观的归派，综论其异同是非，最后用出土的郭店简和上博简《缁衣》字形检验校核，指出诗句的异文与诗派的异同之关系。

传本《缁衣》二章引"仪刑文王，万国作孚"，《毛诗·大雅·文王》作"仪刑文王，万邦作孚"。陈乔枞曰："《礼记》引作'万国'，是《齐诗》之文。《毛诗》'国'作'邦'，《汉书·刑法志》引诗当本作'国'，师古注'言万国皆信顺'，是其明证，邦字乃后人顺毛所改耳。"①郭店、上博简本均作"邦"，则先秦本《文王》原文如此，陈说非是。《齐诗》立于学官，故需避刘邦讳改为"国"；《毛诗》后出，且以古文著称，其一度立为博士亦在平帝时，王莽当权，不避高祖之讳可以理解。《汉书》是据古本还是"后人顺毛所改"，不可知，颜注固然可以"国"释"邦"，却未必是《汉书》作"国"之证。《潜夫论·德化》引作"邦"，王符习鲁诗，此系鲁诗到东汉不避而改从原文，还是后人回改，亦难质知。《风俗通》作"国"，应氏习《诗》不知何派，此必据避讳本转录。仪刑，传本、《毛诗》同，可以解释为齐、毛同。今郭店简作"愻型"，上博简作"𢛳型"，知先秦本《缁衣》也有异文，五

① 陈乔枞：《三家诗遗说考·齐诗遗说考》卷8，《清经解续编》卷1145，第5册，第1318页。王先谦从陈说，见《诗三家义集疏》卷21，第827页。

传礼家如果恪守古本字形，或先秦相传还有作"仪刑"之本，但仍不能排斥以下两种情况：其一，礼家将古文字形改成汉代通行字形①，其二，后人根据毛本改易。作乎，郭店简同，上博简作"复及"，或五传礼家所承是郭店简系统，与四家《诗》相同。

　　传本十一章引"靖共尔位，好是正直"，与《毛诗·小雅·小明》同。靖共，王先谦曰："〔齐〕'靖共'作'靖恭'，一作'静共'。韩'靖共'作'静恭'，亦作'靖恭'。"②王氏所说《齐诗》作靖恭，是承陈乔枞引《缁衣》作"靖恭"之误。张慎仪曰："《表记》作'靖恭'，……共与恭通。《巧言》'匪其止共'，《释文》共，本又作恭。"③今阮刻本《表记》作"靖共"，校勘记曰："闽监本、石经、岳本、嘉靖本、卫氏《集说》同，毛本'共'作'恭'，《释文》出'靖共'，云'本亦作恭'。"知张氏所据仅为毛晋汲古阁本，非参酌众本之说。从《释文》所出词目，则陆德明所据本《礼记》已作"共"，而他本有作"恭"者。《大戴礼记·劝学》引作"靖恭"，但可以说是礼家之祖的荀子为《大戴礼记》所本或同源的《劝学》篇却作"共"，如果《荀子》此处是古本原貌，则可证齐诗系统既作"共"又作"恭"④。征之郭店简作"共"，似乎《齐诗》在先秦时作"共"，但上博简作"龏"，又使《齐诗》的源头回到一种不确定状态。陈乔枞《齐诗遗说考序》将《春秋繁露》列为《齐诗》，《繁露·祭义》引作"静共"，与他误引的"靖恭"不符，于是说《祭义》"盖后人转写窜乱之耳"⑤。《说苑·贵德》引作"靖恭"，《韩诗外传》卷四作"静恭"，屈守元笺疏："赵云：'静，本或作靖'，毛本

---

① 张慎仪认为"刑，古型字，传写误为形。"（见《诗经异文补释》卷12,3b。）是将型看作今字，而《潜夫论·德化》作"形"为误字。

② 王先谦：《诗三家义集疏》卷18，第745页。

③ 张慎仪：《诗异文补释》卷10，《菱园丛书》本，第11页a。

④ 陈乔枞认为"荀子书中说《诗》者，大都为鲁说所本"，现姑作为齐、鲁相同之一例。

⑤ 陈乔枞：《三家诗遗说考·齐诗遗说考》卷7，《清经解续编》卷1144，第5册，第1314页上。

作静,与《诗考》合,从之。下同。守元案:元本及薛、苏、沈、毛本皆作'静',惟程、胡、唐本作'靖',《说苑》亦作'靖',盖依《毛诗》改。今从元本作'静'。"①从版本字形之不一,足见后世随意改窜之迹,屈说可从。上博简作"静",可以认为是《韩诗》所本或根据相同文本而来,而郭店简"情"与上博简"静"、《齐诗》的"靖"均不同,"臭"与"直"之不同,郭店简"氏"与其他文本"是"之不同,《齐诗》或礼家经师虽然可以同音假借,但却实在无法说他们恪守师法,宁固不变。

传本十章引"淑人君子,其仪不忒",《毛诗·曹风·鸤鸠》同。此诗句及其下两句"其仪不忒,正是四国",《礼记·经解》《大学》引皆同,王先谦谓皆"齐家说"。《荀子·富国》《君子》《议兵》及《列女传》等引亦皆同,王氏谓为"鲁家说"。毛、齐、鲁皆同,而今郭店简作"喦人君子,亓义不弋",上博简作"喦人君子,丌义不弋","丌"字可以忽略,"喦"与"淑"、"弋"与"忒"虽能通假,却预示着几种可能:① 先秦的《诗》与传记的字形已经不同;② 五传礼家据当时通行的《诗》文本改;③ 后人据《毛诗》文字改。

传本十二章"上帝板板,下民卒瘅",《毛诗·大雅·板》作"上帝板板,下民卒瘅"。王先谦曰:"鲁板作版。齐瘅作癉,卒作瘁。"王氏虽如此下断语,下文却仍模棱其辞。文曰:"鲁板作版者,《释训》(引按,陈、王皆以为《尔雅》为《鲁诗》文):'版版,僻也。'不作板,此鲁文。……《后汉书·董卓传》李注、《文选·辨命论》李注皆作'版版',是知古多作'版',不独鲁文。亦作板者,《李固传》引《诗》作'板板'。《杨赐传》:'不念《板》《荡》之作,虺蜴之诫。'赐亦学《鲁诗》,知鲁亦作'板'也。'齐瘅作癉。韩卒作瘁'者,《礼·缁衣》……此齐亦作'板'。瘅作癉者,假借字。《韩诗外传》五:登高而临深……诗曰'上帝板板,下民瘁瘅',此韩亦作'板'。'卒'作

① 屈守元:《韩诗外传笺疏》卷4,第371页。

'瘁'者,瘁、瘅皆病也。'卒'是'瘁'之省借。《说文》:'悴,忧也。读与悴同。'"①既云鲁"板"作"版",而后又遍征鲁、齐、韩皆作"板",则《鲁诗》到底以何字形为准? 汉石经《鲁诗·大雅》作"板",似是汉代《鲁诗》标准字形②。郭店简、上博简皆作"板",其他简牍"板"字常见,"版"则仅睡虎地秦简一见,罗布淖尔简一见。因《说文》收"版"而不收"板",故清代说文学家和《诗经》异文研究者咸谓版为古字而板为今字,版正而板俗③。然敦煌卷子 S.388《正名要录》"板、版"下曰:"右字形虽别,音义是同。古而典者居上,今而要者居下。"④如果《要录》所言有据,结合简牍、石刻、卷子字形历史,或汉代四家《诗》均作"板",而《尔雅》和李善注之"版"可能系隋唐人抄录时转写。瘇,毛诗作"瘅",宋本《礼记释文》出"卒亶",注云:"本亦作瘇。"似陆氏所据本作"亶",而作"瘅"仅是六朝流传的一种本子而已,它从侧面说明,尽管郑玄没有记录下汉代所见各本"瘇"的异文,至少今日所见正义本《礼记》在六朝时并不是单一作"瘇"。《毛诗释文》下出"僤",注云:"本又作瘅……沈本作瘇。"沈重撰《诗音义》时《齐诗》已亡,其作"瘇"似乎不会是汉代《齐诗》原文。郭店简字形被隶定为"疸",如果此字形正确,则"疸"很可能是衍生出"瘅"和"瘇"的原字,而不是像张慎仪所说"古祇作亶,后人加疒为瘇耳"⑤。假如这种推测正确,则汉代《齐诗》和传本《缁衣》的文字就不一定相同。

传本十二章引"匪其止共,惟王之邛",《毛诗·小雅·巧言》作"匪其止共,维王之卭"。匪,郭店简作"非",或礼家授受所记有不同。惟、维为齐、毛之异,然上博简作"隹",略可觇见齐、毛于惟、维

①　王先谦:《诗三家义集疏》卷18,第914页。
②　马衡著,中国科学院考古研究所编:《汉石经集存》,第13页。
③　参见丁福保编《说文解字诂林》卷7片部"版"下注,第3047—3048页。
④　见黄征《敦煌俗字典》引,上海教育出版社,2005年,第10页。
⑤　张慎仪:《诗经异文补释》卷13,《蒇园丛书》本,第19页 a。

字形之分化所自。共,毛、齐同。《韩诗外传》卷四两引此句,许维遹《集释》作"恭",云:"恭,旧作'共'。沈本、张本、毛本、刘本亦作'共',元本、钟本、黄本、杨本、程本作'恭'。本或作'恭',与《诗考》引合,今据正,下章同。"①屈守元所据本多寡与许氏不同,而屈从"共"字②。溯其源,《毛诗释文》出"止共",注云:"音恭。本又作恭。"是陆德明所见六朝他本有作"恭"者,王应麟(或前人)可能认为陆氏时齐、鲁诗亡佚,唯存《韩诗》,遂标《韩诗》,后范家相从之。毛作"卭",齐作"邛",字形微异,郭店简作"惹",上博简作"功",与《齐诗》、礼家均不同。从文义上考虑,惹、功显系"邛"字假借。但从传承上着眼,或为礼家用本字,或为后人所改,或为先秦《缁衣》另有作"邛"之本,不管真实历史是哪一种,都证明《齐诗》或礼家的文字无定形。至于郭店简两句作"非亓止之共惟王惹",引起学者种种猜想。刘信芳仍依四字句点断,并说"《缁衣》引此《诗》,旨在说明为王肃慎,则君臣不欺,若变成'小人为王作病'则与上文'子曰上人疑则百姓惑'失却联系,是知《巧言》此二句,当依竹简所引为是"③。廖名春不同意如此断句,并有很长的论证④。吴荣曾亦依四字断句,说"如若只有一个字的位置放错,可能是抄书人不慎所致,而好几个字的错位,恐怕就难以用笔误来解释了",于是将"共"解释为"共同";又据《说苑·政理》的引证与解释,认为"《毛诗》《韩诗》对诗的理解显然有别,造成的原因可能和彼此所见的《诗经》版本不同有关。则《政理》作者所见的本子似不作'匪其止共'。今本《说苑》这两句诗和毛、韩本相同,或许是后人据毛本改动的结果"⑤。

---

① 韩婴撰,许维遹校释:《韩诗外传集释》卷4,中华书局,1980年,第131页。
② 屈守元:《韩诗外传笺疏》卷4,第358页。
③ 刘信芳:《郭店楚简〈缁衣〉解诂》,载《郭店楚简国际学术研讨会论文集》,第168页。
④ 廖名春:《郭店楚简〈缁衣〉篇引〈诗〉考》,载《华学》第4辑,第64—65页。
⑤ 吴荣曾:《〈缁衣〉简本、今本引〈诗〉考辨》,载《文史》2002年第3辑,中华书局,第14页。

笔者认为，从上博简残存的后四字作"隹王之功"，已可证先秦引此诗唯文字字形有异，而句式无异。郭店简此处必属误抄，详《疏证上》所论①，种种刻舟之论，徒兹饶舌，不足与辩。

　　传本十七章"昔吾有先正"五句系他篇混入不论。"谁能秉国成，不自为正，卒劳百姓"，《毛诗·小雅·节南山》作"谁秉国成，不自为政，卒劳百姓"，无"能"字，"正"作"政"。关于"能"字有无，历来争讼不息。欧阳修首先谓此为孔子所删，说"夫子以'能'之一字为意之害，故句删其字也"②。陈乔枞则据郑笺用《周官》八成说，遂谓"齐家以是诗为刺大夫缓义急利，争田成讼，故伤今之无人，莫能秉国成而治之也"③。言下之意是《齐诗》有"能"字，王先谦承之而云"齐谁下有能字，政作正"④。至张慎仪谓"以郑笺、正义考之，经文当有'能'字"⑤。似是《毛诗》亦当有"能"字而脱略。说夫子删"能"，《齐诗》有"能"，《毛诗》脱"能"，都是在无法证明的前提下各逞臆说。郭店简作"隹秉或成"，上博简作"隹秉或□"，两种简本皆无"能"，与《毛诗》密合，即使五传礼家所据本有"能"，也可以怀疑它是传抄的衍文。根据前后文意，因为伤今无人，所以"谁秉国成"就是急切寻求能够秉国成的人。传本之所以有"能"，一是礼家传授讲解时，弟子记入正文；一是郑注两云"谁能"之故，后人因之以改正文。正，上博简作"正"，则传本有所本，与《毛诗》作"政"为异文，但郭店简作"贞"，又透视出其来源之复杂。简本之"袭百眚"，显示出传本在不断传抄中逐渐用通行字替代了不常用或废弃的

①　参见拙文《上博简、郭店简〈缁衣〉与传本合校补证（上）》，载《史林》2002 年第 2 期，第 1—18 页。
②　见朱彝尊《经义考》卷 98 引欧阳修说，台湾"中研院"中国文哲研究所印行，1999 年，第 3 册，第 682 页。
③　陈乔枞：《三家诗遗说考·齐诗遗说考》卷 6，《清经解续编》卷 1143，第 5 册，第 1308 页下栏。
④　王先谦：《诗三家义集疏》卷 17，第 662 页。
⑤　张慎仪：《诗异文补释》卷 8，《蔂园丛书》本，第 15 页 b。

古字。

传本六章引"有梏德行,四国顺之",《毛诗·大雅·抑》作"有觉德行,四国顺之"。王先谦以《新序·杂事五》《列女传·鲁义姑姊》引诗同毛,遂谓"鲁毛文同";以《韩诗外传》卷五、卷六引诗同毛,遂谓"韩毛文同"。但《春秋繁露·郊祭》篇曰:"诗曰:'有觉德行,四国顺之。'觉者,著也。王者有明著之德行于世,则四方莫不响应风化,善于彼矣。"董仲舒既云"觉者,著也",可见引诗作"觉"绝对无误。陈、王都认为董氏是《齐诗》派,所引竟与毛同,而《礼记》之《缁衣》却作"梏",故王先谦只能说"齐觉亦作梏"。又因为《尔雅·释诂》有"梏、较,直也"一条,不为"觉"作训,而"梏"有直义在经典中唯《缁衣》"有梏德行"一例,可见《释诂》即专为此作释,故王先谦又引黄山说曰:"知鲁、齐本皆以'梏'为正字,'觉'为假字。"[1]鲁、齐本同毛作"觉",因《缁衣》与《释诂》而生"梏"之异文,这完全是无端指定《缁衣》和《尔雅》为《齐诗》《鲁诗》派而产生的。《尔雅》既为经典作解,虽有侧重,自可包容。郭店简、上博简此字均作"𢛯",形与传本《缁衣》"梏"相通,自是有一脉相承的关系,不必与《齐诗》硬扯在一起。汉代四家《诗》作"觉",先秦《诗》有异文,简本《缁衣》引作"𢛯",西汉礼家相承作"梏",《尔雅》为经典作释,于家法、文字都顺理成章,强生分别,反而滋生枝节。简本之"悳"变为传本之"德",简本之"𢜀""川"变为传本之"顺",可以认为是礼家以通行字传授,也可能是后人传抄翻刻从毛或用通行字。

传本五章引"成王之孚,下土之式",与《毛诗·大雅·下武》同,上博简上句残,下句同,郭店简"式"作"弌"。式,从工,弋声。此以声代字。传本或承自上博简一系本,或据字义改成正字。

传本五章引"赫赫师尹,民具尔瞻",与《毛诗·小雅·节南山》同。其他如《礼记·大学》《春秋繁露·山川颂》《汉书·成帝纪》

---

①　王先谦:《诗三家义集疏》卷23,第930页。

《汉书·叙传》并引此诗,陈乔枞谓"郑君《礼记》注与董子义同",
"郑君《礼记》注用《齐诗》,师古《汉书》注亦据旧解述《齐诗》之说,
故词意略同"①。文字、说解俱同,是以《礼记》《汉书》《繁露》皆《齐
诗》说,明齐、毛文同。但出土竹简《缁衣》却作"虡虡"(郭店简)和
"號號"(上博简),与陈、王所谓《齐诗》派之《礼记》《繁露》《汉书》
均不相同。即使礼家别有所承,即所承之古本《缁衣》确作"赫赫",
也不能否认先秦《节南山》此诗确有曾作"虡虡"或"號號"之本。结
合叔夷钟、毛公鼎、晋公盦壶、秦公钟等金文资料,此诗作"號號"或
其变体"虡虡""號號"是完全可能的②。瞻,郭店简作"瞻",上博简
作"詹",目与见形符相同,詹声相同,允可通用,但也说明礼家未必
恪守先师的文字无稍稍的改变。

传本十五章引"彼求我则,如不我得,执我仇仇,亦不我力",与
《毛诗·小雅·正月》同。《尔雅·释训》:"仇仇、敖敖,傲也。"依陈
乔枞观点,看似毛、齐、鲁三家文同。《尔雅》此条专为《诗》作训,
《释文》:"敖敖,本又作謷。"清代臧庸曰:"按《毛诗·十月之交》
'谗口嚻嚻',《释文》云:'《韩诗》作謷謷。'《汉书·刘向传》引诗
'谗口謷謷',《潜夫论·贤难》引作'谗口敖敖'。盖古文嚻字,今文
作謷,謷者謷之异,敖者謷之省,同为一字,是韩、鲁嚻嚻并作謷謷
也。"③陈氏以《汉书》所载为《齐诗》,臧氏以刘向所引为《鲁诗》,这
从侧面证明《正月》之诗的文字,未必那么纯粹同一。今出土之郭
店简作"敊=",上博简作"敊=",使《齐诗》的文字多出两种异文,展
示出先秦《诗经》文字的多样性。

传本八章引"慎尔出话,敬尔威仪",与《毛诗·大雅·抑》同,

---

① 　陈乔枞:《三家诗遗说考·齐诗遗说考》卷2,《清经解续编》卷1143,第5册,第1308
　　页中栏。
② 　参见拙文《上博简、郭店简〈缁衣〉与传本合校补证(上)》,载《史林》2002年第2期,
　　第1—18页。
③ 　臧庸:《尔雅汉注》,《尔雅诂林》,湖北教育出版社,1996年,卷上,第1488页下。

《说苑·君道》引此诗亦同,王先谦遂曰:"明鲁、齐与毛文同。"①郭店简作"悢",悢为畏之异文,畏为威之借字。传本与上博简同,必有传承关系,而郭店简异文透露出先秦《诗经》文字的歧出现象和引述的随意性。

传本七章引"淑慎尔止,不愆于仪",《毛诗·大雅·抑》作"淑慎尔止,不愆于仪",《列女传·宋恭伯姬》君子曰引诗同毛,是毛、鲁同而与齐异。陈乔枞曰:"愆,《毛诗》作愆。《氓》诗'匪我愆期',《释文》'愆,字又作諐'。《荡》诗'既愆尔止',《释文》'愆,本又作諐'。考《说文》:'愆,过也。从心,衍声。……籀作諐。'释元应《众经音义》云:愆,古文、愆二形,籀文作諐,今作愆,同。"②郭店简、上博简諐作"侃",郭店简"仪"作"义",上博简残。侃为諐之省文,亦即以声符代其字,可见传本《缁衣》作"諐"之有所本。如果五传礼家确实整合过《齐诗》和传记文字,则《齐诗》很有可能作"諐",而与毛、鲁不同。

传本八章引"穆穆文王,於缉熙敬止",《礼记·大学》亦引之,与《毛诗·大雅·文王》同。王先谦曰:"《礼·缁衣》《大学》并引诗云……明齐、毛文同。"上博简《缁衣》引此诗文字有误,不论,郭店简引作"穆穆文王,于偝逅敬止"。"缉熙"与"偝逅",虽声符相同,容可通用,但到底是齐诗派经师用通行字改写古文,还是后人据《毛诗》文字改《缁衣》,现已无法确指。

传本二十四章引"白圭之玷,尚可磨也,斯言之玷,不可为也",与《毛诗·大雅·抑》同。《左传·僖公九年》:"君子曰:《诗》所谓'白圭之玷,尚可磨也,斯言之玷,不可为也'。"如果此文未经后人改窜,应是先秦原貌,与《毛诗》同。宋代黄善夫刊本《史记·晋世

---

①　王先谦:《诗三家义集疏》卷23,第934页。

②　陈乔枞:《三家诗遗说考·齐诗遗说考》卷9,《清经解续编》卷1146,第5册,第1327页上栏。

家》引《左传》文,"尚"作"犹"①。陈乔枞与王先谦都认为《史记》是
《鲁诗》,但不能确认作"犹"为《鲁诗》异文②。按此当是司马迁转
录时据意书写,未必有师法家法异同。犹、尚义通。《礼记·檀弓》
"期而犹哭"郑注:"犹,尚也。"故随意换字。王先谦又曰:"《礼·缁
衣》引'白圭之玷'四句,明齐、毛文同。《说文》引《诗》'白圭之
刮',当为韩文"③。马宗霍拘于本字本义,以为"《毛诗》本作'刮',
三家《诗》作'玷'……后人以诗文玷承白圭言,字当从玉,遂以三家
《诗》本易毛,不悟刮从刀,故有缺义,玷从玉,与缺义不相应矣"④。
马氏推测的仅是诸多可能中之一涂,"玷"字自有缺义,故《毛诗》未
必定作"刮",而《说文》所据容或有其他古文本⑤。《说苑·谈丛》
引作"白珪之玷,尚可磨也,斯言之玷,不可为也",依师承分,此《韩
诗》文,字亦作"玷",如果不是后人窜改,也是当时一家之文字。今
郭店简作"白珪之石,尚可磨也,此言之砧,不可为也",上博简作
"白珪之砧,尚可磷,此言之砧,不可为"。上博简之两"也"字自是
漏写或省写。其字作"砧"作"石",因为美石为玉,贱玉为石,所以
透露出"玷"字形义都有所本,亦有所易。两简本圭作"珪",代表
《韩诗》的《说苑》也作"珪",而承袭简本代表《齐诗》的传本《缁衣》
却作"圭",又《文选·谢灵运〈初发石首城〉》诗和袁宏《三国名臣序
赞》李善注引《毛诗》皆作"珪",而刘越石《答卢谌》诗之三李善注引
《毛诗》作"圭",可以想见,秦汉间凡是被引用多的诗句,往往容易
被改窜,六朝传抄和宋刻清校又数次背离原形,要追溯其真正字形,
颇使人有邈焉不可得的感叹。

---

① 《二十五史》(百衲本),浙江古籍出版社,1998 年,第 1 册,第 136 页第 2 栏。
② 陈乔枞曰:《史记》"惟尚字作犹",王先谦云:"惟尚作犹异"。
③ 王先谦:《诗三家义集疏》卷 23,第 934 页。
④ 马宗霍:《说文解字引诗考》卷 2,《说文解字引经考》第 3 册,第 3 页背。
⑤ 详细疏证参见拙文《上博简、郭店简〈缁衣〉与传本合校补证(下)》,载《史林》2004
　　年第 1 期,第 61—72 页。

传本二十四章引"允也君子,展也大成",《毛诗·小雅·车攻》作"允矣君子,展也大成",前"也"字作"矣"①。郭店简作"躬也君子,厘也大成",上博简作"夋也君子,垦也大成"。简本前后均作"也",可见传本相承未变,如果《齐诗》同传本,则与《毛诗》有异,如果齐、毛文同,则《齐诗》与传本就不是陈氏、王氏所认定的那么划一。允之作"躬"作"夋",展之作"厘"作"垦",即使有字形考释不确之因素在,仍可以看出其中有文字之差异。在由古籀、六国古文转写成汉隶乃至后来楷化的过程中,促使字形走样或变异的因素实在太多,千年之后根本无法根据一二字形轻易作出判断。

传本十九章引"淑人君子,其仪一也",《毛诗·曹风·鸤鸠》作"淑人君子,其仪一兮","也"作"兮",为齐、毛不同处。此诗句文献引证极多,《荀子·劝学篇》《列女传·魏芒慈母传》《说苑·反质》《潜夫论·交际》引皆同《毛诗》,王先谦以为鲁家说。《韩诗外传》卷二引同《毛诗》,王先谦以为韩家说;《大戴礼记·劝学》引同《毛诗》,王以为齐家说。唯《淮南子·诠言训》引作"淑人君子,其仪一也,其仪一也,心如结也",《淮南子》杂采众书,不知其属何家,但此前后四用"也"字,似绝非笔误②。王先谦认为这与《缁衣》是"诸家有别本作'也'之证"。别本为何? 清代以前只能推测而已。今出土郭店简作"觜人君子,其义弍也",上博简作"□人君子,亓义一也",两种简本皆作"也",所引虽仅两句,不能知后二字是否作"也",但从修辞的顶针上考虑,传本和简本《缁衣》所据本之下句应该同上句一样作"其义(仪)一(弍)也",从而最后一句也完全可能以"也"结句;简本"仪"字作"义",正与毛传、郑笺解"仪"为

---

① 王先谦引《缁衣》二句作"允矣君子,展也大成",所以他说"齐毛文同"(《诗三家义集疏》卷15,第626页),失察于两者之异,不能不说是一个谬误。

② 黄生《字诂》谓"《淮南子》引《诗》……以兮为也,则也字当音猗"。(中华书局,1984年,第34页)其音读可以商榷,其形体则已变异。

"义"一致①：这很可能就是《淮南子》所据的别本。

　　传本二十三章引"服之无射"，《毛诗·周南·葛覃》作"服之无斁"。陈乔枞曰："射，《毛诗》作斁，三家今文皆作射。"②《说文·攴部》："斁，解也……《诗》曰：服之无斁。斁，猒也。"与《毛诗》合，可证《毛诗》确作"斁"。陈氏所谓三家，其实《韩诗》无征，王先谦录《缁衣》"服之无射"为《齐诗》，录王逸《楚辞·招魂》注"射，厌也"引《诗》作"射"和《尔雅·释诂》"射，厌也"郭璞引《诗》亦作"射"二例为《鲁诗》③。从传世文献上看，似《齐诗》《鲁诗》作"射"，而《鲁诗》尚有异本。郭店简作"备之亡怿"，上博简作"备之亡斁"，郭店简从"心"，上博简并形符亦省略。一句四字，有三字异文。从郭店简和上博简四字之中唯第四字省形符来推测，西汉礼家所见《缁衣》即使与郭店简、上博简不同，亦不至于一句四字除一虚词外全部相异。尤其是《鲁颂·泮水》"徒御无斁"，陆德明《释文》出"无绎"曰："绎，本又作射，又作斁，或作怿，皆音亦，厌也。"④同一"无斁"，异文众多，其中的"怿"正与郭店简相同，料想先秦流传的《诗经》中"无斁"一词必有作"无怿"的本子，故简本《缁衣》会引作"怿""斁"。郝懿行曰："射者，斁之叚音也。射古音序，又音舍，转音石，又音亦，故射、斁二字经典叚借通用。"⑤今本《缁衣》之作"服之无射"，如果不是五传礼家在整理、转写、传授时有所出入，必是后人传

---

① 张慎仪《诗经异文补释》卷6曰："董氏引崔灵恩《集注》作'其义一分'。"是梁以前或有作"义"之本。

② 陈乔枞：《诗三家遗说考·齐诗遗说考》卷1，《清经解续编》卷1138，第1285页上栏。

③ 按，宋本《尔雅·释诂》"豫、射，厌也"下郭璞引《诗》作"服之五斁"，王氏误引，然不碍其指《尔雅》为《鲁诗》文。但进而思之，郭璞既作"斁"，可见郭本作"豫、斁，厌也"，证之《释文》作"射，羊石反，字又作斁，同。"是陆德明所见确有作"斁"之本，则《鲁诗》是否作"斁"，亦大可疑问。

④ 陆德明：《经典释文》卷7，第1册，第410页。

⑤ 郝懿行：《尔雅义疏》上之一，第216页。

抄时有所更易。

传本二十二章引"人之好我,示我周行",与《毛诗·小雅·鹿鸣》同。郑玄笺《鹿鸣》诗曰:"示当作寘(置),寘(置),置也。周行,周之列位也。好犹善也。人有以德善我者,我则置之于周之列位,言己维贤是用。"其注《缁衣》曰:"行,道也。言示我以忠信之道。"陈乔枞依据郑笺训苹为藾萧等,认为康成"《礼》注据齐说而《诗》笺又用鲁训也"。王先谦责陈说为非,他认为:"班固世习齐诗,其《东都赋·辟雍诗》云:'于赫太上,示我汉行。'正袭用'示我周行'句义,是释'周'为'国',释'行'为'道',齐说如此。郑释'周'为'忠信',与齐说异。又笺读'示'为'寘',释'周行'为'周之列位',乃参用《荀子·解蔽篇》《卷耳诗》'寘彼周行'句义,彼训'周'为'徧',此释'周'为'国',亦不全同,皆下己意也。"[①]陈、王二氏各有所据,是非先不论。郑玄《诗》《礼》异说之关键在于对"示"的理解。将"示"训为置,后面"周行"只能解释为"周之列位";如果释为"告示",则"周行"便只能理解为"忠信之道"。示,古音船脂;寘,古音章支,韵部旁转,声纽同部位,可以通用。但出土郭店简作"旨我周行",上博简作"䚐我周行",旨古音章脂,䚐从见旨声,古音同旨。"旨"与"示"声韵更近,旨我周行,就是寘我周行,郑玄笺《鹿鸣》诗读示为寘,似乎是本着一种"旨我周行"的文本或师说作解,如果《缁衣》确与《齐诗》关系密切,那"寘我周行"应该是《齐诗》说。但为什么传本《缁衣》仍作"示"而不作"旨"或"䚐",是否礼家传授中弟子记录作"示",抑或东汉以还据《毛诗》而改,从而导致郑玄以"告示"作解?总之,简本之作"旨"昭示传本《缁衣》很可能不作"示"。

传本二十章引"君子好仇",《毛诗·周南·关雎》作"君子好逑"。《尔雅·释诂》"仇,匹也",《众经音义》引李巡注:"仇,怨之

---

①   王先谦:《诗三家义集疏》卷14,第553页。

匹也。怨耦曰仇。"郭注："诗曰:'君子好仇。'"王先谦据此以为《鲁诗》《齐诗》均作"仇"。不仅止此,王氏还认为:"《后汉·张衡传》《边让传》李注、《文选·景福殿赋》李注、《嵇康·琴赋》注、《嵇康·赠秀才入军诗》注、白居易《六帖》十七引作'仇',并用鲁、齐诗。"①按,《张衡传》系《思玄赋》"伟关雎之戒女"下李贤所注,云"《诗·国风》曰",而《边让传》下则明言"《毛诗》曰",《文选·思玄赋》旧注同,而《景福殿赋》《琴赋》《赠秀才入军诗》包括王氏未提及的曹植《七启》李注亦皆云"《毛诗》曰","并用鲁、齐诗"之说既与史实不符,也与文献记载差忒。陈乔枞曰:"《文选·西都赋》六臣注引诗云'君子好求',唐惟《韩诗》存,是《韩诗》不作逑、仇,与鲁、齐、毛并异也。"②核宋刊本仍作"逑",与毛不异。引《毛诗》而作"仇",不标明《毛诗》而作"逑",适见版本已经后人窜改,乱而不可为典要。今郭店简作"君子好戠",上博简作"君子好埶",既不作"逑"形,也不作"仇"形,是否"仇"仅为《鲁诗》系统,《齐诗》字形如同《缁衣》竹简,但两种简本亦不相同,已无法让人确定《齐诗》原来的字形。

　　传本二十一章引"朋友攸摄,摄以威仪",与《毛诗·大雅·既醉》同。《左传·襄公三十一年》引周诗亦同,文献无异文,诸家多缺而不论,王先谦唯举《缁衣》郑注,以为是齐说。但简牍出土,一改此诗齐、毛同文之状况。郭店简作"俚备卣㝵,㝵以悁义",上博简作"聖备卣㝵,㝵以威义",前者八字之中有七个异文,后者八字之中有六个异文,一跃而为整部《诗经》中异文比率最高的诗句。从郭店简和上博简两种《缁衣》并非同一传本的角度推测,传本《缁衣》即使与简非同一抄本,也绝对不可能两句八字中有那么多异文,所以,传本《缁衣》全同《毛诗》文字,反而不能摆脱后人据《毛

①　王先谦:《诗三家义集疏》卷1,第10页。
②　陈乔枞:《三家诗遗说考·齐诗遗说考》卷1,《清经解续编》卷1150,第5册,第1344页上栏。

诗》改《缁衣》文字的嫌疑。

传本二十五章引"我龟既厌，不我告犹"，与《毛诗·小雅·小旻》同。王先谦又举《潜夫论·卜列篇》《淮南·览冥训》高注引《诗》同《毛诗》，以证毛、齐、鲁三家文同。今郭店简、上博简均作"我龟既猒，不我告猷"，猒、厌与猷、犹之异文，虽然声韵全同，文献例证甚多，但传本《缁衣》是否有异于简本而全同于《毛诗》，也是一个疑问。

以上仅是依据已见的异文稍作逻辑推想而已，之所以不作穷尽式的推想排比，是因为经学文献在流传过程中所碰到的变异和淆乱等情况远比我们想象的要复杂，尺幅短纸难容无尽之推想和纷繁之客观，且即使罗列出种种可能也无法得到证实。相反，即就上面的推证，也已足以使我们对前贤研究四家《诗》之利弊作出判断。

（四）由简本文字论前贤以师承和异文区分四家《诗》之利弊

三家《诗》由雄踞官方学府数百年到渐趋衰落乃至失传，《毛诗》由偃蹇不通到占居鳌头以至独传千年，这是无数机缘与因素同时作用的结果，无需在此详论。从陆德明保存六朝众家异文到王应麟钩稽三家《诗》，是从不自觉到自觉的汉代四家《诗》经的研究。清代陈乔枞是四家《诗》特别是鲁、韩、齐三家《诗》研究的大家，而王先谦则是三家《诗》研究的殿军。《诗经》研究史者将以陈、王为中心的清代三家《诗》研究的功绩归结为广辑佚文、考证家数、比勘异同、钩稽遗说诸项[①]。其中佚文的搜辑和遗说的钩稽无疑是三家《诗》研究者特别是陈乔枞的最大功绩，但搜辑的异文和遗说最终必须通过家数的考定而归入某家某说中去，才算最后完成。

陈、王二氏对家数的考定下过很大功夫，所惜前四史和秦汉文献记载经师的师法、家法多有缺略，无法归属；他如记载两歧、出入

---

① 洪湛侯：《清代今文诗学研究的方法和业绩》，《诗经学史》第10章，第609—616页。

数家、祖孙异趣等非常之情况,硬要定于一家一派,恐多有背事实①。前人并不是没有察觉其复杂,叶德辉《三家〈诗〉补遗序》云:

> 齐鲁亡独早,言三家者仅据其传授推之。不知两汉经师,惟列传《儒林》者,其学皆有家法,自余诸人,早晚皆有出入。如班氏学出齐诗,而《白虎通》有杂采三家之说,《汉志》又云"鲁最近之",则其学无专师,略可考见。②

叶氏认为《儒林传》之外,其所从或无常师,故所传亦不拘一家,所举仅班固。又有人兼及郑玄者,刘肇隅《阮氏三家〈诗〉补遗序》云:

> 《汉书·郑玄本传》玄初从张恭祖受《韩诗》,则《礼注》虽采齐、鲁,实用韩说为多,陈氏不别其为鲁为韩,而概列入《齐诗》,诚不足据。桓宽《盐铁论》说与鲁合,又何得仅据《兔罝》《鸣鸱》二诗与鲁、韩、毛异,遂定为《齐诗》家乎?班固博收众说,其书犹当分别观之。陈既编《白虎通》为《鲁诗》,而《汉书》所录,若《地理志》《礼乐志》《食货志》引诗,若《古今人表》《功臣表》引诗,此以为《鲁诗》者,陈概以为《齐诗》,何耶?又若《董仲舒传》载武帝制引《诗》"毋常安息",此武帝引《鲁诗》也,《儒林传》云:兰陵王臧从鲁申公受诗,已通事景帝,为太子少傅,然则武帝为太子时从王臧受《鲁诗》矣。是书以此条入《鲁诗》,而陈本混列《齐诗》,此皆陈氏分别家数不如文达之精审者也。③

刘氏比较陈氏《三家〈诗〉遗说》与阮元《三家〈诗〉补遗》二书,指出乔枞在郑玄、桓宽、班固及武帝数人的归属上不如阮元考虑得周密、贴切,这也从某种角度上再次证明叶德辉所认为的汉代有些经师的师承是前后出入数家而非守一不变的。较为显著的一例是,《汉

---

① 翻开清唐晏《两汉三国学案》,许多经学家兼属数派,便足以见其复杂之一斑。

② 阮元:《三家〈诗〉补遗》卷首,《续修四库全书》,第76册,第1页。

③ 阮元:《三家〈诗〉补遗》卷首,《丛书集成续编》,第110册,第3页。

书·薛广德传》："薛广德字长卿，沛郡相人也。以《鲁诗》教授楚国，龚胜、舍师事焉。萧望之……荐广德经行宜充本朝。为博士，论石渠。"是广德为《鲁诗》经师。而《后汉书·儒林传下·薛汉》云："薛汉字公子，淮阳人也。世习《韩诗》，父子以章句著名。汉少传父业，尤善说灾异谶纬，教授常数百人。建武初为博士，受诏校定图谶。当世言《诗》者，推汉为长。"据《新唐书·宰相世系表》："广德生饶，长沙太守。饶生愿，为洛阳太守，因徙居焉，生方丘，字夫子。方丘生汉，字公子，后汉千乘太守。"是广德为汉之高祖，汉著《韩诗章句》二十二卷，至六朝犹存①。高祖"以《鲁诗》教授"而四世孙以《韩诗》著名。如果传文"世习《韩诗》，父子以章句著名"确是写实，至少从薛愿开始似乎已习《韩诗》，两《汉书》不记饶、愿行述片辞，是否也是儒林传之外学者出入的一例呢？所以，以四家经师分派来区分四家《诗》之异同，是季汉魏晋以还四家《诗》畛域泯灭、三家《诗》相继亡佚之后研究两汉四家《诗》说、文字异同的基础工作，十分必要，但实施这种方法首先必须尽可能利用各种资料翔实考证经师师弟子之间和祖孙父子之间传承的异同，多闻缺疑，避免武断，以致扭曲史实，淆乱家法。

　　经师师派的考定和异文的归属既独立又互相联系，其之所以互相纠葛的原由是：同一家诗说的文字未必相同，不同师法的文字未必相异。文字在与师说相联系的同时，又有它自身的特点。考订四家《诗》的文字异同，在充分考虑与师法、家法关联的同时，尤其应该注意四家《诗》的形成和发展的秦汉之间文字的运用情况和四家《诗》畛域泯灭后辗转抄写、刊刻的窜改和淆乱。

　　秦汉之间是一个"言语异声，文字异形"的时代，这一点，过去只停留在理论上，自从相同的竹简帛书古籍如《老子》《易经》《五

---

① 陈乔枞据《后汉书·儒林传》言杜樵少"受业于薛汉，定《韩诗章句》。其所作《诗题约义通》，学者传之，曰杜君法"，遂疑《唐书·艺文志》所载即此种。

行》,尤其是两种《缁衣》出土以来,已可从理论落实到实际的认识中去,帛书与简牍《五行》的文字差异,郭店、上博简《缁衣》与传本的文字差异,都已经真实地反映了当时的文字运用实况。至于《诗经》,因为可以歌,可以诵,可以赋,可以唱,其所让人心荡神驰者在音不在字。元代熊朋来早曾注意及此,他对《礼记》中的引《诗》有一段描述:

> 古人尝歌《诗》,故引《诗》者但记其音,不论其字义。以《礼记》中引《诗》观之,《中庸》之"嘉乐宪宪",《大学》之"绿竹有斐",《闲居》之"弛其文德,协此四国",以至"君子好仇""匪革其犹""彼其之子""瑕不谓矣""和乐且耽""嵩高维岳""后稷兆祀",字虽异而音本同。"我今不阅",以躬为今;"亦孔之昭",以炤为昭;"履无咎言",以体为履;"莫其德音",以貊为莫;"有楷德行",以觉为楷;"度是镐京",以宅为度:亦字音可以相通者。《春秋传》引《诗》"协比其邻",以洽为协;"便蕃左右",以平平为便蕃:皆当时引《诗》通例也。可见古人以歌《诗》为常,记其字音足矣,非若经生博士区区于训诂也。①

熊氏揭示引《诗》异文之音,可谓通达,但《礼记》中引《诗》是为证理而非歌诵,所以更应从秦汉间的师承传授中去求解。对于师弟子之间传授和文字运用的形式,郑玄曾有简要的描述:

> 其始书之也,仓卒无其字,或以音类比方假借为之,趣于近之而已。受之者非一邦之人,人用其乡,同言异字,同字异言,于兹遂生矣。②

所谓"其始书之也,仓卒无其字""受之者非一邦之人",是指众多弟子在受学过程中的记录形式。所谓"以音类比方假借为之,趣于近

---

① 熊朋来:《经说》卷6,《通志堂经解》,第16册,第629页。
② 见陆德明《经典释文叙录》引,《经典释文》,第1册,第6页。

之而已",说明记录经文或师说,在"仓卒无其字"情况下①,多以同音字替代。郑玄以经师身份,对当时的师弟子传授和文字运用形式的概述,自较熊氏更为真实。经典文字在这种传授和运用的形式下被传播,其异文之产生就不只是限于一家一派而已。尽管在继承师说的过程中有守师说家法的传统,会进行统一规整,但师说自是必须捍卫坚守,至于文字的异同,即郑玄所说的"同言异字,同字异言",乃至同字异形、形符声符的互换等等,须尽可能一致,可以理解;要说必须丝毫不差,恐怕很难做到,也不符合两汉的实际用字情况。因为上溯经师的文本来源,文献记孔安国得《古文尚书》《礼记》等,"以今文字读之","以隶篆推蝌蚪",其推、读转换之际,无疑是在贯彻自己的文字运用观。安国如此,其他一切从古文转写成汉隶而传授的经师莫不如此,由此可见授受的文本较之先秦古本,已有变异走样,由此而下的传本,也会有同字异形上的不同。

以上仅是从传世文献中可以把握认识而为三家《诗》研究者在分隶四家异文中所忽略的一些问题。当今层出不穷的简牍帛书,可以使我们真切认识经师之前的经典古文本。仅就上面所引证的两种简本和一种传本《缁衣》的引诗与《毛诗》、文献引《诗》的分析、比较得知:

三家《诗》研究者认为传本《缁衣》属齐诗派,今其引诗 21 次,计 181 字。与郭店简相比,多 1 字,在 180 字中,异文 67 字,占 37.2%;与上博简相比,多 3 字,再减去上博简残损 23 字,在 155 字中,异文 55 字,占 35.5%。以郭店简比率推之,残损 23 字中也会有近一半的异文,所以百分比与郭店简相仿佛,都超过三分之一。将郭店简与上博简相比,郭店简 180 字,上博简 155 字,异文有 33 字,其中有 2 字为同字,占 21.2%。以两种简本的异文比率推测,纵使

---

① 　当然在很多的情况下应该是有其字的,只是经师一时记忆不起,无奈只能用同音字替代。

西汉传礼经师所据本不同于两种简本,也无法否认传本与简本之间存在的差异之大。这些异文由多种因素合成,首先是先秦的传本本身之差异,其次是经师用汉隶转写古文时因个人的文字观和文字应用习惯造成部分异文,再次是师弟子传授记录时因"仓卒无其字"而临时以方音方言假借替代所造成。

以这三种异文来衡量陈寿祺对西汉经师"文字或异,训义固殊,要皆各守师法,持之弗失,宁固而不肯少变"的界定,就不无商榷的余地。先秦传本的异文,无疑可以成为师法的不同义训;经师转写所产生的异文,就未必成为不同的师法义训;至于传授记录中所出现的异文,除非这位弟子日后成为大家、立为博士,一般不可能成为不同的师说。如果将这些复杂的背景所造成的异文来衡量陈乔枞、王先谦等人以师承所划定的分野而分配文献中的异文,不免会显得劳而少功。

传本十七章"谁能秉国成",《毛诗》和两种简本均无"能"字,显示出传本之不纯古。传本二十三章"服之无射",《毛诗》射作"斁",郭店简作"怿",上博简作"睪",从先秦文献所见的文字经常变换或省略声符角度思考,似乎是《毛诗》与简本亦即传本的祖本近而与陈、王二氏所谓《齐诗》派的《礼记·缁衣》远。这是传本另有所本,还是五传礼家经师、弟子在转写、授受、记录时所改,换言之,《毛诗》与简本近同,说明《毛诗》渊源有自,原自《齐诗》与礼学经师的传本与古本(简本)不同,是《齐诗》原本作"射"改从《齐诗》,还是经师、弟子转写、记录改作"射",今虽无法证实,但却透露出传本之不纯古。传本之不纯古,证明经师在传承、授受中并没有恪守古文而"持之弗失",并没有"宁固而不肯少变"。

至于陈乔枞、王先谦将后世类书、传记中辑出的异文,依经师的派系而分别划归四家《诗》派,也需斟酌。因为类书编纂时所承用的资料已经没有明确派系观念,后世的类书又层累地承袭,早已失却原貌。加之唐朝、宋刻、清校,都会有不同程度的窜改,以这种资料分隶四家,很难正确反映两汉家法实际的原貌。

三、结　语

　　三家《诗》学说和四家《诗》异同的钩稽与研究,从简单搜集只字片言到追溯家法、区分派别,此一过程至清末已渐趋完善。后人能见到汉代四家《诗》的大概轮廓,应该归功于创始者王应麟、功臣陈乔枞和集大成者王先谦的相继努力。尽管其中尚存有因对个别经师、文献作者之师法、家法认定的歧见而引起学说、异文之归属不一,而又因为没有可靠材料,只能停留在异说相持的阶段。郭店、上博简《缁衣》的出土,为重新审视四家《诗》异文的归属带来了新的契机。用简本《缁衣》所引之诗句异文,校核《齐诗遗说考》《诗三家义集疏》中关于《齐诗》异文的认定和划归,颇多凿枘龃龉。简本引《诗》的异文,展示出先秦之《诗》虽未分为四家,但其文字之异形却不少于四家。这些异文在文本的流传中有的被保留,有的在传抄中被人为地增损形符或声符,有的被方音方言字替代;战国晚期到秦汉间之《诗经》文字,是分化与统一双轨并行的过程,汉初诗学以不同的派系传播,经师先后用汉隶转写古本文字,部分失却先秦古本原貌;又因为在传授过程中,其形式多系老师口授、弟子听讲记录式,仓促间有以同音假借替代,故不免与老师文本异样。其后虽竭力用师法、家法规整统一,仍难整齐一律。这些歧出的现象在出土《缁衣》的引诗与《毛诗》和文献引《诗》的校核中已经充分暴露出来。加之两汉的文献原貌早已经六朝唐抄、宋刊清校而有所变异,所以,执后世变异之文献来追踪两汉四家《诗》的字形区别,并不能正确揭示其家法异同。通过对简本《缁衣》引诗的校核研究,笔者认识到:前人研究的成果并非是一个终结,尚有待于认识的深化和用新资料来检验;还原两汉四家《诗》的真正面目,尚须对现有简牍引《诗》的深入研究,并寄希望于新出土的两汉《诗经》文本。

由海昏简与熹平残石对勘论鲁、毛篇第异同

——以《小雅》"《嘉鱼》《鸿雁》《甫田》"三什为中心

引　言

　　自赵明诚校勘宋代出土熹平《鲁诗》残石,发现其与《毛诗》"篇第亦时有小异"①,其后八九百年中,学者莫知其所异在何处。及王国维著《魏石经考》,犹以不得亲睹庐山面目而于此言耿耿于怀。二十世纪二十年代,洛阳出土大批熹平《鲁诗》残石,经罗振玉依仿洪适、翁方纲、王国维一脉相承之碑图复原方式精密考订推导,已使《鲁诗》有一较为清晰之样貌。嗣后张国淦利用罗氏考订成果,复原《鲁诗》碑图,至马衡复有增补,而黄美瑛又有修正。尽管有些诗篇仍无法妥帖安置复原,但鲁、毛之篇次异同,已清晰呈现。清代学者意欲复原三家《诗》文字与诗旨,陈寿祺、陈乔枞父子和王先谦用力颇勤,却无缘获睹真实之《鲁诗》概貌。当今学者获睹残石,再读《金石录》已不致有憾,然却很少去关注鲁、毛篇次异同所显示之文本来源与诗旨内涵。

---

①　赵明诚:《金石录》卷 16,龙舒郡斋刊本,《历代碑志丛书》,江苏古籍出版社,1998年,第 1 册,第 277 页上栏。

　　2011 年至 2016 年在江西南昌新建区发掘的汉代海昏侯墓葬，
随葬出土有五千余枚简牍，其中《诗》简有 1 200 枚（下简称"《海昏
诗》"）。原简照片尚未公布，然经专家整理，已有初步成果公布。
《海昏诗》简尽管文字与《鲁诗》并不一样，在篇次上却与熹平残石
复原之《鲁诗》很接近。海昏侯刘贺卒于神爵三年（公元前 59 年），
下距熹平石经刊刻（熹平四年，公元 175 年）已有二百多年，《诗》简
书写相距石经年代当更悠久。在二百多年甚至三百年之历史中，
《鲁诗》之文字固有变异，而其风、雅、颂篇次和诗旨是否产生异说，
它与《毛诗》篇次之差异代表了何种思想，都是《诗经》研究不容回
避之问题。因全面比勘、阐述，短篇论文无法承载，本篇仅就《小
雅》中之《嘉鱼》《鸿雁》《甫田》三什篇次与诗旨进行比较。

　　下文将先梳理罗振玉对熹平残石的考订，参照张国淦和黄美瑛
的碑图次序，以与《海昏诗》简作一比较，而后比勘《毛诗》篇次，探
寻鲁、毛义旨之异同。

一、熹平残石复原之《嘉鱼》《鸿雁》
《甫田》三什次序

　　熹平石经之碑式复原，导源于洪适在《石经仪礼残碑》下跋文
的一句话，他排列《士虞礼》一段残文，谓"因知此碑每行七十三
字"[1]。清代翁方纲循此一语，将其所得之汉石经《尚书》《论语》残
石皆一一标示每行多少字，为熹平石经碑式复原奠定了基础。王国
维撰《魏石经考》曾参照洪、翁之法计算其碑数，唯当时所见残石不
多，未有具体文字位置。至罗振玉在二十世纪二十年代末将先后所
得之熹平残石对照传世文本一一考订，著成《汉熹平石经残字集
录》，石经《鲁诗》之前后篇次方始清晰呈现。下面将《集录》与《集

---

① 洪适：《隶释　隶续》卷 15，第 421 页下栏。

存》中涉及《小雅》三什的残石图示说明,以便与《海昏诗》简对照。

　　第一块是《南有嘉鱼》《南山有台》二诗相连,此罗振玉《集录》未著录,张国淦《碑图》亦未图示,见马衡《汉石经集存》五六号,图文如图8-1所示。

乐_{其一}南有嘉鱼烝然□
　北 山 有 莱 乐 旨 君□
　　有 栲 北□

图8-1　残石图(文)1

　　残石文字第一行是《南有嘉鱼》第一章末句“式燕以乐”之“乐”和“其一”,以及第二章“南有嘉鱼,烝然”;第二行是《南山有台》首章第二、三句“北山有莱,乐旨君”七字①;第三行是《南山有台》第四章“南山有栲北”五字。此石显示《南有嘉鱼》和《南山有台》二诗相次。

―――――――――――――――

①　按,《毛诗》第三句作“乐只君子”,《左传·襄公十一年》引诗即作“乐只君子”,《汉卫尉衡方碑铭》有“乐旨君子,□□旡强”,黄美瑛又揭出熹平石经残石《采菽》“乐旨君”即作“旨”,见《汉石经诗经残字集证》卷2,文史哲出版社,1979年,第42页。残石文字在马衡《汉石经集存》第八三号,今《毛诗》亦作“乐只君子”,可见鲁、毛此字确有古今文之异。

　　第二块也是最有价值的一块是《采芑》《车攻》《吉日》《白驹》四诗相连残石。此石图文如图 8－2 所示。

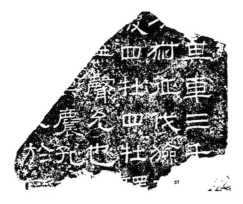

其车三千
方 叔征伐猃□
彼 四牡四牡 驿
无 声允也
其 麃孔□
人於 焉

图 8－2　残石图（文）2

残石第一行是《采芑》第三章第五句"其车三千",第二行是《采芑》第四章第十、十一句" 方 叔,征伐猃 狁 ";第三行是《车攻》第四章第一、二句" 驾彼 四牡,四牡驿 驿 ";第四行是《车攻》第八章第二、三句" 有闻 无声,允矣 君子 ",第五行是《吉日》第三章第二句"其麃孔 有 ",第六行则是《白驹》第一章第五六句" 所谓伊 人,於焉 逍遥 "。此石透露出鲁、毛篇次之不同,罗振玉率先校读《毛诗》,以为其每行均七十二字,进而云"今《毛诗·吉日》为《南有嘉鱼》之什末篇,《白驹》为《鸿雁》之什第六篇。据此则《鲁诗·吉日》之下直接《白驹》,此又鲁、毛篇次之异矣"①。《毛诗》中则《南有嘉鱼之什》下是《鸿雁之什》,此什前五篇为《鸿雁》《庭燎》《沔水》《鹤鸣》《祈父》,第六篇是《白驹》。今《白驹》直接跳出《鸿雁之什》而上继成为《南有嘉鱼》末篇。

　　第三是由五块碎石拼接而成之残文,涉及《小雅》之《大田》《瞻彼洛矣》二诗。罗振玉先见四块,拼接成三块,如图 8－3 所示。

----

① 罗振玉:《汉熹平石经残字集录》,中州古籍出版社,2014 年影印本,第 19 页 b。

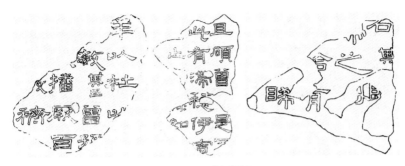

图8-3　残石图3

四石文字牵连《甫田》《大田》《瞻彼洛矣》和《湛露》四诗。罗氏在20世纪30年代时所见尚有不足，至马衡所集，又多出三块，经拼接，图文如图8-4所示。

第一行是《甫田》第二章"与我牺羊，以社以 方,我 田既 臧"，第二行是《甫田》第三章"农夫克敏"最后一字"敏"和"其三"二小字，下面拼接成第四章首两句"曾孙之稼，如茨 如梁"。此二行皆《甫田》，不涉他诗。第三行可将两条拼接残石上下合并，为《大田》首章和第二章首句" 俶载南 亩，播厥百□□庭且硕，曾孙是不若其一既 方既卓"，此句"曾孙是不若"，《毛诗》作"曾孙是若"，无"不"字。第四行是《大田》第三章后四句" 此有不 敛穧，彼 有遗秉，此有滞穗，伊寡妇之利其三"。第五行是《瞻彼洛矣》首章三、四、五句" 君子至 止，福禄如茨，鞸琫有珌"，末字"珌"，《毛诗》作"奭"，而《白虎通・爵》篇《鲁诗》引作"珌"，此残石"色"字右上角存，可证。第六行亦即最后一字系从"目"之"睎"，罗振玉以为此字《毛诗》所无，"疑即《湛露》之'匪阳不晞'，《鲁诗》作'睎'也"。但若以《湛露》接《瞻彼洛矣》，尚有二字之误差①。张国淦《碑图》即在第五行末衍出"彼洛"

①　罗振玉：《汉熹平石经残字集录》，第24页 a。

羊以社以□□□田既□

□□□敏共三曾孙□稼如茨如

□□□亩播厥百□□庭且硕曾孙是不若其□

□□□攸稷俶□□□此有滞有穗伊寡妇之利其三

止福□□如□□鹄有頍

眳

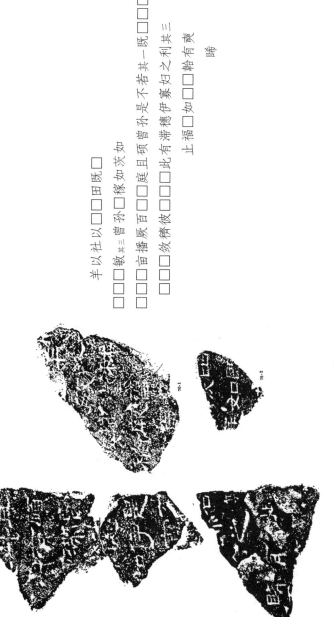

图 8-4　残石图（文）4

二字,后马衡于一九五二年编辑《集存》时寻出"湛露四章"一残石
(图8-5),乃证明罗氏怀疑《湛露》接《瞻彼洛矣》为是,云:"《湛
露》上接《瞻彼洛矣》,以'章六句'之'章'字数至《湛露》末章止,适
得七十二字,与别石'晞'字之行款亦合;惟前行七十四字,意《瞻彼
洛矣》后题,当作'瞻洛'二字。"①是马衡以为后题为"瞻洛",所以
字数行款正合②。而且残石第一行"君子"正是《瞻彼洛矣》第二章
"君子至止"之"君子"二字,密合无间。今《海昏诗》简虽有此诗,却
阙二简及尾题,无法验证,但此诗在《湛露》前则是事实。

图8-5　残石图5

第四是由五块残石拼接之残文(图8-6)。

残石涉及《小雅》之《彤弓》和《宾之初筵》二篇。第一行是《彤
弓》二章"钟鼓既设,一朝右之",第二行是《宾之初筵》首章"大
侯既抗",第三行是二章"酌彼康爵",第四行是三章"载号载
呶,乱我笾豆"③,第五行是四章"不醉反耻,式勿从谓"。左边空白,
应是碑左最后一行。罗振玉仅校读而未云鲁、毛篇次之异,马衡云:

---

① 马衡著,中国科学院考古研究所编:《汉石经集存》,第10页b。
② 马衡在一九五二年九月十二日日记有记云:"罗氏《集录》于《小雅·大田》一石有
'晞'字,疑为《湛露》'匪阳不晞'之'晞'。今于此石外又发现《湛露》后题一石,其
前适为《湛露》后题,可证罗氏假设之不误,惜罗氏未之见也。"知《集存》文字即此日
所写。《马衡日记》,生活·读书·新知三联书店,2018年,第501页。
③ 石经残文"呶",《毛诗》作"呶"。

设一朝

矤既抗

酌彼康

　　载譊乱我

不醉反耻式勿

图8-6　残石图(文)6

"《彤弓》与《宾之初筵》相接,此鲁、毛篇次之异同。"①盖以《毛诗》《宾之初筵》在《甫田》第十篇,《彤弓》则在《南有嘉鱼》之什也。

　　第五块即《集存》八十号"□/庆矣/见"残石(图8-7),马衡谓是《裳裳者华》和《蓼萧》相次。其说云:"此'庆'字下,当是'矣'字残画,是《裳裳者华》'是以有庆矣'之文。次行'见'字当为《蓼萧》首章'既见君子'之'见'。但《菁菁者莪》首章,亦有'既见君子'句,所以知为《蓼萧》者,以'我心写兮,是以有誉处兮'二句,完全与《裳裳者华》同,则二篇相次,较为近理。此又鲁、毛篇次之异同也。"②

图8-7　残石图7

①　马衡著,中国科学院考古研究所编:《汉石经集存》,第11页a。
②　马衡著,中国科学院考古研究所编:《汉石经集存》,第11页a。

除去上述《集存》残石外,上世纪八十年代洛阳新出土汉石经残石中,又有两方涉及《南有嘉鱼》与《鸿雁》二什,可证石经《六月》与《采芑》相次,《黄鸟》《我行其野》《斯干》三篇相连。① 其与《集存》所录残石一通,展现出《鲁诗》各什诗篇排列与《毛诗》不同。

二、海昏侯简与熹平残石篇什对勘

《海昏诗》简出土后,经朱凤瀚先生非常细心和专业地拼接、整理,初步复原,使原来无法阅读的断简残篇串联成一部较为完整的《诗经》,向学术界展示了西汉《诗经》概貌,为学术史特别是《诗经》史研究作出了重大贡献。朱先生的《海昏竹书〈诗〉初读》②是对《诗》简全方位的探讨,本文仅就《小雅》三什在《初读》基础上再进一步细化、申论,以探寻《毛诗》和《海昏诗》《鲁诗》排列不同之旨意。

《初读》释读、拼接《海昏诗》的篇次目录,列出《嘉鱼》《甫田》《鸿雁》三什之篇次,并将之与《毛诗》三什篇次列成一对照表。为清晰展现熹平残石《鲁诗》与《海昏诗》之关系,谨将上述复原之残石篇次补入,列表,如表 8-1 所示。

表 8-1　《毛诗》《海昏诗》《鲁诗》三什篇次对照表

嘉鱼之什			甫田之什			鸿雁之什		
毛诗	海昏诗	鲁诗	毛诗	海昏诗	鲁诗	毛诗	海昏诗	鲁诗
南有嘉鱼	嘉鱼	南有嘉鱼	甫田	甫田	甫田	鸿雁	鸿雁	

---

① 中国社会科学院考古研究所编:《汉魏洛阳故城南郊礼制建筑遗址 1962—1992 年考古发掘报告》,文物出版社,2010 年,第 284—285 页。此书提及两方残石经马涛提示补入。

② 朱凤瀚:《海昏竹书〈诗〉初读》,朱凤瀚主编:《海昏简牍初论》,北京大学出版社,2020 年,第 108 页。

嘉鱼之什			甫田之什			鸿雁之什		
毛诗	海昏诗	鲁诗	毛诗	海昏诗	鲁诗	毛诗	海昏诗	鲁诗
南山有台	南山有台	南山有台	大田	大田	大田	庭燎	庭燎	
蓼萧	蓼萧	?	瞻彼洛矣	瞻彼洛矣	瞻彼洛矣	沔水	沔水	沔水?
湛露	裳裳者华	裳裳者华	裳裳者华	湛露	湛露	鹤鸣	鹤鸣	
彤弓	菁菁者莪	菁菁者莪	桑扈	桑扈		祈父	祈父	
菁菁者莪	六月	六月	鸳鸯	鸳鸯		白驹	青蝇	
六月	采芑	采芑	頍弁	頍弁		黄鸟	黄鸟	黄鸟
采芑	车攻	车攻	车辖	车辖		我行其野	我行其野	我行其野
车攻	吉日	吉日	青蝇	彤弓	彤弓	斯干	斯芊	斯干
吉日	白驹	白驹	宾之初筵	宾之初筵	宾之初筵	无羊	无羊	无羊?

以下据上表分析三什诗篇之次序：

（一）《南有嘉鱼》之什篇次

《鲁诗》残石五六号显示《南有嘉鱼》和《南山有台》相连（见图8-1），与《海昏诗》《毛诗》同。

《鲁诗》残石八十号仅三字（见图8-7），马衡以为是《裳裳者华》和《蓼萧》前后相次。其证据是"我心写兮"二句，但"我心写兮，

是以有誉处兮"二句未见残石出土,未与前后相牵涉,不足证其必为
《蓼萧》。今海昏简《裳裳者华》与《菁菁者莪》前后相次,经推排,
"庆""见"两字并列或上下差一字,依据海昏简与《鲁诗》排列多同,
且《毛诗》和《海昏诗》都将《蓼萧》排在《南山有台》后,则此三字为
《裳裳者华》《菁菁者莪》两诗之可能性为大。虽仍显出鲁、毛篇次
之不同,却非马氏所说之《蓼萧》。

据后出 80HNTT301K1∶004 号与《集存》有关残石,可知《六
月》《采芑》《车攻》《吉日》《白驹》五诗相连。与《毛诗》不同,然正
与《海昏诗》次序一致。《南有嘉鱼》十篇中,唯视《鲁诗·蓼萧》残
石文字,据《海昏诗》次序,有可能仍在该什中。

(二)《甫田》之什篇次

因残石七六与七七号数块残石之拼接,得知《甫田》《大田》
《瞻彼洛矣》和《湛露》四诗相接。(见图 8-3 与图 8-4)前三首
《毛诗》《海昏诗》皆同,唯残石最后一个"睎"字,经罗振玉和马
衡相继指认,确定为《湛露》"匪阳不晞"之"晞"的异文,至关重
要,因为《毛诗》《南有嘉鱼》一什中《湛露》诗不见于《鲁诗》同
什,而在《甫田》一什中找到其定位,且与《海昏诗》位置相同。
抑不仅此,与《海昏诗》《鲁诗》之《湛露》位置对应的《毛诗·裳
裳者华》,被移至《嘉鱼之什》之第四首,亦即《裳裳者华》和《湛
露》二诗位置正好跨二什对换,此非仅二诗前后互换可能为错简
之比。

再次是《集存》八一号残石,显示《彤弓》和《宾之初筵》前后相
连(见图 8-6),与《海昏诗》次序一致,而与《毛诗》之《青蝇》《宾之
初筵》相连不同。尽管《鲁诗》残石有限,然对照《海昏诗》,《鲁诗》
中似已无《青蝇》位置。凡此,既透露出《毛诗》与《鲁诗》之不同,也
显示出《海昏诗》与《鲁诗》之渊源。

(三)《鸿雁》之什篇次

《鲁诗》残石《白驹》出继《南有嘉鱼》之什末篇,竟亦与《海昏

诗》同。而原《白驹》位置,据朱凤瀚先生考证,正好是《青蝇》三章位置①。《青蝇》一诗,《毛诗》在《甫田之什》,前述已知其位置为《彤弓》替代。除此之外,据后出 80HNTT301K1：030 号残石,唯知《黄鸟》《我行其野》《斯干》三篇相连。而《集存》所存五八号《沔水》"载起"残字,五九号《无羊》"牲羊"残字,因无法判断其与前后诗之关系,无法论其位置与变动状况。

从以上熹平残石复原看,其次序多与《海昏诗》同。笔者曾据罗振玉、马衡之考证,复原过《大雅·生民之什》十篇②,也有人复原过《云汉之什》,基本与《海昏诗》一样③。唯因《海昏诗》篇第不全,熹平残石残缺更甚,目前还无法证明两种文本完全一样,但其属于同一系统应无问题。故以下所论,将两种残本归作《鲁诗》系统文本,以与《毛诗》勘同求异。

三、诗篇位置不同与诗旨之关系

《诗经》四家,传自先秦,溯自夫子与子夏,以同为基础,以异分派别。汉代建立《诗经》博士,以诗旨诗说异同为主干,以文字形义异同为枝叶。文字异同固可彰显不同诗派,然不同诗派却可共享同一字形;不同诗派经师会对同一字形读为、读作不同意义之字词,从而产生异解,也可以因对经文理解不同而对同一字形读为、读作不同意义之字词;数经传抄之后,伴随异解异说固化而产生多个异体

---

① 朱凤瀚先生云："现'鸿雁十篇'目录中仅未见《青蝇》章目,但其三章位置恰当应在《祈父》与《黄鸟》之间"(见《海昏简牍初论》,北京大学出版社,2020 年,第 117 页),亦即《毛诗》中《白驹》位置。

② 参见拙文《〈诗经〉今古文分什与"板荡"一词溯原》,载《文学遗产》2019 年第 5 期;收入本书,见第十篇。

③ 参见马涛:《再论汉石经〈鲁诗·大雅〉的分什与篇次——兼辨上博藏汉石经〈鲁诗〉残石真伪》,载《文献》2021 年第 4 期。

字形,形成同一诗派或不同诗派间一对或多个异文。

　　《诗经》之诗旨,乃西周采风和孔子删诗之旨意,关涉到美刺,此当为夫子、子夏、荀子而下,汉初四家《诗》之最为根本者。然汉初齐、韩诗时有取《春秋》、采杂说者,虽曰鲁最为近之,实皆有不近其真者①。今三家已亡,其诗旨偶被文献记录,仅存鳞爪,《毛诗》独全,其诗旨美刺可由小序彰显。寻绎其与《鲁诗》和《海昏诗》之异同,可以大致领悟西汉鲁、毛诗派诗旨差别。

　　以下之诗旨比较,以毛传《小序》为主,搜辑两汉魏晋文献中三家《诗》记载,适当参考唐宋以还各家之解释。

(一)《南有嘉鱼之什》鲁、毛异同

　　《南有嘉鱼》十篇,《毛诗》与《海昏诗》《鲁诗》互有异同,分析如下。《嘉鱼序》谓"乐与贤也。太平之君子至诚,乐与贤者共之也"②。郑笺云:"乐得贤者,与共立于朝,相燕乐也。"此缘《毛序》而言,一脉相承。康成又在《仪礼·燕礼》和《乡饮酒》篇下云:"《南有嘉鱼》,言太平君子有酒,乐与贤者共之也。此采其能以礼下贤者,贤者累蔓而归之,与之燕乐也。"③诗以"南有嘉鱼"起兴,方回云:"鱼多犹得贤者之多,亦近乎比也。君子,成王也,有酒以乐嘉宾,则与贤者共之也。共者何?共太平之乐也"④。可谓得传意。王先谦以为郑注《仪礼》用《齐诗》,谓齐、毛义同,而鲁、韩未闻⑤。实则郑注未必用

---

① 班固《汉书》云:"汉兴,鲁申公为诗训故,而齐辕固、燕韩生皆为之传,或取《春秋》,采杂说,咸非其本义,与不得已,鲁最为近之",乃比较三家而言。颜师古注云:"三家皆不得其真,而鲁最近之。"《鲁诗》虽仅训诂而无传,然其传授必有其说,其说亦或不免于杂采众说也。

② 毛亨传,郑玄笺,孔祥军点校:《毛诗传笺》,中华书局,2018 年,第 227 页。按,此处不分小序中古序与后人添补部分,除须说明时再补充。

③ 郑玄著,贾公彦疏:《仪礼注疏》,北京大学出版社,2000 年,第 1 册,第 173 页下栏。

④ 方回:《续古今考》卷 33,见刘毓庆等《诗义稽考》引,学苑出版社,2006 年,第 6 册,第 1870 页。

⑤ 王先谦:《诗三家义集疏》卷 15,第 592 页。

齐说,而鲁、韩亦完全可能相同。由此而下,毛传《南山有台序》云:
"乐得贤也。得贤则能为邦家立太平之基矣。"郑笺与《仪礼注》
同①。毛传《蓼萧序》云:"泽及四海也。"《湛露序》云:"天子燕诸侯
也。"郑笺:"诸侯朝觐会同,天子与之燕,所以示慈惠。"《彤弓序》:
"天子锡有功诸侯也。"以上五首,郑玄《诗谱》归为成王时期②,皆展
示成王德政,君臣同乐,由朝廷衍及四海,歌颂内容一致。

　　《海昏诗》和《鲁诗》排列前三首同③,接着次以《裳裳者华》。
《毛诗·裳裳者华序》谓"刺幽王也。古之仕者世禄,小人在位,
则谗谄并进,弃贤者之类,绝功臣之世焉"④。《说苑·修文》引此诗
第四章"左之左之,君子宜之"之传"君子无所不宜也"云云,陈乔枞
谓"此所引传即《鲁诗传》之文也"⑤。若《鲁诗》诗旨与《毛诗》同,
则其侧于成王之后为不类。与此位置相关,《湛露》《彤弓》别移
(详下文),接以《菁菁者莪》。《毛序》云:"乐育材也。君子能长
育人材,则天下喜乐之矣。"⑥《中论·艺纪篇》:"先王之欲人之为
君子也,故立保氏掌教六艺、六仪,大胥掌学士之版,春入学舍菜,合
万舞,秋班学合声,讽诵不解于时。故诗曰:菁菁者莪,在彼中阿,
既见君子,乐且有仪。美育群材,其犹人之于艺乎,既修其质,且加
其文,文质著然后体全,体全然后可登乎清庙,而可羞乎王公。"陈乔
枞以为即用《鲁诗》,辑入《鲁诗遗说考》⑦,是鲁、毛义同。郑玄《诗
谱》亦归入成王时期,则其亦为颂成王作育菁莪也。由《菁菁者莪》
上接《彤弓》等,皆颂成王功勋卓著,亦见《海昏诗》《鲁诗》插入《裳

①　毛亨传,郑玄笺,孔祥军点校:《毛诗传笺》,第 228 页。
②　冯浩菲:《郑玄诗谱订考》,上海古籍出版社,2008 年,第 156—157 页。
③　熹平残石不见《蓼萧》,参照《海昏诗》,疑在此位置。
④　毛亨传,郑玄笺,孔祥军点校:《毛诗传笺》,第 318 页。
⑤　陈乔枞:《三家诗遗说考·鲁诗遗说考十三》,《清经解续编》,第 4 册,第 1245 页下栏。
⑥　毛亨传,郑玄笺,孔祥军点校:《毛诗传笺》,第 234 页。
⑦　陈乔枞:《三家诗遗说考·鲁诗遗说考九》,《清经解续编》,第 4 册,第 1227 页中栏。

裳者华》略显扞格①。

以下十四首,皆咏宣王。《毛诗·六月序》"宣王北伐也",康成在序下笺云:"从此至《无羊》十四篇,是宣王之变《小雅》。"②所谓十四篇,即《南有嘉鱼》最后四篇,合《鸿雁》十篇,《毛诗序》皆谓与宣王相关。为更清晰说明问题,谨将此十四篇毛序排列于下:

南有嘉鱼之什:

《六月》:宣王北伐也。

《采芑》:宣王南征也。

《车攻》:宣王复古也。

《吉日》:美宣王田也。

鸿雁之什:

《鸿雁》:美宣王也。

《庭燎》:美宣王也。

《沔水》:规宣王也。

《鹤鸣》:诲宣王也。

《祈父》:刺宣王也。

《白驹》:大夫刺宣王也。

《黄鸟》:刺宣王也。

《我行其野》:刺宣王也。

《斯干》:宣王考室也。

《无羊》:宣王考牧也。

以上十四首之排列很有秩序,先咏宣王北伐南征;次咏其内修政事,外攘夷狄,复文、武之境土;次美其田猎:皆武功也。《鸿雁》之美宣

---

① 唯周象明谓《裳裳者华》"当是天子美诸侯之诗,'之子'、'君子'皆指诸侯",若然则鲁、毛诗旨接近。然周说羌无故实,不知所据,故而不可为典要。参见周象明:《事物考辨》,《诗义稽考》,第 7 册,第 2517 页。

② 毛亨传,郑玄笺,孔祥军点校:《毛诗传笺》,第 234—242 页。

王,据小序补谓是因当时万民离散,不安其居,宣王能劳来还定安集之,使矜寡皆得其所,是以歌咏称美之。《庭燎》虽美宣王,据郑笺孔疏,宣王虽勤于政事,然不正其官,故美而箴之。此诗为由强盛转衰失之渐。以下《沔水》《鹤鸣》则为规、诲宣王。其后《祈父》《白驹》《黄鸟》《我行其野》四首,皆刺宣王之诗。宣王十四首,由美而箴而规劝而讽刺,内在逻辑清楚。《毛诗》以《白驹》为大夫刺宣王诗,故不当次于"美宣王田"之《吉日》后。唐晏云:"此诗次《祈父》之后,《我行其野》之前,正宣王失德而贪天祸之时。朝不可居,宜其有此深戒,君子于是观世变焉。"①可为《毛传》作笺。《海昏诗》《鲁诗》次于《吉日》后是否别有新解?据蔡邕《琴操》之《白驹操》云:"白驹操者,失朋友之所作也。其友贤居任也,衰乱之世君无道,不可匡辅,依违成风,谏不见受,国士咏而思之,援琴而长歌。"②范宁《穀梁传注叙》云"君子之路塞,则《白驹》之诗赋"③,此为君子贤友遭弃,为国士思念之诗。陈乔枞以为是《鲁诗》说④。按,康成笺云:"刺其不能留贤也。""其"固指宣王。杨士勋遂本郑笺作解云:"宣王之末,不能任贤,致使贤人乘白驹而去也。"⑤将"其"落实到宣王。鉴此,刺宣王乃刺其不能留贤,故《鲁诗》从国士思念乘白驹而去之贤人着眼,衍生为思贤或惜贤之说。《鲁诗》诗旨,若着眼于宣王不留贤,则当在《沔水》《鹤鸣》之后,而不当侧于"美宣王"之《吉日》《鸿雁》之间;若以君子遭弃而不刺宣王,似应在《斯干》《无羊》前后;若着眼于贤人遭弃朋友相思,更不当在《嘉鱼》《鸿雁》之什。

①　唐晏:《涉江遗稿》卷1《白驹说》,《诗义稽考》,第6册,第2009页。

②　《太平御览》卷578,中华书局,1960年影印本,第3册,第2610页下栏。《御览》有讹字,此据陈乔枞:《三家诗遗说考·鲁诗遗说考十》,《清经解续编》,第4册,第1231页中栏。

③　范宁集解,杨士勋疏:《春秋穀梁传注疏》,北京大学出版社,2000年,第5页。

④　陈乔枞:《三家诗遗说考·鲁诗遗说考十》,《清经解续编》,第4册,第1231页中栏。

⑤　范宁集解,杨士勋疏:《春秋穀梁传注疏》,北京大学出版社,2000年,第6页。

总之,《海昏诗》与《鲁诗》次《白驹》于《吉日》后,就内容而言颇失其序。

(二)《甫田之什》鲁、毛异同

《甫田之什》十篇,《诗谱》皆以为是刺幽王。若进而分析,《頍弁》是诸公刺幽王,《车舝》《青蝇》是大夫刺幽王,《宾之初筵》则是"卫武公刺时也",序谓"幽王荒废,媟近小人,饮酒无度,天下化之,君臣上下,沈湎淫液,武公既入,而作是诗也"①。此之"媟近小人",与前一首《青蝇》之听信谗人同类,故先后比次。由此可见,其先后排列自有内在合理之次序。

比较《甫田之什》和《嘉鱼之什》,《毛诗·甫田之什》第四首《裳裳者华》,是《海昏诗》第四首《湛露》,而《毛诗·嘉鱼之什》第四首,是《海昏诗》第四首《湛露》,亦即正好二诗位置对换。《裳裳者华》处非其位,前已述及。《湛露序》云:"天子燕诸侯也。"郑笺谓"燕,谓与之燕饮酒也。诸侯朝觐会同,天子与之燕,所以示慈惠。"②此诗旨前有所本,《左传·文公四年》宁武子曰:"昔诸侯朝正于王,王宴乐之,于是乎赋《湛露》。"③嗣后亦无异解。以诸侯朝正,天子燕乐之诗,侧于诸多刺幽王诗中,甚为不类。

与此相同,《彤弓》一诗,《毛序》谓"天子锡有功诸侯也",而郑笺几是抄录《左传·文公四年》宁武子语作解云:"诸侯敌王所忾而献其功,王飨礼之,于是赐彤弓一,彤矢百,玈弓矢千。凡诸侯,赐弓矢然后专征伐。"④汉代焦赣《易林·屯之鼎》云:"湛露之欢,三爵毕

---

① 毛亨传,郑玄笺,孔祥军点校:《毛诗传笺》,第 326 页。
② 毛亨传,郑玄笺,孔祥军点校:《毛诗传笺》,第 231 页。
③ 杜预集解,孔颖达正义:《左传正义》,北京大学出版社,2000 年,第 3 册,第 579 页下栏。
④ 毛亨传,郑玄笺,孔祥军点校:《毛诗传笺》,第 232 页。按,《左传·文公四年》宁武子语与郑笺语句多同,参见《左传正义》卷 19,北京大学出版社,2000 年,第 3 册,第 580 页上栏。

恩。"又于《讼之既济》云:"白雉群雊,慕德贡朝,《湛露》之恩,使我得欢。"陈乔枞云:"毛序以《湛露》为天子燕诸侯之诗,三家之说盖与毛同。"①后世即有异解,亦大多在"燕饮"范围内,绝无他说。今以锡功燕饮之诗侧于刺幽王诗中,亦为不类。

(三)《鸿雁之什》鲁、毛异同

罗振玉校核"其车三千"残石,发现《白驹》接《吉日》,中间无《鸿雁之什》之《鸿雁》《庭燎》《沔水》《鹤鸣》《祈父》五篇,后马衡又发现《沔水》残石"载起"二字,但因不与他诗相连,无法措其位置。及《海昏诗》出土,此五篇俨然在《鸿雁之什》前五篇,自成体系。唯此后《白驹》一诗转入《嘉鱼之什》后,其位置由《青蝇》替代。《青蝇》,于《毛诗》在《甫田之什》,《小序》谓"大夫刺幽王也"②。据《诗谱》,《节南山》十篇,《甫田》十篇等,皆为刺幽王之作,《青蝇》列《甫田之什》第九篇,其为刺幽王也宜。《鲁诗》残石不见《青蝇》,《海昏诗》列在《鸿雁之什》《祈父》后,即《毛诗》之《白驹》位置。《青蝇》一诗,汉人引说者颇多,谨引几则于下,以见用意。刘向《九叹》云"若青蝇之伪质兮,晋骊姬之反情",王逸注:

> 伪犹变也。青蝇变白使黑,变黑成白,以喻谗佞。诗云"营营青蝇",言谗人若青蝇变转其语,以善为恶。若晋骊姬以申生之孝反为悖逆也。③

刘向用语典,王逸注而引申,以从谗人颠倒黑白,为害贤者立言。又王充《论衡·言毒篇》云"故君子不畏虎,畏谗夫之口,谗夫之口,为毒大矣",立意相同。唯其《商虫篇》引其诗第一章而云:

> 谗言伤善,青蝇污白,同一祸败,诗以为兴。昌邑王梦西阶

---

① 陈乔枞:《三家诗遗说考·齐诗遗说考五》,《清经解续编》,第4册,第1306页上栏。
② 毛亨传,郑玄笺,孔祥军点校:《毛诗传笺》,第326页。
③ 王逸注,黄灵庚疏证:《楚辞章句疏证》,中华书局,2007年,第2467页。

下有积蝇矢,明旦召问郎中龚遂。遂对曰:'蝇者,谗人之象也。
夫矢积于阶下,王将用谗臣之言也。'由此言之,蝇之为虫,应人
君用谗,何故不谓蝇为灾乎? 知蝇可以为灾,夫蝇岁生,世间人
君常用谗乎?①

是则虽斥青蝇谗人,更追溯到亲近谗人听信谗言之王与人君。康成
于《小序》下无笺,而于"营营青蝇,止于樊"下云:"兴者,蝇之为虫,
污白使黑,污黑使白,喻佞人变乱善恶也。言止于藩,欲外之令远物
也。"②陈乔枞谓"郑君亦用鲁训之义"③。据陈意,《鲁诗》诗旨在青
蝇谗人颠倒黑白、变乱善恶。然若溯其亲近、听信谗人之人,则必有
一人承担之,此即《毛序》所说之幽王也。可见《鲁诗》亦用其引申
之义。然则无论其落实到谗人谗言,还是追溯其亲近听信者幽王,
都不当次于《祈父》之下替代《白驹》位置,盖以宣王、幽王世次不
同也。

　　总之,若着眼于以类相从之诗旨,《毛传》排列自有其内在逻辑
次序。固然诗无达诂,经师本可各自为解,然亦当有一定排列。今
将三什序次以内容分析,《鲁诗》明显有错乱失次之处。

四、《鲁诗》三什篇第互换之启示

　　三家《诗》与《毛诗》诗旨确实有所不同,如《芣苢》,韩、鲁谓蔡
人妻伤夫有恶疾作,《毛序》则谓后妃之美也,和平,则妇人乐有子
矣④。同是咏妇人,一伤一乐。如《行露》,韩、鲁谓申女以夫家一物
不具,一礼不备,守节持义必死不往,《毛序》则谓召伯听讼也。主

---

① 王充著,黄晖校释:《论衡校释》卷16,中华书局,1990年,第3册,第720页。
② 毛亨传,郑玄笺,孔祥军点校:《毛诗传笺》,第326页。
③ 陈乔枞:《三家诗遗说考·鲁诗遗说考十四》,《清经解续编》,第4册,第1247页上栏。
④ 毛亨传,郑玄笺,孔祥军点校:《毛诗传笺》,第12页。

人公不同,事态全异。如《式微》,《鲁诗》以黎庄夫人及其傅母作,
《毛序》则谓黎侯寓于卫,其臣劝以归也。作者不同事也乖违。诸
如此类,不一而足。由此可见,四家《诗》同根一源,辗转传习,诠释
各本私意,遂致天水违行。乖违不一是事实,盖汉初立博士,必须有
自己之经说,经说不同而言之有据,逻辑自洽,得官方认可,方能立
为博士,传授其说。但即便如此,同一家文本之内在排列,应该有一
时代安排、内容归类和逻辑顺序。检视《海昏诗》和《鲁诗》之排列,
允可与《毛诗》不同,然亦当遵循上述规律。今以内容乖违诗旨不
同之诗杂厕混排,其终究之义旨现尚无法探寻,所可论者,如刘歆所
说:"至孝武皇帝,然后邹、鲁、梁、赵颇有《诗》《礼》《春秋》先师,皆
起于建元之闲。当此之时,一人不能独尽其经,或为雅,或为颂,相
合而成。"①此谓武帝初年,即有《诗》《礼》前学先师,多无全经文
本,甲经师所执为《雅》,乙经师所执为《颂》。刘歆此说固然不能说
《诗经》文本都残缺,至少秦火之余,武帝之时或立博士以前,此类
状况时有发生。今从《海昏诗》《鲁诗》排列状况分析,尚可看出当
年的影子。

　　《毛诗》诗旨与《诗谱》基本一致。海昏简和熹平残石所代表之
《鲁诗》显示出一种较为奇特现象。就《嘉鱼》《甫田》《鸿雁》三什
论之:《毛诗》之《湛露》地位,《鲁诗》是《裳裳者华》;《毛诗》之《裳
裳者华》地位,《鲁诗》是《湛露》,恰好互相对换。《毛诗》之《白驹》
地位,《鲁诗》是《青蝇》;《毛诗》之《青蝇》地位,《鲁诗》是《彤弓》;
《毛诗》之《彤弓》地位,《鲁诗》是《菁菁者莪》,形成传花击鼓式互
换。两种互换都是封闭方式,亦即在三什之中换位。《毛诗·小
雅》七什之次序是《鹿鸣》《南有嘉鱼》《鸿雁》《节南山》《谷风》《甫
田》《鱼藻》,此三什是二、三、六三组。若依临近错位原理推之,似
乎《鲁诗·小雅》七什位置与《毛诗》不同,这为熹平残石复原提供

---

①　班固:《汉书》卷36《楚元王传》,中华书局,1962年,第7册,第1969页。

新的思考。支撑这种临近错位原理者是《海昏诗》《阜阳诗》两种简
牍书写方式,它们都是一简一章,不相连续,所以《海昏诗》中《云
汉》《白华》等多篇诗之章次前后颠倒,熹平残石《鲁诗》之《邶风·
式微》一、二章、《秦风·黄鸟》第二、三章也前后互换错位①。由章
次错乱推衍到篇次错乱,都是阅读、研习过程中最易发生的状况。
就本文《海昏诗》而言,唯有当某经师手中只持有此三什之情况下,
其篇章互换也只能发生在三什之中——尽管持有全部《小雅》者在
特殊情况下也可能发生。若笔者推想有据,结合刘歆所说,则《鲁
诗》最初之某一经师持有不全本《嘉鱼》《甫田》《鸿雁》三什,或为曾
经发生过之客观事实。

　　当然,此类传授细节早已淹没在川流不息的历史洪流中,偶尔
也会遗留点滴痕迹。《汉书·楚元王传》载:元王"少时尝与鲁穆
生、白生、申公俱受诗于浮丘伯。伯者,荀卿门人也。及秦焚书,各
别去"②。所谓"尝"者,是曾经去浮丘伯处学诗,因秦焚书事起,遂
"各别去",可见元王、申公等四人非全部学成而归。传后文又云:
"元王既至楚,以穆生、白生、申公为中大夫。高后时,浮丘伯在长
安,元王遣子郢客与申公俱卒业。"③元王自己未曾卒业,封为楚王
后,令儿子郢客和申公一起再到浮丘伯处学以卒业。可见申公前后
两次从浮丘伯学,应该是学得全部,而元王所学绝非全部,其子郢客
是否学全,无法确定。传又云"元王好诗,诸子皆读《诗》","元王亦
次之《诗传》,号为《元王诗》"④。元王既未学全整部《诗经》,只是

---

① 熹平《鲁诗·邶风·式微》残石系由十三块小石拼接而成,其文见最后一行,与《秦
风·黄鸟》残石皆见马衡《汉石经集存》第九、第四二号残石。这里所谓"颠倒""错
位"是相对《毛诗》而言,但并不是说《鲁诗》章次标准无误,也有可能某些章次不同
是《毛诗》之误。
② 班固:《汉书》卷36,中华书局,1962年,第7册,第1921页。
③ 班固:《汉书》卷36,第7册,第1922页。
④ 班固:《汉书》卷36,第7册,第1922页。

因为"好诗",故亦作传,且此"元王诗"并未流传开来,只是有些人"或有之"。这段元王家事可以印证刘歆"一人不能独尽其经,或为雅,或为颂,相合而成"之言,它确实是遭嬴秦焚书之后汉初读书学习艰难困苦的历史事实。

当今衡论出土《诗经》篇次、章次和文字异同,只能以《毛诗》为基点,此为不得已之方法。据《汉志》《诗草木疏》《经典释文》等记载,《毛诗》传授早于三家《诗》,然后人研究,亦有相反意见,清代崔述和近代廖平即以为《毛诗》取《左传》《周礼》文字内容,其殆晚出于东汉①。今就文献勘正,《毛诗》与《周礼》《左传》多处相应是不争事实,如言"仲"则指为"祭仲",见"叔"则必为"共叔"等,然崔、廖之说未免绝对,《毛诗》经师踵事增华事属可能,谓其东汉造作,未免失所依据,徒腾口说。崔述又云:"《诗序》好以诗为刺时刺其君者,无论其何如,务委曲而归其故于所刺者。"②《毛序》确实多以诗为刺时刺君,并以时代世次为序。王先谦对《毛诗》以时代世次排列曾有批评云:"毛之说诗,每以诗先后限断时代,其说多不可从。"③崔、王之说姑置不论,先看《国语》所载,《周语上》在厉王遭国人诽谤后,召公进谏有云:

> 故天子听政,使公卿至于列士献诗,瞽献典,史献书,师箴,
> 瞍赋,蒙诵,百工谏,庶人传语,近臣尽规,亲戚补察,瞽史教诲,

---

① 崔述《通论诗序》云:"《诗序》好取《左传》之事附会之。盖三家之诗,其出也早,《左传》尚未甚行,但本其师所传为说。《毛诗》之出也晚,《左传》已行于世,故得以取而牵合之。"见《读风偶识》卷1,《崔东壁遗书》,1983年,第527—528页。廖平《古学考》云:"旧说以《周礼》《毛诗》《左传》《古书》为一派相传;新繁杨静亭以为《毛诗》在后,是也。"(114页)"《毛传》与杜林《周礼训》相同,但明训诂而已,非西汉以前之师说也。"(126页)"初以《毛诗》为西京以前古书,考之本书,征之《史》《汉》,积久乃知其不然。使《毛传》果为古书,《移书》何不引以为证?"(138页)以上三条见《廖平全集》,上海古籍出版社,2015年。
② 崔述:《读风偶识·通论诗序·刺诗之锻炼》,《崔东壁遗书》,第527页上栏。
③ 王先谦:《诗三家义集疏》卷16,下册,第643页。

耆艾修之,而后王斟酌焉。①

韦昭注"献诗"云"献诗以风也",注"师箴"云"箴刺王阙,以正得失也",注"瞍赋"云"赋公卿列士所献诗也",注"蒙诵"云"《周礼》,蒙主弦歌、风诵。诵,谓箴谏之语也",注"百工谏"云"谏者执艺事以谏",注"庶人传语"云"庶人卑贱,见时得失不得达,传以语王也",注"近臣尽规"云"尽规,尽其规计以告王也",注"亲戚补察"云"补,补过;察,察政也。传曰:'自王以下各有父兄子弟以补察其过也'",注"瞽史教诲"云"掌阴阳、天时、礼法之书,以相教诲者",注"耆艾修之"云"师、傅修理瞽史之教,以闻于王也"②。召公之说,应是厉王以前之西周制度,即使有所言过其实,也足以证明《诗经》采集上献之后,被列士、蒙瞍、百工、近臣、亲戚、瞽史、耆艾等赋予一定的讽谏意味。西周国学以"兴、道、讽、诵、言、语"六语教授卿大夫子弟③,郑玄指出:"兴者,以善物喻善事;道读曰导,导者言古以刿今也。"诗之用,既在以物喻善、言古刿今,则诗之主文谲谏功用不可无;既有主文谲谏之意图,则《诗序》之说及其次序亦不可否认。东汉中晚期,三家《诗》仍是官学,流传甚广。郑玄先习《韩诗》,其笺《毛诗》,多有以三家解者,而所撰《诗谱》,年代与《诗序》多相合,盖其必有所因袭与简择也。至于三家所承西汉经师所说,亦各有侧重,如王先谦在《白驹》诗题下云:"宣末失政,尚非衰乱,毛特以诗实于此,断为一王之诗耳。其为贤人远引,朋友离思,固无可疑,而必谓刺王不能留,则诗外之意也。"④可推想《毛诗》着眼于王之不能留贤,而《鲁诗》或三家《诗》着眼于朋友思贤。诗咏其事,而一事多

① 韦昭著,上海师范大学古籍整理组点校:《国语注》,上海古籍出版社,1978 年,第10 页。
② 韦昭著,上海师范大学古籍整理组点校:《国语注》,第11—12 页。
③ 《周礼·大司乐》:"以乐语教国子,兴、道、讽、诵、言、语。"参见笔者《从〈诗经〉授受、运用历史看〈缁衣〉引〈诗〉》,载《传统中国研究集刊》第2 辑。
④ 王先谦:《诗三家义集疏》卷16,下册,第643 页。

面,正所谓诗无达诂,各有其当。王氏谓之"诗外之意",此《雅》诗多列士卿大夫所作,本旨多在讽箴,则朋友之思念宜为诗外之意。至若采自民间之风诗,本为情歌恋诗,一经蒙瞍、百工讽诵箴谏,则征人思恋为本旨,而隐然不彰;讥刺虽为诗外之意,却日益为诸侯卿大夫庙堂之乐歌所寄矣。缘是而知《诗谱》歌颂、讽谏代表政治层面,与儒家所提倡的教化作用更接近,故其序次值得重视。毛亨之传意与《诗序》多合,而三家如《鲁诗》所传诗旨往往游离于《毛传》《诗序》之外,韩、齐更甚,足见汉初传《诗》状况之一斑。

熹平石经《鲁诗·郑风》复原平议
——兼论小序产生之年代

一、熹平石经《郑风》残石之来源

熹平石经残石涉及《鲁诗·郑风》者,据马衡《汉石经集存》有十一块,可拼合成九石。然此残石数仅是马衡汇聚诸家所藏,并非出土时就在一起。20世纪20年代洛阳居民和古董商大肆挖掘时,出土碎石多据为己有,辗转贩卖各地,藏家宝之,多互不相知。唯罗振玉、王国维、马衡、吴维孝等诸位开明睿智学者,相互传拓考释,零星发表。之后陈承修、孙庄、马衡、徐森玉和吴宝炜等各出所有,汇辑《新出汉魏石经集拓》四集(下文简称《集拓》)。同时,罗振玉因王国维逝世,所托熹平石经研究愿望无法实现,遂毅然承担起《汉熹平石经残字集录》(下文简称曾《集录》)工作。罗氏自1929年纂辑《集录》至1934年编《四编续拾》,前后十二次。在1930年编成《四编又补》时,曾将前九次所编依经厘次,迨1938年整理成二卷,著成定本。今唯《集拓》和《集录》稍可窥《郑风》残石来源之一斑。

《集拓》第一集无《郑风》残石,第二集有"我/叔于/"三字,系《将仲子》和《叔于田》残石。此或马衡和徐森玉赴洛阳采集所得。

　　《集录》初编、《续编》及《补遗》无《郑风》残石。《三编》有"蹈我／·叔"三字,与《集拓》二集同。据罗氏自序,谓此乃陈承修自沪江邮寄复印件,是陈氏所惠①。《四编》有"兮其二／山有／兮倡／我／兮""撻兮""不／綦巾／露"和"□与女／衣廿一"四石,涉及《山有扶苏》《撻兮》《狡童》《褰裳》《丰》《扬之水》《出其东门》《野有蔓草》《溱洧》九诗。《四编》残石拓本系赵万里惠寄,云是"洛中续出残石"②,《四编又续》收"章章四／胶胶既／□达兮在／□□二杨之／□□露""□如芸／我愿兮"二石,乃《丰》《风雨》《子衿》《扬之水》《野有蔓草》《出其东门》等七诗,此不知何所得。罗氏所得《郑风》总计七石。迨及《集录》定本,却漏略《四编又续》所收两石,仅录前五石,不知何故。

　　张国淦据罗氏《集录》复原《汉石经碑图》,时在 1930 年前后,所据为定本以前之《集录》,唯益以"赠之／十三章二"一石,来源未曾交代。而罗氏已著录之"芸／愿兮"一石,与"士与女／衣廿"一石可拼接,张氏标注后者而遗前者,亦不明所以。

　　马衡《集存》又益以"仲可／兮人／叔兮"和"其漂／褰裳涉／堂兮"二石,来源不明,或其亲临洛阳搜访所得。黄美瑛即据《集存》所收残石复原,未有新增。

　　《郑风》二十一篇一千余字,就所得上述残石校核和拼接复原,产生很多矛盾,各家持见不同,难以统一。要而言之,统一之难点,一是文字。《鲁诗》文本文字与《毛诗》有异,已为传世文本和出土残石证实无疑。然其为残石证实之异文外,是否可以类推到全篇甚至全《诗》,需斟酌;仅为清人考证推测而无残石印证的文字,是否可以改易? 二是复原。据现有残石,诸家对《清人》以下诸篇之排列各不相同。因而有必要进行梳理、评述。

---

① 　罗振玉:《汉石经残字集录三编序》,《历代石经研究资料辑刊》第 5 册,第 441 页。
② 　罗振玉:《汉石经残字集录四编序》,《历代石经研究资料辑刊》第 5 册,第 493 页。

二、罗振玉、张国淦、马衡、黄美瑛之复原平议

　　熹平残石出土后，当时学者就各自所见所藏，皆有考证，虽有可采，然零星而不成系统。能自成系统者，唯罗振玉、张国淦、马衡和黄美瑛。下面对各人复原所据文字和碑图得失予以分析评述。由于四家先后复原，有所因袭，故叙述以前者为详，后者同于前者略之。

（一）诸家复原所参据文本

　　罗振玉与王国维往复讨论汉魏石经行款，素知石经研究路向，故其率先用残石校核传世文本，以定其行款。罗氏校勘时，虽知熹平石经用《鲁诗》，然《鲁诗》与《毛诗》异同情况尚未明朗，故径用传世本《毛诗》，未暇他顾。如《集录三编》考释"踰我／·叔"一石云："右《郑风·将仲子》《叔于田》，合《毛诗》校读，首行七十一字。"①其常规虽用传世本《毛诗》，然亦关注出土文献。罗氏经手经眼之敦煌残卷颇多，遇有敦煌本《毛诗》残卷，即利用而校勘之。如《集录》载《唐风·杕杜》"鸼羽"之"鸼"，石经作"鸼"，即用敦煌唐写本《毛诗》字形校核异同②。罗氏主要校核残石与《毛诗》异同，勾稽复原《鲁诗》每行字数③。以《毛诗》为基准，去发现《鲁诗》篇什、篇次、章次异同。间亦引用《说文》《玉篇》《释文》《广韵》，并涉及汉代碑刻、陈乔枞《四家诗异文考》等。罗氏之搜集与考释，从多角度省视、观察熹平残石，为此后之深入研究奠定了基础。

---

① 罗振玉：《汉石经残字集录三编》，《历代石经研究资料辑刊》第 5 册，第 449 页。
② 罗振玉：《汉石经残字集录》，《历代石经研究资料辑刊》第 5 册，第 200 页。
③ 罗振玉《汉熹平石经残字集录序》云："往岁与亡友王忠愨公，拟就前籍所记经石之数及石之高广，以就行字之数，写定为碑图，顾诸经书写格式不能明晰，致行字无由确定，遂不果作。今七经具出，就其存字以考书式。"按，此序系 1938 年二卷本前文字，然其署庚午闰月，时在 1930 年。见《罗振玉学术论著集》，上海古籍出版社，2010 年，第 2 册，第 97 页。

　　张国淦在汉石经研究上之功绩,在于全面吸收残石出土以来如罗振玉、吴宝炜、马衡及其他学者之成果,依据残石文字字形,参考清代学者四家《诗》异文之归派认定和今古文对立原则,复原整个《鲁诗》碑图。就其主观意图而言,是尽可能恢复汉代《鲁诗》原貌。因张氏碑图为首创并为马、黄所遵式,故先逐字分析其碑图所用之文本依据。

　　郑国第七:作"郑国"不作"郑风",基于残石有"□国第六",即王风第六,是《鲁诗》作"国"不作"风",故于《鲁诗说》第一面第一行云:"周南第一篇题,依石经□国第六篇题,低三字,后放此。"①

　　《缁衣》旋予授子之粲兮:《毛诗》作"还",唐石经同。《鲁诗说》第一面第十五行《采蘩》三章"薄言旋归"下云:"今本'薄言还归',案石经齐国还作旋,似此当亦作旋,后放此。"②张氏所据是残石《齐风·还》之篇名作"旋",因以推衍《缁衣》作"旋",下两章字同。按,《释文》于《齐风·还》下云:"还,《韩诗》作嫙,嫙,好貌。"是《韩诗》作"嫙",《鲁诗》作"旋"。《还》诗义,马瑞辰以为从《韩诗》训"好"为是,是《韩诗》用正字,《毛诗》用假字。还、旋虽多假借,然《缁衣》之"还",义为返回。若以三家《诗》多作正字衡量,《鲁诗》是否一定作"旋",犹需残石新证。

　　《叔于田》叔适墅:《毛诗》作"叔适野",唐石经此处残泐,然仍可辨作"野"。张氏盖因《召南·野有死麕》"野有死鹿"之"野"残石作"墅",故推衍之。按,出土简牍和秦汉碑刻多作"墅",是乃汉代常用字形③,此诗作"墅",在情理之中。下"野有蔓草"同。

　　《大叔于田》火列具举:《毛诗》作"火烈具举",唐石经同。张氏从陈乔枞之说,以张衡《东京赋》引《诗》作"列",《毛传》训烈为

---

①　张国淦:《汉石经碑图》,109 页上栏。

②　张国淦:《汉石经碑图》,109 页下栏。

③　具体论证参见拙文《董逌所记石经及其〈鲁诗〉异文》,载《文献》2015 年第 3 期。

"列",毛用古文而三家用今文,故石经当作"列",下二章放此。

《有女同车》颜如蕣华:《毛诗》作"颜如舜华",唐石经同。张氏据《吕览·仲夏纪》高注、《孟子·尽心上》赵注引作"蕣",段玉裁云"舜蕣古今字,《诗》当作蕣,转写脱艹,乃改为'蕣',下同。按,《说文》:从舜声。马宗霍云:"许字作蕣,盖从三家。"[1]《鲁诗》有可能作"蕣"。

《有女同车》佩玉锵锵:《毛诗》作"佩玉将将",唐石经同。张氏仅据《楚辞·九歌》王逸注引《诗》作"锵锵"。王先谦以王逸传《鲁诗》,故云"鲁将作锵"[2]。按,陈乔枞云"作将者,古文滑假也"[3],未谓《鲁诗》作"锵"。锵字见马王堆帛书《十六经》"出其锵钺",字作"鍫",其他少见。锵锵,形容玉佩之声,古多作瑲瑲,《鲁诗》是否一定作"锵",尤不敢必。

《山有扶苏》山有乔松:《毛诗》作"山有桥松",唐石经同。张氏作"乔"而未有说明。按,《释文》:"桥,本亦作乔。毛作桥,其骄反。王云高也。郑作槁,苦老反,枯槁也。"是乔、桥皆《毛诗》异文。王肃训高,知亦作"乔"。唯郑玄作"槁"不同。此字陈乔枞、王先谦皆未作为《鲁诗》或三家《诗》之异文,张氏作"乔",乃从字义着眼,或以为三家用本字,遂乃以《释文》别本为《鲁诗》。实则《释文》所谓"本"者,亦《毛诗》别本也。

《姘》子之姘兮:《毛诗》作"子之丰兮",唐石经同。张氏作"姘",盖以残石"兮/章章四/胶胶既"一石"兮"上有似"姘"字左边"女"残笔,此罗振玉及后来马衡皆未标识。考陈乔枞曾引《毛诗释文》、郭璞《方言注》等,谓《鲁诗》今文,丰字当为姘,与毛古文异。

---

① 马宗霍:《说文解字引诗考》,《说文解字引经考》,台湾学生书局,1971年影印科学出版社本,第311页。

② 王先谦:《诗三家义集疏》卷5,第354页。

③ 陈乔枞:《四家诗异文考》卷2,《清经解续编》第5册,第31页上栏。

由此知张参据陈说而定①。

《姝》衣锦絅衣：《毛诗》作"衣锦褧衣"，唐石经同。陈乔枞以《礼记·玉藻》引作"衣锦絅衣，裳锦絅裳"，谓"此所引与刘向引《硕人》诗作'絅衣'者，皆据鲁、齐诗今文也"②。是为张氏所本。按，《硕人》"衣锦褧衣"，《列女传》引作"絅"。《说文》引《诗》作"苘"，《玉篇》又有异文作"苘"，《广韵》《集韵》更作"蕳"，王应麟谓《尚书大传》作"蘻"，是《鲁诗》究作何字形，未敢轻率以定。

《风雨》云胡不恞：《毛诗》作"云胡不夷"，唐石经同。《毛传》："胡，何。夷，说也。"《郑笺》："云思而见之，云何而心不说。"是毛、郑释夷为说，王逸《楚辞·九怀》注引《诗》"既见君子，我心则夷"云："夷，喜也。"陈乔枞谓"叔师引《诗》当是《风雨》篇而误合《草虫》之'我心则夷'语为此诗也"③。王先谦以王逸传《鲁诗》，乃云"明鲁说训夷为喜"。训夷为喜，则"夷"为假字。《广韵》："恞，喜也。"张氏以为《鲁诗》当用本字，遂更为"恞"。

《子衿》青青子袊：《毛诗》作"青青子衿"，唐石经同。"袊"字不见残石，洪适《隶释》未载，陈乔枞谓王应麟《诗考》云"石经作袊"。此张氏所本。其实王应麟系根据从董逌《诗故》或吕祖谦《读诗记》等书转录④，非亲见残石字形。董逌曾与赵明诚等共同收集熹平残石，必亲见字形，是《子衿》残石北宋时已出土。

《杨之水》杨之水：《毛诗》作"扬之水"，唐石经同。熹平残石"杨之"，张氏依改。

《野有蔓草》蕑露漙兮：《毛诗》作"零露漙兮"，唐石经同。陈乔枞云："今《毛诗》作'零露'，……《尔雅》作'蕑'，盖本《鲁诗》。"

---

① 参见拙文《董逌所记石经及其〈鲁诗〉异文》，载《文献》2015 年第 3 期。
② 陈乔枞：《四家诗异文考》卷 2，《清经解续编》，第 5 册，第 31 页中下栏。
③ 陈乔枞：《三家诗遗说考·鲁诗遗说考四》，《清经解续编》，第 4 册第 1206 页下栏。
④ 参见拙文《董逌所记石经及其〈鲁诗〉异文》，载《文献》2015 年第 3 期。

以《尔雅》传《鲁诗》。又云："考《说文》：'霝，雨零也。从雨㗊。象零形。''零，余雨也。从雨，令声。'雨露曰霝零，卄木曰蘦落。霝、蘦亦通作零。《说文》引诗'霝雨其蒙'，今《毛诗》字作零，《夏小正》栗零，《月令》草木零落，皆用零字。"①张氏本陈说作"蘦"，下同。

《溱洧》方汍汍兮：《毛诗》作"方涣涣兮"，唐石经同。《说文》"潧"下引《诗》"方汍汍兮"，段玉裁注："《释文》曰：《韩诗》作洹洹，音丸。《说文》作汍，音父弓反。按，作汍父弓反，音义俱非。葢汍汍之误。汍汍与洹洹同。《汉志》又作灌灌，亦当读汍汍，皆水盛沄旋之貌。"陈乔枞云："《班志》多据《齐诗》，今观《说文》所载与齐、韩、毛文并异，则其为《鲁诗》可知也。"②张氏即本陈说。按，陈说有一定理据，然马宗霍云："《说文·水部》无汍字，大徐本新坿有之，云：'泣泪皃。'又非其义也。似当存义。"③

《溱洧》询訏且乐：《毛诗》作"洵訏且乐"，唐石经残。《吕氏春秋·本生》高诱注云："郑国淫辟男女私会于溱洧之上，有询訏之乐，苟药之和。"陈乔枞以为高注用《鲁诗》，盖以《释文》云《韩诗》作"恂"，《汉志》同，《汉书》用《齐诗》，"《鲁诗》与齐、韩、毛文异"，故将高之"询"判为《鲁诗》。张氏从之。按，高诱生于汉末，当时《毛诗》已盛行，所用未必为《鲁诗》。

从以上文字之追溯，知张国淦在复原碑图时，已有意用《鲁诗》文字。其所参据之《鲁诗》文字，主要依准陈乔枞《四家诗异文考》和《鲁诗遗说考》所定，兼亦参考惠栋、段玉裁等人之说。所定文字，有些可以认可，有些只是诸家一偏之见，未可视为定说。

马衡最早为学校机关之代表，数度亲访洛阳，收集残石，并率先纠合藏家传拓残石拓本，由于后来牵于人事，未遑潜心汉石经整理。

---

① 陈乔枞：《三家诗遗说考·鲁诗遗说考四》，《清经解续编》，第4册，第1207页中栏。
② 陈乔枞：《三家诗遗说考·鲁诗遗说考四》，《清经解续编》，第4册，第1207页中栏。
③ 马宗霍：《说文解字引诗考》，《说文解字引经考》，第550页。

20世纪50年代初,在故宫博物院院长任上遭受审查赋闲,遂重理旧业,考订残石文字。凡前后经三月许,将昔日所藏熹平石经残石拓本重新一一考订,颇有收获。其于《鲁诗·郑风》数块残石之考订成绩如下:

罗振玉在《三编》中著录"踊我/·叔于"一残石①,张国淦碑图依式图示,马衡在《集存》中检出"见如三/不信有/章章四/其二缁"一石,为《王风》之《采葛》《大车》《丘中有麻》三诗残文与之拼合,使《王风》与《郑风》前后位置得到确定。

"仲可/兮人/叔兮"一石,罗振玉未见,故《集录》无,以至张国淦碑图仍依《毛诗》文字排列,若"仲可怀兮"仍作"仲可怀也";"不如叔兮"仍作"不如叔也",不知《鲁诗》两"也"字皆作"兮"。马衡云:"《毛诗·郑风·将仲子兮》首句用'兮'字,而下文'仲可怀也,亦可畏也'皆用'也'字。《鲁诗》盖全篇用'兮'字。《遵大路》'不寁故也''不寁好也',《释文》云'一本作兮'。今发现残石果为'兮'字。"②所考确切。

"武有/兮其二/山有/兮倡/我思/兮/践"一石,罗振玉著录时无首字"武","其二"作"其三","倡"字作小字为推测补出字,"思"字不录,显以为不可见。马衡改"倡"为大字,以拓本有"昌"上半;"思"字有右上一角残笔,故录出两字,非两人所见残石拓本有异。关于首字"武",罗、马所见不同。"有"上一字有残笔,罗振玉无说,马衡谓"首行'有'字上尚有残画似'武'字,当为《羔裘》'孔武有力'之'武有'二字"③。由于"武"字之认识,对整篇《郑风》之排列

① 按,罗振玉在《三编》中著录为"踊我/·叔",无"于"字,至1938年类编时补"于"字。上海古籍出版社排印本将"叔于"排成小字,似若为罗氏补出之字,且无符号"·",非。从残石拓本看,符号"·"较为清晰,不当漏略。"于"字从整个残石外圈省视,上横与竖之上半段亦清晰可辨。
② 马衡著,中国科学院考古研究所编:《汉石经集存》,第5页b上栏。
③ 马衡著,中国科学院考古研究所编:《汉石经集存》,第5页b下栏。

至关重要,它涉及九篇诗在《郑风》中之前后位置。详见下文。

"撻兮"一石,仅存两半字。罗振玉谓"上下文均缺,不知在何章,抑章题"。张国淦置于篇首,羌无依据,马衡标示为"第三面第二十六行",即从张氏碑图,皆无奈之举。

"其漂/骞裳涉/堂兮"一石,为《撻兮》《褰裳》二诗残文。罗振玉未见,《集录》未载,至张国淦碑图照录《毛诗》,将"骞"仍作"褰"。马衡云:"骞,《毛诗》作褰。《释文》:'褰,本或作骞。'盖毛亦或与鲁同也。"[1]

"兮/章章四/胶胶既/达兮在/二杨之/露"一石(图9-1),罗振玉《集录四编又续》收录,无"兮"字,"在"字作小字为补出文字。就残石省视,"兮"上"姝"字"女"旁左边依稀可辨,小字"二"上"其"字右下脚甚清晰,"露"下"溥"字右上角亦尚存。罗、马录"兮"、上"章""胶""在""露"等字,无理由不录以上数字。张国淦碑图将"扬"改从残石作"杨",而其他字竟未标识,不知何故。罗振玉1938年重新整理之两卷本又竟未收入此残石。是重新整理时漏略,抑是认为赝品而去之,今无法猜测。然张国淦改"扬"字而不标示他字,有欠周全。

图9-1　残石1

"不/綦巾/露瀼"一石,诸家无异辞。

"如芸/愿兮/士与女/衣廿"一石(图9-2),罗振玉《四编又续》录"芸/愿兮"小石,其实"芸"上"如"字左下"女"旁之脚尚存,"愿"

① 马衡著,中国科学院考古研究所编:《汉石经集存》,第5页b下栏。

上"我"字右脚亦存。张国淦碑图竟未标示此三字,又"芸"字仍从
《毛诗》作"云",似乎未见,颇不可解。至罗振玉重编《集录》,漏略
此石,另著录一块与此相衔接的残石"与女/衣廿"。是否当时有人
怀疑"芸/愿兮"为伪刻,今无从质证。马衡将两块拼接拓示,天衣
无缝,唯更残泐,可见不伪。

图 9-2   残石 2

"赠之以/十三章二"一石,罗振玉《集录》未收。张国淦已标示
于《郑风》之末,唯"以"字隐约有起笔,是以略而不标。马衡收录拓
本,谓其为"《郑风·溱洧》及《郑风》尾题"。

《集存》出版在《集录》和《碑图》之后二十余年,收录自较后二
书为多。其文字之考订,亦有过之而无不及。

黄美瑛从屈万里治汉石经《鲁诗》,仿其师《汉石经尚书、周易
残字集证》体式,分为论证、校文、复原图三卷。其文字校勘大致从
张国淦和马衡而有所改进。关于篇题书写格式,张国淦曾云"周南
第一篇题,依石经□国第六篇题,低三字",其所谓"低三字"即空三
字。黄氏亦同样据"王国第六"残石,而云:"若依《尚书·酒诰》第
十六,《论语·公冶长》等篇名皆顶格之例,则上阙三字当为'诗国
风王国第六',则全篇之篇题为:'诗国风周南第一'至'诗国风豳国
第十五'……"①依此格式,其《郑风》篇题作"诗国风郑国第七"。

---

① 黄美瑛:《汉石经诗经残字集证》,第 10 页。

其他文字,凡罗氏《集录》、张氏《碑图》已有者,固为承袭,即马氏《集存》新增之残石,黄氏亦在卷二校文和卷三复原图中考订、标识,其与前人不同者,略记于下。

张氏碑图《叔于田》叔适墅,黄氏碑图仍作"野";张氏碑图《风雨》云胡不悳,黄氏碑图仍作"夷";张氏碑图《野有蔓草》蘦露溥兮,黄石碑图仍作"零"①,疑当时僻字排版困难而用常用字。另,黄氏碑图中《狡童》"使我不能餐兮","餐"作"沧",莫名来历。考山井鼎云:"餐,古本作湌。"疑黄从改"湌"而误置成"沧"。《出其东门》"聊可与娱"之"娱"作"虞",此盖从《释文》"娱,本亦作虞"而改。《东门之墠》之"墠"作"惮",《出其东门》"缟衣綦巾"之"巾"作"中",疑皆误置。

张氏《溱洧》溱与洧,同《毛诗》。《说文》"潧"下云:"出郑国。从水,曾声。诗曰:潧与洧,方洹洹兮。"陈乔枞云:"盖古人溱、潧声近。毛古文假用溱字,鲁、韩、齐今文皆作潧字。晋唐以后三家寖微,学者多见溱,少见潧,遂于经传潧洧字悉改潧为溱耳。"②张氏以《褰裳》"褰裳涉溱"段玉裁云:"出郑国之水,本作溱。《外传》《孟子》作溱,《说文》及《水经注》作潧,误。"张氏无法判陈、段是非,故仍作"溱",而云"存以俟考"。黄氏改作"潧",显从陈说。

(二)诸家复原碑式行款意图推测

罗振玉承王国维之方法与思路,考释残石文字,并标示每行几字。以《郑风》而论,《将仲子》"踰我"(残石文字前皆有录,以下除必要外均举首行文字相代)一石,罗云"合《毛诗》校读,首行七十一字";《山有扶苏》"□有"一石,罗云"合《毛诗》校读,次行以下均七十二字";《扬之水》"不"一石,罗云"合《毛诗》校读,首行七十四字,次行七十二字";《溱洧》"□与女"一石,罗云"合《毛诗》校读,首行七十一

① 唯此句"零露溥兮"之"溥"误成"溥",当系排字者误置。
② 陈乔枞:《三家诗遗说考·鲁诗遗说考四》,《清经解续编》,第4册,第1207页中栏。

字"。观其所云,知其在计算前一行某字至后一行同位间所容字数,以推测碑图行款。由于其未能图示全部文字,仅以《毛诗》为基准,故不免前后不一。虽总结《鲁诗》每行由"《二南》至《小雅》,行七十字",复云"间有七十至七十四字者"。"《角弓》以后至三《颂》则七十字",犹不得不补充"间有六十八字至七十四字者"①。探其所由,盖未推衍残石行款以完整复原成碑图,以致诸多细节无法考虑与表述。

罗振玉《集录》大致完成之日,即是张国淦碑图悉心排列之时。碑图之排列,远较对残石行数、字数认定为难,残石行数、字数认定时,只需计其字数,而碑图排列则必须考虑到章节标示"其一""其二"及其字之大小,篇与篇之间间隔号"·",个别字形的大小等诸项因素,以与残石文字吻合及整块碑图之均称。所以,张氏碑图行款和复原后之结果,与罗氏微有不同。

罗振玉于"踰我"一石下云:"合《毛诗》校读,首行七十一字",系指"踰"至"将仲子三章章八句"之"句"。张国淦碑图为七十四字(含小字四),与罗氏略异。罗、张未见"仲可/兮人/叔兮"一石,《集存》收录,此六字适在"踰我"残石上方(图9-3)。据张氏碑图,"可"至"踰"十七字(含二小字),"人"至"·"十七字(含二小字),字距恒等,足证《郑风》前三首《缁衣》《将仲子》《叔于田》之排列应无差池。故黄美瑛所排碑图无异。

图9-3　残石3

①　罗振玉:《熹平石经残字集录·序》,《罗振玉学术论著集》第2集,第98页。

　　《郑风》碑图排列最为困难者,即"武有/兮其二/山有/兮倡/我四/兮"一残石(见拓本,图9-4左)。罗振玉在《四编》中录其文为"兮其二/山有/兮倡/我/兮"(见双钩摹本,图9-4右),并考释云:

图9-4　残石4

　　右《郑风·山有扶苏》《蘀兮》《狡童》《褰裳》《丰》,合《毛诗》校读,《山有扶苏》上,《毛诗》为《遵大路》《女曰鸡鸣》《有女同车》三篇,逆数七十字内外,均不得"兮"字。而由《山有扶苏》直接《遵大路》上篇之《羔裘》,则逆数七十字正得《羔裘》末章首句"羔裘晏兮"之"兮",知《郑风》篇次毛、鲁有异矣。次行以下,行均七十二字。①

罗振玉排列残石文字,关注到毛、鲁二家篇次有异,兹先列出《毛诗》次序,以便对照。《毛诗·郑风》原次为:《缁衣》《将仲子》《叔于田》《大叔于田》《清人》《羔裘》《遵大路》《女曰鸡鸣》《有女同车》《山有扶苏》《蘀兮》《狡童》《褰裳》《丰》《东门之墠》《风雨》《子衿》《扬之水》《出其东门》《野有蔓草》《溱洧》。此残石文字,可以"山有"两字定心,对应"山有扶苏"一诗首句,若为二章"山有乔松"之"山有",至"兮倡"仅五十九字,不足一行。罗氏由此上寻"兮其二",谓一行七十余字适与《羔裘》"邦之彦兮"之"兮"相接,遂以为

────────

① 罗振玉:《汉石经残字集录四编》,《历代石经研究资料辑刊》第5册,第510页。

《山有扶苏》上接《羔裘》，如此则《山有扶苏》前是《遵大路》《女曰鸡鸣》《有女同车》《羔裘》。然罗氏双钩本所钩是"兮其二"，"邦之彦兮"后是"其三"，故其1938年重编《集录》时，重新考证，有所改正，云：

> 右《郑风·山有扶苏》至《丰》五篇。合《毛诗》校读，次行以下均七十二字，惟由《山有扶苏》逆数七十二，不得"兮"字。今"兮"下测注"其三"二字。若由《山有扶苏》上接《有女同车》，越《遵大路》《女曰鸡鸣》，接上篇《羔裘》，逆数七十字，为"邦之彦兮"至"兮"，正为第三章。然此石第一行存"有"字，疑是《有女同车》之"有"，或《鲁诗·有女同车》在《羔裘》之前耶？往岁赵氏《金石录跋尾》言汉石经篇第与今本时有小异，而不言何经，今观《鲁诗》各残石与《毛诗》篇第不同者甚多，乃知赵氏所言为《鲁诗》矣。①

此时改"其二"作"其三"，为上接"邦之彦兮"之故，然原双钩摹本和拓本此处确像"二"而非"三"。其次，重编本有追溯"兮其三"右边之"有"字，疑其为"有女同车"之"有"。依其所推测，则《鲁诗·郑风》以《清人》《遵大路》《女曰鸡鸣》《有女同车》《羔裘》《山有扶苏》为次，将其用碑石行款图示（图9-5）。

罗氏追求"兮其三"在"山有"右边，则此行仅十字（含小字二），再右边是"□有"是《有女同车》，则此行仅六十三字（含小字四），同时造成右边《女曰鸡鸣》也只有六十二字（含小字四），与每行七十多字的碑式不符。且拓本"有"上一字左下有一横画，甚清晰。罗氏复原的"有女同车"上是偏右的"其三"，与左下横画不相应。即使他所说的"有女同车"是第二章，也无法相应，字数亦不符。

张国淦在读到罗氏《四编》时已开始复原（图9-6），当然已发

---

① 罗振玉：《汉熹平石经残字集录·鲁诗》，《罗振玉学术论著集》第2集，第124页。按此则考释罗氏在重编时已有，故张图淦《汉石经碑图·鲁诗说》引之。

郑国第七

1　缁衣之宜兮敝予又改为兮适子之馆兮还予授子之粲兮●缁衣之好兮敝予又改造兮适子之馆兮还予授子之粲兮●缁衣

2　其二之蓆兮敝予又改作兮适子之馆兮还予授子之粲兮●将仲子兮无逾我里无折我树杞岂敢爱之畏我父母仲可怀也父母

3　之言亦可畏也●将仲子兮无逾我墙无折我树桑岂敢爱之畏我诸兄仲可怀也诸兄之言亦可畏也●将仲子

4　兮无逾我园无折我树檀岂敢爱之畏人之多言仲可怀也人之多言亦可畏也●叔于田巷无居人岂无居人不如叔也洵美且仁●叔

5　于狩巷无饮酒岂无饮酒不如叔也洵美且好●叔适野巷无服马岂无服马不如叔也洵美且武●叔于田乘乘马执辔如组两骖如舞叔

6　在薮火烈具举袒裼暴虎献于公所将叔无狃戒其伤女●叔于田乘乘黄两服上襄两骖雁行叔在薮火烈具扬叔善射忌又良御忌抑磬控忌抑纵送忌●叔

7　于田乘乘鸨两服齐首两骖如手叔在薮火烈具阜叔马慢忌叔发罕忌抑释掤忌抑鬯弓忌●清人在彭驷介旁旁二矛重英河上乎翱翔●清人在消驷介麃麃二矛重乔河上乎逍遥●清人在轴

8　驷介陶陶左旋右抽中军作好●羔裘如濡洵直且侯彼其之子舍命不渝●羔裘豹饰孔武有力彼其之子邦之司直●羔裘晏兮三英粲兮彼其之子邦之彦兮

9　遵大路兮掺执子之祛兮无我恶兮不寁故也●遵大路兮掺执子之手兮无我魗兮不寁好也●女曰鸡鸣士曰昧旦子兴视夜明星有烂将翱将翔弋凫与雁

10　弋言加之与子宜之宜言饮酒与子偕老琴瑟在御莫不静好知子之来之杂佩以赠之知子之顺之杂佩以问之知子之好之杂佩以报之●有女同车颜如舜华将翱将翔佩玉琼琚彼美孟姜洵美且都●有女同

11　行颜如舜英将翱将翔佩玉将将彼美孟姜德音不忘●山有扶苏隰有荷华不见子都乃见狂且●山有桥松隰有游龙不见子充乃见狡童●萚兮萚

12　兮风其吹女叔兮伯兮倡予和女●萚兮萚兮风其漂女叔兮伯兮倡予要女●彼狡童兮不与我言兮维子之故使我不能餐兮●彼狡童兮不与我食兮维子之故使我不能息兮●子

13　惠思我褰裳涉溱子不我思岂无他人狂童之狂也且●子惠思我褰裳涉洧子不我思岂无他士狂童之狂也且●子之丰兮俟我乎巷兮悔予不送兮●子之昌兮俟我乎堂兮悔予不将兮●衣锦褧衣裳锦褧裳叔兮伯兮驾予与行●裳锦褧裳衣锦褧衣叔兮伯

14　兮驾予与归●东门之墠茹藘在阪其室则迩其人甚远●东门之栗有践家室岂不尔思子不我即●风雨凄凄鸡鸣喈喈既见君子云胡不夷●风雨潇潇鸡鸣胶胶既见君子云胡不瘳●风雨

15　如晦鸡鸣不已既见君子云胡不喜●青青子衿悠悠我心纵我不往子宁不嗣音●青青子佩悠悠我思纵我不往子宁不来●挑兮达兮在城阙

16　兮一日不见如三月兮●扬之水不流束楚终鲜兄弟维予与女无信人之言人实诳女●扬之水不流束薪终鲜兄弟维予二人无信人之言人实不信●出其东门

17　有女如云虽则如云匪我思存缟衣綦巾聊乐我员●出其闉阇有女如荼虽则如荼匪我思且缟衣茹藘聊可与娱●野有蔓草零露漙兮有美一人清扬婉兮邂逅相遇适我愿兮●野有蔓草

18　零露瀼瀼有美一人婉如清扬邂逅相遇与子偕臧●溱与洧方涣涣兮士与女方秉蕳兮女曰观乎士曰既且且往观乎洧之外洵訏且乐维士与女伊其相谑赠之以勺药

19　溱与洧浏其清矣士与女殷其盈矣女曰观乎士曰既且且往观乎洧之外洵訏且乐维士与女伊其将谑赠之以勺药●郑缁衣廿一篇五

20　

21　

22　十三章二百八十三句

图9-5　据罗振玉《集录》旨意复原碑石款

鄭國第七

1 緇衣之宜兮敝予又改爲兮適子之館兮旋予授子之粲兮其一緇衣之好兮敝予又改造兮適子之館兮旋予授子之粲兮其二緇衣之蓆兮敝予又改作兮適子之館兮旋予授子之粲兮其三
2 緇衣三章章四句●將仲子兮無踰我里無折我樹杞豈敢愛之畏我父母仲可懷也父母之言亦可畏也其一將仲子兮無踰我牆無折我樹桑豈敢愛之畏我諸兄仲可懷也諸兄之言亦
3 可畏也其二將仲子兮無踰我園無折我樹檀豈敢愛之畏人之多言仲可懷也人之多言亦可畏也其三將仲子三章章八句●丮于田巷無居人豈無居人不如叔也洵美且仁其一叔于狩巷
4 無飲酒豈無飲酒不如叔也洵美且好其二叔適壄巷無服馬豈無服馬不如叔也洵美且武其三叔于田三章章五句●大叔于田乘乘馬執轡如組兩驂如舞叔在藪火列具舉襢裼暴虎獻
5 于公所將叔無狃戒其傷女其一叔于田乘乘黃兩服上襄兩驂鴈行叔在藪火列具揚叔善射忌又良御忌抑磬控忌抑縱送忌其二叔于田乘乘鴇兩服齊首兩驂如手叔在藪火列具阜叔
6 馬慢忌叔發罕忌抑釋掤忌抑鬯弓忌其三大叔于田三章章十句●遵大路兮摻執子之袪兮無我惡兮不寁故也其一遵大路兮摻執子之手兮無我醜兮不寁好也其二遵大路二章章四句
7 ●女曰雞鳴士曰昧旦子興視夜明星有爛將翱將翔弋鳧與鴈其一弋言加之與子宜之宜言飲酒與子偕老琴瑟在御莫不靜好其二知子之來之雜佩以贈之知子之順之雜佩以問之
8 知子之好之雜佩以報之其三女曰雞鳴三章章六句●有女同車顔如蕣華將翱將翔佩玉瓊琚彼美孟姜洵美且都其一有女同行顔如蕣英將翱將翔佩玉鏘鏘彼美孟姜德音不忘
9 其二有女同車二章章六句●羔裘如濡洵直且侯彼其之子舍命不渝其一羔裘豹飾孔武有力彼其之子邦之司直其二羔裘晏兮三英粲兮彼其之子邦之彥
10 兮其三羔裘三章章四句●清人在彭駟介旁旁二矛重英河上乎翱翔其一清人在消駟介麃麃二矛重喬河上乎逍遙其二清人在軸駟介陶陶左旋右抽中軍作好其三清人三章章四句●
11 山有扶蘇隰有荷華不見子都乃見狂且其一山有喬松隰有游龍不見子充乃見狡童其二山有扶蘇二章章四句●蘀兮蘀兮風其吹女叔兮伯兮倡予和女其一蘀兮蘀兮風其漂女叔兮伯
12 兮倡予要女其二蘀兮二章章四句●彼狡童兮不與我言兮惟子之故使我不能餐兮其一彼狡童兮不與我食兮惟子之故使我不能息兮其二狡童二章章四句●子惠思我褰裳涉溱子不
13 我思豈無他人狂童之狂也且其一子惠思我褰裳涉洧子不我思豈無他士狂童之狂也且其二褰裳二章章五句●子之丰兮俟我乎巷兮悔予不送兮其一子之昌兮俟我乎堂兮悔予不將
14 兮其二衣錦絅衣裳錦絅裳叔兮伯兮駕予與行其三裳錦絅裳衣錦絅衣叔兮伯兮駕予與歸其四丰四章二章章三句二章章四句●東門之墠茹藘在阪其室則邇其人甚遠其一東門之栗有
15 踐家室豈不爾思子不我即其二東門之墠二章章四句●風雨淒淒雞鳴喈喈既見君子云胡不怏其一風雨瀟瀟雞鳴膠膠既見君子云胡不瘳其二風雨如晦雞鳴不已既見君子云胡不喜
16 其三風雨三章章四句●青青子衿悠悠我心縱我不往子寧不嗣音其一青青子佩悠悠我思縱我不往子寧不來其二挑兮達兮在城闕兮一日不見如三月兮其三子衿三章章四句●揚之水
17 不流束楚終鮮兄弟惟予與女無信人之言人實廷女其一揚之水不流束薪終鮮兄弟惟予二人無信人之言人實不信其二揚之水二章章六句●出其東門有女如雲雖則如雲匪我思存縞衣
18 綦巾聊樂我員其一出其闉闍有女如荼雖則如荼匪我思且縞衣茹藘聊可與娛其二出其東門二章章六句●壄有蔓草蘦露漙兮有美一人清揚婉兮邂逅相遇適我願兮其一壄有蔓草蘦
19 露瀼瀼有美一人婉如清揚邂逅相遇與子皆臧其二壄有蔓草二章章六句●溱與洧方汍汍兮士與女方秉蕑兮女曰觀乎士曰既且且往觀乎洧之外詢訏且樂惟士與女伊其相
20 謔贈之以勺藥其一溱與洧瀏其清矣士與女殷其盈矣女曰觀乎士曰既且且往觀乎洧之外詢訏且樂惟士與女伊其將謔贈之以勺藥其二溱洧二章章十二句●鄭緇衣廿一篇五
21 十三章二百八十三句

图 9-6　张国淦《汉石经碑图・郑风第七》复原碑石款

觉依罗氏意见无法妥帖复原,只得调整诗篇云:

> 今本《大叔于田》下,《清人》《羔裘》《遵大路》《女曰鸡鸣》《有女同车》《山有扶苏》,依残字,《清人》移《羔裘》下。《有女同车》《羔裘》移《有女同车》下,《山有扶苏》移《清人》下,此《大叔于田》下接《遵大路》《女曰鸡鸣》。①

依《汉石经碑图》,张氏所谓"《有女同车》《羔裘》移《有女同车》下"应是"《有女同车》《羔裘》移《女曰鸡鸣》下"之笔误。《清人》合标示章节小字在内仅六十三字,移置《羔裘》之下,是合理想象,故张氏碑图较之罗氏,稍有进步。

张图虽较罗图有进步,其将《有女同车》置于《羔裘》前仍是受到罗氏启发。《汉石经碑图·鲁诗说》引罗说云:"然此石第一行存'有'字,疑是《有女同车》之'有',或《鲁诗·有女同车》在《羔裘》之前耶?"②于是将《有女同车》置《羔裘》上,但"有"上小字"其二"仍与残石不符。且此行仅六十三字(含小字六),远少于每行七十余字字数。

二十多年后,马衡在整理残石时,识别残石右边"有"上残画是"武"字,因断为《羔裘》"孔武有力"之"武有"二字。次行"分"下二字,罗振玉先录为"其二",后因认定为"有女同车",故改为"其三"。马衡再行"细审是'其二'二字"。如果是《羔裘》二章末之"其二",此数行前后字数亦会纷乱无序。故他从《经典释文》的《遵大路》中得到启发。《释文》卷五《遵大路》诗下出"故也"一词,陆德明云:"一本作'故兮',后'好也'亦尔。"③从陆说,知《遵大路》二章一本

---

① 张国淦:《汉石经碑图》,第111页下栏。
② 张国淦:《汉石经碑图·鲁诗说》,第111页下栏。按罗氏在《集录》编到《四编又续》时,曾将前此九卷合并,依经为次。之后复加修订,于1938年秋季重编为二卷,即今《罗振玉学术论著集》所收。张国淦在1930年前后已引用罗氏此说,可见罗在合并时已有修正。参见拙文《罗振玉之熹平石经研究》,载《榆枋斋学林》,上册,第293—320页。
③ 陆德明:《经典释文》卷5,上海古籍出版社,1985年影印北图所藏宋刻本,上册,第250页。

作"不寱好兮",马衡云:"盖此诗全篇八句,六句皆用'兮'字,不应于章末一句用'也'字"①。考敦煌伯二五二九残卷《郑风·遵大路》末句亦作"兮",残卷虽是《毛诗》异文,然昭示古本有作"兮"者,若亦为《鲁诗》异文之孑遗,则碑图为"不寱好兮其二",适与残石相应。立足于此,马衡将《郑风》"武有/兮其二/山有/兮倡/我思/兮"残石前后之诗篇定为:《羔裘》《遵大路》《有女同车》《山有扶苏》《萚兮》《狡童》《褰裳》《丰》《东门之墠》九篇相接。而"《女曰鸡鸣》当在《羔裘》以前,以《有女同车》以下之残石,多有发现,皆相衔接也"。残石之末,马衡审视出"践"字右边一角"戈",于是录出,此为罗振玉和张国淦所未及。兹以马衡意见,依之图,如图9-7所示。

依图9-7,残石"武有"右边一行只有五十七字,不近情理。此因马衡推排九篇次序时,没有将全部文字图示,只是关心九篇内的文字,以致前面文字有失照应。

黄美瑛所作碑图,在马衡考释之基础上,又稍有变化。黄氏碑图之变化主要受罗振玉双钩本影响。罗氏双钩本"兮倡"右上有一如封口之残笔,遂认为残石非碑图上部,其上面尚有文字。适"兮"是"叔兮伯兮"一句,"伯"字右下与残笔近似,遂将"兮"上补二字。于是黄氏碑图,如图9-8所示。

从残石拓本看,"兮"字上部皆模糊不清,以罗氏所摹残笔与下一排文字之间,空隙太多,超越所有熹平残石上下两字间之距离,细审上部皆石碑残泐所造成的印记,而无笔画,故此一调整似无必要。

《郑风》起首四行,因为有"其二缁/踰我/·叔于"和"仲可/兮人/叔兮"两残石定位,每行七十三至七十五字(均含小字),无法更动。后四行共二百八十一字,平均每行七十字。就碑图款式而言,前四行七十四五字,后四行七十字,后一行七十六字,再后四行七十四五字,于碑式总显得欠整齐。《大叔于田》三章,今起首皆作"叔

---

① 马衡著,中国科学院考古研究所编:《汉石经集存》,第5页b下栏。

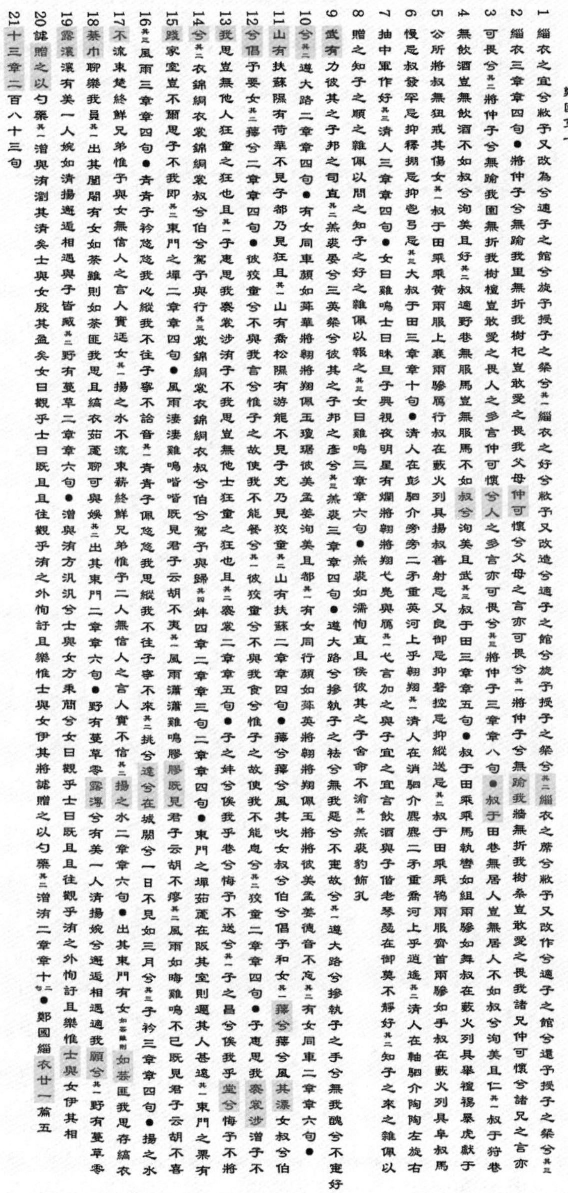

郑国第七

1　緇衣之宜兮敝予又改予兮適子之館兮還予授子之粲兮●緇衣之好兮敝予又改造兮適子之館兮還予授子之粲兮

2　緇衣三章章四句●將仲子兮無踰我里無折我樹杞豈敢愛之畏我父母仲可畏兮亦

3　可畏兮●將仲子兮無踰我牆無折我樹桑豈敢愛之畏我諸兄仲可畏兮

4　可畏兮●將仲子兮無踰我園無折我樹檀豈敢愛之畏人之多言仲可畏兮●將仲子三章章八句●叔于田巷

5　公所將叔無狃戒其傷女叔于田乘乘馬

6　慢忌叔發罕忌抑釋掤忌抑鬯弓忌●叔于田乘乘馬執轡如組兩驂如舞叔于田乘乘黃兩服上襄兩驂雁行叔于田

7　抽中罕作好用三叔于田乘乘黃兩服上襄兩驂雁行叔于狩

8　贈之知子之順之雜佩以問之知子之好之雜佩以報之●女曰雞鳴十日三章章七句●大叔于田三章章十句●清人在彭駟介旁旁二矛重英

9　武有力兮遭我乎峱之間兮並驅從兩肩兮揖我謂我好兮●還三章章四句●燕婉之求三英粲兮

10　今今其矛兮●遭大路兮摻執子之手兮無我魗兮不寁好也●清人在彭駟介旁旁二矛重英河上乎翱翔清人在消駟介麃麃二矛重喬河

11　山有扶蘇隰有荷華不見子都乃見狂且●山有喬松隰有遊龍不見子充乃見狡童●山有扶蘇二章章四句

12　今僧予無女兮●遭大路兮摻執子之袪兮無我魗兮不寁好也●遭大路二章章四句●彼狡童兮不與我言兮維子之故使我不能餐兮

13　我思無他狂且也且●子惠思我褰裳涉溱子不我思豈無他人狂童之狂也且

14　鬷思隰有遊龍不見子充乃見狡童●狡童二章章四句●褰裳二章章四句●丰●子之丰兮俟我乎巷兮悔予不送兮

15　家宴宴不顧思子之故兮●風雨三章章四句●子之昌兮俟我乎堂兮悔予不將兮

16　鳳雨漉漉雞鳴喈喈既見君子云胡不夷風雨瀟瀟雞鳴膠膠既見君子云胡不瘳●東門之墠茹藘在阪其室則邇其人甚遠

17　不流束楚終鮮兄弟惟予二人無信人之言人實迋女●青青子衿悠悠我心縱我不往子寧不嗣音●東門之墠二章章四句

18　綦巾聊樂我員●出其闉闍有女如荼雖則如荼匪我思且縞衣茹藘聊可與娛●野有蔓草

19　露漙兮有美一人清揚婉兮邂逅相遇適我願兮●野有蔓草零露瀼瀼有美一人婉如清揚邂逅相遇與子偕臧

20　諡贈之以勺藥●溱洧二章章十二●郑国緇衣廿一篇五

21　十三章二百八十三句

图9-7　马衡考证所示《郑国第七》复原碑石款

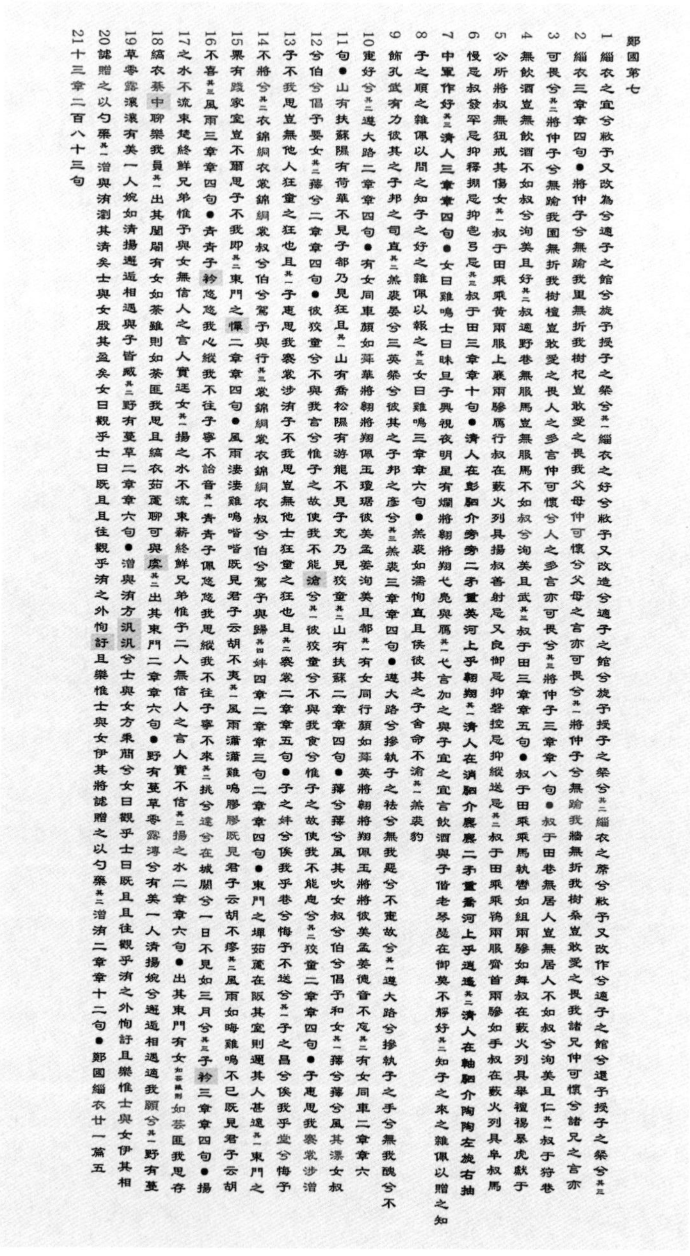

鄭國第七
1 緇衣之宜兮敝予又改為兮適子之館兮旋予授子之粲兮其一緇衣之好兮敝予又改造兮適子之館兮旋予授子之粲兮其二緇衣之蓆兮敝予又改作兮適子之館兮還予授子之粲兮其三
2 緇衣三章章四句●將仲子兮無踰我里無折我樹杞豈敢愛之畏我父母仲可懷兮父母之言亦可畏兮其一將仲子兮無踰我牆無折我樹桑豈敢愛之畏我諸兄仲可懷兮諸兄之言亦
3 可畏兮其二將仲子兮無踰我園無折我樹檀豈敢愛之畏人之多言仲可懷兮人之多言亦可畏兮其三將仲子三章章八句●叔于田巷無居人豈無居人不如叔兮洵美且仁其一叔于狩巷
4 無飲酒豈無飲酒不如叔兮洵美且好其二叔適野巷無服馬豈無服馬不如叔兮洵美且武其三叔于田三章章五句●叔于田乘乘馬執轡如組兩驂如舞叔在藪火列具舉襢裼暴虎獻于
5 公所將叔無狃戒其傷女其一叔于田乘乘黃兩服上襄兩驂鴈行叔在藪火列具揚叔善射忌又良御忌抑磬控忌抑縱送忌其二叔于田乘乘鴇兩服齊首兩驂如手叔在藪火列具阜叔馬
6 慢忌叔發罕忌抑釋掤忌抑鬯弓忌其三叔于田三章章十句●清人在彭駟介旁旁二矛重英河上乎翱翔其一清人在消駟介麃麃二矛重喬河上乎逍遙其二清人在軸駟介陶陶左旋右抽
7 中軍作好其三清人三章章四句●女曰雞鳴士曰昧旦子興視夜明星有爛將翱將翔弋鳧與鴈其一弋言加之與子宜之宜言飲酒與子偕老琴瑟在御莫不靜好其二知子之來之雜佩以贈之知
8 子之順之雜佩以問之知子之好之雜佩以報之其三女曰雞鳴三章章六句●羔裘如濡洵直且侯彼其之子舍命不渝其一羔裘豹
9 飾孔武有力彼其之子邦之司直其二羔裘晏兮三英粲兮彼其之子邦之彥兮其三羔裘三章章四句●遵大路兮摻執子之袪兮無我惡兮不寁故兮其一遵大路兮摻執子之手兮無我魗兮不
10 寁好兮其二遵大路二章章四句●有女同車顏如舜華將翱將翔佩玉瓊琚彼美孟姜洵美且都其一有女同行顏如舜英將翱將翔佩玉將將彼美孟姜德音不忘其二有女同車二章章六
11 句●山有扶蘇隰有荷華不見子都乃見狂且其一山有喬松隰有游龍不見子充乃見狡童其二山有扶蘇二章章四句●蘀兮蘀兮風其吹女叔兮伯兮倡予和女其一蘀兮蘀兮風其漂女叔
12 兮伯兮倡予要女其二蘀兮二章章四句●彼狡童兮不與我言兮惟子之故使我不能湌兮其一彼狡童兮不與我食兮惟子之故使我不能息兮其二狡童二章章四句●子惠思我褰裳涉溱
13 子不我思豈無他人狂童之狂也且其一子惠思我褰裳涉洧子不我思豈無他士狂童之狂也且其二褰裳二章章五句●子之丰兮俟我乎巷兮悔予不送兮其一子之昌兮俟我乎堂兮悔予
14 不將兮其二衣錦褧衣裳錦褧裳叔兮伯兮駕予與行其三裳錦褧裳衣錦褧衣叔兮伯兮駕予與歸其四丰四章二章章三句二章章四句●東門之墠茹藘在阪其室則邇其人甚遠其一東門之
15 栗有踐家室豈不爾思子不我即其二東門之墠二章章四句●風雨淒淒雞鳴喈喈既見君子云胡不夷其一風雨瀟瀟雞鳴膠膠既見君子云胡不瘳其二風雨如晦雞鳴不已既見君子云胡
16 不喜其三風雨三章章四句●青青子衿悠悠我心縱我不往子寧不詒音其一青青子佩悠悠我思縱我不往子寧不來其二挑兮達兮在城闕兮一日不見如三月兮其三子衿三章章四句●揚
17 之水不流束楚終鮮兄弟惟予與女無信人之言人實迋女其一揚之水不流束薪終鮮兄弟惟予二人無信人之言人實不信其二揚之水二章章六句●出其東門有女如雲雖則如雲匪我思存
18 縞衣綦巾聊樂我員其一出其闉闍有女如荼雖則如荼匪我思且縞衣茹藘聊可與娛其二出其東門二章章六句●野有蔓草零露溥兮有美一人清揚婉兮邂逅相遇適我願兮其一野有蔓
19 草零露瀼瀼有美一人婉如清揚邂逅相遇與子皆臧其二野有蔓草二章章六句●溱與洧方汎汎兮士與女方秉蕳兮女曰觀乎士曰既且且往觀乎洧之外恂訏且樂惟士與女伊其相
20 謔贈之以勺藥其一溱與洧瀏其清矣士與女殷其盈矣女曰觀乎士曰既且且往觀乎洧之外恂訏且樂惟士與女伊其將謔贈之以勺藥其二溱洧二章章十二句●鄭國緇衣廿一篇五
21 十三章二百八十三句

图9－8　黄美瑛《诗·国风·郑国第七》复原碑石款

于田"，故黄美瑛将"大叔于田"改为"叔于田"。今敦煌伯二五二九残卷篇名和首章均作"大叔于畋"，透露出古本曾有多"大"字者。①假若三章均作"大叔于田"，连同篇名，应多四字。分布于碑图《大叔于田》到《有女同车》四行中，则每行七十一字，或稍接近于齐整。兹在马衡推排基础上整齐之，如图9-9所示。

"武有"残石横跨七行，与"蘀兮""其漂/褰裳/堂兮""姝兮/章章四/胶胶既/达兮在/二杨之/露溥"等残石上下相距相连，"姝兮"残石又与"不/綦巾/露瀼/赠之以/十三章二""如芸/愿兮/士与/衣廿一"等残石上下相距相连，使得《羔裘》《遵大路》《所以扶苏》《蘀兮》《狡童》《褰裳》《丰》《东门之墠》《风雨》《子衿》《扬之水》《出其东门》《野有蔓草》《溱洧》十四篇之行款格局大致固定，少能移动。诸家复原略有不同者如下：

第十七至二十行下部有"如芸/愿兮/士与/衣廿一"残石，芸、兮、与三字齐平。其上有"章四/胶既/达兮/二杨之/露溥"残石（图9-1），"二杨之"下距"有女如芸"之"如芸"十三字位，下距"虽则如芸"之"如芸"十七字位。在张国淦复原图上，皆无法与"愿兮"二字齐平。张国淦应见到"如芸"残石，然竟未标识。他为与第十七、十八行上端"不/綦巾"残石齐平相符，不得不将第十七行排成七十六字，使得"如芸"无法与"愿兮"齐平。黄美瑛将"虽则如芸"分作二行，使下一"如芸"与"愿兮"齐平。要缩略成双行来迁就残石位置，显然非熹平石经原碑。检视张图，其末行"溱洧二章章十二句"之"二句"亦作双行，其非与黄同。今若从末行《集存》所录，将"如芸"一石与"与女"残石相拼接，芸、兮、与、廿四字齐平，以此排比，则张国淦末行"二句"和黄美瑛第十七行"如芸虽则"皆无须变双行。挨

① 陆德明《经典释文》卷五"叔于田"下云："本或作大叔于田者误。"（上册，第248页）是陆氏亦曾见首章作"大叔于田"之本。其所谓误，乃个人取舍之见，不足为古本是非之定评。

诗国风郑国第七

1 缁衣之宜兮敝予又改为兮适子之馆兮还予授子之粲兮●缁衣之好兮敝予又改造兮适子之馆兮还予授子之粲兮●缁衣之蓆兮

2 缁衣三章章四句●将仲子兮无逾我里无折我树杞岂敢爱之畏我父母仲可怀兮父母之言亦可畏也

3 可畏也●将仲子兮无逾我墙无折我树桑岂敢爱之畏我诸兄仲可怀也诸兄之言亦可畏也

4 无逾我园无折我树檀岂敢爱之畏人之多言仲可怀也人之多言亦可畏也●将仲子三章章八句●叔于狩巷

5 无饮酒巷无饮酒不如叔也洵美且好●叔于田乘乘马巷无服马不如叔也洵美且武●叔于狩巷

6 虎献于公所将叔无狃戒其伤女●叔于田三章章五句●大叔于田乘乘马执辔如组两骖如舞叔在薮火

7 在薮叔发罕忌叔善射忌又良御忌抑磬控忌抑纵送忌●叔于田乘乘鸨两服齐首两骖如手叔在薮火

8 列具阜叔马慢忌叔发罕忌抑释掤忌抑鬯弓忌●大叔于田三章章十句●清人在彭驷介旁旁二矛重英河上乎翱翔

9 莫不舒好其二知子之来之杂佩以赠之知子之顺之杂佩以问之知子之好之杂佩以报之●女曰鸡鸣士曰昧旦子兴视夜明星有烂将翱将翔

10 分兮遵大路兮掺执子之手兮无我丑兮遵大路兮掺执子之祛兮无我恶兮不寁好也●有女同车颜如舜华将翱将翔佩玉琼琚彼美孟姜

11 山有扶苏隰有荷华不见子都乃见狂且山有乔松隰有游龙不见子充乃见狡童●山有扶苏二章章四句●有女同行颜如舜英将翱将翔佩玉将将彼美孟姜德音不忘

12 分兮要女分兮彼姝者子不与我言兮维子之故使我不能餐兮●子衿二章章四句●子之祛兮遗我佩玖女惠而思我褰裳涉溱子不我思岂无他人狂童之狂也且

13 我思且巷我思且彼姝者子不与我食兮维子之故使我不能息兮●狡童二章章四句●彼狡童兮不与我言兮维子之故使我不能餐兮

14 分兮衣锦褧衣裳锦褧裳叔兮伯兮驾予与行●丰四章二章章三句二章章四句●子衿二章章四句●青青子衿悠悠我心纵我不往子宁不嗣音

15 蹼家室实迩其室则远其人甚远●东门之墠二章章四句●风雨潇潇鸡鸣胶胶既见君子云胡不瘳●风雨如晦鸡鸣不已既见君子云胡不喜

16 无流束楚终鲜兄弟惟予与女无信人之言人实诳女●扬之水二章章六句●出其东门有女如荼虽则如荼匪我思且缟衣綦巾聊乐我员●出其东门

17 不流束薪终鲜兄弟惟予二人无信人之言人实迋女●野有蔓草零露漙兮有美一人清扬婉兮邂逅相遇适我愿兮●野有蔓草

18 褰巾聊乐我员兮出其闉闍有女如荼虽则如荼匪我思存缟衣茹藘聊可与娱●出其东门二章章六句●野有蔓草

19 露滚滚有美一人婉如清扬邂逅相遇与子偕臧●溱与洧方涣涣兮士与女方秉蕳兮女曰观乎士曰既且且往观乎洧之外洵訏且乐维士与女伊其相

20 露漙漙有美一人婉如清扬邂逅相遇与子偕臧●溱与洧浏其清矣士与女殷其盈矣女曰观乎士曰既且且往观乎洧之外洵訏且乐维士与女伊其将谑赠之以勺药

21 谑赠之以勺药●溱与洧二章章十二句●郑缁衣廿一篇五

二十三章 二百八十三句

图9-9　本文《诗·国风·郑国第七》复原碑石款

次下沉,则第十九行"与"前欠一字,第十七行"芸"前多一字。

考《溱洧》一诗,古本有异文。日本学者物观《七经孟子考文补遗》云"士上有维字","士与女殷,土上有维字"。是一二两章皆有"维"字。李富孙以为此乃因下文"维士与女"而增。今观敦煌伯二五二九残卷即两章上下皆作"维士与女",可证古本有据。又《荆楚岁时记》引《韩诗》亦作"唯士与女",是六朝古本也。《韩诗》如此,《鲁诗》或同。由此,则"廿"与"芸"已齐平,中间"兮""与"尚少一字。山井鼎《考文》云:"第二章士曰既徂下,古本有矣字。"此虽无敦煌本印证,或亦有所本。若一二两章相同,则"与""廿"各下沉一字,仍不齐平,若仅第一章有"矣",则第十九行"与"下沉与"廿""芸"齐平。在抄本流行年代,前后章不统一并非不可能。若此则第十九、二十行之字数也与前面几行更接近。第二十行末字"五"与第二十一行"十"衔接也更紧,故本文复原图中姑且加入"矣"字。唯十八行"兮"字欠一字,由"露溥"下至"愿兮"间隔十五字,今存文献未见异文多少,且此残石字迹清晰,笔画圆润,与《郑风》所存残石字迹稍有不一,而与方若所伪刻者有近似处。此残石行款似取之于张国淦复原图,却不知张图此处尚有未尽如意处。

《郑风》残石虽只有十一块,马衡拼合成九块,计其字数不过六十余字,但却涉及十六篇诗(包括笔者怀疑的"姝/章四"残石)。占《郑风》总数二十一篇的四分之三。之所以字少而所占篇数多,是因为残石上下字少而跨行多,与出土《邶风》残石多存同行文字有异。所占十六篇诗中,前面《缁衣》《将仲子》《叔于田》和《山有扶苏》《萚兮》《狡童》《褰裳》《丰》《东门之墠》以后,排列上均无问题。只有《大叔于田》《清人》《羔裘》《遵大路》《女曰鸡鸣》《有女同车》六首之先后位置,曾引起各家反复研讨。罗振玉从赵明诚之说得到启发,连续发现大小雅中与《毛诗》次序不同的篇章,进而于《郑风》率先认为《山有扶苏》上接《羔裘》,进而又认为《羔裘》前是《有女同车》,开启了《郑风》篇章排列的先声。张国淦在排列碑图时,沿罗氏思路,见《清人》字少,仅六十余字,可置于《羔裘》之下,遂作调整,与罗氏微异。马衡细审首行残画为"武","兮"上小字武"其二",于是仅将《女曰鸡鸣》调整到《羔裘》前,《有女同车》和《山有扶苏》不动。黄美瑛依从马衡顺序,只是个别字位有所挪移。笔者在马衡、黄美瑛认识之基础上,又调整了《大叔于田》《清人》《女曰鸡鸣》的行距。罗振玉挪移《羔裘》一篇,张国淦移易《羔裘》《清人》二篇,马衡调整《女曰鸡鸣》《羔裘》《清人》三篇,具体位置如下所示:

《毛诗》	罗振玉	张国淦	马衡、黄美瑛
《大叔于田》	《大叔于田》	《大叔于田》	《大叔于田》
《清人》	《清人》	《遵大路》	《清人》
《羔裘》	《遵大路》	《女曰鸡鸣》	《女曰鸡鸣》
《遵大路》	《女曰鸡鸣》	《有女同车》	《羔裘》
《女曰鸡鸣》	《有女同车》	《羔裘》	《遵大路》
《有女同车》	《羔裘》	《清人》	《有女同车》
《山有扶苏》	《山有扶苏》	《山有扶苏》	《山有扶苏》

罗振玉曾言"《郑风·山有扶苏》上非《有女同车》"[1],依马衡复原,《山有扶苏》上仍是《有女同车》,与《毛诗》同,唯《有女同车》上非《女曰鸡鸣》而是《遵大路》。尽管如此,罗氏的推排仍具启发和指导意义。

三、由《郑风》诗篇之错乱推论小序产生之年代

诸家对《郑风》的复原,包括笔者之调整,虽未能达到完善境地,然有一点无疑义,即《郑风》二十一篇篇次,确与《毛诗》不同。

---

① 罗振玉:《汉熹平石经残字集录序》,第 2 册,第 99 页。

与罗振玉发现的大小雅篇次异同,共同展示出汉代四家诗比异文更引人注目的差异。这种差异引起笔者对《诗小序》的思考。

按传统之见,大序作于子夏,小序作于毛公。大小《诗序》之辨,起于北宋。欧阳修率先怀疑"诗之序不著其名氏",作者不得而知,但"非子夏之作则可以知也"。欧公例举一些理由,最后指出:

> 序之所述乃非诗人作诗之本意,是太师编诗假设之义也。
> 毛、郑遂执序意以解诗,是以太师假设之义解诗人之本义,宜其失之远也。①

以诗序为太师编诗时假设之义,在当时不失为一种卓见。郑樵作《诗辨妄》,态度激进,他依据《后汉书》之说,谓"《毛诗》至卫宏为之序,郑玄为之注","命篇大序,盖出于当时采诗太史之所题,而题下之序则卫宏从谢曼卿受师说而为之也"②,第一个提出小序是卫宏所作。稍后朱熹从之。程大昌又分小序前两句为"古序",续后之语为"宏序"③。与此诸说相类似者,唐宋诗学研究者各有其说,《四库总目》有详细条述,近代胡朴安《诗经学·大小序》曾予总结。张西堂《关于毛诗序的一些问题》更是归纳《诗序》作者之说为十六种,并对各种说法之正反意见均有评述④。今从《郑风》诗序与前后诗之篇次颠倒视角作一探讨。

《毛诗》有序,三家诗是否有序,是一个争论不休问题。自晁说之以还,论者不啻数十家。程元敏汇集众说,一一考辨,以为三家诗无序⑤。虽然,《独断》所载蔡邕论《周颂》三十一首诗序,与《毛序》

---

① 欧阳修:《诗本义》卷1,《文渊阁四库全书》,第70册,第188页下栏。
② 郑樵:《诗辨妄·诗序辨》,《古籍考辨丛刊》第2集,社会科学文献出版社,2009年,第313页。
③ 程大昌:《诗论》,《古籍考辨丛刊》第2集,第362页。
④ 张西堂:《诗经六论》,商务印书馆,1957年,第120—124页。
⑤ 程元敏:《诗序新考》。

几无差异。朱彝尊、陈乔枞、王先谦等以为《鲁诗序》,而程元敏仍认为蔡氏因袭《毛序》。《周颂毛序》多只一句,其有所谓续序者如《清庙》《丝衣》《桓》《赉》四篇,蔡邕于《清庙》用之,文字却颇有差异,其他三首则无续序,很可能其所见所录与今本有续序之《毛序》不同,是一种无续序之古序本。对照被王先谦辑录作为《齐诗诗序》的《维清》《昊天有成命》《时迈》《思文》《载芟》《酌》数篇,与古序文字不同而意义无异。即使被指为诗说非诗序,也可由此推测,古本诗序东汉犹存,三家说诗,或本古序,或另作发挥,若即若离,遂致有序无序,异说纷纭。

三家诗文本已失,就出土《鲁诗》残石校核《毛诗》,其次序大同小异。唯其大同,可见四家诗未分之先秦,其文本次序当有一定式;所成小异,乃各家流传中之错乱变异。兹就《郑风》毛、鲁篇次之颠倒作一剖析。为说明问题,先将《郑风》小序依次列出:

(1)《缁衣》:《缁衣》,美武公也。父子并为周司徒,善于其职,国人宜之,故美其德,以明有国善善之功焉。

(2)《将仲子》:《将仲子》,刺庄公也。不胜其母,以害其弟。弟叔失道,而公弗制。祭仲谏而公弗听,小不忍以致大乱焉。

(3)《叔于田》:《叔于田》,刺庄公也。叔处于京,缮甲治兵,以出于田,国人说而归之。

(4)《大叔于田》:《大叔于田》,刺庄公也。叔多才而好勇,不义而得众也。

(5)《清人》:《清人》,刺文公也。高克好利而不顾其君,文公恶而欲远之不能。使高克将兵而御狄于竟,陈其师旅,翱翔河上,久而不召,众散而归。高克奔陈,公子素恶高克,进之不以礼。文公退之不以道,危国亡师之本,故作是诗也。

(6)《女曰鸡鸣》:《女曰鸡鸣》,刺不说德也。陈古义以刺今,不说德而好色也。

(7)《羔裘》:《羔裘》,刺朝也。言古之君子以风其朝焉。

（8）《遵大路》：《遵大路》，思君子也。庄公失道，君子去之，国人思望焉。

（9）《有女同车》：《有女同车》，刺忽（昭公）也。郑人刺忽之不昏于齐。大子忽尝有功于齐，齐侯请妻之。齐女贤而不取，卒以无大国之助，至于见逐，故国人刺之。

（10）《山有扶苏》：《山有扶苏》，刺忽（昭公）也。所美非美然。

（11）《萚兮》：《萚兮》，刺忽（昭公）也。君弱臣强，不倡而和也。

（12）《狡童》：《狡童》，刺忽（昭公）也。不能与贤人图事，权臣擅命也。

（13）《褰裳》：《褰裳》，思见正也。狂童恣行，国人思大国之正己也。

（14）《丰》：《丰》，刺乱也。昏姻之道缺。阳倡而阴不和。男行而女不随。

（15）《东门之墠》：《东门之墠》，刺乱也。男女有不待礼而相奔者也。

（16）《风雨》：《风雨》，思君子也。乱世则思君子，不改其度焉。

（17）《子衿》：《子衿》，刺学校废也。乱世则学校不修焉。

（18）《扬之水》：《扬之水》，闵无臣也。君子闵忽昭公.之无忠臣良士，终以死亡，而作是诗也。

（19）《出其东门》：闵乱也。公子五争，兵革不息，男女相弃，民人思保其室家焉。

（20）《野有蔓草》：《野有蔓草》，思遇时也。君之泽不下流民，穷于兵革，男女失时，思不期而会焉。

（21）《溱洧》：《溱洧》，刺乱也。兵革不息，男女相弃，淫风大行，莫之能救焉。

考察现存《毛诗》篇目，十五国风及《雅》《颂》之排列，大多依据时代，此乃无可争辩之事实。即《郑风》而言，第一《缁衣》，美桓、武二公，列于最前，理所当然。第二《将仲子》至第四《大叔于田》，咏庄公,时代相衔。第五《清人》刺文公,文公为厉公之子,乃郑国第十任国君。第六《女曰鸡鸣》,序谓刺不说德。郑笺德为士大夫宾客有德者,则刺者必诸侯君主,然不知何任国君①。第七《羔裘》,序谓刺朝,是道古之君子以讽。郑笺谓庄公朝贤者凌迟,朝无忠臣,所咏盖庄公以下之君侯②。而今厕于《叔于田》《大叔于田》及下《遵大路》刺庄公之间。第八《遵大路》,刺庄公失道,又回复到前面。第九《有女同车》至第十二《狡童》,皆刺昭公忽。昭公忽应在庄公后。第十三《褰裳》,序仅言狂童恣行,郑笺始谓厉公突与昭公忽争国,若然则次于《狡童》后得其序。第十四《丰》至第十七《子衿》,依序、笺是刺风俗、学校、世乱。如果依先国君、朝廷,后世乱、民俗,则当在后,但若所刺之时适在昭公忽之后,固可勉强成立,然第十八《扬之水》闵昭公忽无忠臣良士之佐,复又咏昭公,便觉错舛。以上关涉昭公忽之诗共六首,孔颖达谓《有女同车》《褰裳》作于前立时,《山有扶苏》《萚兮》《狡童》《扬之水》作于后立时③。今《褰裳》不承接《有女同车》却次于《狡童》,《扬之水》不接《褰裳》而次于《子衿》。第十九《出其东门》又是闵乱,即闵公子突、忽、子亹、子仪争国君,兵戈不息之乱。若欲刺,当与《褰裳》相次;若欲闵,可与《扬之水》相衔。第二十《野有蔓草》第二十一《溱洧》殿后,可有其自圆其说之理由④。然综观二十一篇之排列,前后失次,无可否认。

---

① 严虞惇《读诗质疑》卷首二仍将其列于庄公之世。见《文渊阁四库全书》第 87 册,第 59 页上栏。

② 马振理《诗本事》卷 13 云:"案,桓公、武公相继为周司徒,而武公、庄公又相继为平王卿士,祖孙三世列籍王朝,所谓古之君子,即谓此祖孙三世也。三世而谓之古,则作此诗者明非桓、武、庄已前人,而确为文公已后诗人矣。"是为确解。世界书局,1936 年,第 1244 页。

③ 陈启源《毛诗稽古编》卷 5 同意孔说之次序并有阐述。见《清经解》卷 64,第 1 册,第 366 页下栏。

④ 严虞惇《读诗质疑》卷首二系《野有蔓草》《溱洧》二诗于厉公,则《清人》仍在其后。

　　《诗经》文本，不管西周康王、穆王、宣王之太师递相编次，还是东周齐桓公时重新结集，抑或孔子复加删编①，其依从时代次序，应是最基本的一种编例，《尚书》依虞夏商周编次即是显证。从以上分析，知现今《郑风》之序次，不仅与《古序》完全不相应，与古今编书体例亦相矛盾。校核石经《鲁诗·郑风》，从马衡之说调整，《缁衣》至《清人》，《山有扶苏》至《溱洧》，毛、鲁相同，唯第六《女曰鸡鸣》调至第八《遵大路》后，若此则刺定公之《羔裘》仍凌越庄公、昭公而上之。即如张国淦将《清人》置于《山有扶苏》前《有女同车》后，是将刺文公之诗置于两首刺昭公诗之间，亦非常理所允许。据此可证，汉代所传《鲁诗》，其《郑风》前后次序亦已非先秦旧貌。

　　《毛诗》与《鲁诗》篇次互有错舛，且《毛诗》《鲁诗》之次皆不合郑国君侯世次，此种现象可引起思考者是，如若今见《毛序》是毛公作《故训传》以后所附加——依诗作序，如若作序时空无依傍，作者何以能知在几首刺庄公诗之间的《清人》是咏高克事而刺文公？《郑志》载郑玄云："《清人》，刺文公诗也。文公，厉公之子，《清人》当处卷末，由烂脱失次，厕于庄公时。"②康成所以认为《清人》应在卷末，是因为文公事必在咏公子互争的《出其东门》之后。至于其所说烂脱失次究在何时，汉人守师法家法，虽有文字等异同出入，毕竟不能去调整师法相传的文本序次。郑氏所见《毛诗》写本如此，表明烂脱失次一定在康成之前的东汉初年，甚至西汉乃至先秦。失次是事实，但失次不一定是烂脱造成，故康成接着答赵商云："诗本无文字，后人不能尽得其次第，录者直录其义而已。"③此言与班固《汉志》说《诗》"遭秦而全者，以其讽诵，不独在

① 　此处的《诗经》编集之观点，依从马银琴《两周诗史》中所推论。（社会科学文献出版社，2006 年。）
② 　郑小同：《郑志》卷上，《丛书集成初编》，第 240 册，第 11 页。
③ 　郑小同：《郑志》卷上，第 12 页。

竹帛故也"合观,可以想见篇次舛错之原委。此为《郑风》内部篇次
之乱。

再从《郑风》之外举证。《小雅·鹿鸣之什》末有《南陔》《白
华》《华黍》三首,《南有嘉鱼之什》有《由庚》《崇丘》《由仪》三首,皆
"有其义而亡其辞"。既已亡其辞,《毛诗》不将他们缀于《小雅》之
末,而是插在《鹿鸣之什》和《南有嘉鱼之什》之中,为说明问题,将
其前后排列序次和小序文字列出:

《鹿鸣之什》: ……

《鱼丽》,美万物盛多能备礼也。

《南陔》,孝子相戒以养也。

《白华》,孝子之絜白也。

《华黍》,时和岁丰,宜黍稷也。

《南有嘉鱼之什》……

《南有嘉鱼》,乐与贤也。

《南山有台》,乐得贤也。

《由庚》,万物得由其道也。

《崇丘》,万物得极其高大也。

《由仪》,万物之生各得其宜也。[①]

由以上相传之《毛诗》序次,知亡其辞的六首并非集中在一起,
而是分置于两什,且中间隔《南有嘉鱼》《南山由台》二诗。此一排
列,导出第一个疑问是:既亡其辞,何以知其次? 比照现有抄写典
籍的竹简款式论,有连抄,有分篇单抄(据学者研究,阜阳汉简《诗
经》单篇抄录)。竹简有磨灭断裂、脱简错简,无论残泐脱错,不管

---

① 按,此据《毛诗》之次。宋代朱熹《诗集传》之序次为《南陔》《白华》《华黍》《鱼丽》
《由庚》《南有嘉鱼》《崇丘》《南山有台》《由仪》,其变乱毛序之依据是《仪礼·乡饮
酒礼》及《燕礼》皆云笙间歌《鱼丽》、笙《由庚》、歌《南有嘉鱼》、笙《崇丘》、歌《南山有
台》、笙《由仪》云云,遂以毛为失次。

单抄连抄,皆不可能出现篇题尚存而内容荡然无存之状况,若以讽诵流传,则连篇名也不会存。或谓其篇题由目录决定,则先秦尚无后世形式的目录。溯其原由,唯有一种解释,即当时另有一本有篇序的诗学论著在,而这本诗学论著就是《诗序》。《诗序》原独立于《诗》文本之外,《汉志》记之,先秦典籍显之,无需饶舌说明。

假设先秦《毛诗》传本已无《南陔》等六篇,当然无从知道六篇在《小雅》中的位置。尽管《仪礼》一经中《乡饮酒礼》有"乐《南陔》《白华》《华黍》",《燕礼》亦有"奏《南陔》《白华》《华黍》"之文,《乡饮酒礼》有"笙《由庚》""笙《崇丘》""笙《由仪》",《燕礼》亦有"笙《由庚》""笙《崇丘》""笙《由仪》"之文,但均未标明六诗所在确切位置。只有存在一本完整有序(有篇次顺序)且独立于《诗》文本之外的《诗序》,方能帮助经师确定《诗》文本之先后次序,亦即今所见《毛诗》面貌,是先秦《诗》古文本与《诗序》古文本合成之结果。具体言之,先秦《诗序》古文本有小序,有篇次顺序,当毛公或毛公后学将其与《诗》古文本合一时,《南陔》《白华》《华黍》和《由庚》《崇丘》《由仪》不仅有了确切位置,还因小序文字而获得其诗篇之内涵,致使毛公或毛公后学可以注上一句"有其义而亡其辞"。比勘西汉三家诗,因未将此《诗序》与所传授之文本合一[①],故亦无此六篇[②]。

《诗序》有说明诗篇作意的小序文字,而小序之前后本身已蕴含三百十一篇序次。当其与《诗》文本合一时,即前人所推测由毛公或毛公后人缩合《诗序》与《毛诗》文本,则《南陔》《白华》等佚篇位置便可依从《诗序》确定,此种定位是自然而然的。但对于在流

---

① 三家《诗》无小序,详见程元敏《诗序新考》所论,此不赘。

② 三家《诗》无《南陔》《白华》《华黍》《由庚》《崇丘》《由仪》等六篇,可参见龚道耕《三家诗无南陔六篇名义说》。第龚氏以为三家有序,与笔者持论微有不同。(《龚道耕儒学论集》,四川大学出版社,2010年,第164页。)

传中已经淆乱的《郑风》篇次，则必须尊重流传中已形成的定式，不便依《诗序》序次调整，虽不能顺从《诗序》调整篇次，却亦不能依凭错乱的《郑风》文本别作新解以符郑国君侯世次。此皆熟知师法家法的汉代经师人人应遵守的常例，所以呈现出世次与篇次之矛盾现象。如若《小序》是毛公以后如宋人所说为卫宏之流所作，因诗无达诂，则完全可能出现符合郑国世次之序文。

《诗古序》早已存在于先秦，由以上论证已可无疑。然其产生于何时，今实难以确指。宋程颐曾说"《诗·小序》便是当时国史作。如当时不作，虽孔子亦不能知，况子夏乎"①。他也将《小序》分为前后两截。所谓国史所作，是指小序首语②。此说为程大昌所发挥。程大昌明确提出《小序》分为古序和续序，相信续序为卫宏所作，但也切实认识到古序非一世一人所能作，其说云：

> 且夫诗之古序亦非一世一人之所能为也。采诗之官本其得于何地，审其出于何人，究其主于何事，具有实状，致之大师，上之国史。国史于是采案所以，缀辞其端而藏诸有司，是以有发篇两语而后世得以目为古序也。诗之时世，上自周，下迄春秋，历年且千百数；若使非国史随事记实，则虽夫子之圣亦不得凿空追为之说也。③

采诗者对某诗必须有一基本说明，此乃事理之常。朱熹曾据《周礼》《礼记》说国史并不掌诗。窃谓诗归国史所掌，太师所掌，抑或其他职官所掌，并不重要，应该反过来讲，掌管采诗之机构，一定会记录某诗作意，将某诗配乐演奏，或教授国子，如有寓意寄意，亦当有简短的记录说明，如无寓意和寄意之文字说明，如何教授国子，如

---

① 程颐：《河南程氏遗书第十九·伊川先生语五》，《二程集》，中华书局，1981 年，第 1 册，第 256 页。

② 吕祖谦《吕氏家塾读诗记》卷 1 引程氏曰："国史得诗必载其事，然后其义可知，今小序之首者也。其下则说诗者之词也。"《丛书集成初编》，第 1716 册，第 11 页。

③ 程大昌：《考古编》卷 2，《丛书集成初编》，第 292 册，第 12 页。

何兴、观、群、怨？此类说明文字作为档案,必定会保存相当一段时期。至于从这些档案到形成《古序》文本,之间经过何人加工传播,是原模原样还是略已走样,确已无法指实。但作为删编《诗》文本之孔子和传《诗》之子夏,经手过此类《古序》,也是情理中事,经手其书,措意其间,固不必执著是否孔子和子夏所作。宋代以后,讨论《大小序》之文字何止数十百篇！但大多都在宋人已经论及之范围内,各凭私见,申辩已说,在此无法也无须罗列分析①。本文则在校核熹平残石《鲁诗》之际,从篇次错舛和古书流传视角,结合《古序》与世次不一的矛盾,提出一孔之见,以供《诗序》研究者参考。

---

① 清人所作,多是札记,虽属考辨,征引不广。近一个世纪讨论《诗序》的文章,不乏继承清人札记式的论述。前引胡朴安、张西堂之论,在20世纪30至50年代,是总结得比较全面的文章。之后王锡荣和朱冠华在《中国古典文学研究论丛》第1辑,《文史》第10辑、第16辑、第20辑和《社会科学战线》1986年第2期上往复商榷之文章,是经过深思、下过功夫的文字。马银琴在《两周诗史》中所作的探讨,提出"《毛诗》首序是先秦周代礼乐制度的直接产物;它的产生,在诗歌被采辑、编录的同时"的观点,值得重视。其他更多的是一得之见和泛泛之论,视角、观点皆不出前人已涉及论辩之范围。

《诗经》今古文分什与
"板荡"一词溯源①

　　"板荡"系《诗·大雅》两诗篇名,后人绾合成一语词性典故,借以指政治黑暗、朝纲紊乱、社会动荡。"板荡"一词汉末已有用例,而最为人所熟知者,是唐太宗贞观六年赐萧瑀"疾风知劲草,板荡识诚臣"之诗句②。此后,"板荡"一词用量骤然飙升,就宋、明、清三代现存文献察看,各朝皆有上百甚至上千次之多。然考察此词之形成,却与先秦流传之《诗经》面貌和两汉《诗经》今古文分什有关。

---

① 本文为国家哲学社会科学重大项目《历代儒家石经文献集成》(13&ZD063)阶段性成果。

② 此见《贞观政要》卷5所载,云:"贞观九年,萧瑀为尚书左仆射。尝因宴集,太宗谓房玄龄曰:'武德六年已后,太上皇有废立之心。我当此日,不为兄弟所容,实有功高不赏之惧。萧瑀不可以厚利诱之,不可以刑戮惧之,真社稷臣也。'乃赐诗曰:'疾风知劲草,板荡识诚臣。'瑀拜谢曰:'臣特蒙诚训,许臣以忠谅,虽死之日,犹生之年。'"吴兢:《贞观政要》卷5,上海古籍出版社,1978年,第156页。后《旧唐书·萧瑀传》《册府元龟》《资治通鉴》等皆因之。唯《全唐诗》卷1载其异文,云一作"昏日辨诚臣",或以"昏日"对"疾风",然不若用"板荡"之雄健凌厉也,宜其传之不远也。

一、"板荡"一词所涉诗篇与《毛诗》分什异同

　　《板》《荡》是《毛诗·大雅》中两篇。《板》诗因首章"上帝板板,下民卒瘅"而命篇。全诗八章,章八句。《小序》云:"板,凡伯刺厉王也。"①其第二章"天之方难,无然宪宪,天之方蹶,无然泄泄。辞之辑矣,民之洽矣,辞之怿矣,民之莫矣"是对当时纲纪隳败、社会动乱之描述。顾镇引蒋悌生云:"详味此诗,盖朝廷始昏乱之时,其时文武周公之道典章法度非不具在也,在朝非无老成人也,而王弃旧章而不顾,疏老成而不用,所任以政者乃少年不更事之人,是以民劳于下,政乱于上。惟时若召穆公、凡伯之徒皆世臣,与国同休戚者,言不行,谏不听,义又不可去。故其热中之情发为恳恻切直之辞,一语责之,旋以一语劝之,不厌烦复,惟欲其有所警惕而改纪于其政,所谓乱世之音怨以怒,其政乖。此类是也。"②故清代钱澄之云:"此篇虽切责僚友用事之人,而义归于刺王。"③

　　《荡》诗亦以首章"荡荡上帝,下民之辟"而命篇。全诗亦八章,章八句。《小序》云:"召穆公伤周室大坏也。厉王无道,天下荡荡,无纲纪文章,故作是诗也。"④此诗第二章起,皆假文王叹殷纣违戾天时人道之非,如"文王曰咨,咨女殷商。如蜩如螗,如沸如羹。小大近丧,人尚乎由行。内奰于中国,覃及鬼方"。唯最后"殷鉴不远,在夏后之世"一句,以微词见意。李樗云:"观此诗,所谓优游和

① 阮元校刻:《十三经注疏》,上册,第548页下栏。按,此诗朱熹以为是同列相戒,后人亦多附和其说,今于此不作评述。
② 按,语本蒋悌生《五经蠡测》卷4释《民劳》语,顾镇《虞东学诗》卷10引释《板》,盖其皆谓昭穆公、凡伯等讽谏厉王也。顾镇:《虞东学诗》卷10,《文渊阁四库全书》,第89册,第666—667页。
③ 钱澄之:《田间诗学》,黄山书社,2005年,第773页。
④ 阮元校刻:《十三经注疏》,上册,第552页下栏。

缓而不迫切者,不言厉王之恶而专以纣之恶言之,惟以末章二句言商之鉴在夏,则商为厉王之鉴,然后可以见其伤今之意,可以一倡而三叹也。"①

西周末年,幽厉无道,贤人君子,起而箴之,然因爱君忧国之心切,故怨发而怒敛,辞婉而意深。彭执中云:"《板》《荡》之诗,深刺其君之恶,盖大臣忧国爱君之心不敢不如是也。"②然朝纲紊乱,社会动荡,当赖老成忠臣辅佐,故黄佐云:"《板》《荡》之诗深刺其君之恶,非章君过也,忧国爱君之心所发也。唐之太宗以诗赐其臣萧瑀而曰'板荡识诚臣',噫!其亦有感于此也夫?"③黄佐博学,非不知唐以前《板》《荡》二诗已作为语词运用,第以萧瑀忠诚,太宗倚重,故独举之云。今略举唐以前诗文中用此词之例于下:

合《板》《荡》二诗而成"板荡"一词,太宗之前已有人用,如隋朝费长房《历代三宝记》卷六云:"而两都板荡,法由人显。"④庾信稽北,感时伤怀,多用此词,如《伤心赋》:"在昔金陵,天下丧乱,王室板荡,生民涂炭。"⑤又《周柱国大将军大都督同州刺史尔绵永神道碑》:"既而丧乱弘多,生民板荡。"⑥当时与庾信齐名号称徐庾体之徐陵,其名篇《东阳双林寺傅大士碑》云:"哀群生之板荡,泣世道之崩沦。"⑦山水诗宗师谢灵运《拟魏太子邺中集诗·王粲》云:"幽厉昔崩乱,桓灵今板荡。"⑧板荡者,本诗人刺幽厉之诗,刘勰《文心雕

---

① 李樗、黄㻞:《毛诗集解》卷34,《通志堂经解》,第7册,第467页上栏。按此为李说。

② 刘瑾:《诗传通释》卷18,《文渊阁四库全书》第76册,第694页上栏。

③ 何楷:《诗经世本古义》卷16,《文渊阁四库全书》第81册,第443页上栏。

④ 费长房:《历代三宝纪》卷6,《续修四库全书》第1288册,第477页上栏。

⑤ 庾信著,倪璠注:《庾子山集注》卷1,中华书局,1980年,第1册,第58页。

⑥ 庾信著,倪璠注:《庾子山集注》卷14,第3册,第855页。

⑦ 徐陵著,吴兆宜笺注:《徐孝穆集笺注》卷5,《文渊阁四库全书》第1064册,第897页下栏。

⑧ 谢灵运著,顾绍柏校注:《谢灵运集注》,中州古籍出版社,1987年,第140页。

龙·时序》即云"幽厉昏而《板》《荡》怒,平王微而《黍离》哀"也①。灵运以汉末之桓灵当之,而对以幽厉之崩乱,亦诗人顿挫妙笔,互文匠心也。刘孝标自叹命途多舛,故其《辨命论》亦有"自金行不竞,天地板荡"之语②。

　　陆德明云:"《齐诗》久亡,《鲁诗》不过江东,《韩诗》虽在,人无传者。唯《毛诗》《郑笺》独立国学,今所遵用。"③《隋书·经籍志》谓"《齐诗》魏代已亡;《鲁诗》亡于西晋;《韩诗》虽存,无传之者"④,此证《齐诗》《鲁诗》西晋以前先后亡佚,六朝所习,已是《毛诗》独行。笔者尝遍检史籍,南北朝传《诗》者一百多家,除数家不明所习,几全为《毛诗》。以此较量徐庾、谢刘诸家所用"板荡"一词,皆在研习《毛诗》之环境下遣词造句。立足此点检视,"板荡"与《毛诗·大雅》篇次便有所扞格,似难吻合。

　　《毛诗·大雅》三十一篇,分为三什,除《文王之什》外,《生民之什》与《荡之什》篇次如下:

　　《生民之什》:《生民》《行苇》《既醉》《凫鹥》《假乐》《公刘》《泂酌》《卷阿》《民劳》《板》;

　　《荡之什》:《荡》《抑》《桑柔》《云汉》《崧高》《烝民》《韩奕》《江汉》《常武》《瞻卬》《召旻》。

　　《板》为《生民之什》最后一篇,《荡》为《荡之什》之第一篇,虽两篇相接,毕竟不在同什。汉初传《诗》,或《风》或《雅》,多不相连属,文人学士造语组词,不致攀取两什之诗篇而合为一词。盖以任何一词汇、语典、成语、俗语之形成,多有其一定之意义、结构、声韵组合规律。如系组合《周易》卦名者如"鼎革""损益""否泰""剥

① 刘勰著,詹锳义证:《文心雕龙义证》卷9,下册,第1657页。
② 刘孝标著,罗国威校注:《刘孝标集校注》卷2,上海古籍出版社,1988年,第79页。
③ 陆德明著,吴承仕疏证:《经典释文序录疏证》,中华书局,1984年,第90页。
④ 魏徵等:《隋书·卷三十二·经籍志一》,中华书局,1973年,第918页。

复"等,皆系前后相次两卦名组合成词。"板荡"一词当不例外。今其在《大雅》中顺序虽前后相次,而却是分属两个不同之什,两诗之组合,应有更深之今古文经学背景。

二、《鲁诗》残石所见《板》《荡》篇什位置

汉代《诗》分鲁、齐、韩、毛四家。《鲁诗》《齐诗》《韩诗》分别在西汉文景前后立为博士,成为显学。《毛诗》在西汉末平帝时一度立为博士,旋即废止,但其在东汉经师间流传渐广。熹平年间,因贿赂偷改兰台经书事发,导致一字石经(即熹平石经)之刊刻,石经虽用官方正统的《鲁诗》文本,兼刊齐、韩异文,无奈难挡古文盛行之趋势。魏晋以后,随着正始石经之镌刻,古文经学成为官学,昔日曾显赫的三家《诗》文本相继沦亡和废止,形成《毛诗》独行局面。六朝人所见《板》《荡》二诗,已分别在《生民之什》末篇和《荡之什》首篇。鲁、齐、韩三家诗如何排列,无法得知。宋嘉祐间出土熹平石经残石,赵明诚曾取以与《毛诗》校勘,发现鲁、毛不仅文字异同达数百言之多,且"篇第亦时有小异"①。可惜赵氏所校文字随李清照避难南渡,散佚无存,八九百年来无人知晓。及至王国维撰写《魏石经考》,探究汉石经《诗经》异同,于此颇为关注,却因苦无残石印证,百思不解。

一九二三年洛阳先后出土一批汉石经残石,学界竞相传拓研究。王国维本欲据之著《汉魏石经考》一探究竟,无奈天时不利。王氏逝世后,罗振玉搜集六七年来所出土之熹平石经残石,校其异同,探其行款,终于发现《鲁诗》与《毛诗》种种异同,其中就有关涉到《板》《荡》篇次的分合,适可解我们对"板荡"一词之来历。以下先按其发现、搜集、传拓、考证先后,以复原《鲁诗·大雅·生民之

---

① 赵明诚著,金文明校证:《金石录校证》卷2,上海书画出版社,1985年,第300页。

什》篇什次序。

罗振玉在编《汉熹平石经残字集录》时,有一残石,拓本如图
10-1所示。

残石第一行"我后藐藐"系《瞻卬》最后一章"不自我后,藐藐昊
天"文,第二行"皇且君且"系《假乐》第二章"穆穆皇皇,宜君宜王"
文。第三行"句·生"二字,"句"当是《假乐》"四章章六句"之
"句","生"为"生民之什"之首字。《毛诗》之《假乐》在《大雅·生
民之什》,《瞻卬》在《荡之什》,今残石《瞻卬》在前,《假乐》在后,不
仅颠倒次序,且同在《生民之什》。罗氏第一次发现鲁、毛篇次之不
同,故极为兴奋云:"往岁读赵氏《金石录跋尾》,言汉石经篇第与今
本时有小异,惜其不言何经何篇,今乃知为《鲁诗》也。"①与此相同
者,还有一块残石,拓本如图10-2所示。

图10-1　《集录初编》著录

图10-2　《集录初编》著录

此残石第一行"因以其伯"系《韩奕》六章文,第二行明显是《公刘》
第二章"笃公刘,于胥斯原"句。《毛诗》之《公刘》在《生民之什》第
六篇,《韩奕》属《荡之什》第七篇,今《韩奕》在前、《公刘》在后,又
一次打破《毛诗》序次。罗氏云:"今以《公刘》接《韩奕》……知鲁、

――――――――
①　罗振玉:《汉熹平石经残字集录》,《历代石经研究资料辑刊》,第5册,第202页。

毛二家篇第不同者众矣，特未知此二篇者，《鲁诗》在《生民之什》抑《荡之什》。"①偶因一二诗篇不同，印证赵明诚说，欣喜不已。再增一诗，不知其所属何什，翻觉疑惑。此后续得续编，不断发现有《大雅》诗篇不同于《毛诗》者。《集录补遗》有一石，拓本如图 10－3 所示。

图 10－3　《集录补遗》著录

此石最右边文字残渺难辨，仅能辨其"用力其□□"几字，是乃《桑柔》十五章末句"职竞用力其十五"文。第二行"贼蟊疾靡有"为《瞻印》"蟊贼蟊疾，靡有夷届"，是《毛诗》作"蟊"，《鲁诗》作"蟲"也②。第三行"厉之阶乱匪"为《瞻印》第三章"维厉之阶，乱匪降自天"文。末行之"不叔"，乃《瞻印》第四章"不吊不祥"文，"叔"与"吊"古多

---

①　罗振玉：《汉熹平石经残字集录》，《历代石经研究资料辑刊》，第 5 册，第 202 页。

②　按，蟊、蟲二字，汉代多有互为异文者，本诗"蟊贼蟊疾"《释文》出"蟲"字，云："本又作蟊。"又《小雅·大田》"及其蟊贼"，《释文》云："蟊，本又作蟲。"陆德明所见多《毛诗》，是《毛诗》自有蟊、蟲异文，然溯而上之，《汉竹邑侯相张寿碑》有"率其弟子以修仁义，蟲贼不起，厉疾不行"语（洪适：《隶释　隶续》卷 7，第 88 页下栏），化用《诗经》成语而用"蟲"字，是汉末两字相借之证。《说文·虫部》"蟊，虫食艹根者。蟲，古文蟊从虫、从牟。"由此知汉代《鲁诗》用古文作"蟲"，《毛诗》或本作"蟊"，而后则"蟊""蟲"并作。

通假混用,上博简《鲍叔牙》之"叔"作"圅",清华简《良臣》"叔向""虢叔""子太叔"之"叔"作"吊"①。《桑柔》《瞻卬》虽皆在《荡之什》,然《桑柔》之后,《瞻卬》之前,有《云汉》《崧高》《烝民》《韩奕》《江汉》《常武》六篇,《瞻卬》既接《桑柔》,《云汉》六篇何去何从?

《集录续编》收录一石拓本如图 10 - 4 所示。

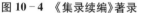

图 10 - 4　《集录续编》著录　　　图 10 - 5　《集录四编》著录

此石第一行"实墉实"即《韩奕》末章"实墉实壑"句,第二行"斯原"则是《公刘》第二章"于胥斯原"句。此残石与罗氏前所著录者正可上下相接,益明《公刘》确实上接《韩奕》。

《集录四编》与《补遗》著录两块与《板》《荡》相关残石。其一是"章章/尔酒既"一残石,拓本如图 10 - 5 所示。

第一行"章章",罗氏考定是"既醉八章章四句"之"章章"二字。第二行"尔酒既"系《凫鹥》第三章"尔酒既湑"句,第三行"其五凫鹥"乃《凫鹥》第五章末尾及尾题。第四行"随以谨纷"系《民劳》第二章"无纵诡随,以谨惽恢"句,惽、纷异文。第五行"惠此中"即《民劳》第四章"惠此中国"句。由此得出,《鲁诗》文本《既醉》《凫鹥》《民劳》三篇相次。而《补遗》有一石,拓本如图 10 - 6 所示。

---

① 参见马承源主编:《上海博物馆藏战国楚竹书(五)》,上海古籍出版社,2005 年,第190 页。李学勤主编:《清华大学藏战国竹简(三)》,中西书局,2012 年,下册,第157—158 页。

图 10-6　《集录四编补遗》著录

此石第一行"是用大谏"是《民劳》最后一章最后一句,而第二行"矣
辞之怿"、第三行"燎不可救"、第四行"自位辟"、第五行"板八",分
别是《板》第二章"民之洽矣,辞之怿矣"、第四章"多将燎燎,不可救
药"、第六章末句"无自立辟",以及尾题"板八章章八句"之前两字,
"板"上残泐处,罗氏双钩本勾出"其八"二字,当符合笔势。此五行
将《民劳》与《板》连接一起。最眩惑者是残石最后一行,有字迹而
难以确切辨认,罗氏最初将之辨识为《洞酌》"民之攸塈"之"攸
塈"①。至其将四编合编时,已改释为"兴是"二字,"兴是"是《荡》
第二章末句"女兴是力"。罗氏云:"今《毛诗》《板》为《生民》之卒
章。'板八章章八句'后有'生民之什十篇六十五章四百三十三句'
十六字,以后为《荡之什》。今以《荡》接《板》,删去'生民之什'十
六字,直以《荡》接《板》,则下'兴是'二字正与前行残字相齐,是《鲁

---

①　罗振玉:《汉熹平石经残字集录四编补遗》,《历代石经研究资料辑刊》,第 5 册,第
627 页。按,罗氏四编编于 1930 年,同年张国淦著《汉石经碑图》,即据罗氏所言,信
从后两字为《洞酌》之"攸塈",乃在《板》之后接以《洞酌》。《碑图》1931 年出版,故
未能据罗氏 1930 年合编本修订。

诗》无《板（引按,乃"荡"之误字）之什》。"①若谓罗氏对《荡》"兴是"亦是据残笔推测,则二十世纪八十年代洛阳考古所得残石进一步证实了此一推测之正确。

　　洛阳考古发掘所得残石有编号为 8501 者,存五行十四字,拓本如图 10 - 7 所示。

图 10 - 7　洛阳新出残石 8501 号②

残石文为"驰/强御/国敛怨/蜩如唐如/有言颠/其训"。其中"驰"字今存些许残笔,确是《板》八章"无敢驰驱"之"驰"。而"强御"是《荡》第二章"曾是强御","国敛怨"是第四章"女炰烋于中国,敛怨以为德","蜩如唐如"是第六章"如蜩如螗,如沸如羹","有言颠"是第八章"人亦有言,颠沛之揭",皆《荡》诗残文。最后"其训"则是《抑》第二章"四方其训之"残文。有此一石,《鲁诗》以《板》《荡》《抑》三诗相次已无疑义。更切合的是,"无敢驰驱"之"驰"与上文罗振玉所得残石排定"板八"两字,中间正好是十八字（"其八"两小字占一格作一字计）,"强御"之"御"下至"兴是"中间正好是十七字,"兴"高于"板"一字,"板"与"是"齐平,文字排列上下皆吻合无间,更可证明罗振玉认残笔为"兴是"二字正确无疑。

① 　罗振玉：《汉熹平石经残字集录》,庚午合订本,中州古籍出版社,2014 年影印本,第 1 册,第 28 页 b。按,《诗》原无《板之什》,此乃"荡之什"之误。罗振玉 1938 年增订本此字仍未改正,见《民国丛书》第 5 编,第 97 册,第 19 页。
② 　此残石拓本见王竹林、许景元：《洛阳近年出土的汉石经》,载《中原文物》1988 年第 2 期。

　　当年罗振玉所得《既醉》《凫鹥》《民劳》残石,已如上述,后马衡又获得可与拼接其前之残石二块,拓本如图10－8所示。

图10－8　马衡《集存》103号拓本

　　右第一行"载惟"二字,"惟"字仅存心旁上部,此为《生民》第七章"载谋载惟"后两字。第二行"醉以酒"则是《既醉》首章"既醉以酒"后三字,第三行"时君子"为《既醉》第五章"威仪孔时,君子有孝子"残文。此三行文字透露出《鲁诗》之《生民》之后不是紧接《行苇》,而是接以《既醉》。与前述罗振玉所考联系,此三块残石拼接,得出《鲁诗》是《生民》《既醉》《凫鹥》《民劳》四篇前后相连。

　　从以上八块残石,可得出《鲁诗·大雅·生民》之什之篇次先后:

　　由图10－1,知《瞻卬》《假乐》相次;

　　由图10－2,知《公刘》不在《生民》之什;

　　由图10－3,知《桑柔》《瞻卬》相次,中间无《云汉》《崧高》《烝民》《韩奕》《江汉》《常武》六篇,且亦不知此两篇属于何什;

　　由图10－4,知《韩奕》《公刘》相次;

由图 10-5,知《既醉》《凫鹥》《民劳》相次;

由图 10-6,知《民劳》《板》《荡》相次;

由图 10-7,知《板》《荡》《抑》相次;

由图 10-8,知《生民》《既醉》相次,与图 10-5 相拼,接以《凫鹥》《民劳》,《生民》之后无《行苇》。

由以上残石所存文字连接,得《鲁诗·生民》之什篇名次序应是:

> 《生民》《既醉》《凫鹥》《民劳》《板》《荡》《抑》《桑柔》《瞻卬》《假乐》

《毛诗·生民》之什有《行苇》《公刘》《泂酌》《卷阿》四篇,但通过对马衡《集存》所存录 147、148 号校记显示之诗篇序次,是《卷阿》《行苇》《江汉》《常武》《召旻》相接①,而根据图 10-2《韩奕》《公刘》相次,郭沫若更举出"藉/既"残石,不仅证二篇相次,更谓其不当在《生民之什》②。余下《泂酌》一篇 63 字,按图排列,应在《公刘》和《卷阿》之间③,以此相系连而别为一什。

经此残石排列,可以确凿无误地得出,《板》《荡》二诗在《鲁诗·生民之什》,前后相连。又以其内容一致,皆为昭穆公、凡伯等爱君忧国、愍时伤怀之作,故汉魏经师连缀为"板荡"一词。

---

① 校记所涉诗篇序次,罗振玉和马衡均有考证,详参罗振玉:《汉熹平石经残字集录补遗》,《历代石经研究资料辑刊》,第 5 册,第 321—322 页。其合订本言之更详,见《汉熹平石经残字集录》,第 1 册,第 35 页。马衡《汉石经集存》亦对两块校记有论证,见《汉石经集存》,上海书店出版社,2014 年,第 17 页。又马涛《再论汉石经〈鲁诗·大雅〉的分什与篇次——兼辨上博藏汉石经〈鲁诗〉残石真伪》(载《文献》2021 年第 4 期)。根据罗、马论证文字,作图以示。

② 郭沫若:《熹平石经鲁诗残石》,《郭沫若全集·考古卷(十)》,科学出版社,1992 年,第 252 页。

③ 马涛:《再论汉石经〈鲁诗·大雅〉的分什与篇次——兼辨上博藏汉石经〈鲁诗〉残石真伪》。

三、"板荡"一词与《鲁诗》学派关系索隐

由前引徐庾、谢刘用例溯而上之,汉末杨赐亦用过此词。《后汉书·杨赐传》载,光和元年(公元 178 年),有虹霓昼降嘉德殿前,灵帝问祥异于臣下,赐乃以书对,有云:"从小人之邪意,顺无知之私欲,不念《板》《荡》之作、虺蜴之诚,殆哉之危,莫过于今。"①光和元年,熹平石经已镌刻至半,石经用《鲁诗》,已无须赘言。唯杨赐所习何《诗》,史无明文,兹请溯其世系与经学流派。

《后汉书·杨震传》言其父杨宝习《欧阳尚书》,哀、平之世,曾隐居,以教授为业。震亦从太常桓郁习《欧阳尚书》,然其明经博览,无不穷究,是以有"关西孔子杨伯起"之誉。杨震子秉"少传父业,兼明《京氏易》,博通书传",桓帝即位,以其明《尚书》征入劝讲。杨震孙杨赐亦"少传家学,笃志博闻"②。杨氏家学为《欧阳尚书》和《京氏易》,未及传《诗》。然从祖孙传文中,略可考其《诗》学所自。

《杨震传》谓杨宝"居摄二年(公元 7 年),与两龚、蒋翊俱征,遂遁逃,不知所处"③,两龚者,龚胜、龚舍也。胜习《欧阳尚书》,殆或与杨宝同学,龚舍习《鲁诗》④,杨宝亦或与之同学。

《杨秉传》载秉在桓帝时上疏引诗云:"敬天之威,不敢驱驰。"李贤注:"《诗·大雅》曰:'敬天之怒,无敢戏豫,敬天之渝,无敢驰驱。'与此文稍异也。"⑤李贤所引以相校者乃《毛诗·板》,今秉将"敬天之渝"引作"敬天之威",且"无"作"不","驰驱"作"驱驰",是

---

① 范晔:《后汉书》卷 54《杨赐传》,中华书局,1965 年,第 7 册,第 1780 页。
② 以上均见《后汉书》杨震、秉、赐祖孙三代传文,第 1759、1769、1775 页。
③ 范晔:《后汉书》卷 54《杨赐传》,第 7 册,第 1759 页。
④ 《汉书·两龚传》谓"舍亦通五经,以《鲁诗》教授。年六十八,王莽居摄中卒。"班固:《汉书》卷 72《两龚传》,中华书局,1964 年,第 8 册,第 3084 页。
⑤ 范晔:《后汉书》卷 54《杨秉传》,第 7 册,第 1769—1770 页。

必非《毛诗》，王先谦谓此皆"三家异文"①，假若秉"少传父业"，而震与龚舍同习《鲁诗》，则其所引自当为《鲁诗》无疑矣。

《杨赐传》载，熹平元年（公元 172 年），有青蛇见御座，灵帝以之问赐，赐上封事有云："康王一朝晏起，《关雎》见几而作。"李贤注："《前书》云：'佩玉晏鸣，《关雎》叹之。'《音义》曰：'后夫人，鸡鸣佩玉去君所。周康王后不然，故诗人叹而伤之。'此事见《鲁诗》，今亡失也。"②此《音义》谁何而作？《隋志》有应劭《汉书集解音义》二十四卷，韦昭《汉书音义》七卷，萧该《汉书音义》十二卷。萧该之时，《鲁诗》早亡，必不及引述。是否应劭、韦昭之流所注，莫之能征。考《汉书·杜钦传》云"是以佩玉晏鸣，《关雎》叹之"，颜师古注："李奇曰：'后夫人鸡鸣佩玉去君所。周康王后不然，故诗人叹而伤之。'臣瓒曰：'此《鲁诗》也。'"臣瓒注《汉书》颇负盛名，其书名曰何？师古《汉书叙例》云："有臣瓒者，莫知氏族，考其时代，亦在晋初，又总集诸家音义，稍以己之所见，续厕其末……凡二十四卷。"③洪业因谓臣瓒书名《汉书音义》④。则李贤所引，当是臣瓒本应劭书所集各家音义之著，而省称"音义"。周康王事，刘向《列女传》等皆言之，《列女传》所引多为《鲁诗》，亦可证杨赐引典所自。

更直接之证明，杨赐亲与熹平石经之事。《后汉书·蔡邕传》："熹平四年，乃与五官中郎将堂谿典、光禄大夫杨赐、谏议大夫马日磾、议郎张驯、韩说、太史令单飏等，奏求正定六经文字。灵帝许之，邕乃自书丹于碑，使工镌刻，立于太学门外。"⑤杨赐子彪亦与其事，

---

①　王先谦：《诗三家义集疏》卷 22，下册，第 921 页。

②　范晔：《后汉书》卷 54《杨秉传》，第 7 册，第 1777 页。

③　班固《汉书》附颜师古《汉书叙例》，第 1 册，第 1—2 页。

④　洪业《再论臣瓒》云："臣瓒之书，据裴骃之言，则名《汉书音义》。若依王俭《七志》及阮孝绪《七录》所题，则称《汉书集解音义》二十四卷，应劭等《集解》。"洪业：《洪业论学集》，中华书局，1981 年，第 385—386 页。

⑤　范晔：《后汉书》卷 60《蔡邕传》，第 7 册，第 1990 页。

见《卢植传》。父子皆参与校刻熹平石经,至少对《鲁诗》绝不陌生,
退而论之,《鲁诗》是两汉三四百年间最盛行之官方诗学,作为朝廷
大臣,亦无不习不知之理。故陈寿祺、陈乔枞父子著《三家诗遗说
考》,综杨氏三世学行,遂将杨赐所说归入《鲁诗遗说》中①。

　　杨赐习《鲁诗》,或与其数世传习有关,或因身在朝廷,近朱者
赤。其"不念《板》《荡》之作、虺蜴之诫"一句,即因《鲁诗·大雅·
生民之什》之《板》《荡》相次而用之。

　　时代稍前于杨赐者有王符,著《潜夫论·思贤》篇云:"虽有桀、
纣之恶,必讥于《版》《荡》。"②王符字节信,《后汉书》与王充同传,
而不言其诗派所属。其《德化篇》引《行苇》诗:"敦彼行苇,牛羊勿
践履。方苞方体,惟叶椛椛。"继云:"公刘厚德,恩及草木,羊牛六
畜,且犹感德,仁不忍践履生草,则又况于民萌而有不化者乎?"故
《边议篇》云:"公刘仁德,广被行苇,况含血之人,已同类乎。"③孙志
祖综合汉魏学者对二诗之看法,云:"汉儒相承以《行苇》为公刘之
诗,盖本三家旧说也。《吴越春秋》:'公刘慈仁,行不履生草,运车
以避葭苇。'《列女传·晋弓工妻》曰:'君闻昔者公刘之行乎? 牛羊
践葭苇,恻然为(引按,此处脱"民"字)痛之。'《后汉书·寇荣
传》:'公刘敦行苇,世称其仁。'《蜀志·彭羕传》:'体公刘之德,行
勿翦之惠。'班彪《北征赋》:'慕公刘之遗德,及行苇之不伤。'《潜夫
论·边议篇》:'公刘仁德广被行苇……'其义并同。"④陈乔枞更以
《鲁诗》文字证之云:"'惟叶椛椛','维'作'惟',今文皆如此,石经
《鲁诗》可证也。"⑤又《志氏姓篇》:"昔周宣王亦有韩侯,其国也近

①　陈乔枞:《三家诗遗说考·鲁诗遗说考》,《清经解续编》,第 4 册,第 1183—1279 页。
②　王符著,汪继培笺,彭铎校正:《潜夫论笺校正》,中华书局,1985 年,第 74 页。
③　王符著,汪继培笺,彭铎校正:《潜夫论笺校正》,第 373、272 页。
④　孙志祖:《读书脞录》卷 1,嘉庆己未刻本,第 20 页 b。
⑤　陈乔枞:《三家诗遗说考·鲁诗遗说考八》,《清经解续编》,第 4 册,第 1257 页下栏。

燕,故诗云:'普彼韩城,燕师所完。'"①王氏以"燕"为燕国。而郑玄笺云:"燕,安也。大矣彼韩国之城,乃古平安时众民之所筑完。"释"燕"为"安",与王符不同,以见王符非《毛诗》说。有鉴于此,唐晏撰《两汉三国学案》,亦将王符归为《鲁诗》派学者,次于蔡邕之后②,亦有实据。王符为《鲁诗》派,则《思贤》所云"版荡"为《鲁诗》经师之常用语可无疑矣。

古籍用字,多同音假借通用。板,一作"版",故有"版荡"一词,荡,一作"盪",《尔雅》有"版版、盪盪,僻也",故有"版盪"一词③。范晔《后汉书·董卓传论》:"崑冈之火,自兹而焚;版盪之篇,于焉而极。"④此后唐臣著《晋书》《梁书》,五代刘昫纂辑《旧唐书》,薛居正纂辑《旧五代史》,皆作"版荡"⑤,唐慧琳撰《大唐三藏玄奘法师本传》作"版盪",慧琳引杜注《左传》和《说文》解"盪"字⑥,可见唐代确有作"版荡"者。此皆文人学士称心沿用,或抄胥刻工率尔操觚所致也。

要而言之,"板荡"一词,因《板》《荡》二诗诗旨相同,其在《鲁诗·大雅·生民之什》又前后相次,故为《鲁诗》学者率先用之。自后文人学士相沿用为语典,以喻之朝,则指政治昏暗,朝纲紊乱,小人用权;以喻之野,则指社会动荡,战乱四起,黔黎罹难。若非熹平《鲁诗·大雅》残石之出土,几无法明其组合产生之本源矣。

---

① 王符著,汪继培笺,彭铎校正:《潜夫论笺校正》,第 446 页。

② 唐晏:《两汉三国学案》卷 5,中华书局,1986 年,第 249 页。

③ 陈乔枞《鲁诗遗说考》云:"《尔雅释文》云:'荡荡,本或作盪盪。'版版、盪盪即释《板》《荡》二诗之义。疑《鲁诗》文板作版,荡作盪,与毛字异。"按,《毛诗正义》引李巡注云:"盪盪者,勿思之僻也。"李氏乃熹平石经始作俑者,疑盪即《鲁诗》字形,唯熹平残石未见此句,犹待新证。

④ 范晔:《后汉书》卷 72《董卓传》,第 8 册,第 2344 页。

⑤ 《四库》本《薛史》卷 136《僭伪列传三·王衍》作"版盪",此为馆臣从《永乐大典》卷 6849 录出,未必是薛原文。

⑥ 徐时仪等校注:《一切经音义三种校本合刊》,上海古籍出版社,2008 年,下册,第 1970 页。

《诗经》异文与经师
训诂文本探赜^①

引　言

　　《孔子家语·七十二弟子解》和《吕览·察传》载子夏释"三豕"为"己亥",似是现存文献中最早解释异文之实例。刘向校勘古书,遇异文而云"以某为某",亦曰"文字异者"。郑玄注三《礼》,犹仅云"古文作某""今文作某""别本作某"等。至杜预解《左传》,撰《春秋释例》,始频用"异文"一词。逮陆德明撰《释文》,存文献之真,汇集六朝二百数十家异文及音义,然其于文字正讹,殊少评判,即有是非,亦多不溯原委,使人不知所以。异文之形成,有因音、因义、因形者,亦兼有因音义、形义、音形者,关系错综复杂。高邮王念孙、王引之父子发明训诂之指存乎声音,使诸多难解之古籍异文文句得以怡然理顺,后之综理异文者,遂多以声韵近同之通假解之,于形讹与义通,以及因通假而形讹、因形讹而通假、因义通而形讹、因形讹而义通等例外因素殊少关注。二十世纪后半叶,出土文献层出不穷,异

①　本文为国家社会科学基金项目《从石经鲁诗异文看清人四家诗研究》(09BZW017)、国家社科基金重大项目《历代儒家石经文献集成》(13&ZD063)阶段性成果。

文数量激增。简牍帛书中确有许多同音通假之实例,然亦不乏形近而讹、义同而替等异文,甚至有竹简残泐、磨灭而造成之讹文。诠释者多偏重于同音通假而于其他少所关注,且各本私意,寻求本字,造成文字通用之假象与古音系统之混乱。

《释文》和经史文献中存有上千例《诗经》异文,王应麟率先取之以推考三家《诗》概貌,至清儒上下求索,将异文依汉代师法、家法悉心分隶到三家《诗》中。唯其心存四家《诗》之畛域与异同,于一家之中有异文而两家、三家之间可同文之客观事实认识不深,且对文献在传抄中存在之变异性无法准确把握,致使在考证归派时不无可议之处。笔者曾就熹平石经《鲁诗》残石校核陈乔枞、王先谦两家分隶之《鲁诗》文字,其言中者仅一半左右①。溯其之所以失误原由,即是对一家有异文而两三家可同文之史实认识不足,不足之认识又缘于其认为汉代经师在经典文本上“各守师法,持之弗失”之思想②。之所以有此种认识与思想,又与他们所从事之研究和方法有关。隋唐以前文献明引或暗引《诗》句,除极个别外,大多不标明何家之《诗》,要分隶到三家《诗》中去,唯有先立一个“各守师法”“一字不敢出入”之原则,方能依师传、家法归派。若承认师传、家法所持文本会有异同或改变,则一堆异文便无法分隶,三家《诗》之面貌也就无法恢复。此乃历史遗留给后人之难题。

训诂之指存乎声音,符合汉语文字交流之实际,故通假是解释典籍与出土文献异文疑障之广途,舍此广途,古籍中很多难句难词将无法读通。然若专此一途,不考虑形义及其他因素,既脱离古籍

---

① 参见本书《从熹平残石和竹简〈缁衣〉看清人四家〈诗〉研究》一章,原载《榆枋斋学林》,上册,第 109—154 页;收入本书,见第六篇。

② 陈乔枞《三家诗遗说考·齐诗遗说考自序》引“先大夫尝言”云云,见《清经解续编》,第 4 册,第 1280 页上栏。至皮锡瑞有“师之所传,弟之所受,一字毋敢出入,背师说即不用”之说。见皮锡瑞:《经学历史》,中华书局,1959 年,第 77 页。

传抄实际,也不能求得确解,且滥用通假,将给古音系统带来混乱。为此,笔者曾撰《由〈诗论〉"常常者华"说到"常"字的隶定——同声符形声字通假的字形分析》①和《三礼郑注"字之误"类征》②两文予以纠偏。以"一字不敢出入"为原则归派《诗经》异文所呈现出来之失误,系未尝深刻认识一家之中有异文所致,笔者也曾撰《从熹平残石和竹简〈缁衣〉看清人四家〈诗〉研究》③来证明其失误原由,著《六朝〈毛诗〉异文所见经师传承与历史层次——以陆德明〈毛诗音义〉为例》揭示分析六朝之《毛诗》异文④。为进一步掀开迷雾重障之汉代四家《诗》面纱,必须在众多杂乱异文中,除却音同音近通假外,揭示形讹、义通、因通假而形讹、因通假而义通,因形讹而义通、因形讹而通假、因义通而通假、因义通而形讹等各种途径所形成之异文。本文选取《诗经》中因同义或近义而替换之异文,予以疏证,并借司马迁《史记》以训诂改易《尚书》文字实例和六朝新产生之《毛诗》异文实况为佐证,揭开纷乱《诗经》异文同音、近音、通假外鲜为人所关注之另一面,重新评判陈乔枞、王先谦等所提出汉儒守师法不改经字之说,期使汉代四家《诗》授受传播轨迹更清晰地呈现出来。

一、《诗经》义同、义近异文疏证

王应麟、范家相、阮元搜集《诗经》异文,意在区分齐、鲁、韩三家文本。冯登府、李富孙、张慎仪、江瀚等搜集《诗经》异文,重在辨其音义,兼有区别三家者。陈乔枞、王先谦搜集《诗经》异文,则音

---

① 本书收录。原载《语言学论丛》第 29 辑,商务印书馆,2004 年。
② 载《国学研究》第 16 卷,北京大学出版社,2005 年。
③ 本书收录。原载《中国经学》第 6 辑,广西师范大学出版社,2010 年。
④ 此系笔者参加台湾"中研院"第四届国际汉学会议论文,收入《出土材料与新视野——第四届国际汉学会议论文集》,台湾"中研院",2013 年。

义与家派兼顾。其他辑佚、研治三家《诗》者,旨在三家之诗说。诸家治《诗经》异文,关注音者多而究形、义者少,疏证通假者多而辨别训诂代经者少。于声同声近而韵异、韵同韵近而声异之异文,恒百计以辗转通转作解,而不管其声韵之扞格。至于声韵不同而其义相同相近之异文,或置之不释,或以训诂代经解之;其何以会产生,多未之思考。秦汉经典传授,多以口授为主,听讲记录,往往用方言记音,故多音同、音近之通假异文。然经师口授讲解,亦当会以本义解经,师法、家法不同,若于经义认识一致,而用字不同,便会产生一组义同、义近之异文。《诗经》异文中尽管多有声韵近同者,然亦不乏意义近同者。探究意义近同异文,不仅可以加深认识经师解经之意图,更可揭示四家《诗》传授中,经师以训诂解经,弟子以训诂字记录甚至替代经文,以致代经文本广为流传而成为一种固定文本之过程。兹掇集《诗经》义同、义近异文组,疏证其意义,诠释其师法、家法,追踪其异文产生时代。

(一)义同、义近而声韵不同

一组异文声韵不同,与通假无涉,而其义则相同相近,此最能显示出文本在传授和流传中以训诂字代经之痕迹。《诗经》中除有声韵关系之大宗异文外,以同义近义相代者不乏其例,应当引起重视。

(1)《邶风·日月》"报我不述",释文:"述,本亦作术。"是陆德明、孔颖达所据本同而别本作"术"。《文选·刘峻〈广绝交论〉》李善注:"《韩诗》'报我不术',薛君曰:术,法也。"故王应麟之下皆归为《韩诗》。然据陆氏凡举《韩诗》者多明标"韩诗",其不标明者仍为《毛诗》异文,则知《毛诗》别本与《韩诗》同作"术"。《诗》之"不述"即《尔雅》之"不遹"。《尔雅·释训》:"不遹,不迹也。"郭璞注:"言不循轨迹也。"郭注本郑笺:"不循,不循礼也。"陆氏《尔雅释文》:"孙云:古述字,读聿,一音余橘反。"是孙炎以"遹"为古"述"字。孙炎习《毛诗》,"遹"是否为古本《毛诗》,未可知。石经《鲁诗》残石九"不卒胡能有定报我不",独缺"述"字。术、述古音船纽物部;遹古音余纽质部。声韵近而有别。《尔雅·释诂》:"遹,循也。"故《释训》"不遹"释为"不循"。述亦循义,陈乔枞所谓"文异而义并同"也。"遹"若为《毛诗》异文,在"述(术)"之前,则汉代《毛诗》学者有改为"述(术)"者,在"述(术)"之后,则有改为"遹"者。推而广之,无论此三字是一家之异文抑或四家之异文,述、术声符同而义稍异,可以通假释之;遹、述文异而义同,既非通假,自必系经师以训诂改字。

(2)《卫风·淇奥》"如琢如磨",毛传:"治骨曰切,象曰磋,玉曰琢,石曰磨。道其学而成也。"切、磋、琢、磨,各有专称。《太平御览》卷七百六十四引《韩诗》作"如磨如错",而《韩诗外传》卷二、卷九三引《诗》皆同《毛诗》。陈乔枞云:"磨、错当上下互易以谐韵。束晢《补亡诗》'粲粲门子,如磨如错',即用《韩诗》。今《外传》本引《诗》仍作'如琢如磨',乃后人顺毛改之耳。"①若《韩诗》作"如错如磨",与《毛诗》形成错、琢异文。错,清纽铎部;琢,端纽屋部。声韵皆不同。《说文·金部》:"错,金涂也。"是本义为错金。然《书·禹贡》"锡贡磬错"孔传云:"治玉石曰错。"《小雅·鹤鸣》"可以为错"毛传:"错,石也,可以琢玉。"引申之皆为治玉之义,与"琢"义同。琢、错声韵不同,非记录者误记;义相同,则经师说经时所代也。

(3)《秦风·终南》"颜如渥丹",释文:"丹如字。《韩诗》作沰,音挞各反。沰,赭也。"《韩诗外传》卷二引此句各本不一,元刻本作"颜如渥赭"。屈守元云:"苏、沈、毛诸本皆从《毛诗》改为'丹'。薛本、程本、胡本、唐本则作'赬'。乃'赭'字之讹。元本正作'赭',今从之。《类说》引亦作'赭'。"②因《韩诗外传》异文纷乱,故清儒横

① 陈乔枞:《诗经四家异文考》卷1,《清经解续编》,第5册,第25页下栏。按王先谦、张慎仪皆以为此说出于宋绵初,今核《韩诗内传征》卷2"如错如磨"条下不见此文,或出《飏园经说》,今《丛书集成续编》所收《鹤寿堂丛书》本《飏园经说》阙卷2,故引陈乔枞说。

② 屈守元:《韩诗外传笺疏》卷2,第211页。

生异说。马瑞辰据此异文,遂谓《毛诗》作"赭",《韩诗》作"沰",并谓陆德明所见作"丹"之《毛诗》已误①。陈奂之说同②。其后陈乔枞、张慎仪、许维遹等均从马、陈说。按,陆德明所集《毛诗》十多本,如有作"赭"之本,必当揭出。今所存敦煌写本多种,皆不作"赭",可证马、陈臆说无据。《外传》若作"赭",与《释文》所引《内传》作"沰"为异文。沰,本义为磓,古音透纽铎部;赭,赤红色,古音章纽鱼部。义不同而声同类,韵阴入相转,显系用音近字通假。《韩诗》一家有此异文,当是弟子误记近音之字,唯赭先沰后抑或沰先赭后,今莫可考。《毛诗》作"丹",古音端纽元部,义同《外传》之"赭",而韵则无涉,先秦诗句一脉相传,或以方言而异,或秦火之后各记其字,遂形成异文。

(4)《桧风·匪风》"谁将西归",《说苑·善说》引《诗》作"谁能烹鱼,溉之金鬵。孰将西归,怀之好音"。《毛诗》首句作"谁能烹鱼",两作"谁",符合《诗经》句式。《说苑》前"谁"后"孰",似嫌不协。《尔雅·释诂》:"畴、孰,谁也。"谁、孰皆疑问代词,谁,禅纽微部,孰,禅纽觉部,声同韵不同。若非先秦之异文,则必汉代经师传授时以同义字替代。《文选·谢玄晖〈酬王晋安〉诗》李善注引《毛诗》"谁能西归"。郑笺解"将"为"能",然将、能两字声韵无涉。孔疏云:"谁能西归辅周治民者乎,有能辅周治民者,我则归之。"孔氏疏文承自二刘,其中某些文字六朝时已有。李善所引若非直接误引孔疏"谁能西归"之文,则六朝时必有《毛诗》作"谁能西归"者,此则汉以后形成之异文也。

(5)《小雅·我行其野》"不思旧姻",《白虎通·嫁娶》引作"不惟旧因"。《尔雅·释诂》:"怀、惟、虑、愿、念、惄,思也。"《说文·心部》:"惟,凡思也。从心,隹声。"惟古音余纽微部,思则心纽之部,

_____

① 马瑞辰:《毛诗传笺通释》卷12,中华书局,1987年,上册,第387页。
② 陈奂:《诗毛氏传疏》卷11,《国学基本丛书》本,第3册,第37页。

声韵皆有别,其义则同。班固于《嫁娶》篇解释婚姻之义云:"夫妇者何谓也?夫者,扶也,扶以人道者也。妇者,服也,服于家事事人者也。配定者何?谓相与偶也。婚姻者何谓也?昏时行礼,故谓之婚也。妇人因夫而成,故曰姻。《诗》云:'不惟旧因',谓夫也。"通段在于诠释,故或用当时通用同义之"惟"。陈乔枞归为《鲁诗》,或亦西汉经师所为。

(6)《小雅·斯干》"乃寝乃兴",山井鼎据日藏古本云:"乃寝乃兴,寝作寐。"①寝,清纽侵部;寐,明纽物部。声韵皆不近。《说文·宀部》:"寝,病卧也","寐,卧也"。引申之,寝有卧义,如《论语·公冶长》"宰予昼寝",非病而卧。寝、寐义同,故得互易。惟山井鼎所据古本系六朝或传至日本而写之本,抑或远有所承?今无可征。无论其时代、地域为何,其互易之故以义而不以声韵,固无可置辩者也。张慎仪谓山井鼎误据《正义》"乃于其中寝寐焉"之文而误校,似乏证据。

(7)《小雅·小宛》"题彼脊令",毛传:"题,视也。"郑笺:"题之为言视睇也。"传、笺所释义同。所以释"题"为"视",段玉裁以为假"题"为"睼"也②。《广雅·释诂》:"睼,视也。"察及飞鸟,是为明显之视,故本字当作"睼"。徐幹《中论·贵验》引作"相彼脊令"。《说文·目部》:"相,省视也。从目,从木。《易》曰:地可观者莫可观于木。《诗》曰:相鼠有皮。"省视即察看,义与"题"同,而声韵浑不相涉。陈乔枞云:"《中论》说《诗》与东方朔语合,皆述《鲁诗》之义……相,《毛诗》作'题',视也;《鲁诗》作'相',相亦视也。"③后王

---

① 山井鼎:《七经孟子考文》卷11,《丛书集成初编》第 0117 号,第 363 页。

② 《说文·见部》:"睼,顯也。"段玉裁谓顯当作㬎,顯、㬎古今字。释文作"㬎视也"。见许慎撰,段玉裁注,许惟贤整理:《说文解字注》,凤凰出版社,2007 年,第 714 页下栏。

③ 陈乔枞:《三家诗遗说考·鲁诗遗说考十一》,《清经解续编》,第 4 册,第 1238 页下栏。按陈乔枞所云东方朔语指其《答客难》"譬若鹡鸰,飞且鸣矣"一句。

先谦亦从陈说。段玉裁谓《毛诗》用假借字"题","题""题"皆从
"是"声,音固同,然两字形亦近,亦可能是讹误所致。正因两字音、
形皆有关系,故可确定原本当作"题"。今熹平石经残石无此文,即
使确如陈、王所说"相"为《鲁诗》之文,《诗经》自秦火之后靠讽诵得
传,鲁申公及其弟子在传授过程中也已不用原字之音"题"或"题",
而用义同音异之"相"。如若用"相"不是始自申公而是其弟子后
学,则汉代经师在传授中并非不改经字。至于陈乔枞以王符亦习
《鲁诗》,而《潜夫论·赞学》仍引作"题彼鹍鸽",疑为后人顺毛而
改。今存宋本以下《潜夫论》多作"题",而《百子全书》本竟作
"顾"。"顾"亦有"视"义,而形与"题"相近,即使"顾"为误字,也正
可证明其原作"题"。若非六朝隋唐人所改而为王符所作,则《鲁
诗》学者并非不改字。

(8)《小雅·何人斯》"不见其身",郑笺:"使我得闻汝之音声,
不得睹女之身乎。"证原文作"身"。《列女传·卫灵夫人》引作"不
见其人"。陈乔枞谓与《毛诗》微异,而张慎仪谓《列女传》"人"涉下
文"不愧于人,不畏于天"而误。涉误之说无法证实,身与人为种概
念与属概念则无法否认。《管子·权修》:"人者,身之本也。"是先
秦即有其说。设若撰《列女传》者或其相承之本非误,则其作"人"
者系以训诂字代,为经师传授之一法。

(9)《小雅·何人斯》"秖搅我心",郑笺:"适乱我之心,使我疑
女。"以"我"释我。《文选·曹植〈七启〉》引作"秖搅予心",李善
注仍作"秖搅我心"。《文选·陆机〈叹逝赋〉》"岂兹情之足搅"李
善注:"《毛诗》……又曰:'秖搅予心。'毛苌曰:搅,乱也。"由李善
引毛苌传文,可见其当直接引之于《毛诗》而非因《七启》而作"秖搅
予心"。据此而知六朝《毛诗》有作"予"者。曹植创作之时,熹平石
经已刻而正始石经将刊,《毛诗》流行而三家《诗》未亡,无论其所据
为《毛诗》抑或三家《诗》,以同义词"予"代"我",必是四家经师或
弟子传抄所为。

（10）《小雅·谷风》"无草不死,无木不萎",毛传:"虽盛夏万物茂壮,草木无有不死叶萎枝者。"可证至迟秦汉之交原文作"无……不"。徐干《中论·脩本》:"故《诗》曰:'习习谷风,惟山崔巍。何木不死,何草不萎。'言盛阳布德之月,草木犹有枯落而与时谬者,况人事之应报乎。"有后面之解释,知与《毛诗》说无异。陈乔枞云:"草、木字当互换,亦后人转写误倒之。《毛诗》作'无草不死,无木不萎',与鲁文微异。"①何、无同义。《后汉书·列女传》引《论语》"于从政乎何有"李贤注:"'何有'言若'无有'。"以"何"代"无",其时代若在先秦,则为一源多流;若发生在两汉,则必《鲁诗》派或齐、韩《诗》派经师所改。

（11）《小雅·四月》"侯栗侯梅",郑笺:"嘉,善。侯,维也。"康成已训"侯"为"维"。《白帖》卷九十九引作"惟栗惟梅"。王先谦录作"维栗维梅",并据之云:"三家'侯'作'维'。"维、惟古音余纽微部,侯则匣纽侯部,声韵不相近。然侯、维皆语辞,维、惟固通,是侯、惟通用在于其乃语辞,汉代诸《诗》派于语辞多不甚措意。三家固可作"维"或"惟",然石经《鲁诗》皆作"惟",不作"维",四库本《白帖》亦作"惟",王氏误,此其一。熹平石经残石七十有"侯"字,正《四月》此句,可证《鲁诗》作"侯"而不作"惟",此其二。唐代白居易于"梅""栗"之"嘉卉"条下两引此诗,皆作"惟栗惟梅",似非一时手误。推想郑玄有"侯,维也"之笺,后之传《诗》者因笺而改正文,遂成"惟栗惟梅"②,而为白居易所录,或非三家之遗文。

（12）《小雅·车辖》"觏尔新昏,以慰我心",毛传:"慰,安也。"郑笺:"我得见女之新昏如是,则以慰除我心之忧也。"由传、笺知经

---

① 陈乔枞:《三家诗遗说考·鲁诗遗说考十二》,《清经解续编》,第 4 册,第 1242 页上栏。

② 此可参见本书《六朝〈毛诗〉异文所见经师传承与历史层次——以陆德明〈毛诗音义〉为例》一篇。

文原作"慰"。宋本《释文》出"慰怨"条云:"于愿反。王申为怨恨之意。《韩诗》作'以愠我心',愠,恚也。本或作'慰,安也',是马融义。马昭、张融论之详矣。"陆氏所见本《毛传》是"慰,怨",并以"慰,安也"为马融本①,孔颖达对此有自己之见解,其说云:"孙毓载《毛传》云:'慰,怨也。'王肃云:'新昏谓褒姒也。大夫不遇贤女,而后徒见褒姒谗巧嫉妒,故其心怨恨。'徧检今本,皆为'慰,安'……此诗五章皆思贤女,无缘末句独见褒姒为恨,肃之所言非传旨矣。定本'慰,安也'。"孔氏以为孙说之外,唐时所存《毛传》皆是"慰,安"之本,且以王肃"独见褒姒为恨"绝非诗意。孔颖达遂以为王说不经,然孙毓与陆德明所述亦系亲见,此中委曲颇为难解,唯马瑞辰有极精辟之剖析。说云:"训安者是马融义,已见《释文》,训怨者亦非《毛传》之旧。《说文》:'婘,慰也。'据《玉篇》'婘,慰也,亦作婉',婘即婉之或体。婉者,顺也。婘可训慰,慰亦可训婘,《毛传》盖本作'慰,婘也',后人少识婘,因讹而为怨,王肃遂以怨恨释之耳。"②又以《说文》"婘,慰也",《集韵》《类篇》皆作"尉",尉本熨斗之称,有抑义治义,与郑笺申毛作"慰除我心之忧"相合,均极稳当。据此,《毛诗》同样释"以慰我心"一句而有两种传本,一为"慰,怨也",一为"慰,安也",其形成原因殆系误认"婘"字。由毛传"婘""安"异文,可进而解释《韩诗》作"愠"之由来。马瑞辰云:"至《韩诗》作'以愠我心',训为恚者,愠、婘、怨古并同声,《韩诗》盖读慰为怨,因遂以愠代慰耳。《说文》:'慰,安也。一曰恚怒也。'怒疑亦婘字之讹,本当作'一曰恚也。一曰婘也'。婘者《毛诗》,恚者兼采《韩诗》也。"③许慎《说文》为五经而作,其"一曰恚怨"之义本因《韩

---

① 陆德明《经典释文叙录·注解传述人》云"马融注十卷,无下袟",以篇幅度之,《车舝》应在下袟,故此处应是根据其他写本而言。

② 马瑞辰:《毛诗传笺通释》,中册,第743页。

③ 马瑞辰:《毛诗传笺通释》,中册,第744页。

诗》而立,固可理解。然"慰"本义为安,再引申也引申不出"愠怒"义,《韩诗》何以从"以慰我心"一语中读出"愠怒"之义而作"以愠我心"?推测《韩诗》异文"愠"字产生过程,第一,只有当汉初韩婴看到《毛传》或先秦类似《毛传》"慰,㤊"之训释,误读"㤊"为"怨",始可能以"愠"字代之。然《说文》训"慰"为"安"是本义,将其释作"㤊(婉)"应该是毛公独特之训,韩婴是否能看到,是一个无法证实之难题,所以第二,只有当西汉末东汉初《毛诗》畅行之时,《韩诗》派经师读到"慰,㤊(婉)"之训(孙毓既能见"慰,怨"之《毛传》本,则东汉《毛诗》必属流行之本),符合师说或可以立异,遂取而作"以愠我心"。无论释何种产生过程,均表明汉代经师确曾因训诂而改过《诗》文本文字。

(13)《小雅·青蝇》二章"谗人罔极",三章相同。《史记·滑稽列传·东方朔》《汉书·武五子传·戾太子据》、王充《论衡·言毒》《汉书·贾谊传》师古注和《文选·贾谊〈吊屈原赋〉》李善注转录张晏引《诗》《叙传下》师古引《诗》,均作"谗言罔极"。从西汉下至曹魏,代有人引作"谗言罔极",似非个别人一时笔误或错抄,必有传本如此作。张慎仪云:"或作谗人,或作谗言,其义并通,疑古有是两本也。"[1]王先谦以《滑稽列传》褚少孙所补,褚习《鲁诗》,遂指作"谗言"者为《鲁诗》。张说之"古"定在何时,王说之《鲁诗》是西汉抑或东汉,皆无法确定,更遑论先秦《诗经》原本作"谗人"还是"谗言",然其经过传授者以同义近义词替代则是一个无可否定的事实。

(14)《大雅·大明》"肆伐大商",毛传:"肆,疾也。"《风俗通义》卷一引作"袭伐大商"。陈乔枞谓应劭习《鲁诗》,释"袭伐大商"云:"袭伐,《毛诗》作'肆伐',与此异。传云:'肆,疾也。'袭者,何休《公羊注》以为轻行疾至,则亦与肆义同矣。"[2]王先谦亦以为是《鲁

① 张慎仪:《诗经异文补释》卷11,《蔓园丛书》本,第5页 b。
② 陈乔枞:《三家诗遗说考·鲁诗遗说考十五》,《清经解续编》,第 4 册,第 1251 页下栏。

诗》文。肆,古音心纽质部,袭,邪纽缉部,声同类而韵非同部,其相通用纯以义同之故。熹平石经残石九十四有"伐大商会朝"五字,独缺"伐"以前文,无法证实。《韩诗外传》卷三引作"肆伐",与《毛诗》同。

(15)《大雅·板》"敬天之怒,无敢戏豫",后汉蔡邕《陈政要七事》引《诗》作"畏天之怒,不敢戏豫",《后汉书·蔡邕传》《后汉纪·孝和皇帝纪上》丁鸿上封事引同。王先谦以为《鲁诗》作"畏"。张慎仪谓"畏与敬义相成也"。敬,见纽耕部,畏,影纽微部,二字声韵不同而义实相成,故产生"畏天"之本,未必一定是《鲁诗》文本。又《后汉书·郎𫖮传》《丁鸿传》引皆作"敬天之怒,不敢戏豫","无"又作"不"。王先谦云:"𫖮学《齐诗》,鸿不知何《诗》,'无'皆作'不'。"意《齐诗》作"不"。实则《左传·昭公三十二年》即引《诗》作"敬天之怒,不敢戏豫",《左传》古文,不一定为《齐诗》所承袭。无、不两字,义亦相近。陈奂于本句下云"无即不也"。征诸文献,《老子》"其无正"河上公注:"无,不也。"且多互为异文,《尚书·洪范》"无偏无党",《墨子·兼爱下》"不党不偏",《史记·张释之冯唐列传》《说苑·至公》均引作"不";《逸周书·谥法》"杀戮无辜曰厉",杜预《左传集解》引作"不辜";《老子》"夫亦将无欲",《释文》谓梁简文帝作"不欲",可见先秦至六朝都有"无""不"互作之例。据此,不必机械规定何家作"不",秦汉以下,经师在字有本、义有据之前提下,有可能改变经文字句。

(16)《大雅·荡》"咨女殷商",郑笺:"女执事之臣宜用善人。"《文选·潘岳〈为贾谧作赠陆机诗〉》李善注引《毛诗》作"咨尔殷商"。女、尔皆第二人称指示代词,若非李善引录时随意更改,则是六朝有此俗本。

(17)《大雅·桑柔》"告尔忧恤,诲尔序爵",郑笺:"我语女以忧天下之忧,教女以次序贤能之爵。"《墨子·尚贤上》作"告女忧郶,诲女序爵"。郑笺以"女"释"尔",是指示代词互用,当然不是遵循《墨子》之异文。张慎仪说"《墨子》所引是最初古本也",则未必然,《墨子》作"女",至多能说先秦有此本。其所以有作"女"之本,也是同义人称代词互换无妨文义之心理所驱使,而非一定是作"女"早于作"尔"之本。

（18）《大雅·抑》"修尔车马,弓矢戎兵,用戒戎作,用遏蛮方",元大德本《潜夫论·劝将》引作"修尔舆马,弓矢戈兵,用戒作则,用遏蛮方"①。陈乔枞以为"此所引是据《鲁诗》文义,与毛不同"②。车、舆之异见后文"声异韵同"下疏说。戎、戈之异,戎为兵器总名,戈为兵器之一种,种属概念不同。"戎作"与"作则"义异。若一时笔误或传抄错讹,不致相异若是,且车舆、戎戈皆替代有例,当属《诗》派传本不同。

（19）《大雅·抑》"谨尔侯度",《左传·襄公二十二年》:"诗曰:慎尔侯度,用戒不虞。"杜预注:"《大雅》。侯,维也。义取慎法度、戒未然。"《宋书·傅亮传》亦作"慎尔侯度"。慎,古音禅纽真部,谨见纽文部,韵近同而声远。《说文·言部》:"谨,慎也。"《左传》与《毛诗》同属古文,各以同义词记录,知先秦即已如此。傅亮之时,齐、鲁《诗》已亡,《韩诗外传》卷六引作"谨尔侯度",其若非直接取自《左传》,则必自行以同义词相代。

（20）《大雅·抑》"尚可磨也",郑笺:"玉之缺尚可磨镈而平。"《史记·晋世家》:"君子曰:《诗》所谓'白珪之玷,犹可磨也,斯言之玷,不可为也'。"尚,禅纽阳部;犹,余纽幽部,声韵皆无涉。《小雅·小弁》"尚求其雌"郑笺:"尚,犹也。"《孔子家语·五刑解》"尚必明其法典以固申之"王肃注:"尚,犹也。"《礼记·檀弓》"期而犹

---

① 此文来自汪继培校正《潜夫论笺》(《潜夫论笺校正》,第 244 页)。汪以大德本为底本,校以《汉魏丛书》本彭铎又取士礼居旧藏明刻本、冯舒校影宋写本校勘,无异词。唯《四库全书》本"作则"仍同《毛诗》作"戎作"。

② 陈乔枞:《三家诗遗说考·鲁诗遗说考十七》,《清经解续编》,第 4 册,第 1262 页中栏。

哭"郑注:"犹,尚也。"《诗·大雅·常武》"王犹允塞"郑笺:"犹,尚也。"犹、尚义同,故以相代。其替代始作于先秦君子,抑是西汉司马迁,今难质指。然文献中尚有版本异同者,如《吕氏春秋·异宝》"吾犹不取",陈奇猷校释引旧校云:"犹,一作尚。"①此若发生在汉魏,则汉代经师以训诂字改经可见一斑。

（21）《大雅·云汉》"敬恭明神",宋巾箱本《毛诗》所附《释文》作:"明神,本或作明祀。"②《四库全书》本同。宋本《释文》与此相反,出"明祀"条作:"本或作明神。"③宋本《纂图互注毛诗》、阮刻本同④,知巾箱本、《四库》本所附《释文》为后人改窜。据此,孔颖达《正义》本作"明神",陆德明《释文》所据本作"明祀",各有所本。《隶释》卷一所载《孔龢碑》、卷二载《西岳华山亭碑》、卷三载《白石神君碑》均作"敬恭明祀"⑤。又《后汉书·章帝纪》《黄琼传》《晋书·纪瞻传》引作"敬恭明祀",《文选·陆机〈答张士然〉》《江淹〈杂体诗·袁太尉从驾〉》李善注引《毛诗》均作"敬恭明祀"。张慎仪据之而云:"以汉唐典籍证之,知古本应作'明祀',后人因笺作'明神',遂依笺误改经耳。"⑥马瑞辰仍认为:"据笺云'肃事明神如是,明神宜无悔怒',则郑君所见《毛诗》自作'明神',仍当以注疏本为正。"⑦张、马二人同据郑笺,说各不同。《北堂书钞》卷八十八引作"恭敬明神",参据《释文》或本,是《正义》所作绝非孤本,知隋唐时二本《毛诗》并存。熹平元年《东海庙碑》有"盖亦所以敬恭明

① 陈奇猷:《吕氏春秋校释》,上册,第558页。
② 《四部丛刊》本《毛诗》,此系影印铁琴铜剑楼藏宋刊巾箱本。
③ 陆德明:《经典释文》,上册,第381页。
④ 宋本《纂图互注毛诗》卷18正文作"明神",而其所附之《释文》仍作"明祀,本或作明神"。《景印宋本纂图互注毛诗》,台湾故宫博物院编辑委员会,1995年,第3册,第11页a。
⑤ 洪适:《隶释　隶续》,第18、27、47页。
⑥ 张慎仪:《诗经异文补释》卷14,第8页b。
⑦ 马瑞辰:《毛诗传笺通释》卷26,下册,第984页。

神",时鲁、毛二家均畅行,亦为《鲁诗》。张衡《东京赋》有"爱敬恭于明神"一语,似亦援用《云汉》文,王先谦谓张用鲁经文,云:"据此,神、祀古今文均两作。鲁作'明神',则作'明祀'者当为齐、韩也。"①由隋唐文献所见之"明祀"与"明神",知皆为《毛诗》异文,石经《鲁诗》残石未见此句,允可作"明神",然无法证实,齐、韩更无从谈起。《国语·楚语下》观射父说作"敬恭明神",若未为后人改窜,适可证先秦《诗》文本确作"明神"。祀为天神,故经师相传会以"祀"代"神",其时代似在东汉中后期。

(22)《大雅·烝民》"天监有周",郑笺:"监,视……天视周王之政教。"由笺知原本作"监"。山井鼎云:"天监有周,监作临……谨按,监本作临,今改作监,与经不同。"②《说文·卧部》:"监,临下也。从卧,䘓省声。""临,监临也。从卧、品声。"两字同义。张慎仪云:"山本以训诂字代也。"山井鼎所见古本不知何朝之物。据颜真卿《周太师蜀国公尉迟迥神庙碑铭》:"天临有周,诞赫元辅。"李观《上陆相公书》:"诗曰:天临有周,昭假于下。"恐亦唐代曾经出现之写本。此种写本不在陆、孔等校勘范围之内,多半是民间俗写本,曾传入东瀛,遂亡于中土。

(23)《周颂·天作》"彼徂矣,岐有夷之行",毛传:"夷,易也。"《后汉书·西南夷传》朱辅疏:"彼徂者,岐有夷之行。传曰:岐道虽僻,而人不远。"李贤注:"《韩诗·薛君传》曰:'徂,往也。夷,易也。行,道也。彼百姓归文王者,皆曰岐有易道,可往归矣。易道谓仁义之道而易行,故岐道阻险而人不难。"据《毛诗》前文"彼作矣,文王康之",知前后两"矣"字相呼应。朱辅引作"者",前后两字亦当同。朱辅引传文与《毛传》不同,李贤又引《韩诗薛君传》作注,故陈乔枞、王先谦等均以为朱所引为《韩诗》。陈奂谓者、矣通用,固是,然

---

① 王先谦:《诗三家义集疏》卷23,下册,第985页。
② 山井鼎:《七经孟子考文补遗·毛诗十八》,第4册,第468页。

《韩诗》作"者"系传自先秦,抑或韩婴以下《韩诗》派经师所改,虽不可证,犹当致思。

(24)《鲁颂·閟宫》"王曰叔父",《公羊传·桓公四年》"下大夫也"何休注引作"王谓叔父"①,《礼记·明堂位》郑玄注引同。陈乔枞、张慎仪谓是三家《诗》文,王先谦以《礼记》为《齐诗》,故云"此齐说"。此文不见于熹平《鲁诗》残石,然"谓""曰"之辞,本易错位互用,故亦可能是临时改用,若立足于经本,则亦属改字。

(25)《鲁颂·閟宫》"鲁邦所詹",郑笺:"鲁侯谓僖公。"《韩诗外传》卷三、《风俗通义》卷十引作"鲁邦所瞻",瞻以詹为声符,声韵同。《太平御览》卷三十九引作"鲁邦是瞻",所、是声韵不同,然皆作为代词,置于动词之前,组成名词性词组,语法功能相同。《说苑·杂言》引作"鲁侯是瞻",王先谦以应劭习《鲁诗》,作"鲁邦所瞻",刘向亦习《鲁诗》,此"鲁侯是瞻"系《鲁诗》之一本或作。而张慎仪则以为"作'侯'作'是'者,疑涉上文'鲁邦是尝'、下文'鲁侯是若'而误耳"②。似不能作为训诂代经解。然涉误之说毕竟无所证据,"邦"与"侯","所"与"是"字义、词性相同,改经又为汉代经师传授经典之一法,故不能排除。

(26)《商颂·殷武》"商邑翼翼,四方之极",毛传:"商邑,京师也。"郑笺云:"商邑之礼俗翼翼然可则傚,乃四方之中正也。"据传笺,知古本《毛诗》作"商邑""之极"。《汉纪·孝元帝二》匡衡上疏引作"京邑翼翼,四方之则"③,《汉书·匡衡传》则作"商邑翼翼,四方之极"。王引之谓"则亦法也,若作'四方之极',则失其指

---

① 阮元校勘记云:"宋本、闽本同,监本、毛本'谓'改'曰',非。按《礼记·明堂位》注亦作'王谓叔父',当据韩、鲁《诗》。"《四库》本作"曰",当从监本、毛本来。

② 张慎仪:《诗经异文补释》卷16,第8页 b。

③ 荀悦:《汉纪》卷22,四部丛刊本,第7页。按,丛刊本据梁溪孙氏小天禄藏明嘉靖本影印,《四库》本作"商邑翼翼",疑馆臣据《汉书》《毛诗》改。

矣"①,以为当据《汉纪》改正。由王说,与《毛诗》形成"京"与
"商"和"极"与"则"二组异文。《后汉书·樊准传》载樊准疏引作
"京邑翼翼,四方是则",李贤注:"《韩诗》之文也,翼翼然盛也。"
《后汉书·鲁恭传》载恭疏亦作"四方是则",陈乔枞、王先谦皆以
为匡衡、樊准、鲁恭所用是三家《诗》,据《魏书·崔光传》《甄琛
传》《白帖》卷七十六、《新唐书·宋务光传》等引均与樊准疏同,
陈、王说可以信从。张衡《东京赋》亦作"京邑翼翼,四方所视",
"所视"与"是则"文虽异而义则相成,王先谦以为是"改文以合
韵"亦有理据。然唐代道宣《叙梁武帝断杀绝宗庙牺牲事》引作"京
邑翼翼,四方所视",道宣生活于隋唐之际;唐代苏安恒《请则天皇
后复位于皇子疏》引同,时在武则天时期。隋唐时《韩诗》犹存,两
人若非因袭张衡成句,则或当时确有作"四方所视"之本,是则《韩
诗》有异文,而此异文必韩婴以后、张衡以前经师所改。

(27)《小雅·大田》"有渰萋萋,兴雨祈祈",毛传:"渰,云兴
貌。萋萋,云行貌。祈祈,徐也。"体味传文,先云后雨,似毛公所据
本作"雨"。《释文》云:"雨如字,本或作兴云,非也。"孔颖达亦云:
"经兴雨或作兴云,误也。定本作兴雨。"陆氏之说当本之颜之推,
《颜氏家训·书证》云:"渰已是阴云,何劳复云'兴云祁祁'耶?云
当为雨,俗写误耳。班固《灵台诗》云:'三光宣精,五行布序。习习
祥风,祁祁甘雨。'此其证也。"②以上为隋唐间学者之观点。宋代赵
明诚据以《无极山碑》之"兴云"而云:"乃知汉以前本皆作兴云,颜
氏说初无所据,特私意耳。"③清代臧琳持同样观点,其先引《说文》
训"渰"与《毛传》合,继云:"《笺》云'其来',明此云是雨之先来者

① 王引之:《经义述闻》卷7,第177页上栏。
② 颜之推著,王利器集解:《颜氏家训·卷六·书证》,中华书局,1993年,第
  421页。
③ 赵明诚著,金文明校证:《金石录》卷17,上海:上海书画出版社,1987年,第319页。

也。经如作'雨'，则止言风雨不暴疾可矣，何又追论其来乎?"而后引《吕氏春秋·务本》《韩诗外传》卷八、《汉书·食货志》及《隶释》载《无极山碑》皆作"兴云"，"则知自秦末焚书以前，及两汉、六朝至唐初皆作'兴云'，无有作'兴雨'者"①。段玉裁云：诸书皆言兴云、作云，无有言兴雨者。此亦有理据。今《汉书》及《韩诗外传》等皆由错乱者，盖后人或已据《毛诗》改之。颜、陆、孔信从"兴雨"，臧、段等主张"兴云"，皆不免胶执。洪适云："予按《左雄传》已作'兴雨祁祁'，则汉代言《诗》者自不同。由唐以来定本始以'兴雨'为正，非因颜氏也。"②云"汉代言《诗》者自不同"，最为通达。云、雨一气之变，其字形"云"磨灭残损可成"雨"字，"雨"则无由变作"云"。汉碑、《外传》等作"云"，知秦汉间"云""雨"并见，正经师各本自己理解所改。

（二）义同义近而声韵相同

声韵相同，本可以通假解之，然其词义亦相同，故异文文本之形成是以声韵还是以词义便无法确定。兹举一例以概其余。

《小雅·小弁》"譬彼坏木"，毛传："坏，瘣也，谓伤病也。"《尔雅·释木》："瘣木，苻娄。"郭璞注："谓木病尫伛瘿肿无枝条。"《释文》："樊引《诗》云：'譬彼瘣木，疾用无枝。'"邢疏云："某氏云：《诗》云：'譬彼瘣木，疾用无枝。'"知邢昺所谓"某氏"，陆德明以为是樊光，盖元朗自有所本。论者谓刘向、李巡所注为《鲁诗》，则樊光亦当引《鲁诗》。《说文·疒部》："瘣，病也。从疒，鬼声。《诗》曰：'譬彼瘣木。'一曰肿旁出也。"马宗霍云："许引作瘣，正与毛之训诂字同……是作瘣为三家文，正字也。毛作坏者，案《说文·土部》云：'坏，败也。'则坏为假借字。坏从裹声，瘣从鬼声，古音同在脂部，故通用。"③瘣、坏皆匣纽微部，声韵固同，然毛传既以"瘣"训

---

① 臧琳：《经义杂记》卷20，《续修四库全书》，第172册，第196页上栏。
② 洪适：《隶释　隶续》卷3，第46页下栏。
③ 马宗霍：《说文解字引诗考》卷2，《说文解字引经考》，第31页b。

"坏",则未必从同音通假生成。瘣为樊光、许慎所用,其必在东汉以前,《毛诗》为古本而用"坏",若汉初申公作"瘣",或前有所承,而为毛公训释所本;若申公之后始作"瘣",则可能为《鲁诗》派经师转用本字替换或依《毛传》而改,此一过程至迟在西汉末已完成。

(三)义同义近而声同韵转

声同韵转亦可通假,然因其义亦近同,则其造成异文之途径有二条,未必一定由声韵通假而形成。

(1)《邶风·谷风》"我躬不阅",郑笺云:"躬,身。"《礼记·表记》引作"我今不阅",郑玄注:"言我今尚恐不能自容,何暇忧我后之人乎。"《左传·襄公二十五年》引《诗》"我躬不说",杜预注:"言今我不能自容说,何暇念其后乎?"马瑞辰云:"知杜预所见《左传》经文原作'我今不说',故以'今我'释诗'我今'。今本作'我躬'者,特后人据《毛诗》改之耳。"①云《左传》引《诗》为后人据《毛诗》改,毕竟臆测成分居多,审杜注实与郑注意同,为同一诗句作解,郑注为杜注参照自在情理之中,此其一。郑笺释"躬"为"身",身者,当今之时,故有"及身"一词,意指当今。康成笺、注相应,故释"我躬"为"我今",此其二。"今"与"躬"之异文,传世文献虽纷乱,亦仅此一例。前人多以通假释之。马瑞辰云:"今对后言,三家《诗》当有作今者。躬与今亦双声字,故通用。"躬,见纽冬部;今,见纽侵部。冬、侵两部虽有通转关系,然"我躬"犹言及我之身,亦即今身,故释为"我今",词义通顺,是否一定要归之通转,大可斟酌。上博简《周易·讦(蹇)》:"王臣讦〓,非今之古。"②传世本费直古《易》作"王臣蹇蹇,匪躬之故"。是今、躬异文战国时已形成。马王堆帛书《易传·二三子》:"《易》曰:'王臣蹇蹇,非今之故。'孔子曰:'王臣蹇蹇者,言丌难也。夫唯智丌难也,故重言之,以戒今也。君子智难而备

---

① 马瑞辰:《毛诗传笺通释》卷4,上册,第135页。
② 濮茅左:《楚竹书周易研究》,上海古籍出版社,2006年,第143页。

之,则不难矣……非今之故者,非言独今也,古以状也.'"①体味《二三子》孔子之言,知作"今"本战国时已形成。若传本"匪躬之故"早于简本,则"今"正是夫子及弟子解"躬"为"及身"最有力证据。若"匪躬之故"后于简本,则"躬"也只能作为"及身"解。石经《鲁诗》残石九有"我今不说"文,是《鲁诗》作"今"之铁证。《鲁诗》今文,今文诗派用较为通顺之文字,可从《二三子》孔子释《易》之言得到启悟,郑玄笺、注,既有七十子后学古义,亦有《鲁诗》文字参照。而《毛诗》《左传》古文作"躬",亦可与费氏《易》作"匪躬之故"相参证。陈乔枞将《表记》所引"我今不阅"归为《齐诗》②,尚待新证。

　　(2)《周颂·时迈》"怀柔百神",毛传:"柔,安。"释文:"柔,如字。本亦作濡,两通,俱训安也。"陆德明所据《毛诗郑笺》本作"柔",而他本有作"濡"者。孔疏:"《释诂》云:'柔,安也。'某氏引《诗》云:'怀柔百神。'定本作'柔',《集注》作'濡',柔是也。"孔颖达所据定本同陆,而崔灵恩《毛诗集注》本作"濡"。据陆、孔所记,六朝《毛诗》柔、濡异文并存。柔,古音日纽幽部,濡,日纽侯部。声同韵通。濡本义为水名,其训为"柔""安"之义,以见于陆德明《释文》为最早。《宋书·乐志》载谢庄《歌诗》云:"昭事先圣,怀濡上灵。"盖用《时迈》语辞,可见谢庄所据本为"怀濡百神"。陈乔枞云:"作'濡'者《毛诗》之文,作'柔'者三家之文。定本作'柔',是据三家改毛。"按,定本不管是六朝定本还是颜师古定本,其时均已在《毛诗》独行年代,何所据而改?校《毛诗》岂能据《韩诗》而改?相反,王应麟谓崔《集注》兼采三家,其作"濡",至少有可能为三家之文。陈氏所据是《后汉书·明帝纪》载中元二年诏和刘昭《续汉志》注载《东观书》章帝诏,皆作"怀柔百神",王先谦谓"帝治《鲁诗》

---

① 丁四新:《楚竹书与汉帛书周易校注》附录,上海古籍出版社,2011年,第509页。
② 陈乔枞:《三家诗遗说考·齐诗遗说考二》,《清经解续编》,第4册,第1290页中栏。

者",故皆云三家作"柔"。按陈、王之意,《毛诗》古文,三家今文,其
文必异。既然汉帝习《鲁诗》而作"柔",无其他异文,则三家必同作
"柔",由此推测《毛诗》必作"濡",其作"柔"者必据三家本改。普
查文献,隋唐以前明指《毛诗》作"柔"者,不仅以上所引,《文选》李
善注、《后汉书》李贤注引作"柔",可指为唐写本;虞世南《北堂书
钞》引作"柔",可指为隋抄本,与陆德明所见同;沈约《宋书·乐志》
引作"柔",时陈乔枞所谓六朝定本未出而三家《诗》已或亡或微,当
是《毛诗》无疑;前后《汉书》和前后《汉纪》中所引"怀柔",有可定
为三家《诗》者,亦有一时难定《诗》派者。然《荀子·礼论》中引作
"怀柔百神",无疑在三家《诗》之前。《荀子》引《诗》,据研究,与四
家《诗》都有关系,不能确定为谁家之祖,故其作"柔"即使与三家相
同,亦不能说与《毛诗》相异。反观隋唐间柔、濡一组异文,无疑属
《毛诗》流传中经经师改字而产生之异文。

(3)《商颂·玄鸟》"奄有九有",毛传:"九有,九州也。"是毛公
所见为"九有"。郑笺:"汤有是德,故覆有九州,为之王也。"盖本
《毛传》为释。《文选·潘勖册魏公九锡文》李善注:"《韩诗》曰:
'方命厥后,奄有九域。'薛君曰:'九域,九州也。'"是《韩诗》作"九
域"。徐干《中论·法象》曰:"成汤不敢怠遑而奄有九域。"盖本《韩
诗》。陈乔枞谓三家皆作"九域"。有,古音匣纽之部,域,匣纽职
部,声同而韵阴入对转,固可通假。然其义亦相通。陈乔枞云:"有
之言囿,亦分别区域之义。《洛书》曰:人皇始出分理九州为九囿。
段玉裁曰:九囿即《毛诗》之九有,《韩诗》之九域。'域'本'或'之
异体,'或'训'有',故'域'亦训'有'。"①《文选·应贞〈晋武帝华
林园集诗〉》李善注引《毛诗》作"奄有九州"。州,古音章纽幽部,与
"有"声韵不同,张慎仪以为"盖以训诂字代也"。此必《毛诗》后学

---

① 陈乔枞:《三家诗遗说考·韩诗遗说考十七》,《清经解续编》,第 4 册,第 1421 页
中栏。

依《毛传》所训而改经文。

（四）义同义近而声同韵异

声同韵异亦可通假,由于其义亦近同,故如前项声同韵转一样,其造成异文之途径有二条,未必一定是由声韵通假而产生。

（1）《小雅·雨无正》"听言则答,谮言则退",郑笺:"答犹距也。有可听用之言,则共以辞距而违之。"《汉书·贾山传》引《诗》曰:"匪言不能,胡此畏忌,听言则对,谮言则退,此之谓也。"《新序·杂事五》引《诗》作"听言则对,谮言则退"。《广雅·释言》:"对,畣也。"畣即答字。答,古音端纽缉部,对,端纽物部,声同而韵异,唯以同义而通用。马瑞辰谓双声通假,似无必要。陈乔枞、王先谦皆以为是《鲁诗》。《新序》经刘向之手,事有可能。贾山"涉猎书记,不能为醇儒",所上《至言》,言多激切,且文帝时诗派尚未泾渭严判,其改用同义词,自在情理之中。

（2）《小雅·小旻》"是用不集",毛传:"集,就也。"郑笺解"不集"为"不成"。"就"有"成"义,《尔雅·释诂》"就,成也",是其证,传、笺所解一致。《韩诗外传》卷六引作"是用不就"。集,古音从纽缉部,就,从纽觉部,声同而韵远。吕祖谦云:"董氏曰:'是用不集',《韩诗》作'是用不就',《集注》亦作'就'。"[1]崔灵恩《毛诗集注》亦作"就",知六朝《毛诗》有作"就"之本。此本是因毛传之解而形成,抑或循从《韩诗》而作"就",今莫可证,然就此形成《毛诗》一家有两异文,且其一异文与《韩诗》相同之结果,证明异文未必一定是不同诗派的产物。

（3）《大雅·生民》"其香始升",郑笺:"其馨香始上行,上帝则安而歆飨之。"《释文》:"香,一本作馨。"张慎仪云:"一作本因郑笺有'馨香'字,误以经文香字为馨耳。"[2]此说固亦成理。然要成为

① 吕祖谦:《吕氏家塾读诗记》卷21,《丛书集成初编》第1720号,第402页。
② 张慎仪:《诗经异文补释》卷13,第8页a。

一种传本流传,必经过斟酌。馨古音晓纽耕部,香晓纽阳部,韵不相同,其通用必是因馨、香义同,且郑笺又连用之故。此种传本必在魏晋以后《毛诗》派传人中产生,而因抵敌不过正经本而随之消亡。

(4)《周颂·我将》"仪式刑文王之典",毛传:"典,常。"郑笺又将"常"解释为"常道"。是毛公所传、郑玄所笺本为"典"。《左传·昭公六年》:"将以靖民,不亦难乎。《诗》曰:'仪式刑文王之德,日靖四方。'"杜预注:"《诗·颂》言文王以德为仪式,故能日有安靖四方之功。"是刘向所理、杜预所见本为"德"。典,古音端纽文部,德,端纽职部,声同而韵异。德与典义亦微异,此盖先秦流传时所产生之异文。《汉书·刑法志》:"《诗》曰:'仪式刑文王之德,日靖四方。'"颜师古注:"《周颂·我将》之诗也。言法象文王之德,以为仪式,则四方日以安靖也。"颜氏所见班固书作"德",非唐宋以后抄刻所改。陈乔枞云:"据此是三家今文'典'字作'德',与《左传》合。"①王先谦进一步分别《汉书》用《齐诗》,《左传》孔疏引服虔"言善用法文王之德",服用《韩诗》,遂谓"齐、韩'典'作'德'","《鲁诗》亦必作'德'也"②。三家既是今文,何以与古文之《左传》合?《左传》之《诗》系郑人铸刑书叔向与子产书中所引,服虔有否必要改《左传》以从《韩诗》?班固《刑法志》明显是引述叔向书中之语,是否也会依自己所习之《齐诗》改?原本为先秦古文之异同,汉人因袭之,却被指为汉代四家诗之异同。

(五)义同义近而声异韵同

声异韵同亦可通假,然因其义亦近同,故如前项声同韵转一样,其造成异文之途径有二条,未必一定是由声韵通假而产生。

(1)《小雅·出车》"我出我车",《荀子·大略》引作"我出我

---

① 陈乔枞:《诗经四家异文考》卷5,《清经解续编》,第5册,第86页。
② 王先谦:《诗三家义集疏》卷24,第1011页。

輿"；《出车》"出车彭彭"，《史记·匈奴列传》引作"出輿彭彭"。车，古音昌纽鱼部，輿，余纽鱼部。韵同而声远。《说文·车部》："輿，车輿也。从车，舁声。"是不从"车"声。唯车是总名，輿乃容人之车箱，故常以代称车。张慎仪云："舁、马以训诂字代也。"①盖得秦汉经典用字之实情。

（2）《小雅·正月》"胡为虺蜴"，释文："虺，晖鬼反。蜴，星历反，字又作蜥。"依黄侃说，"字又作某"未必有其本，然《盐铁论·周秦篇》引作"哀今之人，胡为虺蜥"，《说文·虫部》"虺"下亦引作"胡为虺蜥"，《集韵·上尾》"虺"下引《说文》同，可见确有其本。蜥，心纽锡部；蜴，余纽锡部，韵同声不同。《方言》第八："守宫，秦、晋、西夏谓之守宫，或谓之蠦蠦，或谓之蜥易，其在泽中者谓之易蜴。"《说文·易部》："易，蜥易，蝘蜓，守宫也。象形。"蜥蜴名实纷乱，难以备述，然或蜥或蜴，所指实同。今《盐铁论》和《说文》易"蜴"为"蜥"，殆以同名之字替代。参与《盐铁论》之贤良、文学皆深通儒典，许慎亦以五经无双驰名，虺蜥若非先秦旧有，则必汉儒传授之际所改也。

（3）《小雅·大东》"睠言顾之，潸焉出涕"，《韩诗外传》卷三引作"睠焉顾之，潸焉出涕"，知《毛诗》"言"字即"焉"字，皆语词。《说文·水部》"潸"下引作"潸焉出涕"，与《毛诗》同。《荀子·宥坐》"眷焉顾之，潸然出涕"，《后汉书·刘陶传》："诗人所以'眷然顾之，潸焉出涕'者也。"然、焉二字与《荀子》适相反，而又与《毛诗》皆不同。言，古音疑纽元部，焉，影纽元部；然，日纽元部。声皆异而韵同。综此数例，可知《荀子》以下，诸家传《诗》，于语词但以足音节而已，其作何字颇有一定自由度。

（4）《小雅·北山》"旅力方刚"，玄应《一切经音义》卷十三"旅力"条云："力举反。《方言》：'宋、鲁谓力曰旅。旅，田力也。'郭璞

---

① 张慎仪：《诗经异文补释》卷7，第12页b。

曰：'谓耕垦也。'《诗》云'旅力方强'是也。"①检郭注《方言》无引《诗》，知为玄应所加。校核日本金刚寺、七寺、西方寺所藏《一切经音义》唐代写本残卷皆作"旅力方强"②，慧琳《一切经音义》卷五十五同，可证玄应当时确作"强"。其作"彊"系一时手误抑或前有所承，今莫可考。不管是玄应所改，还是六朝抄手、汉代经师所改，总系同义词替代。刚，古音见纽阳部，强，群纽阳部。声同类而韵同部，虽可通假，然两字同义，不能排斥训诂代字。

（5）《大雅·桑柔》"胡斯畏忌"，郑笺："胡之言何也。贤者见此事之是非。非不能分别皂白，言之于正也，然不言之何也，此畏惧犯颜得罪罚。"郑以"此"释"斯"。《汉书·贾山传》作"胡此畏忌"。斯与此亦指示代词，斯，心纽支部，此，清纽支部，声同类而韵同部。《方言》"荆之南鄙谓何为曾，或谓之訾"郭璞注："今江东人语亦云訾，为声如斯。"訾从"此"声，盖有方音差别。《礼记·中庸》"知斯三者，则知所以修身"，《汉书·公孙弘传》引作"知此三者"。《礼记·檀弓下》"以至于斯也"，《新序·节士》"斯"作"此"。假若刘向整合《新序》时文字有所移易，以此与《贾山传》合观，似是先秦作"斯"，汉代作"此"。然《书·君陈》"斯谋斯猷"，《礼记·坊记》引作"此谋此猷"，《春秋繁露·竹林》引同。又恐难以时代划分。然由此却可证实一点，即秦汉人于同义指示代词经常随便互替，不甚措意于原文作何。

（6）《大雅·韩奕》"鲂鱮甫甫"，毛传："甫甫然，大也。"《易林·离之中孚》："鲂鱮诩诩，利来无忧。"又《睽之泰》："鲂鱮诩诩，利来毋忧。"两引之皆作"诩诩"。诩，古音晓纽鱼部，甫，帮纽鱼部，

---

① 　徐时仪等校注：《一切经音义三种校本合刊》，上海古籍出版社，2012 年，上册，第 278 页上栏。

② 　玄应：《一切经音义》卷 25，载《日本古写经善本丛刊》第 1 辑，国际佛教学大学院大学学术フロンティア実行委員会印行，2006 年，第 264、930、1302 页。按，西方寺"旅"误成"旋"。

声异而韵同。谞，《说文》训为"大言也"，《广雅·释训》："谞谞，大也。"义与甫同。《易林》用"谞"，殆以同义训诂之字相代。王先谦以为《易林》即用《齐诗》文，且《广雅》所训亦齐义。此虽有可能，然不管其所代在何时，皆是传授者或经师以训诂字改经。

（7）《周颂·载芟》"其耕泽泽"，郑笺解"泽泽"为"泽泽然解散"，则郑所据本《毛诗》作"泽泽"。《释文》："泽泽音释释，注同。《尔雅》作郝，音同。云耕也。郭云言土解也。"《尔雅·释训》："郝郝，耕也。"郭璞注："《载芟》云：其耕泽泽。郝即泽字。"邢炳疏："郝郝、泽泽并音释，其义亦同。"是郭所见本作"郝"。《毛诗》孔疏："《释训》云：'释释，耕也。'舍人曰：'释释犹霍霍，解散之意。'"似犍为舍人所见作"释"。舍人，武帝时人，时唯有三家《诗》，释、泽皆从罩声，宜为一组异文。郭所见本作"郝"，必汉代有作"郝"之本，不知为三家"释"之异文，抑或为《毛诗》"泽"之异文①。郝，古音晓纽铎部，泽，定纽铎部。声异而韵同。"郝"很可能为诸家经师因方音异读而产生之异文，若此则其时代自当在诸家立博士之后，甚或《毛诗》畅行之后。

（8）《周颂·载芟》"有椒其馨"，毛传："椒犹馤也。"释文："椒，子消反，徐子料反。沈作俶，尺叔反。云：'作椒者误也。此论酿酒芬香，无取椒气之芳也。'案，《唐风·椒聊》笺云：'椒之性芬芳。'王注云：'椒，芬芳之物。'此传云'椒犹馤'，馤芬香，椒是芬芳之物，此正相协。无故改字为俶，俶，始也，非芬香。"陆德明此条所保存之音义极为丰富，其中尤以沈重说为重要。沈认为《毛诗》作"椒"误，阮元循此思路提出"不但椒误，俶亦误也。盖此经文古作'馤'字"。他的证据是汉碑，《冀州从事张表碑》《胶东令王君庙门断碑》皆引作"有馤其馨"，又有晋左棻《纳杨后赞》和晋傅咸《答潘尼诗》亦皆

---

① 王先谦认为《尔雅·释训》当作"郝郝"，故可训"霍霍"，所以他将"郝"认定为《鲁诗》之文。王先谦：《诗三家义集疏》卷26，第1046页。

作"有馥其馨",于是推论"此不知唐以前何时写书者损减馥字,又损房为尺,又误叔为俶,又由俶形与椒近而误为椒"①。馥与椒字形不相似,损减而误不太可能,即使以义而代,亦不可能同时又误"房"为"尺"。马瑞辰引证俶、椒、淑、菽、茉并从"未"声,义亦相通,云:"窃谓《毛诗》作椒,即俶字之假借,古音自读尺叔反,与馢为韵,不必改椒为俶,亦不得训为椒聊之椒。沈重谓当作俶,陆德明直训为椒,皆由不明古人通假之义耳。"②椒、俶等字义既皆为芬芳、芬香,与"馢"相协,亦正与馥义相近。王先谦引蔡邕《司空临晋侯杨公碑》、何晏《景福殿赋》之"馥馥芬芬"即《小雅·信南山》之"苾苾芬芬",证三家《诗》作"馥"。馥,并纽觉部,俶,昌纽觉部。馥、椒韵同而声异,字形又迥别,此当如阮元所说为"义同字变之例"。馥、椒之异产生于先秦,则是先秦传抄之异,若产生于两汉,则是《毛诗》派经师或三家《诗》派经师在传授中因同义而替代。

(六)用词不同

用词不同可视为异文之扩展,但因较为特殊,故另立一项。如欲归并,可附于声韵不同一类。

《齐风·南山》"析薪如之何",郑笺:"此言析薪必待斧乃能也。"《礼记·坊记》引《诗》作:"伐柯如之何,匪斧不克;取妻如之何,匪媒不得。蓺麻如之何,横从其亩;取妻如之何,必告父母。"陈乔枞谓《毛诗》"与此所引文异",张慎仪以为"《礼》引《豳》诗而误",盖《豳风·伐柯》有"伐柯如何,匪斧不克"诗句。然《坊记》连引《南山》三四两章之前四句,非仅引录一句,恐非率尔。且郑注云:"伐柯,伐木以为柯也。克,能也。蓺犹树也。横从,横行治其田

---

① 阮元:《诗"由馥其馨"馥误椒记》,载《揅经室续集》卷1,《国学基本丛书》本,商务印书馆印行,1937年,第43页。

② 马瑞辰:《毛诗传笺通释》卷30,下册,第1106页。

也。言取妻之法必有媒，如伐柯之必须斧也；取妻之道，必告父母，如树麻当先易治其田。"如此长注，竟不言异文，不言误引。康成先注《礼》而后笺《诗》，是时若未见《毛诗》，当不知《毛诗》作"析薪如之何"，且若其先前所习《韩诗》或所知其他诗派、传本不作"伐柯如之何"，必会注明。《易林·家人之渐》《小过之益》三次出现"执斧破薪"，似即绾合"伐柯"与"析薪"二词。可见此当为三家或三家以外《诗》传本之一。虽析薪概念大，而伐柯词义专，然在诗中旨意一致。析薪与伐柯声韵无涉，必经师传授时有此解释或为弟子所记录而成异文。

二十七例与声韵无涉的义同义近异文，置于浩瀚的《诗经》异文中，固不为多，但其作为训诂改经形式存在于《诗经》异文中，证明经师确有不恪守师承文本者。此类异文而外，意义相同相近而声韵相同、声同韵转、声同韵异及声异韵同之异文中，除声韵相同者，既可以通假诠释，也可以训诂代经解释；其他三种，与其用声韵通假诠释，不如认定为训诂改经更接近事实。因为训诂改经有较强的主观意识，而声韵通假系于方音和用词习惯处于潜意识或无意识。在二者同时存在之前提下，一般是有主观意识者一面起主导作用。如若这一解释合理而被认可，则《诗经》异文中尚有更多义同义近而声同韵转、声同韵异及声异韵同甚至声通韵同之例，可以归入训诂代经改经之列。用此种方式离析、研究《诗经》异文，不仅可以消解一部分牵强的声韵通假，使纷乱的古音系统渐趋纯粹，同时也更接近两汉《诗经》传授的真实轨迹。

二、《史记》以训诂字改经产生之异文

汉代异文音同音近通假，可用古音韵部检验，有客观标准；而训诂改字，汉代经师未曾留下明确自白与描述，且与陈寿祺、陈乔枞父子"各守师法，持之弗失"及皮锡瑞"一字毋敢出入"之说相违，仅是

笔者主观推测。兹特举西汉时受业于孔安国的经师兼史学宗师司马迁在撰著《史记》时以训诂字改易《尚书》为例，以佐证此种推测。

太史公好以训诂移易经文，前人早有所关注。宋倪思有《迁史删改古书异辞》十二卷，今书虽佚，其作意据陈振孙云，是"以迁《史》多易经语，更简严为平易，体当然也。然易辞而失其义，书事而与经异者多，不可以无攷，故为是编"①。清代惠栋董理汉代经典，深知史迁改经手法。谓其"往往以训诂之字窜易经文"，举例云："二百里男邦，《史记》云'任国'（汉讳邦改为国）……今文《尚书》皆以'任'为'南'，太史公以训诂易经文，故亦为任。《正义》云：男声近任，故训为任。"②段玉裁于《撰异》一书发凡云："凡《史记》录《尚书》有苦其难读，以训诂字易之者，如'克明'作'能明'，'协和'作'合和'是也。"③故陈寿祺云："《史记》多以训诂改经文，学者所知也。"④司马迁之所以用训诂字移易经文，固是因先秦经典用字古奥，汉人已不易理解，以汉时通行字义改易，融入鸿著，可收文通字顺之效。

司马迁以训诂改《尚书》文无需怀疑，然牵涉到另一问题，即其述《尚书》系用今文抑或用古文。若此无确定之说，则其以训诂改字处，会有用今文或用古文之争。

太史公自谓"厥协六经异传，整齐百家杂语"，《诗》《书》固属其重要参酌采择之史料。尤其《尚书》，为三代之典谟诰誓，故引用颇多，如《五帝本纪》引述《尧典》，《夏本纪》引述《皋陶谟》《禹贡》《甘

---

① 陈振孙：《直斋书录解题》卷14，上海古籍出版社，1987年，第431页。按，徐小蛮等谓陈文"更"字下缺，据《文献通考》补，此《四库》本不缺。

② 惠栋：《九经古义》卷3，《清经解》，第2册，第750页中栏。又《九经古义》卷4论太史公书载《尧典》《禹贡》《洪范》《金縢》云："皆卓然古文无可疑者。第其述事欲便于览者，往往以训诂之字窜易经文。后之学者无可攷证，反以《史记》为今文耳。"意亦谓太史公以训诂改易经文也。

③ 段玉裁：《古文尚书撰异序》，《清经解》，第4册，第3页中栏。

④ 陈寿祺：《左海经辨·今文尚书亦以训诂改经》，《清经解》，第1册，第200页上栏。

誓》，《殷本纪》引述《汤誓》《盘庚》《高宗肜日》《西伯戡黎》，《周本纪》引述《牧誓》《顾命》《吕刑》，《鲁周公世家》引述《金縢》《召诰》《多士》《无逸》《费誓》，《燕召公世家》引述《君奭》，《晋世家》引述《文侯之命》，等等。最早议论司马迁所引《尚书》者为班固，《汉书·儒林传》云："迁《书》载《尧典》《禹贡》《洪范》《微子》《金縢》诸篇多古文说。"自裴骃《史记集解》即在注中比勘《史记》与刘宋所行《尚书》异同，后司马贞谓"太史公博采经记而为此史，广记异闻，不必皆依《尚书》"。清代臧琳极不以为然，曾欲著《尚书集解》而未成，乃撰成《五帝本纪书说》一篇，"姑就孔传本《尧典》，录《史记》于上，以《尚书》证之，所以祛《索隐》之惑也"①。段玉裁撰《古文尚书撰异》，谓班固所说是"谓诸篇有古文说耳，非谓其文字多用古文也"②。陈寿祺虽是段说，例举班固所说《史记》用《尚书》五篇"文字皆与今文脗合"③。然亦例举五篇中用《古文尚书》之例，如"肇十有二州"，不作"兆"；"维箘簬枯"，不作"簵"；"不离于咎"，不作"丽"等，谓"此皆古文之灼然可信者也"④。可以说至陈寿祺，始比较客观地认识《史记》兼用今古文《尚书》之面貌。近人金德建有《史记引今文本尚书考》一文，推衍陈说，将《史记》所引《尚书》文字一一摘录疏证，明其为今文⑤。金氏此书撰于一九七一年前，而出版稍迟。在台湾，先有李毓善所著《史记引用尚书资料疏证》，详细

①　臧琳：《经义杂记》卷8，《清经解》，第1册，第836页下栏。
②　段玉裁：《古文尚书撰异序》，《清经解》，第4册，第1页中栏。
③　陈寿祺：《左海经辨·史记用今文尚书》，《清经解》，第7册，第200页中栏。
④　陈寿祺：《史记采尚书兼古文文》，《左海经辨》卷1，《清经解》，第7册，第200页中栏。按，刘师培《史记用古文尚书考略》一文循陈寿祺此说而立论，例未有增加，而非段说，见《读书随笔》，载《刘申叔遗书》，下册，第1957页。又章太炎有《太史公古文尚书说》一卷，观点同刘，载《章氏丛书续编》之三。
⑤　金德建：《史记引今文本尚书考》，《经今古文字考》，齐鲁书社，1986年，第122—166页。

比勘二书异文,揭橥其以训诂字代经文实例①。稍后古国顺著《史记述尚书研究》刊行,对《史记》所引《尚书》作全面系统的研究整理,古文今文,是是非非,无所偏向,是《史记》引《尚书》最全面、平实之专著。古氏云:"《史记》引述《尚书》,于艰奥之文字,每以浅近而意义相当,或义近通用之另一字以代经,亦有从同音或音近之字假借者。"②太史公以训诂改经颇伙,兹搴取数例示范,俾与四家《诗》经师在传授中以训诂字替代经文相参证。

(1)《尧典》"分命羲仲,宅嵎夷",《五帝本纪》作"分命羲仲,居郁夷"。陆德明《尚书释文》云:"《尚书考灵曜》及《史记》作'禺铫'。"此虽可明陆氏所见唐以前本《史记》与今本"郁夷"不同,然亦证明唐以前本《史记》"宅"作"居",与今本同。宅,古音定纽铎部,居,见纽鱼部,声不同而韵阴入对转。《尔雅·释言》:"宅,居也。"下文"分命和仲,宅西曰昧谷",《周礼·天官·缝人》郑玄注:"《书》曰:分命和仲,度西曰柳谷。"是康成所见作"度"。段玉裁云:"宅,今文《尚书》作'度'……郑引《今文尚书》也。然则'宅嵎夷'、'宅南交'、'宅朔方',今文皆本作'度'矣。杨雄《方言》曰:'度,尻今之居字也。东济(引按,"齐"字之误)海岱之间或曰度。'与《今文尚书》合……凡《古文尚书》皆作宅,凡今文《尚书》皆作度,《五帝本纪》居郁夷、居南交、居西土、居北方,皆作居者,此以训诂之字代之也。"③不管康成所见为古文、今文,据此知《尚书》今、古文作"宅"作"度"而皆不作"居"。《史记》作"居",纯以训诂易字,而与今古文无关。

(2)《牧誓》"逖矣西土之人",孔传:"逖,远也。远矣西土之人劳苦之。"《周本纪》作"远矣西土之人"。逖,古音透纽锡部,远,匣

---

①　李毓善:《史记引用尚书资料疏证》,雕龙出版社,1980年。

②　古国顺:《史记述尚书研究》,文史哲出版社,1985年,第8页。

③　段玉裁:《古文尚书撰异》卷1,《清经解》,第4册,第4页上栏、中栏。

纽元部,声韵皆不同。《说文·辵部》:"逖,远也。"逖为先秦用字,汉人或已少用,故司马迁易汉代常用之"远"字替代。

（3）《洪范》:"王乃言曰:呜呼,箕子,惟天阴骘下民,相协厥居,我不知其彝伦攸叙。"孔传:"骘,定也。天不言而默定下民,是助合其居,使有常生之资。"《宋微子世家》作"武王曰:於乎,维天阴定下民,相和其居,我不知其常伦所序"。此处异文甚多,其"呜呼""於乎","厥""其"之类,略不论。骘,古音章纽铎部,定,定纽耕部,声韵皆不同。协,匣纽叶部,和,匣纽歌部,声同而韵异。彝,余纽脂部,常,禅纽阳部,声韵皆不同。攸,余纽幽部,所,山纽鱼部,声韵皆不同。骘训"定"见前引孔传。协,《说文·劦部》训"同心之和"。彝,《说文·糸部》训"宗庙之常"。攸之训"所",屡见于《尚书》孔传,无须赘引。故皮锡瑞云此四字"皆故训字",是司马迁皆以训诂改经,镕铸新文。

除以上所举外,《皋陶谟》"谟明弼谐",《夏本纪》作"谋明辅和";《汤誓》"非台小子敢行称乱",《殷本纪》作"非台小子敢行举乱";《吕刑》"五辞简孚",《周本纪》作"五辞简信";《金縢》"惟永终是图",《鲁周公世家》作"惟长终是图"。《史记》以训诂字改经,据古国顺统计,约有四百十六则之多。当然古氏将义同、义近乃至音同音近的同义词统括在内。然即使为避免与音同音近之通假混淆而排斥有声韵关系之训诂词,其数量仍不在少数。

司马迁以训诂字改经,撰著鸿文《史记》,出于两种目的:熔铸经典原文,而不用口说记述,是求其信实;不照抄原文,而用汉代通行文字意义酌改,是求其通顺。汉初景、武之际,三家《诗》先后立于学官,师法壁垒尚未森严,籀篆、古文转写汉隶方在运作,故史迁以训诂改经,其数百例中,虽或有古本、师传依据,而大多为求文通字顺而改,造成一批异文。司马迁以训诂字移易《尚书》原文举措,反映出西汉经师训诂改字的一个侧面,可以加深对汉代四家《诗》异文中同义异文组产生途径的认识。

三、六朝《毛诗》异文产生途径

东汉以还,《毛诗》盛行,与三家《诗》并传。曹魏时《齐诗》消亡;司马渡江,两汉地位最尊、流传最广之《鲁诗》亦沦亡不传;此后二三百年中,《韩诗》虽存而少有传人。自汉末曹魏到隋唐三四百年间,《毛诗》独行。《经典释文》所录一千多则《毛诗》异文,皆是陆德明从六朝《毛诗》传本、注本、写本中校勘而得。其间虽不免有两汉经师和三家《诗》派流传下来之异文师说,而仍有不少是《毛诗》在此数百年间新产生的异文。笔者曾以《释文》所录为范围,撰《六朝〈毛诗〉异文所见经师传承与历史层次》①,分析六朝《毛诗》异文形式,其中涉及人为改易者得下列各种形式:

(1)因毛传而产生之异文:即毛公对经文作解后,产生与其解释有关之异文,如:《大雅·縣》"其绳则直",毛传有"乘谓之缩"语,后世遂有"其乘则直"之本。

(2)因郑笺而产生之异文:即郑玄笺经申毛后,产生与笺释有关之异文,如:《民劳》"以谨惛恢",郑笺云:"惛恢,謹哗也,谓好争者也。"后遂有"以谨謹哓"之本。

(3)因王肃注而产生之异文:即王肃注经释义后,产生与王注相关之异文,如:《陈风·东门之枌》"穀旦于差",王肃音七也反,苟且也。后遂有"穀且于差"之本。

(4)因方言而产生之异文:《月出》"佼人僚兮",因《方言》有"自关而东河济之间凡好谓之姣"之文,故后有"姣人嫽兮"之本。

(5)标音与异文同字之异文:即《释文》标音与异文系同一字。设如:甲,音乙,本亦(或、又)作乙。有此异文组之写本,可推知作"乙"之本不可能有乙音,否则即成同字相注,即:乙,音乙。如此则

---

① 本书收录。本书记述与结论之具体展开,见本书第十二篇。

注音成为无用之赘语。此一形式最能说明经典文本在流传中经后人擅改之事实。《释文》此类异文组有六十例,细分之有四大类七小类:

① 借字与本字。此又可分为三种:其一,《释文》所据本为借字,别本异文用正字。其二,《释文》所据本为本字,别本异文为借字。其三,《释文》同一组正假字而所据本与别本用字相反。

② 后起字与本字。亦可分为两种:其一,《释文》所据本用后起字,别本异文用本字。其二,《释文》所据本为本字,别本异文用后起字。

③ 古文与今文。即《释文》所据为古文,别本异文用今文。

④ 正字与或体(古文)。即《释文》所据本为正字,别本异文为或体(古文)字。

有此诸多实例,并有字体、字义不同之形式,可以想见《毛诗》在流传过程中遭经改易之频繁程度。当然,其中不乏两汉经师改易所留下之痕迹。①

四、《诗经》异文与两汉经师训诂文本

司马迁云:"秦拨去古文,焚灭《诗》《书》,……汉兴,萧何次律令,韩信申军法,张苍为章程,叔孙通定礼仪,则文学彬彬稍进,《诗》《书》往往间出矣。"又云:"《诗》《书》所以复出者,多藏人家。"《汉志》谓《诗》"遭秦而全者,以其讽诵,不独在竹帛故也"。可知《诗》之传播,竹帛与讽诵双轨并行,与其他典籍稍异。

汉初,楚元王刘交与穆生、白生、申公俱受《诗》于浮丘伯。后申公开创《鲁诗》,时在吕后时。辕固与韩婴,武帝时皆已高龄,逆

---

① 具体例子与论证参见拙文《六朝〈毛诗〉异文所见经师传承与历史层次——以陆德明〈毛诗音义〉为例》。

推当与申公年岁相仿。三家之学是否渊源于简牍传本，史阙无闻，然据《班志》所云，必有因于讽诵者。三家既以今文隶书传授，用正字，则其申公之徒闻者有王臧、赵绾、孔安国、夏宽、鲁赐、穆生、徐偃、瑕丘江公、许生、徐公等。其后江公传子，子传江博士；许生传韦贤，贤传韦玄成和义倩；徐公传王式，式传薛广德、张长安、唐长宾、褚少孙。此即所谓《鲁诗》有韦、张、唐、褚氏之学①。张家又有许氏（晏）之学。汉代所谓有某某之学，则其必已立为博士。立博士之条件，说经必须有独特见解，待后必须有章句，形成自己之体系者。《鲁诗》如此，齐、韩《诗》亦不例外。

臧琳云："《毛诗》为古文，齐、鲁、韩《诗》为今文。古文多假借，故作《诂训传》者，以正字释之。若今文则经直作正字。今拈示数则于此，俟学者推阐之。《毛诗·芄兰》'能不我甲'传：'甲，狎也。'《韩诗》作'能不我狎'。……是今文皆以诂训代经也。"②臧所谓《毛诗》多古文，齐、鲁、韩为今文，参据司马迁著《史记》绎述《尚书》文字，亦以西汉通行文字代经，固可信为西汉初年传《诗》实情。今所存所见三家《诗》之斑豹鳞爪，多是辕固生、申培公、韩婴之后经师所录所传，后学经师再传授时是否恪守三位开创者之文字原貌，现今任何人都无法确指。依陈氏父子及皮氏西汉经师传授"一字不敢出入"之原则，则现存之鳞爪文字必是三家《诗》最初文本。然以情理推之，战国用《诗》极为普遍，文字异形纷乱无定，此从近数十年之出土文献引《诗》中可证实无疑。辕固生、申培、韩婴所见先秦文本，仅是诸多纷乱文本中之一种或数种——即使有数种，其传授、著录时也只能折中于一本。此一传授给弟子之文本，不可能全用汉代通行今字替代古文。汉初因秦火，传《诗》有或传《雅》，或传

---

① 《汉书·儒林传》申公下云"由是《鲁诗》有韦氏学""由是《鲁诗》有张、唐、褚氏之学"。

② 臧琳：《经义杂记》卷7，《清经解》，第1册，第831页中栏。

《颂》,不能全传。逮挟书令除,山岩屋壁及民间书迭出,各种《诗》文本与经典引《诗》文字并呈,传授经师不可能不受影响而有所取舍。若一成而不变,便不可能形成《鲁诗》韦、张、唐、褚与许晏之学。

下及东汉郑玄之《诗》学,臧琳云:"郑笺《毛诗传》有申其义者,有改其义者,有同一字而诂训各异者,有云当为某、读为某而易其字者,然皆具于笺中,于正文未敢辄改,后人往往从笺以改经,又依郑义以改笺字。"其下一连举出数例后人依郑笺改字者,如《终风》"愿言则疐"郑笺:"疐读当为不敢嚏咳之嚏。"①《玉篇·口部》《唐石经》皆作"愿言则嚏",盖从郑笺而来。后陈乔枞亦继臧氏而云:"郑君笺《诗》,其所易传之义,大氐多本之鲁、齐、韩三家。如读'素衣朱绣'为'绡',读'他人是愉'为'偷'……如斯之类,皆证据显明者,间有不言其读,而但于训释中改其字以显之,亦有仍用其字,但于训释中改其义以显。盖当时鲁、齐、韩并立学官,家喻户诵,故所采摭,不烦具征诸家,而治《诗》者无不知之。"②据臧、陈所举康成改字实例,实多三家《诗》之文字。其可深究者,即使为三家《诗》文字,未必一定是辕固、申培、韩婴初传原文,有可能为韦、张、唐、褚、许学之文字,此其一;所举无法证成其为三家《诗》文字者,固仍可属于三家《诗》初传原文或韦、张、唐、褚、许之文,亦可为其他数传后之经师文本,此其二。所有异于原初文本之文字,可以来源于山岩屋壁所出之文本,亦允有经师循诗义而以训诂字替代者。

《诗经》异文,可区分为音同音近之通假,义同义近之训诂替代和字形相似之讹误。其中通假异文数量最多,形成原因也最为复杂,形误易察,皆不赘论。义同义近之训诂替代,除如前述司马迁以汉代今文改经之外,亦有如六朝《毛诗》异文因毛传、郑笺、王肃注、方言词等训释而改其经文者,前者偏重于为读者或文气而主动替

①　臧琳:《经义杂记》卷3,《清经解》,第1册,第800页中栏。
②　陈乔枞:《毛诗郑笺改字考序》,《丛书集成续编》,第111册,第731页上栏。

代，后者偏重于为自己诵读或传授而因师传所释的被动替代。训诂代经异文组之数量虽不如通假异文组多，但就上述所疏证者而言，亦已为数不少。从思想、心理上推原，通假本于方音和用字习惯，多出于无意识，而训诂改经则本于理解和读通，多出于有意识。就经典文本神圣性而言，固不应随便改字，就西汉师法而言，也应恪守师传文本。然而恪守师说，不改经字，就不可能产生韦、张、唐、褚、许之学。韦、张、唐、褚、许诗学之所以能立于学官，除《诗》说自成一家之外，其文字亦必有异于师承者。此类异文，有可能来自《诗》说《诗》义之理解不同，更可能源于山岩屋壁所出或其他先秦文献所引。援用先秦、汉初文本，于本源上有所据信，易于取信社会，得到朝廷认可，更增获立博士之机会，然于师承家法而言已有改弦易辙之实。

　　义同义近《诗经》异文向为《诗经》学和语文学者所忽视，本文拈出其例作专门研究探索，其目的有二：一是冀能深入细致地分析、展示《诗经》异文类型，期使异文研究趋于深入；二是针对陈、皮二氏所恪守的汉代经师不改经字之观点提出质疑，并作一种实证性的探讨。尽管这种探讨尚属初步，但它对《诗经》学、汉代经学师承和音韵训诂学及其应用乃至古音系统都有着不可忽视之作用。

六朝《毛诗》异文所见经师
传承与历史层次[①]

——以陆德明《毛诗音义》为例

陆德明《经典释文》(篇内简称《释文》)一书,虽为标音释义而作[②],却间存异本异文。后世研究《释文》,多关注其音切,斤斤较其轻唇重唇、舌上舌头异同及音系之为何,而忽略其异文。即或有取于或本异文,亦是较论音切者多,循异文追溯六朝之写本者少。少数研究写本异文者,亦是分析文字字形者多,而离析、追踪师法、家法和经师传本者少。就《诗经》而言,宋代董迪自谓有《齐诗》六卷[③],曾据《毛诗》以考证三家,陈振孙以宋时已无《齐诗》与《鲁诗》而致疑,然犹云"其所援引诸家文义与毛氏异者,亦足以广见闻,续

---

① 本文为国家社会科学基金项目《从石经鲁诗异文看清人四家诗研究》(09BZW017)阶段性成果,系该书第九篇中之一节。

② 陆德明《经典释文序》云"夫书音之作,作者多矣",《旧唐书》本传谓其"承乏上庠,循省旧音,苦其太简。既职司其忧,宁可视成而已",是皆表明其作意,故此书亦多称为"音义"。

③ 《中兴艺文志》载《广川诗故》四十卷,迪自谓《齐诗》所存不全,或疑后人托为,然章句间有自立处,此不可易者。见朱彝尊:《经义考》卷105,上海古籍出版社,2010年,第5册,第1961页。

微绝云耳"①。陈氏亲见董书,然未著明所谓"诸家文义"所自。萧梁崔灵恩《毛诗集注》兼采三家②,为《释文》择录,其书亡于五代,未知董氏于《释文》所存《集注》文字及其他或本异文作何观想处理。王应麟撷取《释文》所载《韩诗》文字,并其他传记,《说文》《尔雅》等文献中三家《诗》说与文字孑遗,辑成《诗考》。其旨本在于"洗末师专己守残之陋",今《诗考》间引《释文》异文而未加评判,是"其于异同之恉未暇条贯通解,弟有摭存其文而已"③。清代《诗经》异文研究可分为两路,一路自严虞惇以及范家相、阮元、冯登府、朱士端等人继《诗考》而踵事增华,相继补苴,学风所向,已循复西汉三家《诗》旧观而发展。至陈寿祺、陈乔枞父子出,著成《三家诗遗说考》,俨然已成两汉诗学之大观。王先谦撰《诗三家义集疏》,在二陈搜辑基础之上,综合惠、戴、段、王、钱、郝等文字考释成果,融会众家而独出机杼,将三家《诗》学推向一新境界。另一路则专就《诗经》异文作文字文义之研究而无关四家家法者,如沈傃《陆氏经典异文辑》卷二之《毛诗》,大抵辑自《释文》异文,不加评判④。庄述祖《毛诗考证》罗列《释文》《正义》《石经》之异文,荟萃惠栋、卢文弨、阮元、段玉裁之说,予以按断是非。嘉兴李富孙著《诗经异文释》十六卷,每每征引《释文》异文,于家派不加别择,但释其文义假借,或云"《释文》本每有隶俗之字,当由师读之本如是也"⑤。民国张慎仪因李书而增补之,成《诗经异文补释》十六卷⑥,更遍搜《毛诗释文》异文,著之于每条之前,而后征引字韵书及四部文献按断之。

---

①　陈振孙:《直斋书录解题》卷3,第37页。

②　见王应麟《玉海》卷38《艺文·诗》"梁毛诗集注"条下说。

③　李富孙:《校经廎文稿·诗经异文考序》,《续修四库全书》,第1489册,第453页上栏。

④　沈傃:《陆氏经典异文辑》六卷,《丛书集成初编》,第1205册。其《陆氏经典异文补》虽题"陆氏",而实辑自《说文》《尔雅》《韩诗外传》等,已与《释文》少所关涉。

⑤　李富孙:《诗经异文释》卷3,《清经解续编》,第2册,第1344页下栏。

⑥　张慎仪:《诗经异文补释》十六卷。

陈乔枞完成父业《三家诗遗说考》后，又辑录文献异文，成《诗经四家诗异文考》五卷。此书将《释文》异文如数辑出，意指其为《毛诗》异文，然逢与三家《诗》同者，则多判为三家文字。后江瀚拾遗补缺，有《诗经四家异文考补》一卷。黄位清继《诗绪余录》之后著《诗异文录》，罗列异文，引述各家之说作解，间有心得，则加按语申说。陈玉澍继其父蔚林之《诗说》而成《毛诗异文笺》十卷，"考证异同，区别定俗"①，其将《毛诗》异文分为句同文异和训同文异两类，书则但就训同文异一类笺之，亦即为毛传无训或郑笺申毛、改毛，《释文》《正义》申毛之同训异文作解。是皆虽涉及《毛诗》异文而未曾分析其类型，探究其发生、发展之途径者，盖犹未达一间。

　　综观有清一代之《诗经》异文研究，其专注于三家《诗》者，于《释文》异文少所关注；其考证《诗经》异文者，固牢笼《释文》异文而诠释之。然其逢《释文》所载《毛诗》异文与三家相同者，又或首鼠两端，犹疑其词，甚或指为三家异文。此皆缘于对汉末至隋唐数百年间《毛诗》异文之产生、发展轨迹未能有一清晰明确之梳理，从而导致对《释文》所载《毛诗》异文性质认识不足。

　　职是之故，逐条辑录《释文》异文，分析归类，进而确定各类异文之性质和寻求其产生年代、途径，已刻不容缓。唯其将异文作类型学研究与时空上之追溯，则不仅能分清不同时代所产生带有历史层次性之《毛诗》异文，且能认识六朝隶、楷兴替中文字之滥用与民间抄写经典之随意性，揭示四家《诗》文字之同中之异和异中之同，最终正确认识两汉四家《诗》之文字异同。

一、《释文》所校录之《诗经》写本

　　《释文条例》云："典籍之文，虽夫子删定，子思读《诗》，师资已

---

①　陈玉澍：《毛诗异文笺序》，《续修四库全书》，第74册，第165页下栏。

别,而况其余乎?"此指先秦时文字已有不同。复云:"汉兴,改秦之弊,广收篇籍。孝武之后,经术大隆,然承秦焚书,口相传授,一经之学,数家竞爽,章句既异,踳驳非一。"是则概括两汉师法家法之纷乱踳驳。再云:"余既撰音,须定纰谬,若两本俱用,二理兼通,今并出之,以明同异;其泾渭相乱,朱紫可分,亦悉书之,随加刊正;复有他经别本,词反义乖,而又存之者,示博异闻耳。"乃是整比、撰著时就其所见所及之众本而言。西汉鲁、韩、齐《诗》相继立于学官,《毛诗》后出,四家竞爽,师说与文字互有异同。东汉贾逵曾"撰齐、鲁、韩《诗》与毛氏异同",其书注重师说还是文字,抑或兼皆包容而释之?《隋志》"梁有《毛诗杂议难》十卷,汉侍中贾逵撰,亡",书不见于《叙录》,殆亡于陈、隋之际,而汉代四家《诗》异同遂难追寻。《释文》"注解传述人"云:"《齐诗》久亡,《鲁诗》不过江东,《韩诗》虽在,人无传者。唯《毛诗》《郑笺》独立国学,今所遵用。"《隋志》继陆氏后云:"《齐诗》魏代已亡,《鲁诗》亡于西晋,《韩诗》虽存,无传之者,唯《毛诗》《郑笺》至今独立",是陆氏撰著《释文》时,齐、鲁二家《诗》已亡三百余年,唯《毛诗》《郑笺》独存,为"今所遵用",故其首列郑玄所笺《毛诗故训传》二十卷。以下依次列:

马融注十卷 无下袟

王肃注二十卷

谢沈注二十卷

江熙注二十卷 字太和,济阳人,东晋兖州别驾。

郑玄《诗谱》二卷 徐整畅、大叔裘隐。

孙毓《诗同异评》十卷

陆玑《毛诗草木鸟兽虫鱼疏》二卷 字符恪,吴郡人,吴太子中庶子、乌程令。

为《诗》音者九人:郑玄、徐邈、蔡氏、孔氏、阮侃、王肃、江惇、干宝、李轨。阮侃字德恕,陈留人,河内太守。江惇字思俊,河内人，东晋征士。蔡氏、孔氏不详何人。

又云：

右诗。梁有桂州刺史清河崔灵恩集众解为《毛诗集注》二十四卷，俗间又有徐爰《诗音》，近吴兴沈重亦撰《诗音义》。

以上为陆氏撰《毛诗音义》时参考之书。马融之注，据《后汉书·儒林传·卫宏》云"中兴后，郑众、贾逵传《毛诗》，后马融作《毛诗传》"，故《隋志》云："梁有《毛诗》十卷，马融注。"①汉末三国时代，《诗》已多宗毛氏，《三国志·魏书·王肃传》谓其"善贾、马之学，而不好郑氏"，故"述毛非郑"，是其所注亦《毛诗》。《隋志》有谢沈《毛诗义疏》十卷，《毛诗注》二十卷，《隋志》《两唐志》又有《毛诗释义》十卷，三书系一书之异名，抑或前后增补之作，书佚难知，然其亦紬绎毛义者。《隋志》又谓梁时有晋兖州别驾江熙《毛诗》二十卷，则《叙录》所据固亦宗毛者。孙毓之书，《隋志》录作《毛诗异同评》十卷，《叙录》谓"评毛、郑、王肃三家同异，朋于王"。马国翰辑本序云"于笺义不没其长"，江瀚因谓"其不朋于王，昭然可见矣"②。马、江仅据残存数条，而针对陆氏"朋于王"而发，其实既名为"评"，自是各有褒贬，陆氏亲见其书，或多是王说，遂云，正不必故持异见。陆玑之疏，固是据《毛诗》而作。即作《诗》音之九家中，郑玄、王肃无须赘言，孔、蔡不知何许人。《隋志》梁有《毛诗音》十六卷，徐邈等撰。《毛诗音》二卷，徐邈撰。邈字仙民，《日本国见在书目》有《毛诗音义》一卷，徐仙民撰。殆东渡后合并或残佚之本。《隋志》梁有《毛诗音隐》一卷，于（按，"干"字之误）氏撰。《陈留先贤志》云阮侃字德恕，幼聪颖嗜学，专心经术，尤长于《诗》。仕至河内太

---

① 《隋志》注"亡"。卢文弨《序录考证》云："盖马所注本二十卷，至六朝时残阙，止存十卷，陆氏尚见及之，故标其目。至唐人修《隋书》，并十卷亦亡也，故《唐志》不著录。"见《经典释文考证》，《丛书集成初编》第 1201 号，第 13 页。

② 江瀚：《娜嬛馆补校本毛诗异同评提要》，《续修四库全书总目提要》，中华书局，1993年，上册，第 306 页下栏。

守。著《毛诗音》行世。江惇系江统之子，字思俊，"少好《毛诗》，著有《毛诗音》"①。李轨字弘范，东晋祠部郎中，都亭侯。《释文》载其有《易》《书》《诗》《左氏》等音。陆氏标揭之"为《诗》音者九人"，很可能即《隋志》所载梁时《毛诗音》十六卷，系后人辑录众家音义，汇为一书者。崔灵恩集诸家之说为《毛诗集注》二十四卷，马国翰云："盖集合前儒之说《毛诗》者，甄核存之也。"徐爰本名瑗，字长玉，《宋书》有传，不言其有《诗音》之著。沈重书，《隋志》录其《毛诗义疏》二十八卷，《周书》《北史》本传揭载其有《毛诗音》二卷。崔、沈时代已与陆氏著述《释文》时相近，故其补述于后②。王谟因《隋志》不录沈重《诗音义》，遂谓《叙录》所云即《毛诗义疏》，刘毓庆以《周书》本传并录二书相驳，固是。然刘谓沈之《诗音》即《隋志》"梁有《毛诗音》十六卷"中一种③，亦非。盖沈于北周建德末南归，卒于至德元年（公元583年），时地所限，其著作不可能被阮孝绪著录于《七录》中。

就陆氏所参考之二十余种书而言，皆是《毛诗》类著作。再检视六朝史书、艺文志所录《诗经》著作，《隋志》录存书四十部，除《韩诗》三部，全为《毛诗》；录亡佚书三十一部，亦为《毛诗》④。综史书传记所录，得三国两晋南北朝之《诗经》著作一百十种⑤，兹凡史书传记及《艺文》《经籍志》明言其为《毛诗》者，不再赘言，其史志不载或无法质指为何家之诗及须略作分析者，引证如下：

---

① 出《河东志》，见刘毓庆：《历代诗经著述考》，中华书局，2002年，第88页。
② 崔天监十三年（514年）归梁，卒当在其后；沈卒于至德元年（583年），适陆氏撰著《释文》之初，故其云"近吴兴沈重"云云。
③ 刘毓庆：《历代诗经著述考》，第109页。
④ 《隋志》"诗类"后统计作"三十九部四百四十二卷通计亡书合七十六部六百八十三卷"之数有误，此据姚振宗《隋志经籍志考证》（《二十五史补编》，中华书局，1957年，第4册，第5092页上栏）所计。
⑤ 此数据刘毓庆《历代诗经著述考》所列，以下所考，亦参考刘书，亦有不取其说而时出己意者。

　　三国魏隗禧著有《诸经解》,因其能"说齐、韩、鲁、毛四家义"①,故其《诸经解》中《诗经》部分未能明其所属。

　　三国魏袁涣《诗传》,《魏志·袁涣传》谓其"为《易》《周官》《诗》传及论五经滞义"。魏时《鲁诗》未亡,《齐诗》或尚存,故不能确指为何家之《诗》。

　　晋袁乔《诗注》,《晋书·袁乔传》谓乔"博学有文才。注《论语》及《诗》"。乔生处两晋之间(公元312—347年),《鲁诗》不过江东,幼时未能注《诗》,长成而已少见《鲁诗》,故仍以《毛诗》可能性为大。

　　《初学记》卷二十六引蔡谟《毛诗疑字议》②,后之《诗》类著作及类书多引其文,补《晋书艺文志》者遂录之③。

　　刘昌宗《诗注》,《颜氏家训·书证》论"丛"字曰:"古丛字似冣字,近世儒生因改为冣,解云:木之冣高长者。案,众家《尔雅》及解诗无言此者,唯周续之《毛诗注》音为徂会反,刘昌宗《诗注》音为在公反,又祖会反,皆为穿凿,失《尔雅》训也。"是刘有《诗注》之作,其音当是注中所有。学者根据刘昌宗音有"范去急反",范即范宣,遂谓刘乃东晋人④,或谓其为晋宋之际人⑤,近是。

　　慧远《诗义》,《释文》在"郑氏笺"下云:"又案周续之与雷次宗同受慧远法师《诗义》,而续之释题已如此,又恐非雷之题也,疑未敢明之。"《隋志》有雷次宗《毛诗序义》二卷,《毛诗义》一卷,则其师慧远亦习《毛诗》可知。

①　见《三国志·魏志·王肃传》裴松之注引鱼豢《魏略》。(中华书局,1959年,第2册,第422页。)
②　徐坚等:《初学记》卷26,中华书局,1962年,第627页。
③　秦荣光《补晋书艺文志》据《初学记》引录之,《二十五史补编》,中华书局,1957年影印本,第3册,第3803页中栏。
④　范新干:《东晋刘昌宗音研究》,崇文书局,2002年,第2页。
⑤　刘毓庆:《历代诗经著述考》,第89页。

周续之《诗序义》,马国翰辑佚本作《毛诗周氏注》,并云:"其注《毛诗》,隋唐志皆不著录,陆德明《经典释文叙录》谓为《诗序义》。《颜氏家训》引其'丛木'音云周续之《毛诗注》,训及传笺之字,不止解说《诗序》也。《正义》于'郑氏笺'下云:'周续之与雷次宗同受慧远法师《诗义》,而续之题已如此',此又解全诗之证。故据《家训》题《毛诗注》。"①慧远和雷氏既是《毛诗》,则周亦习《毛诗》无疑。

徐爱《诗音》,《隋志》不载,《叙录》云:"俗间又有徐爱《诗音》。"未明标何家《诗》。《册府元龟》卷六百六:"徐爱字季玉,为大中大夫。注《周易系辞》二卷,为《易音》《毛诗音》《礼记音》二卷,《三国志评》三卷。"李昉等必有所据。

业遵《诗注》二十卷,《隋志》:"又有《业诗》,奉朝请业遵所注,立义多异,世所不行。"《释文叙录》"礼类"云其"字长儒,燕人。宋奉朝请"。宋时已行《毛诗》,似应是《毛诗》。

刘孝孙《毛诗正论》十卷,隋唐《志》皆不载。《通志·艺文略一》:"《毛诗正论》十卷,刘孝孙。"《宋史·艺文志一》承之,王应麟《困学纪闻》卷三云:"刘孝孙为《毛诗正论》,演毛之简,破郑之怪。"②

元延明《诗礼别义》,《魏书·文成五王传》:"延明既博极群书,兼有文藻,鸠集图籍万有余卷……又撰《五经宗略》《诗礼别义》,注《帝王世纪》及《列仙传》……皆行于世。"北朝时已行《毛诗》,故其虽未明著其家派,必《毛诗》无疑。

以上隗禧、袁涣二家因史阙有间,无法质指为何家,其他除三国蜀杜琼著《韩诗章句》十余万言,无名氏著《韩诗图》十四卷外,多为

---

① 马国翰:《玉函山房辑佚书·经部》"毛诗周氏注",见上海古籍出版社,1990年影印本,第1册,第629页上栏。按,马氏所引"正义"应是《释文》文字,作"正义"误。"题"前又脱"释"字。

② 王应麟:《困学纪闻》卷3,上海古籍出版社,2008年,第1册,第338页。

《毛诗》著作。此与《叙录》和《隋志》所说《齐诗》亡于魏,《鲁诗》不过江东,《韩诗》虽在人无传者之情形相吻。陆氏在《叙录》中如此描述《诗经》传授史,而在《释文》中则除引述《韩诗》外,不见《齐诗》与《鲁诗》,也充分说明其未见齐鲁两家《诗》之传写本。基于此一历史事实,可以推知《毛诗释文》中即使有与三家《诗》相同异文,也只能认为是《毛诗》流传中的写本异文而适与三家相同者,尽管流传中的《毛诗》写本可能会采纳、融入三家《诗》之异文。

　　陆氏在所著录之多部《毛诗》著作中,为何以郑笺本《毛诗》为底本? 按陆氏所见《毛诗》最早注本有马融《注》,融系郑玄之师,理可取之为底本。唯马注仅存上帙十卷,下帙十卷残,故只能作为参校本。今《释文》中有"马融本""马云"等,皆参校语之证。王肃、谢沈、江熙三种注本虽全,已非原始之《毛诗》,亦不宜为底本。崔灵恩本虽题《毛诗集注》,然或有三家《诗》说,非纯粹之《毛诗》。今《释文》中有"崔集注"字样十一次,亦是参校之语。且王本以下,时代皆在郑玄之后,故以《毛诗郑笺》为底本,遂将郑笺《毛诗故训传》列于马融《毛诗注》前。唯当时所见《毛诗郑笺》本绝不止一种,故其术语中除马、王、谢、崔、沈之外,又有本作、本亦作、本又作、本或作、本或有、字亦作、字又作、字或作、又作等等来记述别本异文,虽云用词不划一,亦别本众多所致。

二、《释文》所用异文术语探析

　　《叙录·条例》云:"余既撰音,须定纰谬,若两本俱用,二理兼通,今并出之,以明同异;其泾渭相乱,朱紫可分,亦悉书之,随加刊正。复有他经别本,词反义乖,而又存之者,示博异闻耳。"陆氏此文意分三层:所云"两本俱用,二理兼通,今并出之,以明同异"者,此各经别本异文于经义文意皆通者也;所云"泾渭相乱,朱紫可分,亦悉书之,随加刊正"者,是各经别本异文有讹误,于经义文意不可通而须揭橥提请注意者也;所云"他经别本,词反义乖,而又存之者,示博异闻"者,他经为本经之外其他经典,别本则或为本经之别本,或为他经之别本,此言各种虽词反义乖却非讹误之异文,于经义或可参证,聊存之以示多闻也。《释文》在罗列众本异文之后,往往有所判断,其例如下:

(1)异文之于经义在常态情况下多能解释,即陆氏所谓"两本俱用,二理兼通",故不必判断是非。此类自属常态,如《柏舟》"威仪棣棣"《释文》:"棣本或作逮。"盖两字同声通假。

(2)异文之于经义无涉,陆氏以为纯属误字者,所谓"泾渭相乱,朱紫可分,亦悉书之,随加刊正"者,故判为"非"或"误"。如《北门》郑笺"敦犹投掷也"《释文》:"掷,呈释反。本或作摘,非。"《击鼓》"于嗟洵兮"《释文》:"洵,呼县反,本或作询,误也。"其言"非"者三十二条,言"误"者十一条。

(3)异文之于经义两通,本为异体字者,陆氏判为"同",以示两字皆可。如《閟宫》"无灾无害"《释文》:"灾,字又作灾,本又作菑,同。"或云"音同",如《淇奥》"绿竹青青"《释文》:"青,子丁反,茂盛也。本或作菁,音同。"

(4)六朝众本《毛诗》非唯文字有异同,其文句亦有异同,《释文》亦时有反映,所谓"复有他经别本,词反义乖,而又存之者,示博异闻耳"。陆氏于此类文句或录以示异,间亦有所判别。如《定之方中序》"卫为狄所灭"《释文》:"'卫为狄所灭',一本作'狄人',本或作'卫懿公为狄所灭',非也。"

(5)六朝众本有衍字,《释文》亦引录而指出。如《采芑》郑笺"服朱衣裳也"《释文》:"朱衣裳,本或作朱衣缥裳,缥衍字。"

《毛诗释文》所用异文之术语,将"作"为中心动词,由"作"之前一字为界,可分为五类:其一,"本作"类,术语有"本作""一本作"。其二,"或作"类,术语有"或作""本或作""俗本或作""字或作",另有一例"本或有"。其三,"亦作"类,术语有"亦作""本亦作""字亦作"。另有一种"或亦作"术语,既可归入"或作"类,亦可归入"亦作"类。其四,"又作"类,术语有"又作""本又作""字又作"。其五,诗派、人物、书籍类,用语如"韩诗作""崔本作""尔雅作";又有人物连书籍者如"樊光《尔雅》本"。若转变视角,以"本"与"字"分类,则可区分为二类:其一,"本作"类,术语有"本作""本亦作""本又作""本或作""俗本或作""本或有"。其二,"字作"类,术语有"字亦作""字又作""字或作"。如此繁复之术语,其究竟有何区别,前人曾多所探索。汪远孙曾云:

> 《释文》"本亦作某""本又作某",皆陆氏所见别本也。①

此仅摘录数例,偶抒己见而已。之后谢章铤亦笼统作推测云:

> 大抵字义同而字画异,则曰"字或作某";字画异而字义又异,则曰"本或作某"。②

此已将"本作"和"字作"二分。近代对《释文》用工最多者当推黄焯,其在《汇校前言》中概括而言曰:"其云'本作某'、'本作'者,是陆氏亲见有此本;其云'字又作'、'或作'者,特陆氏以意所知说之。"③而在《汇校》卷二《周易释文》"所处一本作可处"下详细引述黄侃对《释文》异文条例之看法:

> 凡云一本作某、本作、本亦作、本又作、本或作、本或有、字亦作、字又作、字或作、又作者,皆陆氏之词。唯此中亦有区别。其云本作某、本作者,是陆氏亲见有此本,其云字又作、或作者,原无此本,特陆氏以意所知说之也。至所云本今作、今本作、今经无此字、注无此字、一作某某反者,皆宋人以其所见本校陆氏《释文》之词。此例卢氏、阮氏已略发其端,黄季刚侃先生则详

---

① 汪远孙:《经典释文补条例》,《丛书集成续编》,第 15 册,第 175 页上栏。
② 谢章铤:《毛诗注疏毛本阮本考异》卷 3,《敬跻堂丛书》,民国三十三年(1944 年)古学堂刊本,第 3 页。
③ 黄焯:《经典释文汇校》前言,中华书局,2006 年,第 2 页上栏。

言其义。①

黄氏将异文术语分为二类，以"本"与"字"为别，与谢氏相同，而着眼点和解释却各异。黄氏认为：凡带"本"字者多有写本依据，凡带"字"字者为无写本依据而系陆氏自下己意说之。黄侃所说"本今作"一百七十三例，仅出现于《论语》《孝经》和《尔雅》三书，与《毛诗》无关。"今本作"偶见于《左传》《孝经》，皆表述语句之异。"今经无此字"二例，一出于《尔雅音义》："痕，呼回反。《字林》云，病也。今经注无此字。"一即出于《毛诗音义》："股，音古。今经注作鼙，无股字。"确可指为宋人赘加，皆不在讨论范围之内。至张宝三撰《毛诗释文正义比较研究》，总结其条例云：

> 《释文》或云"本又作某""本亦作某""本或作某"，或云"字又作某""字亦作某""字或作某"或直云"又作某"（141）、"或作某"（102），不一而足，此盖《释文》用语不甚严密，未必有其例也。②

张氏则认为此乃用语不密，未必有其例。检寻《释文》为同一字所作用术语，如《大雅·緜》"相道前后"《释文》作"道音导，本亦作导"，《荡》郑笺"其教道之非"《释文》作"道音导，本亦作导"，又如《车攻》"有闻无声"《释文》作"闻音问，注同。本亦作问"，《文王有声》郑笺"文王有令闻之声"《释文》作"闻音问，注同。本亦作问"，《卷阿》"令闻令望"《释文》作"闻音问，本亦作问"，似乎其术语有一致性。然若《思文》郑笺"无此封竟于汝"《释文》作"竟音境，本或

---

① 黄焯：《经典释文汇校》卷2，第33页下栏。按，黄焯在《关于经典释文》一文中再次引述黄侃对《释文》条例之看法，文字与此稍异，录此，"凡云一本作、一作、本又作、本或作、本或有的都是陆德明亲眼看到了有这种本子，凡是说字亦作、字或作、又作的都是原无此本，只是陆氏根据自己的理解印象说的。"见《汇校》附录一，第968页上栏。又在《经典释文略例》卷上引述黄说，文同《周易释文》所引，见973页上栏。
② 张宝三：《毛诗释文正义比较研究》，台湾大学中国文学研究所硕士论文，1986年，第102页。

作境"，而《载驱》郑笺"以入鲁竟"《释文》作"竟音境，本亦作境"，
《江汉》郑笺"至其竟"《释文》作"竟音境，本亦作境，同"，《召旻》
郑笺"国中至边境"《释文》"竟音境，本亦作境"，《烈祖》郑笺"无
竟界之期"《释文》"竟音境，本又作境"，同一音注，而"本或作"、
"本亦作"、"本又作"同时并用，则又似无严格之规定。但以上所
列，其"本作"与"字作"似较划然，故黄侃之说仍是《释文》大体
之例。

三、《释文》所载《毛诗》异文之类型

《释文》所载《毛诗》异文近一千条，学界研究异文，传统方法是
以字形分类或声韵分类。以字形分类者，可分为字异形近、字异义
通、字异义同、字异音同等，字异又有偏旁不同、声符不同之异。以
声韵分类者，可分声同韵同、声同韵异、声异韵同、声近韵近；声符同
异从发声部位或字母清浊分，韵部同异可从旁转、对转分。此种传
统方法，以分类为手段，其所取得之类亦就成为其结果，如无其他佐
证，便不能给异文本身作出时空上之任何说明。因而大部分研究异
文的文章，多是类分而文尽，于语言文字或有可取之资，于研究之对
象则无深究之可能。

汉代经典之注标揭异文，往往示明经师或古今文之家派，如郑
玄《三礼注》即是。魏晋间音义书兴起后，迅速将汉魏经师音读"音
义"化，融入音义书。同时，承载经典之媒介由简牍转变成纸本，随
之传授经典之形式由以群从式为主渐渐转为以自习阅读式为主。
师法家法概念淡薄，自主性也就增强。反映在音义异文上，经师音
读之特性日渐泯灭。有鉴于此，笔者特别关注《释文》异文中因经
师音读而产生之异文和从陆氏表述中可供分析其历史层次之异文。
因为对此种异文进行分析疏证，可使异文产生时代逐渐呈现，产生
原因逐渐清晰。

（一）因毛传而产生之异文

（1）《大雅·緜》"其绳则直"《释文》："绳如字，本或作乘。案经作绳，传作乘。笺云传破之乘字，后人遂误改经文。"

《释文》云："本或作乘"，是乃另有作"其乘则直"之本。之所以会产生作"乘"之本，盖缘毛传用字。毛传："言不失绳直也，乘谓之缩。""乘谓之缩"出于《尔雅》，《释器》作"绳谓之缩"。郑笺云："绳者，营其广轮方制之正也。既正则以索缩其筑版，上下相承而起，庙成则严显翼翼然。乘，声之误，当为绳也。"无论《毛传》《尔雅》谁先谁后①，至迟在康成注《毛诗》时毛传已作"乘"。绳、乘义不相涉，而古音则皆船纽蒸部，故康成云"声之误"。因为毛传因同音字而误作"乘"，故产生"其乘则直"之本。陆氏云："案经作绳，传作乘，笺云传破之乘字，后人遂误改经文。"如欲推测作"乘"之本源流，马融本无下帙，郑笺本之后应知其声误，很可能是王肃申毛难郑一系之写本。

（2）《鲁颂·駉》"有骊有雒"《释文》："音洛，黑身白鬣曰雒。本或作骆，同。"

《鲁颂·駉》："有骓有骆，有骊有雒。"毛传："青骊驎曰骓，白马黑鬣曰骆，赤身黑鬣曰骊，黑身白鬣曰雒。"骆与雒之特征正相反。若依《释文》"雒音洛，本或作骆，同"，则两种相反特征之马合一，且经文所咏亦觉重复累赘。据《正义》所言，"检《定本》、《集注》及徐音皆作骆字，而俗本多作驳字"，是陆氏所云或本即《定本》和崔灵恩《集注》一系写本，上溯徐邈所见本亦已作"骆"，则"有骊有骆"异本在魏晋间已形成。按"雒"本义为鸟，与马无涉②。俗本作"驳"，

---

① 孔颖达《正义》谓"传言'绳谓之缩'出于《释器》"，盖唐人之看法。

② 陈乔枞以此诗前有"有骓有骆"，则不可能作"有骊有骆"；又以《尔雅·释畜》"骊白，驳"下舍人、樊光引《东山》"皇驳其马"而不引此诗，故以此必不作"驳"而"定当为雒"，恐亦牵强。参见《诗经四家异文考》卷5，《清经解续编》，第5册，第90页中栏。

驳,《说文》释为“马色不纯”。《尔雅·释畜》:“駵白,驳。”舍人云:“駵赤色名曰驳。”引而申之,如《汉书·梅福传》云“白黑杂合谓之驳”,是皆汉人之认识。《豳风·东山》“皇驳其马”毛传:“駵白曰驳。”毛既云然,“駵”与“驳”确有一定牵连,则《駉》之作“有駵有驳”很可能是其原句。无论《毛诗》原本作何字,其作“雒”或与毛传有关。

(3)《小雅·大东》“哀我惮人”《释文》:“惮,丁佐反,徐又音旦,劳也。下同。字亦作瘅。”

(4)《小雅·小明》“惮我不暇”《释文》:“惮,丁佐反,徐又音旦。亦作瘅,同。”

《大东》“哀我惮人”毛传:“惮,劳也。”《释文》云:“惮,丁佐反。徐又音旦,下同。字亦作瘅”,此徐邈所见本作“惮”。然其又有作“瘅”之本,征诸《尔雅·释诂》“瘅,劳也”郭璞注引作“瘅”。《释文》:“瘅,丁贺反。本或作惮,音同。”若“瘅”为郭注原文,则东晋以前即有作“瘅”之本;若其如《释文》所标,有可能郭注作“惮”而传抄本作“瘅”,则可推为南朝传抄之本:而皆与毛传训释有关。

(二)因郑笺而产生之异文

六朝时因郑笺产生之异文,有显著之一例。《民劳》“以谨惛怓”,毛传云:“惛怓,大乱也。”郑笺云:“惛怓,讙哗也,谓好争者也。”讙哗,《释文》作“譊”云:“女交反,本又作哗,音花。”时元朗所据本郑笺作“讙譊”。而《周礼·大司徒》郑笺“铙读如讙哓之哓”贾公彦疏云:“铙读如讙哓之哓者,从《毛诗》云‘以谨讙哓’。”《毛诗》固作“以谨惛怓”,其作“以谨讙哓”而云《毛诗》,必六朝有《毛诗》从郑笺改为“以谨讙哓”之本,陈乔枞云:“此疏所云《毛诗》,从笺所训改字也。”[①]此为显而易见之事实。兹再从《释文》中引证。

---

① 陈乔枞:《诗经四家异文考》卷4,《清经解续编》,第5册,第77页上栏。

（1）《陈风·衡门》"可以乐饥"《释文》："乐,本又作瘵。毛音洛,郑力召反。沈云旧皆作乐字,逸(引按,胡承珙谓《吕记》引《释文》作"晚",是)诗本有作广下乐。以形声言之,殊非其义。疗字当从广下寮。案《说文》云:'瘵,治也。疗,或瘵字也。'则毛本止作乐,郑本作瘵。注放此。"

《陈风·衡门》"可以乐饥"毛传:"乐饥,可以乐道忘饥。"郑笺:"饥者不足于食也,泌水之流洋洋然,饥者见之可饮以瘵饥。"毛郑异说。陆氏谓毛音洛,郑音力召反,皆从毛、郑传笺释义转成直音、反切而言。因《说文》将"疗"作为"瘵"之或体,故产生作"瘵"之本。沈重所谓"旧本",应指相承通行之本,其所谓"逸诗本"不知所指。陆氏云:"毛本止作乐,郑本作瘵。"似不尽然。盖郑康成作笺时所见作"乐",其用"瘵"字作解,经文仍当作"乐"。此亦沈重所谓旧本作"乐"也。别本作"瘵",当在郑笺之后,若其后学在与王肃弟子争郑王异同时,有可能直接将"瘵"替代经文"乐"而造成异文,亦有可能魏晋间自习者为传习方便而替换,传抄既久,成为异文。臧琳将此条列为"《毛诗》改从郑笺"类,以为此即后人"从笺以改经字"者,"盖一改乐为瘵,再改瘵为疗"①。胡承珙罗列、总结各家之说,亦以臧说为塙②。然其具体产生途径与年代难以推知。

（2）《商颂·玄鸟》"景员维河"《释文》："郑云:河之言何也。王以为河水。本或作何。"

毛传:"何,任也。"郑笺云:"河之言何也。天下既蒙王之政令皆得其所而来朝觐贡献……所云维言何乎,言殷王之受命皆其宜也。"毛、郑已违异。王肃解为"河水",又异于毛、郑。由此知作"景员维何"之本,必郑笺之后有人直接用其义而产生。

---

① 臧琳:《经义杂记》卷3,《清经解》,第1册,第800页中栏。
② 胡承珙:《毛诗后笺》卷12,《清经解续编》,第2册,第932页中栏。

《玄鸟》下文"百禄是何"《释文》:"何音河,河可反。本亦作苛,音同。"①经文"何"字,何以为出现"苛"之异文? 按,毛传:"何,任也。"郑笺:"谓当担负天之多福。"毛、郑所释皆与"担荷"之"荷"有关。而"荷"与"苛"经典中多互用。如《诗大序》"哀刑政之苛"《释文》:"苛,本亦作荷,音同。"《礼记·檀弓下》"无苛政"《释文》:"苛音何,本亦作荷。"《乐记》"庶民弛政"郑注:"去纣时苛政也。"《释文》:"苛音何,本又作荷。"《左传·昭公十三年》"苛慝不作"《释文》:"苛音何,本或作荷,音同。"则此所谓"本亦作苛"者,实"本亦作荷"也。所以会作"荷"作"苛",因上文之"河"从郑笺之义改为"何",则下文不可能仍作"何",于是亦依毛、郑之义改为"荷(苛)"。此亦与郑笺有关也。

(3)《大雅·桑柔》"反予来赫"《释文》:"赫,毛许白反,与'王赫斯怒'同义。本亦作吓,郑许嫁反。《庄子》云'以梁国吓我'是也。"

毛传:"赫,炙也。"《正义》云此乃俗本误从王肃本也,孔所据本作"赫,吓也。"郑笺:"口距人谓之赫。我恐女见弋获,既往覆阴女,谓启告之以患难也。女反赫我,出言悖怒,不受忠告。"此威吓、恐吓之意。《一切经音义》卷五六"恐吓"条:"呼嫁反。相恐也。《诗》云:及矛(引按,"反予"字之误)来吓。笺云:距也(引按,"人"字之误)谓之吓。"②又"吓呼"条:"呼驾反。《诗》云:'反予来吓。'吓,笺云:距人谓之吓。吓亦大怒也。"③玄应所引,殆陆氏所见郑笺别本,故同作"吓"。马瑞辰云:"古训怒者止作赫,后乃增口作吓。"确是的论。又云:"笺曰'口距人曰吓'。盖笺原作吓,后人

---

① 《景印宋本纂图互注毛诗》卷20,第3册,第10页b。

② 徐时仪等校注:《一切经音义三种校本合刊》卷56,第2册,第1484页下栏。按,《正法念经》七十卷亦玄应所作音义。

③ 徐时仪等校注:《一切经音义三种校本合刊》卷56,第2册,第1499页上栏。按,《佛本行集经》六十卷为慧琳引录玄应音义。

因据笺以改经,今《正义》本笺作赫,又后人据经以改笺,二者皆失其旧矣。"①似与前说矛盾而可商榷。"吓"字形最早见于《唐王公素墓志》,然陆氏著《释文》时已见其形,则六朝时已产生。更可讨论者,天理本《庄子音义》卷中"吓"条下云:"本亦作呼,同。许嫁反,又许伯反。司马云:吓,怒其声,恐其夺己也。《诗笺》云:以口拒人曰吓。"②如元朗所见司马本确作"吓",似晋时已有此字,然已可能为南朝宋齐梁时抄者所改。汉末康成笺《诗》所用,必与《毛诗》用字一致。或后人见郑笺之释义,改经文用增口之"吓",并郑笺用字亦改之,此元朗、玄应所见别本是也。然陆氏所据本固作"赫"也。

(4)《大雅·韩奕》"淑旂绥章"《释文》:"绥,本亦作綏。毛如谁反,郑音虽。"

《毛传》:"淑,善也。交龙为旂。绥,大绥也。"毛公解"绥"为下垂之旗旒,故陆氏谓毛音如谁反,即綏字之音。郑笺:"善旂,旂之善色者也。绥,所引以登车,有采章也。"康成解为引以登车之绳索,故陆氏谓郑音虽,即绥字之音。陆氏所据本作"绥",似是郑笺本字形,其云有别本"亦作綏",则另有依毛公之解作"淑旂綏章"之本。《小雅·车攻》毛传"天子发抗大绥"《释文》:"绥,本亦作綏。而佳反,下同。"亦用郑义字形。唯《毛诗》多假借,其秦汉间流传本作何字形,今已莫可推知矣。

(5)《周颂·载见》"鞗革有鹡"《释文》:"鹡,七羊反。本亦作鎗,同。"

《毛传》:"和在轼前,铃在旂上,'鞗革有鹡',言有法度也。"此紬绎其抽象意义。郑笺:"鞗革,辔首也。鹡,金饰貌。"此解其本义。鹡即鹡鸹,青苍色似鹤之鸟。鎗则髹漆工艺之一种,此指鎗金。

---

①   马瑞辰:《毛诗传笺通释》卷26,下册,第975页。

②   陆德明:《日藏宋本庄子音义》卷中,上海古籍出版社,1996年,第148页。

陆氏言别本作"鎗",当亦是因郑笺而生之异文写本①。

亦有陆氏言辞模糊,一时难定其有无写本者,如:

(6)《大雅·桑柔》"好是稼穑"《释文》:"稼,王申毛音驾,谓耕稼也。郑作家,谓居家也。下句'稼穑惟宝'同。穑,本亦作啬,音色。王申毛,谓收穑也。郑云吝啬也。寻郑家啬二字,本皆无禾者,下'稼穑卒痒'始从禾。"

本句毛公以为字面义而无解,故陆氏云王肃申毛谓耕稼。郑笺:"王为政,民有进于善道之心当任用之,反却退之,使不及门,但好任用是居家吝鄙于聚敛作力之人,令代贤者处位食禄。"是陆氏所谓"郑作家,谓居家也"。穑,郑解为"吝鄙",亦与"稼穑"异义。陆氏云"郑作'家'",又云"郑'家啬'二字,本皆无禾者",必所见《毛诗郑笺》本作"稼",而据郑笺推测原本作"家啬"。孔疏云:"笺不言稼当为家,则所授之本先作'家'字也。"是所见郑笺本作"稼",或"稼""家"两本并见,遂推测康成所见原本而言。由此可见陆、孔所见《毛诗郑笺》本已有作"稼穑"者。推原《毛诗》原本若作"家",毛传或当解释。而康成所见《毛诗》或已有"家""稼"两本,郑从"家"本解释,遂有居家吝啬之说。作"家"本来源固可多端,甚或来自三家《诗》,然《毛诗郑笺》作"家"之本,当是从郑笺而流传。

(三) 因王肃注而产生之异文

(1)《郑风·山有扶苏》"山有桥松"《释文》:"本亦作乔。毛作桥,其骄反。王云高也。郑作槁,苦老反,枯槁也。"

毛传:"松,木也。"郑笺:"桥松在山上,喻忽无恩泽于大臣也。"经文"桥",宋本《纂图互注毛诗》作"桥",阮刻本作"乔"。阮氏校勘记云:"唐石经、小字本、相台本'乔'作'桥',闽本、明监本、毛本亦同。按'桥'字是也。""考《正义》本是'桥'字。此经毛作'桥'以为'乔'之假借,郑亦作'桥',与毛字同,但以为'槁'之假借,是其异耳。"①因为《正义》本作"桥",故宋以下诸本多作"桥",然山井鼎云有古本作"乔"者,校勘记谓是采《释文》亦作本,其实未必然。《释文》云作"乔"之本,盖六朝旧本也。其所以作"乔",校勘记谓"乃依毛义改为正字耳,非毛郑诗旧文",实则毛传无解,默认为乔松义。《释文》引"王云高也",是指王肃《毛诗》之注,故王肃或王肃之后即可能因"高也"而出现"山有乔松"之本。陆氏见之,故揭之于《释文》。

(2)《邶风·静女》"说怿女美"《释文》:"说,本又作悦,毛王音悦。怿音亦。郑说音始悦反,怿作释,始亦反。"

说、悦二字古多通用。《毛传》无释,毛亦不作音。郑笺云:"说怿当作说释,赤管炜炜然,女史以之说释妃姜之德美之。"陆氏云"毛王音悦",必是所见王肃之注有此音。王申毛,故云"毛王音悦"。因王肃或曾在此句"说"字后作音"悦",故产生异文"悦"。

(3)《陈风·东门之枌》"穀旦于差"《释文》:"郑音旦,明也。本亦作且,王七也反,苟且也。徐子余反。"

毛传:"穀,善也。"郑笺:"旦,明。于,曰。差,择也。朝日善明,曰相择矣。"毛、郑义同。七也反切"且"字,是"本亦作且"者乃王肃之本。王释为"苟且",与毛、郑异。徐邈所得为王肃本,其音子余反,则义又不同。

(四)因方言而产生之异文

(1)《召南·野有死麕序》"野有死麕"《释文》:"麕,本又作麏,又作麇。俱伦反。《尔雅》云:'郊外曰野。'麏,兽名也。《草木疏》云:'麕,麇也。青州人谓之麏。'"

(2)《小雅·吉日》"麀鹿麌麌"郑笺"麕牡曰麌"《释文》:"麕,

---

① 阮元校刻:《十三经注疏》,中华书局,1981年影印本,上册,第343页下栏。

本又作麔,俱伦反。"

麔与麠为异体。传、笺皆不解"麠",然郑玄在《周礼·考工记·画缋》下注云:"章读为獐。獐,山物也,在衣。齐人谓麇为獐。"郑注与陆玑《草木疏》相反而实相成,皆青州齐人之方言也。齐人谓獐为麠,则麠与麔、麠互为异体,皆俱伦反。今简帛字形中有"麔"字而不见"麠"字,实物字形仅见于《唐王君妻薛墓志》,故《释文》所见作"麠"之本,很可能产生于陆玑之后。

(3)《陈风·月出》"佼人僚兮"《释文》:"字又作姣,古卯反。好也。《方言》云:'自关而东河济之间凡好谓之姣。'"

(4)《月出》"佼人僚兮"《释文》:"僚,本亦作嫽,同。音了,好兒。"

陆氏云"字又作姣",若依黄侃说,非陆氏所见之本有作"姣"者,乃其"以意所知说之"之字。《史记·司马相如列传》"姣冶娴都"索隐:"郭璞云:姣,好也。都,雅也。《诗》云:'姣人嫽兮。'《方言》云:'自关而东河济之间凡好或谓之姣。'音绞。"今本《方言》第一下郭璞注无引《诗》,《索隐》在"都,雅也"之后引,或系司马贞所引。今敦煌卷子虽未见作"姣"者,然慧琳《一切经音义》卷四十六"姣输"条引《诗》云"姣人嫽兮"[1],可与司马贞年代相参。因"佼"字作"姣",故"僚"字亦作"嫽",《释文》所见,正司马贞、玄应所引之写本。前者作"字又作",后者作"本亦作",显非黄侃《释文》条例所能范围。

(五)标音与异文同字之异文

《释文》有一类训释,其标音与异文系同一字。即:甲,音乙,本亦(或、又)作乙。有此异文组之写本,可推知作"乙"之本不可能有乙音,否则即成同字相注,即:乙,音乙。如此则注音成为无用之赘

---

① 徐时仪等整理《一切经音义》卷46,第2册,第1314页上栏。此《大智度论音义》亦玄应所作。

语。从《释文》中去探寻陆氏本意,《序录条例》云:"经藉文字,相承已久,至如'悦'字作'说','闲'字为'闲','智'但作'知','汝'止为'女',若此之类,今并依旧音之。然音书之体,本在假借,或经中过多,或寻文易了,则翻音正字以辩借音,各于经内求之,自然可见。其两音之者,恐人惑故也。"①此谓经典文字相承既久之后,往往但写借字,不写正字。作为音书之体,在于"翻音正字以辩借音"。据此似其音为陆氏所作,而实又不然。《序录条例》又云:"前儒作音,多不依注,注者自读,亦未兼通。今之所撰,微加斟酌,若典籍常用,会理合时,便即遵承,标之于首。"此谓标之于首之音,系陆氏在前儒集解、注疏和众家音义中经过斟酌,认为既是"典籍常用",复又"会理合时"者,乃遵用之,非其所自造。而此种方法亦前有所承。章太炎曾举三体石经文字而云:"今观三体石经残石,上一字为古文,中一字为篆文,下一字为隶书。篆书往往与上一字古文不同。盖篆书即古文家所读之字矣。例始三体石经《无逸篇》'中宗之中',上一字为中,下一字为仲,此即古文家读'中,仲也'。考《华山碑》亦称宣帝为中宗。欧阳修疑为好奇,实则汉人本读中为仲也。"②如章说,东汉古文家已用此式解读经典。分析、辨别《释文》甲、乙两字,又可分为借字与本字,后起字与本字,本字与后起字等各种类别。

1. 借字与本字

此又可分为三种:

(1)《释文》所据本为借字,别本异文用正字。

①《凯风》郑笺"母乃有叡知之善德"《释文》:"知音智,本亦作智。"③

---

① 吴承仕:《经典释文序录疏证》,第 8 页。

② 章太炎:《国学讲演录》,华东师范大学出版社,1995 年,第 81 页。

③ 按,以"智"音"知"并作为"知"的异文,共两见。

②《载驱》郑笺"以入鲁境"《释文》:"竟音境,本亦作境。"①

③《大雅·緜》"相道前后"《释文》:"道音导,本亦作导。"②

"智"字见金文,"境""导"见《说文》。陆氏所据本经文作"知""竟""道",从本经经义而言,此三句应是"叡智""鲁境""相导"。自魏董遇发明朱墨别异,经文与注文有合一之本,当然仍会有注文或音义单独另行之本。如若为经注合一之本,经师有可能在其旁或下间注"智""境""导"或"音智""音境""音导";若是音义单行之本,亦会摘字加音注义。如《雨无正》"戎成不逞"《释文》:"逞,徐音退。本又作退。"徐邈作诗音为单行本,必摘字注音者。后之抄写或传授者,或据旁注之音,直接替代正文;或据音义之书,间接转换经典正文,其目的就是便于经文之理解与阅读,从而形成乙本,甚至丙本、丁本。陆氏在斟酌前儒音义后,觉得"智""境""导"正是"翻音正字以辩借音","会理合时",于是遵用,揭之于首。

④《周颂·清庙序》"周公既成洛邑"《释文》出"雒邑"云:"音洛,本亦作洛。水名,字从水。后汉都洛阳,以火德,为水克火,故改为各傍隹。"

陆氏所云汉光武改"洛"为"雒"和魏文帝复改"雒"为"洛"之事,出于《三国志·魏书·文帝纪》裴注所引鱼豢《魏略》,历代学者是非各异,经笔者考证,应为一桩历史事实③。因此之故,陆氏所据本作"雒",为借字,亦即汉光武避改之字;参校本作"洛"者为正字,亦即曹魏回改之字,分别系汉魏二朝忌避改字所留下之痕迹。

(2)《释文》所据本为本字,别本异文为借字。

①《大雅·旱麓序》"旱麓"《释文》:"麓音鹿,本亦作鹿。旱,

---

① 按,以"境"音"竟"并作为"竟"的异文,共五见。

② 按,以"导"音"道"并作为"道"的异文,共两见。

③ 参见拙文《"洛"、"雒"异文与汉魏二朝之五行忌避》,载《社会科学》2014 年第 6 期。

山名。麓,山足。"

②《小雅·车攻》"有闻无声"《释文》:"闻音问,注同。本亦作问。"①

《说文》:"麓,守山林吏也。"段玉裁注:"《左传》:'山林之木,衡鹿守之。'杜曰:'衡鹿,官名也。'按鹿者,麓之假借字。天子曰林衡,诸侯曰衡鹿,皆守山林吏也。"《说文》又云"一曰林属于山为麓",段注云:"《穀梁传》曰:'林属于山为麓。'《周礼》《王制》皆云林麓。郑云:'山木生平地曰林,生山足曰麓。'《诗·大雅·旱麓》毛曰:'麓,山足也。'盖凡山足皆得称麓也。亦假借作鹿。《易》:'即鹿无虞。'虞翻曰:'山足称鹿。鹿,林也。'"按,段注所引,《穀梁传》今作"鹿",山井鼎《考文》亦说宋本作"鹿"。《周礼》《王制》"林麓",《释文》亦皆音"鹿"。今传之《易》为费直古文,字作"鹿",《释文》:"鹿,王肃作麓,云山足。"若古文确用假借字"鹿",则《毛诗》古本或亦作"鹿"。今陆氏所据本作"麓",乃六朝之《毛诗》,已非古本原貌。《释文》"本亦作鹿"一语,无疑透露出《毛诗》确有同《左传》《古易》等作"鹿"之本。"闻"字较为特别、复杂。先秦楚简"闻"与"问"二字均作"睧",声韵亦同,其读以具体文意而定。逮及汉代,二字分化,如银雀山竹简"闻"字之"耳"线条简化后,字形成 简640、 简912,其"问"字作 简750、 简751,若"闻"字有残泐磨灭,极有可能错讹或误认误抄成从"口"之"问",故汉晋间文献中二字相混,除音同通假、因袭成例外,又多一重讹字因素。《毛诗》显于西汉中后期,以其多用古字借字而言,假设其在先秦时用"睧",流传到汉代写作"闻",因闻、问音同,且先秦同形混用不别,经师传授,即可能用"问"注"闻"音读而产生异文。即使汉时尚无异文,魏晋音义家亦会以先秦同形、当时二字互用而为之互注。由于两字音同义复易混,传抄者率尔抄其音义字,遂产生

---

① 按,以"问"音"闻"并作为"闻"的异文共三例。

别本。

（3）《释文》同一组正假字而所据本与别本用字相反。

①《小雅·巧言》"匪其止共"《释文》："共音恭，本又作恭，音恭。"

②《大雅·抑》"温温恭人"《释文》："恭音共，本亦作共。"

共，《毛诗》出现十三次；恭，出现七次。上列二次及三次郑笺与本例有关。共，《说文》："同也。从廿廾。"恭，《说文》："肃也。"义本不同。段玉裁"共"下注云："《周礼》《尚书》供给、供奉字皆借共字为之，卫包尽改《尚书》之共为恭，非也。《释诂》：'供、峙、共，具也。'郭云：'皆谓备具。'此古以共为供之理也。《尚书》《毛诗》《史记》恭敬字皆作'恭'，不作'共'。汉石经之存者《无逸》一篇中'徽柔懿共'、'惟正之共'皆作'共'，'严恭寅畏'作'恭'。此可以知古之字例矣。《毛诗》'温温恭人'、'敬恭明祀'、'温恭朝夕'皆不作'共'。'靖共尔位'笺云：'共，具也。'则非恭字也。'虔共尔位'笺云：'古之恭字或作共。'云'或'，则仅见之事也。《史记》恭敬字亦无作'共'者。"段氏据传本及石经区判其用字，亦仅得其大概。段云"温温恭人"不作"共"，今据《释文》确有作"温温共人"之本。作"共"之本起于何时，固不敢明指。然郑笺云："古之恭字或作共。"盖指汉或汉以前也。《毛诗》为古文，多假借，作"共"固有可能，且段注在"供"下注云："《左传》'三命兹益共'，'其共也如是'，'君命以共'，则借共为恭。"《左传》借共为恭固不止此，唯其与《毛诗》同为先秦古文，其字宜多假借。征诸鼎铭简牍，伯钛簋"秉德共屯"、蔡侯申盘"虔共大命"，后者之"虔共"即《诗》之"虔共"。郭店简《五行》简二二："不尊不共，不共亡豊。"上博简《从政》："五德……二曰共……不共则亡以叙辱。"此"不共"皆"不恭"之意。是先秦之"恭"以作"共"为常，其作"恭"者多见于古陶、刀布文字。今见《尚书》之"恭"，在《左传》《墨子》和《史记》、石经等文学中所转引之文多有作"共"者①。结合郑玄"古之恭字或作共"之言,可推知《毛诗》作"温温共人"之别本秦汉时即有可能产生,很可能是最古之本。今之作"温温恭人"者,殆为后人旁注"音恭"以至替换本文或直接用后起本字而成,或为三家《诗》用今字、本字而为后人袭用者。陆氏所见《小雅·巧言》"非其止恭"之别本,亦当作如是观。与"共"字相关者尚有郑笺三例:

①《大雅·大东》郑笺"小人又皆视之共之无怨"《释文》:"共音恭,本又作恭。"

②《大雅·卷阿》郑笺"恭己正南面"《释文》:"共音恭,本亦作恭。"

③《大雅·板》郑笺"以共其事"《释文》:"共音恭,本亦作恭。"②

《大东》郑笺,孔疏释为"小人皆共承奉",供有"承奉"之义,似借为"供"。《卷阿》郑笺,陆氏所据本似是"共己正南面"③,而所参校别本有作"恭"者。《板》郑笺,孔疏释为"又无资财以供其事用也",显然认为"供"之借字。故《大东》郑笺"小人又皆视之恭之无怨"和《板》郑笺"以恭其事"两种别本,如记以本字,则当作"供之无怨"和"以供其事",今皆作"恭",多半由不明其训,依"音"替代经文之故。

2. 后起字与本字

亦可分为两种:

(1)《释文》所据本用后起字,别本异文用本字。

①《曹风·鸤鸠序》"鸤鸠"《释文》:"鸤鸠,音尸,本亦作尸。鸤鸠,秸鞠也。"

---

① 具体实例参见高亨、董治安:《古字通假会典》,齐鲁书社,1989 年,第 3—4 页。
② 此条宋本《经典释文》作"共音恭本亦作供",《景印宋本纂图互注毛诗》作"共音恭本亦作恭"。《毛诗释文》亦有作"亦作供"之例,今仍引录分析。
③ 《景印宋本纂图互注毛诗》同《宋本释文》,亦作"共音恭,本亦作恭"。《景印宋本纂图互注毛诗》卷 17,第 3 册,第 11 页 a。

②《小雅·采薇序》"北有玁狁之难"《释文》："狁音允，本亦作允。玁狁，北狄也。"

"鸤"字《说文》不收，简帛作"尸"，马王堆《五行》作"尸𠯑"，虽今本《尔雅·释鸟》有"鸤鸠"，恐亦后起。狁，《说文》所无，盖后起字，敦煌斯二〇四九"狁""允"混用，伯二五一四作"狁"。以上二例可从两方面思考，立足于陆氏所据本，是经师先以"尸""允"音"鸤""狁"，而后产生作"尸"作"允"之本。若从《毛诗》多古文角度视之，则似先有古字"尸鸠""玁允"之本，两汉或魏晋经师传授时诠解或用当时同行字"鸤鸠""玁狁"，为弟子、传抄者改易正文，成为流传本之一种。魏晋以还注家或作音义者得"鸤鸠""玁狁"之本为之作注加音，标注"尸""允"，再为弟子或传抄者替换正文，形成异本。陆氏所据为"鸤鸠""玁狁"之本，故云"音尸，本亦作尸""音允，本亦作允"。

③《大雅·民劳》"柔远能迩"《释文》："揉远，音柔，本亦作柔。"

传本《毛诗》经文作"柔远"，毛传："柔，安。"是孔氏《正义》定作"柔"①，与传文合。《释文》出"揉远"，是陆氏所据本作"揉"。影印宋本《纂图互注毛诗》经与《释文》同此②，可见孔、陆各据一种写本。《大雅·崧高》"揉此万邦"，《释文》："揉，本亦作柔，汝又反。又如字，一音柔，注同。"《纂图互注毛诗》亦同。"揉"不见于《说文》及出土简帛，盖或后起字，今所见唯《唐韦敏妻墓志》，故《唐韵》已收录之。推之或亦起于两晋南北朝之际，是陆氏所据本很可能是一较为完善但非最古之本。

① 敦煌斯四九八《毛诗正义·大雅·民劳》残卷存"传，柔，安。"可见其经文亦作"柔"，与宋本同。
② 《景印宋本纂图互注毛诗》卷18，第3册，第21页a。

（2）《释文》所据本为本字，别本异文用后起字。

①《小雅·杕杜序》郑笺"岁亦莫止"《释文》"莫音暮，本亦作暮。"①

②《小雅·雨无正》"戎成不退"《释文》："退，徐音退。本又作退。"

暮，《说文》无此字，而有从"夕"之字，用例见《包山》简牍文书，字形作🔲简五十八、🔲简六十三。汉魏间经典多用"莫"而少用"暮"。"暮"字体至北魏、北齐时碑刻中极多，推知两晋宋齐间或已有之。从经义论，应是"岁暮"之义，魏晋间注家或作音义者标注"暮"于"莫"旁，弟子或抄者替换正文，形成异本。退，《说文》在"彳部"，《方言》第十二："退，缓也。"戴震疏证："退，古退字。"《仪礼·士昏礼》"匕者逆退"即作"退"。今郭店简《老子》甲作"🔲"，《鲁穆公问子思》作"🔲"，上博简《孔子诗论》作"🔲"，皆可证确系先秦古字。《毛诗》原文必作"🔲""🔲"，隶定作"退"。徐邈《毛诗音义》标音为"退"，后人遂直接写"退"而产生别本异文。

3. 古文与今文

即《释文》所据为古文，别本异文用今文。

（1）《出其东门》"聊乐我员"《释文》："员音云，本亦作云。《韩诗》作魂，魂，神也。"

（2）《小雅·何人斯》"昌极反侧"《释文》："昌，音以，古以字，本作以。"

员，孔疏"聊乐我员"云："员、云古今字，助句辞。"员，古文；云，今文。员、云关系古来论者极多，笔者有详论②，此不赘。昌，陆氏认为"古以字"，"以"为隶定隶变之体。以经义论，两者皆可。唯《毛诗》多古文，原或作"员"作"昌"，经注家或作音义者标注"云"

---

①　按，以"暮"音"莫"并作为"莫"之异文者两见。

②　参见拙著《上博馆馆藏楚竹书〈缁衣〉综合研究》第二章，第30—31页。

"以"字,而后产生作"云"作"以"之本。

4. 正字与或体(古文)

即《释文》所据本为正字,别本异文为或体(古文)字。

(1)《大雅·生民》"或簸或蹂"毛传"或簸穅者"《释文》:"穅音康,字亦作康。俗米旁作穅,非。"

(2)《大雅·四牡》"翩翩者雉"《释文》:"雉音隹,本又作隹。"

穅,《说文》:"谷皮也。从禾从米,庚声。康,穅或省。"穅为正字,隶省亦作康,经典用"康"例极多,陆氏亦屡屡指出,如《庄子·天运释文》:"穅音康,字亦作康。"《急就篇》卷四"糟穅汁滓桑蕪荶"颜师古注:"糠本作穅。俗从米。"陆、颜皆以"糠"为俗字,盖隋唐人之认识如此。《景印宋本纂图互注毛诗》此传文正作"或簸糠者"[1],或即陆氏所见之俗作本[2],雉,《说文》:"祝鸠也。从鸟隹声。隼,雉,或从隹一。一曰鹑字。"段玉裁注:"《毛诗》《尔雅音义》云:'雉本作隹。'盖是本作'隼',转写讹之耳。《广韵》及大徐'雉'思允切,未为非也。"康与隼《说文》皆谓或体,《说文》或体中有古文,王筠谓此二字皆古文[3]。据此知穅、康与雉、隹皆在东汉以前,其两两作为《毛诗》异文可上溯至汉代。汉代经师在师读传授之际,弟子旁注或记以异体,或后之作音者音以古文或体,传抄者以为异体无关经义,遂成异本。

(3)《大雅·瞻卬》"哲夫成城"《释文》:"嚞音哲,本亦作哲。"

(4)《周颂·雝》"宣哲维人"《释文》:"悊音哲,本亦作哲,同。"

(5)《商颂·长发》"濬哲维商"《释文》:"悊音哲,字或作哲。"[4]

哲,嚞、悊诸字,《说文·口部》解释如下:"哲,知也。从口、折

---

① 《景印宋本纂图互注毛诗》卷17,第3册,第2页b。

② 亦有可能为唐宋俗体"糠"字泛滥流行之后所作。

③ 王筠:《说文释例·或体》,世界书局,1936年石印本,第224页。

④ 《景印宋本纂图互注毛诗》卷19作"悊音哲,本亦作哲,同"(第3册,第8页b),术语不同。

声。悊,哲或从心。嚞,古文哲从三吉。"喆字不见《说文》,然《池阳令残碑》《张迁碑》有此形。如许说"嚞"为古文,"喆"当是隶省也。"喆"见于汉碑,魏晋宋齐梁碑刻中少见,至北齐、隋之际复又见之。《毛诗·瞻卬》作"哲夫成城"[①],陆氏《释文》"喆音哲,本亦作哲",则知其所据本为"喆夫成城",与正义本《毛诗》系统适相反。推知"喆夫"别本若非东汉时已有,则可能在六朝晚期因音义书注"喆"而形成。从心之悊,多见于青铜器,如克鼎、师望鼎等,楚简承之,是秦汉间两形一字,故《说文》云"或从心"。南朝陈《刘猛进碑》、隋《卜鉴墓志》亦作为"哲"之异体。《干禄字书》将两形皆作为正体,故大徐本作或体。段玉裁据《心部》"悊,敬也。从心折声",遂谓口部"哲或从心"之文"盖浅人妄增之,因古书圣哲字或从心而合之也"。段氏未见钟鼎、竹简文字,故谓浅人妄增。哲、悊从先秦到隋唐均为一组同义字。《毛诗·周颂·雝》"宣哲维人"和《鲁颂·长发》"濬哲维商",陆氏《释文》所据本却作"宣悊维人"和"濬悊维商",推其在数百年流传中一直两形并存。陆所谓"字或作悊",透露此信息;而"悊音哲,本亦作哲",则显示出曾有以"哲"音"悊"之本,复有生成作"哲"之本。

(6)《周颂·执竞》"磬筦将将"《释文》:"筦音管,本亦作管,同。"

筦,《说文》谓"筟也"。居延新简2137有此形。班固《汉书》好用古字,其"管"多作"筦",师古注谓即"管"字。若此确系古字,则《毛诗》正用古字。陆氏所见作"管"别本,殆亦音义家"音管"之后始产生,时代难以确指。

(六)古、籀、隶省变造成之异文

(1)《王风·中谷有蓷》"条其歗矣"《释文》:"籀文啸字,本又作啸。"

---

① 《景印宋本纂图互注毛诗》卷17,第3册,第12页b。

《说文·口部》："吹声也。从口，肃声。歗，籀文啸从欠。"又
《欠部》："吟也。从欠，肃声。《诗》曰：'其歗也謌。'"大徐及段氏
皆云口部歗之籀文，此重出。马宗霍谓《说文》所引为三家《诗》，恐
非。盖"歗"既为籀文，其流行当在秦汉间。三家《诗》以隶书，必用
汉代已流行之"啸"。设若《毛诗》在秦汉间作古籀文"歗"，其字经
隶楷传写，简省成"啸"，遂有作"啸"之本。而《说文》所引《江有
汜》句，殆为古文原貌也。今《江有汜》作"其啸也歌"，已为隶省之
本。相反，《中谷有蓷》之句，《艺文类聚》卷十九引《毛诗》作"条其
啸矣"，盖即陆氏"本又作啸"之本。张参《五经文字》云："啸，《诗》
亦作歗。"山井鼎《考文》云"古本作啸"，究竟先有"歗"本还是先有
"啸"本，当从字形发展上去梳理。唐宋以后之所谓"古本"，多仅从
写本年代之久远而定，非着意辨别字体之古今矣。

（2）《豳风·鸱鸮》郑笺"公将不利于孺子"《释文》："孺，本又
作孺，如住反。"

（3）《小雅·常棣》"和乐且孺"《释文》："孺，本亦作孺，如具
反。属也。"
阮刻本两字皆作"孺"，《释文》所据本则《鸱鸮》作"孺"，《常棣》作
"孺"，可见陆氏著《释文》定于一本，而当时各本文字已舛错不一矣。
孺字汉印文字多作"孺"，而逐渐变形作"孺"。如：张弟孺作"𩣭"，
左次孺作"𩢲"，申免孺作"𩣳"，接孺作"𩢿"，闵子孺作"𩣭"[①]，字
形已与"孺"接近。东汉以下碑刻中篆书、隶书皆作"孺"[②]，唯唐石
经作"孺"。缘此推知六朝时"孺"形颇为盛行，宜陆氏所据本"孺"
"孺"并出。

（4）《豳风·七月》"称彼兕觥"《释文》："兕，徐履反，本或
作兕。"

---

①　罗福颐：《汉印文字征》第14，文物出版社，1978年，第16页a。

②　臧克和主编：《汉魏六朝唐五代字形表》，南方日报出版社，2011年，第467页。

（5）《小雅·吉日》"殪此大兕"《释文》："兕，徐履反。本又作㒇。"

（6）《周颂·丝衣》"兕觥其觩"《释文》："㒇，字又作兕。徐履反。"

今本皆作"兕"，而陆氏所见本《丝衣》作"㒇"，与《七月》《吉日》相反。"兕"字传、笺无释。《说文·舄部》云"舄"古文从"儿"作"兕"。此古文"兕"，今虽作"兕"。然由古文"兕"到楷书正字"兕"，中间尚有变化。段玉裁云："虎足亦与人足同，今字兕行而𧳲不行。汉隶作㒇。《经典释文》云：本又作㒇。"段引字形"㒇"见《汉孔宙碑》，今宋本《释文》作㒇，左上从"口"；作㒇，从二人。因从"口"从"厶"从"人"碑刻中通用，故字又作㒇、兜《魏刘懿墓志》、㒇《广韵》亦作此形。陆氏所处时代，正是六朝由古文"兕"循汉隶"㒇""兜"到楷书"兕"演化与共存之历史阶段，故有或本㒇、㒇之异文。

（7）《周颂·良耜》"杀时犉牡"《释文》："犉，如纯反，本亦作𤙛。黄牛黑唇曰。"

（8）《小雅·无羊》"九十其犉"《释文》："犉，本又作𤙛，而纯反。"

唐石经、《纂图互注毛诗》及阮刻本《良耜》经文皆作"犉"，与陆氏所据本异。《无羊》则经文皆作"犉"。是陆氏所据本亦互异。《说文·牛部》："犉，黄牛黑唇也。"引《无羊》"九十其犉"文。篆文作"犉"，隶定后作"𤙛"，此形汉印中作"犉"犉臣[1]，唐代碑刻亦作"犉"。"犉"盖"𤙛"之隶省。六朝时两形并存，故同时出现于陆氏所据本中。至于宋本《释文》中《无羊》之"𤙛"，右边作"𦎍"字，不见于六朝碑刻，亦可能为宋代版刻中形讹之字。

（9）《大雅·灵台》"蒙瞍奏公"《释文》："依字作叟。蘇口反。无眸子也。亦作瞍。《说文》云：无目也。《字林》先幺（原作"公"，

---

[1]　罗福颐：《汉印文字征》第2，第3页a。

讹，今改）反，云：目有眸无珠子也。"

瞍，《说文·目部》小篆字形作"瞍"，《又部》："叜，老也。从又、灾。"段玉裁注："玄应曰：又音手。手灾者，衰恶也。言脉之大候在于寸口。老人寸口脉衰，故从又从灾也。此说盖有所受之。《韵会》引《说文》从又灾。灾者，衰恶也。盖古有此五字，而学者释之。"[1]是从"灾"者为正字。《龙龛手鉴·目部》："瞍，通。瞍，正。"[2]至唐代犹以"瞍"为正字。

段玉裁又云："今字作叜，亦未闻其说。"张参于"叜叜"下云："上《说文》，从灾，下又经典相承隶省。凡字从叜者放此。"[3]是张氏以为隶省字。考汉印文字，叜有作"叟"汉叜邑长、"叟"晋率善叜仟长、"叟"晋归义叜侯之形者[4]，是汉晋以来已省变。从"目"之"瞍"亦当如此。陆氏所见"瞍"，下之"夕"恐是"又"之讹。六朝时俗讹之体并兴并存，遂有作"瞍"之本。

（10）《小雅·常棣》"兄弟阋于墙"《释文》："墙，本或作廧。在良反。"

《说文·爿部》："墙，垣蔽也。从嗇，爿声。"其籀文作"牆"和"牆"，与《古文四声韵》所收《说文》籀文字形"牆""牆"同，而与"廧"字形无涉。唯汉碑中多此形，如《孟郁修尧庙碑》作"廧"，《韩敕修孔庙碑》作"廧"，此"疒"实从"爿"旁形讹变来。及至《史晨后碑》作"廧"，《武斑碑》作"廧"，《曹全碑》字形同，皆并"疒"之两点亦省，乃与"廧"字相同。今存汉熹平石经《论语》作"牆"，是石经不作"廧"，"廧"唯东汉以还流行之碑体。《毛诗》古文，原作字形今不可知，至迟东汉以后会出现作"廧"之本。

① 段玉裁：《说文解字注》，江苏凤凰出版社，2007 年，第 206 页。
② 行均：《龙龛手鉴》，中华书局，1985 年影印本，第 417 页。
③ 张参：《五经文字》卷下，《丛书集成初编》第 1064 号，第 69 页上栏。"又"下一"下"字据四库本删。
④ 罗福颐：《汉印文字征》第 2，第 15 页 b。

（11）《秦风·车邻序》"车邻"《释文》："邻，本亦作隣，又作辚。栗人反。"

陆氏底本作"邻"，唐石经同。《文选·潘安仁〈藉田赋〉》注、《王元长曲水诗序》注引《诗》并作"有车辚辚"，是即陆氏所见《毛诗》异文。甲金简帛不见"辚"，《说文》亦无"辚"字，仅徐铉新附收录，盖先秦时《秦风·车邻》未必作"辚"。《说文》作"鄰"，从邑、粦声，隶定作鄰，"邻"为隶省字。唯汉石经《鲁诗》作"辚"，盖汉人以"邻邻"为车声而从"车"作"辚"，是为今文。《汉书·地理志》引《诗》作"辚"，若非后人改易，或为三家《诗》之旧文。《广雅·释训》"辚辚，声也"，亦可能是补《尔雅》所缺而释《秦风》此篇。《九经字样》："鄰邻，五家为邻，上《说文》，下隶省。作隣者讹。""邻"既训五家，则当从"邑"而不从"阜"，故玄度定"隣"为讹字。《五经文字》卷下出"辚"字云："辚，力人反。车声。诗本亦作邻。"张参以"辚"为正字，"邻"为异体或俗字。"辚"除熹平石经外，今见于《北魏郭显墓志》。张参未见石经《鲁诗》，六朝人或沿用《广雅》而作"辚"。"隣"作为"邻"之异体，东汉《郙阁颂》《礼器碑侧》，晋《徐义墓志碑阳》，北齐《司马遵业墓志》等皆如此作，是《车邻》篇名在东汉以还即有可能作"隣"。综此以观《毛诗·车邻》之"邻"的演化，先秦作""抑或作"邻"①，今未可知；汉代以作"鄰"为正字，后隶省作"邻"，亦可能移易偏旁作"隣"；六朝时有人或沿袭《广雅》，或有取于《鲁诗》之文，或以其为车声而作"辚"；陆德明所据底本作"邻"，录存众本异体"隣""辚"；唐时车声义颇行"辚"字，如杜甫《兵车行》"车辚辚，马萧萧"，李善注《文选》亦多用"辚"，故张参以"辚"为正字，反以"邻"为亦作、或体。"邻"与"辚"为汉代《毛诗》和《鲁诗》二家用字，然"辚"非《鲁诗》所专用，时推世移，亦用为《毛诗》之异文。

---

① 上博简《周易》57号简"东邻""西邻"皆作""，是不能知《车邻》先秦是否亦作""。

（七）《毛诗》之异文与《韩诗》同文

清人汇聚文献中《诗经》异文，据依两汉师法、家法分隶四家，建立起四家《诗》之异同，其功不可没，然往往过于重视各家之异而忽视其异中之同。当时四家《诗》之分派立宗，固以其诗说为根本，而文字为末节，逮及三家《诗》渐次消亡，诗说亦大多湮没无闻，所留存于文献中者固以文字异同为多亦最为显著。然文字之异，如是异体关系，未必显示诗说之异，而文字相同，因一字多义，若训释不一，仍能反映出各自之诗说。如《北门》"王事敦我"《释文》："敦我，毛如字，厚也。《韩诗》云：敦，迫。郑都回反，投擿也。"同一"敦"字，毛、韩、郑各自为解。下文"人交徧摧我"《释文》："摧我，徂回反，沮也。或作催，音同。《韩诗》作誰，音于佳、子佳二反，就也。"此诗原句必只一字，传抄或经师各本私意，遂成三种字形。《毛诗》摧、催二本解释是一，《韩诗》则作"誰"，解释亦不同。陆氏撰著《释文》时，齐、鲁二家《诗》本已亡佚，所见唯《韩诗》，今《释文》中保存《韩诗》诗说和异文共一百九十七条，检视、分析其异文，可供认识毛、韩之异同，进而有助于思考汉代四家《诗》之概貌。凡毛、韩用字相异者，前人多所关注，此略，兹仅择取《韩诗》用字与《毛诗》众本中相同者，以助学者深入研究四家《诗》异同之思考。

（1）《周南·葛覃》"是刈是濩"《释文》："是艾，本亦作刈，鱼废反。《韩诗》云：刈，取也。"又："是濩，胡郭反，煮也。《韩诗》云：濩，瀹也。音羊灼反。"

陆氏所据本作"艾"，其参校别本作"刈"。《韩诗》云"刈，取也"，则《韩诗》本作"刈"，其与《毛诗》别本及定本、孔氏正义本同而与陆氏所据本异。"濩"字则毛、韩相同。

（2）《周南·樛木序》"樛木"《释文》："居虯反，木下句曰樛。《字林》九稠反。马融、《韩诗》本并作朻，音同。《字林》已周反。《说文》以朻为木高。"

马融传古文《毛诗》，今马本与《韩诗》本同作"杻"，而陆氏所据本作
"樛"。此可知：一，陆氏所据为毛传郑笺系统本，而郑笺本未必与
马融一致；二，东汉中期《毛诗》此字曾与《韩诗》同，是不同诗派其
用字未必一定相异。胡承珙云："马融习《鲁诗》者，疑鲁诗本作
'杻'，与韩同也。"①侯康亦谓"马虽治《毛诗》而不株守毛义。如
'南有杻木'，同《韩诗》作'杻'"②。此皆心存四家异文之异，而不
知一家有异文而四家可同文也。

（3）《鄘风·墙有茨》"中冓之言"《释文》："中冓，本又作遘，古
候反。《韩诗》云：中冓，中夜，谓淫僻之言也。"
《毛诗》有"冓""遘"异文，《韩诗》用字同陆氏所据本《毛诗》作
"冓"，毛传："中冓，内冓也。"郑笺申述毛传云："内冓之言，谓宫中
所冓成顽与夫人淫昏之语。"笺与《韩诗》说义异而旨同。

（4）《卫风·芄兰》"能不我甲"《释文》："我甲，如字。狎也。
《尔雅》同。徐胡甲反。《韩诗》作狎。"
陆氏所据本作"甲"，训释为"狎也"。徐邈为《毛诗》作音，若此音为
经文"甲"作音，反切下字必不会用"甲"，推测经文作"狎"，乃是缘
于毛传"甲，狎也"之解而改经文，徐邈遂有"胡甲反"之音。如推测
不误，《韩诗》之"狎"与《释文》《正义》、唐石经本虽不同，然六朝时
或有与之相同作"狎"之《毛诗》本。

（5）《齐风·南山》"衡从其亩"《释文》："衡音横，注同。亦作
横字，又一音如字。衡即训为横。《韩诗》云：东西耕曰横。"
《韩诗》既云"东西耕曰横"，则其本作"横"无疑。陆所据本《毛诗》
作"衡"，然亦有作"横"之本，与《韩诗》同。

（6）《小雅·角弓》"如食宜饇"《释文》："宜，如字。本作仪，注
同。《韩诗》云：仪，我也。"

①　胡承珙：《毛诗后笺》卷1，《清经解续编》，第2册，第831页上栏。
②　侯康：《补后汉书艺文志》，《二十五史补编》，第2册，第2103页上栏。

陆氏参校之六朝本有作"仪"者,与《韩诗》同。王先谦以"仪"属之
《韩诗》,忽略陆氏"本作仪"之文,不免偏颇。

(7)《大雅·文王》"无遏尔躬"《释文》:"遏,于葛反,或作谒,
音同。《韩诗》遏,病也。"

陆氏所据本与《韩诗》同作"遏",而其所参校之六朝别本《毛诗》有
作"谒"者,又与《韩诗》不同。

(8)《大雅·文王有声》"筑城伊淢"《释文》:"淢,况域反,沟
也。成闲有淢,广深八尺,字又作洫。《韩诗》云:洫,深池。"

陆氏所据本与《毛诗》同作"淢",而其所参校之六朝别本《毛诗》有
作"洫"者,又与《韩诗》同。《五经文字》:"洫,又作淢。见《诗·大
雅》。"[1]盖张参所据本作"洫",正陆氏所据别本,其参校作"淢"之
本,则陆氏所据本。王先谦读云"鲁、韩'淢'作'洫'"[2],则似忽略
《毛诗》亦有作"洫"之本。

(9)《周颂·般》"于绎思"《释文》:"《毛诗》无此句,齐、鲁、韩
诗有之。今《毛诗》有者,衍文也。崔《集注》本有,是采三家之本。
崔因有,故解之。"

《毛诗》原无此句,必陆氏广参众本之说。所以立此条,是因崔灵恩
《毛诗集注》有此句,因为之解。王应麟谓崔氏兼采三家《诗》,即据
此而发。

以上系与经师传承和历史层次相涉之异文,此外仍有一部分异
文可参据文献及字形之发展以确定其产生年代者,今仅撮取一二,
考证示例,以见一斑。

(八) 加义符所产生之异文

(1)《小雅·常棣》"脊令在原"《释文》:"令,音零,本亦作鸰,
同。雝渠也。"

---

① 张参:《五经文字》卷下,第 57 页下栏。
② 王先谦:《诗三家义集疏》,第 870 页。

（2）《小雅·小宛》"题彼脊令"《释文》："令，音零，本亦作鸰，注同。"

《常棣》传云："脊令，雝渠也。飞则鸣，行则摇，不能自舍耳。"是原作"脊令"。《释文序录》云："《尔雅》本释坟典，字读须逐五经，而近代学徒好生异见，改音易字，皆采杂书……岂必飞禽即须安鸟，水族便应着鱼，虫属要作虫旁，草类皆从两中，如此之类，实不可依。今并校量，不从流俗。"此虽针对《尔雅》而发，然经典文字亦早与《尔雅》一样，多从流俗。《尔雅·释鸟》"鶺鴒，雝渠"《释文》："鶺，《诗》作脊，同，精益反。鴒，《诗》作令，同，力丁反。"此陆氏所讥《尔雅》"飞禽安鸟"之字。其虽明指《诗》作"脊令"，而其异文实已有作"鸰"之本。山井鼎《考文》卷五十一："古本经'脊令在原'，脊令，作鶺鴒。"据董氏引崔灵恩《集注》作"鶺鴒"①，六朝隋唐时如《三国志·武文世王公传》裴注引袁宏《三国名臣序赞》《文选·袁宏序赞》李注、《初学记》卷十七、《白帖》卷六和卷十九、《太平御览》卷五十七和卷五百十四及卷九百二十五引《毛诗》皆作"鶺鴒"，皆与崔本相同，其中袁宏作"鶺鴒"更在崔氏之前。《左传·昭公七年》引《诗》作"鶺鴒在原"，《释文》："鶺，本又作即，精亦反。鴒，本又作令，力丁反。"此皆昭示古文原作"脊令""即令"，后因飞禽而安鸟，更无关四家之异同。然徐干《中论·贵验》引《诗》作"脊令"，陈乔枞云："《中论》说《诗》与东方生语合，皆述《鲁诗》之义，'脊令'当作'鶺鴒'。"②东方朔《答客难》"譬若鶺鴒"出《汉书》。王先谦赞同陈说，云："鲁'题'作'相'，'脊令'作'鶺鴒'"，并谓王符《潜夫论·赞学》引《诗》"题彼鶺鴒""疑后人顺毛所改耳"③，参以陆说，诚颠

---

① 吕祖谦：《吕氏家塾读诗记》卷17转引，《丛书集成初编》，第295页。
② 陈乔枞：《三家诗遗说考·鲁诗遗说考十一》，《清经解续编》，第5册，第1238页下栏。
③ 王先谦：《诗三家义集疏》卷17，第695页。

倒史实。彭铎云："此郑樵所谓'飞禽安鸟'者是也。从《诗》作'脊令'为正。"①

（九）因形近而讹之异文

《召南·行露》"何以穿我屋"《释文》："穿，本亦作穿，音川。"

《说文·穴部》："穿，通也。从牙在穴中。"此本义。牙，篆文作"𤘩"，睡虎地竹简《日书》乙57作"𥤱"，《日书》乙196作"𥤱"，后一例"牙"字像"身"，此当为后来讹成"穿"之途径。《隋刘德墓志》即作"穿"，敦研105（5—1）《妙法莲花经》及敦煌斯6825V想尔注《老子道经》穿皆作"穿"②。可见陆氏参校本《毛诗》有用六朝时俗讹之"穿"，盖有其时代背景。《龙龛手鉴·穴部》："穿，今；穿，正。"以"穿"为正字，可推知唐五代之佛经用"穿"字之广泛。至《集韵》《类篇》，乃将"穿"字作为"穿"之或体。

四、结　　语

《毛诗释文》所据所参虽仅十余种写本，然却容纳了汉魏六朝经师音读、音义家反切音注乃至经生、抄手俗写的各种字形，反映出经师对经典之个人理解，文字由古文籀文而隶省和由篆变隶、由隶变楷之演变途径，以及书手率意趋简、刻意求繁和因循失察之心态。汇总《释文》一千多条异文，着眼于其历史层次性，将其分类罗列疏证，可部分恢复出某些异文组大概之地域与历史年代。

因《毛传》而产生的四组异文中，《縣》"其乘则直"写本可能产生于王肃申毛难郑之后，其他虽年代难定，而皆与毛传训释有关，显示出异文之来源。因《郑笺》而产生的六组异文中，《桑柔》"反予来吓"写本不可能紧接郑玄笺注而产生，因"吓"字出现年代较晚，似

---

① 　王符著，汪继培笺，彭铎校正：《潜夫论笺校正》，第5页。
② 　黄征：《敦煌俗字典》，第60页。

当在六朝后期。因王肃注而产生的三组异文中,《山有扶苏》"山有乔松"写本很可能魏晋间王学弟子就已如此书写,而《东门之枌》"榖且于差"写本时间在王肃后徐邈前,亦即公元二五六年至三九七年的一百四十年之间。因方言而产生的四组异文中,《野有死麕》"野有死麖"写本时间,如《草木疏》此字为原文,则当在三世纪末四世纪初。

《释文》中甲音乙,本亦(或、又)作乙之异文形式,向未为学者关注。此类特殊异文可分为四类:一、借字与本字;二、后起字与本字;三、古文与今文;四、正字与或体(古文)。第一、第二类中之A小类,即"《释文》所据本为借字,别本异文用正字"和"《释文》所据本用后起字,别本异文用本字",殆源于魏晋音义家秉承汉代经师用正字解释借字之传统,"翻音正字以辩借音",后世遂迳写本字替代借字和后起字,以成别本。第一、第二类中之B小类,即"《释文》所据本为本字,别本异文为借字"和"《释文》所据本为本字,别本异文用后起字",虽与A类相反,然亦以借字、后起字与本字之关联,来佐助经文之识读理解,而后被替代形成别本。尽管其背景较A类更复杂,亦即其形成途径或许往复多重,然其因注经而形成异文之旨趣则一致无别。第三、第四类亦是魏晋音义家为便于识读,以今字和或体(古文)注释经典,而后由经生、抄手或自习经典者替代经文,以成别本。

由古、籀、隶、楷省变造成之十一例异文中,虽然无法确指其异文产生年代,然其可从古、籀、隶、楷字体兴替的年代中找到基本年代坐标。

清人好以文献中所得《诗经》异文,根据师法、家法分隶齐、鲁、韩、毛四家,摘录、辨析《释文》中《毛诗》异文,其中甲或乙有与《韩诗》相同者,可以深化今人对六朝甚至两汉四家《诗》异文之认识:即同一家诗派文字未必相同,而不同诗派文字亦未必一定相异。

从经师传承和历史层次层面上整理、疏证《毛诗》异文,旨在揭橥经典异文形成的空间和时间。揭示、探究甲音乙,本亦(或、又)作乙形式之异文,有助于清晰认识《毛诗》异文产生地域(经师、音义家籍贯属之)和历史层次。只有真切地认识了《毛诗》异文类型、产生途径和历史层次,才有可能结合师法家法之传承去深入考订、恢复汉代四家《诗》文字之概貌。

董逌所记石经及其《鲁诗》异文^①

一、董逌生卒年与行历索隐

董逌,字彦远,山东东平人。东平在刘宋孝武帝时曾置广川郡,北齐天保时废,并入东平原郡,故董逌之著作皆以"广川"命名。《宋史》未为其立传,是以生平行历及生卒年不详。四库馆臣在《广川书跋》提要下约略勾稽其点滴行实,颇有讹误,余嘉锡《四库提要辨正》有所驳正^②,然仍未能探得其生卒年^③。《宋史翼》卷二十七传之,亦仅聊聊数行,语焉不详。兹耙梳史料,参据众说,略稽其生平行事如下。

董逌生卒年,诸书不载。《宋史翼》卷二十七《董棻传》谓"棻字

① 本文为国家社会科学基金项目《从石经鲁诗异文看清人四家〈诗〉研究》(09BZW017)、国家社科基金重大项目《历代儒家石经文献集成》(13&ZD063)阶段性成果。
② 余嘉锡:《四库提要辨正》卷14,中华书局,1980年,第2册,第791页。
③ 近读吴国武《董逌〈广川诗故〉辑考》一文,载于《北京大学中国古文献研究中心集刊》第7辑(北京大学出版社,2008年,第148—197页),于董逌生平亦略有考证。唯作者旨意在于辑考《诗故》,于生平行历未过多措意。彼推测董逌或于元祐七年(1092年)已中进士,盖此史载其"早负时名,亟跻儒官"。笔者于龚延明、祖慧《宋登科记考》中未能检寻到其科第年月,故拙文未加探讨。

令升,宣和中官镇江府教授……绍兴三十二年(公元 1162 年)罢为提举洪州玉龙观。引年告老,诏复敷文阁待制"①。宋代告老一般在七十上下,知菜生于哲宗元祐七年(公元 1092 年)前后,而宣和中(公元 1119—1125 年)任镇江府教授时年在三十岁上下,较符实情。菜为逌之子,若以二十至二十四岁左右生子推之,逌当生于神宗熙宁初年(公元 1068—1072 年)。另有一旁证,《玉海·食货·钱币》转引《郡斋读书志》之董逌《钱谱》十卷,王应麟注"绍圣元年"四字②,若所记属实,书成于 1094 年,时逌二十多岁,与晁公武记其书"漫汗蔽固""穿凿诞妄"相符③。生于再前,与其学问渊博不符;生于再后,则著书年岁未免太小。

张嵲《紫微集》卷十八有《徽猷阁待制董菜故父逌可特赠正奉大夫制》一篇,系追赠董逌正奉大夫制,文无年月。题称"徽猷阁待制董菜",《宋史翼·董菜传》云:"〔绍兴〕七年正月,遂罢为集英殿修撰,知衢州,旋请祠提举江州太平观,寻起徽猷阁待制,知严州。九年,罢为提举台州崇道观,寄居宜兴。"④参其前后迁官,任徽猷阁待制似在绍兴八年(公元 1138 年)。若此时逌卒,菜请赠官,嵲草制,则其年岁在七十上下。将此与李正民《董逌赠官制》对读,可知年岁应相去不远。李制文云:

> 勅,朕待遇臣工,务全终始。遽起沦亡之叹,可无褒赠之恩? 具官早负时名,亟跻儒馆,嗜学至老而不厌,所闻既博而愈精。未尝枉道以徇人,故每进寸而退尺,晚记言于柱史,浸联华于从班。方俾分符,俄闻易箦,宜优加于卹典,仍峻陟于文阶。

---

① 陆心源:《宋史翼》卷 27,中华书局,1991 年影印本,第 292 页。

② 王应麟:《玉海》卷 180,上海书店出版社、江苏古籍出版社,1988 年影印本,第 5 册,第 3310 页上栏。

③ 晁公武撰,孙猛校证:《郡斋读书志》卷 14,上海古籍出版社,1990 年,第 667 页。

④ 陆心源:《宋史翼》卷 27,中华书局,1991 年影印本,第 292 页上栏。

庸示蠹伤,并推余泽,尚其灵爽,歆此宠休。可。①

制文"嗜学至老而不厌",可与七十岁之人勘证。而所谓"宜优加于卹典,仍峻陟于文阶",未言赠何官,合张嵲制文,知所赠为正奉大夫。是董逌生于神宗熙宁初(姑假定为 1068 年),卒于高宗绍兴八年(公元 1138 年),赠正奉大夫。以下证其历官与行实。

《盛宋名贤五百家播芳大全文粹》卷六九有董逌《除正字谢执政启》一首,自云:"逮兹冗散,亦被选抡。某敢不益谨官常,恪修职守,网罗遗佚,绪定缺残。知凤为君子之徒,朋皆自正;谓马本诸侯之乘,趣固可名。虽不敢妄下雌黄,尚庶几能分牝墨,誓殚末技,以报洪私。"②正字位次校书郎,从八品,系秘书省属吏,此应在徽宗时所除。徽宗以收藏之富著称,董逌以鉴赏之精驰誉③,君臣相得,可觇逌当时已名播群臣间。

《靖康要录》卷十六载:靖康二年(公元 1127 年)二月十四日,金人索取三十名博通经术之太学生,"司业董逌劝谕,愿往北方为师者,给马一匹,钱二十万。即日投状者满三十人"④。盖逌时官国子司业。其何时领此职?《三朝北盟会编》:靖康二年正月二十九日,"差董逌权司业,监起书籍等,差兵八十人运赴军前"⑤,则其一月前方兼领此职。《会编》又载:二年三月二日,"差事务官,是日差给事中马寿隆……礼部员外郎董逌、户部员外郎李棁……充事务官"⑥,

---

① 李正民:《大隐集》卷 3,《文渊阁四库全书》,第 1133 册,第 35 页上栏。

② 曾枣庄、刘琳主编:《全宋文》卷 3836,上海辞书出版社、安徽教育出版社,2006 年,第 175 册,第 261 页。

③ 李开先《跋广川书跋》云:"广川遇时于宣和间,而以游艺擅名。夫以道君收藏,而董生赏鉴,宜其精绝如此。"李开先:《李中麓闲居集·跋语》,明刻本,第 2 页 b。

④ 汪藻著,王智勇笺注:《靖康要录笺注》卷 16,四川大学出版社,2008 年,第 1662 页。

⑤ 徐梦莘:《三朝北盟会编》靖康中帙五十三,大化书局,1979 年,乙 212 页。"十",《四库》本作"千"。

⑥ 徐梦莘:《三朝北盟会编》靖康中帙五十八,乙 265 页。按,《建炎以来系年要录》卷三所记无董逌,李心传以为《要录》有脱文,遂据《会编》补入。

三月仍是礼部员外郎,则二月劝谕太学生时应仍是以员外郎权司业。《大金吊伐录》录《册大楚皇帝文》尾署"天会五年三月七日"①,天会五年即靖康二年,知邦昌于差事务官一事后五日被金人立为帝。即位后封官加爵,乃事理之常。《建炎以来系年要录》卷三载:"〔建炎元年②三月〕己酉(十九日)③,邦昌遣权国子监祭酒董逌抚谕太学诸生。"④时在邦昌即位后十二日。金人立张举措或招致太学生不满。逌为抚谕太学诸生,显系为伪楚张邦昌所使。所当关注者,此时董逌已升任权国子祭酒。

　　邦昌虽即位而不敢张扬,事事小心谨慎,盖以人心舆论皆非所向也,故于四月初十日避位,前后在位仅三十三日⑤。《宋史·叛臣传·张邦昌》谓"金人既去",邦昌"遣蒋师愈赍书于康王,自陈所以勉徇金人推戴者,欲权宜一时,以纾国难也,敢有他乎",此盖在避位之后。《要录》卷四载:"〔四月丁亥二十八日〕国子祭酒董逌率太学诸生诣南京劝进。"⑥此时率太学生诣商丘,殆向赵构劝进。高宗时在商丘,于五月初登基。商丘为宋太祖黄袍加身之地,太宗升其为应天府,后真宗升称南京,故《要录》云"诣南京劝进"。董逌此一举措,可谓是日后免于一死之护身符。前记为"权",此则直称国子祭酒,是否一月之中已转正?《要录》卷十三载:"〔建炎二年⑦二月壬戌八日〕尚书礼部员外董逌为宗正少卿。逌在围城中权国子祭酒,不知

①　《大金吊伐录》,中华书局,2002年,第436页。
②　即公元1127年。
③　陈东《靖炎两朝纪闻录》卷上记作:"二十日,昌伪命国子祭酒董逌抚喻诸生,慰劳备至。"丁特起《靖康纪闻》所载相同。前后相差一日,或前一日命而次日行。
④　李心传:《建炎以来系年要录》卷3,文海出版社,1980年,第1册,第188页。
⑤　《三朝北盟会编》卷92:"靖康二年四月初十日己巳,邦昌避位。"
⑥　李心传:《建炎以来系年要录》卷3,第1册,第253页。丁特起《靖康纪闻》所记月日同。
⑦　即公元1128年。

何以独不贬谪,恐是靖康间已权,当考。"①李心传于此处有疑,谓其在围城中,何以不贬反迁?疑其国子祭酒在靖康时已权。从前引靖康二年(公元 1127 年)正月犹权国子司业,则其权祭酒当在靖康二年(亦即建炎元年)正月二十九日至三月十九日一个多月之间。三月十九日至四月二十八日是否直接领摄,无法确定。董叔重问董逌为人如何,朱熹答云:"据黄端明《行状》,说围城中作祭酒,尝以伪楚之命慰谕诸生,他事不能尽知也。"②黄端明与朱熹同时人,所说可与李心传印证。或以事在非常时期,故其任官皆以兼摄为名。但正六品之国子司业兼摄从四品之国子祭酒,确实是为张邦昌所重用。《独醒杂志》载:

> 番阳董氏藏怀素《草书千文》一卷,盖江南李主之物也。建炎己酉③,董公逌从驾在维扬,适敌人至,逌尽弃所有金帛,惟袖《千文》南渡,其子荣尤极珍藏。④

从驾维扬,当指高宗从商丘至扬州,时在建炎二年(公元 1128 年)十月。由此知董逌率太学诸生去商丘劝进后,即在南京供奉,至十月遂从驾维扬。《要录》卷二十五又载:"〔建炎三年七月〕中书舍人董逌充徽猷阁待制。逌为宗正少卿,官省而罢,旋入西掖,至是才逾月也。逌,益都人,初见建炎元年三月,今年五月戊子除江东提刑,其除舍人,《日历》《题名》皆失之。"⑤由于人在围城,时处非常,故其迁转,史家犹难言之。中书舍人四品,高于从四品的国子祭酒。此或张邦昌大权在握时所擢拔,亦有可能是其率诸生至商丘劝进,为高宗一时之奖拔。二年后,即建炎三年(公元 1129 年)二月,高宗立都临安,至七

---

① 李心传:《建炎以来系年要录》卷 3,第 1 册,第 581—582 页。
② 朱熹:《晦庵先生朱文公文集》卷 51,《朱熹全书》,上海古籍出版社、安徽教育出版社,2002 年,第 22 册,第 2367 页。
③ 即建炎三年,公元 1129 年。
④ 曾敏行:《独醒杂志》卷 6,《丛书集成初编》第 2775 号,第 45 页。
⑤ 李心传:《建炎以来系年要录》卷 3,第 2 册,第 1019 页。

月,政权已稳固,功臣、乱臣必须分明奖惩。逌以中书舍人充徽猷阁待制、宗正寺少卿,即自四品降至从四品、从五品。李正民曾为董逌草过二篇迁官制文,透露其降迁过程。《董逌徽猷阁待制与郡制》云:"荐更郡寄,复叹郎潜。浸陟九卿之联,遒跻二史之列。遽以疾谂丐于外迁,宜升次对之班,俾遂偃藩之逸。"①"郡寄""外迁"之言,或即《要录》所说"五月戊子除江东提刑"一职。此时外放即是降迁。又《董逌知信州制》云:"宜陟近班,俾膺郡寄。往继循良之治,广宣德意之孚。"②此或由江东提刑转迁信州知州。信州属上州,知州为正六品,其官品一降再降,或与前曾效忠张邦昌有关。然其降迁而不治罪,与王时雍、莫俦等有别,或即与其率诸生劝进有关。

董逌原供职秘书省,在靖康、建炎前后,因政治倾向,仕途大起大落。此后于何时致仕,史阙无载,然从李正民《赠官制》"方俾分符,俄闻易箦"看,似未致仕而卒于官。

综上所考,得董逌之生卒、升迁行历大致如下:

神宗熙宁初年(公元 1068—1072 年),董逌生。

徽宗时(公元 1101—1125 年),除秘书省正字。因忤权贵外放,寻复馆职。③

钦宗靖康二年(公元 1127 年)正月二十九日,礼部员外郎权国子监司业。监起书籍,差兵八十人赴军前。

钦宗靖康二年(公元 1127 年)二月十四日,劝谕太学生,愿往北方为师者,给马一匹,钱二十万。

靖康二年(公元 1127 年)三月二日,充事务官。

---

① 李正民:《大隐集》卷 2,《文渊阁四库全书》,第 1133 册,第 19 页下栏。
② 李正民:《大隐集》卷 2,《文渊阁四库全书》,第 1133 册,第 26 页下栏。
③ 王明清:《挥麈前录》卷 3 引苏训直所云,宣和中,董逌因露才扬己而遭外放,是曾贬官,年月不可考。见后引录。

　　高宗建炎元年(公元 1127 年)三月十九日,张邦昌称帝,权国子监祭酒。奉旨抚谕太学诸生。

　　高宗建炎元年(公元 1127 年)四月二十八日,除国子监祭酒(是否史载脱"权"字,待考)。率太学诸生诣南京向高宗劝进。

　　高宗建炎二年(公元 1128 年)二月八日,尚书礼部员外郎、宗正少卿。

　　高宗建炎二年(公元 1128 年)十月,从驾维扬。

　　高宗建炎三年(公元 1129 年)五月,除江东提刑。

　　高宗建炎三年(公元 1129 年)七月,以中书舍人充徽猷阁待制。

　　高宗建炎三年(公元 1129 年)七月以后,由江东提刑迁信州知州。

　　高宗绍兴八年(公元 1138 年),董逌卒,特赠正奉大夫。年在七十上下。

就正统政治观而言,董逌大节有亏。董叔重问其为人于朱熹,盖当时已有微词。馆臣谓"其人盖不足道"。余嘉锡更摘其在《广川书跋》卷五《太尉杨震碑跋》文语,指责"逌当衰乱之世,窃禄于朝,惟以存身为念,至为张邦昌效奔走而不知耻,又强为之说以自解免……可谓小人无忌惮之尤者矣,岂止于不足道也哉"①。其人虽不足道,其学则不仅当时负盛名,即后世亦不能没其才。李正民《董逌徽猷阁待制》谓其"博学而多识,殚见而洽闻。诵甘泉之遗仪,如指诸掌;记南宫之故事,不忘于心。早擢秀于士林,遂飞英于儒馆";《董逌知信州制》云"材猷博敏,学问淹该";张嵲《徽猷阁待制董弅故父逌可特赠正奉大夫制》亦谓其"学问博洽,驰骤千载以还;文辞

――――――――――

① 余嘉锡:《四库提要辨正》卷 14,第 2 册,第 793 页。

纵横,独高当世之誉"①,皆推崇备至。有二事可证诸家所说,宋代
曾季貍《艇斋诗话》云:"政和间,董逌、王宾于馆中和荆公叉字韵
《雪》诗至一百篇,诗语虽未必尽入律,然叉字寻至百韵,佛书、道书
往往披尽,非博者不能也。"②用险韵而旁征博引以及释道之书,可
谓难能。王明清《挥麈录》引苏训直云:"宣和中,蔡居安提举秘书
省。夏日,会馆职于道山,食瓜,居安令坐上征瓜事,各疏所忆,每一
条食一片。坐客不敢尽言,居安所征为优。欲毕,校书郎董彦远连
征数事,皆所未闻,悉有据依,咸叹服之。识者谓彦远必不能安,后
数日果补外。"③虽露才遭忌而外补,毕竟才不可没。由此知当时士
林推重,非阿私虚语。

二、董逌研究石经之思路、方法与得失

董逌著作,《宋史·艺文志》载有《广川诗故》四十卷,《广川藏
书志》二十六卷,《钱谱》十卷,《直斋书录解题》卷一又有《广川易
学》二十四卷,《广川书跋》十卷《画跋》五卷④。今唯《书跋》《画跋》
存,《钱谱》存一卷,其他皆佚。逌书画题跋,足以反映其书画功底、
识见和理论,世人论者颇多⑤,无繁费辞。兹唯论其收藏、鉴赏、考
证石经,并用熹平石经《鲁诗》文字校勘《毛诗》一事。

宋人好古,凡钟鼎器铭文字,多搜集把玩,推而及之于石刻,亦
所关注。然宋初自郭忠恕始,因范晔、韦述等误记,于熹平石经和三

① 张嵲:《紫微集》卷18,《文渊阁四库全书》,第1131册,第497页下栏。
② 曾季貍:《艇斋诗话》,《宋诗话全编》,第3册,江苏古籍出版社,1998年,第2659页。
③ 王明清:《挥麈前录》卷3,中华书局,1961年,第29页。
④ 陈振孙:《直斋书录解题》,第17、233页。
⑤ 张晶:《论董逌的绘画美学思想》,载《中国文化研究》2004年冬之卷。张自然:《董逌广川书跋考据学特色》,载《贵州大学学报(艺术版)》2007年第3期。

体石经仍未有明确认识①。嘉祐末,洛阳御史台所出《尚书》《仪礼》《论语》数十段,宋人记之者颇多。张舜民《画墁录》云:"嘉祐末,得石经二段于洛阳城,乃蔡邕隶书《论语》。文无甚异。"此仅揭《论语》。方勺《泊宅编》录其弟方匋之《跋尾》云:"石经残碑在洛阳张景元家,世传蔡中郎书,未知何所据……往年洛阳守因阅营造司所弃碎石,识而收之,遂搜访,凡得《尚书》《仪礼》《论语》合数十段。又有《公羊》碑一段在长安,其上有马日磾等名号者,魏世用日磾等所正定之本,因存其名耳……吾友邓人董尧卿自洛阳持石经纸本归,靳然宝之如金玉,而予又从而考之。其勤如是,予二人亦可谓有志于斯文矣。绍圣甲戌八月题。"②方匋所见,系友人董尧卿自洛阳携归之拓本,时在绍圣元年(公元 1094 年),上距嘉祐末出土已三十余年。所云张景元名焘,濮州临濮县人,张奎子。嘉祐六年(公元1061 年)进士,历陕西都转运使,龙图阁直学士③。方石经之出,焘刚"知沂潍二州"或"提点河北刑狱摄领澶州",未必知此事,或闻而未见。《宋史》谓其"神宗特命赐诏判太常寺,知邓许二州",二州离洛阳较近,或以高价收藏之,时已在熙宁、元丰(公元 1068—1085年)之际。邵氏《闻见后录》又云"今年洛阳张氏发地得石十数",此殆传闻残碑藏张景元家,遂以为张氏发地得之。一时传闻多途,载记各异,然所记率多或详或略之新闻而已。唯董逌所记,能继方匋一路而渐近学术研究。

　　董逌之所以会记述石经,系由同僚所赠石经《尚书》之故。《石

---

① 郭忠恕于《汗简·第七·略叙目录》参据《经典释文》之说云:"后汉中郎蔡邕写三体六经,邪臣矫嫉,未盈一纪,寻有废焉。"郭忠恕、夏竦:《汗简·古文四声韵》,第 43页上栏。

② 方勺:《泊宅编》卷上,中华书局,1983 年,第 72 页。

③ 张焘,《宋史》有传,未云何年进士第,此据龚延明、祖慧:《宋登科记考》,江苏教育出版社,2009 年,第 264 页。

经尚书》云："秘书郎黄符以石经《尚书》示余，为考而识之。"①黄
符，绍圣元年（公元 1094 年）进士，二年中宏词科，官至秘书郎。好
书画②，尝于崇宁四年（公元 1105 年）三月与李复、江晦叔等游洛阳
归仁园③。此时熹平残石已在张焘家，黄或即此游得石经拓片而示
董逌。若此推测有因，则《广川书跋》所记三篇石经文字系董逌于
崇宁末所作。跋文三篇，分别为《蔡邕石经》《尚书石经》《论语石
经》，计一千数百字。方残石甫出数十年中，新闻蜚传，诸家所记，皆
为传说而已。唯董逌考证，虽不免是非参半，然所记仍是最为详尽
且最具学术含量者。综其所考，可分以下几点叙述之。

（一）石经之认定与历史叙述

《蔡邕石经》一节，溯秦灭《诗》《书》，汉收烬余，经师求圣人真
意不得，遂党学相伐，至私定漆书，于是有蔡邕镌刻七经，著于石碑
之事。曹魏正始中又立一字石经。其叙石经迁徙始末云："后魏武
定四年④（公元 546 年）移洛阳汉魏石经于邺。魏末齐神武自洛阳
徙于邺都，河阳河岸崩，遂没于水，其得至邺者，殆不得其半。周大
象中诏徙邺城石经于洛时，为军人破毁，至有窃载还邺者，船坏没
溺，不胜其众也。其后得者，尽破为桥基。隋开皇六年，自邺京载入
长安，置于秘书内。省议欲补缉立于国学，会乱遂废。营造之司用
为柱础。贞观初，魏徵始收聚之，十不一存。其相承传拓之本，犹在
秘府。"⑤此段文字据《隋书·经籍志一》而录，然北周石经返徙洛阳

① 董逌：《广川书跋》卷 5，《中国书画全书》，上海书画出版社，1993 年，第 1 册，第 780
　　页下栏。
② 按岳珂《宝真斋法书赞》卷 10《邵𬭤篆归去来辞帖》后有"绍圣二年黄符尝观行书一
　　行"字，时当中宏词科之后。
③ 李复《潏水集》卷 6《游归仁园记》记其文人雅集事。曾枣庄、刘琳主编：《全宋文》卷
　　2629，第 122 册，第 94 页。
④ 即公元 546 年。
⑤ 董逌：《广川书跋》卷 5，《中国书画全书》，第 1 册，第 780 页上栏。

时,"为军人破毁,至有窃载还邺者,船坏没溺,不胜其众也。其后得者,尽破为桥基"云云,为《隋志》所缺,当系据宋时所见书补出,极为可贵。唯所云熹平石经"当时号洪都三字",谓三体石经为"一字石经",又云"余谓魏一字,汉为三字",此殆承袭杨衒之《洛阳伽蓝记》《北史·刘芳传》和《隋志》诸书之误,颠倒熹平一字石经和正始三体石经。

(二) 详记碑制排列及碑数、字数

张、邵等人所记,如是我闻而已,董氏则征文考献,据朱超石《与兄书》、杨龙骧《洛阳记》、郦道元《水经注》等书所载记其流传,状其排列云:

> 碑高一丈许,广四尺,骈罗相接。太学在南明门外,讲堂长十丈,广三尺。堂前石经四部,本碑四十六枚。元魏时,西行《尚书》《周易》《公羊传》,十六碑存,十二碑毁。南行《礼记》十五碑,悉崩坏。东行《论语》三碑,毁。《礼记》但存谏议大夫马日碑、议郎蔡邕名。当是时,尚有碑十八。盖《春秋》《尚书》作篆、隶、科斗,复有《周易》《尚书》《公羊》《礼记》四部。阳衒之曰:石经《尚书》《公羊》为四部,又谓《春秋》《尚书》二部书有二经,当是古文已出。衒之出北齐,谓得四十八碑,误也。①

此说系信从《洛阳记》之说,谓石经四十六碑,遂以《伽蓝记》之四十八碑为误。就今出土"后记"残石而言,四十八碑之说,或含后记而计之,未必为误。董氏在确定碑数后,又进一步论其刊刻行款形式,载其碎石残存字数。《石经论语》云:

> 盖《论语》第一篇并第十四篇为一碑,亡其半矣。其可识者字二百七十。又自第十八篇至第二十篇为一碑,破缺残余,得五之一,其存字为三百五十七。

《尚书石经》云:

① 董逌:《广川书跋》卷5,《中国书画全书》,第1册,第780页下栏。

　　洛阳昔得石经《尚书》段，残破不属，盖《盘庚》《洪范》《无逸》《多士》《多方》，总二百三十六字。其文与今《尚书》尽同，间有异者才十余。①

《论语》残石存三百五十七字，《尚书》残石存二百三十六字，可使后人想象董氏所见有多少体积、篇幅之残石。与南宋洪适《隶释》相较：洪适所录《论语》有九百七十一字，多董逌六百十四字。洪适所录《尚书》，《盘庚》一百七十二字，《高宗肜日》十五字，《牧誓》二十四字，《洪范》一百八字，《多士》四十四字，《无逸》一百三字，《君奭》十一字，《多方》五字，《立政》五十六字，《顾命》十七字，共五百四十七字，多董逌三百十一字，篇数亦多董逌五篇。此中多寡反映出几种可能：一是董逌于崇宁前后所见非嘉祐所出石经残石之全部，二是嘉祐之后甚至董逌所记之后仍有残石陆续出土，三是董所见亦不全，嘉祐之后亦确实续有出土。

　　董逌所记有一值得辨证者，即其所说《论语》第一篇与第十四篇为一碑，第十八篇至第二十篇为一碑。第十八篇《微子》与第二十篇《尧曰》为一碑，乃理之常，与张国淦《汉石经碑图》相合。唯若第一篇《学而》并第十四篇《宪问》为一碑之阴阳面，则须致思。王国维、罗振玉以还之汉魏石经研究，均以"骈罗相接"为经文从首至末又从末回至首书写。张国淦以此方式制作碑图，《论语》第一碑写《学而》第一、《为政》第二、《八佾》第三、《里仁》第四，其碑阴写《微子》第十八、《子张》第十九、《尧曰》第二十并校记②。亦即《学而》与《微子》为一碑。若董氏所见为残石之两面而言，则熹平石经之书写未必全部是今人所想象之形式。然校核董逌所记《论语》残文，与洪适《隶释》相近，系一碑之正反两面文字，故其"第十四篇"

---

① 董逌：《广川书跋》卷5，《中国书画全书》，第1册，第781页上栏、780页下栏。

② 张国淦：《汉石经碑图·叙例》，《石经丛刊初编》，信宜书局印行，1976年第1册，第4页。

当为"第四篇"之误,衍一"十"字。

(三)校核残石与传世本异文

方訇考残石来历,未言其具体文字异同。董逌则于异文非常关注,《书跋》卷五《石经论语》云:

> 以今文《论语》校之,其异者若"抑与之与"为"意与之";"我未见好仁者恶不仁者"作"未见好仁恶不仁";"朝闻道夕死可矣"作"可也";"有三年之爱于其父母",无"乎"字;"恶居下流"而无"流"字;"年四十而见恶焉"无"焉"字;"凤兮凤兮"作"何得之衰";"往者不可谏也,来者犹可追也",今本皆异;"执舆者为谁"而作"执车者为谁";"子是鲁孔丘与?曰是,然后曰是知津矣",比今书少二字;"耰而不辍"作"耰不辍";"夫子怃然植其杖"作"置","其斯而已矣"作"其斯以乎";"子游"作"子斿";"而在萧墙之内"作"而在于萧墙之内":凡碑所存,挍其异者,已十五之一矣。使鸿都旧书尽存,则其异可知也。①

董氏所谓其异者"十五之一",是就所见残石文字而言,以此比率计之,《论语》有一千处左右的衍夺异文。他又于《尚书》残石校其异同云:

> 且曰"天命自度",碑作"亮";"惠鲜鳏寡",碑作"惠于矜寡";"乃逸既诞"作"乃宪既延";"治民祇惧"作"以民";"肆高宗享国五十九年"作"百年";以《书》考之,知传受讹误,不若碑之正也。方汉立学官,《书》惟有欧阳、夏侯,其书虽不全见,今诸家所引与《古文尚书》全异,不应今所存古文反尽同也。疑邕既立二书,则或当以古文自存矣。②

董逌此处有一原则性之误解,即他以蔡邕所立为三体石经,故怀疑蔡邕既立篆隶二书,而以古文自存。校其异文之目的,虽在分

---

① 董逌:《广川书跋》卷5,《中国书画全书》,第1册,第781页上栏。
② 董逌:《广川书跋》卷5,《中国书画全书》,第1册,第780页下栏。

辨欧阳、夏侯与古文异同，却使千载之后第一次获知汉代通行之文
与现行流传之差异。其从残石中察见校记，谓此乃"于已残之经得
收其遗逸"，极为可贵。董逌整理石经残石之思维与方法，为南宋乃
至以后收藏、研究石经开辟一条途径。赵明诚《金石录》曾取石经
文字不同者附于卷末，惜不存。洪适《隶释》所录五种石经，皆校其
异同，凡董氏所校异文几乎全部包容在其《石经尚书残碑》和《石经
论语残碑》中，为后世所屡屡征引、称道。然《金石录》作于建炎三
年(1129年)以前，晚于董氏石经跋文二十余年;《隶释》之作在乾道
三年(1167年)，离董氏谢世已近三十年，距其校勘石经异文已六十
余年，《隶释》校勘异文之方法即循董氏而来，仅记录形式稍异。在
南北宋之石经整理上，董氏可谓导夫先路。

三、董逌校勘石经《鲁诗》异文拾遗

　　董逌于《广川书跋》中涉及石经者唯《蔡邕石经》《尚书石经》
《论语石经》三篇。三篇中未提及《鲁诗》残石。今吕祖谦《吕氏家
塾读诗记》三十二卷中，转引"董氏曰石经"云云者十次，明代陈士
元《五经异文》中有"石经作某"十七例。前者系董逌《广川诗故》以
石经文字解释《诗》旨之文，后者固有因袭《读诗记》和《隶释》《诗
考》等处，然亦不无从他书转录《诗故》之例。兹先考察董氏《诗故》
一书成书及其流传。

　　《宋志》载董逌《广川诗故》四十卷，而马端临《文献通考·经籍
考》记为《广川诗考》四十卷①，且引《中兴艺文志》云:

---

① 　《诗故》异名，吴国武又举证《说郛》引作"诗考"，冯复京引作"广川诗学"，见吴国武:
　《董逌广川诗故辑考》，载《北京大学中国古文献研究中心集刊》第7辑，第151页。
　按，《四库》本冯氏《六家诗名物疏》"引用书目"作"董逌广川诗诂"，乾隆《山东通
　志》卷34同。

逌谓班固言《鲁诗》最近,今徒于他书时得之。《齐诗》所
存不全,或疑后人托为,然章句间有自立处,此不可易者。《韩
诗》虽亡阙,《外传》及《章句》犹存。《毛诗》训故为备,以最后
出,故独传。乃据毛氏以考正于三家,且论《诗序》决非子夏所
作。建炎中,逌载是书而南,其志公学博,不可以人废也。①
《志》云此书系董逌建炎以前所著,南渡相随。宗旨是"据毛氏
以考正于三家",且论小序非子夏所作。其所取三家,《鲁诗》"徒于
他书时得之",陈振孙谓"其言莫究"②;《齐诗》虽系不全本,董以为
"尚存可据",《中兴艺文志》疑后人伪托,陈振孙亦以馆阁无《齐
诗》,不知董氏何所从来疑之。唯《韩诗》宋时留存较多,可凭资取。
然姑不论其所据是否可靠,在《毛诗》独行之年代,董氏首先想到要
"据毛氏以考正于三家",其不为一家所囿之思想,较朱熹欲辑集
《韩诗》,王应麟撰辑《诗考》要早数十年。故《志》云"其志公学博,
不可以人废也",陈氏亦云"然其所援引诸家文义与毛氏异者,亦足
以广见闻、续微绝云耳"。惜此书后佚,无从征信。今检《诗集传》
引"董氏曰"五次,《吕氏家塾读诗记》引"董氏曰"二百三十一次。
成瓘云:"朱文公作《集传》,每取董氏说。《商颂·长发》五章云:
董氏谓《齐诗》作'骏駹'。所云董氏,即逌也;所云'齐诗',即《广川
诗故》中所采者也。"③成说是。宋人引前人说,多作"某氏曰",或前
著郡望,卫湜《礼记集说》前引姓氏是其著者。《吕氏家塾读诗记》
前所列姓氏,言"董氏曰"而未著郡望,检《宋志》南北宋之交著《诗
经》著作者唯董逌一人,参照朱熹所引,《读诗记》之董氏亦董逌也。
《读诗记》之董氏确定为董逌,今所引董氏曰"石经作某"者十

① 马端临:《文献通考·经籍考》,华东师范大学出版社,1985年,上册,第160页。
② 陈振孙:《直斋书录解题》卷2,第37页。下所引陈氏说同。
③ 成瓘:《读诗偶笔·齐诗考》,《篛园日札》卷3,北京:商务印书馆,1958年,第
190页。

次,而董逌于《书跋》中未论及《鲁诗》残石,何以著《诗故》却引述石
经? 考北宋张舜民、邵雍、方匋、姚宽诸家所记,无一言及《诗》者,
或嘉祐所出确仅《尚书》《论语》《公羊传》而无《鲁诗》。但初稿完
成于建炎三年(1129 年)之赵明诚(1081—1129 年)《金石录》,已有
《鲁诗》残石之记。其《汉石经遗字》云:

> 　　右汉石经遗字者,藏洛阳及长安人家,盖灵帝熹平四年所
> 立,其字则蔡邕小字八分书也……今余所藏遗字有《尚书》《公
> 羊传》《论语》,又有《诗》《仪礼》,然则当时所立,又不止六经
> 矣……今石本既已磨灭,而岁久转写,日就讹舛,以世所传经书
> 本校此遗字,其不同者已数百言,又篇第亦时有小异。使完本
> 具存,则其异同可胜数邪? 然则岂不可惜也哉! 而后世学者于
> 去古数千百岁之后,尽绌前代诸儒之论,欲以己之私意悉通其
> 说,难矣! 余既录为三卷,又取其文字不同者具列于卷末云。①

赵氏此文有几点可注意,一是所藏已有《鲁诗》残石,二是其所
藏残石拓本出于洛阳与长安人家,三是他与董氏相同,皆著有残石
文字校记。董逌所得为黄符从洛阳携来之拓本,未提及《鲁诗》残
石,赵所得多长安人家者,或其所藏为长安人家掘得,或其拓本由长
安传来。《金石录》初稿于赵氏逝世(1129 年)前完成,则《鲁诗》残
石出土于此前无疑。李清照《金石录后序》云,建炎三年十二月,金
人陷洪州,李犹携带所重卷轴书帖、写本、拓本等随身藏弆,其中即
有"汉唐石刻副本数十轴"。后因种种原因,或"欲赴外廷投进",或
为"官军收叛卒取去",或为邻人偷盗"穴壁负五簏去"②,终至渐渐
散尽,时在绍兴初年,而此节点正是董逌携《诗故》南渡之时。当然
董在南渡前后得到《鲁诗》残石拓本,固不必待赵、李藏弆之物散
出,其来源自可多途。仅就时间上考量,其在两宋之交获得残石拓

---

① 　赵明诚著、金文明校证:《金石录校证》卷 16,第 300 页。
② 　赵明诚著、金文明校证:《金石录校证》卷 16,第 562、563 页。

本,补入《诗故》,情理上极有可能。后于董逌的朱熹,在《答吕伯恭书》中曾说:"《董氏诗》建阳有版本,旦夕托人寻访纳去。其间考证极博,但不见所出,使人未敢安耳。"①朱熹在《诗集传》中引董说五次,但因其书不标出处,故慎不多引,并未言其伪。清代陈鳣在论及《广川诗故》时曾云:"《读诗纪》所载董氏说即此人,其言《齐诗》及石经、崔灵恩《集注》、江左古本多伪托,《诗考》误信之。"②臧庸亦有类似之疑,此皆因《齐诗》之伪而波及石经,而非细考嘉祐时熹平残石出土之来龙去脉及董氏考证石经之经历,率尔发论,不可为典要。

(一)《读诗记》所引汉石经

吕祖谦《读诗记》引"董氏曰石经作"有十条,将此与洪适《隶释》和马衡《汉石经集存》校核,可以察其来源,辨其真伪。兹将《读诗记》所引董逌论及石经《鲁诗》文字辑出,疏证如下。

(1) 卷三《召南·江有汜》:"董氏曰:汜,石经作洍。《说文》引《诗》作'洍',盖古为洍,后世讹也。"此字《隶释》不载,熹平残石不存。《说文·水部》:"洍,水也。从水,臣声。《诗》曰:江有洍。"又:"汜,水别复入水也。一曰汜,穷渎也。从水,巳声。《诗》曰:江有汜。"徐铉云:"按前洍字音义同,盖或体也。"马宗霍"洍"下云:"许汜下引《诗》与毛同,则此作洍,从三家也。"③马后文亦引董说,仍以三家为归。《易林·遯之巽》"江有沱汜",与毛同,清儒多以《易林》所用为《齐诗》,今齐、毛同作"汜",则石经之"洍"为《齐诗》之可能性极小,而完全可能为《鲁诗》字形。董氏据石经字形而谓"汜"为后世讹字,殊失草率。

---

① 朱熹:《晦庵先生朱文公文集·卷三十三·答吕伯恭书》,《朱熹全书》,第 21 册,第 1462 页。

② 陈鳣《简庄疏记》卷 3,民国《适园丛书》本。

③ 马宗霍:《说文解字引诗考》卷 4,《说文解字引经考》,学生书局,1975 年影印本,第 550 页。

（2）卷四《邶风·击鼓》"击鼓其镗"："董氏曰：镗，石经作鼞，《说文》亦作鼞。"此字《隶释》不载，《鲁诗》残石不存。《说文·金部》："镗，钟鼓之声，从金，堂声。《诗》曰：击鼓其镗。"又《鼓部》："鼞，鼓声也。从鼓，堂声。《诗》曰：击鼓其鼞。"马宗霍云："《毛传》云：'镗然，击鼓声也。'以镗为状鼓声之词。《说文·金部》引此诗作'镗'，与毛同，则此作鼞，从三家也。"①今董氏引石经《鲁诗》作"鼞"，则《说文》所录为《鲁诗》字形。马宗霍又云："训鼞为鼓声，与毛义亦不异。然既状鼓声，自以从鼓为正字，镗从金，假借字也。"此正所谓毛用假字，鲁用正字也。袁梅引《风俗通义》卷六"击鼓其镗"，以为《鲁诗》作"镗"，而"鼞"为齐、韩《诗》②，恐非。

（3）卷四《邶风·静女》"爱而不见"："董氏曰：隋得江左本作'静女其娃'，娃，好也。石经作'僾而不见'，《说文》曰：'僾，彷彿。'许慎引《诗》亦作'僾'。"娃见《说文》，略不论。《说文·人部》："僾，仿佛也。从人，爱声。《诗》曰：僾而不见。"《礼记·祭义》孔疏引《诗》同。马宗霍云："许引作僾，训为仿佛，字与毛异，义与郑异，盖本三家。案《礼记·祭义》云：'僾然必有见乎其位。'彼孔疏云：'僾，髣髴见也。《诗》曰：僾而不见。'正与许引合。"③马未引及董说，而《说文》与石经同，当是《鲁诗》也。《方言》第六"掩，翳薆也"郭璞引《诗》作"薆"，《尔雅·释言》"薆，隐也"郭璞注云："谓隐蔽。见《诗》。"马谓"薆"亦三家异文，此盖未知"僾"为《鲁诗》故也。袁梅据《祭义》孔疏引作"僾"，承袭清人陈寿祺、王先谦《礼记》为《齐诗》之见，遂谓《齐诗》作"僾"，《祭义》本先秦七十子所传，未必是《齐诗》，且孔颖达所引更非《礼记》之文，谓之《齐诗》，已误。

①　马宗霍：《说文解字引诗考》卷2，《说文解字引经考》，第389页。
②　袁梅：《诗经异文汇考辨证》，齐鲁书社，2013年，第45页。
③　马宗霍：《说文解字引诗考》卷2，《说文解字引经考》，第458页。

又谓"作'蔆'、'薆'者《鲁诗》"①,颠倒误甚。

（4）卷六《卫风·芄兰》"芄兰之支"："董氏曰：支,石经作枝。《说文》同。"《说文·木部》："芄,芄兰,莞也,从艸,丸声。《诗》曰：芄兰之枝。"陈乔枞云："枝,《毛诗》作支,支与枝同,古今文之异。"②马宗霍云："愚谓本诗下章云'芄兰之叶',则上章作'枝'为正字,许盖从三家也。"③《说苑·修文》引作"芄兰之枝",刘向习《鲁诗》,今董逌引《鲁诗》残石作"枝",正可印证,是则《说文》据当时通行之《鲁诗》也。

（5）卷八《郑风·子衿》"青青子衿"："董氏曰：石经作'子袊'。《说文》曰：'交袵也。'《尔雅》曰：'衣眦谓之襟。'孙炎曰：'襟,交领也。'"王应麟《诗考》"子袊,石经",盖即从董逌《诗故》或吕祖谦《读诗记》等转录。惠栋云："张有《复古编》云：衿,衣系也,从糸、今。古作紟,别作衿,非。又云：袊,袵也,从衣、金。别作襟,非。袊与襟通,与衿异。《正义》混衿、襟为一,非也。王伯厚云：汉石经作子袊,得之。"④是不知出于董逌所见之残石。段玉裁云："袊之字,一变为衿,再变为襟,字一耳。"⑤《鲁诗》作"袊",用正字也。上博简《孔子诗论》"《北风》不绝人之怨,《子立》不……",论者多谓《子立》即《子衿》,朱渊清更进而疑"立"为"金"字错写⑥,考察楚简"金""立"二字字形,误写确有可能。是则汉代甚至先秦此诗以"袊"为正字或通行之体,有社会基础。

（6）卷八《郑风·子衿》"挑兮达兮"："董氏曰：崔灵恩《集注》达作逢,石经挑作㧒,许慎《说文》兼用此二字。"《说文·辵部》：

①　袁梅：《诗经异文汇考辨证》,第 62 页。
②　陈乔枞：《三家诗遗说考·鲁诗遗说考三》,《清经解续编》,第 4 册,第 1201 页下栏。
③　马宗霍：《说文解字引诗考》卷 1,《说文解字引经考》,第 305 页。
④　惠栋：《九经古义》卷 5,《清经解》,第 2 册,第 755 页中栏。
⑤　段玉裁：《说文解字注》,江苏古籍出版社,2007 年,第 683 页下栏。
⑥　朱渊清：《释子衿》,载《知识的考古》,上海人民出版社,2012 年,第 331 页。

"达,行不相遇也。从辵,羍声。《诗》曰:挑兮达兮。"《又部》:"达,滑也。《诗》云:挑兮达兮。"据董说及六书构形,许慎"达"当作"达",作"达",后世隶、楷之变也。马宗霍以为"达"为三家诗,今唯可证《鲁诗》作"达",齐、韩字形未可知也。

(7)卷十《魏风·葛屦》"掺掺女手":"《说文》掺作'攕',山廉反,云好手貌。董氏曰:石经作攕。"毛传:"掺掺,犹纤纤也。"《文选·古诗十九首》李善注引《韩诗》:"纤纤女手。薛君曰:纤纤,女手之貌。"是《韩诗》作"纤纤"。《说文·手部》:"攕,好手兒。《诗》曰:攕攕女手。从手,韱声。"马宗霍云:"许引作攕,训曰'好手兒',字与韩异,而义与薛君《章句》合,当亦本之三家。"①证以董说,知《鲁诗》作"攕",用本字,《毛诗》用假字。《韩诗》作"纤",乃丝之细者,亦假字也。

(8)卷十三《陈风·衡门》"以诱掖其君也":"董氏曰:掖,石经作亦。"按,"以诱掖其君"系《小序》文,三家《诗》有无诗序,本属疑问,董氏从何而见此?考《增修互注礼部韵略》"亦"下云:"又也,撎也。又旁及之辞。《说文》与掖同。《诗·衡门序》'诱掖其君'《释文》云:'石经作亦。'盖古掖字本作亦,像人两掖之形。"此句文字绍定庚寅本《附释文互注礼部韵略》及日本真福寺藏本《礼部韵略》皆无此文②,当是毛晃及子居正在绍兴年间所增。此时正是董氏《诗故》流传之时,也是《鲁诗》残石出土之后不久。《韵略》之"释文"系"释文互注"之"释文",抑是陆德明之"经典释文"之"释文";是《衡门小序》之文,抑是董氏援引他处石经异文来释此小序之文,其间曲折,皆待新证。

(9)卷十六《豳风·鸱鸮》"彻彼桑土":"董氏曰:石经作桑

①　马宗霍:《说文解字引诗考》卷4,《说文解字引经考》,第579页。
②　《附释文互注礼部韵略》见《续古逸丛书》,广陵书社,2001年影印本,第1册,第548页上栏。日本真福寺藏本系残本,见该书入声二十二昔韵下。

杜。《方言》云荄杜根也。"陆德明《毛诗释文》:"音杜,注同。桑土,
桑根也。《小雅》同。《韩诗》作杜,义同。《方言》云:'东齐谓根曰
杜。'《字林》作敏,桑皮也,音同。"陈乔枞据赵岐《孟子章句》"取桑
根之皮以缠绵牖户"之说,谓"桑杜为桑根之皮"①,然则韩、鲁作
"杜"为正字,毛作"土"用假字也。陈乔枞又谓"桑土即杜之古文渻
借字,作者,三家之异文"②,犹欠分疏,盖韩、鲁自作"杜"也。

(10)卷二十《小雅·正月》"民之讹言":"董氏曰:讹言,石经
作伪言。"《诗》有"民之讹言"二句,一为《鸿雁之什·沔水》,一为
《节南山之什·正月》,今本《毛诗》皆作"民之讹言",汉熹平石经残
石有"为陵民之讹"数字③,足证熹平石经亦作"讹",与《毛诗》同。
《正月》残石作"讹",可推知《沔水》字当同。《鲁诗》既作"讹",则
董逌所见不可能是"民之讹言"残石。考《唐风·采苓》有"人之为
言"六句,出现频率较高。《释文》云:"为言之为,于伪反。或如字。
下文皆同。本或作伪字,非。"孔疏云:"王肃诸本皆作'为言',定本
作'伪言'。"则陆氏所非之"伪",即定本之字形。《白孔六帖》卷九
十二作"伪",山井鼎《考文》谓古本亦作"伪",皆循定本字形也。就
整首诗诗旨而言,作"伪"自有根据,故孔疏释传作"人之诈伪之
言"。臧庸谓"伪乃古文为字"。若然,则疑董逌所引残石之"伪言"
系《采苓》残文,而误注于《正月》诗句之下,遂为吕祖谦所承袭也。

以上十条石经文字,除第八条待考,第十条系董氏误系,其他八
条当属董氏所见嘉祐以后出土之《鲁诗》残石文字。董所录九条,
皆不见于今《隶释》,可以想见南北宋之际,石经出土,各自流传,学
者所见有所不同。以此校核二十世纪出土之残石,亦皆不见于残石

① 陈乔枞:《三家诗遗说考·韩诗遗说考六》,《清经解续编》,第 4 册,第 1373 页上栏。
② 陈乔枞:《四家诗异文考》卷 2,《清经解续编》,第 5 册,第 44 页下栏。
③ 残石见马衡:《汉石经集存》第 61 号,科学出版社,1957 年,图版十一。虽"讹"字下
   部残,然上部可见,绝不作"伪"或"讹"。

《鲁诗》,即此可以证明董逌所录所记有一定可靠性。与董氏相先后,赵明诚亦记录《鲁诗》异文,惜散佚不见。稍后之娄机(1133—1212年)著《汉隶字源》六卷,于目录中记其第一百三十九为石经《鲁诗》残碑①。其隶书字形中收录《鲁诗残碑》中"贯""啇"二字,皆见于《隶释》,或娄机与洪适所见残石为一系,或洪著囊括娄机《字源》之残字。无论如何,《隶释》不收以上九条,表明洪适未见其残石或拓本,至于其是否读过《广川诗故》,今已无法推测。即便洪适读过《诗故》,其《隶释》所录必为残石原文,故不录《诗故》之辗转记载。然就此致使董逌当时所校文字大多散失,仅凭吕祖谦《读诗记》略存数条,至为可惜。

(二)《五经异文》所引汉石经

《五经异文》,明代陈士元撰。士元字心叔,应城人,嘉靖二十三年(1544年)进士,官至滦州知州。未几,以才见忌,遂解绶归,一意著述。著有《易象钩解》四卷、《易象汇解》二卷、《五经异文》十一卷、《论语类考》二十卷、《孟子杂记》四卷、《古俗字略》七卷、《韵苑考遗》四卷、《滦州志》十一卷、《楚故略》二十卷、《姓汇》四卷、《姓觿》二卷、《名疑》四卷、《归灵集》若干卷②。《五经异文》一书辑录经典异文,其卷五至卷七为《诗经异文》。陈氏自序其书云:"暴秦焚书,汉兴屡下购书之令,而经文竟多残逸。所立博士,各家师授转录不同。况汉初文字兼行篆隶,后世易以今文,岂得尽同。"此道出异文产生之第一条途径。又云:"汉儒称引经语,皆出自记忆,非有

---

① 娄机:《汉隶字源》,《文渊阁四库全书》,第225册,第811页下栏。按,张国淦《历代石经考·汉石经》谓娄机《字源》载其《尚书》存一百三十九字,《鲁诗》存一百四十字,《仪礼》存一百四十一字,《公羊》存一百四十二字,《论语》存一百四十三字",殆误将娄氏序碑数视为存字数,应当指正。张国淦:《历代石经考·汉石经》,《历代石经研究资料辑刊》,北京图书馆出版社,2005年影印本,第4册,第124页。
② 陈氏为官未几即隐退,生平少见记载。《四库全书总目》亦未详其生平履历。今从《湖广通志》和《明史艺文志》录其行历与著作。

镂本可较,且撰者各成一家言,其文自不能同。"①此为异文产生又一途径。二条途径皆当时之客观状况,是陈氏撰作此书之本意。今《诗经异文》中有引"石经同""石经作某"者十七条,其中与《读诗记》相同者有六条,录如下②:

《击鼓》:"击鼓其镗,《说文》作鼞,石经同。"

《静女》:"爱而不见,石经爱作僾,《说文》同。"

《芄兰》:"芄兰之支,石经支作枝,《说文》《说苑》同。"

《子衿》:"石经作子裣。"

《子衿》:"挑兮达兮,石经挑作㨂,崔灵恩《集注》达作逹,《读诗记》作逹,《说文》引《诗》挑兮达兮"。

《小雅·正月》:"民之讹言,《说文》作谣言,石经作伪言。"

陈书"挑兮达兮"下明言"《读诗记》作逹",是其撰著时曾以《读诗记》为参考。亦有《读诗记》虽无,而见于洪适《隶释》"石经鲁诗残碑"者四条,录如下③:

《葛屦》:"维是褊心,是以为刺。石经维作惟,刺作刾,《读诗记》作刾"。

《陟岵》:"夙夜无已,石经作毋已。"

《伐檀》:"坎坎伐轮兮,石经作欿欿。不稼不穑,石经作不啬。"

《唐风·蟋蟀》:"山有枢,石经作蓲,《尔雅》作有蓲。"

董逌《诗故》所得残石与洪适异,故《诗故》中不可能有洪适所见残石文字。吕祖谦《读诗记》参考《诗故》,故其录《诗故》中残石文字

---

① 陈士元:《五经异文》,《四库全书存目丛书·经部》,齐鲁书社,1997年,第149册,第195页上栏。

② 以下六条见陈士元:《五经异文·诗经异文》,《四库全书存目丛书·经部》,第149册,第226页上栏、第227页上栏、第229页上栏、第230页上栏。

③ 以下四条见陈士元:《五经异文·诗经异文》,《四库全书存目丛书·经部》,第149册,第230页上栏、第237页下栏、第231页上栏、第231页下栏。

而不录《隶释》残石文字。陈氏在《书经异文》中所录残石文字多于《隶释》所录，可互相参见，则陈氏见到《隶释》似无疑义。此四条见于洪适"石经鲁诗残碑"所录，当为参考过《隶释》之证。

另有六条既不见于《读诗记》所引，亦不见于《隶释》所载，列出疏证如下：

《陈风·防有鹊巢》："邛有旨鹝，《说文》作旨鶪，石经作旨鶪，《玉海补遗》作旨鶪。"①

陈氏云"石经作旨鶪"，今不见于《隶释》，是否出于《诗故》，无征。考《鲁诗世学》卷十三云："邛有旨鶪，毛本作鹝。"是袭《世学》而来。

《小雅·杕杜》："檀车幝幝，《韩诗》作张张，石经作輲輲。"②

"輲輲"不见《读诗记》和《隶释》，似从他书引录。今《鲁诗世学》亦作"幝幝"，注云："音阐。"知非从丰坊书转录。《通雅·释诂》"骒骒通作幝幝或作襢襢张张"条云："《释文》引《诗》'檀车张张'，音幝。别有见本，不可直读张张为幝幝也。石经作'檀车輲輲'，《韩诗》作襢襢。"③方氏此字形从何而来，考《诗经世本古义》卷七注云："石经作輲輲，《释文》作张张。"是从何楷书而来。何楷所承丰坊《世学》又无此字形，是转转录自《诗故》，抑是别有所承，今莫能考。

《小雅·节南山》："琐琐姻亚，石经作嫺婭。"④

"嫺婭"不见于《读诗记》和《隶释》，何楷《世本古义》云："姻，

---

① 陈士元：《五经异文·诗经异文》，《四库全书存目丛书·经部》，第149册，第233页上栏。

② 陈士元：《五经异文·诗经异文》，《四库全书存目丛书·经部》，第149册，第235页上栏。

③ 方以智：《通雅》卷9，《方以智全集》，上海古籍出版社，1988年，第1册，第381页。

④ 陈士元：《五经异文·诗经异文》，《四库全书存目丛书·经部》，第149册，第237页上栏。

石经、丰本俱作媤。亚,石经、丰本俱作婭。"今天津图书馆藏清抄本《鲁诗世学》卷七作"姻亚"①,盖何氏所见本作"媤婭"矣。

《小雅·蓼莪》:"缾之罄矣,《说文》作窒矣,窒,空也,石经同。"②

"罄",石经同《说文》作"窒",可以说石经同《说文》,然《鲁诗世学》卷二十二亦作"缾之窒矣",何楷《世本古义》卷此句下注:"《说文》、丰氏本俱作窒。"是显从《世学》而来。

《大雅·大明》:"驷騵彭彭,石经作四騵。"③

"驷騵彭彭",《鲁诗世学》卷二十五作"驷騵彭彭"同④,《世本古义》卷十同。今陈氏谓"石经作四騵",是别有所承,抑从《诗故》转录,今已难考。

《大雅·板》:"无然泄泄,石经作呭呭,《说文》作詍詍,《尔雅》作泄泄。"⑤

"无然泄泄",《鲁诗世学》《世本古义》皆同。陈氏云"石经作呭呭",据何楷《世本古义》卷十六云:"私列翻。《说文》引此作'呭呭',又作'詍詍'。《尔雅》、今石经俱作'泄泄'。"《说文》"呭""詍"下并引诗,马宗霍云:"呭与詍音义并同。作呭为三家文,詍亦三家文也。"⑥陈氏系从《说文》省悟而作,抑或别有所据,今莫可考。何楷所谓"今石经",殆指唐开成石经,作"泄泄"避唐讳。

以上六条皆不见于二十世纪二十年代出土之熹平残石文字,就

① 丰坊:《鲁诗世学》卷23,《四库全书存目丛书·经部》,第61册,第91页下栏。

② 陈士元:《五经异文·诗经异文》,《四库全书存目丛书·经部》,第149册,第239页上栏。

③ 陈士元:《五经异文·诗经异文》,《四库全书存目丛书·经部》,第149册,第242页下栏。

④ 丰坊:《鲁诗世学》卷23,《四库全书存目丛书·经部》,第61册,第128页上栏。

⑤ 陈士元:《五经异文·诗经异文》,《四库全书存目丛书·经部》,第149册,第244页下栏。

⑥ 马宗霍:《说文解字引诗考》卷1,《说文解字引经考》,第352页。

逻辑而言,允可为宋人所得所见。今考"邛有旨鹝""琐琐婤娅""鉼之窒矣"皆承丰坊伪书《鲁诗世本》而来。"檀车幝幝"是承自《诗故》,还是《鲁诗世学》,"四骥彭彭"是转录《诗故》,还是别有所承,"无然呭呭"是从《说文》字形想象为《鲁诗》,还是从《诗故》传抄,今皆一时难以论定。相较而言,吕祖谦在南宋,《读诗记》开列董逌之名,其所言"董氏曰石经"云云,视作熹平石经较为可信。陈士元身处明末,尤其是在丰坊《鲁诗世学》和何楷《世本古义》出现之后,所言"石经作某"之来源稍显模糊,可靠性也略逊于东莱。但其当时所见,容有今所不见之书,"幝幝""四骥""呭呭"三条,是直接或间接从《诗故》而来,还是从他书而得,一时难以确定。但北宋出土之熹平残石文字,在今天看来,只字词组,皆珍稀可贵,故不惮繁赜,与董逌石经《鲁诗》文字一并勾考,以备稽核。

　　北宋嘉祐前后出土之《鲁诗》残石拓本仅有《隶释》所存,而原石或早已粉身碎骨,下落不明。故董逌《诗故》所录熹平石经残文,今所见虽寥寥数条,但对了解宋代熹平残石真实的出土情况,弥足珍贵。陈士元《诗经异文》数条,虽未能确定从董逌《诗故》而来,亦不能排斥,故必须表出之以备考。将此钩稽所得孤文残字与二十世纪二十年代和八十年代出土之大批残石汇聚在一起,对考察和研究熹平石经历史,进一步梳理四家《诗》文字诗说异同,有其不可低估的价值。

清以前之三家《诗》研究鸟瞰^①

西汉以《鲁诗》最盛,齐、韩次之,先后立为博士。《毛诗》仅行于河间,后虽一度立为博士,旋废。东汉以还,《毛诗》渐行渐盛,然终不为朝廷所重,故熹平镌刻石经,仍以《鲁诗》为主而校以齐、韩异文。中平之际,郑玄取《毛诗》作笺^②,行于世。康成殁,郑学风行五十年,古文经学亦骎骎乎驾于今文经之上。曹魏正始年间,古文学纷纷立于学官,遂有三体石经之刊。当此之时,《齐诗》式微,以至于亡;《鲁诗》中衰,不过江东;唯《毛诗》《韩诗》行于六朝,而《韩诗》亦少传者^③。唐初孔颖达奉诏纂辑《毛诗正义》,《韩诗》益微。唯因其与《毛诗》并行,故《释文》《文选注》犹存其文。

---

① 本文为国家社科基金项目《从石经鲁诗异文看清人四家诗研究》(09BZW017)阶段性成果。

② 熹平石经刊刻在熹平四年(175年),至光和六年(183年)竣工。康成自叙:"党锢事解,注《古文尚书》《毛诗》《论语》。"(《文苑英华》卷766)孔颖达亦云:"当后汉桓、灵之时注此书(引按,指《毛诗郑笺》)也。"(《毛诗·周南·关雎训诂传第一 郑氏笺》正义)党锢之祸事解于中平元年(184年)四月,康成自叙《笺》作于党锢事解,是则谓其作于中平元年以后。其时熹平石经刚刊成,康成独取古文《毛诗》作笺,虽说所习使然,或亦隐有深意,此事大可玩味。

③ 陆德明《经典释文·注解传述人》:"《齐诗》久亡,《鲁诗》不过江东,《韩诗》虽在,人无传者。"

　　宋初疑经之风渐炽，而《诗》为各家之矢的。北宋疑《诗》，犹多在大小《诗序》，如欧阳修、刘敞、王安石、司马光、二苏、程颢等皆有论及，唯刘敞兼及《诗经》文字和章句。至南宋承流，有发展亦有驳正，吕祖谦部分肯定《诗序》，朱熹则经历"少时信奉《诗序》，中年怀疑《诗序》到晚年不尊《诗序》"三阶段①。由疑《诗序》而疑及其他，综观两宋对《诗经》之疑与考，可归纳为下列几方面：

　　（1）风雅颂之名。程大昌曾疑《诗》本有南、雅、宋三类，而无"国风"之名②。由无"国风"之名，复又议改《毛诗》标目，如《毛诗》今作：

　　　　周 南 关 雎 诂 训 传 第 一
　　　　　　毛 诗　　　　国 风

当改为：

　　　　关 雎 诂 训 传 第 一
　　　　　　毛 诗　　　　周 南

十五国风准此，而雅、颂则从今本《毛诗》③。

_____

①　参见杨新勋：《南宋疑经述论》，《宋代疑经研究》第三章，中华书局，2007 年，第184 页。

②　程大昌《考古编·卷一·诗论一》云："《诗》有南、雅、颂，无国风，其曰'国风'者，非古也。夫子尝曰'雅、颂各得其所'，又曰'大雅云'，又曰'人而不为《周南》《召南》'，未尝有言'国风'者，予于是疑此时无'国风'一名。然犹恐夫子偶不及之，未敢遽自主执也。左氏记季札观乐，历叙《周南》《召南》《小雅》《大雅》《颂》，凡其名称与今无异。至列叙诸国，自邶至豳，其类凡十有三，率皆单纪国土，无今国风品目也。当季札观乐时，未有夫子，而诗名有无，与今《论语》所举悉同，吾是以知古固如此，非夫子偶于国风有遗也。"（《丛书集成初编》第 0292 号，第 2 页）黄慎忠谓程氏所说之"古"若指战国之前，则其说甚是。见《南宋三家诗经学》第二章，台湾商务印书馆，1988 年，第 102 页。

③　程大昌《考古编·卷二·诗论十二》云："毛氏之标篇记卷也，于二雅、三颂每一更卷，特曰某诗之什，卷第若干，而其或雅或颂，则别出一简列真左方，未尝举而加诸记卷之首也。独至于《周南》《召南》十三国者，则皆炊数国名，升而系诸各卷诗名之上，如曰'周南关雎传第一'、'邶柏舟传第三'，而后别出'国风'一目，布之左简，二体既异，而其书类例由此不能自相参合，且多与札语牴牾矣。"[《丛书集成初编》（转下页）

（2）小雅篇什之数。如《鹿鸣之什》和《南有嘉鱼之什》各十三篇，《鱼藻之什》有十四篇，皆与"什"义不符。自郑玄指为毛公"分众篇之义，各置于其篇端云。又阙其亡者，以见在为数，故推改什首，遂通耳"。故苏辙、吕祖谦、朱熹皆各有改并①。

（3）《毛诗》之篇名。王柏曾从古诗多以篇首字为题出发，对《诗》之篇题提出独见，谓《桑中》当曰"采唐"，《权舆》当曰"厦屋"，《大东》当曰"小东"②。

（4）《毛诗》之篇次。《毛诗》篇次之舛错，孔颖达早有怀疑。苏辙承之，乃于《载驰》下云："列国之诗，皆以世为先后，非如十五国风无先后大小之次，固当以世为断。"遂谓《载驰》《兔爰》《清人》，若以世次序之，皆失其原有之次。王柏又进一步更定《召南》《邶鄘卫》《文王之什》《清庙之什》之篇次。

（5）《毛诗》章句错简。《毛诗》之衍夺错简，汉代经师已有指说，如《小雅·都人士》之首章，为三家所无。宋王质《诗总闻》和王柏《诗疑》又据前后文意、语脉，指出《文王有声》之"皇王烝哉"二章当在"武王烝哉"二章之后，《硕人》三四章互易，《下泉》末章疑为《小雅·黍苗》之错简等等③。

以上所举，虽未必皆有理据，个别甚至疑所不必不当，然由此可见宋儒于《毛诗》，从大小序到风雅颂之名、篇什之数，乃至篇名、篇次、章句位置等皆有疑义。即此诸多之疑，《毛诗》在宋儒心目中，已非神圣不可动摇之经典。缘《毛诗》地位之降落，不免对显赫于

（接上页）第 0292 号，第 13 页]并参见叶国良：《宋人疑经改经考》，第 86 页。

① 参见苏辙《诗集传》、吕祖谦《吕氏家塾读诗记》及朱熹《诗集传》、辅广《诗童子问》等。

② 王柏：《诗疑》卷 1，《通志堂经解》，第 7 册，第 553 页下栏。

③ 以上数点，叶国良《宋人疑经改经考》第三章多有列证与考按，杨新勋《宋代疑经研究》亦有涉及，至王柏之疑《诗》篇章错简，王书而外，程元敏《王柏之诗经学》上编有详细述证，皆可参阅。

两汉且已散佚之《齐诗》《鲁诗》和部分《韩诗》产生追念与怀想,进而希冀自己对疑义之悬测能从残存之鳞爪中得到印证。朱熹对《毛诗》存有疑义和独见,因而对三家《诗》有所眷顾,说诗常征诸文献中残存之齐、鲁、韩《诗》义。尝曰:"李善注《文选》,其中多有《韩诗章句》,常欲写出。"①常欲写出而终未写,未免遗憾,而此遗憾由王应麟来弥补。

王应麟(1223—1296 年),字伯厚,号深甯居士,又号厚斋。天性颖悟,少年高第。受程朱学派王埜和真德秀等人之影响,对朱熹自有一份特殊感情。其所撰《诗考》亦与朱熹治《诗》方法、态度有关系。《诗考序》有"独朱文公《集传》闳意眇指,卓然千载之上,言《关雎》则取匡衡;《柏舟》妇人之诗,则取刘向;笙诗有声无辞,则取《仪礼》"云云,盖得之于文公博采之旨。而云"文公语门人:《文选注》多《韩诗章句》,尝欲写出。应麟窃观传记所述三家绪言,尚多有之,冈罗遗轶,傅以《说文》《尔雅》诸书,稡为一编,以扶微学、广异义,亦文公之意云尔。读《集传》者或有考于斯"②。更表明本文公之意而辑录遗轶,"扶微学、广异义",以备读《诗集传》者之助。

紬读《诗考》,可以意会王氏虽分为《韩诗》《鲁诗》《齐诗》《诗异字异义》《逸诗》六类及《补遗》,其撰作亦非有一严密之规划。三家之中,《韩诗》篇幅占绝对多数,《鲁诗》《齐诗》皆仅寥寥十多条,虽《韩诗》后亡,存世遗文多,亦不至悬殊如是。分析其类别及其分配,可知其书未经很好规划。略举一二例,以见一斑。

《韩诗》"鹑之奔奔"下注:"《左传》作贲贲。"按,其下文引"奔奔、疆疆,乘匹之貌",注云"《释文》",《毛诗释文》此条明标"《韩诗》云";下文"人而无良",注云"《外传》",知王氏将此数条皆归为《韩诗》。今《外传》作"人之无良",与《毛诗》同,各家

① 朱熹:《朱子语类》卷 80,中华书局,1986 年,第 6 册,第 2066 页。
② 以上二条王应麟《诗考序》,《玉海》附,第 6 册,第 2 页上栏。

有说,此姑不论①。《韩诗》之"奔奔",亦与《毛诗》同,而《左传》之"贲贲",与韩、毛皆异。考王氏于《鲁诗》《齐诗》《诗异字异义》下皆不再列《左传》此条异文,知此处仅是备列而已,非意指《左传》此条为《韩诗》。照此例知,《鲁诗》下所引《说文》《礼记注》《白虎通》、沈适引《后汉书》等皆或连类而及的备列异文,并非有目的地列于《韩诗》下。王氏《后序》云:"许叔重《说文》谓其称《诗》毛氏,皆古文也。而字多与今《诗》异,岂《诗》之文亦如《书》之有古今欤。"既疑《说文》所引字有古今,而将之揽入《韩诗》下,不列于《异字异义》和《补遗》中,亦属率尔。推其撰作过程,很可能是以《韩诗》为主而最先辑录,其他则附之而已。此与其本朱文公之意辑录相吻,遂使《韩诗》之篇幅遂远过于鲁、齐二家。《诗考》中各家异文和各家诗说混列一处,不予区分,此亦是草创之初,体例不甚细密所致②。

当王氏辑《诗考》时,其意识对四家《诗》之异同认识尚不足,曾云:"《诗》四家义同,唯《韩诗》略见于《释文》,而鲁齐无所考。"③但以其博学之才识,已经注意到如何从《释文》外之史料中去甄别三家《诗》说、异文。说云:

> 刘向《列女传》谓蔡人妻作《芣苢》,周南大夫妻作《汝坟》,申人女作《行露》,卫宣夫人作《邶·柏舟》,定姜送妇作《燕燕》,黎庄公夫人及其傅母作《式微》,庄姜傅母作《硕人》,息夫人作《大车》;《新序》谓伋之傅母作《二子乘舟》,寿闵其兄作忧思之诗,《黍离》是也。楚元王受《诗》于浮丘伯,向乃元王之孙,所述盖《鲁诗》也。郑康成注《礼记》以"于嗟乎驺虞"为叹

---

① 陈乔枞《韩诗遗说考》谓王应麟所见为《外传》古本,屈守元则谓元明诸本《韩传》无作"而"字者,"未宜辄改也"。屈守元:《韩诗外传笺疏》卷9,第769页。
② 将异文与诗说分列,始见于明代陈士元《五经异文》中《诗经异文》,详后文。
③ 王应麟:《诗考后序》,《玉海》附,第6册,第29页下栏。

仁人,以《燕燕》为定姜之诗,以"生甫及申"为仲山甫申伯,以商为宋诗……康成从张恭祖受《韩诗》,注《礼》之时未得《毛传》,所述盖《韩诗》也。①

以上考证刘向用《鲁诗》,郑玄用《韩诗》,是最先用师承家法来定用《诗》者,虽清儒不无异说,但却无不是从王氏此一思维中延展与细化。如王氏后文又谈到贾谊、司马迁、班固、《白虎通》、韦昭、赵岐等论诗,以为莫衷一是,而清儒则皆一一作考订归派。就此而言,王氏《诗考》大辂椎轮,雏形虽具,尚未中规,而授人以轮,遂启车形。

元明两代,三家《诗》研究虽然沉寂,确亦有其可述者。明弘治间有许诰《诗考》五卷②,惜其书佚不能知内容。中叶以后,如杨慎已注意收集三家《诗》异文解释《毛诗》文句。《丹铅续录》卷一:

考槃在涧:涧,按《韩诗》作"干",《章句》云:地下而黄曰干,又水曲曰干,江干、长干是也。况干与宽为韵自协。③

利用异文,解"涧"为水曲之干,此较马瑞辰解"涧与干双声,古即读涧如干"为早。又:

愬如调饥:调,《韩诗》作"朝"《薛君章句》云:"朝饥最难忍。"其义晰矣。《毛诗》作"调",本属鲁鱼,而郑氏求其说而不得,乃云"调音稠",又改字作輖。调,饥也。稠,饥也。輖,饥也。三者均之不通也。愈解而愈离真,不若朝饥之为长也。焦氏《易林》云:"佀如旦饥。"晋郭遐周诗:"言别在斯须,愬焉如朝饥。"汉晋去古未远,当得其实耳。④

应麟《诗考》未收《韩诗》"朝"字。《说文·心部》引《诗》"愬如朝饥",未言何家诗。杨慎《古音丛目·十二锡》"惄"下云:"《韩诗》

① 王应麟:《诗考后序》,《玉海》附,第6册,第29页下栏。
② 见朱彝尊:《经义考》卷112《诗十五》,上海古籍出版社,2010年,第5册,第2093页。
③ 杨慎:《丹铅续录》卷1,《文渊阁四库全书》,第855册,第131页上栏。
④ 杨慎:《丹铅续录》卷1,《文渊阁四库全书》,第855册,第131页上栏。

'惄如朝饥',《说文》作'愬'。"①指为《韩诗》,故其《丹铅续录》作
如此解。后朱睦㮮(1517—1586年)《五经稽疑》卷三论《毛诗·汝
濆》篇全用杨说②。杨慎又有《风雅逸篇》一书,其卷四"逸诗句"下
专辑录《论语》《国语》《左传》《礼记》《大戴礼》《战国策》《荀子》
《吕氏春秋》《家语》《史记》《淮南子》《汉书》《后汉书》《集韵》等书
中古诗逸句,共得四十七条③。杨氏之后周应宾在《九经考异》附录
《九经逸语·逸诗》下仿杨慎之例,辑录文献中逸诗,较杨氏多出三
五条④,很可能系以杨书为本而增补者。经典逸句有可与《毛诗》校
核异同者,然杨、周二书辑录后皆未对照而分析论证,可见在主观上
尚未有比较研究之意识。

　　明代最著名亦争议最大之三家《诗》著作,即被称为是丰坊伪
作之《鲁诗世学》三十二卷。该书首题:宋丰稷相之正音、明丰庆文
庆续音、丰耘用勤补音、丰熙原学正说、丰道生人季补考、门人何昆
汝金续考。首卷为《子贡诗传》,而后为《诗序》,再继之以三十卷正
文。《子贡诗传》一卷,明代张次仲已疑其伪:

　　　《子贡诗传》亦尝有合于诗志,未可竟斥置之。然纰缪牵
　　合,往往而有。大约因夫子"可与言诗"一言而附托之耳。其
　　初世不㮣见,始盛于嘉靖之初。如黄泰泉、季彭山虽未深信,亦
　　或取焉。丰一斋著《鲁诗正说》,信之最深。子南禹任诞多才,
　　又加缘饰。是书尝至乱真,若《定之方中》其尤著者也。⑤
至朱朝瑛于《读诗略记·论伪诗传》中直斥其伪:

　　　嘉靖初有伪为《子贡传》及《申培诗说》,乃尽更其旧而变
　　乱之。最异者以《鲁颂》为《鲁风》,而取《鸱鸮》诸诗以冠其首,

————————————

①　杨慎:《古音丛目》卷5,《文渊阁四库全书》,第239册,第275页下栏。
②　朱睦㮮:《五经稽疑》卷3,《文渊阁四库全书》,第184册,第712页下栏。
③　杨慎:《风雅逸篇》卷4,《丛书集成新编》,第56册,第697—698页。
④　周应宾:《九经考异》附录,《四库全书存目丛书·经部》,第150册,第582—584页。
⑤　张次仲:《待轩诗纪》卷首,《文渊阁四库全书》,第82册,第44页上栏。

更以《定之方中》为僖公之诗附益焉,而题之曰《楚宫》。当时
好事者翕然称之。①

清代黄虞稷等均从之。然此书之所以能欺世风行,有诸多原因②。
笔者认为,黄佐之序(或谓序亦丰氏所伪)称其得秘阁所藏宋以来
赵明诚、黄伯思、董逌、洪适、胡元质、范成大等玩拓之石经墨本,是
取信于人之不可忽视之因。丰坊矫丰熙《正说》在《子贡诗传》下
云:"此石经所刻孔氏《诗传》,子贡述,所以发明一诗之大旨者
也。"③俨然出自山岩屋壁,为稀世秘籍。顾起元在数说石经流传之
后云:"所载石经出宋时,他传记绝无载者,不知丰氏何自得之也。"
辞虽将信将疑,隐含之意是若其来历明确,自可相信。至朱彝尊始
以洪适《隶释》所存熹平石经文字校验,凡石经《鲁诗》不同于《毛
诗》者,《世学》一同《毛诗》,故云丰氏"未觌《鲁诗》之文也"④。今
人林庆彰著《丰坊与姚士粦》,就版本、源流、篇名篇章、篇目篇次乃
至其抄袭之书皆一一考证明白,定为丰坊伪撰。犹特立《诗说与汉
石经残字不合》一节⑤,将丰书与《汉石经集存》校核,揭橥其篇名不
合十二例、篇序不合六例,证明丰氏未见熹平石经,可谓铁证。《诗
经》正文多有注"毛诗作某",意其所据乃《鲁诗》。兹再举几例文字
之不合石经《鲁诗》者如下⑥:

　　《采蘋》"于以湘之",石经作"䔕",《世学》仍作"湘"。

　　《野有死麕》二章"林有朴樕,野有死鹿",石经"野"作

---

① 朱朝瑛:《读诗略记》卷首,《文渊阁四库全书》,第 82 册,第 342 页下栏。
② 关于其风行原因,贺广如在《明代的三家诗学——兼论清今文诗学的兴起》(载《人文中国学报》第 15 期)中有引述和分析。
③ 丰坊:《鲁诗世学》卷首,《四库全书存目丛书·经部一》,齐鲁书社,1997 年,第 60 册,第 637 页下栏。
④ 朱彝尊:《经义考》卷 113,第 5 册,第 2104 页。
⑤ 林庆彰:《丰坊与姚士粦》,华东师大出版社,2013 年,第 114—125 页。
⑥ 以下四条中引文自丰坊:《鲁诗世学》,《四库全书存目丛书·经部》,第 60 册,第 708 页上栏、第 712 页下栏、第 782 页上栏、第 798 页下栏。

"墅",《世学》仍作"野"。

《山有枢》"山有枢",石经作"蓲",《世学》仍作"枢"。按,此字《毛诗释文》云"本或作蓲。乌侯反。"而《世学》无视不采,仍云:"枢,木名,刺桐也。"

《叔于田》"叔于田",石经作"‧叔于□",《世学》作"未于田",自注云:"毛本作'叔',下同。毛本未上有'大'字,今从石经删去。"按,据残石形制,不可能有"大",且字作"叔"。

以上数例,足见丰氏皆师心自用以欺世。故此书虽以《鲁诗》名,实与三家《诗》无关,甚且是一种反动与淆乱。然若指其为全部伪作,恐又未必。如《静女》一诗:

静一作妌女其娈,音枢,毛本作姝。俟我于城隅,僾毛本作爱,非。而不见,搔首踟蹰。①

娈、僾二字从何而来,有何证据证明毛本作"爱"之非?考《吕氏家塾读诗记》卷四引云:"董氏曰:隋得江左本作静女其娈。娈,好也。石经作僾而不见,《说文》曰:'僾,彷彿。'许慎引诗亦作僾。"②吕氏所引董氏指董逌,逌有《广川诗故》四十卷,逌于两宋之交,多得石经,持有《鲁诗》文字,今《读诗记》所引董说,犹有多云石经作某者。熹平石经诗残石皆《鲁诗》,丰坊固知之,于是摘录董说而抹其名,据为己说。然宋时所得残石有限,欲更张整部《诗经》,不得不造伪,于是漏洞百出,为世所诟。

此外有一思路极为清晰之人,即陈士元。其《五经异文》十一卷,馆臣以为"是编考订五经文字异同,大抵以许慎《说文》、陆德明《经典释文》为主,而捃摭杂说附益之,其所援据,颇为寒窘",置之存目。《诗经异文》四卷,系《五经异文》之卷五至卷八。所收异文远较王应麟为多,即与杨慎相较,亦突过其数。如《甘棠》一诗,辑

① 丰坊:《鲁诗世学》卷9,《四库全书存目丛书‧经部一》,第60册,第721页下栏。
② 吕祖谦:《吕氏家塾读诗记》卷4,《文渊阁四库全书》,第73册,第383页上栏。

录五条异文：

> 蔽芾甘棠　《外传》作蔽茀。勿翦勿伐　《释文》翦作劗，《集韵》同，《汉书》作髻。召伯所茇《说文》作所废。召伯所憩　《韩诗》作所税。勿翦勿拜　《广韵》拜作扒。①

此诗异文王应麟亦辑录，唯《集韵》同作劗，《韩诗》所税，为王氏所遗。《柏舟》一诗，辑录八条：

> 如有隐忧　《文选注》作殷忧。我心匪鉴　《释文》作匪监。我心匪石　《列女传》作非石。我心匪席　《列女传》作非席。威仪棣棣　《礼记》《汉书》注并作逮逮。不可选也　《朱穆传》注作筭也。寤辟有摽　《说文》作晤辟，《玉海补遗》作寤澼。胡迭而微　《释文》作胡载。②

此诗王应麟辑七条，陈氏多"我心匪鉴　《释文》作匪监"一条。偶有作考证文字者，如《汝坟》"惄如调饥"下引《说文》、郑注、朱注、《韩诗》和《吕氏读书记》后，再引杨慎之说以证。陈氏搜集异文，不仅传世文献，亦已关注出土石经。如《郑风·子衿》下：

> 子衿，石经作子袷。……挑兮达兮，石经挑作犮。崔灵恩集注达作逵，《读诗记》作逵，石经挑作犮。《说文》引诗"犮兮逢兮"。③

此条缘于董逌《广川诗故》。吕祖谦《吕氏家塾读诗记》卷八《子衿》下引"董氏曰：石经作子袷。《说文》曰：交衽也"，"董氏曰：崔灵恩集注达作逵，石经挑作犮。许慎《说文》兼用此二字"④，《读诗

---

① 陈士元：《五经异文·诗经异文》，《四库全书存目丛书·经部》，第149册，第225页下栏。
② 陈士元：《五经异文·诗经异文》，《四库全书存目丛书·经部》，第149册，第226页上栏。
③ 陈士元：《五经异文·诗经异文》，《四库全书存目丛书·经部》，第149册，第230页上栏。
④ 吕祖谦：《吕氏家塾读诗记》卷4，《文渊阁四库全书》，第73册，第430页上栏。

记》所说"董氏",皆出于《广川诗故》①。又如《魏风·伐檀》:

> 不稼不穑,石经作不啬。

《唐风·山有枢》:

> 山有枢,石经作有蓲,《尔雅》作有蕍。

《魏风·陟岵》:

> 夙夜无已,石经作毋已。②

啬、蓲、毋三字,洪适《隶释·石经鲁诗残碑》收录③,知为陈氏所本。亦有今不见他书所引,而陈氏用石经异文者,如《小雅·节南山》:

> 琐琐姻亚,石经作嫙娅。

《小雅·蓼莪》:

> 缾之罄矣,《说文》作䣻矣,䣻空也,石经同。

《大雅·大明》:

> 驷騵彭彭,石经作四騵。④

此三条不见于吕祖谦所引,臆陈氏直接从董逌《诗说》中征引而来,极为宝贵。石经而外,陈氏尚引有《古文孝经》作某等,其他如《礼记》《周礼》《大戴礼》《后汉书》直至宋代贾朝昌《群经音辨》等书,无不征引,绝非如馆臣所说仅以《说文》《释文》为主撮拾附益而止。陈氏《五经异文》卷八为《逸诗》和《诗说异义》,前者与杨慎《风雅逸篇》同,稍多一二条;后者与王应麟《诗考》一样辑录三家诗说。王氏将诗说与异文混杂一起不分,陈氏则将三家诗说与异文分开,另附于《逸诗》之后,眉目清楚,且所辑各种不同之说均用"○"隔开,极便观览。如所辑《驺虞》诗说:

---

①　参见拙文《董逌所记石经及其〈鲁诗〉异文》,载《文献》2015 年第 3 期。

②　以上三条均见陈士元:《五经异文》卷 6《诗经异文》,《四库全书存目丛书·经部》,第 149 册,第 231 页下栏。

③　洪适:《隶释》卷 14,中华书局,1985 年影印本,第 151 页下栏。

④　以上三条依次见陈士元:《五经异文》卷 6《诗经异文》,《四库全书存目丛书·经部》,第 149 册,第 237 页上栏、第 239 页上栏、第 242 页上栏。

　　驺虞〇小序云：鹊巢之应也。鹊巢之化行天下，纯被文
王之化，则庶类蕃殖。〇贾谊《新书》云：驺者，天子之圃也。
虞者，圃之司兽者也。〇《韩诗》云：古有梁驺者，天子之田
也。〇《周礼》疏云：驺虞，天子掌鸟兽官。〇《仪礼》注云：
《射义》曰：驺虞者，乐官备也。言乐得贤者众多，叹思至仁之
人以充其位。〇朱注云：驺虞，兽名。〇《古琴操》云：驺虞
者，邵国女之所作也。古者役不逾时，不失嘉会。邵国之大夫
久于行役，故作是诗也。〇《墨子》云：成王因先王之乐，命曰
驺虞。①

“驺虞”之含义丰富，故解释不免较他诗为多，共有八种，有《毛诗》
说，有《韩诗》说，有代表《鲁诗》之蔡邕《古琴操》说，有代表《齐诗》
之《礼记·射义》说②，可见其辑录之广③。陈氏之所以辑录五经异
文，并将《诗》异文与诗说分列，与其对产生异文原因之认识有关，
其自序云：

　　暴秦焚书，汉兴屡下购书之令，而经文竟多残逸。所立博
士各家，师授转录不同，况汉初文字兼行篆隶，后世易以今文，
岂得尽同？又汉儒称引经语，皆出自记忆，非有镂本可校，且撰
著各成一家言，其文自不能同。予读十三经注疏及秦汉晋唐书
所载经语，有与今文异者，辄私识之，辑十一卷，用示塾童，俾得
择取焉。④

他认识到经典异文产生于秦汉经师之记忆和转录不同传本，以及篆
隶楷行之演变，可谓得其钤钥。即此一点，其认识已度越前人。唯

---

① 陈士元：《五经异文》卷6《诗经异文》，《四库全书存目丛书·经部》，第149册，第
254页下栏。
② 按，清陈寿祺、陈乔枞将《礼记》归入《齐诗》派，故辑其说入《齐诗遗说考》，《清经解
续编》，第4册，第1287页下栏。
③ 王应麟《诗考》辑录零星而分散，不及陈氏搜罗齐备，排列清晰条例。
④ 陈士元：《五经异文序》，《四库全书存目丛书·经部》，第149册，第195页下栏。

其非如清人之作专门研究,仅是读书时随手摘录,所辑有限,且仅供塾童择取,不免降低了所辑异文之价值。

万历年间,有鄞县周应宾者,字嘉甫,万历癸未(1583 年)进士。选翰林庶吉士,散馆授编修,官礼部尚书。著《九经考异》十三卷,中有《诗经考异》二卷,辑录《诗经》异文。《四库提要》对此书评价不高,以为"其书以陈士元《五经异文》为蓝本,稍拓充之而舛漏弥甚"①。周书于所辑异文后,屡屡言"陈士元作某""陈士元曰某作某",是其确以陈书为蓝本。然亦有增补者,如《螽斯》:

　　　　螽斯,《尔雅》作蜇斯。

　　　　螽斯羽诜诜兮○诜,《说文》作莘。②

此条陈氏未录。又《鲁颂·駉》:

　　　　有骓有駓,駓,《字林》作駓。

　　　　以车伾伾,伾,《字林》作駓。③

以上两条,陈书亦不收。馆臣举其书之不足与错讹云:"如《书》'浮于江沱潜汉'下云'陆一作潜于汉',今《释文》并无此文。又如《诗》'有渰萋萋',知引《韩诗》作'有弇'而不引《吕氏春秋》之'有腌';'兴雨祁祁',知引《韩诗》之'兴云',而不知《吕氏春秋》亦作'兴云'。如斯之类,尤失之目睫之前也。"④馆臣以清代汉学大旗已举,辑佚成风后之标准要求明代学者,未免苛求。周书虽有不足,已较陈书为多。且有值得一提者,陈书转录董迪所引石经文字(或是从《读诗记》转引),周书在因袭陈书之外,又增引开成石经字形。如《小雅·雨无正》:

────────────

① 永瑢等:《四库全书总目》卷34,中华书局,1965 年,第283 页上栏。
② 周应宾:《九经考异·诗经考异》,《四库全书存目丛书·经部》,第150 册,第642 页上栏。
③ 周应宾:《九经考异·诗经考异》,《四库全书存目丛书·经部》,第150 册,第677 页上栏。
④ 永瑢等:《四库全书总目》卷34,第283 页上中栏。

　　惜惜曰瘁,惜,《释文》作憯,今石经同。①

《大雅·卷阿》:

　　凤凰于飞,凰,今石经作皇。②

以上两条,开成石经作"憯"与"皇"③,与周说同。此乃周书开拓的一种文献。周氏还有为人称道者是,他揭发同县丰坊《鲁诗世学》之伪。陆陇其在《三鱼堂剩言》中言,明有鄞人丰道生,好撰伪书,自言其家有《鲁诗世学》,叙《诗传》源流诡其所出,云是得之石经,盅惑当时诸公,"惟道生同郡周应宾者,著《九经考异》,辨之特详。然微周氏,其伪亦灼然也"④。周氏《九经考异》正文中并未道及丰坊之书,而是在《诗经考异序》中直接指出丰坊伪造《世学》之事:

　　　　嘉靖中,予邑丰道生以其先世所传《鲁诗世学》行于世,谓是魏正始中虞喜奉诏摹石,而宋王韶开河时得之者也。其篇次句字大与《毛诗》不同,其意义亦多可取。然予邑先辈咸以为道生私撰,非石经也。近又刻《诗说》者,其体与《毛诗·小序》相类,云是申公所著,其说与丰氏尽同,惟篇次稍异耳⋯⋯余恐世人不察,而为所惑,故并著焉。⑤

从周氏所叙文字,可知丰坊梓行《世学》时,同郡先辈已不认可,指为私撰伪造。只因宋人于熹平石经残石出土多有记载,其真实性在世人心目中有相当之可信度,故近者虽疑而远者竟崇信一时。后世学者专门研究,论辨其伪,不知丰氏在当时已不能取信于同县之人也。

————————

① 周应宾:《九经考异·诗经考异》,《四库全书存目丛书·经部》,第150册,第661页上栏。
② 周应宾:《九经考异·诗经考异》,《四库全书存目丛书·经部》,第150册,第670页下栏。
③ 《景刊唐开成石经》,第1册,第347页下栏、第394页下栏。
④ 陆陇其:《三鱼堂賸言》卷11,《文渊阁四库全书》,第725册,第618页下栏。
⑤ 周应宾:《九经考异·诗经考异序》,《四库全书存目丛书·经部》,第150册,第641页上栏。

　　与周氏同时而稍后者,有沈万钶之《群书字异考》,万钶字玉台,嘉善人,万历丁酉(1597 年)举人。此篇为沈氏《诗经类考》卷三十。《类考》一书不为四库馆臣青睐,以为"凡所援据,不能尽本经传,故往往不精不详"①,遂列之存目。然其《群书字异考》一卷,搜辑有过于《诗考》之处。如:

　　《诗考·诗异字异义》《樛木》下引《楚辞章句》"葛藟藟之"、《说文》"葛虆蔡之"。沈氏于《樛木》下增补:"樛,马融、《韩诗》并作'朻'。""萦,《说文》作'蔡',《释文》作'桀'。"②

　　《诗考·诗异字异义》《甫田》下引《汉书》"或芸或芋,黍稷儗儗"。沈四氏于《甫田》下增补:"倬,《释文》作'剢',音同,大也","秉畀,《释文》作卜畀,卜,报也。"③

　　尽管有多于《诗考》者,然亦有少于《诗考》者,更有将《诗考补遗》中异字异义摘录者,如:

　　《板》下引"上帝板板",《诗考补遗》听我嚣嚣,同上。多将谰谰,词之盰矣。已上《诗考补遗》④。

　　其所引皆见于王应麟《诗考补遗》,亦有所引见于《诗考补遗》而不标注者,如:

　　《诗考·诗异字异义》《小星》下引《尔雅注》"寔命不猷"、《集韵》"维参与昴",沈氏于《小星》下增补:"裯或作裯。"⑤

　　"裯"字见于《诗考补遗》,沈氏未标明。其他尚有《诗考》有而

---

①　永瑢等:《四库全书总目》卷 17,第 140 页下栏。

②　沈万钶:《诗经类考·群书字异考》,《四库全书存目丛书·经部》,第 63 册,第 442 页。

③　沈万钶:《诗经类考·群书字异考》,《四库全书存目丛书·经部》,第 63 册,第 448 页下栏。

④　沈万钶:《诗经类考·群书字异考》,《四库全书存目丛书·经部》,第 63 册,第 450 页上栏。

⑤　沈万钶:《诗经类考·群书字异考》,《四库全书存目丛书·经部》,第 63 册,第 443 页上栏。

沈氏反而不收入者。诸如此类，反映出三家《诗》、四家《诗》研究之前期，搜罗意识不很强烈浓厚，故往往率意而为，然沈氏《类考》不妨看作是王应麟《诗考》在明代之增补本。

　　崇祯间韦蕃之子韦调鼎著《诗经备考》二十四卷，调鼎字玉铉，号紫霞道人，四川富顺人，崇祯间举人，今其家乡怀德镇尚有韦氏父子之进士牌坊。《备考》原为钟惺未完之著，调鼎续成之书。明初科举，一以朱氏《集传》为主，一二百年来，异义渐起，若郝京山等皆一以《小序》为准，而驳《集传》之谬。至丰坊伪《子贡诗传》《申培诗说》出，虽近者知其伪，而远者多援其说而与朱熹《集传》立异，钟、韦《备考》即其例。

　　《备考》前汤来贺序云："逮明兴，黜汉进宋，一尊紫阳传注，而《诗》斯在若存若亡间矣。竟陵钟惺退谷先生者……怃然叹曰：'夫《诗》宜若是焉諵諵者哉？'于是当谢闽宪归，作《诗经备考》一书。"是钟惺原有《备考》书稿。钟氏原稿是"假道于《小序》，继问津于笺、疏、集传，其他经史子集、山乘、地志、稗官、野说，咸逊搜博拾，聚而为腋裘屑竹之用"，只是广征文献，尚未全用《诗说》。韦氏更谓传注笺疏互相矛盾，云："后世传注笺疏日增月益，繁文杂举，如鬻矛而兼盾，抵牾不相下，而《诗》之义晦矣。晦庵朱氏最后集《诗传》，自谓可以垂世，不知其误亦不少。盖其论《诗》与东莱抗议，力诎《小序》，尽翻旧说，于《国风》尤甚，而《诗》之义愈晦矣。"[1]读此知韦氏不满《集传》与钟氏同，不满传注笺疏，与钟稍异。所以如此，是韦氏自恃为韦贤、韦玄成父子之后，西汉《鲁诗》有韦氏之学，故调鼎于行世不久之《子贡诗传》《申培诗说》格外垂注。云：

　　　　今世传《大序》，本之子夏，《传》则石经古碣，云出子贡，往往与申公说合，可知其非伪。冡尺虽断，堪定钟律，赖有斯

────────────

[1]　韦调鼎：《诗经备考·诗经备考答语》，《四库全书存目丛书·经部》，第67册，第143页上栏。

乎!……乃究四家之异同,寻中正之归要,疑则考之于经史,度之于时世,按之于性情,骏识其本旨,犹未敢以为是也。后得郭青螺先生石本《诗传》,参之申公《说》,而后知《鲁诗》固未亡也。①

为韦氏之后,得《鲁诗》之传、说,岂有不用之著作之理? 于是在《备考·总论》"纲领"下备列郑、孔、欧、苏及郑樵、朱熹等说之后,复自发议论,以为"平心酌《序》《说》与《鲁传》之异同,《笺》《疏》与《集传》之是非",故详列各篇自小序之后各家之说,特别广采《子贡诗传》简称为"鲁传"、《申培诗说》简称"申公说"而置于其下。如:

> 《关雎》:《大序》曰……《鲁传》云:"文王之妃姒氏思得淑女以共内职,赋《关雎》。"申公《说》亦不过曰文王之妃大姒思得淑女以充嫔御之职,与《大序》微异,何尝以《关雎》为刺耶?

> 《卷耳》:……今考《鲁传》云:"周人遣使求贤,而闵行役之艰,劳之以卷耳。"申公《说》曰:文王遣使求贤而劳之。不作宫中之词,未为不可。恨不起晦庵而商之。

> 《将仲子》:……《鲁传》云:"庄公封段于京,祭仲谏之不听,大夫风之。"毛、鲁皆有据,朱子强以为淫奔,何也?②

前条与《大序》立异,后两条直与晦庵商榷,语虽委婉,意则其对立。有将《诗说》置前,《鲁传》殿后者,如:

> 《葛屦》:申氏《说》曰:"魏之内子俭不中礼,媵者怨之。"
> 《鲁传》同。玩诗辞,是媵妾怨内子褊急,非刺其君也。③

刺虽未列出《小序》之文,引《小序》以为是"刺褊也。魏地狭隘,其民机巧趋利,其君俭啬褊急,而无德以将之",故"非刺其君也"显然

---

① 韦调鼎:《诗经备考·诗经备考序》,《四库全书存目丛书·经部》,第67册,第142页上栏。
② 韦调鼎:《诗经备考·总论》,《四库全书存目丛书·经部》,第67册,第155页上栏。
③ 韦调鼎:《诗经备考·总论》,《四库全书存目丛书·经部》,第67册,第156页下栏。

针对《小序》而发。亦有合《鲁传》《申氏说》而言者,如:

> 《蟋蟀》:《鲁传》《说》俱云:唐人相戒之诗,《序》以为刺僖公俭不中礼,非旨。①

其凡引述《鲁传》《申公说》者,大多为与《小序》和《集传》等立异。韦氏虽自云"得郭青螺先生石本《诗传》"②,而从《备考》内容看,其手边有《鲁诗世学》在:

> 《唐风·杕杜》:《鲁诗》载在《魏风》,《传》曰:"魏之君子训民孝悌。"《申公说》云:"君子教人孝友之诗。"《序》云刺晋君不亲宗族,亦非。
>
> 《秦风·无衣》:《鲁诗》列于首篇,《传》云:"秦襄公以征戎,周人赴之。"③

《杕杜》,《鲁诗世学》载在《魏风》;《无衣》,《鲁诗世学》置于《秦风》之首。《世学》首载《鲁传》,故韦氏置《世学》一编,《传》《说》俱在④,其是否得石本《诗传》已无须深究。更何况韦氏著《备考》时,《诗传》和《诗说》之多种刻本早已流传,随处可得。《备考》是晚明一部涉及"鲁诗"诗学著作,由于其宗旨是与朱子《集传》甚至《毛传》《郑笺》立异,所用又是丰坊伪撰之《鲁诗世学》,并未从秦汉文献勾稽汉代《鲁诗》学说,故只是一种虚拟的三家《诗》学。其后有胡绍曾之《诗经胡传》一书,虽亦有十二卷之多,在文字训诂、名物典章与诗旨诸方面有所贡献⑤,然其所分析之齐、鲁诗说,无非是从《诗考》《子贡诗传》《申培诗说》等书而来,在三家《诗》领域拓展

---

① 韦调鼎:《诗经备考·总论》,《四库全书存目丛书·经部》,第 67 册,第 156 页下栏。

② 青螺先生郭子章,字相奎,泰和人,隆庆进士,累官贵州巡抚,以破杨应龙功进太子少保,兵部尚书。郭天才卓越,于书无所不窥,著述丰赡,然未见其与《诗传》相关之著。

③ 韦调鼎:《诗经备考·总论》,《四库全书存目丛书·经部》,第 67 册,第 157 页上栏。

④ 《诗说》系作伪者袭取《鲁诗世学》中"申公曰"后加以润饰而成,此林庆彰先生有详细考证,见《丰坊与姚士粦》第二章第四节附《申培诗说考辨》。林庆彰:《丰坊与姚士粦》,第 110—148 页。

⑤ 参见刘毓庆:《〈诗经胡传〉略论》,《吕梁高等专科学校学报》2000 年第 3 期。

不多。

　　清代三家《诗》著作，多系订补、扩充王应麟《诗考》之作，且前人谓明代学风空疏之说，长期以来深入人心，为人诟病，从而无视其在三家《诗》方面之研究。明代《诗经》学虽然没有像清代一样大张旗鼓地在三家《诗》学上开疆拓土，深耕细作，却并非毫无关注。一些学者在宋代《诗》学之基础上，有意多采三家《诗》说来说诗，企图冲破朱学一统，开启多途说诗局面；另一些学者搜罗宋人所汇辑得石经《鲁诗》异文，有意无意地采入诗著，以存三家《诗》说之印记。当然，或许就是此种采撷石经异文，以广诗学之途径，导致丰坊灵念一闪，诈称得到石本伪造了《鲁诗世学》，并蒙蔽了晚明一些学者。但深度扫视明代二百余种《诗》学著作①，仍然应该肯定他们在三家《诗》研究中作出的成就。

---

①　刘毓庆、贾培俊《历代诗经著述考（明代）》统计明代诗学著作有七百四十余种，尚存者约有二百二十种。刘毓庆、贾培俊：《历代诗经著述考明代》，中华书局，2008 年。

段玉裁《诗经小学》研究^①

一、《诗经小学》的版本和著年

（一）版本

《诗经小学》是段玉裁中年的一部著作，《清史稿·艺文志》著录"《诗经小学》四卷"。现今通行的是《清经解》四卷本。《拜经堂丛书》亦收有"《诗经小学》四卷"，题"段玉裁撰"。读臧庸《刻〈诗经小学录〉序》，知乾隆五十六年，段玉裁《古文尚书撰异》三十二卷写成，游常州，携《撰异》属臧庸校雠。臧为参补码条，刘台拱见后谓段氏云："钱少詹（大昕）签驳多非此书之旨，不若臧君笺记持论正合也。"段因又以《诗经小学》全书数十篇授臧，臧复"为删烦纂要，《国风》、小大《雅》、《颂》各录成一卷"。段见而喜曰："精华尽在此矣。当即以此付梓。"嘉庆四年十二月，臧氏典衣聚资，刻《诗经小学》节录本于广东南海县，以报"十年知己之德"。道光六年，阮元命严杰辑《皇清经解》，《诗经小学》四卷本被收入其中，后便广为流行。至于当时臧氏删录、刊成之后，是否将原稿三十卷奉还段

---

① 本文为纪念段玉裁诞辰二百五十周年学术讨论会论文，曾于《辞书研究》1985 年 5、6期连载。

玉裁,臧序未言。刘盼遂先生在《段玉裁先生年谱》"嘉庆四年"条下云:"按臧刻本即今《皇清经解》四卷本,其全书为三十卷……今不可复见矣。"读此未免令人扼腕。然《贩书偶记》卷一"诗类"下著录"《诗经小学》三十卷,金坛段玉裁撰,道光乙酉抱经堂刊"。孙氏博览,必非虚语。据《毛诗校勘记序》"引用诸家"栏有"段玉裁校定《毛传》三十卷,又《诗经小学》三十卷",《说文解字注》卷十五下亦云"好其(戴震)学,师事之,遂成……《诗经小学》三十卷、《毛诗故训传略说》三十卷"。知此书作时确有三十卷。此后,笔者得读三十卷本于上海图书馆。书前右上题"道光乙酉年春镌",左下署"抱经堂藏板",知与孙氏所见相同。尤可贵者,此书卷一、十一、二十一各有印章二方,一为"淮海世家"阳文,一为"高邮王氏藏书印"阴文。书后有"苏州阊门外桐泾桥西青霞斋吴学圃刻"字样二行。段、王并擅乾嘉朴学之名,二人交谊甚深,刻书互序互赠。道光五年(1825年),段氏已殁十年,王念孙八十二岁。此书之刻,段子孙辈必㕣寄王氏,故知此书为王念孙藏本。又卷一、八、十八、二十五各有阳文印章二方,一为"蒋抑卮藏",一为"合众图书馆藏书印"。此二印可考见王氏藏书散失后流传之迹①。此书款式每半页十行,行二十字。引《诗经》之文皆顶格,注文低一格行。三十卷分装四册。《诗经小学》是段氏早期著作,其或精或粗、或是或非,反映了段氏治小学的过程。臧氏删削虽经段氏本人赞许,毕竟已失原貌,故本文所论,卷次序列一以道光本为主,只在必要时,才提及四卷本(简称"臧节本")。

---

① 蒋抑卮,名鸿林,以字行,又字一枝,亦作抑之,浙江杭州人。银行家。好藏书,曾从章太炎学。与叶景葵、张元济友善。上海台众图书馆筹建时,曾许以藏书相赠,后其子秉遗志赠书二千五百余卷。合众图书馆为编《杭州蒋氏凡将草堂藏书目录》一卷。此乃王氏家藏道光乙酉本《诗经小学》归上海图书馆之轨迹。

（二）撰著动机和年月

《书富顺县县志后》云："丙申①二月,金酉平民气和……予乃能以其余闲成《诗经小学》《六书音均表》各若干卷。"②时段氏四十二岁,在富顺县任事,因得暇而成此二书。其中《六书音均表》是将前著《诗经韵谱》《群经韵谱》等扩充而成,只能算作订补,且四十一岁时已定稿,其主要精力,似在《诗经小学》(以下简称《小学》)一书。推原段氏作此书的动机,一是他三十三岁时,与弟玉成取《毛诗》细绎之,知顾、江二氏分韵有未尽,遂逐《书》《诗》等所用字区别为十七部,成《诗经韵谱》《群经韵谱》各一帙,此后又不断订补,对《诗经》已很熟悉。二是三十八岁奉命发四川候补,转道西安,于七月四日至西安学府观石经③,八月至成都,恒欲寻访古迹及孟蜀广政时所刻石经,以为能见残碑破字于荆榛瓦砾中,亦雠校之助。后张宾鹤告以亲见黄松石藏蜀石经《毛诗》全部,与世间本绝异,因默识于怀④。今从《小学》中可见其对《诗经》极熟,时用其古韵理论来解释,并绝多异文的罗列,其撰著动机原于上述两因,犹为明白。

《小学》据段氏自述成于乾隆四十一年,今考足本《小学》,有以下数处值得注意:

(1)卷五"倚重较兮"条下云:"庚子⑤正月定此条,二月内阅《文选·西京赋》。"

(2)卷十七"薄兽于敖"条下云:"又按玉裁考得已上诸条,于庚子四月见惠定宇⑥《九经古义》。"

---

① 乾隆四十一年,1776年。
② 《经韵楼集》卷9,嘉庆间七叶衍祥堂刊本。
③ 见《诗经小学》卷5"远兄弟父母"条下记。
④ 见《经韵楼集》卷1《跋黄尧圃蜀石经毛诗残本》,嘉庆间七叶衍祥堂刊本。
⑤ 乾隆四十五年,1780年。
⑥ 即惠栋。

（3）卷十九"哆兮侈兮"条下云："又按……壬子七月①阅臧氏琳《经义杂记》，因为定说如此。"

（4）卷二十三"昭兹来许"条下云："玉裁此书成后，乃见惠定宇《九经古义》，其说正同……癸卯②九月初六日识。"

（5）卷二十九"新庙奕奕"条下云："乙巳③五月读蔡氏《独断》。"

上引五条均是在原注之后空一格而行之文，其他如"玉裁按"之后空一格复有"又按""玉裁又按"之文颇多，此皆后来增补之迹。可见书虽说成于四十二岁时，其后逢有心得，续有增益。

二、《诗经小学》释例

原本《小学》卷次是缘《诗经》体例而分的，其中《国风》为十五卷，《小雅》为七卷，《大雅》为三卷，《周颂》为三卷，《鲁颂》《商颂》各为一卷，合为三十卷。书虽题名为《诗经小学》，但其中不仅就《诗经》用字的形、音、义进行讨论，还旁涉《说文》、校勘等方面。现归纳如下：

（1）仅列出《诗经》的异文。如卷二十三"此维与宅"条下云"《论衡》引作'此维与度'"，别无其他解释。也有并列二、三以至六、七种异文而不加说明者，或以援引之书所释为释者，卷四"我特"条下云："《释文》曰：'《韩诗》作直，云相当值也。'"此类在全书中占很大比重：卷十八凡三十四条中有十条，卷十九凡八十三条中有三十条。

（2）列出《诗经》异文而复加以解释。如卷二十三"筑城伊灭"条下云："陆德明曰《韩诗》'筑城伊淢'。玉裁按：从《韩诗》则字义

---

① 乾隆五十七年，1792 年。
② 乾隆四十八年，1783 年。
③ 乾隆五十年，1785 年。

声韵皆合矣,《史记·河渠书》沟洫字亦作减。"按,洫在《六书音均表》第十二部,此与下句"作丰伊匹"之"匹"相谐,匹亦十二部字,故云"字义声韵皆合"。减本义为疾流,在一部,毛诗用假借字,故引《史记》以证。书中凡解释异文,多利用古韵十七部来评判。

(3) 引石经汉碑证。唐石经已作为段氏撰著此书的主要参考书,此外,段氏认为"汉碑多异体",故多引《隶释》中的汉碑资料来印证《诗经》。如卷九"坎坎伐轮兮"条下云:"石经《鲁诗》残碑'欤欤伐轮兮'。"又卷二十"亿"条下引《孔宙碑》《巴郡太守张纳碑》等六种汉碑来说"亿"之正字。皆为笃论。

(4) 指出讳字。凡唐石经中牵及唐讳之字,皆表而出之。如卷一"弃"条下云:"玉裁按:唐石经皆作'弃',以隶书'弃'字中有'世'字,避庙讳也。"

(5) 辨别俗字、古今字。如卷二十四"凤皇"条下云:"玉裁按……颜元孙《干禄字书》曰:皇,凤皇正字,俗作凰。《广韵》曰:凤凰,本作皇,……凡古书皆作凤皇,绝无凰字。凰字于六书无当。"卷二十三"逎"条下云:"……明马应龙本'乃召司空'、'乃召司徒',二作'乃',余作'逎'。玉裁按:《说文》'逎''乃'异字异义,俗云古今字。"

(6) 说明假借字、正字。如卷八"发夕"条下云:"《韩诗》'发,旦也'。玉裁按:从韩是发夕即旦夕也。又按:《方言》'发,舍车也。东齐海岱之间谓之发',郭注:'今通言发写。'《诗》发夕盖犹发写,古夕写字皆在第五部,同部假借。"卷二十一"以我齐明"条下云:"玉裁按:此诗《释文》云:'本又作齍。'是正字。"

(7) 指出方言异字。如卷一"肆"条下云:"《方言》:'栖余也。陈郑之间曰栖肆余也,秦晋之间曰肆。'玉裁按:肆即栖字,方言异耳。《说文》作𣏀作𣏽。"

(8) 解释字词。如卷二十"交错"条下释"错"的本义,认为本当作"这道"。继而指出经典中用"错"字多属假借,列举"献酬交错""可以攻错""错综其数""举直错往"之"错",当分别作造、厝、绎、措。又卷十九"翰飞戾天"条下引《西都赋》薛注所引《韩诗》"翰飞厉天"并注"厉,附也"。加按"厉天犹俗云摩天",简明切当。

（9）用古音佐助解释。如卷一"螽斯"条下用古韵解释异文。卷三"济盈不濡轨"条解释"轨"字之误是由于不知古合韵之理。

（10）正误。如卷五"盼（"美目盼兮"之盼）"条下云:"俗多讹作'盻'。"亦有引前贤之说正误者,如卷八"辰夜"条引顾亭林说。其他则多为对古文献中涉及《诗》的文字进行辨正。此类甚多。

（11）引前哲时贤说。《小学》中引述前哲时贤说达一百余处,其中有引以为证者,有引而申发之者,亦有引而指其误者。常引者如王应麟、顾炎武、戴震,偶引者如常璩、刘敞、赵宧光等。

（12）解释《说文》。见下文"与《说文解字注》的关系"。

（13）阙疑。书中多次见有"俟考""未详"之字,此可觇段氏治学态度之一斑。

（14）参见。书中凡二条相关者,简注"见某某"三字,不再赘复。如卷二十五"我心惨惨"条下云:"见,'采芑'。"

三、《诗经小学》与段氏其他著作的关系

（一）与《六书音均表》的关系

《六书音均表》是段氏根据他三十三岁时所撰《诗经韵谱》《群经韵谱》扩充而成的一部古音理论著作,与《小学》同时写成于富顺县署。《小学》中许多关于古韵分合、古音通假的分析,是这部古音理论著作在实践中第一次具体运用。由于这些古音理论的指导,使《小学》在某些立论上有了可靠的依据。如卷一"害浣害否"条云:"毛传:'害,何也。'玉裁按:古害读为曷,同在第十五部。《葛覃》借害为曷。《长发》'则莫我敢曷',毛传:'曷,害也。'是又借'曷'为'害'。"所谓"同部假借""异部音近相假"等等,无不以《音均表》

为根据。

（二）与《毛诗故训传定本小笺》的关系

读《毛诗故训传定本小笺》（以下简称《定本》）题辞"玉裁宰巫山事简所订也"，知是书为段氏四十四岁（乾隆四十三年）在巫山县任事时，因民事简和，得暇而著，当时《小学》撰成已有两年。段氏作《定本》，是因为看到《汉志》录《毛诗》二十九卷、《毛诗故训传》三十卷，因而断定"周末汉初传与经必各自为书"（《定本》题辞）。今见《小学》卷二"方之"条下云："玉裁按：《毛传》'方有之也'，四字一句，犹言'甫有之也'。《故训传》本与经别。合传于经者，多有脱落。"可知这个思想在撰《小学》时已明确。此外，《小学》中指出毛传的本字，用音韵原理阐说、改正毛传文字，评判毛、郑异同等等，也都为撰著《定本》打下了基础。而今比勘二书，可以看到：

1.《定本》沿袭《小学》

如卷二十四"后稷"条，今本毛传作"后稷播百谷以利民"。韦昭注《国语》"稷勤百谷而山死"引《毛诗传》曰："稷，周弃也。勤播百谷，死于黑水之山"，段以为"当据韦注补毛传之脱文"。《定本》传文据此而作："后稷，周弃也。勤播百谷以利民，死于黑水之山。"并云："今据补十字。"

2.《定本》补《小学》所无

段氏著《定本》时，潜意毛传，又有撰《小学》的根底为基础，故对毛传的订补改正，多出《小学》之外，可于书中随处见得，无须赘举。

3.《定本》订正《小学》武断处

如卷十八"在彼空谷"条，《韩诗》作"穹谷"，毛传云："空，大也。"段依《尔雅》"穹，大也"之训，而谓毛传误。又卷十九"不宜空我师"条，毛传："空，穷也。"段依《诗·七月》毛传云"穹，穷也"，因谓"此'空我师'当作'穹我师'，为是传讹，抑或假借，未可定也"。及作《定本》，两处皆不改传文，各于其下笺云："此谓空即穹之假借也。"此见其认识转臻详密,态度亦趋谨慎。

(三)与《说文解字注》的关系

研究《小学》与《说文解字注》(以下简称《说文注》)的关系,应是段氏研究一个重要的方面,因为《小学》是段氏早期著作,而《说文注》是他最后一部著述。虽然《小学》著成,即作《说文注》,但若以《说文注》著成之年计算,前后相隔三十余年。这期间,段氏思想的变化发展是显然的,而这种变化发展必然会在《说文注》中反映出来。

1.《说文注》沿袭《小学》说

如卷十"洒埽"条下引《说文》"洒,汛也","汛,洒也","洒,涤也。古文以为洒埽字"。段列举《诗经》《论语》《礼记》等资料,对照《说文》,认为"汉人以为洒扫字,经典借洒涤字为洒,用洒埽字",并指出《毛传》和韦注《国语》的"洒,洒也"即是"言假借为洒也"。《说文注》"洒"下所释之旨依此,唯有所精简,如"毛传洒埽四见",不再罗列原文。

2.《小学》略而《说文注》详

如卷十六"伐木许许"条下云:"《说文》:所,伐木声也。从斤,户声。《诗》曰'伐木所所'。"仅提出异文,不著一字。《说文注》"所"字下于解释本义引申义后又说:"《小雅·伐木》文,首章'伐木丁丁'传曰:'丁丁,伐木声。'次章'伐木许许'传曰:'许许,柿皃。'此'许许'作'所所'者,声相似,不用柿皃之说,用伐木声之说者,盖许以毛为君,亦参用三家也。今按丁丁者,斧斤声,所所,则锯声矣。"这里将异文的关系和字义都简明、准确地注出,较之以前仅例异文,不能同日而语。此类情况,比较两书,俯拾皆是。

3.《小学》误而《说文注》正

如卷四"灵雨既零"条:"玉裁按……既零犹言既残。《说文》:'零,余雨也。'《广韵》作'徐雨',误。"此谓《广韵》误。《说文注》"零"下云:"徐,各本作'余',今依《玉篇》《广韵》及《太平御览》所引《纂要》订。谓徐徐而下之雨。"显然已否定《小学》之说。《小学》中另有数条指责郑玄、陆德明之误,到了《说文注》中均谨慎不言,或以假借释之。此可见其思想认识的发展。

4.《小学》详而《说文注》略

如卷十五"狼跋其胡"条下,先录李善《西征赋》注:"《文字集略》曰'狼狈犹狼跋也。'《孔丛子》曰:'吾于《狼狈》见圣人之志。'"复云:"《孔丛子》狼狈谓《狼跋》之诗也。狈即跋字,跋、狈古通用。《说文》……无狈字,狈即狈之误,因狼从犬而狈误从犬。"继而批评段成式《酉阳杂俎》狼狈为二兽之说"迷误日甚,不足与辨矣"。此条剖析入理,而《说文注》只于"跋"字注中略提一句,殊失于简。今特表而出之。

5. 作《小学》时已注重《说文》

《诗经》与《说文》有许多同字异体和同字异义,在《小学》中完全可不必涉及《说文》者,段氏亦注明《说文》如何如何。如:卷二十二"民胥傚矣"条,段援引《左氏传·昭六年》引《诗》"民胥效矣"后,又云:"《说文》无'傚'字。"其他凡欲考证某说,逢《说文》有说者,往往引《说文》,遇《说文》中有什么问题,亦随处引而正之(虽然有些到后来自认不对,在《说文注》中已改正),此见段氏在著《小学》时,已很重视《说文》。

6. 作《小学》时尚未能全部掌握《说文》

段氏虽已很重视《说文》,由于此时尚未潜意其书,故就中亦有罅漏。如:卷三"泮"条谓"《说文》无'泮'字"。卷二十"日月方奥"条下谓"《说文》无'燠'字"。其实,"泮""燠"二字,《说文》皆有。又有《说文》未误而指为误者,此皆不熟《说文》、不明《说文》体例所致。及注《说文》,这些便得到了修正。

7. 作《小学》时整理《说文》的思想已经萌发

《年谱》谓《小学》成,即作《说文解字读》,至六十岁时隐括为《说文注》。今读《小学》,可知当时已认识到《说文》的重要性,并想整理此书。卷十七"织文"条下有"详《说文校注》"五字，或仅是思想而未付诸实践，或已着手进行，为《说文解字读》的前名。

四、《诗经小学》与清代其他《诗经》著作的关系

（一）与《毛诗校勘记》的关系

《十三经校勘记》虽题阮元之名，而当时阮实未校一经，全由严杰、臧庸、顾千里等七人分任纂辑，《毛诗校勘记》（下简称《诗校记》）则由顾千里担任。段、顾交谊本来笃厚，阮元立"十三经局"辑《校勘记》时，延请段氏总其成，段即荐顾入局，后因"注疏合刻"的起源和一些版本上的问题，二人争执不下，遂成水火。据严杰说，《校勘记》成，阮元寄与段氏，段见顾之《诗校记》引用己说，不著其名，怒之，于顾所订，肆行驳斥，故《诗校记》独不成体。

今通观《诗校记》，其杂乱牴牾，诚如严说。检其明标"《诗经小学》云""详《诗经小学》""见《诗经小学》"者有二十余次（不包括《毛诗释文校记》），但这些并非都是顾引段说，有一部分为段所加。如"按，《诗经小学》言之详矣"，"按，《诗经小学》全书考栗烈当为凛冽，其说甚详。今坊间所行乃删本耳"（"全书"指三十卷本，"删本"指臧节本），此均为段加无疑。段氏说顾引其说而未著其名，亦不尽然。"案《诗经小学》云……盖以为谱字是也"，"……《诗经小学》云……亦见《经义杂记》"，此等必是顾氏口气。其他虽只标"段玉裁云"，实即出于《诗经小学》者，亦复不少。总之，无论是顾引或段补，无论是"《诗经小学》云"还是"段玉裁云"，都可看出《诗校记》实质上是段、顾共著的一部《校勘记》。知此，则《诗校记》沿袭《小学》或发展《小学》思想的关系更 为明白。

（二）与《毛诗传笺通释》的关系

马元伯《毛诗传笺通释》（以下简称《通释》）一书，顾名思义，似是对毛传郑笺的解释，其实此书既不尽从传，亦不尽从笺，而是利用

乾嘉考据成果,对《诗经》用字的形、音、义和名物、典制、天文、地理的综合考证。此书撰著时,段氏的著作已为人所重视,故书中时时征引段说,或以为是,或以为非,或引而申发之。马氏征引时只标"段玉裁曰""段玉裁谓",因而较难分清是引《说文注》《定本》,还是《小学》,但下面这二条确是明白地引《小学》的:

> 《通释》卷四"新台有泚"条云:"段玉裁曰:'泚与漼不同部,当为首章"有泚"之异文……',非也。"

> "河水浼浼"条云:"段玉裁以《韩诗》'浘浘'混上章'瀰瀰'之异文,但取字之同部,不知双声字古亦通用也。"

段玉裁后来在《说文注》"浼"字下,已据《大雅·文王》及《文选·吴都赋》李注等资料,对上录两条作了修正。认为"亹亹"即"浼浼"之异文。按亹、媁、浘三字同音,故段氏不再言'浘浘'为首章异文。此见马撰《通释》确以《小学》为参考书,而此二条之驳段虽有其理,实亦失检于《说文注》,因而忽略了段玉裁的思想发展。

又卷七"彼黍离离"条虽不明言引段说,其承袭《小学》之迹,亦无疑义。

(三) 与《诗毛氏传疏》的关系

陈奂本江沅弟子,因曾从江沅处阅《六书音均表》,被段氏称为"读书种子",后转师段氏,关系日密。时陈奂年不满三十,好学不倦,得出入段氏之门,获益良多,后来治《毛诗》,撰《诗毛氏传疏》(简称《传疏》),将《小学》《定本》之精华尽行采录①。今检《传疏》,凡引《小学》,皆题"《诗小学》云",且陈所采之《小学》乃三十卷本,因为卷七《郑风·风雨》"鸡鸣胶胶"疏引《诗小学》云云,臧节本不录,唯足本卷七下有之。至于此引是据手稿,还是据道光五年刊本,不可得知,因陈氏自嘉庆二十三年起治《毛诗》,先编义类,至道光十五年始隐括为《传疏》。

---

① 《诗毛氏传疏》采《说文注》尤多,然多直接出"段注"字样。

今覆《传疏》与《小学》的关系,可略得如下三点:

1. 直接引用

如《郑风·风雨》"风雨潇潇"条下云:"《诗小学》云,'考《说文》无潇字。《广韵》屋、萧韵皆有潚字,无潇字……'案段说是也。"

2. 引《定本》,实本《小学》

如《小雅·常棣》"外御其务"传:"御,御。务,侮也,兄弟虽内阋,而外御侮也。"《传疏》云:"御御以下十五字,各本作笺,《小笺》云作正义时未误,今订正。"《小学》卷十六"外御其务"条下云:"又,'御,御也。务,侮也。兄弟虽内阋而外御侮也'十六字当是传文,今注疏冠以'笺云'二字,恐误衍。"可知当时已有订正,第未确定,后得《国语》之证,遂成定说。

3. 不标从《小学》而实本《小学》之说

如《小雅·天保》"俾尔单厚"传:"单,信也。"《传疏》:"单有信、厚两训,皆亶之假借也。《桑柔》正义及《潜夫论·慎微篇》引《诗》作'亶',《尔雅》亶,信也……"按《小学》卷十六"单厚"条下云:"毛传:单,信也。玉裁按,《释诂》云:'亶,信也。'是毛传以'单'为'亶'之假借字也,……玉裁按,《诗》'逢天僤怒'毛云:僤,厚也。正义引《释诂》云:亶,厚也。某氏曰,诗云:'俾尔亶厚。'"陈氏出入江段之门,得见《小学》全本及《定本》,又负责过《说文注》的校勘,疑其作《诗毛氏义类》时,旁采博征,将《小学》《定本》《说文注》等散入其中,今《传疏》标明引《小学》者不多,然细寻脉络,其迹仍不难发现。

(四)与《毛诗后笺》的关系

泾县胡承珙专意于《毛诗传》,与陈奂友善,两人往复讨论,陈深得段旨,故胡氏作《毛诗后笺》(以下简称《后笺》),亦广采段说。《后笺》中或称"段懋堂曰",或称"段氏《诗小学》曰""段氏《诗经小学》曰"。如卷四"不可襄也"条引"段氏《诗小学》曰:'古襄、攘通。'《史记·龟策传》'西襄大宛',徐广曰:'襄,一作攘。'"即是。

亦有不注明《小学》而实源于《小学》者。如卷二"召伯所茇"条,谓"茇"乃假借字,即本《小学》卷二"召伯所茇"条之说。

(五) 与《诗经异文释》《三家诗异文疏证》等书的关系

《小学》中较特出的一点,乃是尽量罗列有关《诗经》的异文。嘉兴李富孙湛深经术,著有七经异文释,其中《诗经异文释》十六卷,搜辑不遗余力,征引亦详,而所引尤以段说为多。卷一"葛之覃兮"下引段氏曰:"陆云诗'思乐葛藟,薄采其蕈',其盖用葛蕈字。"今考《小学》卷一"葛之覃兮"条下"玉裁按"云云,正李氏所引,而此条臧节本不录,《诗校记》于此无校,《说文注》"蕈"下亦无说,可见李氏所据《小学》乃是三十卷本。

除李氏外,冯登府、张慎仪、陈乔枞等人有关《诗经》著作皆于《小学》多所征引。可见《小学》溉泽乾嘉以后有关《诗经》研究著作,亦可谓大矣。

五、《诗经小学》的价值

(一) 在段氏研究中的地位

段玉裁一生精粹在于《说文注》,而《说文注》的基石却是《诗经小学》。当其三十三岁因《音学五书》《古韵标准》二书的启发而作《诗经韵谱》《群经韵谱》时,仅是从韵部上着眼,尚未涉及其他。而《小学》的写成,标志着段氏研究古文献所注重的范围从音韵扩展到异文、正字、俗字、古今字、通用字、方言、本义引申义假借义、校勘、石经汉碑等领域,形成了一套系统的研究方法。《小学》之于段氏研究之意义,可概括如下:

(1) 第一次将自己的古音理论在研究中演绎运用,《说文注》中注明每个字的古韵部的思想发轫于此。

(2) 全面、系统整理《说文》的思想已经确立(或已着手进行)。

(3) 接受戴震的转注理论并已用之于实践,开《说文注》中大畅戴旨的先声。

由此可见,要研究《说文注》,要研究段玉裁的思想及其发展,《小学》有其不容忽视的地位。

（二）在《诗经》研究中的地位

在汗牛充栋的《诗经》研究著作中,大多是探求诗意、诗旨,而于文字的同异、音义的训解关注甚少。汉代《诗经》今古文在文字上的异同,在郑玄手里,渐趋消融,幸亏陆德明的《经典释文》保存了许多异文和音义训诂,使得宋代王应麟勾勒《三家诗》的异文异义有所凭借。清初顾炎武、黄宗羲、王夫之三大家对《诗经》的研究,主要在于批判宋明理学。顾炎武《诗本音》虽已涉及异文、义训,宗旨却在于《诗》的谐韵。他们都还没有精力来顾及《诗》的校勘和形、音、义的考据。段玉裁生于乾嘉考据盛世,以壮年充沛的精力,著成《诗经小学》一书。它的出现,是《诗经》研究在文字的形音义和校勘等方面进入乾嘉考据时期的标志。虽然段玉裁晚年没有精力对这部书作最后的订补,使它本身存在着已经可以改正而未能改正的错误,但它对于以后的《诗经》研究仍有着较大的影响和作用:

第一,企图恢复汉代《诗》经、传分行的思想萌发于此。

第二,注释文字,辨别正字、俗字、假借字以及本义、引申义等成果,已为以后的《传疏》《通释》《后笺》等几部有影响的《诗经》研究著作所吸取,为正确理解《诗经》提供了参考资料。

第三,它的许多校勘成就体现在《诗校记》中,随着阮本《十三经注疏》,在《诗》的校勘史上有其贡献。

第四,从《诗考》对异文的搜辑,到李富孙、冯登府等人的《诗经》异文的专门著作的兴起,《小学》是纽带,它在《诗经》研究转化到汉语语言研究上起了一定作用。《小学》的精华虽被后来的《诗经》著作吸取融化,但它在《诗经》的研究史中,仍应有其应有的地位。

六、道光本与臧节本的异同和关系

（一）臧氏删录条例

臧庸《刻〈诗经小学录〉序》云："《诗经小学》全书数十篇,亦段君所授读,镛堂善之,为删烦纂要,《国风》、小大《雅》、《颂》各录成一卷,以自省览。"①可见臧氏节录之意在于"以自省览"。比勘《小学》原书与臧节本,可将其删录之例归结为简、并、补、删、改、按六种。

1. 简

简,指书名用简称。如《说文解字》简称《说文》;《经典释文》简称《释文》。毛传、郑笺亦简作传、笺。玉裁按,简作按。

2. 并

并,指将二条并为一条。《小学》之意原在字词的解释上着意,故有时将《诗经》中一句句子分作二条。如"俟我于城隅",《小学》卷三分作"俟""于城隅"二条,分别解释"俟""于"二字。臧氏归并为一条。

3. 补

补,指补出《诗经》完整的句子。《小学》标诗句,往往只标需作解释的一两个字,臧节本补出全句,使人便于索查,亦不致误解。如卷二十一"乐胥"条,臧作"君子乐胥"(《小雅·桑扈》文)。

4. 删

首先是删条目,《小学》全书本有一千二百五十余条,臧氏录成四百零七条(其中有的是"并",但数量不多),仅为全书三分之一。其次是删句子,将一些在臧氏看来是不必要或不重要的句子删去。

---

① 《拜经堂文集》卷2,民国庚午三月上元宗氏影印本。

5. 改

改，指依《小学》全书的体例调整某些句子。如段氏引书一般按时代先后，偶有不合者，臧氏即调整其次序。

6. 按

这是臧节本的一个重要方面。今臧节本中共有按语二十三则，其中十九则是镛堂本人的按语，其余四则为其从弟礼堂所按。礼堂按语，只在补正、解说段意，可以不论。镛堂按语，可分三类：

（1）补证段说。"来朝走马"条（足本卷二十三）段玉裁以为顾野王《玉篇》"趣"字下引作"来朝趣马"，是"据汉人相传古文"，趣为疾义。臧氏据《诗·大雅·棫朴》"左右趣之"的传（毛释趣为趋）笺（郑释趣为疾），来补证"走马"本作"趣马"。

（2）引申段说。"怀柔百神"条（足本卷二十六）陆德明释文云"柔"本亦作"濡"，段据谢庄诗等资料，认为六朝时本作"怀濡百神"，《尔雅·释诂》某氏引《诗》作"怀柔百神"是"易其字也"。臧氏引而申之云："《毛诗》作'怀濡'，《三家诗》作'怀柔'，樊光注《尔雅》引用皆非《毛诗》。"按臧氏以为某氏（即樊光）注《尔雅》所引《诗》乃本《鲁诗》（见《拜经日记》），故申段说为是。

（3）驳斥段说。如"天立厥妃"条（足本卷二十三）段按："传：妃，媲也。正义引某氏注《尔雅》，《诗》云'天立厥妃'，是矣，但谓毛读配为妃，故云媲也，是未知经传配字皆后人改妃为配耳。"臧氏云："《毛诗》作配，为假借字，《三家诗》作妃，为正字。……段氏未详此为古文今文之异，故说多误。"按：配妃上古皆在滂母。配，物；妃，微。为阴入对转，且义又相同，故臧说为是。

（二）臧节本删录失当

臧氏于《小学》存其一而删其二，总的来说是保存了《小学》的精华，但亦偶有失当之处。

《小学》原有许多仅列异文，不作任何解释的条目，臧氏节录时是逢此必删，但卷十七"我车既攻"条，段云"石鼓文'我车既工'"，臧节本录之。又卷十五"零雨其蒙"条，段本罗列了《说文》、石鼓文、《楚辞·七谏》《书·洪范》等异文，臧节本录《说文》和石鼓文二例，余删去，似乱其例。

臧《序》说："后段君来，见之，喜曰：精华尽在此矣，当即以此付梓。"自以为所录皆精华，实亦不然。段氏《小学》撰成后不数年，《定本》亦成，《小学》中一些错误和不妥之处，《定本》已有所改正，臧庸节录又在其后十余年，而今臧氏所录有为《定本》已经改正的条目。如"在彼空谷"的"空"与"穹"的问题（见上引），《定本》早已改正，臧犹以为"精华"而录之。又卷四"灵雨既零"条，本属错误（见上引），臧亦录之。臧氏删削本既在"以自省览"，则一定有随意性，且为识力所限，必带有较强的主观意识，以此来研究段氏的思想及发展，必然不是纯粹的，这也是我们之所以要研究道光本《小学》的主要原因之一。

（三）臧氏节录所据本与道光本的关系

臧氏将段玉裁所授《诗经小学》三十卷删削之后，是否将原稿璧还，已不可得知。至道光五年抱经堂刊成《小学》三十卷本后，便产生了臧氏节录所据本与道光本是一还是二，以及即使是二，其关系如何等一系列问题。

统观全书，下面这些情况值得注意：

（1）卷一"云何吁矣"条下云："玉裁按，今本《卷耳》吁，忧也。《都人士》盱，病也。"臧节本此条下云："按今作吁，误也。《何人斯》云：何其盱。《都人士》云：何盱矣。经文无吁字。"《说文注》"盱"下云："今《卷耳》作吁，误也。"此条可以推知，道光本的稿本在先，臧删录所据本已经改订，《说文注》即据改订本意见，三者关系甚明。

（2）卷二"召伯所茇"条下，臧节本多"又借作拔字。笺云：茇，草舍也。未免牵合其说"十七字。此条后臧氏有较长的按语，故此十七字必非臧语。

（3）卷七"彼其之子"条，段引"……《公羊传》云：夫已多乎道……"。末有"沅按:'夫已多乎道',见《穀梁传》,已训止。此引作《公羊传》,盖误也"二十三字。臧节本录此条,仍作《公羊传》不改,可见臧未见江沅之按,亦未疑此句非《公羊传》语。

(4)卷十"我闻有命,不敢告人"条下云:"……《左传》有言,臣之业在扬水,卒章之数言者,恐汉初传之者有脱误。"后有"沅按今《左传》实作'四言',不作'数言',此不知所据何本"二十字。臧节本录此条作"《左氏定十年传》言臣之业在扬水,卒章之四言者,恐汉初相传有脱误。"按此条似可以认为臧见江沅按而改,然基于"彼其之子"条,只能认为是段氏自己所改。

(5)卷十六"饮酒之饫"条末有双行小注"详在《说文解字注》"七字。按段氏隐括《说文解字读》而作注在乾隆五十九年,去臧氏删削已三年,故臧节本无此七字。又上面所引"壬子七月(乾隆五十七年)阅臧氏琳《经义杂记》……"云云,亦去臧氏删削有年。

(6)卷六"毳衣如璊"条下有云:"……玉裁按,当云读若《诗》曰毳衣如璊。又按非也,当是毛作……"一条之中,出尔反尔,卷七亦有类似情况。考全书两按、三按之例甚多,当非定本。

据此推测:道光本是《小学》较早的未定稿,后经改订增补抄清交付臧庸,臧删录后似未将原稿奉还,此后段氏又增补数则于未定稿中。段殁后,江沅见"彼其之子""我闻有命"两条下所引有误,不能献疑于先生,又不便擅改先生之文,故著按语二则于其下。道光五年(1825年),抱经堂便将江沅按语本刊行,即今所见之《诗经小学》三十卷本。这种推测的正确与否有待于段氏手稿或其他材料的证实。

《小学》有许多不足之处,上面在讨论与段氏自己著作和乾嘉及以后《诗经》研究著作的关系中已经屡屡提及,为省篇幅,不复铺叙。

《小学》缺点与不足的原因:对《诗经》文字的形音义和校勘、正误等各方面作较全面、专门的整理,纯属草创,此其一。《小学》毕竟是段氏早期的著作,此其二。道光本在某些地方不如臧庸删录所据本,而且又未经段氏最后订补审定,此其三。段玉裁晚年精神衰竭,有的著作未属草,如《说文转注释例》,有的著作未写完,如《仪礼汉读考》,当然没有精力来修订《小学》。如果他以《定本》《说文注》中的观点来全面修订《小学》,一定会弥补许多错误与不足,使之更为完善。这似乎是一件不幸的事,但我们正可从这些错误与不足中探测到他早期的思想以及这些思想的发展。

要研究乾嘉学派,不能不研究段玉裁;要研究段玉裁,固然应研究《说文注》,但决不能忽视《小学》,特别是道光五年三十卷本的《诗经小学》。

上海图书馆藏稿本
《齐鲁韩三家诗释》初探

　　乾嘉辑佚考证之学兴起后，绍继王应麟《诗考》而旁征博引、疏通证明之，已成为一种必然趋势。乾隆间，范家相"因王氏之书重加裒辑，增入者十之六七"，成《三家诗拾遗》，已过王书二倍。嘉道以还，辑佚三家诗学者若春笋齐出，最伙者为继王书而加以考异、校补，如严蔚《诗考异补》、胡文英《诗考补》、汪远孙《诗考补遗》；其次是三家诗（或连同《毛诗》而成四家诗）异文考订，如冯登府《三家诗异文疏证》《三家诗异文释》《三家诗异字诂》、李富孙《诗经异文释》、周邵莲《诗考异字笺余》、黄位清《诗异文录》、陈乔枞《诗经四家异文考》等；再次是在王书基础上更进一层，企图恢复或部分恢复汉代三家诗之文字与诗说旧观，阮元《三家诗补遗》著之于前，陈寿祺、陈乔枞父子《三家诗遗说考》后来居上，"最为详洽"，洵冠绝一时。降及清季，王先谦《诗三家义集疏》承流汇集众书，并抒己见，广为学林称道。唯朱士端《齐鲁韩三家诗释》（简称《诗释》）虽被著录，却未曾刊刻，一直以手稿、抄稿本扃之芸阁，学者多知其目而罕睹其书。2008年复旦大学出版社纂辑上海图书馆未刊古籍四十六种，三百四十六卷，分装六十册影印出版，《诗释》即其一种，由此始为人知。笔者研读《诗释》，随手疏记，汇总排比，发其隐蕴，俾求得此书在清代三家诗研究史中一席之地。

一、朱士端之生平学术

朱士端,原名效端,字铨甫,江苏宝应人,生于乾隆五十一年(1786年)。父朱毓楷,字幼则,九岁丧父,事母尽孝,著有《读书解义》一卷和《师文堂集》若干卷①。伯朱彬,字武曹,号郁甫,乾嘉间著名学者,所著以《礼记训纂》《经传考证》最为学林称道。彬与毓楷之外兄为刘台拱,台拱之堂兄弟刘履恂,堂侄刘宝楠,皆一时翘楚。朱家本宝应士族②,同宗名流多士,各有著述。士端姑母嫁汪中为继配,生汪喜孙,是其与喜孙为同辈中表。士端在家世书香、交友硕儒之环境下读书成长,学养丰厚,今观其手稿之书法娟秀飘逸,行草皆中法度,隐隐透出幼年之教养。然其仕途却并非亨通,道光元年(1821年)中举;九年(1829年)入都会试,因格于回避之例,己丑、壬辰二科均未与试,故补右翼宗学教习主讲席③,至十五年(1835年)乙未科以大挑得二等,铨补教谕;十九年(1839年)选授安徽广德县训导,旋引疾归里,自此"栖息林泉,纵横书史"④。其卒年,诸家记载各异,据《春雨楼丛书》所收《枣花书屋诗集》,系士端同治四年(1865年)所刻,则其享年已臻耄耋⑤。

《清儒学案》据成孺《宝应儒林传》,谓士端父毓楷于《曾子》十篇及许、郑、朱子之学研究甚力。士端幼承父学,复又授业于朱武

① 《江苏艺文志·扬州卷》,江苏人民出版社,1995年,下册,第1011页。

② 见姚莹:《汪喜孙寿母小记序》,《北京图书馆藏珍本年谱丛刊》,第139册,北京图书馆出版社,1995年,第69页。

③ 参见朱士端:《说文谐声举要跋》,《四库未收书辑刊》第2辑,第14册,第724页上栏。

④ 朱士端:《说文校定本叙》,《续修四库全书》,第214册,第197页上栏。

⑤ 其卒年可参见姜鹏为《齐鲁韩三家诗释》所作解题。《齐鲁韩三家诗释解题》,载《上海图书馆未刊古籍稿本》,第3册,复旦大学出版社,2008年影印本,第3—4页。

曹,于经学小学已有根柢①。朱彬与王念孙、王引之父子交厚,故士端道光九年入都,王引之即招致家中,日夕与王氏祖孙三代昕夕相处,饫闻二王"因声求义"之绪论。是时刘宝楠假馆于汪喜孙家,士端假馆于二王之家,时相过从,又与友人陈宗彝、俞正燮等"月必聚首数次,旅邸挑灯,讲论竟夕"②。与"表弟江都汪孟慈讲求许、郑之学,有裨益焉"。士端对这段学术生涯念念不忘,在《彊识编序》《说文校定本原序》《刘念楼论语正义序》中屡屡提及,可见在京岁月中聆教请益、读书切磋对他一生之影响。成孺谓其"亲炙于高邮王石臞,故小学最精"③,盖纪其实。

士端归里后,专心著述,除《齐鲁韩三家诗释》十六卷外,有《尔雅考略》一卷(稿本)、《说文谐声举要》十四卷(稿本,中国科学院图书馆藏)、《说文形声疏证》十四卷(原稿本,南京图书馆藏)、《说文校定本》十五卷(手稿本,上海图书馆藏;其他有《春雨楼丛书》本、《咫进斋丛书》本、《丛书集成初编》本)、《说文注》若干卷(稿本,上海图书馆藏)、《宜禄堂收藏金石记》六十卷(底稿本)。《宜禄堂收藏金石记》六卷《补编》一卷(《春雨楼丛书》本、一九一六年西泠印社排印本、《遯盦金石丛书》本)、《彊识编》(稿本有八卷本、四卷本和一卷本。八卷本国家图书馆和南京图书馆藏,四卷本、一卷本上海图书馆藏,《春雨楼丛书》为四卷本续一卷)、《吉金乐石山房文集》一卷《续编》一卷《诗集》二卷(《春雨楼丛书》本,国家图书馆藏有稿本),其他尚有《检身录》二卷和《知退斋笔记》不分卷,见道光《宝应县志》卷二十二,未见有刻本稿本④。

综观士端一生学问旨趣,端在小学。其《尔雅考略》一稿,盖早

_____

① 徐世昌等编纂:《清儒学案》卷101,中华书局,2007年,第4册,第4077页。

② 朱士端:《刘念楼论语正义序》,《吉金乐石山房文集续编》,《春雨楼丛书》本。

③ 徐世昌等编纂:《清儒学案》卷101,第4册,第4077页。

④ 朱氏著作参见《江苏艺文志·扬州卷》,下册,第1023—1024页。按刘锦藻《清朝续文献通考》卷271亦云其有《知退斋笔记》未刊。

年未完习作①。道光九年入都假馆王家,得亲炙于怀祖,深明文字声韵之旨,故有《说文谐声举要》之作。《举要序》云:"六书之体,《说文》解特造之字,经典用假借之文。借字行而本字赖以不坠,唯《说文》之功居多。凡其引用经典与今本异文,皆其本字,假借字即用本字之音而异其文。解经家往往就假借字望文生训,而本字不详。"②此一认识,与二王"因声求义"理论如出一辙,此序作于道光十二年十二月,而跋文又云其时"时时晋接当代大人先生、通儒达士,于学问稍知门径焉"③,或可视为"游王石臞先生之门,得其绪论"之直接演绎性成果,其中或有石臞先生讲论口授之旨亦未可知。晚年有《说文校定本》,自序谓有三十卷,因"力难镂版,爰撮要领,聊具大略次弟",故仅刻成"不足十分之一"的寥寥数十页④。《说文》之学,本石臞先生所究心,后闻段懋堂从事注解,遂与所心得。后见《段注》,颇不洽意,此已为学界所共知。士端于《彊识编》卷三转述王宽夫言云:"其家大人石臞先生曾注《说文》,因段氏书成,未卒业,并以藁付之。后先生见段注妄改许书,不觉甚悔。"士端接云:"余从父郁甫先生手录《说文》古🖋,凡标注'王云'者,即先生也。"后又云:"石臞稿本不可得,端临、郁甫两先生遗书亦未刊,谨录以示后学。"⑤据此而反观其《定本》之作,折衷大小二徐成果,标明其异同,盖由段氏妄改所引出之警示,故亦与王氏有一定关系。

　　士端道光年间与陈宗彝切磋交游。宗彝嗜金石,著有《汉蜀石经残字考》《钟鼎古器录》《古砖文录》《续古篆》《重编金石文跋》

---

① 朱士端《说文谐声举要跋》云:"拟欲撰《尔雅本音》而未竟其业。"(《四库未收书辑刊》第2辑,第14册,第724页上栏)或即此书。
② 朱士端:《说文谐声举要序》,《四库未收书辑刊》第2辑,第14册,第632页上栏。
③ 朱士端:《说文谐声举要跋》,《四库未收书辑刊》第2辑,第14册,第724页上栏。
④ 朱士端:《说文校定本叙》,《续修四库全书》,第214册,第197页下栏。
⑤ 朱士端:《彊识编》卷3,《续修四库全书》,第1160册,第489页上栏。

《重编访碑录》等。声气相投，故士端亦有《宜禄堂收藏金石记》之作，虽吝于资而仅刻十之一，仍可见其好于此道，其文集名"吉金乐石山房"，亦可觇其蕲向。《彊识编》书名，系取《礼记·曲礼上》"博闻强识"之意，乃士端之学术笔记类著作。今所刻为四卷续一卷本，卷一皆有关经义，尤于家法流别、经传文字多所措意。卷二多论《尔雅》《方言》，卷三皆有关《说文》，卷四则关涉声韵及史传注文正误。续编又为经义及古今文异文异义。即此五卷，亦可赅见士端一生为学宗趣：以小学为基础，由解字而解经，兼及史传文献、金石碑刻，与其家学师传、时代交游具相吻合。

二、《齐鲁韩三家诗释》之成书与形式

《齐鲁韩三家诗释》十六卷，上海图书馆藏士端手稿本，国家图书馆藏抄本一种，有郑振铎跋。正文十四卷，卷一至卷十为《韩诗》，卷十一至卷十三为《鲁诗》，卷十四为《齐诗》，后附《三家诗疑》和《三家诗源流》未标卷次，故总标十六卷。又湖北省图书馆藏有士端《齐鲁韩三家诗注》三卷并《三家诗疑》一卷稿本，论者以《清史列传》著录士端著作有《三家诗辑》而无《齐鲁韩三家诗释》，推测二书为同书异名。按《清续文献通考》卷二百七十一云："其所未刊者尚有《齐鲁韩三家诗辑》。"①当即《清史列传》所录者。笔者比勘三种抄、稿本，以湖北省图藏本为最初稿，上图藏本为再易稿，国图藏本则为后出抄本。兹以上图稿本为主略叙于下。

上图藏手稿本装成二册，分标"上""下"。封面有"再易稿"三字。各卷正文第一行书"齐鲁韩三家诗释弟×"，第二行署"文林郎拣选知县乙未科大挑二等教谕衔管广德州训导事前充右翼宗学教

---

① 刘锦藻：《清朝续文献通考》卷271，浙江古籍出版社，1988年影印本，第3册，第10155页下栏。

习宝应朱士端箸”(图 16－1、图 16－2),是当撰成于道光十九年退居里闬之后。据卷四“六月食郁及薁”条下引丁晏《诗考补遗》①,丁书著成于道光四年(1824 年),而最早刊于咸丰二年(1852 年),若士端据刻本,则成稿当在此后。然士端与丁晏交谊甚深,手稿共析

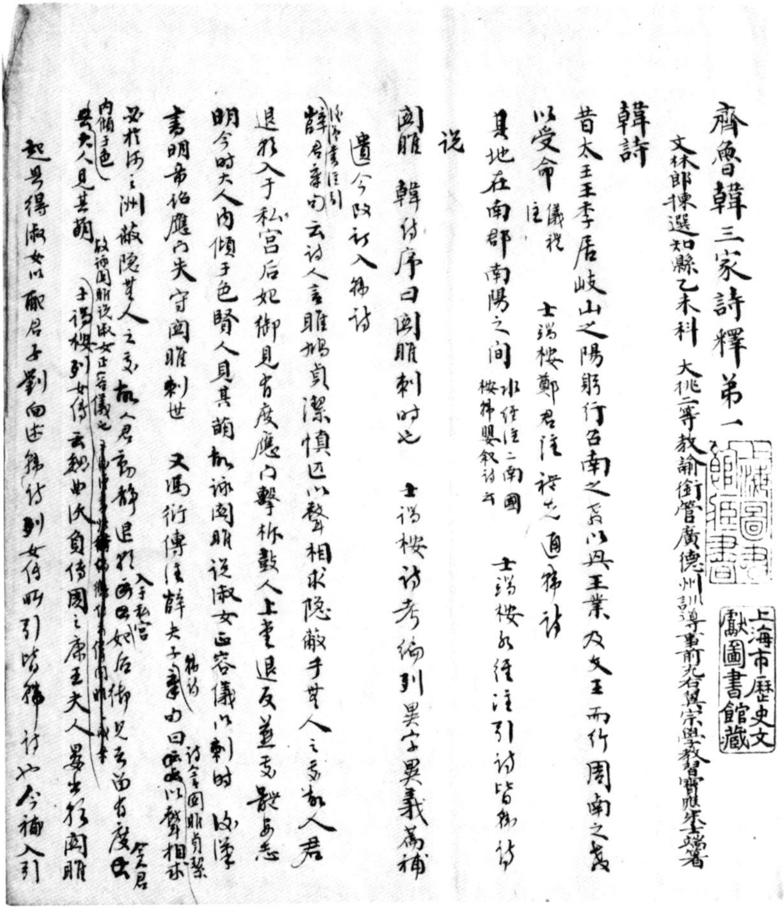

图 16－1　上海图书馆藏稿本卷一第一页(总第 10 页)

① 按丁晏书名《诗考补注》二卷《补遗》二卷,兹所引即在《补注》卷 1“韩诗”下(《丛书集成续编》收录《花雨楼丛书》本,见第 108 册,第 424 页),当系随手抄录所误。

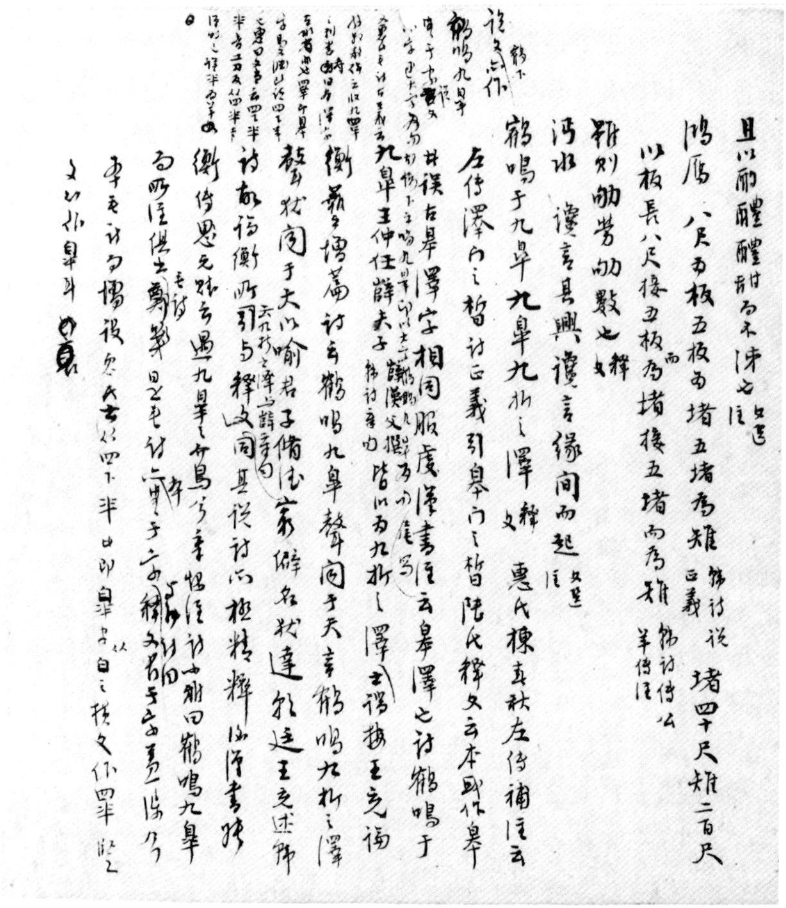

图 16-2　上海图书馆藏稿本卷五末页（总第 94 页）

疑义，亦属情理中事。《彊识编》卷三《班固郑康成皆习鲁诗解与荀子义合》有"详拙著《齐鲁韩三家诗释》"一语，其作于咸丰十一年（1861 年）之《彊识编序》云："〔道光〕癸巳①正月汤相国夫子辱问拙

———————————

① 即道光十三年，1833 年。

箸,因缮录《彊识编》就正。蒙赠数言,亲题简端。"①盖缮录虽在道光十三年,而刊刻却已在咸丰十一年,期间当有整饬增补。《诗释》之名有《诗注》《诗辑》之不同,此言《诗释》,似系接近完稿之名,故此书未必会早于道光十三年。

　　书名"齐鲁韩三家诗释",而实际排列为韩、鲁、齐,此殆循王应麟《诗考》之顺序列次。其书名所以依"齐鲁韩"为序者,或系《齐诗》先亡于魏,《鲁诗》继亡于东晋,《韩诗》至唐犹存,因以为序。稍前之阮元撰《三家诗补遗》,依鲁、齐、韩为序,陈寿祺、陈乔枞父子继作《三家诗遗说考》,序次因袭阮元,此乃以《鲁诗》为两汉最受重视之官学故,与王、朱序次之意不同。

　　正文以传世《毛诗》为次,先列《诗》句,下双行小注注其所出,而后引证分析,继以"士端按"直抒己意,分判三家(图 16－3、图 16－4)。《韩诗》十卷,《鲁诗》三卷,《齐诗》一卷,各为起讫。《诗释》因系草稿,涂改颇多,往往用蝇头小楷书于天头或行间。有须加入较多文字,甚或新增一条一段,则写于浮签之上,夹于相应之方位,有时在浮签右下用小字标明插入位置,如第一六五页粘签之一云"此条列《雝》后",第二三七页粘签之一云"此条列《灵台》'白鸟皜皜'之下,'蒙瞍'之上"。虽貌似纷乱,而大致整饬。

　　湖北省图藏稿本装订成一册,封面题"齐鲁韩三家诗释稿本"(图16－5),先将"释"字圈去,旁注"注"字,复将"注"字点去,识三角于"释"上,意为仍作"释"字。右上有"初稿"二字,表明此为初稿本。第一页题"齐鲁韩三家诗释注",将"释"圈去,故著录为"齐鲁韩三家诗注"。题下钤印长方朱文"湖北省图书馆藏书",下端又有正方朱文从右至左"朱士端"三字②,盖朱氏手稿本无疑。稿依韩、鲁、齐顺序。鲁诗、齐诗题下不署官衔。篇幅仅为上图稿本五分之一,是乃初稿之征。

①　朱士端:《彊识编》,《续修四库全书》,第 1160 册,第 431 页下栏。

②　此印章后面又钤过多次,亦示其自珍宝爱之意。

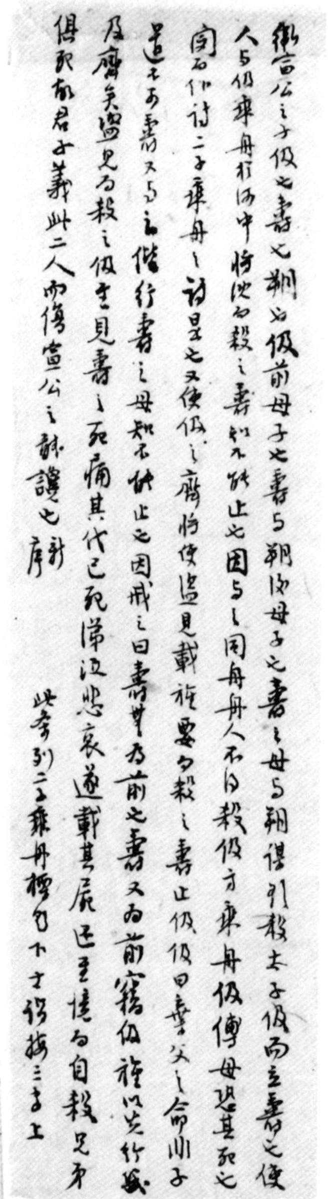

图 16－3　上海图书馆藏稿本页三四粘签

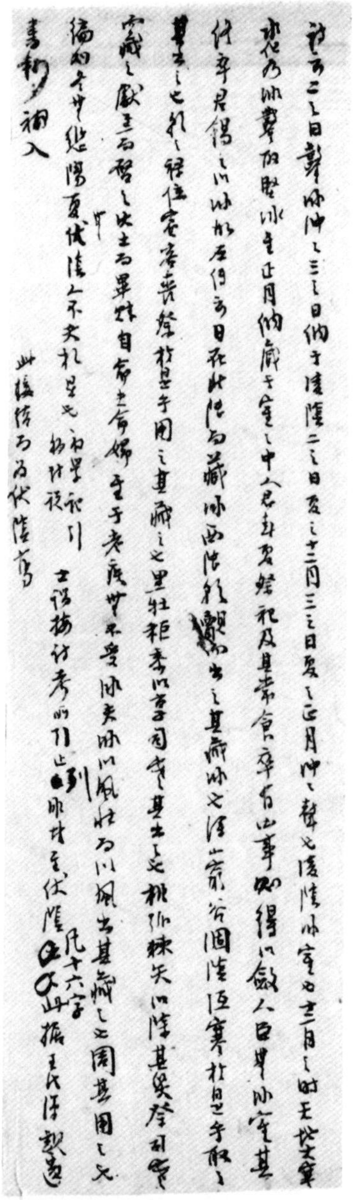

图 16－4　上海图书馆藏稿本页七九粘签

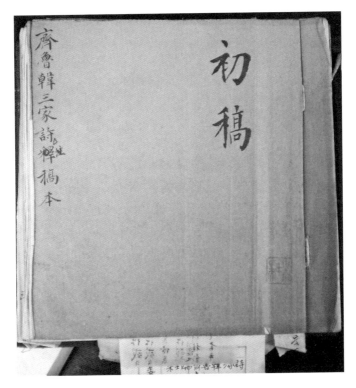

图 16－5　湖北省图书馆藏稿本封面

　　初稿本亦多浮签，如第一条粘签"昔太王王季居岐山之阳"，上海图书馆稿本已写入正文。又"天保　絜蠲为饎《周礼疏》《大戴礼注》按《毛诗》……"一条，上海图书馆稿本录入卷十二正文，疏释之文作"士端按"，加"士端"两字。是皆足证上图藏稿本抄于此稿之后，为修订稿，与其自题"再易稿"相吻。稿本于《三家诗疑》下多只写诗句、出处而无疏证文字，如《齐诗·巷伯》下：

　　　　栖兮斐兮　栖曰文貌　《说文》

　　　　箿箿幡幡　《说文》

下接《蓼莪》：

　　　　蓼叔　蓼蓼者仪　《隶释》汉碑

瓶之窒矣　《说文》

皥天罔极　《汉书》

以上每条之后皆空一定位置，揣其意，是为疏证留有余地。于此可窥探朱氏此书之撰著，乃先摘录异文异句，而后从容疏证，其有空位不够，遂用浮签加补粘贴于相应位置，逮及抄清重加补苴，不够复加浮签（图16-6）。如此反复，渐以成书。

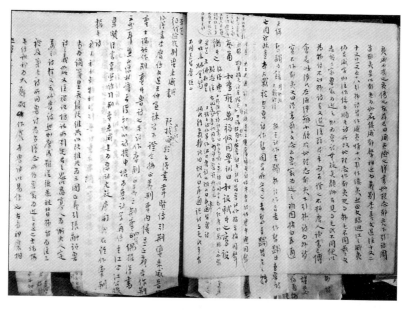

图16-6　湖北省图书馆藏稿本粘签

国图所藏为蓝格抄本，系郑振铎所藏。郑氏在封面第一页有题记云：

此是朱士端未刊稿本。我购自北京琉璃厂通学斋，价六十元。劫中曾见朱氏宜禄堂收藏金石记稿本数十册，与印行之六卷本大异。惜已付之劫火。此吉金乐石山房，朱氏斋名。蓝格本子，更宜珍惜之。一九五六年六月十七日西谛。

卷一下有阳文方印"北京图书馆藏"一方、阳文写体方印"长乐郑振铎西谛藏书"一方。全书装成四册,笔迹与二种稿本绝不相类,是非士端手迹甚明,且前后字体异迹,盖亦非一人所抄。卷一署名同上图藏稿本,卷三始则署"宝应朱士端箸"。卷十五作"三家诗疑弟十五宝应朱士端编辑",卷十六作"三家诗源流　宝应朱士端编辑",此较上图藏稿本规整,似在其后所抄。谓其所抄在上图藏稿本之后,还可从下列浮签文字被抄录正文得到证明:

上图藏稿本卷三第五十六页有"伐檀　《汉书·王吉传》师古曰"一条粘签,第六十页有"役车其休,古者必有命"一条粘签,卷四第六十九页有"墓门　陈辨女者,陈国采桑之女也"一条粘签,第七十三页有"彼己之子,三百赤绂"一条粘签,卷五第八十三页有"鹿鸣　寔我周行"一条粘签,凡此皆为国家图书馆藏抄本所抄入正文(图16-7)。且其抄录时又有增益,如卷五第九十二页有"吉甫宴喜《汉书·陈汤传》"一条粘签,国图藏抄本抄录时于末句"燕、宴声

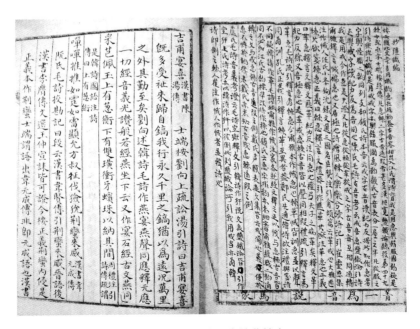

图 16-7　国家图书馆藏抄本

同"下增益"应（引按，此字疑衍）释元应《一切经音义·光赞般若经》'燕坐'下云：'又作宴，石经古文燕同'"一句。由上图藏稿本粘签文字被抄录为国图抄本之正文，可以认为国图藏抄本系从上图藏稿本录出，而事实竟有不然者。上图藏稿本卷一第二十页有"召南申女者，申令之女也"一条粘签，第二十四页有"《列女传》卫宣夫人者，齐侯之女也"一条粘签，国图藏抄本皆未抄录。若勉强说成是抄本漏抄稿本粘签，未似不可。然卷三《载驱》"齐子发夕"下，上图藏稿本云"发，旦也。《释文》"，无其他疏释文字。国图藏抄本云："士端按，惠氏《毛诗古义》云：《小宛》诗云：'明发不寐。'薛夫子、王叔师皆训发为旦。"若非抄胥擅自增益，则所抄必为上图藏稿本之后的本子。

以上事实表明，湖北省图所藏为士端最初之手稿本，上图所藏为士端手写再易稿本，国图所藏抄本系抄自再易稿之后的一种本子，此种本子增多"齐子夕发"一类的文字。之后士端又在再易稿上增益粘签，致使两种抄、稿本互有多寡异同。又国图藏抄本个别条目上仍有粘签，如上图藏稿本卷五《六月》"猃狁孔炽，我是用戒，《盐铁论》"一条下有"士端按：《盐铁论》述《韩诗》，说并详《彊识编》"云云，国图藏抄本在此上有粘签，将《彊识编》一大段文字抄录，卷十《清庙》"骏奔在庙"条下亦云"说并详《彊识编》"，国图藏抄本亦将《彊识编》文字抄录粘贴于上。又卷二《终风》"墙墙其阴"条下云"详《说文形声疏证》"，而国图藏抄本亦将士端《说文形声疏证》一段文字抄录粘贴于上。揣其意图，似皆欲补入正文，字迹虽非士端之笔，要亦由其授受而录。缘此推知，上图藏稿本和国图藏抄本皆非最后之定稿本，宜各家著录时书稿未有定名，而其书亦终未能付梓也。

三、《诗释》内容及所见作者之学术渊源

《诗释》一书属辑佚与考订性质之著。所谓辑佚，殆辑集已佚

两汉三家诗之诗句与诗说;因诗句需要文字声韵训诂之比勘,别其异同,定其归属,诗说需要以家法、师法辨别,俾符其诗派旨意,故须逐条有所考订。缘此性质,可觇作者之学养与学术渊源。

士端生长于扬州学派之学术氛围中,自幼受经术与小学之熏陶。道光八年进京,得饫闻高邮二王绪论,与诸同好讲论许、郑之学,搜集金石碑版,关注金石古文字。及其退居林下,潜心著述,遂镕铸成自己独特之学术面貌。

《诗释》既是推衍补充王应麟《诗考》之作,故其除序次依王书排列外,更重要的是修正、补充王书。补充王书,就《诗释》之篇幅已展示无遗。修正王书,主要是对王书原来编入"异字异义类"的诗句,经以士端对家法、师法的甄别,编入相应的诗派中。如卷二"玉之瑱兮,邦之媛兮"条云:

> 《说文》所引是《韩诗》。《韩诗》之例多以"也"字作"兮",如《毛诗》"乃如之人也",《外传》"也"字作"兮"。《诗考》编列"异字异义篇",今改订入《韩诗》。(页37)

对师法、家法的认识不同,导致他对《诗考》中个别诗句之改动。卷十二引《白虎通》"瞻彼洛矣""鞗革有奭",先引臧琳《经义杂记》谓班固习《鲁诗》,而后云:

> 士端按,《诗考》引《内传》《白虎通》以诸侯世子三年丧毕,上受爵命于天子,列《韩诗》后,今改订入《鲁诗》。(页219)

凡王氏《诗考》有遗漏失引者,《诗释》则增补收录于士端认定之诗派下。如卷五"莘莘征夫"条云:

> 又《列女传》载晋文齐姜传:《周诗》曰:"莘莘征夫,每怀靡及。"刘向述《韩诗》,且与《外传》同,故知作"莘"者皆《韩诗》也。《诗考》失引,今补入。(页86)

至于士端一时未能判别其为何诗家者,则录之以备考,如卷十四"《关雎》周衰所作李樗黄櫄《集解》云《齐诗》"和"康王政衰之诗郑樵《六经奥论》云《齐诗》"二条云:

　　　　此二条余氏《古经解钩沉》所引,并以为《齐诗》。岂《齐
　　诗》亦与韩、鲁同旨邪,存此以备参考。(页255)

《诗释》一书,于《诗考》补苴变动颇多,且不厌其烦地标出。据此,
忖度士端纂辑《诗释》初意主要是出于对《诗考》之补充,故虽不以
"诗考补""诗考补注"字样,其性质仍属对王书的增补。以《诗考》
为增补对象,凡有他书误派三家者,亦随文指出。如卷十二"其鹰孔
有"条,谓《尔雅》樊氏注及蔡邕、郑玄皆读作"鹰",为《鲁诗》无疑,
故指出"王氏(王谟)《汉魏遗书钞》引此文列《韩诗》"为误①。

　　士端因重视文字训诂,故对金石颇有嗜好,其《宜禄堂收藏金石
记》所辑范围上下二千年,搜录极伙,摹录题跋,堪称伟观②。就中
可见其对熹平石经及唐宋石经皆有题记,《金石记》卷一对熹平石
经之题记虽寥寥数字③,而关注石经文字之旨趣已可概见,故《诗
释》中屡有用石经文字为论说论证之据者。如卷十一《葛屦》《园有
桃》《陟岵》《伐檀》《硕鼠》《山有蓝》即据石经鲁诗残碑而疏证《鲁
诗》字形④。此较之范家相列石经字形而不释、阮元偶作字形异同
之比勘而未予分析疏证者,诚略胜一筹。抑不仅此,士端于金石文
字有兴趣,故其对《汗简》《古文四声韵》等书能予重视,并援引以释
字形。卷一"施于中逵"条下,即援据《汗简》所载李商隐《集字》和
王存乂《切韵》中古文字形"𢓜""𢓜"来诠释,卷十浮签(页一七四
后)"奄有九域"条亦引《汗简》古文"或"形证惠栋之说,皆较范、阮
之书为优。

　　《诗释》反映出作者阅读范围颇广,举凡臧琳(1650—1713 年)、

---

① 　朱士端:《齐鲁韩三家诗释》卷 12,第 212 页。
② 　朱士端《宜禄堂收藏金石记》六十卷之原稿,由新文丰出版公司影印,收入《石刻史料
　　新编》第 2 辑中。
③ 　此可参见西泠印社聚珍版《遯盦金石丛书》本《宜禄堂金石记》卷 1,《石刻史料新编》
　　第 2 辑第 6 册,台湾新文丰出版公司印行,第 4211 页下栏。
④ 　朱士端:《齐鲁韩三家诗释》卷 11,第 191—195 页。

惠栋（1697—1758 年）、卢文弨（1717—1796 年）、钱大昕（1728—1804 年）、王鸣盛（1722—1797 年）、王谟（约 1731—1817 年）、余萧客（1732—1778 年）、王念孙（1744—1832 年）、阮元（1764—1849 年）、臧庸（1767—1811 年）、王引之（1769—1834 年）、丁晏（1794—1875 年）等著作，皆有征引。其中臧琳《经义杂记》、卢文弨《群书拾补》、王念孙《读书杂志》、臧庸《拜经日记》等数数征引，尤以《经义述闻》为多，且常云"今从《经义述闻》"。由此可窥探道光九年在京期间王引之对士端之影响和士端对这位学术前辈之服膺。王引之《述闻》将刘向诗学归为《韩诗》，由此连类而及，士端将《列女传》《说苑》等书所引诗句皆列为《韩诗》，造成《韩诗》多达十卷。

　　士端从学、交往之学者中，唯二王父子深通古韵之学。道光八年在京亲炙之宝贵时间里，士端对古韵之学颇有长进，以致在《诗释》书中屡屡用古音之学来解释经传异文。如卷一："君子好仇"条下引《正义》云"诗本作述，《尔雅》多作仇，字异而义同也"后总结曰："据此，知述、仇音同。大凡经师传授异文，皆不外音同音近。"（页 14）也有论声纽者，如"罍"条下先引《韩诗》说云："一升曰爵，爵，尽也，足也；二升曰觚，觚，寡也，饮当寡少；三升曰觯，觯，适也，饮当自适也；四升曰角，角，触也，不能自适触罪过也；五升曰散，散，讪也，饮不自节为人谤讪。总名曰爵，其实曰觞，觞者，饷也。觥亦五升，所以罚不敬。觥，廓也，所以著明之貌。君子有过，廓然著明，非所以饷不得名觞。"而后云："爵、足；觚、寡；觯、适；角、触；散、讪；觞、饷；觥、廓：皆以声同声近为训。"①是亦于古声、韵皆领悟有得并可用之于考订者也。然全书不见其分析古韵部、声纽之具体通转情况，则于二王之古韵学，似又未达一间。

①　朱士端：《齐鲁韩三家诗释》卷 1，第 14 页。

四、朱士端两汉三家诗派观

自王应麟之后,辑录三家诗时最重要也是最容易产生分歧的是对两汉经师和专书诗派归属之认定,对某书某经师之归属不同,其辑录之诗句、诗说就会有齐、鲁、韩之不同。士端在书中虽有详略各异之表述,而在其所著《彊识编》中有九篇阐述经师与著作诗派归属之专论。以下结合《诗释》分析士端对两汉三家诗部分经师和著作之认识。

(一)《韩诗》派经师与著作

卷一《王肃诗注用韩诗》一篇,举《车舝》云:"以慰我心。"传云:"慰,安也。"笺云:"我得见女之新昏如是,则以慰除我心之忧也。"《释文》:"慰,怨也。于愿反。王申为怨恨之义。《韩诗》作'以愠我心',愠,恚也。本或作'慰,安也',是马融义。马昭、张融论之详矣。"

> 士端董桉:《毛传》训慰为安,康成申毛,亦训为安,本系马融师说如此。《韩诗》云:'以愠我心。'愠,恚也。疏引孙毓、王肃皆训慰为怨,其意似主《韩诗》。王氏此条不独难郑而兼难毛矣。然义出《韩诗》,究非凿空无据。[1]

怨、安所以歧出,陈乔枞从文字上有合理解释,即人不识"詻"字而误认作"怨"。詻,即婉之或体,婉训顺,与慰同义,故《玉篇》"詻,慰也"[2]。然产生《韩诗》之"以愠我心",则战国时已有舛乱。王肃训怨,与《韩诗》同。又,《皇矣》"维此王季"正义云:"此传、笺及下传九言曰者,皆昭二十八年《左传》文。彼引一章,然后为此九言以释

---

① 朱士端:《彊识编》卷1,《续修四库全书》,第1160册,第441页上栏。
② 陈乔枞:《三家诗遗说考·韩诗遗说考卷九》,《清经解续编》,第4册,第1391页中栏。

之,故传依用焉。毛引不尽,笺又取以足之。此云'维此王季',彼言'维此文王'者,经涉乱离,师有异读,后人因即存之,不敢追改。今王肃注及《韩诗》亦作'文王',是异读之验。"

> 士端谓王肃亦用《韩诗》,观《皇矣》正义,益见《左氏·昭二十八年传》正义与《皇矣》正义同。《诗考》引《周礼疏》王肃论云:"古者霜降逆女,冰泮杀止。"谓本《韩诗传》,是亦一证也。①

士端以此三例为证,遂判王肃用《韩诗》。其卷七《车舝》"以慰我心"载入《韩诗》下,卷六"不自为政,卒劳百姓"条下云"此疑亦王肃本《韩诗》说,以有意与郑异也"②。《新序述韩诗》以《新序·杂事篇》引《诗》曰"逝将去汝,适彼乐土,适彼乐土,爰得我所",《节士篇》引《诗》曰"逝将去汝,适彼乐郊,适彼乐郊,谁之永号",与《韩诗外传》卷二引《诗》"适彼乐土,适彼乐土,爰得我所"和"逝将去汝,适彼乐国,适彼乐国,爰得我直"同。《说苑·君道篇》引《诗》"岐有夷之行,子孙其保之"与《韩诗外传》卷三引《诗》"岐有夷之行,子孙保之"同,遂云"据此,则《经义述闻》谓刘向述《韩诗》信矣"③。卷三《说文用韩诗》举《白华》"视我迈迈"《释文》:"迈,如字。《韩诗》及《说文》并作怖怖,孚吠反,又孚葛反,又匹代反。《韩诗》云:意不说好也。许云:狠怒也。"士端云:

> 此可作许书亦用《韩诗》之证。怖为本字,迈为假借字。《毛诗》多用假借字。④

从上所论,知士端之《韩诗》观,有自己的看法,亦有接受前贤之观点,如对刘向之诗派归属,即接受王引之之说。王氏于《经义述闻》

---

①　朱士端:《彊识编》卷1,《续修四库全书》,第1160册,第441页上栏。

②　朱士端:《齐鲁韩三家诗释》卷6,第98页。

③　朱士端:《彊识编》卷1,《续修四库全书》,第1160册,第447页下栏。

④　朱士端:《彊识编》卷3,《续修四库全书》,第1160册,第483页上栏。

卷七《刘向述韩诗》条下对王应麟以向为元王之孙故述《鲁诗》表示
异见。列举《列女传·贞顺传·蔡人妻》伤夫有恶疾而作《芣苢》，
与《文选·辩命论》注所引《韩诗》合；《贤明传·周南大夫妻》言仕
于乱世者为父母在故也，乃作诗曰"鲂鱼赪尾"云云，与《后汉书·
周磐传》注所引《韩诗章句》合等五条，乃云"然则向所述者乃《韩
诗》也"①。士端亲炙于王氏，信从王说，故补苴其说，并运用于《诗
释》中，如卷六"褒姒灭之"条云："刘向述《韩诗》，《列女传》所引正
《韩诗》也。是《韩诗》作'灭'。"卷七"弃我如遗"条出《新序》，未有
任何证据，仅据《新序述韩诗》之例谓"刘向述《韩诗》"②。此外，桓
宽《盐铁论》引《诗》，阮元归为《鲁诗》③，而士端亦归为《韩诗》。卷
七"不可暴虎，不敢凭河"条云："《盐铁论》多述《韩诗》。"下条"宜
犴宜狱"，因《毛诗》作"宜岸"，《释文》云"《韩诗》作'犴'"，而《盐
铁论》亦作"犴"，故亦云"是《盐铁论》亦本《韩诗》"④。董仲舒诗
学，唐晏归为《齐诗》派，士端以《汉书》载韩婴尝与董仲舒论于武帝
之前，遂归董为《韩诗》派⑤。

（二）《鲁诗》派经师与著作

　　王应麟以《白虎通》所引为《韩诗》，范家相则游移于鲁、韩之
间。臧琳《白虎通诗考》云："班氏《白虎通》说《诗》与毛氏多有不
同，盖皆鲁说也。"⑥后引多例以证其说。其后阮元、陈乔枞、冯登府
和王先谦等均归为《鲁诗》。《诗释》卷一《白虎通述鲁诗》以《白虎
通·嫁娶篇》引《诗》"不惟旧因"，而《毛诗》作"不思旧姻"，《白虎
通》他处引《诗》皆标明"韩诗内传"云云，故从臧说为《鲁诗》，因定

① 王引之：《经义述闻》卷7，江苏古籍出版社，1988年，第182页下栏。
② 朱士端：《齐鲁韩三家诗释》卷6、卷7，第98页、107页。
③ 阮元：《三家诗补遗》卷1，《丛书集成续编》，第110册，第6页。
④ 朱士端：《齐鲁韩三家诗释》卷7，第105页。
⑤ 参见《诗释》卷6，第97页。
⑥ 臧琳：《经义杂记》卷2，《清经解》，第1册，第790页上栏、中栏。

《白虎通》为《鲁诗》。然亦有不能圆其说者，后文所引《周颂》之
"酌"，士端证《鲁诗》作"汋"，而《白虎通》却作"酌"，与《毛诗》同而
与《鲁诗》异，适为反证。士端既以《白虎通》为《鲁诗》，故连类而及
将班固亦定为《鲁诗》派，如此则《汉书》所引自然编入《鲁诗》卷。
陈乔枞云："班固《汉书》多用《齐诗》……固之从祖班伯受《齐诗》于
师丹，盖传其家学也。"①士端于班伯师承师丹并非不知，而卷十四
列《汉书·叙传》"式号式謼"条下云："《毛诗》作'呼'，呼、謼声同。
《叙传》言班伯受《诗》于师丹，师丹习《齐诗》。上以伯新起，数目礼
之。伯对曰：'式号式謼，大雅所以流连也。'盖本师丹之学为《齐
诗》。伯为班固从祖，唯固而又习《鲁诗》也，故《白虎通》及《汉书》
亦多《鲁诗》说。"②卷十三"文王有声"粘签引《后汉书·班彪传》后
云："班伯初学《齐诗》，彪、固学《鲁诗》。"③是于班氏家学，士端有
自己认识。

康成《三礼注》引诗，学者亦多歧见。王应麟、魏源、冯登府定
为韩或鲁，范家相定为韩，阮元定为鲁或齐，陈乔枞、王先谦定为齐。
臧庸在论《尔雅》注多《鲁诗》条下曾云："康成虽从张恭祖习《韩
诗》，而注《三礼》及笺《毛诗》用《鲁诗》为多，《汉志》所谓'鲁最为
近之'是也。"④士端信从臧说，并作补充：

士端以《卢令》章证之，"其人美且鬈"，传："鬈，好貌。"笺
云："鬈读当为權，權，勇壮也。"阮氏云："《五经文字》权字注
云：'从手作攑'，古拳握字，"可知郑笺从手不从木，与《说文》
引《国语》"卷勇"、《小雅》"拳勇"字同。今字书佚此字，仅存
于张参之书。《吴都赋》"览将帅之权勇"，善曰："《毛诗》无拳

---

① 陈乔枞：《三家诗遗说考·齐诗遗说考一》，《清经解续编》，第 4 册，第 1283 页中栏。
② 朱士端：《齐鲁韩三家诗释》卷 14，第 275 页。
③ 朱士端：《齐鲁韩三家诗释》卷 13，第 235 页。
④ 臧庸：《拜经日记》卷 2，《清经解》，第 6 册，第 717 页上栏。

无勇,拳与权同。"俗刻讹误不可读。士端按,此郑笺易《传》读"鬈"为"攉",当本《鲁诗》。凡从卷之字训好,皆《韩诗》例也。《说文》:"鬈,发好也。诗曰:其人美且鬈。"是《说文》作"鬈"本韩、毛两家。何以知其然也?《齐风》"揖我谓我儇兮",《韩诗》作"婘"云:"好貌。"是《韩诗》例凡从卷之字皆训为好,故知《韩诗》与毛同作"鬈"。郑读作"攉"者,意以鲁说为优,故不从韩与毛也。据此知郑氏笺易《传》以及读当为之例,皆本三家旧说。如"可以疗饥""古之人无择",本《韩诗》;"艳妻煽方处","阮徂共"为三国名,"素衣朱绣"为"朱绡",本《鲁诗》。俗儒辄以为康成好改字,不亦谬乎?①

按,康成习《韩诗》而用《鲁诗》之说,早于臧庸之惠栋在《九经古义》卷六中已发其蕴②。士端所证"可以疗饥"以下数例,系惠栋《古义》所揭橥,故仅提及而已。唯所举《卢令》之"鬈"康成作"攉"为用《鲁诗》一例,论证周密,已可为康成兼用三家之证,而士端于《班固郑康成皆习鲁诗解与荀子义合》篇中再证其说。其举《荀子·大略篇》"诸侯召其臣,臣不俟驾,颠倒衣裳而走,礼也"而云:

> 《后汉书·班固传》固奏记曰:"四方之士,颠倒衣裳。"注:"诗曰:'东方未明,颠倒衣裳。'言士争归之急遽也。"《毛诗序》刺无节,此云士争归之急遽,与毛不同。固习《鲁诗》,盖《鲁诗》旧说如此。又荀子云:"天子召诸侯,诸侯辇舆就马,礼也。《诗》曰:我出我舆,于彼牧矣。自天子所,谓我来矣。"杨倞注:"郑云谓以王命召己。"今正义本列笺云:"王命召己,己即召御夫,使装载物而往。王之事多难,其召我必急,欲疾趋之。"亦本荀义。《毛诗》作"我出我车",此作"舆",盖亦《鲁诗》。车、舆声同。《史记》云"出舆彭彭",为周襄王时诗,其文亦作舆。考

---

① 朱士端《彊识编》卷1,《续修四库全书》,第1160册,第445页上栏。
② 惠栋《九经古义》卷6,《清经解》,第2册,第759页下栏—760页上栏。

郑君虽从张恭祖习《韩诗》，而注《礼》及笺《诗》用《鲁诗》为
多，《汉志》所谓鲁最为近之是也，故解与《荀子》不背。说并详
拙著《齐鲁韩三家诗释》。①

按，《诗释》卷十二"出舆"条下相对简单，仅云"经师传授，《鲁诗》本
出于《荀子》。《毛诗》作'车'，《鲁诗》作'舆'……"几句②，《彊识
编》为专论，故引证周详。此篇后又引其姑父汪中《述学》之说，以
为韩、鲁诗皆渊源于荀子，由此合证，亦见其说所本③。因认定《鲁
诗》传自荀卿，故其又有《春秋繁露为鲁诗说》一篇。此篇举《繁
露·三代改制质文第二十三》"周公辅成王，受命作宫于洛阳，成文
武之制，作《汋乐》"一句，《汋乐》即《毛诗·周颂》之《酌》篇，《经典
释文》："酌，音灼，字亦作汋。"此字《礼记·内则》《汉书·礼乐志》
作"勺"。《释文》所谓"亦作汋"，殆指《繁露》一系字形。《荀子·
礼论》："故钟鼓管磬，琴瑟竽笙，《韶》《夏》《护》《武》《汋》《桓》
《箾》《简》《象》，是君子之所以为惼诡其所喜乐之文也。"杨倞注：
"《武》《汋》《桓》，皆《周颂》篇名。"④士端据此，因谓：

> 《鲁诗》渊源于荀卿，作"汋"者，《鲁诗》也。《繁露》作
> "汋"，亦为《鲁诗》无疑。盖《毛诗》古文作"酌"，三家今文作
> "汋"。⑤

因《繁露》作"汋"与《荀子》同，《荀子》为《鲁诗》之渊源所出，故《繁
露》所引亦为《鲁诗》。缘此原则，卷十二"物其指矣，维其偕矣"、
"嗋□旹□"出于《荀子》诸条，士端皆指为《鲁诗》，此固一致。然其

---

① 朱士端：《彊识编续》，《续修四库全书》，第1160册，第514页下栏。
② 朱士端：《齐鲁韩三家诗释》卷12，第209页。
③ 朱士端《诗释》卷11引《汉书·楚元王传》以号《鲁诗》之申公受《诗》于浮邱伯，浮邱
　伯为荀卿门人，故云："今揆以《荀子》所引，凡与《毛诗》异者列《鲁诗》。"（第177
　页）盖亦接受汪中观点而付诸实施者。
④ 王天海：《荀子校释》卷13，下册，第802页。
⑤ 朱士端：《彊识编续》，《续修四库全书》，第1160册，第516页下栏。

卷十三"不骞不忘"条下云："《繁露》多引《韩诗》。"①似又游移不定。

士端对贾谊之认识,见于《贾谊新书引诗》一篇,以为"《新书》所据,其时三家之诗未立,盖亦秦时老师大儒所授也"②。虽则如此,然其《诗释》中却屡屡置于《鲁诗》卷中,如卷十三出于《新书》的"弗识弗知""白鸟皜皜"条下云："贾谊本为《鲁诗》学。"③则直归为《鲁诗》。抑不仅此,卷十一"驺虞"条下云："《新书》所云与《鲁诗》无异,贾谊为逵之九世祖,盖亦世为《鲁诗》学者。"又"下报上"条下云："贾谊以为下之报上。逵为谊之九世孙。逵为齐鲁韩诗与毛异同,盖世传家学。"④前者言贾家为《鲁诗》学,后者所谓"世传家学",又不知为何家矣。其游移数家而欠明确者,实以史料缺乏之故。

(三)《齐诗》派经师与著作

《诗释》中《齐诗》仅一卷,所引唯匡衡、萧望之、翼奉及《诗纬》等。唯引《后汉书·郎顗传》"敬天之怒,不敢戏豫"条下云："顗习《齐诗》……顗娄引《齐诗》,则《齐诗》作'不敢戏豫'也。《韩诗外传》引五际文者,则齐韩之诗亦有同矣。"又《杨秉传》"敬天之怒,不敢驱驰"条下云："顗述齐韩之说为多……杨氏父子传中娄引三家旧说,揆厥所原,则此言'敬天之威,不敢驱驰',当亦齐韩同旨。"⑤尽管士端将班固列为《鲁诗》派,然其于《汉书·地理志》"子之营兮,遭我虖嶩之间兮"条下引王引之《经义述闻》等说后云："士端按:《韩诗》作'嬿'为本字,《毛诗》作'还'、《齐诗》作'营'为借字。则作'营'者显与毛、韩诗异,为《齐诗》无疑。"此不云为《鲁诗》,盖

① 朱士端:《齐鲁韩三家诗释》卷13,第236页。
② 朱士端:《彊识编》卷1,《续修四库全书》,第1160册,第448页上栏。
③ 朱士端:《齐鲁韩三家诗释》卷13,第236页。
④ 朱士端:《齐鲁韩三家诗释》卷11,第185、189页。
⑤ 朱士端:《齐鲁韩三家诗释》卷14,第274页。

格于王说也。

五、《诗释》在清代三家诗研究史中之定位

　　《诗释》是士端的一部重要著作,由于一百多年来一直以稿本形式流传,给人一种扑朔迷离的感觉。初经研读可知,《诗释》初意是以《诗考》为对象而加以增补之著,其后参校余萧客、王谟等辑佚成果逐渐扩充,并利用乾嘉以还之校勘、考订成果,参以心得,不断订补而成。三家诗研究中最难界定者为经师和著作之归派,对经师和著作之划定将直接导致该书篇幅格局。《诗释》在诗家、诗派归属上认同臧琳和王引之等学者之观点,将刘向《列女传》《新序》等著作划为《韩诗》,造成《韩诗》篇幅最多之格局;而将班彪、班固父子等著作划归《鲁诗》,导致《齐诗》更少之结果。此种认识和观点至今尚未能作出谨严的是非判别,故可作为一家之言与其他三家诗著作并存。就士端之学养而言,其于经史、小学均有根柢,倾注在《诗释》中,使之成为一部切实有用之辑佚考订著作,并在异文字形之诠解、声韵之疏通上,较之前此仅列异文不加疏释之三家诗著作,无疑更进一层。然由于此书尚未最终定稿,书中存在各种矛盾与不足,加之士端初意仅是订补《诗考》,并未像陈寿祺、陈乔枞父子那样设定一个宏大框架、制订一套细密条例,积二代人之精力穷年累月地蛾术专研,故《诗释》不能像《三家诗遗说考》那样恢宏谨严,也未能像王先谦《集疏》一样网罗无遗,它只是清代三家诗研究中较为详赡而重要的一部专著。